JN174473

アミダクジ式ゴトウメイセイ
対談篇

アーリーバード・ブックス❖編

後藤明生

つかだま書房

「内向の世代」の作家として知られる後藤明生は、1932年4月4日、朝鮮咸鏡南道永興郡（現在の北朝鮮）に生まれる。中学1年の13歳で敗戦を迎え、「38度線」を歩いて超えて、福岡県朝倉郡甘木町(現在の朝倉市)に引揚げるが、その間に父と祖母を失う。当時の体験は小説『夢かたり』などに詳しい。旧制福岡県立朝倉中学校に転入後（48年に学制改革で朝倉高等学校に）、硬式野球に熱中するも、海外文学から戦後日本文学までを濫読し「文学」に目覚める。高校卒業後、東京外国語大学ロシア語科を受験するも不合格。浪人時代は『外套』『鼻』などを耽読し「ゴーゴリ病」に罹った。53年、早稲田大学第二文学部ロシア文学科に入学。55年、小説「赤と黒の記憶」が第4回・全国学生小説コンクール入選作として「文藝」11月号に掲載。57年、福岡の兄の家に居候しながら図書館で『ドフトエフスキー全集』などを読み漁る。58年、学生時代の先輩の紹介で博報堂に入社。自信作だった「ドストエフスキーではありません。トリスウィスキーです」というコピーは没に。59年、平凡出版（現在のマガジンハウス）に転職。62年3月、小説「関係」が第1回・文藝賞・中短篇部門佳作として「文藝」復刊号に掲載。67年、小説「人間の病気」が芥川賞候補となり、その後も「S温泉からの報告」「私的生活」「笑い地獄」が同賞の候補となるが、いずれも受賞を逃す。68年3月、平凡出版を退社し執筆活動に専念。73年に書き下ろした長編小説『挾み撃ち』が柄谷行人や蓮實重彦らに高く評価され注目を集める。89年より近畿大学文芸学部の教授（のちに学部長）として後進の指導にあたる。99年8月2日、肺癌のため逝去。享年67。小説の実作者でありながら理論家でもあり、「なぜ小説を書くのか？　それは小説を読んだからだ」という理念に基づいた、「読むこと」と「書くこと」は千円札の裏表のように表裏一体であるという「千円札文学論」などを提唱。また、ヘビースモーカーかつ酒豪としても知られ、新宿の文壇バー「風花」の最長滞在記録保持者（一説によると48時間以上）ともいわれ、現在も「後藤明生」の名が記されたウイスキーのボトルがキープされている。

目次

ブックデザイン―ミルキィ・イソベ（ステュディオ・パラボリカ）
本文付物レイアウト―安倍晴美（ステュディオ・パラボリカ）
本文ＤＴＰ―越海辰夫（越海編集デザイン）

文学における原体験と方法

五木寛之

五木寛之——いつき・ひろゆき

小説家。一九三二年、福岡県八女郡（現在の八女市）生まれ。生後まもなく朝鮮に渡り、四七年に福岡県に引き揚げる。五二年、早稲田大学第一文学部露文学科に入学。五七年に大学抹籍以降、ラジオ番組の制作、業界紙の記者などをしながら、ＣＭソングの作詞を始める。六六年に『さらばモスクワ愚連隊』で小説現代新人賞、六七年に『蒼ざめた馬を見よ』で直木賞、七六年に『青春の門』で吉川英治文学賞を受賞。小説の執筆以外にも、ラジオやテレビに出演し幅広い批評活動を続ける。

初出——「文學界」一九六九年四月号

――二人の共通体験――外地引揚派――

後藤❖五木さんのところは、お父さんが教師でしょう。ぼくのうちは商人なんですよ。ぼくは、向こう（編注：朝鮮咸鏡南道永興郡。現在の北朝鮮）で生まれたんですけれども、一九一〇年の日韓併合直後から、日本人がどんどん行きだしたために、日本人のための神社仏閣が必要になった。うちの曾祖父さんは宮大工で彫刻師だったから、お弟子さんを連れて、向こうに行って、そこへ住みついちゃった。

五木❖三代続いた半島ッ子だね。

後藤❖そうそう。おやじは福岡で中学を出ると、また呼び戻されちゃって、向こうにいたんだけれども、宮大工というのは継ぐといっても腕がなきゃならんので、一代限りで終わっちゃって、祖父さん、おやじは、地主兼商人というやつで民間人ですね。

五木❖つまり、あなたもぼくも、外地で育って、中学一年で終戦を迎えて、同じ福岡県に引き揚げてきたという、共通の体験があるわけだ。後藤さんは元山中学でしょう、ぼくは平壌一中だった。引き揚げてきてからも、われわれの経験は非常に似てるんだけど、あなたは朝倉中、ぼくは八女中にはいって……。

後藤❖筑後川をはさんで、両側にあるわけですね。

五木❖ほとんど時を同じくして上京して、二人とも早稲田の露文科にはいった。これは、外地以来の旧友再会という感じだけど、早稲田を、あなたは、ちゃんと出たの？

後藤❖ぼくは、一応出たんだ。

五木❖ぼくは、横に出た（笑）。同じく、早稲田を出てから、あなたは博報堂にいて、ぼくは電通の仕事をしたりして、同じようなCM関係をやってきた。全く共通の体験があるわけだ。

後藤❖あるね、確かに。まず朝鮮人というものに対する考え方。一九一〇年以後、一九四五年八月十四日まで、少なくとも日本人は、支配者としていたわけね。ところが、八月十五日の正午を期して、突如、転覆逆転したということですね。だから、ぼくらの終戦体験は、内地にいた人とずいぶん違うと思うんです。

五木❖われわれ昭和一ケタ世代の中で、野坂昭如たちを「焼け跡闇市派」というけれども、ぼくら、そういったものと微妙に違うという感じがあるわけですよ。そこで、あえてぼくは「外地引揚派」と称しているんだけれども。たとえば、ある日突然、自分の国家権力の後楯が崩壊し、全く空白な状態で、つまり無力な裸の群衆として異民族の間に投げ出されるという、実に奇怪な状況を生きてきた。たとえば、いま東大の学生が、権力に対してまっ正面から衝突したとしても、彼らが警察に捕まった場合、憲法に保障されている権利を行使する自由があるわけだ。それは、黙秘権であったり、弁護士であったり、差し入れであったりする。つまり、国家権力に正面切って反抗はしているけれども、国家権力の恩恵は、享受できるという……。

後藤❖保護されているわけだね。

五木❖ところが、敗戦後の植民地において日本人であることは、何の権利をも持たないことだった。いまわれわれが外国に行くときには、パスポートの裏に、この者は日本国民であるから、在外公館並びに大使館は、この人間を保護せよ、というような文章が書いてありますね。どうせ言葉だけだけれど、そういうものが完全に崩壊して、完全な裸の群衆として、国家権力の保障のない状態のもとに投げ出されたときの不気味な感じっていうのは、じつに奇怪なものなんだ。

後藤❖完全な転覆というか、そういう感じがするんだな。きのうまで寝ていた畳が、いきなりひっくり返って、畳の表にいたはずが裏にいるという、生きながら葬られたというか、捕らえられたというかそういう感じは、確かに大きかったね。

五木❖国家権力が目の前で、見る見るうちに消滅していくという現象を体験したことは、ナショナリズムというものに対して、ぼくらの感じ方に大きな影響を与えたと思います。たとえばナショナリズムを絶対悪として見る世代があるでしょう。あるいは、国家権力を一方的に悪と見る感じ方があるね。ぼくなんか、それだけではないわけだ。つまり、国家権力が自分を保護してくれていた時代の心強さがあり、それが失われた際の恐怖感があるから、つまり、国家権力に対しても、あるいは日本に対しても、愛憎二すじのコンプレックスがあるわけです。

後藤❖しかも、外国にぼくらはいるんだ、という意識が戦争中からあれば、また別だと思う。ところが、朝鮮は日本だったという、ここが不思議だと思うんだな。実際に、日本だったわけだからね。

五木❖それと同時に故郷(ふるさと)という言葉を聞くとき、九州のことを思い出すかというと、朝鮮のことを思い出すわけだ。冬、氷の上を渡って行く牛車の響きだとか、砧(きぬた)を打つ音だとか。

後藤❖スケートとか……。

五木❖それから、キムチとか、マッカリとかね。ところが、自分らの故郷は、いまはぼくらにとって禁じられた土地であり、拒まれた土地でしょう。つまり、故郷を追われたデラシネであるわけだ。いつかぼくは、その話を書いたんだけれども、シベリアに収容された兵士たちは、「きょうも暮れゆく異国の丘に」という感じでシベリアを見たわけだけれども、ぼくらは引き揚げて九州に帰ってきて、引揚者だということで、いわれのない侮蔑を受けながら育った中で、そこが実は異国だという感じを持った。そういう違和感があるわけです。

後藤❖ぼくは、本当に不思議だと、いまでも思うんだけど、日本人の百姓を、日本に帰ってきて、初めて見たんだ。朝鮮では日本人は、官吏か、商人か、地主かにきまっていたわけですよ。しかも実際に、朝鮮人が田んぼ耕している姿は、はるか遠くにあって、見えなかった。ところが、引き揚げて、洗いざらしの紺の手甲脚半（きゃはん）をつけて、リヤカーを引っ張っている日本人の百姓を見たとき、なるほどなア、つまり、日本人にも百姓はいるんだということね。

五木❖敗戦前からそうだったけれども、敗戦と同時にはっきりしたことは、ぼくらが異民族の間で、こすられながら、ずうっと生きてきたということが一つある。ぼくはいまでもよくおぼえているんだけれども、うちのおやじは師範学校の教師をしていたわけです。寄宿舎にはいっている朝鮮人の学生を、夜、桜の木の下へ縛りつけて、竹刀で叩く。叩くたんびに、桜の花がハラハラと散って、その朝鮮人の学生が「哀号、哀号」と泣いていた。何で叩いているんだと聞くと、あれは民族意識が強過ぎる、と。やっぱり、幼心なりに怖しい気がした。

後藤❖現実に、戦争中も、ロシア人がいたし、支那人がいたし、反物（たんもの）屋がたいてい支那人で、百姓は朝鮮人で、ロシア人は工場をやっていた。

五木❖洋服屋とかね。満洲人の小作人がいたな。ぼくらの意識のもう一つの特徴は、ぼくらが終戦後に受けた、いろいろな悲惨な悲劇は、こっちが悪くないのに受けた被害じゃなくて、一種の報復（むくい）としてきているという感覚がある。これが違うんですね。

――後天的なものと先天的なものとの相克――

後藤❖内地というと、九州について、五木さん、最近わりと、いろんなことを調べているでしょう。あれは、どういうわけ……。

五木❖つまり、金沢は仮りの宿だから、何でも気楽に書けるわけですよ。ところが、ぼくは、いままで自分の出身地である筑後に対して書いたことがないんだ。非常に入りくんだものがありましてね。いま書くと、だめなんです。興奮しちゃって。あなたもご存じのように、九州でも、筑後地方は、典型的な中農地帯であって、わりと豊かなんです。その豊かな農村の中に、非土地所有者として外地から引き揚げてくるということは、もう人間じゃないということなんだ。

後藤❖ぼくは、九州に帰ってきて、甘木市（編注：現在の朝倉市）だったから、農村じゃなかった。ただ、おもしろいなアと思ったのは、ぼくら、標準語しゃべったものだから、言葉が全然違う。「落ちる」が「落てる」でしょう。「……落てる」って言わないと、だれもつき合ってくれないわけ。だからぼくは、毎日、学校から帰ってくると「落てた」の言い方を盛んに練習したおぼえがある。しかし、本物にはなり切れないわけで、結局、疎外されたところから、自我というか、個我というものを意識した。自意識の発達は案外、疎外された感じが非常に役立ったような気がする。

五木❖ぼくは、筑後にいたが、すぐ隣に、直方、飯塚、田川などという筑豊炭鉱地帯があるわけですよ。ところが、筑後の中農地帯では、筑豊という言葉は一種の地獄めいたイメージで囁かれていた。暗い、汚れた土地で、流れ者が多く、外地から引っ張ってこられた朝鮮人がいて、黒いボタ山があり、人々は貧しく、炭鉱長屋みたいなところで暮らしている……。だから、もし筑豊に引き揚げていたら、どうだったろうと考えてみた。そこには、労働者の圧制、資本家の苛斂誅求があったには違いないけれども、でも、そこには、持たざる者たちの連帯感と運命の共同体みたいなものがあったのではないか。だから筑後の人々が、一種の恐怖感を持ってささやく筑豊という言葉に、ぼくは強い憧れを持っていた。あそこへ逃げれば、という……。つまり、引揚者であるために石を投げられない土地。というのは、ぼくは、豊かな農村で屈辱の中に生きてきたから。そのために、九州に対しては、愛憎二すじの気持ちがあって、どうしても、まだ冷静に語れないのです。

後藤❖惚れたいんだけれども惚れられないという、「たい」という気持ちはわかるね。

五木❖どんなに反発しても、血は筑後の百姓ですから、先祖はね。だから、外地で後天的に形成されたものと、先天的なものとの相克があるわけでしょう。たとえば朝鮮人に対する考え方で、この間、大島渚氏と対談をやって、そのときに大島さんにしゃべったんだけれども、いまの日本人の文化人の朝鮮人に対する考え方は、朝鮮人に対する罪の意識が出発点にあって、劣等感から朝鮮人問題を論じている面が多い。これでは倫理的にどこまで突っついても結論が出ないんじゃないか。逆に、それをひっくり返して、われわれ自身の中にある朝鮮人に対する優越感から、問題の提起をしたらどうだ、ということを話したわけです。

後藤❖小学校で学芸会があって、朝鮮人の役をさせられたんだよ。それがまた、ふるってんだ。〝内鮮一体〟だったから、朝鮮人であるけれども、わたしはいまは日本人だ、という二十歳の朝鮮人の青年で、だからわたしは、帝国陸軍に志願兵として志願します、という役なんだ。それが、どうしても言えなくて、とうとうぼくは、本番のときにうしろ向いちゃったんだ。

五木❖そうなんだね。むしろ劣等感から論ずるよりは……ぼくは、朝鮮人に対する劣等感と言うけれども、もっと突っ込めば、日本の文化人は、本当はいまだに優越感に立って対しているんじゃないかという気がするわけですよ。優越感があるから、余裕を持って劣等感を持つのであって、だから、もう一ぺん自分の内部に、朝鮮人に対する優越感を確認した上で、その優越感を分析する視点から論じてみたらどうだという考え方があるわけです。朝鮮のことについて、ぼくらより上の世代の人たちが書くものには、必ず背後に、先験的に、朝鮮人に対する罪の意識があるでしょう。

後藤❖あるね、侵略者、というね。

五木❖ぼくら「朝鮮人」という言葉を、明瞭に、強く発言することに、さして抵抗を感じないけれども、うちのかみさんとか、いろんな人は「朝鮮人」という言葉を、何か、素早く、ささやくように言うんだね。あそこが違うと思う。

後藤❖われわれには、朝鮮人は外国人だ、という気持ちがあるんだよ。ドイツ人と朝鮮人と同じだと思う。だから、ドイツ人が嫌いだというのと同じように、はっきり、朝鮮人は嫌いだと、言ったっていいわけです。

五木❖ドイツ人が嫌いだ、アメリカ人が嫌いだ、ということは、堂々と言ってさしつかえないけれども、朝鮮人が嫌いだ、ということは、たいへん言いにくいことじゃない。あなたは全然、なんともない?

後藤❖なんともないというより、ぼくは意識的にそう考えたいと思っているんだけれども、それには根拠があるんだ。というのは、向こうにいて、敗戦と同時に関係が逆転したということ。こうなってみれば外国人で、こっちが圧迫してたのが、逆に圧迫された。これ、対等じゃないか。好きも嫌いも、自由に言っていいんじゃないか、というわけです……。

露文、ゴーゴリ、ゴーリキー

五木❖九州から東京へ出てきて、後藤さんも、ぼくも、露文科へ行ったわけだけれども、あなたは、どういうわけで……。

後藤❖(昭和)二十七年に上京してきて……。

五木❖ぼくも、全く同じだ。

後藤❖まず外語(編注:東京外国語大学)の露語科を受けたんです。ちょうど、あのころ進学適性検査というのがあって、ぼくは、その成績がよくて、進適を出したら第一次はパスしちゃった。これは、もしかしたら受かるんじゃないかと思って、外語のロシア語受けたら、みごとおっこっちゃった。なぜ外語のロシア語かというと、ぼくは二葉亭四迷に、すごく憧れていたんだな。だから、ロシア語を通して、スラブ民族みたいなものを研究したいと思ってたんだが、翌年になって、早稲田の露文学科へはいったときには、もう二葉亭じゃなくて、ゴーゴリなんだ。浪人ちゅうに中山省三郎の翻訳でゴーゴリの『外套』『狂人日記』『ネフスキー通り』『鼻』を読んで、あっ！　これだと思った。

五木❖ぼくの場合には、特殊なケースで、文学というよりは、ロシア及びロシア人に対する個人的な関心が強かったのです。文学については、最初は、神西清（じんざい）を「かんざいきよし」と読んで、みんなに笑われたくらいの、ロシア文学に対する素養しかなかったわけ。ただ、ぼくは、まだ話してないんだけれども、終戦のとき、ソ連軍がはいってきて、その時にある事件があって、母親が死んでるわけです。終戦が八月十五日で、ソビエト軍が平壌にはいってきたのが九月十五日、ちょうど、ひと月あとですね。たまたま、母親の死と、ソビエト軍の進駐と、非常に強く関係があって、ロシア人に対して、非常に複雑な関心があるんです。それともう一つは、夏休みにハルビンに行くと、実にヨーロッパ的な、日本にはないきれいな町で、タクシーの運転手とか、洋服屋さんとか、白系露人のお菓子屋さんとか、いっぱいあって、アカシヤの並木の下を馬車が走るような、エキゾチックなすばらしい町だった。夢野久作の『氷の涯』という小説ね。ハルビンをうまく書いているね。そういうものに対して、ぼくら、憧れがあるわけですよ。

終戦になって、ぼくらは石炭で風呂を燃やしたり、薪割りに行ったりという形でソ連の将校の官舎に働きに行く。その子供にとてつもない美少女がいて、クリスマスに、みんなそろって、ブーツはいて、チャラチャラとパーティなどに出かけていくわけですよ。こっちは、まっ黒になって風呂焚きしながら、指くわえて眺めていたわけだ。そういう意味での、外国人に対する憧れが非常に強く一つあって、母親の事故に対する、ロシア人への怨念がもう一つあって、これも愛憎二すじなんだ。そいつの正体を見てやろうというのか、あるいは、そいつに無意識に惹きつけられて行くようなところがあった。

後藤❖白人では、ロシア人がはじめて、ということね。

五木❖そうそう、はじめて。

後藤❖ぼくはヤソ教の神父でドイツ人がいたんだよ。白人はドイツ人のほうが先だった。ロシア人も、もちろん工場の人がいたけど、娘もスケートのうまい美人がいたよ……（笑）。

五木❖はいって、あなたは、最初からゴーゴリを……。

後藤❖ぼくは二十八年にはいりましたので、学校にいるときに起きたことというと破防法（編注：破壊活動防止法。団体等規正令の後継立法として施行）と六全協（編注：一九五五年の日本共産党第六回全国協議会。日本共産党が武装闘争の放棄を決議）くらいです。ところが、前年の血のメーデー事件（編注：一九五二年五月一日に皇居外苑でデモ隊と警官隊とが衝突。戦後の学生運動で初の死者を出した）と、早大事件（編注：第二次早稲田大学事件。一九五二年五月、警察官の早大構内立入りに対する謝罪を要求する集会を武装警官が襲った事件）の余波で、露文科は文学部の中の政治学科であるという上級生がいたんで、ぼくは、びっくりしたんだ。そんなつもりでみんな来ているのかなァと思って、本当にこれはエライところへ入ったもんだ、と油断できない気がした。みんながまわりで、唯物弁証法を連発するので、こりゃあ、なんとか早く唯物弁証法をマスターしないことにはどんどん取り残されてしまうのではないか、という不安と恐怖をおぼえたんです。と同時に、まったく反対の、強い反発もおぼえた。よし、おれはなにがなんでも十九世紀ロシア文学だけしか読まんぞ、ソ連文学はぜったいにやりたくない、というね……。

五木❖ぼくがはいった二十七年は、メーデー事件があり、早大事件があり、学生運動が高揚した時期なんです。不思議なことには、露文科には、政治的にきわめてラジカルなクラスと、きわめて文学的なクラスと、一年置きにあって、ぼくの最初はいったクラスは、妙義といえば馳せ参じ、内灘といえば馳せ参じるという、たいへん激烈なクラスだった。

後藤❖五木さん、よくゴーリキーを言うでしょう。ぼくは初めから卒論まで、ゴーゴリをやったんだけれども……。

五木❖こういうことがあるんですよ。特に六全協以後ですがね。ゴーリキーなんて『母』という人民啓蒙小説風のものを書いて作家同盟の書記長などやっていて、人間的には、いい男だろうけれども、文学者としては、ちょっとちゃちだ、ドストエフスキーに比べると、うんとマイナーであるという観念があるわけですよ。ゴーリキーが好きだということは、その当時のムードでは、一種の抵抗があった。まあ、今でもそうですがね。

後藤❖逆なんだな。

五木❖つまり、片一方ではゴーリキーを盲目的に崇拝しているグループがあったけれども、ぼくらのグループではゴーリキーね、うん、初期の短編には幾つかいいのがあるなあ、という感じだった。だから、ぼくは、あえて、つまりドストエフスキーが圧倒的に読まれている中で、ゴーリキーとても、きみたちが考えているような、必ずしも、清く、正しく、美しくという、まるで「若者よ」の歌みたいな作家じゃないぞ、といいたくてやっていた。

後藤❖ゴーリキーの中の地獄ってわけだな。

五木❖そんな単純な作家じゃないわけですよ、あの人は。知っていて、つまらぬ役割りを果した人だし、単純明快な道を選んだ人でしょうね。彼は、政治的季節におけるインテリゲンチャの宿命を、意識して背負った人であって、ゴーリキーにしろ、アレクサンドル・ファジェーエフにしろ、ドストエフスキーの『大審問官』のエピソードじゃないけど、知っていて断罪を重ね、あるいは、この作家は追放するべきであるというふうな決定をしていって、それが、ロシア革命にとって必要である、という判断をし、いずれは自分たちが裁かれるべきであり、そのことによって許されざるものとして再生しようとひそかに心に決めた作家の一族じゃないかと思っているんだ。ミハイル・ゾシチェンコを叩いたアンドレイ・ジダーノフなんかとは本質的に違うんです。

ゴーゴリ論の分れ目は「笑い」をどう読むか

後藤❖ぼくの場合は、卒論まで尾を引いちゃったけれども、当時のソ連では、ウラジミル・エルミーロフという文学アカデミーの評論家がいて、一九五〇年代におけるソ連の社会主義リアリズムのアカデミー版として、『チェーホフ論』や『ゴーゴリ論』を書いた。それは社会主義リアリズムで、ゴーゴリを全部、裁断しているわけです。

五木❖いまのゴーリキー研究もそうです。

後藤❖そのエルミーロフ批判という形で、ジェストフとニコライ・ペルジャーエフと、小林秀雄と河上徹太郎と、この四つを援用しながら、エルミーロフ反対の立場でゴーゴリの中期の作品を扱ったわけだ。だから、立場としては、当時、一つの権力みたいな形になっていた社会主義リアリズムの正統派に対して、アンチ・アカデミーというかな……。

五木❖当時は、ルカーチ・ジェルジが、非常に大きな影響力を持っていて……。

後藤❖ゴーゴリの場合は、同時代にヴィッサリオン・ベリンスキーという批評家がいたでしょう。エルミーロフの場合、ベリンスキーは正しい、という観点から、ゴーゴリを扱っていっているわけです。ところが『ゴーゴリへの手紙』という、ベリンスキーの決定的な離縁状があるでしょう。それに対して、ゴーゴリは『作者の懺悔』というのを書いている。ぼくのテーマは『作者の懺悔』をゴーゴリの本音と見るところから始めているわけです。ベリンスキーが、お前は裏切ったの、保守反動になったの、マトヴェイとかいう神父にかどわかされたのといってみても、べつにゴーゴリは、はじめからベリンスキーのために小説を書いていたわけじゃあない。また、帝政ロシアのためでもなく、もちろん社会主義とか、進歩主義のために書いたわけでもないんだから。要するにゴーゴリ論の分れ目は、彼の笑いというものを、どう読むかということですよ。

五木❖ベリンスキーは、権力を持った批評家だったんだな。しかも、それほどアカデミックな人間じゃなく、といってジャーナリスティックな才筆というわけでもない。

後藤❖全然ないんだ。啓蒙派だし、アジテーターですよ。

ゴーゴリの笑いを彼は『外套』にしても『検察官』にしても、すべてニコライ一世の帝政ロシアに対する、風刺、批判、嘲笑、愚弄として扱っている。だから『作者の懺悔』で、自分はいままで、すべてのものを笑い過ぎた。しかもそれは、単なる自分の気晴らしのためにやったことであって、いま自分はそれを懺悔したい気持ちだと書いたとき、ベリンスキーは怒り狂ってゴーゴリ弾劾の書を書いたわけだけれども、そのゴーゴリの〝笑いの罪〟という意識ね、これがぼくの卒論のテーマなんだよ。それが、ずっといまに尾を引いて、こないだ「早稲田文学」に書いた『笑い地獄』につながってくるわけなんだけれども……。実は、あの題名は、ボッシュという画家の『音楽地獄』から考えついたんです。卒論を書く半年くらい前だったと思うけど、そこまで考えるには、やはりいろいろと迷いや屈折はありましたね。大ゲサにいえば、それはぼくの場合、コミュニズムとの戦いであったといえるわけで、その最中にカフカ体験が挟まるわけです。『変身』にぶつかって、そこで決定的にコミュニズムとの決別ということになるのだけれども、なにしろ敵は時代の波に乗ったコミュニズムおよびベリンスキーですから……そうそう簡単にはゆかないはずですよ。

五木❖ぼくは、ロシア文学の中にいながら、絶えず強い、ロシア文学に対する反発を感じ続けていたわけ。いつもそうなんだ、ぼくは。一つの体制の中に、はいっていながら、たとえば内灘闘争（編注：一九五二年、石川県河北郡内灘村［現在の内灘町］で起きたアメリカ軍の試射場に対する反対運動）の中にはいっていながら、そのやり方に対する非常な嫌悪と反発を感じる。ロシア文学科にいながら、あの空気には、非常な反発を感じていた。ロシア語もあんまりできなかったしね。その中で、ジャズなんかやりだしたのも、その反発があったわけですよ。たとえば、こういうこともあるんだ。ロシア文学畑の人が作家論を書くでしょう。そうすると、あなたが言ったような、みんな生まれ方から立派だったというような、産湯使うときも堂々と泣いた、みたいなところがあるでしょう。

後藤❖そうなんだ。少年時代から帝政ロシアに批判的で……。

五木❖とにかく、ぼくは、おもしろくなかった。特にゴーリキー論なんておもしろくない。たとえばゴーゴリにしてもそうだね。ロシア文学の父であり母である、という言い方じゃなくて、ほかに言いようはないものかなあ。たまたま、昨夜、安岡章太郎さんと、ゴーゴリの話をちょっとしたときに、安岡さんは、こういうふうにおっしゃったんだけれども、ゴーゴリは正統的なロシア人じゃなくてウクライナの人間でしょう、そういう作家が本当の自分の言葉じゃないロシア語であいうものを書いていた、という一種のコンプレックスみたいなものを見なきゃいけない。だから、彼の小説の中の、とくに下級官吏に対する同情と、権力に対する風刺は、少数派の……。

後藤❖そうだね。大ロシアじゃないね。

五木❖ロシアを異国と感ずるロシア人もいる。

後藤❖たとえば、あなたなり、ぼくなりが、九州から東京へ出て来て、大都会のまん中でおろおろしちゃったというように……。

五木❖われわれが、朝鮮から引き揚げてきて、九州の筑前なり、筑後で方言が使えないために、非常なみじめな思いをしたとおんなじなんだよ。

後藤❖ゴーゴリの〝十三等官もの〟というのには、確かにそういうものがあるね。あれは、チェーホフが書くと『官吏の死』みたいに突き放したものになる。

五木❖ぼくは、前から持論として、ゴーゴリがどんどん売れるようにならないとだめだ、という立場なんだけれども。チェーホフのニヒリズムのすごさを見据えた上で、違った種(しゅ)として、ゴーゴリのニヒリズムというか、ユーモア、ああいったものを、われわれはおもしろいと感ずるような次元まで、こなければいけないし……。

後藤❖チェーホフは、祖先は農奴だったらしいけど、ずっと、インテリゲンチャとして、考えているわけですよね。ぼくは、もちろんチェーホフはニヒリズムもすごいと思うし、『グーセフ』は決定的な短編だし、『六号室』もあるけれども、結局、ぼくにとっては、両者の笑いの質の問題ですよ。

五木❖チェーホフの笑いは透明ですね。だから『中二階のある家』とか『犬を連れた奥さん』とか『可愛い女』にしても、トルストイがびっくりするような凄味がありながら、非常にきれいなんだ。ウィンダム・ルイス『タァ』の中に〈あまり深刻で笑えない冗談〉という一章があるけど、チェーホフには何かそんな所があるね。しいて言うなら、ゴーゴリは、シュールレアリズムであって、チェーホフは、アブストラクトなんだよ。そういう違いがあると思います。

――ドストエフスキー『悪霊』と安田講堂攻防戦――

五木❖後藤さんのドストエフスキー観をうかがいましょう。

後藤❖ぼくは、ゴーゴリをやっていたでしょう。ゴーゴリのあとは、ドストエフスキーにつながっていくという感じはあったですよ。

五木❖ぼくも、ゴーリキーをやっていて、全く相反するようであるけれども、ドストエフスキーは、いやでもおうでも無視できないという感じは、非常に強いものがあった。だから、あれはロシア文学の一つの限界であって、ドストエフスキーを右に置いて、その左に何を置くか、というのが個性の違いという、それくらいのものですね。

後藤❖そうですね。ぼくは、一応、ゴーゴリの中期の作品についての卒論を書いて、その最後に、たしか、このあとはドストエフスキーにダブっていくので、ここで一応やめる、と書いたことを覚えているけれども、結局、ドストエフスキーが「ゴーゴリの『外套』から、われわれは出てきた」と言っているとおりですよ。ところが『悪霊』や『カラマーゾフの兄弟』へいっちゃう。ドストエフスキーの場合は、ゴーゴリと違って、陸軍工科学校へはいったエリートで、インテリゲンチャだから、ヨーロッパ式の教育を受けながら、ゴーゴリが魂のようなもので摑んだ世界や人間を、さらに知的な操作によって、より複雑に多層的に描いていったわけですよ。そして、ああいう大変なものになっちゃったわけなんだが、例の一月十八日ね、あのとき安田講堂攻防戦（編注：一九六九年一月十八日から十九日に、全共闘および新左翼の学生が占拠していた東京大学本郷キャンパス安田講堂において、大学から依頼を受けた警視庁が封鎖解除を行った事件）をテレビで見ながら、ぼくはひとつ発見をしたんです。たてこもった学生と押し寄せてきた機動隊が、火炎ビンと石、一方はホースでどんどんやってるときにね……。つまり『悪霊』の扉に、ルカ伝の文句が書いてある。豚の話なんだけれども、豚の群が草を食べていた。すると悪霊が豚の中へ飛び込んじゃった、そのために、豚は暴走を始めて、湖に落ちて死んだ、という文句が引用してあるわけですよ。ぼくは、あのテレビを見ていて、悪霊というものには時間は存在しないわけだから、取り憑いているとすれば、それはスチューデント・パワーなのか、それとも、ホースで水をかけている人なのか。いずれにしても悪霊が取り憑いている、という感じをひょっと受けたわけですよ。

五木❖憑かれた人々だな……。

後藤❖それから興味をおぼえてひっくり返してみたわけ。すると、おもしろいことに『悪霊』は一八七〇年に書かれている。一八六九年、いまからちょうど百年前に「ネチャーエフ事件」（編注：架空の世界的革命組織のロシア支部代表を名乗って秘密結社を組織したセルゲイ・ネチャーエフが、内ゲバの過程で学生をスパイ容疑により殺害した事件。『悪霊』は、この事件から構想を得ている）がモスクワのペトロフスキー農科大学で起きている。〝五人組〟という秘密結社があって、このスローガンが全く三派系（編注：ブント、中核派、社青同解放派の三派が主導する全学連）と同じなんだ。自分たちの目的は「ただ破壊あるのみ」と、小説の中でピョートル・ヴェルホーヴェンスキーが演説している。この事件が起きたとき、ドストエフスキーは外国にいて、二度目の、速記者のアンナという奥さんと結婚していて、アンナの弟がネチャーエフに殺されたイワーノフの親友であったわけですね。それがたまたま遊びに来て、モスクワじゃ大騒動だという話をした。彼は初めは、スチェパン・ヴェルホーヴェンスキーという、ピョートルのおやじを主人公にした小説を書こうと思っているわけです。そこへピョートル・ヴェルホーヴェンスキーが、いきなりネチャーエフ事件からあらわれてきて、そこでスタヴローギンという主人公を新たに作って『悪霊』の構想を練って、一八七〇年十二月に第一編を書き上げているはずなんです。偶然といえば偶然だけれども、その一致がね。ちょうど百年前に『悪霊』が書かれて、それがいまの体制対スチューデント・パワーの構造に、実に似ているのです。

五木❖おもしろいね。

後藤❖もっとおもしろいのは、スチェパンというのは、大学教授であり、その息子のピョートル・ヴェルホーヴェンスキーが〝五人組〟の統領であるということ。彼は五人組から脱退しようとしたシャートフという神学生を殺しちゃうわけだけれども、父親のスチェパン氏は、息子がそういう放火、殺人を繰り返したあとに、放浪の旅に出るわけですよ。これが大河内一男前学長（編注：一九六二年に東京大学総長に就任。在任中に東大紛争が発生し、六八年十一月一日、責任をとって辞任）にぴったりなんだ（笑）。親子関係の世代だということね。よく考えてみると、大河内さんに息子がいるかどうかわからない、だけど構造としては、ぴったり一致するわけですよ。つまり、反体制側でやっている若者のおやじが、体制の主役だということ。最後に、放浪の旅に出たおやじが死ぬ三日前に、町の聖書売りから、五カペイカで安い聖書を買って、冒頭に引用されている豚のところを読んで「あ、これだ」というところがあるんだね。そこがおもしろいと思うので、おやじのほうは大学教授であるから、ヨーロッパの合理主義と進歩主義を学んだ大インテリなんだ。その進歩主義が、息子の進歩主義によって完全に裏切られ、突き破られたというおもしろさね。しかも、それが親子であるというところに、実に興味を持ってね。だからいま、一九七〇年だ、安保、安保と言っているけど、あえて天邪鬼的に言えば、ぼくは「一八七〇年を見よ」というふうに言いたいし『悪霊』の視点から現代を眺めるようなものを書きたいと思っているわけです。なにも大ゲサなものを書くというんじゃなくて、いまいった親子とか、日常の関係、構造にもそれは当てはまるわけだから。

小説が人を動かす力を持ち得るとすれば……

五木❖それをぼくは、絶えず発言しているわけだけど。つまり、ぼくはスペイン戦争をちょくちょく書いているんだけれども、そもそもスペイン戦争に関心を持ったのは三年前にいまの雑誌を読むことをやめて、三十年前の一月の雑誌、二月には二月の雑誌、というふうに、ずうっと、三十年前の『改造』を読みだしたわけです。たまたまスペイン戦争が、三十年前、一九三六年に起きている。三十年前の古雑誌が、ぼくに、非常にアクチュアリティを持って迫ってきた。一般に不滅の作品というのは、フローベール風の彫琢によって、できょうたく上がるものであって、雑誌なんて、時の流れとともに埋没しちゃうものだという概念があるでしょう。そうじゃなくて、三十年前の『改造』の記事そのものが、活字が立ち上ってくるような迫力がある。これは、非常に感動した。

後藤❖それは、特集みたいなもの……？

五木❖特集〈スペインの内乱〉というやつね。いまの美濃部亮吉都知事や木村毅さんたちが座談会やっているわけだ、非常におもしろいことを言っている。だが、ぼくが現在なぜスペイン内乱に関心を持っているかというと、日本がスペインみたいに二つの陣営に分れて、血で血を洗うような内戦が起こる可能性がある、という幻想を絶えず持っているわけです。ということは、朝鮮では北と南の対立があるけれども、日本人同士が銃を持って殺し合うようなことは現実にはまさかあるまい、と思っている人がいるでしょう。つまり日本は非常に高度な文化国家であるから、という。これはたいへんな思い上がりであって、ぼくはやはり、そういうことがあり得ると思っているわけです。そういうときに、あなたが言った、百年前と現在とをつなげるという作業が意味をもってくる。つまり、スペインの内乱は、一種の代理戦争のはしりですね。スペイン戦争を媒体にして、ファシズムとデモクラシーとコミュニズム、さらに、人民戦線内部における三派と民青、学生と組合労働者という問題が提起される。それぞれの権謀術策が渦巻いて、実に奇怪な、二十世紀の戦争の、一つのオリジナル・パターンを作っているわけです。

後藤❖外国は、はいってないの。

五木❖全部、裏からタッチしている。現にドイツ軍は、戦車、飛行機で参加しているし、ソビエト軍も実際には参加している。あるいは国際旅団という形で、世界じゅうのインテリゲンチャが、続々と参加したわけだ。当時インテリでスペインへ行かなかったのは、たいへんなコンプレックスを感じてたでしょうね。ヘンリー・ミラーが、当時、いまごろスペインに行く奴は、ばかだと、スペインなんかに行く奴があるか、と言ったんだが、これは非常に勇気のある発言だったわけですよ。シモーヌ・ベイユは、みんながスペインに走り寄っていって、スペインのことを記事にして帰ってくるのが大流行であると、非常に皮肉なことを言っているわけだけれども、結局、自分も行っている。そして革命戦は革命の墓穴ではないかという暗い予感を抱いて帰国し、二度とスペインへおもむかなかった。その辺のことはジョルジュ・ベルナノスへの手紙に出てるけど、結局、最後は彼女は「民衆のアヘンは宗教ではなく革命である」と書くようになるんですが、この辺はいまの東大の問題なんかも、ひっかからんでくるんですよ。

後藤❖ただ、ぼくは、文学者が一九七〇年安保とかスチューデント・パワーというものに対して、あまりにも政治評論家的、あるいは社会学者的な発言が多くて、小説家というものに固執した発言が、あまり無さすぎるような気がしてるんだな。

五木❖それは後藤さんの言う通りだ。小説書きというのは、革命公認されるものじゃないんでね。小説書きというのは、革命が成立したときには処刑されるような存在であって、はじめて小説書きであり得るわけ。ドストエフスキーのほうが……。

後藤❖彼はアポロン・マイコフという友人に『悪霊』を書きながら、何百通と手紙を出しているわけ。その手紙を見ると、わたしがいまこういうものを書くと、みんな、食ってかかってくるだろう、といっている。つまり、彼は、インテリの端くれだから、あの翌年にパリ・コミューンができているわけだから、そういう国際情勢は、知っていたと思うんだ。知っているけれども、あくまでも「ネチャーエフ事件」を、ルポルタージュとか論文という形ではなくて『悪霊』という、それは人間に永遠に憑きまとうものだという形で小説に書いた、というところが、たいへんなものだと思う。

五木❖小説が、人を動かす、何らかの力を持ち得るとすれば、それは、負の力だろうという確信があるわけですよ。つまり、マイナスを突くところに、小説の力があって、プラスのうしろから押し出すところには、ないんじゃないかっていう気持ちが、感覚的に、理屈じゃなくて、あるわけです。いまわれわれが、革新陣営と共に、一九七〇年の安保廃棄運動に参加するとすれば、廃棄運動の中の負の面を、ぼくらは、どうしても書いてしまうだろう、という気がするわけです。

後藤❖やっぱり『悪霊』のこと考えていて思ったんだけどね、ポリティックそのものを日常として考えるということね。これを一番先に考えたのは、司馬遷の『史記』を、武田泰淳さんが『司馬遷　史記の世界』で書いた。ぼくは徹底的にあれの影響を受けたんだけれども、ときどき小説を書けなくなったときに、あれをパラパラとやると、いい気持ちになってくるんだ。たとえば、帝王が死んだということが隣の国に知れると、攻め込んでくるから、隠さなければいかん。だからお葬式やっちゃいかんというので、死んだ死体を、いつまでも家の中に置いておくと腐っちゃう。そこで、荷馬車に積んで、どっかへ移せというので、荷馬車に積むのですが、臭くてしようがない。そのニオイを隠すために、腐った魚を上にいっぱい載せて、引いていったら、だれも気がつかなかった……と、これだけ書いてある。その精神力がむしろ、小説的な迫力を持っているような気がするんだけれども。母親が子供を殺すということも、朝鮮の引き揚げだったから、というふうに言うよりも、人間というのは、そういうこともあるんだ、というふうに考えたほうが、ぼくには強く感じるな。

五木❖そういうことでしょうね。つまりそれは、ぼくたちがこれから書いていく小説、ということにつながっていくんだけれども、ぼくにとっての原体験は、あくまで植民地体験であり、引き揚げ体験であるわけですよ。自分自身としては、そういうものを、ライフワークとして書きたいと思っているわけ。これまでも『流れる星は生きている』とか『悲劇の三十八度線』とか、いろんな形で、体験談として出てはいます。ところが、関係者含めて千万人近い人間が、半島や大陸を縦断して、日本に引き揚げてきたというものについての形象化された文学がないということは、たいへんな欠落だと思うし、またそんな大義名分と関係なくそいつを書かざるを得ないという衝動が、自分自身の内部にある。なぜ、いまそれを書かないのか、と聞かれるわけですけれども、いまの『史記』の話と同じように、それを、日常の事件として見る余裕は、まだぼくにはないんだ。デフォーの『疫病流行記』みたいな、あんな調子で書けるといいんだが。

後藤❖そこで、ちょっと聞きたいんだけれども、原体験ということと関連して記憶の問題があるでしょう。野坂昭如さんの小説、あるいは対談。最近、開高健さんの『青い月曜日』も、必要があってかなり克明に読んだんだけれども、どうしてあんなに記憶力があるのかなア……。

五木❖ある程度、データを調べているわけでしょうね。

後藤❖忘れるということが、人間の一つの意識の流れだと思うんですよ。忘れるということを前提にして、意識の流れというのは成り立っているわけです。もともとぼくはもの忘れがひどい方だけれども、記憶を再生するのは、いまの現在の意識でしょう。

五木❖大西巨人さんの『神聖喜劇』とか、ヘンリー・ミラーの自伝などには、まさに化けものとしか言いようのないような超人的な記憶が出てくるけれども、ぼくらは、ああいうふうには出てこない。だいいち、母親の死の状況なんていうのは、全く思い出さないわけです。それは、思い出すのがいやなのかも知れない。

後藤❖五木さんの場合も、資料はあるわけでしょうね。

五木❖こんど敗戦後の外地の話を書くとすれば、引き揚げの資料を相当、膨大に集めなければいけないと思う。いま録音テープをつかって少しずつやってますがね。テープを集めて引き揚げライブラリーというやつを作ろうと思っている。ただ、『半島水滸伝』というか『半島三国志』という形で書きたいわけですから、かなりかかるね。

――マスコミ体験と小説の方法――

五木❖ところで、後藤さんの場合、マスコミの体験は……。

後藤❖ぼくは（昭和）三十二年に学校を出て、ちょうどナベ底景気で、卒業式が終わって、その日の夜行で博多へ帰って、それから約一年間、ブラブラしていたわけですよ。ところが博報堂に、中学、高校、早稲田と、すべてにおける先輩がいて、ある日、航空便で「お前、入る気はないか」という手紙をもらいました。ところが、こっちは、博報堂といわれてもわからなかった。

五木❖お菓子屋だと思った、まず古本屋じゃないかと思った（笑）。

後藤❖神田だから、まず古本屋じゃないかと思った（笑）。

だから、早稲田を出た高等学校の英語の先生に聞いてみると、聞いたことがある、額縁屋じゃないかって……（笑）。それにはわたしも驚いちゃって、額縁屋に勤めて、どうするのかと思ってね。それでも、とにかく上京できるというんで、ボストンバッグ一つ持ってきたら、すごい建物でしょう。おったまげちゃって、その先輩に、この会社は何で儲けているんですかと聞いたら、そのうちわかるだろう、というので、何もわからないではいっちゃった。それが入社していきなり、「ノーシン」のコマーシャルで、うちへ持って帰って、三日ぐらい考えた。そういうことをやっているうちに、本当に貴重な体験をしたと思うのは、大げさに言うと、資本主義というものが、構造的にわかったような気がした。そのときまで、レーニンも、毛沢東も、ちょっと読んだし、マルクス・エンゲルスも、ちょっと読んでいたけれども、どうしてもわからなかったことが、スポッとわかっちゃったね。と同時に、マルキシズムは、この資本主義という奴を壊そうとしているのだから、戦略戦術で確かにこうならざるを得ないだろう、ということが、実に明瞭にわかったような気がしたね。

五木❖代理店は、資本主義社会の忍者みたいなものだから。

後藤❖そのあと、ちょうど満一年後に「週刊平凡」が創刊されるとき平凡出版（編注：現在のマガジンハウス）に移ったんですが、その、入社試験のレポートに「マスコミ時代の裏街道の紳士――名を捨て実を取る広告代理業」というのを書きました。ここでは満九年、週刊誌の編集部に勤めましたから、博報堂の一年を加え、ぼくのマスコミ体験というのは、満十年ですね。要するにサラリーマン生活ということですが。

五木❖『関係』を書いたのは、どこにいたときだったかな。

後藤❖平凡にいたときです。

五木❖『関係』という小説の中で、マスコミの中における非常に消費的であり、流動的でもある人間関係を、実におもしろく書いていた。こんどは『笑い地獄』か……。まだ一貫して十年近く、ウッシッシと笑いながらその路線をさまよっているという感じがあるね（笑）。

後藤❖なにしろあそこへたどり着くまで、苦心サンタンしましたからね。大学時代に、二つくらい同人誌に書いたんですが、卒業して田舎へ帰ってぶらぶらしながら武田さんの『司馬遷　史記の世界』にぶつかり、そのあとなんにも書けなくなってしまった。

五木❖あなたの小説の中の、非常に簡単なのを難解に言う文体というのは、新聞のコラムに、なんとかの饒舌体というのが出てましたが、果してあれが饒舌体だろうかね。もっと歯切れのいいものだと思うけど。高見順さんの小説は、饒舌体といえるでしょう。後藤さんのは、だんだん説明が進むにつれて、かえって対象があいまいになってくるところに新しさがあると思う。グラスであったはずのものが、グラスでなく見えてくるという、どんどんあいまいになっていく……。

後藤❖まずひとつは、遠近法をこわしていることですね。遠くのものを近くに、近くのものを遠くに見る。また、単純なものを複雑に考え、複雑なものを単純化してみる。

五木❖既成の概念を壊していく小説の一種なんだろうね。

後藤❖あいまいな部分にこだわってゆくと、こんどは逆に、はっきりしていたはずの全体みたいなものが、次第にぼやけてくるわけですね。

五木❖あいまいな形である記憶を、補強していって明瞭な形のものにしていくんじゃなくて、あなたの場合には、過去というのは、常にわかったつもりでいるものを、かえってあいまいにしていくというところがあるね。

後藤❖ぼくの小説には病人とか泥酔者がわりと出てくるんですが、それには錯覚とか不安定という意味もあるんです。記憶もそうだし、時間、空間、それから、関係や存在そのものの錯覚ということもあるし、心理のようなものが実は生理なんだ、ということもある。もっとも『笑い地獄』には、『関係』のパースペクティブの中に、もうひとつの笑いの力学を入れちゃったので、いくぶん変っていると思いますが。

五木❖ただ、ぼくは、マスコミの裏街道で、自虐というふうなことは、全くやらないできた人間だから。つまり、三島由紀夫さんが何かで書いてられたけれども、自分を弱者の立場に置くと書きやすいと。それは、本当なんだ。弱者の立場に立つと、失敗したってみっともなくないし、うまくいけば、たいへん成功する。でも、ええカッコしが、つまずいてころんだというのは、実にみっともないわけですよ。ぼくは、そっちが面白い。

後藤❖三好徹さんとの対談だったか、あそこで、自分たちは文学青年ではない、その証拠に、作家という形で社会的に認められる前の職業において一人前のことをやった、と言っている。あれは非常に興味あったと同時に、やっぱりおれは、その点、文学青年だったのかなァ、と思ったけど……。

五木❖一人前とは言わないが、自虐には向かわなかった。それよりも何よりも、卒業証書がないんでまともな職場につけなかった。文字通りマスコミの最底辺をはいずり回っていたわけです。全社員四人とか。それも実際には抹籍くらってるもんだから、中退と称しても本当は学歴詐称なんだ。いつもはらはらしてるから、存在そのものが弱者だった。いきおいガンバらざるを得ない。

後藤❖ぼくの場合も自虐というのではないですよ。ただ、ぼくは会社に入って、会社というものは決して居心地のよいものではないと思った。しかし、それは場ちがいだという感じであって、そもそも生きていること自体がそうなのであるから、当然だと考えたわけです。それから、会社でもどこでも、働くというか、仕事をするということは、そもそもそんなにおもしろおかしいはずがない。ですから、グチをこぼしたり、サボったり、脱落したりする人は、あまり好きじゃあなかった。ドストエフスキーの言葉じゃあないが、生きていて苦しまないのは、税金を払わずに商売をやっているようなものだと思ったからですが。それともうひとつは、代理店とか週刊誌というマスコミの世界に入って、いろんな人に出会い、いろいろなことをおぼえたけれども、そのこと自体が、ひとつの運命だという考え方があるようです。

五木❖ぼくはCMソング書きながら「メロディにっぽん」というパンフレットを出していたんですがね。

後藤❖抵抗としてやっていたわけ？

五木❖そうでもない。周囲が都会人をてらう連中ばかりでね。イキなことばかりしたがるからイヤガラセで野暮を通した面もある。

後藤❖ぼくは、そこのところで、疎外感は初めあったんだけれども、それが余りにも大きいために、それをなくする一つの方法を考えたわけだ。どういうことかというと、自己を無名化しちゃうということ。ぼくの場合は、敗北とか、屈辱とか、そういう生臭いものを、全部、捨象（しゃしょう）しちゃって、自分を完全に無にしちゃうという形にいっちゃったような気がする、マスコミ時代は。博報堂および週刊誌の世界に入って、構造を理解したとたんにわかった。そういう意味では、職場を放棄してまで文学に没頭するとか、破滅するとかいうタイプではもちろんなかったと思うけれども、体制に順応ということではなくて、組織の中で自分をゼロに還元するという作用によって、組織そのものを認識しようという操作を意識的にやってきたような気がするんだ。たとえばCM界の革新とか、あるいは、より個性的なもの、より創造的なものを作るという形での自己主張とか、抵抗には情熱を燃やさなかったわけです。

五木❖それは、志であって、実際には、なぜそういうことになるかというと、こっちは無名化しようという意図がないにもかかわらず、結果としては、無名化されているところに立つ抵抗があるわけですよ。いやおうなしに無名化を体制から押しつけられた人間ですからね。

後藤❖そうですね。体制というか組織というか、そういったものが個人というものを無名化してゆくというのは、むしろ当然の話であって、それでこそ、組織であり体制というものですからね。ただ違うのは、あなたがその体制や組織といったものを、自分とか個人との対立物として、それへの反抗を企てたのに対して、ぼくの場合は、それを運命という形で考え、意識的に自己消滅という観念の世界をつくり上げようとした。なにしろそのときはすでに、階級という考え方も唯物弁証法というものも、ぼくとは無関係になっていたわけですから。ただ、ぼくは、自分を完全に無名化し、組織の中に消滅させることによって、マスコミという世界をあくまでも見る視点を獲得しようとした。それが『関係』におけるパースペクティブであり『笑い地獄』におけるゴーストライターの考え方というわけです。

五木❖ぼくの考え方は少し違う。根底にはこの世界そのものが無であるというどうしようもない感覚があって、その中でオブローモフ（編注：『オブローモフ』はロシアの作家イワン・ゴンチャロフの代表作。主人公オブローモフの名は、無用者や余計者の代名詞になった）のように生きるか、それともペチョーリン（編注：ロシアの作家ミハイル・レールモントフ『現代の英雄』の非凡な才能を持った主人公）のように生きるかという選択がある。結局はどっちも同じことだと思うんだが。そういった中で、一つの遊びのような形で何かをやって行きたいと思っていたのです。自己主張とか、体制への抵抗とかは、本当のところは問題ではない。ぼくらは、いまは自由だと思っているが、実際には永遠のラーゲリ（収容所）に入れられているようなものだ。スターリンもフルシチョフもコミでね。その中で何をやるかということです。それが生きるということではないですか。

後藤❖その二人は、十九世紀ロシアの小説における、行動と非行動の二大タイプですね。また、確かにいまの日本において、自分の行動をそのどちらかの論理で考えるということは、リアリティがないこともない。それは二つの小説がすぐれているためだけれど、ただ目下のところ、ぼくの問題は、自分の生き方や考え方を、そのどちらかに決めたり、分類することではなくて、そういう人物や状況をひっくるめた現在というものをいかに書くか、ということだと思いますね。

追分書下ろし暮し

三浦哲郎

三浦哲郎―みうら・てつお

小説家。一九三一年、青森県八戸市出身。四九年に早稲田大学政治経済学部に進学するも五〇年に次兄失踪のため休学し、父の生家がある岩手県金田一（きんたいち）村湯田（現在の二戸市）へ。五三年に早稲田大学第一文学部フランス文学科へ再入学。やがて小説を書き始め、在学中の五五年に「十五歳の周囲」で新潮同人雑誌賞を受賞。卒業後は作家活動に入り、六一年に「忍ぶ川」で芥川賞、七六年に『拳銃と十五の短篇』で野間文芸賞を受賞。二〇一〇年、逝去。

初出―「早稲田文学」一九七四年一月号

飲むときは飲む、眠いときは寝る

三浦❖後藤さん、晩酌はどうです。やりますか?

後藤❖晩酌っていうのはね、僕やらないなあ、どういうわけだか。これは——。

三浦❖ちゃんと三度、三度、食事はしますか?

後藤❖だいたい、普通、飯は食いますね。そうですね、晩酌っていうのをやるとね、いい気持になるわけでしょう。

三浦❖いい気持になりますね。

後藤❖そうしますと、これは寝なきゃいかんですよね。そうすると、だいたい昼ごろまで寝てますからね(笑)、それをまた晩酌やって寝ちゃったら、これ、破滅しますよ(笑)。それが多分あるんじゃないかと思うんですよ。

三浦❖よく酒飲んで原稿書く人いますね。僕は、まったくダメですね。

後藤❖僕もダメです。

三浦❖僕はね、一口飲んだらね、酒の気分になっちゃう。

後藤❖僕も、そうなんです。だからね、酒飲むっていうことはね、やっぱり、仕事とはぜんぜんつながらないんです。

三浦❖僕もそうですね。

後藤❖だから飲むときは飲むという感じになっちゃうでしょ。

三浦❖終ったあとで飲むことを楽しみに仕事するようなもんですね。

後藤❖だから本当にね、受験生がね、参考書をね、読み終ってね、ほっとするようなもんでね。

三浦❖そうですね。

後藤❖そんな気分だね、酒はもうお祭りと思っているから。

三浦❖そうそう、僕も祭りだ。本当に——後藤さん、よく眠る。眠りますか。睡眠は。

後藤❖そうですね、眠るのは眠りますね。ただね、そう、そうなんです。僕は眠り男だから本当に眠るんだけど、それが、どうしても制限しなきゃいかん場合があるでしょ。睡眠時間を。あれが、やっぱりいちばんいやですね。僕には、もう最大の不幸ですね、人生の――。眠り時間をけずられるっていうことね。だから、やっぱり十時間は寝たいですね。

三浦❖十時間寝るといいですね（笑）。本当に――。

後藤❖ね、いちばんいい気持になる。

三浦❖本当に――本当、これは――。

後藤❖それがけずられるでしょ。やっぱり、やむをえずね。そうすると、その分だけ腹が立つっていうふうなね。

三浦❖あの、井伏鱒二さんもね、非常に眠る人らしいですね。

後藤❖眠る人ですか。やっぱりね、健康ですよね。だからね。

三浦❖それで、熟睡が傑作を生む、といいますね。だから眠いときは、もう寝ると、眠いときにね、我慢してね。

後藤❖書いちゃいかん、と――。

三浦❖うん、眼を醒ます、醒まさせるような工夫をしてね、書いてもいかんと――。

後藤❖なるほどね。

三浦❖眠くなったら、寝たらいいじゃないか、っていうのが。

後藤❖なるほどね。

三浦❖だけど、僕はたえず眠いから、こりゃ、いけないですよ。ほんと、昼から眠いんだ。僕は――。

後藤❖たえず眠いとね、ぜんぶ寝ちゃうわけにもいかんからね。そうですね、たしかに、僕はだから、睡眠薬っていうのは、呑んだことないですよ。

三浦❖あ、そうですか。じゃ、もう寝つきがいいほうですね。

後藤❖つまりね、だから井伏さんのあれじゃないですけどもね、要するに眠くなったら、やっぱり寝るほうですね。どっちかっていえば――。そのかわり、眠くなるまで起きてればいいわけでしょ。だから睡眠薬っていうのは、ちょっと、よくわからないんですよ。むしろ、あのヒロポンのほうならね、それは、ま、使わないけども、ま、わかるんですよ。

三浦❖そうですね。

後藤❖しょっちゅう眠いんだから、こっちは――（笑）。

三浦❖そうです。そうです。

後藤❖けどね、睡眠薬をむりやり飲んで、なんで、むりやり寝なきゃいけないんだか（笑）、もったいないな。

三浦❖それはそうですね。

後藤❖うらやましいような感じですよ。終始眠いんだから――。

―五ヶ月弱の追分ひとり暮し―

三浦❖後藤さん、こんどのね、あれ（書下ろし長篇『挾み撃ち』）、どのくらいかかりましたか？

後藤❖あれはですね、まあ苦労話もまあ一、二行書いたんですがね、結局あれですね。決戦態勢にはいったのは四月からですよね。

三浦❖ほお、ほお。

後藤❖それで追分へ行って、まだ寒かったんですけどね、ストーブ焚いたりコタツにはいったりして、それで四、五、六、七、八のまあちょうど二十日頃っていいますから、まあ四ヶ月半、まあ五ヶ月弱ってとこでしょうかね。

三浦❖ふーん。

後藤❖それが決戦態勢ってとこですよね。

三浦❖何枚ですか。

後藤❖あれはね、結局はじめ三百九十枚くらい書いたんですよ、そして最後に、ゲラの時に、そうですね、五、六枚付け足しましたかね。ま、五、六枚か七、八枚くらい。ちょっと計算ははっきりしないですがね。それだからまあ三百九十六、七枚、まあ約四百枚ですかね。

三浦❖はあ、そうですか。

後藤❖そんな感じだったですね。まああれはむしろあれですよ。その、妙ちきりんな追分でね、ひとりで暮してましたでしょう。あっちのその話の方がむしろ――（笑）。

三浦❖なるほど、しかしそれは、また別になる訳でしょう。

後藤❖まあ、いつの日かね（笑）。

三浦❖いつの日かね。

後藤❖だからまあ何かのその時にね、もしかしたら役に立つかも知れないし、あるいはまた全然役に立たないかも知れないけれども。

三浦❖それはそうですよ。

後藤❖まあね。あれねあの時ちょうど「新潮」にあれが終わった直後であの二頁書いたでしょう「追分便り」を。あれでねずみが出て来る話を書いたんですよね。そしたら辻邦生さんが、あの人は松本の方で高校行ってたのかな？

三浦❖はーあ。

後藤❖松本の方の高校らしいですよね。

三浦❖はー、そうですか。

後藤❖それでね、あっちの方のことをいくらか知ってるらしい。酒場みたいな所で会ったらね、あれはね「後藤さんねずみのこと書いていたけど、あれはようするにね、信濃追分特有のねずみでね、やまねというんだそうですよ。やまね」。

三浦❖そうですか。

後藤❖で、やまねって何ですかって言ったらね「やー、後藤さんね、やまねってんですよ」ってんですよ。で、やまねってのは山ねずみのことらしいんですよね。

三浦❖あーなるほどね。

後藤❖それを、やまねというらしいですわ。で、少し小型でね、普通のよりも、あの家ねずみよりも、小型なんだとまあそんなことを言ってましたがね。

三浦❖それはあれですか。ひとり住まいですか？

後藤❖え、ひとり住まいです。

三浦❖全くの？

後藤❖ええ、全くのひとりです。

三浦❖そうすると、三度三度のめしはどうやるんですか？

後藤❖めしはね、あすこはあのちょうど十八号線ってのがね、国道がわりと近くを通ってんですよね、最近ね。

三浦❖あっドライブインが――。

後藤❖ドライブインがあるんです。二軒。それとね、やっぱりあの運転手なんかが通るでしょう。ドライバーが。それ相手のね「ラーメン大学」があるんです。例のチェーンのやつがね。だからまあ三軒めしを食う所があるんです。ですからそれをまあ交替々々に行って、一日一回その三軒のうちのどれかへ行って、あとは自炊という――。

三浦❖自炊やりますか？

後藤❖やるんです。ところがね、栄養失調になっちゃいましてね。

三浦❖そうでしょう（笑）。そうでしょう。

後藤❖めしは誰だってたけますよね。今はね、あの電気釜があるから。ところがそのあれでしょ、あとまあ味噌汁はできますよこれはまあね、これはうまくなくてもとにかくできることはできるんですよね。それであと、罐詰なんですよ。それで僕は牛罐食うのを覚えちゃってね。

三浦❖ほお、ほお、ほお。

後藤❖あればっかり食ってたんすよ。だから味噌汁と牛罐。

三浦❖馬肉じゃなかったですかね。

後藤❖それでね、あの大和煮ってやつですよね罐詰の。あれ普通だったらそんなに食えないですよね。それを食うのを覚えちゃいましてね。それで結局一食はそのドライブインみたいな所で食って、一食は自炊をやってた訳ですよね。でまあ、月のうちね一週間くらい家に帰ってたんです。

三浦❖あ、そうですか。

後藤❖帰って来たんです。それでまた行くという、そういう暮しなんですよね。

どういう訳だか肉体労働したくなる

三浦❖なるほど、なるほど、四月からずっと。

後藤❖え、そうです。四、五、六、七月は。で、八月になると夏休みになったんで、まあ家の者がみんな来ました。八月からはまあ栄養失調でなくなったんですがね。まあ、四、五、六、七は、七月の終わりまでですね。八月になるまでは、そのやもめ暮しですよ。それで、妙なものだと思ったのはね、確かにやらにゃならん訳ですよ、遅れに遅れてる訳ですから。その長篇がね。それで結局遅れている訳だけど、ひとりでいますとね、そのどういう訳だか肉体労働したくなるんですね。やっぱり書きたくないんですかね――何かこうね孤独になると、やっぱりどうも肉体労働を欲するって感じを受けたですよ。つまりね、どんなことでもいいですよ。例えば庭に穴を掘るとかね。用もないのにゴミ捨て場の穴を掘ってみたりね。もう、あるのにまた掘ったりね。それからゴミ箱のふたね、一日掛かりでこう作ってみたり、板切れ拾って来てね。それからね、もう何もなくなると今度はね、あのねアカシアの枝をねノコギリで切ったり。切らなくてもいいとこまで切っちゃったり、それから、いよいよになるとあの風呂の掃除するんですよ。

三浦❖ああ、それは僕もやりますよ。

後藤❖やるでしょう、ね。やっぱりそうですかね。

三浦❖やっぱり書きたくない時だな僕は、しょっちゅう何かないかと思って探してますよ、力仕事が（笑）。

後藤❖用もないのに何か。やっぱり体を使いたくなるんですかね。ああ、やっぱりありますか。

三浦❖あります。ええ。

後藤❖僕はね、本当にそういうことはなるほどなと思いましたね、あすこへ行ってて。それでそれは原稿がやっぱりうまく行ってない時なんでしょうな。

三浦❖そうですね。もしくは、案外リズムに乗っている時かも解らないですよ（笑）。まあそれが日課になりゃね。

後藤❖うーん、そういうリズムでやって行くというね。

三浦❖僕はね、わりにうまく行ってる時かな、そういうのは。で、うまく行ってない時はもう不気嫌になって、ただただもうだめですね。家にいれば。それはひとりでいるとね、不気嫌になってもしょうがないけど。だから僕が何かノコギリ持ってやり出したり、風呂の掃除をし始めると家の者はほっとしてます、一応。あっ、結構ですねってな感じで。まあ何となくこう躍動してるような時じゃないですか。だからそれは自分のペースでこう仕事をひとりで、やってると何となくそうなるんじゃないですか。ひとりでいたってあれでしょう。一日もう二十四時間くらいも、あるいは十五時間もびっしり書いている訳じゃないでしょう。

後藤❖それはないですね。まず何かないかと思う。

三浦❖ええやっぱり、この頭の方のバランスとうまく行ってるんじゃないんすかね。体を使いたくなるという風な。

後藤❖そうですね。ん――。

三浦❖僕なんかだめな時はもう、徹底的にだめになるから、ぐったりしちゃって、何にもしなくなっちゃうっていう風な。

追分の四季の移り変わりに茫然とする

後藤❖いやー、確かにそれは、今度の山暮しでなるほどな、と思ったんですよね。体験としてね。面白かったですよ。ただやっぱりね、何ともこのー、まあ切ないといいますかね。そんなのはね、やっぱりね、僕なんか日頃団地暮しでしょう。そうするとこの全く人工的な環境に住んでる訳ですよね、その東京の周辺の中でも特にね。ところがね、追分だと全くそのぽつんとその山の中の、まあ山の中ったってそんな山の中じゃないんですがね、まあすぐ近くに部落はあるんだけれども、その、まあとにかく自然のまっただ中にいる訳なんですね、そうするとね四季の移り変わりがまことにこの、これはまあ鑑賞すればね当然これはもう極楽みたいなものなんでしょうけどもね、悠然とその自然に遊べばね。ところがそのゆとりがない訳ですよ。こっちは、追い詰められてるから。ところがその逆に時間の経過ってものがそのままこう自然に出て来るんですね。

三浦❖はあ、なるほどね、それは面白いな。

後藤❖しかも四月っていうと枯木なんですよ、全くもうあすこはもう枯木の風景ですからね、見渡す限り。ところが、それがだんだんだんだんね新芽が出て来るでしょう、それから庭の雑草がわーっと繁って来るでしょう。そのうちに今度は梅雨(つゆ)になって来る訳ですね、そうするとねアカシアの花がぱしっと咲き始めて来るんですね、するとまたそれが散っちゃうでしょう。そうするとね、今度はその梅雨が終わるとこう新緑のものすごいその盛りになっちゃってね、庭じゅうもうそれこそ雑草がわーっと生い繁る、恐ろしいほど繁っちゃう訳ですね、刈らないから、草も全然刈らない。そして今度は真夏になって、かんかん照りになって来るんですけどね、その変化がね、何ともこの圧迫ってんですかね、こう自然のまあ恐ろしさってのとはちょっと違うんでしょうがね、この時間の恐ろしさそれがこの具体的にね、その天然自然で出て来る訳なんですね。それは周りに全部囲まれちゃってるから。

三浦❖後藤さんどうですか。その普段、あの場所は変わっても書ける方ですか?

後藤❖は、なるほどね。それはね、僕はね、わりと馴じみは早い方ですね。

三浦❖早い方ですか。はー。

後藤❖どうですか、三浦さんは?

三浦❖僕はどうも馴じめないから、あのクラブのような所に突っ込まれると居る訳でしょう、あの東京にいると。例えば団地のような所にずっと居ると逆効果の場合がありますね。でその軽井沢に行ってそういう四季の移り変わりが、かなり鮮やかにある訳でしょう。気を取られませんかねそっちの方に。

後藤❖それはね、やっぱり大きかったですよ。僕はね例えば家からね、ある出版社のクラブへはいるとかね、それからまあどっかに罐詰めになるとか、そういうのは割と平気なんです。もうすっとその日から続きが書けるんです。まあ調子がいい時はね。ところがね、追分だけはまいったですね。というのはやっぱりその天然自然のね、その何か襲撃ってんですかね。それがやっぱり余りにもその強烈だったですね。それでね、やっぱり四月から行ってね、二ヶ月間くらいは茫然としてましたね。

三浦❖ああそうですか。でもそういうことは作品に対してどうでしょう。そのいい影響があるか、マイナスだと思いますか。僕はね、大変その精読してないでこんなこと言うのは失敬だけども、そういうのはとてもその後藤さんの今度の作品にね、あのいい影響を与えてるんじゃないかと思いますね。いろんな批評とか感想をまだきかなきゃいけないんだけども、確か

後藤❖それはね、まああの読んでいただいた方のね、いろんな批評とか感想をまだきかなきゃいけないんだけども、確かにね、確かに二ヶ月くらい茫然としていたんですよ。それで何ともそのもう気を奪われちゃったような感じでしてね、周りにね。まあ例えば浅間山なんかぼさーっと一日ながめててね何もしないでね、風呂にはいって酒呑んで寝ちゃったみたいなね、そういう日がやっぱりずいぶん続きましたね。それで結局、良く考えてみると、何でしょうかね、それがプラスになったかどうかはまああれとしてね、確かにあの書いてること自体はね、全然追分と関係ない事ですからね、全くその人間臭いようなこと書いてる訳でしょう。だから、そこに距離が出て来たことは事実ですね。で、妙な話ですが、確かにあのまっただ中で書いてる、今まではまっただ中でずっと書いた訳なんですけどね、街のまっただ中で。ところがその、今度その距離的にも離れてるし全く環境そのものが全く別な環境だったでしょう。だから人間離れしたような、その『方丈記』みたいな所ですから、鴨長明になったような感じですからね、こう庵を結んだようなね、それこそあの風呂も自分で焚くし掃除もするってな感じですからね、雑草まみれだと。そういう環境で果してうまく行くかな——と初めは思ったですよね、そうするとやっぱりまっただ中でねやらなきゃと思ったこともちょっとあったんですが、だんだんそのうち二ヶ月くらいしてやっとその、かえってそれがその距離になったような気がしますね。だから距離をもって、まあ書けたというか。

三浦❖だからそれは何も軽井沢でなくても、例えばあのどっかの海の、海辺でも良かったかも知れませんけれども、ともかくそういう自然の中でねぽつんとそういうのをながめながら書いたのが、案外、後藤さんが思っているよりもね僕は影響があったんじゃないかな。つまりその、何かあのなまいき言えば余計なところがね、その都会にいれば多分いろんなことでひっかかるであろう余計なものがね、非常に引っかからないで非常に自然にね、だからあの後藤さんのつまり取っておきのいいところが、わりに素直に、これまでは——。

後藤❖夾雑物が——。

三浦❖そう、夾雑物って言うのかなあ、あの色々引っかかりがありましてね、そこに引っかかって出なかったものが僕はこの非常に出てると思いますね。だから非常にいい感じじゃないのかなあ、今度のあれは——。

後藤❖そうね、まあ確かに僕も初めての体験でしたしね。まあ初めは非常にその点が逆に不安だったんですがね。そのね、離れてるってこと自体がね。しかもそれこそ僕なんか全く堀辰雄とかねああいった、そのまあ感じのものとは全然違う世界のものを書こうとしてた訳ですからね。まああの人みたい

だと結局、追分そのものをね、もう舞台にして、その自然との感応ってんですかね、それがそのまま文章になって行くようなそういうものですよね、あの人のものはね。だけど僕の場合なんか全然そのただ追分はもう場所的にね、そこに居るというだけであって、その作品の中味そのものはね全然関係ない訳ですからね。その点が初めは非常に不安だったですよ。

三浦❖だから追分そのものじゃなくて、やっぱり四月から完成までそういう生活をどっかで離れてやったということはね、それはもうおそらく、あの自然がね、きっと追分は豊富だからそれが非常に、やっぱりその離れるにしても例えば新潮社のクラブであれを書いたらもっと違ったものになったような気がするんだけどな。

後藤❖そうそう、それはそうでしょうね。

書きたい場面を書いてしまいたくなる誘惑

三浦❖こういうのはだから、作品ってのは非常に運命的っちゃおかしいけど、そういうのはありますね。

後藤❖作品の運命ってのはありますね。作品そのもののね。それは確かにそう、作品そのものの運命ってのはありますね。それはやっぱり自分で意識した以外のものね。それにある程度支配されるっていいますかな。

三浦❖だからそれはいいか悪いかはとにかく解らないけれども、確かにありますね。だから僕は今回の後藤さんのあれは、それは非常にいい意味で出たんじゃないですかね――。

後藤❖まあそうであって欲しいですけどね（笑）。

三浦❖いやー、本当に。

後藤❖まあ何にしろ珍らしいまあ面白いっていうか、そういう体験ではあったですね。あの四ヶ月半くらいですがね。

三浦❖まあその世代的なあれもあるのかも知れませんけども非常にストレートにはいって来ますね。

後藤❖そうでしょうね。

三浦❖だからそういうことは、やっぱり後藤さんの初期の作品には、いろいろはいりにくいものがあってね。それがむしろ後藤さんの特色みたいなあれだったけども。例えばユーモアにしたって非常に今度はすかーっとこう自然に行ってるような気がしますね。

後藤❖まああれですとね、あの中でどうしても書きたい場面みたいなものがね、頭の中にこびり付いていたような、まあそれこそずーっと十何年もね、こびり付いてるような場面がいくつかあった訳ですよ。まあこれはどうしても書きたいっていうね。ところがね、一番僕がその誘惑と戦ったのはね、ようするに書きたい場面を短篇とか中篇に独立さして、まあ百枚前後くらいに独立さしてね、もう早く発表したいっていう気持がね、やっぱり数年あったですね。僕はね――。それをおさえるのがね、非常に僕自身の何ていうかな、そのつらいというか、その誘惑と戦わなきゃいけないというか、そういう体験はないですか。何かこのとっておきの場面がいくつかある訳ですけど、それは短篇にしようと思えばぽっとそこだけ切り取れば、まあ案外いい短篇か中篇になるんじゃなかろうかと。

三浦❖僕なんかやっちゃったからなあ（笑）。だからもともとね――。

後藤❖だからそれを何とか全体の中に持ち込んで――。

三浦❖だから僕は今非常に長篇書こうと思ってもつらいのはね、もう全部出したような感じがある訳です。

後藤❖書きたい場面をね。

三浦❖そうそう、だからもう同じ材料で再構成するより仕方がないんですよね。ま、そういう意味では――。

後藤❖構想を変えてね、ちょっと。そのデテールとして持ち込んで来ているというね。

三浦❖まあ、それはそれなりに僕は意味のあることだとは思ってますけどね。

後藤❖ま、それはそうですよね。

三浦❖ただそのとっておきの場面てのは確かにありますよ。

後藤❖あるんですよね。

三浦❖そういうのはね、もうだから目先がきかないっていうかね、あの結局その将来長篇で書くっていう風なことは考えなかった、考えがなかったですね。

後藤❖や、僕もね大部その使ったんですよ。それでなおかつやっぱりいくつか残っておったんですね。本当はその既に使っちゃったやつの中でもね、あーこれはそれこそ、まあもっとねあれしておけば良かったみたいなね。という感じのものはやっぱりいくつかありますがね。今度はまあそこは何とか押さえて来て、やっと持ちこたえていくつかね、まあいくつか残したっていうか。それでもなおかつやっぱり、ちょっと一年半近く雑誌に書かなかったですからね、書下ろしやってる間は、ちょうど一年四ヶ月書かなかったですからね、その間やっぱりね、いろいろ言われるでしょ。ま、ちょっと、あいだでひとつぐらいいいじゃないですか、とかね、雑誌の人に。そうすると、つい、ここんところをね、とってね、っていうようなね、やっぱり誘惑がね何度かあったですよね。

三浦❖随筆でも、そうですよね。随筆で書いてしまうっていうこともありますわね。

後藤❖随筆の場合は、まだとりかえしがつきますわね。これは小説にもう一回もちこんできて書き直すってことはできますがね。やっぱり短篇小説でね、もう発表しちゃったら、なかなか、やりにくいですよね。

三浦❖そりゃ、やりにくいですよね。

後藤❖また、時間がたってね、それを深めてゆけば、もちろんいいわけですよね。もちろん材料っていうのは無限にあるわけじゃないからね、われわれの場合はね。

三浦❖だから、さっき言われた可能性があるような気がしたのは、あの、だから、深めるという意味でね——。

後藤❖だから広げるよりはむしろ深めるのがわれわれの、どっちっていえば、仕事ですからね。つぎからつぎへと新材料をね、仕入れてきてやるっていうやりかたも、もちろんあるかも知らんけども、僕らの場合はどっちかっていえば、新材料じゃなくて、旧材料なら旧材料を、どれだけ深められるかってことでしょうね。そういう意味じゃ、もちろん他人が書いたものじゃないんだから、それはまずいけどもね（笑）、自分のならね、深めればね、もちろん、それでいいんだと思いますがね。

三浦❖材料そのものは、もう何回繰り返して書いてもいいわけなんだけれども、場面っていうのは、やっぱり、かなり印象的なものですからね——。

後藤❖とくに中短篇ではね。

三浦❖そうそう、だから、それをもういっぺん書いちゃうと、つぎ書けないですよね。同じ場面をとても——。

後藤❖それは書けない。

三浦❖じゃ、そこ書かなきゃいいんじゃないかって言うけども、とっておきの場面っていうのは、そうたくさんないからな（笑）。よく我慢しましたね、そこは。

後藤❖そうですね、だから、ま、そこがしんどかったっていうのはね、ちょっと我慢のしどころっていうか。

三浦❖ぼくら、とっておきの場面にしがみついているようなもんだからな。そこを書きたいために、そこまで引っぱってゆくそれをするわけだから——。

後藤❖そういうことですからね。

父たる術とは

黒井千次

黒井千次――くろい・せんじ

小説家。一九三二年、東京出身。五五年、東京大学経済学部卒業後、富士重工業へ入社し、サラリーマン生活の傍ら創作を行う。六八年に「穴と空」で芥川賞の候補に。七〇年に『時間』で芸術選奨新人賞受賞。同年、富士重工業を退社し、作家活動に専念する。八四年に『群棲』で谷崎潤一郎賞、九五年に『カーテンコール』で読売文学賞、二〇〇一年に『羽根と翼』で毎日芸術賞、〇六年に『一日　夢の柵』で野間文芸賞を受賞。〇二年から〇七年まで日本文藝家協会の理事長を務める。

初出――「望星」一九七四年八月号

編集部❖きょうは〝父たる術とは〟ということで対談をお願いしたいわけです。そういうことばがあるかどうかわかりませんが、戦後家長としての父親像がこわれてからこのかた、われわれはどうも父たることに安心立命できないでいるように思えます。そうした父たることの居心地の悪さ、とりとめのなさといった日常的気分を通して〝父たる術〟とは何かを考えてみたいと思うのです。

後藤❖最初、連絡いただいたとき、ぼくは〝父たる術〟と言われたのが、剣術の〝術〟ではなくて、実態の〝実〟と思ったんです。つまり、父というものの実像というか実態というか、現実にわれわれがおやじとして、自分の実態というものをどう考えているんだと、そう受け取ったんです。そのあとで〝術〟とはっきりありましたので「ははあ、こっちのほうか」と思ったんですよ。

黒井❖ぼくは〝父たる術〟と読んでいた。「術なし」のすべだっていうようにね。そう頭から思っていたからもう断念から始まるというか、とりあえず絶望から始まるというか、そういう感じで受け取りました。

敗戦、父の死とその日常と

後藤❖ところで黒井さんもそうだと思いますけれども、ぼくは昭和七（一九三二）年生まれでちょうど終戦の年が中学一年です。いまぼくのうちは偶然ですけれども、長男が中学一年なんです。で、ぼくが中学一年のときに日本が負けた。その当時のおやじというのが、ちょうどいまのわれわれくらいの年だったのじゃないかと思うんですね。

黒井❖そうですね。ぼくのところは一つ二つ上くらいかな。

後藤❖ぼくのところも一つ二つは上かもしれない。で、中学一年に入った子供を見ていると、ちょっと複雑な感じはするね。いままでも確かに複雑だったけど、やはり中学一年という区切りが、自分の中学一年は終戦だったということと照合するものだから、何となく妙な感じがするね。

黒井❖ただあれはどうですか。つまり戦争に負けたとき、一九四五年というのが今のわれわれぐらいの年と考えていくと、おやじたちもそのときやっぱり何かグラッといったわけでしょう。だから幼年時代を別にして言えばわりとはっきりしている父親の姿というのは、ぼくの場合グラッといったあとの延々と続く日常があるわけ。その中の父親像というのはかなり意識的に受け止められる形のもので、その前というのは感覚的に受け止められる形のもの、何か敗戦のところに両者の切れ目があってという感じがするんですが、後藤さんの場合は敗戦後まもなくお父さんが亡くなられたわけですね。

後藤❖うちの場合は終戦の年におやじが死んじゃったからね。

黒井❖幾つで亡くなられたんですか。

後藤❖四十七歳です。だから何というか……ぼくらが自分はおやじであるということを考えるにしても、自分のおやじを考えるにしても、どうしても敗戦という問題をいまだに無視できないでしょう。これはぼくらの生活とか考え方とか全般にもうしみ通っちゃっているよね。だから単なるおやじを考える場合にしても、結局二つの価値体系にまたがっているものを同時に考えるわけです。たとえば敗戦前と敗戦後、それはぼくらの一つの宿命というか運命と言えるのじゃないかな。

黒井❖肯定的にせよ否定的にせよ、父像というものがありますね。それは結局どこでできたかというと、基本的には感覚に負うことの多い幼児期のものなのじゃないかな。

後藤❖そうだと思うね。ただ幼児期を考える場合、ぼくらの場合は終戦以前だよね。幼児期というのは一つの独立したものので、だれにだってあるもので、ぼくらの息子にだってもちろんあったわけだけど、自分の息子の幼児期を考える場合と、ぼく自身の幼児期を考える場合は全く別のような気がするんだね。ということは結局ぼくらの場合は、幼児期というものが敗戦によってひっくり返されたという感じがあるでしょう、何者かによってね。とにかく幼児期を思い出すなり何なりする場合に、敗戦という境い目があるでしょう。ここで三十八度線みたいに分断されちゃって、それからあとのことを思い出す場合と、それから前のことを思い出す場合と意識がうまく連続しないところがある。

黒井❖そうね。ただ、もう終戦まぎわになってくると、ぼくなんかもおやじが栄養失調になって寝込んじゃって動けなかったし、おやじ像というのもへばってきちゃった。

後藤❖召集されなかったんですか。

黒井❖されなかった。仕事の関係で、軍隊とは別に戦争に協力していたということになっていたのじゃないか。

後藤❖そこがぼくと黒井さんは同じ年の生まれだけれども、おやじに関しての父親像が若干違うところかな。

ぼくの場合は、おやじは（昭和）十九年に応召したんです。うちのおやじはもともと——まあ、もちろん予備役だけれども、職業軍人ではないけれども、一応陸軍の中尉だったからね。将校だったわけで、半分は日常の商売人、半分は兵隊だという感じがぼくのおやじ像にはつきまとっていたね。で十九年に最後の応召をしちゃって、終戦のときはもちろんいないわけね。だから結局ぼくらと同じ年代でも、おやじのズッコケ像を現実に目撃している人と、ぼくなんかみたいに、おやじはいいところで終わってしまっているのと違うんだな。

黒井❖なるほど。

後藤❖しかし最後の死にざまはなかったですよ。敗戦のまっただ中で、しかもぼくらは外地ですから、野たれ死にに近いような死に方だったけれども、それは異常な状況だったからね。これは極限状況に近いような状態だったから、おやじが日常生活の中でくたばったというイメージがないわけね。そのところがちょっと違いがあるような気がした。

黒井❖おやじが存在としてへたってきたり、かっこよくなかったりというふうにそれ自身として変るのと、それから今度、子供のほうが成長してくるから、前は見えなかったものが見えてくるのと二つあるでしょう。そのときに相当へばっているみたいだとか、けっこう形はつけていても内実はそうではないのじゃないかとか、ある意味から言えば意地悪く、ある意味から言えば身につまされてというところがあるね。

後藤❖ぼくの場合はおやじが日常的にズッコケた実際の姿をあんまり見ていないわけですよ。見てないものだから、自分が実際おやじと同じくらいの年になって、息子もちょうどぼくが終戦のころの年になっちゃっているという現在、おやじと比較して自分を見ると「自分のほうがだめなのじゃないかな」とつい思っちゃうわけね。そこが微妙なズレとして、父親像の、ぼくが持っているおやじに対する像と、ぼく自身の自己認識というか、あるいは逆に息子から見られているのじゃないかという、子供からの視線を考えた場合に、とても何か不安定というか、こんなものではいけないのじゃないかという感じが必要以上に強くあるわけですね。

黒井❖父親として、家庭の中だけの顔じゃなくて人間全体が見えてくるには、ズッコケて見えたり、やさしかったり、いろいろなものがあるわけだけど、後藤さんの場合その中のだめなものが切れていて、いいほうだけが額ぶちの中の写真みたいにあるんだな。

後藤❖だからといって、美化しているわけじゃないんだ。うちのおやじは終戦のどさくさに胃かいようで血をベロベロ吐きながら死んだものだから、これはひどかったですよ。だから必ずしもぼくは「父よあなたは強かった」というだけでもなくて、何か人間がだめになる瞬間みたいなものは逆にまた見たわけです。ただ一応、日常、自分との比較みたいなもので言うと、……だって終戦のときぼくのおやじは子供が七人いた。現在ぼくの子供は二人でしょう。別に数で圧倒されているわけじゃないけど、何か家父長制というか、そういうものの中で、確固たる、家督を相続した人間の生きる形としてはっきりしていたような気がする。それと比べてこっちはという気持ちがどうしても出てくるね。

自分ははたして「おやじ」なのか

黒井❖ただ子供は永遠に父親のあとを行くわけで、どの時代をとってもそういう関係があるでしょう。だから、いつでもその子にとって親というのはやっぱり親だという関係があって、父親同士を比べていかないと、わかんないようなところがあると思うんですけどね。後藤さんは、おやじさんが自分のおやじさんについて語ったことを聞いたことないですか。

後藤❖ないな、それは。黒井さんはありますか。

黒井❖ある。

後藤❖それをちょっと聞かせてください。

黒井❖そんなに詳しく知らないんだけれども、おやじのおやじというのは、関東大震災で死んでいるの、横浜にいて。おやじが大学生のときにいきなりバシャッと来て、家がつぶれて死んでいる。それをおやじが一生懸命掘り出して、まだ足なんかあたたかかったらしいんですが、だめだった。

そのじいさまというのは、話によると新潟県のほうから一銭五厘か何かつかんで家出してきて、横浜に住みついて、自分で何か一生懸命始めるんだな。おやじにとってじいさまは小さいときは凄くこわかった。ものすごくきびしかったらしい。まあ、せがれのほうも相当悪かったらしいですが、その叱り方というのがたいへんすさまじい。何かというと木か何かに縛りつけられちゃう。一方でそういう弾圧が激しければ、一方の側も当然知恵を働らかせていろいろやったわけだ。そういう攻防が様々にあって、それにしてもとにかくおっかなかったと言いますね。

後藤❖じゃあ黒井さんは、おじいさんは知らないわけですね。

黒井❖全然知らないわけ。だからそういうこわかったじいさん像というのはぼくの中にはもちろんない。

後藤❖そうすると黒井さんは、お父さんの話を通じて、自分のおやじはそのまたおやじを非常に恐れていたということを印象づけられているわけね。

黒井❖言うなれば明治に育った父親と大正育ちの父親の違い、といったところがあるのじゃないかな。

後藤❖話を聞いて非常におもしろかったのは、ぼくもおじいさんを知らないんですよ。というのはうちのおじいさんも早死にで、ぼくが生まれたときはもう死んでいたんですよ。ところがうちはおもしろいことに、ひいじいさんが生きていた。つまりおやじのおやじはいなかったけれども、おやじのじいさまが生きていたわけですよ。朝鮮の植民地に渡っていた一代目がひいじいさんなわけです。このじいさんが小説にもときどき書いたけれども、宮大工なんだ。宮大工は日韓併合には絶対必要不可決のもの、つまり日本人が移住する以上はお宮とお寺は権力のシンボルでしょう。で、お宮をつくりに朝鮮へ行った。そこで住みついちゃったわけですよ。

ぼくが生まれたときは、おやじが家督を相続していて、ひいじいさんは隠居していたけど、家の中にひいじいさんが厳然といるわけですよ。だからぼくの家に対するイメージは、ひいじいさんが一つの原像になっているわけね。これが親分だという感じがあるわけですよ。現実にとりしきっているのはおやじだけれども、結局その上に家というもののシンボルとして、日本の象徴は天皇であるみたいな形で、ひいじいさんが控えていたわけね。だから、ぼくが感じる父親像にも、ひいじいさんのイメージが重なっている。結局ひいじいさんは長生きしちゃって、ぼくが小学二年生ぐらいのときに八十八で死んだ。

そのひいじいさんの像と、そこにつながる一つの縦の系譜としてのおやじというものがあるものだから、家というものの形式が実態としてはっきりあるわけね。それに比べてぼくは……ぼくは団地に住んでいるわけだし、舅(しゅうと)もいなければ何にもいない。まことに変わったという感じが強いわけですね。で、自分は一体おやじと言っていいものか、といった感じが比較として出てくるわけ。

黒井❖でもひいじいさんに比べて家庭の中におけるおやじさんというのは、小さかったという感じは別にないわけですね。

後藤❖そう見えればよかったんだけれども、そう見えるにはぼくはまだちょっと子供すぎた。もちろん同格じゃなくてひいじいさんが偉いんだけれども、やはり縦につながるものとして一体になっているわけね。万世一系の縦の家族社会というか家族制度、そういう感じが非常に強かった。

ただ黒井さんに一つ尋ねたいと思うのは、終戦後、大人がズッコケるのをまのあたりに見る、それは実のおやじでもいいし、親戚のおじさんでもいいし、もう一つ先に行って、兵隊でもいいわけです。兵隊だった人が、パッと終戦後になって闇屋になったとか、あるいはもっとひどいのになっちゃったとか、そういう大人の変貌を日常性が連続した中で見るでしょう。その場合、大人に対する不信感の持ち方、つまりこれだから大人をもう信用しないんだという、不動の認識みたいなものを終戦後、植えつけられたと言う人がいるのだけれども、それがぼく個人で言うとよくわからない。

黒井❖そういう人はほんとうにいるんだよ。だけどぼくはそうじゃないんだな。何かもっとつながっている感じがするんだよ。敗戦のときに世の中がガラガラッと変わって、もう何も信用できないから自分でやるよりしようがないと思ったと言う人がいるけれど、それはどうもぼくらよりもちょっと上の世代の人に多いんだよ。

後藤❖上だね、二つ三つ上じゃない。

黒井❖ということは、ガラガラッといったときに、当然、国家そのものがおかしくなっちゃった。そのときに既にかなりはっきりといろんなものが見えていた連中は、おそらく大人に対する不信の潜在的な目みたいなものを一方で持っていたわけだから、世界の崩れるのと世界を疑う目の成長とがタイミング上うまく合って、全部だめだ、おれだけだというふうな感じに襲われたことはあると思う。

ただぼくなんかの場合、まだいろいろなことを十分に見る目が育っていなかったのか、あるいは自分が特にぼんやりしていたのかその辺はよくわからないんですが、もっとなだらかに続いているという感じがする。

不信とか苦しかったことは、たとえば戦争中だと、ぼくなんかの世代では学童疎開が一番苦しかった。そのときにもいろんなことがあったけれど、たとえば食いものがなかったつらさとかは、戦争中よりも戦後のほうがもっとひどかった。空襲がなくなって、夜落ち着いて寝ていられるということはあったにしても、食糧事情だけとればかえって戦後のほうが学校に弁当を持っていけないとか、おかゆとか大根の葉っぱの入ったものしか食えないということが続いたでしょう。そういう意味から苦しさというのも連続してあるし、大人がその中でどうこうなっていくということは、必ずしも敗戦というものがあそこになくても、やはり年とともにへたっていく部分はへたっていったろうと思うんだ。それを社会的な激動であるとか、大きな動きに全部かぶせて見るのは、うまく整理しすぎちゃうんじゃないかという不信が一方で常にある。

後藤❖ぼくもそう思うんだよ。だから聞きたいのだけれども、そこで大人に対する不信感、頼れるのは自分だけという、一種の肉体思想みたいなものが植えつけられて、その大人に対する不信感がすなわち日本帝国主義に対する不信感であると、つまり思想的に、イデオロギーにそのまま地続きで移行されていった世代があるでしょう。それがぼくらと同じ年の人にもいたのじゃないかと思うんですよ。というのは二年か三年上にいるとすれば、やはり影響を受けるしね……。

黒井❖その場合には、ワン・クッションあると思うんだよ。ぼくらの世代の場合には、たとえば兄貴を見ていたとか、そういう人が近くにいたとか。だから肉体的に全くストレートにつながるということはどうなのかなあ……。たとえば戦争そのもので、具体的に空襲で家族が死んでいるとか。

後藤❖戦災孤児になるとかね。

黒井❖そういうものをキッカケにしてということはあるだろうけど、そうではなくてもう少し理念的な形で、一切のものが信用できないという喪失感、整理された形での絶望感が自分に入ってきたとか、日本帝国主義とか軍国主義、そういうものについての認識はやはりちょっとワン・クッション間にあるのじゃないかという気がする。

――伝えがたい父の〈内部〉――

後藤❖ただね、父親の問題にそこのところをくっつけて考えてみると、やっぱりそこで大人に対する不信感というものが実感としてあって、実感がついには思想的なものとか、国家に対する思想的なものにつながっていった場合に、その人が現在四十代のおやじになっているなら、おやじとしての考え方がぼくらと全く違うような気がするんだが……。

ぼくは大人に対する不信感というのは特別には感じなかったほうだし、ましてや国家批判なんかの形にはならなかったものだから、いまのようなおやじになっちゃっているのじゃないかなという気がするんだよな(笑)。

黒井❖それはどうかな。そういうふうにはつながらないのじゃないかな。たとえば戦後はっきり切れ目のあった人間の場合は、どういう父親像を持っているわけ。

後藤❖それはぼくなんかが持っている父親像とまた違うと思うんですよ。違うけれどもある意味で時代というものに非常にピタッと密着した、まあいい悪いは別にして、何かやっぱりはっきりしたおやじになっちゃっているのじゃないかなという気がする。

黒井❖時代に密着したって、どういうおやじ?

後藤❖こういう時代なんだから、息子はこういうふうに教育しなければいかぬとかね。

黒井❖ははあ、たとえばスパルタ式教育であるとか。

後藤❖そうそう、いまはやりのスパルタとかね。あれは逆に消費社会なら消費社会というものの中に、とにかく溶け込んじゃって、一生懸命やっておる人で、猛烈になれば猛烈になるし、マイホームになればマイホームになっちゃうみたいなね。そして「これがおやじだ」ということで、あまりズレを感じないでやっていくような人になっているのじゃないかという気がする。

ぼくらの場合には、自分では自然に来たつもりだったけれど、敗戦とか親とか国家というものは、特別には考えなかったほうだけれど、それだけにいまの時代の中の父親像が、いまだに自分で「これだ」と鏡のごとく示せないんだな。

黒井❖それはそうだよ。それは当然そうだけど、ただその前にぼくはこういう感じがするんです。つまり敗戦から戦後になってきての、まあ、戦争中のはりきっている父親ではなくて、もうちょっとへたばっているみたいなところがわりと出ている父親、おそらくそれは天皇の人間宣言なんていうものにも、どこかで照応しているわけよ。そういう父親を戦後ずうっと見てきている。またある意味では、戦後になってガタガタして、食うものがなくて、病気になったりした過程でへばっている父親というのが、非常に人間的なイメージで自分の中にあって、それは戦前からずっと続いた家長でありおっかない父親であり続けたものの傷口みたいなものですね。それが戦後になって見えてくる、こちらの成長にあわせてでもあるけれど見えてくる。何かそこから、一種の父親への理解というか、親しみみたいなものが出てくる。マイナスイメージをキッカケにして初めて理解し始めるようなものです。そうすると今度は、マイナスイメージしか自分の中には出てこないんですね。そこのところでいわば衰弱した父親が見せた何ものかというのが、それは父親の連続の中ではマイナスのある一部分であったが、今度自分のほうに持ってくると、父親の中でマイナス像として見えていたものだけをかき集めてきて、人間父親と。つまり権威であったり、機能であったりした父親ではなくて、もう人間そのものになっちゃった父親というような形のものが、自分に親しいものとしてあるとか、あるいは自分の腹に合ったものとしてあると。

そして、ここから先ぼくはよくわからないんですが、もしそうだとすれば、いまの子供にとっての父親、つまりわれわれというのは、極言すれば、出発点から、だめなんだと思うんですよ。つまりぼくらが見ていたときにはだめじゃない父親があって、それとの対比の中で、だめになったほうが非常に身近なものという感じで生きてきている。何となくその身近なほうだけを自分のほうに引き寄せているみたいなところがあるのじゃないか。そうすると、今の子供にとっての父親というのは、全部マイナスの集合体みたいなものとしてしかまず存在しない。そういう感じがちょっとするんですが。

後藤❖確かに天皇の人間宣言と家父長制の中で持っていた父親の虚構性、これは悪いという意味じゃなくて、虚構性があったわけですね。そういうものがくずれて、黒井さんが言ったように、マイナスの要素を集めてきて「やっぱりこっちのほうがほんとうのおやじではないか」と酒飲んで酔っぱらってひっくり返ってみたり、おふくろにやり込められたりしている父親像、そういう面ですね。ところが実際には、おやじの内面というのはわからないわけですね。

たとえば日常生活の中で、形としてズッコケたり、戦後なんか特に、雨漏りしない程度の三畳間か何かに、家族が何人もいるということがあった。そういう場合の父親の権威というものは、確かに外面から見れば地に落ちているわね。何だということになるわけね。ところがそのおやじの内部というものが、これはだれもわからないわけです。それが自分の問題として考えた場合、父親がズッコケているとしても、父親の内面性が子供にわかってもらえるかどうか。その場合にもし伝えるとすると、やっぱりお説教しかないわけね。ことば、あるいは態度で伝えるしかない。カミサンはわずかに、何分の一かは想像してくれるかもしれない。「この人はくたばっているけれども、こういうことを考えているのかもしれない」とか。ところが子供は、ぼくらの経験からいってもないわね。そこまでは想像できない。ただイメージとして「ああそうか、おやじは威張っているばかりでなく、ズッコケているときもある」というようなことでね。

その場合に、子供に伝達すべき自分の内部というのは一体何なのだろうか、ということがぼくの問題なんですよ。というのもぼくが自分のおやじに比べて非常に不安定であり、何となく形がまだ定らないように思うのは、親子の伝達の形式が実にズッコケていると思うんですよ。ふざけて言えばいいのか——これは子供に合わせていることですね。つまり漫画の「ダメおやじ」とか「おそ松くん」「天才バカボン」にしても大体似たような形になっているでしょう。ああいう伝達の形式を使ってぼくは言うべきなのか、あるいはもっと厳然と、価値体系はこっちにあるんだ、おまえはまだ人間並みではなくて、人間のことばというのはこっちにあるんだとはっきりかまえて、そして自分の価値とする体系によって、自分の内部が伝達できるだろうかと思うわけです。

昔はぼくの場合、おやじはこういうことをやっていた。まず剣道です。これはもうもの心じゃなく、まだ竹刀が振れるか振れないうちに朝やらされていたわけです。次に仏壇に連れていかれる。おやじが神仏を信仰していたかどうか知らないけど、形式としてはっきりしていた。だから何だか知らないけど、とにかく行って念仏を一通り唱える。

それから今度は謡曲です。とにかくすわらされて、意味なんかわからない。「鞍馬天狗」だとか「紅葉狩」を小学校へあがるかあがらないうちですね。それはずうっとおやじが家にいる間は続いていたね。大体ぼくが中学一年に入る前くらいまで。それが結局おやじのぼくらに対する伝達のし方だったわけですね。それは単なるお謡とか竹刀を振り回すということだけじゃなくて、おやじの内面の表現じゃなかったのかと、ぼくは思うんですよ。ああ、もう一つ軍歌があったね。おふろに入ると軍歌を教えるわけですよ。別に教えてるという形じゃないんだけど、これが歌だという形で歌うわけね。そういうことが、おやじの価値という形になってくるわけですよ。おやじは自分の情緒なり、あるいは内面の一つの考えを、そういう形式で一応子供に伝達していたわけね。

それといまのぼくと比べてみると、伝達の形式がすごくあいまいというか、自信がないわけね。いきなり「論語を読め」ということはできないわけでしょう。そこのところを聞きたいんだけどなあ。

黒井❖それは教育とかしつけということも含んできますね。含んでもっとでかいな。

後藤❖含んで、もっと複雑というか、広くあいまいで、もちろん教育も含んでいて、非常に大きいと思いますよ。

何をもって「いけない」と言うか

黒井❖そういうことになると、ぼくは、いまの世の中あやふやなんだから、あやふやでいいじゃないか、おやじやおふくろにしたって、ズッコケて学校へ行く時間間違えちゃうこともあるかもしれないし、休みの日に出ていっちゃったり、いろいろあるかもしれないが、それはそれでいいじゃないか、それぞれが人間おやじであり、人間母親なんだからと、とりあえず思うわけです。そう思うのが楽だからということも一つにはあるけれど……。そして、もしそれでずうっといけたら、案外それでいいじゃないかとも思う。ただ、どうしてもそれではやっていけない部分が出てきてしまうので困っちゃう。どう困るかというと、日常生活の中で子供に接していて、そういうふうであってほしくないとか、このことは腹が立って耐えられないとか、幾つかそういうものがあるでしょう。結局当り前に言ってしまえばしつけということになってきますが、その「いけない」と言うときに、何をもってそう言えるかということになってきますね。

だけど、厳密に考えてきたら、いまの世の中では、たとえば「なんじ盗むなかれ」とか、「こういうことはしていけない」ということが幾つかあったとしても、それではほんとに言ってる側の人間がどれだけ確信を持って言いきかせることができるかというと、現在はそれができなくなっている時代だと思うんです。にもかかわらずしなければいけない。そうすると、さっきちょっと出たけれど、家庭の中のしつけ、あるいは教育の虚構性みたいなもの、非常にフィクティブなものとして何かを加工しないと、そこから先に出ていけないわけです。

ただ、こういうことを考えるんです。ある意味からいったら、それは昔もそんなに違わなかったのかもしれない、フィクティブなところだけ取って言えば。つまり「こういうことをしてはいかんぞ」と言っている父親も、よそに行けば平気でそれをしている、大人の世界では。うそをついてはいかぬと言っていながら、平気でうそを言っていた。そして子供に対して言うときと、大人の社会でうそをついているときというのは違っていて、子供に対して何か言うときの父親は、子供に対して一種虚構の存在としてある。それが教育でありしつけであると。しかもそれでなぜ父親が人間的に不誠実にならないでそういうことができたかといえば、おそらくそこの場で成立する虚構というものをささえる巨大ななにものかが、社会的にあったと思うんです、たてまえと本音というふうに言えば、やっぱりたてまえはたてまえであり、本音は本音であるという分裂はあったと思います。ただその分裂を非人間的なものとしてつかまえるのではなくて、分裂は分裂としてそのまま許容できるような人間観が、前の社会にはあったのじゃないかと思うんです。

後藤❖確かにそうだと思うんです。つまり時代の精神、モラル、倫理というものがあって、その虚構性をそのままの形で小さくして持ってきたのが家族だった。

たとえば、おやじが言う訓戒は世の中の訓戒であり、時代の思想であるということはあったと思います。またおやじが虚構的であったとしても、虚構をささえるものが普遍的なものとしてあったわけでしょう。これは内外ともに通じたものなんだよね。家の中でも通じれば、表に行っても通じた。

ところが戦後は、それが悪いという考え方が一つあるわけね。いわゆる天皇制によってできていた国家の理念が、そのままミニチュアになって家族に入ってきていたが、天皇制が崩壊した以上は、当然、虚偽のモラルは崩壊すべきであると。これも一つの考え方ですね。だけどぼくは、さっきも言ったようなことで、直結して考えられない人間になっているわけだから、そういう場合、戦前の父親像というものは、単なる国家の虚構をそのまま移しかえたものではない気がする。

それは何かというと、まあ中国では批判されているそうだけど、たとえば論語というものがありますね。ぼくは別に論語的な人生を送ろうというわけじゃないけれども、論語を信じているおやじだっていたと思うんです。国家の思想もあるけれど、そうではなくて、人間として論語を信じるから、論語的な人格を子供にも求める、という形で子供に自分の考えをしゃべれば、たまたま時代にもあったかもしれないが、おやじにしてみれば個人的なことでもあるわけでしょう。そういった意味で父親の個人的な内部、確かに「盗むなかれ」とか「殺すなかれ」とかいう大原理はもとよりだけれども、ほかにも自分の小原理があるわけでしょう。たとえば「おれはこういう人間だけにはなりたくない」とかね。あるいは子供がテスト、テストと言って「だれ君はすげえ、テストできるんだよ」とか言ったときに「それはすごい、偉い人だね」と言っていいのか。そうは言いたくないという気持ちがあるでしょう。その場合に「ああそうか」と、たばこ喫っているだけでもいいものか、ほんとはもう一言何か言いたいでしょう。

黒井❖うんうん、絶対に言いたい。

後藤❖その言いたいことを、どういう形で子供に言ったらいいのか。「テストなんかくだらない」という言い方もあるかもしれない。しかしそれもまたちょっとうそになるようなところがあるでしょう、ぼくらには。そこのところが非常にあいまいというか、不確定というか、そういう形でのおやじの内面というのは、まあ大げさに言ってしまえば、おやじが人間とはこういうものだという考え方、そういうものの伝達というか、コミュニケーションが何かややこしい気がする。何か引っかかっちゃうんだな。

〝親に似ないようにしつける〟とは

黒井❖そうすると、たとえば父親の権威とか、家庭内における位置とか地位、そういうものよりもむしろ内面をいかに伝えることができるかというコミュニケーション、通じ合いの形がないことのほうが、もっと父親を父親として成立させなくしている基本的なものだということになるね。

後藤❖内面をほんとうに息子に通じさせるべきか、あるいは通じさせる場合にはどういう方法をもってすればいいのか。

また反対に考えれば、父親の内面なんていうものを息子に伝える必要があるのかどうか、ここにまた一つ疑問があるんだな。結局内面なんていうことは、一般の父親は考えないで日ごろ暮らしているのかもしれない。ぼくらはたまたまこういう職業のものだから、つい自分の内側ばかり目を向けている生活のものだから、子供にまで自分の内面が伝わるかどうか、伝えたらいいのかどうか、そのためにはどうしたらいいかなどと、よけいなことを考えるのかもしれない。まあ非常にゆるぎないという感じは、どうしてもその点でもてない。

黒井❖逆に言えば、どっちにしたってゆるぎない形は信用できないという感じも一方にあるでしょう。

後藤❖ただ、さっきも出たけれど、たとえばぼくらと同じ年配でも、あまり内面とか言わない人が大多数いるわけでしょう。その人たちは、息子とおやじのコミュニケーションなんてあるわけないんだと、そう割り切っているかというと、そうではないんです。ぼくらとは違うけれど、何かがあって、その場合彼らが息子におやじとして伝達しているものの中身、形式を考えてみると、非常に困るという気がする。それはぼくらみたいに内面うじうじしていないだけサッパリしているかもしれない。しかしその分だけ型にはまっていると思うんです。型なんて、いまないにもかかわらず持ってくるわけでしょう。それは石原慎太郎型かもしれない。あるいはその中間あたりのものかもしれないし、サラリーマン的、マイホーム的なものかもしれない。その型がやっぱりあると思うんですよ。その場合、子供はその型によって、テスト絶対主義ということも家庭によってはあり得るわけだし、中身がないのに型だけあるという形も出てくるわけでしょう。

一方ぼくらは迷いに迷って、何か非常に不安定な状態にいるということが言えるのじゃないかと思うんです。

黒井❖やっぱり広い意味では、自分の内面を何らかの形で子供に伝えることはあるのじゃないかね。つまり非常にわかりやすいかっこうで、ことばを通して教えるか、あるいはどこか象徴的な場所に連れていって——それは神社でもいいかもしれないし、墓場でも職場でもいいのかもしれない。そういうところにいる父親を見せて何かを伝えようと思うとか、方法はいろいろあるにしても、結局父親が持ってきた何かというのを次に伝える。伝えるということは、ある意味では拒絶するということを通して伝えることも含めて、伝えていくものがあるだろうと思います。それが文化の中身をつくっていくものだろうと思うんです。

ただ伝え方における、父親から息子、息子からまたその子供という縦の鎖みたいなもの、それがどういう形でつながっていくのかがいまちょっとわからなくなっちゃっているという感じですね。どっちにしても非常に明確な形で存在した鎖というのは、もう父親自身が信じられなくなっちゃっている。

後藤❖それはどうなんだろうね。たとえばぼくらの場合は、たまたま小説家なんていう職業なんだけれども、特殊とは思わないが少数ではあるね。そこで大多数の、ぼくらと同年配のおやじが考えてることというのは……実はたまたまＰＴＡで話に来てくれというんですよ。息子も娘も行ってる小学校だったから、あんまりむげにことわるのも悪いと思ってね。

黒井❖どういう題で話したの。

後藤❖題は……結局最後までわからないからさ、どういうことを話していいのか。一つ言ったことは、いまはみんな何かのためにならなきゃ集まらないと言ってるけど、何のためにもならない集まりと思って来てくれ、とまず断わったわけだ。

それで感じたことは、話が終わってからお母さんからこういう質問が出るんですね。「自分は自分の子供をできるだけ親に似ないようにしつけたい」と。それはある意味ではさっきぼくらが話したような、自分に対する自信のなさからきているると思うんだけど、それにしても親に似ないようにしつけいると思うんだけど、それにしても親に似ないようにしつける、という考え方にはちょっとぼくは……啞然としちゃった。

つまり自己否定なんだよ。で、その自己否定が、その内面からきてるんじゃなくて外面からきてるわけね。つまり自分のいまの環境にあきたらないということね。たとえばぼくなんか団地に住んでるでしょう。そうすると団地に住んでるということがもうあきたらないわけね、だから息子あるいは娘は団地に住まないで、土地があって……そこまでは言わないけど、結局そういうことじゃないのかなあ、とぼくは思ってね、そういう意味で啞然としたわけなんですけどね。

だから、いまの親にはそういう形の自己否定もあるわけだよ。ところがそういうのはやっぱり一つの型でしょう。まあ自分のことはさておいて、人のことを啞然としてると言うのも変だけどね。そういうことが実際にありますよ。

黒井❖それはおそらくあるでしょうね。

後藤❖つまり、自分に似ないようにしつけたいということは、はっきり言っちまえば身もふたもなくなっちゃうけども、たとえば自分はかれこれしかじかの学歴しかなかった。で、かれこれしかじかの地位にしかつけなかった。だから息子には、それを上回る学歴及びそれによって得られる自分を上回る地位と、したがってそれを上回る生活をという論法なんだね。

黒井❖いや、それは確かにそうだろうと思うんだね。その場合に普通の平凡な、平均的な勤め人の生活をしてるとするよ。そうすると今度は逆に、その人の子供が平均的な勤め人はいやだと言って、大学へ行かないで職人の修業をするとか、それから福祉事業に生きがいを感じたいと思うから、普通の大学の法学部だ何学部だなんていうところにも行きたくないといったことをもしも言い出したら、これはその母親なり父親なりと似てないわけだね。似てなくてそういうことが起こってくるケースが可能性として幾らでもあるわけでしょう。

で、そういう似ていなさというものは、大人から言うとまだ認めないんだろうと思うんだよ。私に似ないものになってほしいという願望の中には、それは入ってないわけでしょう。

後藤❖うん、それは入ってないんだ。

黒井❖だからそれはもう明らかに志向性があって、自分を否定するっていうのは、その否定するしかた自身の中に別のものを目指して——非常にもうはっきりと目標があるわけで、それに向けて突っ込んでいこうというわけだよね。

後藤❖早く言えばスノビズムの一種だね。

黒井❖そうそう。

後藤❖それは精神的なものじゃなくて、まあ、物質的なスノビズムだよね。

黒井❖そういうことを考えたときに、たとえば自分の息子なら息子が、とにかく中学校までは義務教育だから行くとするわね。で、高校へはもう行きたくないとか、あるいは高校を卒業したときに大学には行きたくないと言ったときに、「いや、そんなことを言わないで、まあ、行けよ」って、何を根拠にして言えるかといったら、ぼくは困ると思うねえ。そう言い切る自信っていうのはもてないなあ。

まあ、卑俗なことで「そんなこと言ったって、おまえ、先になって困るからとにかく行っとけよ」とか「大学、何を教えてくれるかわかんないけど、とにかくその間、金は何とか確保するから」とか「ゆっくり遊ぶっていうことは、あれは悪い期間じゃない」とか、その程度のことは言えるかもしれないけどもね。でも、本質的に、一人のもういいかげん成長した人間が自分が生きていくその過程、プロセスっていうのを見て何か言い出したときに、何を根拠にして自説を断言するか、その自信がないね。そうかといって、子供のロマンチシズムをそのまま認める自信もない。

後藤❖それはそれこそ大原理を言えば、家族制度が崩壊したということだよね。つまりそれを強制するものは何もないわけね。家族制度があれば、うちはとにかくこういう商売だからおまえは何々工業学校へ行かなきゃいかん。それを否定するならば、じゃ、勘当だ、ってそういうことね。うちは商業だから商大へ行けとかね。あるいは兵隊だから陸軍士官学校へ行けとかね。そういうような強制する何ものかがね。で、それを否定するものは反逆ということになる。反逆というジャンルが一つあったわけなんだな（笑）。いまは反逆というジャンルがないでしょう。だって正統がないんだからね。反逆なんかあり得るわけはないんだけども。

ぼくは思うんだけど、さっきのPTAで質問をした人はみんな女性、みんな奥さんが聞きにきて……だってウィークデーだから男なんかいるわけないんだ。しゃべっているのはぼくだけで、男はね。聞いてるのはみんな女でしょう。

そこでぼくが思ったのは、そういう「親に似ないような子供にしてもらいたい」と言ったときの、その親に似ないというのは、おそらく亭主をまず眼目においていると思うんだ、お袋は。自分じゃないと思うんだなあ（笑）。案外自分には無責任に、自分のことは考えないでね。まず暮らし向きからいえばこれは亭主だからね。団地の奥さんなんていうのは、アルバイトぐらいはやってるとしても、これは扶養家族の一人ですからね。結局おやじの働きいかんだな。ところが肝心かなめのおやじはだれもいないわけですよ。

結局、そのような発想はカミサンの発想だと思うんですよ。そのカミサンの発想が完全に父親を支配しているかはわからないけども、ああいうところへ来てそれだけ言うからには、家庭の中でもそのカミサンの発想というものが、方向づけはしてると思うんだな。全く反対のことはおやじも言わないと思うんだなあ。ただ黙っているとか、あえて積極的に賛成しないけどもね。これはおやじは否定されているわけだからね。お父さんみたいにはならないでくださいということでしょう。露骨に言えば（笑）。あんたに御飯を食べさせてくれる人のようにはならないでくれということでしょう。これは結局どういうことなのかなあと思うんだな。つまり家庭の中におけるおやじっていうものが、そのカミサンの発想からいった場合、それでどうなるのかなあと思うんだな。

黒井❖そりゃカミサンがずるいっていうか、あまりにも俗っぽ過ぎる、ということも言えるかもしれないけども、ぼくはそれは案外公約数みたいになっているところがあると思う。ことばの露骨さ加減は人によってある程度あるとしてね。

だからそういう意味からいけば、その父親である術というのは、これは非常に手に入れがたく、困難きわまるある一つの課題みたいなものとしてわりと見えてるからいいんだよ。しかし母親である術っていうのは、これはわりと見えなくてね。父親のほうは権威が失墜してだめだっていうふうなことになってるとしても、母親のほうは、たとえば教育ママであるとか、あるいはPTAの役員であるとかという形で、それなりの権威なりそれらしき実体みたいなものを持ってるって認識されてるでしょう。それがしかも子供に対してはやっぱり母親であるわけよ。そうするとその母親である術というのは、父親である術とどういう関係にあるのかっていうことが一方ではっきりしてこないと、父親というのはもっとはっきりしてこないところがあるんですね。だから、父親がだめになっているっていうことがもしあるとしたら、その元凶は母親がだめになっているからでね。

「天才バカボン」のパパと「ダメおやじ」

後藤❖そこでまたさっきの話にくっつくのかもしれないけども、つまり遺伝っていう単純明快な事実があるわけでしょう。肉体は遺伝するっていうことね。父親と子供っていうものは、これは切っても切れないものだと思うんですよ。で、結局、教育とか、時代の理念とか、あるいは個人の一つの思想なり生き方っていうものは、やっぱりこの親子であるということ、遺伝的なものを無視して考えることはできないと思うんですよ。その中から反逆っていう、異変っていうものも出てくるわけだ。それは遺伝があっての異変であってね、突然変異ということであって、やっぱり基本は遺伝だと思うんです。

　その場合、さっきのＰＴＡ、まあＰＴＡを悪く言うようだけれども、この母親の発想に対する疑問っていうのは、この遺伝的要素を全く無視しているということだね。まあ、トビがタカを産むとか、ナマズが金魚を産んだとか、よく言うわね。言うけども、しかしぼくは非常に現実的な発想かもしらんけども、やっぱり自分のツラを見てみろっていうことね。そんなこと言ったって、おやじはこいつだろう。お袋はおまえだろう。その場合に出てくる子供はそんなべらぼうなことはないんじゃないか、と思うんです。そりゃ確かに環境とかいろいろあるわね。だけど実際に自分が産んどいて、で、自分に似ない子供に……っていうのは、これはちょっとぼくは異常な考えじゃないかと思うんだ。

　だから結局ぼくが親子に固執するのも、一つには確かにその時代としてのおやじというものもありますよ、時代の中で一つの定義づけられたおやじというものはね。と同時にこれはやっぱりしがらみとして、遺伝因子として、結局このおやじじゃなければオレみたいな人間はまず出てこないというような運命的な要素っていうものはあるでしょう。その運命的な要素を、いまの時代っていうのはあんまり考えなさ過ぎるんじゃないか、という気がするんですね。自分のおやじっていうのは、まあ、バカでもアホでも能なしでも、あるいはその逆であっても、とにかく自分はこいつの子供だっていう考え方ね、その考え方が意外にないんじゃないのかなあ。妙に一般化されちゃっているようなところがあってね。

　そこでまた漫画の話になっちゃうんだけどね。あの「天才バカボン」ね。あれはおやじだけがバカなんだよね。天才みたいなバカなんだ（笑）。お母さんはすごくりこうなのね。しっかりしているわけね。子供もりこうなんだよね。

黒井❖子供は天才だ（笑）。

後藤❖天才なんだよね。で、あのバカボンというのはお母さんに似たから偉くなったのか知らんけども、何かあの場合非常にはっきり考えられるのは、親子の問題っていうのを妙に普遍的に置きかえちゃってね、あのバカボンのおやじをおやじ一般にしちゃっているわけね。それを批判する側の子供は子供一般になっちゃっているわけですよ。このおやじからこの息子が出てきたということじゃなくて、これは一般論として、おやじはズッコケているという一つの典型にされてるわけね。子供はそれを非常に冷静に見て、その矛盾なり、おかしさなり、ズッコケさをつく、というパターンになっているんじゃないかと思うんだな。だから見るほうは、その子供のほうに感情移入して見ているわけね。ひどいおやじだわねえ、ズッコケてるわねえと。で、うちのお父さんなんて、ましなほうねえ、と。そのパターンが妙なところで固定化しちゃってるような気がするんです。それが現実の社会にまで、生活にまで持ち込まれちゃっているような気がするんです。さっきのお母さんの発言なんかにしても、ぼくはどうもああいうものが尾を引いてるように、まあ影響というんじゃなくて、呼応というか、照応しているような気がするんですよ。

黒井❖現実の反映が……。

後藤❖そうそう、逆かもしれないわけだからね。

黒井❖「ダメおやじ」になるとそこがもっと極端になってくるわけだね。あそこはせがれなり娘なりの力というのはあんまりなくて、とにかく強烈なオニババアがいるわけね。それとめちゃくちゃに踏みつぶされるおやじとの関係が中心で、それで息子と娘とはそのオニババアに全く加担したかっこうで出てくるわけだね。たまに同情したとしても、それはより多くやっつけるために戦術的に同情したりなんかしてるわけだよね。あれはもう全くケチョンケチョンじゃないですか。

ぼくは最初テレビであれを見たとき、ちょっと不愉快だったわけよ。あんなにおやじがケチョンケチョンにやられていることに対してね。つまり実感として不愉快だった。それがずっと見てたら、だんだん不愉快でなくなってくるんだな。不愉快でなくなってくるっていうのはどういうことかっていうと、なれてしまうからっていうのとは別にね、何かあれは違うっていうふうに思ってるわけ、どっかで。自分で切ってるわけ。不愉快になるときってのはつなげてるわけよ、家庭の中で。つまり横に息子なり娘なりがいて、そこにおやじがいて一緒に見てるわけだ。で、画面の中ではもうケチョンケチョンに父親がやられてるじゃない。電車から蹴飛ばされて、落とされたりね。踏んづけられて顔が曲がったりさ。それがどっかでつながっていると思ったら……横っちょでケラケラ笑っているせがれなり娘なりと自分の関係っていうのをそこに生ぐさくつなげちゃったら、それは見ていられる筋合いのものじゃないんだけれども。それがだんだん見られるようになっちゃうというのは、あれ、どっかで遮断してて、それでこうフィクティブなものとして画面を見てるわけね。

そういうふうにフィクティブなものとして画面と自分との関係をどっかで切っちゃってるっていうね。そういう操作をやって、だんだん平気になってくる。それに似たような関係というのは、広く考えれば現実と自分との間にもいろんなところにあってね。何かぐあいの悪いことが起こると、あれは違うっていうふうに切っちゃってるところがある。どこそこでもってこういう事件が起こった、それはいろいろ深刻な問題をはらんでいる、というようなことがもしあったとしても、あれはうちと違うんだ。それからあそこのおやじさんがこうだった、あれは違うんだ。あそこのカミサンはこうだった、ああ、うちは違うんだ。というふうに、ほんとはつながって中側で同じようなことが起こっているのに、どっかで切って、違う、違うっていうふうにして耐えてる。何かそういうことが知らないうちに起こってるみたいな気がするね。

後藤❖その「ダメおやじ」にしても「バカボン」にしても、あれは子供番組だからって言えば、それまでかもしらんけども、要するに子供がおもに見ますわね。その場合、結局、子供が親を、ある意味で自分の未来像としては全然見てないわけね。こんなにおやじがだめなら、自分もいずれはこうなるんじゃないかって、そういう連続として見てないよね。

ただこんなふうになってきたとき、おやじとしては、人間一人の一生というか人生なんて、長生きしてみても、あるいは仮に相当偉くなってみても、たいしたことじゃないよ、どうせ一回、何十年か生きるだけだよといったふうに考えて、もういっそ、それこそ「おやじたる術」なんてものはかなぐり捨てちゃって、おまえも一人の人間や、わしも一人の人間なんだ、どっちか少しぐらい偉くなったり、偉くなかったりするかもしれぬけれど、五十歩百歩だろう、おまえはおまえの人生を勝手に歩めと、そう割り切ってしまうことができるのかどうかということなんだね。

黒井❖ただ、その勝手に歩めっていうのは、それはいずれはなるにしても、人間の赤ん坊はほかの動物には類がないほど先天的に未熟児であって、自分で生活していく能力は全くない。それをほいほいほいほい言いながら育てていかなけりゃならぬわけでしょ。そこのところで、おまえはいいようにやっていけっていうのは、あるところまで行けばいいけど、その前にそうやるとうそになると思うよ。

後藤❖確かにうそになるね。

黒井❖食わして育てていくという、どこかで切るときはもちろん問題だけれども、そこまでは食わせているということ自身が、客観的にいえば何かを言い続けていることになるわけだから。めしを食わせるというかっこうで、晩に食卓に着くと食うものがあるということそれ自身が、それが何かということを通して父親なり母親なりが子供に何か伝えていると思うんだな。買ってきたハンバーグなら買ってきたハンバーグなりに、とった蕎麦ならとった蕎麦なりに、何かを伝えているわけでしょ。そこのところで勝手に生きていけっていうふうに言うのは、おそらくほんとうじゃないだろうと思うね。

後藤❖自由放任主義というものは、どこかでうそがある。うちは放任主義ですからって言うのは、ちょっとうそだなあ。

黒井❖それが逃げだということははっきりしている。そうかといって、決然として何かを言うことのそらぞらしさっていうのは、うそっぱちっていうのははっきりわかるから、どっちもうそだってことがわかって、それじゃあどうするか、というとこだけぼけちゃってね。

後藤❖そういうことだなあ。

（一九七四年六月六日）

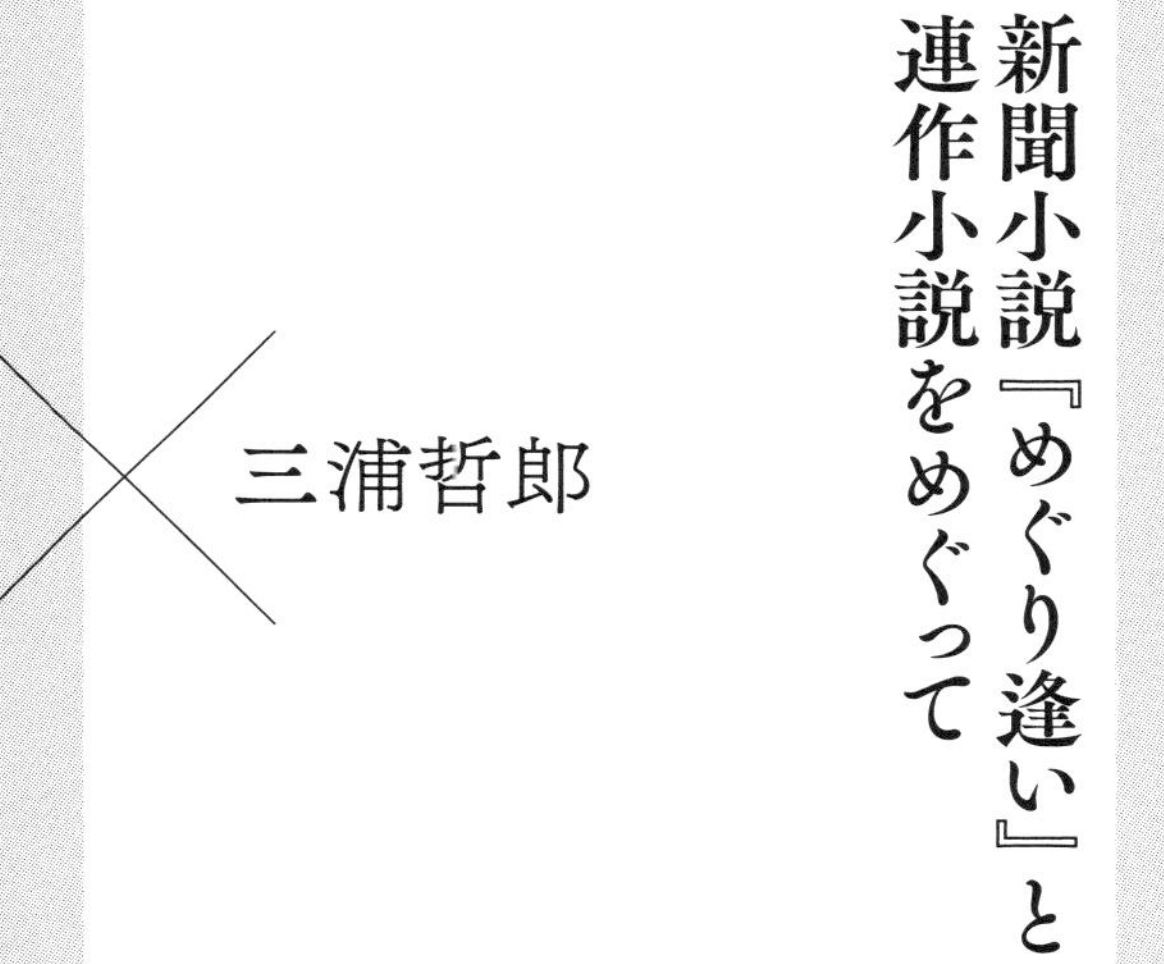

新聞小説『めぐり逢い』と連作小説をめぐって

三浦哲郎

三浦哲郎——みうら・てつお
略歴は30ページを参照。

初出——「青春と読書」一九七六年四月号「作家の話『めぐり逢い』をめぐって」を改題

みんな巨人ファンのことをばかだと思っている

三浦❖ぼくはどうも血圧が高くてねえ。

後藤❖どういうふうですか、寝起きのぐあいは？

三浦❖要するに血圧が高いと一番寝不足がこたえるんです。ですから、ぼくは夜はぐっすり眠りたい。それは昼八時間眠るのと夜八時間眠るのとではずいぶん違うんですよ。少なくとも東京では。追分とか八ケ岳はどうか知りませんが、東京ではとにかく違う。それでぼくは何しろ眠らなくちゃいかんというんで、夜は眠ることにして、朝早く起きて仕事をする。その点、低血圧の人とは全然違うんです。朝起きて、歯みがいて、顔洗って、めし食って、すぐ仕事ができますからね。

後藤❖何時ごろですか？

三浦❖子供と一緒に起きますから、七時から八時ごろ。八時から仕事できますね。

後藤❖じゃ、いわゆる普通の会社勤め風の日課ですね。

三浦❖ええ、それまでは夜でなくちゃだめだった……。

後藤❖そうしますと、朝からずっと……。

三浦❖くたびれてくるんですよ、だんだん夕方になると。しかも最近は、どうも灯ともしごろが（笑）無事に過ごせなくなるんだな。つまり朝からずっと書いて、昼めし食って夕方までずっとやっているでしょう。そうすると六時か七時ごろたいていくたびれてきます。それで一杯飲みたくなる。どうしても飲みたくなっちゃう。そこで飲む。

後藤❖晩酌になるわけですね。

三浦❖そうです。それで九時ごろまで飲んで、あくる朝まで眠って……といけば、正常回転ですがね。あくる朝はまた六時ごろ起きて、七時に……。

後藤❖そうすると、普通人並みのダイヤですね。

三浦❖それがしばし狂うんですよ。つまり酒を飲んで一眠りするのが、本当の睡眠ということになることがある。六時ごろ飲み始めて八時ごろ眠るでしょう。夜中の二時に起きて、それからあくる日の夕方の六時まで原稿書く。だから当然睡眠不足になりまして、そういうときは本当に困る。せっぱ詰まってくるとそういうことになる。ぼくはどうも灯ともしごろにかなわないことと、野球を見たくてしょうがないから、ナイターのあるうちは眠ろうとする。とにかく、酒飲んで寝ちゃおうというのは、ひとつの誘惑遮断の方法でしてね。

後藤❖でも野球はだいたい九時で終わっちゃいますね。そこまで待てないですか？

三浦❖待てないなあ（笑）。

後藤❖ぼくは寝るのが普通朝四時です。そうすると、五、六、七、八、九、十、十一、十二で八時間ですよ。ちょっとおまけして一時。

三浦❖それは毎日そうですか？

後藤❖毎日です。これは決まってるんですね。大体一時に起きて、風呂入って、何か食べるんです。そうすると大体午後の二時から二時半ぐらいになりますね。それから電話があり、電話もぼくら商売のうちですから、一応打ち合わしたり何なりして、人が来るとか、逆にぼくが出ていくとか、あまり出ていかないんだけれども、要するに午後の二時ごろから夕方のめしどきまでですね。夕めしは子供と一緒に食べる。これは大体普通の家庭と同じですね。六時半から七時ぐらいの間です。だから、ぼくは子供と一緒にマンガ番組とかを見ているんです。それで八時まで大体子供はテレビ見てますから、八時までボーッとしている。

三浦❖その間、ぼくは酒飲んでいる（笑）。

後藤❖ぼくは晩酌しないんですよ。というのは、晩酌すると働く時間がなくなっちゃう。晩酌して寝ちゃったら何もできなくなっちゃいますもんね。だからぼくが酒飲むのは――朝四時までは起きてるんです。これは原稿書こうが書くまいが、締め切りがあろうがなかろうがずっと起きてる。夜の十時から四時までがぼくだけのまるっきり孤独の時間です。もし原稿が四時でどうしてもという場合は五時、六時ということもありますが、その辺で終わったら飲むわけです。これは全く愛想のない酒ですよ。だれもいないんですから。氷を出すのもぼくはいやなもんだから、水なんですよ。水道でジャーッと入れて、ダイニングルームとかその辺で……。

三浦❖でも、しらじらあけに仕事を終えて酒飲んで寝るというのは、いい感じでしょう。

後藤❖そうですかね。

編集部❖そうしますと、たとえば午前中に電話や来客があった場合はどうなるんですか。

後藤❖眠ってます。その間は悪いけども、誰から電話がかかってきても起きないです。

三浦❖後藤さんはそういうペースを守っているところがいいんだな。熟睡が傑作を書かせるといいますからね。

後藤❖やっぱり睡眠時間削られるのが、何がいやだといって一番いやですね。睡眠時間が削られたら、一日中頭がむしゃくしゃするんですよ。

編集部❖追分のほうに行かれても同じ生活パターンですか？

後藤❖同じなんです。

編集部❖めしなんか朝の四時には食べられないでしょう。

三浦❖栄養失調になるわけですな。だって二食でしょう。

後藤❖家にいる場合はそれでも一人前のもの食わしてもらうからいいんだけど、一人で適当にやっていたら口内炎になっちゃった。医者にみてもらったら、これは子供がなる病気ですよと言われた。発育期の子供が偏食して、たとえばトマト食べないとか、ああいうのと同じらしい。それで変な青いの塗られました（笑）。青インクみたいな。くちびるなんか青くなっちゃうんです。小学生が偏食してなる（笑）、あれと同じなんですよ。ビタミンが極端に不足するとか。

編集部❖後藤先生が昼過ぎまで眠られるという生活のサイクルは、高校野球が始まると狂うんですね。

後藤❖ええ、高校野球の半月間はおかしくなっちゃうんです。

三浦❖それはぼくのプロ野球と同じようなもんですな。ぼくは見たくてしようがないから酒を飲んで眠っちゃうけど……。

後藤❖いや、それが眠れりゃいいんですが、高校野球始まると、全部見ちゃうんですね。だって朝からでしょう、あれ。

三浦❖じゃ春と真夏にちょっと狂うわけだな（笑）。

後藤❖それで無理しているわけですね。朝ずっと起きてて、ちょっと寝て、もう高校野球の音楽が鳴るでしょう。あれが聞こえると……。

三浦❖十時ですからね、あれは（笑）。

後藤❖それで夕方もあるでしょう。薄暗くなっちゃう。ナイターなんて照明つけるでしょう。あれになると一日こうなるんですね。あのときは、ほんとうにつらいですね。かみさんが怒っちゃって、テレビ捨てるというんです。

三浦❖よほどの誘惑なんですね。

後藤❖そんなに誘惑に弱いのは困るというんですね。

三浦❖ぼくも誘惑に弱いですよ（笑）。

後藤❖だって、ぼくはバス乗っているときだって聞いてたもの。高校野球のときは、イヤホーンなんてなかったもんだから、耳におっつけてるんですね（笑）。ですから、ああいう誘惑と戦うでしょう。あれがひとつの生きがいですね、ぼくにとっては。全然あんなもの屁でもないというんじゃつまんない気がするんです。何かこう耐えがたきを耐え、というか、耐えてないんだけれども。

編集部❖三浦先生はもうプロ野球は克服されたの？

三浦❖プロ野球は最近ちょっと遠ざかっている。

編集部❖巨人が負けてるから。

三浦❖そういい当てられると困るけど。

後藤❖やっぱり巨人ですか。これは〝めぐり逢い〟ですね。ぼくも巨人なんですよ。

三浦❖後藤さんが巨人というと、珍しいような気がするけれども、ぼくが巨人というと、みんな……。

後藤❖納得しますか。

三浦❖納得というか、ばかにしたような顔しますよ。

後藤❖いや、ぼくもずいぶんばかにされたですよ。相当なめられちゃってね。巨人ファンというのはばかだと思っているんだね、みんな。

――エッセイと小説との関係性――

三浦❖後藤さんのエッセイ集が、最近つづけて出ましたね。エッセイと小説の間というか、そういう話はどうですか？

後藤❖ぼくはわりあいエッセイや雑文を書くの嫌いじゃないんです。とにかく時間さえ間に合えばわりあい全部引き受けちゃうんですよ。もうそれは編集者の注文があればそのとおりに書くし、たとえば野球といえば野球を書くし、酒といえば酒を書くしということで、テーマはあまりえり好みしないんです。どうしてもわからんことはしかたないですけれども。

三浦❖ぼくなんか一番困ることは種が尽きるということですが、種尽きませんか？

後藤❖ぼくは妙な癖がありまして、あれは小説に書くといいなと思っていると、まず三枚でも四枚でも随筆に書く。それでバネができるんです。漠然と小説に書こうと思ってたことがそれではっきりしたような気持ちになるんですね。だからそういう意味じゃ随筆を利用させてもらっているというと、はなはだ申しわけないような気もするんだけれども。

三浦❖そういう気持ちはぼくにもありますね。随筆を書いて弾みをつけようという……。

後藤❖何か逆な人がいるそうですね。一枚でも二枚でも書いちゃうと、もう書く気がなくなっちゃうとか。ぼく、それわからないですね。むしろ、これ、ちょっと小説にしたいなと思うけど、まだうまくまとまらないという状態で。

三浦❖それをまず随筆に二、三枚書いちゃうと。

後藤❖ええ、それは舌足らずです。形も違う。だけど活字にしてしまうと何となく……。

三浦❖それがいつの日か小説になる。

後藤❖そうです。

三浦❖ぼくは操作がうまくないから、そういうことをやると、前にそんな随筆を読んだことがあるなんて批評家に言われたりする。新しい気持ちで書いているんだけれども、どうも書いてある事柄が同じだと、ついそういうことになっちゃったりなんかしてね。これは難しいもんだなと思った。

後藤❖三浦さんのおっしゃったの聞いて、ぼくにもある共通の部分があるんですよ。ぼくはむしろ積極的にそれやっているんです。とにかくもやもやがあるでしょう。ぼく日記をつけないんです。日記やメモのたぐい一切ないんですね。驚くほど何もないんです。だもんだから、随筆を書くことが一種の日記みたいな気がするわけです。日記じゃないけれども。そこで全然思いつかないことは書かないですから、ちょっとあることを書くでしょう。それはもうやがていつか書こうと思っているんです。それをとにかく活字にしておきますと、何か客観性が出てくるんですね。ただ頭の中だけでこれ書こうと思っているときとまた違う次元が出てくる。

三浦❖ぼくは随筆もまた作品だと思うから、後藤さんのようにそれから発展して何かということはまず考えない。つまり随筆であのことは書いたから、小説じゃ書けないという考え方をしがちです。ひとつの作品のためのプールのような、そういうふうに考えればまた……。

後藤❖素材ということで。

三浦❖そう、だからこれはいつ小説に発展するかわからないけれども、まず今の感想としてはこうだという、つまり温床というか、プールというか、そういう考え方をすればいいいんですがね。

後藤❖ぼくらの場合は、それこそ本当に世界中、飛行機で飛びまわって小説書いているわけじゃないし、それこそ下駄っぱきで歩くか電車に乗るか、せいぜいそこら辺のところで材料使っているわけです。

三浦❖そういうことはいろんな人がやっているわけですよね。世界的に見ても。

後藤❖ぼくのほんとうに狭い範囲での経験しかないけれども、たとえばロシアに一、二回行った。そのとき驚いたのはそのことですよ。ドストエフスキーとか、ゴーゴリとか、ぼくはああいう人が好きなもんだから、そういう人の家なんか見て歩きます。そうすると小説に出てくる場面は全く下駄っぱきの範囲なんです。『罪と罰』にしてもそうですし『カラマーゾフの兄弟』なんかもそうじゃないですか。ゴーゴリにしてもほんとうにお茶の水から神保町という感じですよ、書いてる範囲は。それでぼくは意を強くした。あれだけの大作家でも書いている範囲はほんとうに自分がなじんだところですね。毎日めし食いに行っていた食堂とか何となく散歩に行っていた橋とか土手とか好きな運河とか、そこいらでしょう。

三浦❖そうでなくちゃおかしいと思う。あの広いロシアでね。

後藤❖あんなもの飛びまわってた日にゃ。

三浦❖あの時代ではことにね。それが自然だと思うなあ。

後藤❖だから、自分が一番よく知ってる場所だけを使っていかに描くか、何も小説書くために北極行くことないしね。あっちのほうまで飛んでいくことはないと思うんですよ。

新聞小説『めぐり逢い』について

三浦❖『めぐり逢い』ですけども、新聞の連載小説というのをやってみてどうでしたか。

後藤❖やっぱり毎日というのは、始める前がちょっと心理的に負担がありますね。というのは、特に病気というふうには考えないけれども、もしかして何か故障が起きた場合というのは、非常に不安ですね。

三浦❖書きだめはしなかったですか？

後藤❖しなかったですね。初めのとき、十五回ぐらい書いてほしいという注文だったんですが、実際にやってみたら八回しかできないんです。

三浦❖後藤さんは、一日一回ないし二回書く生活をずっと続けるか、あるいは書けるときは三回も四回も書いてあとは書かないとか、どちらですか？

後藤❖ぼくの体験でいいますと、一日に二回書くのが一番調子よかったですね。

三浦❖それは後藤さんとぼくの筆力の違いで、ぼくは一回書くのが一番いいんです。ですから月刊誌の連載なんかに比べて、非常に楽なんですよ、新聞というのは。一日全力投球するとちょうどいいんです。ただ新聞やってると、一回分書くと一日が終わったような気持ちになるところが、マイナスといえばマイナスだな。あと、やる気がしなくなるから。とにかく一日一回、三枚半か四枚近く書くというのが、自分にはちょうどいいんだなと思って、いつもそうしてるんですがね。

後藤❖ということは、やっぱりぼくは三浦さんほどベテランじゃないんです。一回分こっきりという話じゃなくて、二回分という感じになるんですね。つまり一話七枚くらいが、ぼくの場合はわりあい一つにまとまるんです。ですから一回分だけですと、一場面が半場面という感じがしちゃうんですね。二回書くとちょうど一場面という感じになりましてね。それがちょっとせっぱ詰まってきまして、三回分、四回分書かなきゃいかんときもあったんです。ということは、毎日書かないで、酒飲んだりなんかして途中ポコッとあいたりしますので、その分どこかで詰めなきゃいかんですね。それで四回分くらい書くと、ちょっとげんなりしたですね。これはやっぱり書きすぎだ、ちょっとゆとりを持って書かなきゃいかんな、という気持ちがしたときがありました。

三浦❖なるほど。『めぐり逢い』を後藤さんは〝わたし〟でやったでしょう。もちろん最後まで〝わたし〟で通した。あれは新聞小説としては画期的というと大げさだけれども、少なくとも珍しいんじゃないかな。〝わたし〟で書くと〝わたし〟の目を通してすべてを書くことになる。そうすると長い作品になると、つらくなってくることがあるんですね。自分がいないところが書けないから、だんだん窮屈になってくる。そういう窮屈さは感じなかったですか。

後藤❖あれは非常に狭い世界を初めから書こうと思って、それこそ〝わたし〟の目が届く範囲ですね。団地の小説、ぼくもずいぶんいままでにも書きましたけど、団地で飼っちゃいけない猫を飼う。だからささやかな法律違反――じゃないけど、ささやかな規則違反なんだけれども、その非常にささやかなところを書こうと思ったわけです。ですから特に〝わたし〟にして不自由というほどのものはなかったですね。

三浦❖なるほどね。でも、書き出しなんか見ると、実に後藤さんの小説らしくて、これを百回も百五十回もというのは大変だろうなという気はしましたね。

後藤❖そうでしょうね。これはぼくのほんとうのささやかな野心というか、願望でもあったわけですけれども、今度の小説の場合はぼくは昔の新聞小説、漱石大先生の『吾輩は猫である』の胸を借りてやろうと思いましてね。あれは猫が吾輩になっているわけですが要するに昔の普通の民家ですね、平家づくりの民家の破れ垣根から猫が入ってくる。そこらじゅうの猫とつき合ったりなんかするわけですね。ところが団地のコンクリートの中に猫が入れられた場合――人間にとっても団地というのは狭っ苦しい窮屈な生活ですね――しかし猫にとっても、やはり狭っ苦しいいやなものじゃないかと思うんです。ドアは閉まってますから入れないですし、破れ垣根から隣の家へ遊びに行くということもできないし、鰯一匹盗みに行くということもできないし。だから人間にとっても窮屈だけれども、猫のほうも現代はちょっと不自由ではなかろうかという、喜劇的な状況というものを考えようと思ったんですね。それともう一つは、これも大先生でほんとうにおこがましいんですけれども、二葉亭四迷の『平凡』なんか見ますと、実に自由濶達に書いてるんですね。ですからこれは欲なんだけども、ああいうふうに新聞小説を書かしてもらったら、さぞかし風通しがよかろうと思いましてね。

三浦❖そういう意味では非常に共感がありましたね。新聞小説は、まずストーリーがおもしろくなくちゃいけないんじゃないかということを考えがちでしょう。それから書かせるほうも、そういうことを期待しているところがありますし、そういうことがだんだん新聞小説というのをつまらなくしてるんじゃないかと思うんです。だから、今度の『めぐり逢い』のような思いきった試み、しかも非常にユーモラスな、ああいう仕事は、ぼくは素晴らしいことだと思ったですね。あれは新聞社のほうの要請というか、つまり新聞小説の枠を破ろうではないかといった意見もあったんですか?

後藤❖特にはなかったんです。ただ何か書きたいことがありますかといわれて、団地と猫という矛盾したものをいったわけですよ。団地で猫を飼えばどうなるかと。ということは、ぼくはおととし引っ越したんですけれども、それまで十一年くらい、それこそ団地におりましたでしょう。団地では猫を飼っちゃいけないという規則があるんです。ところが現実には捨てるほどいるんですよ、ほんとうに、捨て猫を拾ってくるんですから、そこのところがまず非常にこっけいだと思ったんです。ところがこっけいであると同時に、非常にペーソスもあるんですね。人間はどんな場所に生きていても、何か飼わずにはいられない。また公団のほうも、一応たてまえは禁じてあるんだけど、それを一斉取り締まりで全部団地から猫を追い出してしまうということも、やはりできにくいみたいなところがあるんですね。そこのところの両方の関係が、ぼくは非常におもしろいと思ったんです。その両者の非常にあいまいなところがあって、それがあいまいなまま、日常生活が何となく成り立ってるんですね。現代のいわゆる一番庶民的な住まいですからね、団地というところは。そういうところを何となくつかまえようかなという感じがあったんです。書き方としては、ぼくは新聞小説というのは二度目だけども、早くいえば素人みたいなものですからね、新聞小説に関しては。だから自分勝手な書き方をさせてください、それでよろしければ、ということだったので、ちょっとわがままを……。

三浦❖そういうことをさせたほうも大した度量ですね。しかしあれを読んで、ほかの新聞社が、やっぱりこれでなくちゃいかんというようなことを、そろそろ考えるんじゃないかな。現代の世相をなぞったようなストーリー小説というのはもうおもしろくないでしょう。一冊になってしまうと、テレビ向きにはなるのかもわからんけれども、一回一回毎日読むにはたえないところがある。自分も含めてそう思いますよ。

後藤❖型にはまると、それだったらテレビ見たほうがいいということになると思うんですね。テレビでもいわゆる昔の新聞小説にかわる形の――朝ありますね、十五分ものとか二十分ぐらいのものとか、ああいう読み切りみたいで同時に連載になってるような。テレビで代用してるから、昔の新聞だけで楽しんでたようなあれはないですね。そういう点じゃチャランポラン風の一種の即興的な書き方をしましたからね。毎回何となくウフフというような、ニヤニヤッとするような楽しみというのも、新聞にあってもいいんじゃないかという感じもしますけどね。

読者が広い新聞小説ですべきこと

三浦❖連載中に愛読した人の話を聞きますと、とにかく非常におもしろい、ときどき抱腹絶倒するようなところもあったり、いままでの後藤さんのいわゆる文芸雑誌に書いてきた作品とは、かなり違った面が出てきてる。そういうことは、書くときに自分では意図されたのですか？

後藤❖やっぱり読者が広い範囲ですよね。文芸雑誌だと、大体ぼくのいままでの小説を読んでくれたという形の人が多いですね。ところが新聞小説になりますと、後藤って一体何だというくらいの人だってもちろんいる。そういう人にもせっかく書く以上は、ぼくなりにおもしろがってもらいたいという気持ちがあった。だから若干間口は広くなったとは思いますね。約束ごとができないでしょう、新聞の場合。おれはこういう作家なんだからこういうふうに書くんだぞというのは、文芸雑誌だったらできるんですよね。読むほうもそれを承知で、むしろそうでないといやだというようなところもありましょうからね。新聞の場合は、狭い意味での文学のようなものとは無関係の、ごく普通の方が読者ですから、せっかく新聞代を払った一部ですから、そういう方にも、これはつまらんというよりは、一行でもいいと思うんです、なるほどというようなところがあってくれれば、とは思ったですね。

三浦❖ぼくは、後藤さんには、もともとそういう――たとえば『めぐり逢い』のような小説を書けるといっちゃおかしいけれども――才能というか、一面というか、そういうものは前からあったんで、それがたまたま場所を得て、非常になめらかな形で出てきたんだ、というふうに思ってるんですよ。ですから、こういうものをこれから続けて書いていかれると、現代では非常にユニークな作品群になるんじゃないか……。

後藤❖ぼくは新聞小説が自分に合わないとは思わなかったですね。案外ああいう一種の即興的なエッセイというんですか、随筆というんですか、そういう要素を加味した小説は、スタイルとしてぼくにわりあい合うんじゃないかとは思いましたね。さっきもいったように、かつては新聞小説にもいろいろなタイプがあったと思うんです。だから画一的に、新聞小説というのはこういうものだというふうに型にはめないで、それぞれの作家が一番自由に書きやすいスタイルで、それこそ競作みたいにして、これがこの作家の持ち味だというものをみんな紙面に出すようにしたら、もっと日本の文学というのはおもしろくなるんじゃないですかね。

三浦❖そうですね。ともすれば持ち味を消すことが新聞小説の仁義のようなところがあるんだけれども。ぼくなんか実際書いてて、おれらしくないなと思うことがあるんです。それはだいたい調子のよくないときですね。持ち味をストレートに出すというのは、とても勇気のいることですよ。そういう意味でも『めぐり逢い』は、試みとしても非常によかったと思うし。『四十歳のオブローモフ』でもそうだし『めぐり逢い』でもそうだけど、新聞小説というのはもう少し積極的に自分を出して書いてもいいんじゃないですか。やはり文芸雑誌であんまり表面に出せない、あるいは出ないような要素を広げていく一つの舞台というか、そういうところを持ったほうが、ぼくらにはむしろいいんじゃないですかね。

後藤❖いわゆる純文学の作家といわれているぼくらの同業者は、もっと新聞小説を書くべきですね。

三浦❖書いたほうがいいと思いますね。

後藤❖お互いに経験談を持ち寄って工夫するためにも、新聞小説を書く人はこういう作家だとあまり決めないで、特定の流行作家というんですか、その人たちが新聞小説は書くんだというふうに固定観念をつくらないで、あれも一つの小説のはっきりしたジャンルですからね、長篇小説の一つのジャンルだと思うんですよ。二葉亭とか漱石とか、彼らの代表作はみな新聞ですからね。

三浦❖とにかく新聞でやってきた人たちですからね。

後藤❖ええ。だから、それぞれのスタイルを自分なりに生かして、持ち味を出してやる傾向が出てくると、非常にこっちもいろいろまた教わるところもあるだろうし。昭和生まれの作家たちも大いにそういうことをやって、お互いにいろんなスタイルを編み出して、ためになるものはお互いにもらい合うというようになればと思うんですよ。

三浦❖新聞小説のいい時代というのはあったと思うんですが、それがいつの間にか新聞小説は通俗小説だということになってきた。それがまた元へ戻って、新聞小説も長篇小説だというふうにやれるときが、だんだん来ているんじゃないですか。

後藤❖確かに新聞小説というのは読者が広いですから、文芸雑誌に書くのとは違うつもりで書かなきゃいけない部分はある。ぼくはさっき新聞は決して自分に合わないとは思わないといったんですが、確かにああいう場所に書くことは非常に勉強になります。それは妙ないい方で、真面目くさったいい方に聞こえるかもしれないけれども、文芸雑誌だけでやってますと、どうしても自分の特徴の出し方が狭くなりますね。

三浦❖そうでしょう。

後藤❖自分が持っているものを全部出すのが小説だと思うんですね。それはどういう形でもいいと思うんです。長篇と短篇で分けてもいいし、エッセイならエッセイでももちろんいいんですけれども、総合的に自分の持っているものを何らかの形で全部出すべきだと思うんです。ところが文芸雑誌の場合は、どうしても純文学という、現代文学の最先端の問題を突き詰めなけりゃいけないという命題が先に来るもんですから、それはぼくらの任務でもあるものだから、どうしても現代文学の最先端の問題点だけを追求するほうに熱中しちゃうもんですから、自分の別な部分が落ちてるところがありますね。それをどこかで表現したほうがいいと思うんです。そういう意味で、随筆を書くのももちろんいいし、エッセイ書くのもいいんだけども、やっぱりぼくは小説家だから、ほんとうは小説の形で出したほうが一番いいと思いますね。

三浦❖今度の『めぐり逢い』でぼくが一番痛感するのは、ぼくが最初に新聞小説を書いたときは、息抜きというかそういう考え方が一方にはあったわけですよ。こういうことを話すとおかしいんだけれども、ぼくはほんとうに原稿用紙がおっかなくなるときがあるわけです。ところが、毎日毎日三枚半とか四枚書いてますと、そういう恐怖症みたいなものがなくなってくる。だから別の仕事にもいい結果を及ぼす。むしろそのことを願いながら新聞小説を書いて、一回失敗し、二回失敗し、そうやってやってきて、やっと近頃、新聞小説も自分の本筋の仕事にしなくちゃいかん、というふうな気持ちになってきている。ところが、後藤さんは最初からそこへすっと入ってきているのは、実にぼくはうらやましくて……。

後藤❖いやいや、それはキャリアがないからですよ。でも三浦さんのおっしゃる意味は、ぼくは非常によくわかりますね。

三浦❖本当に試行錯誤の連続で、失敗してきて、やっと最近、新聞小説じゃなくて、長篇小説を新聞に連載しているという気持ちになってきました。それは後藤さんの壮挙を遠くから見ているからかもわからんけれども、やはり新聞小説も自分の本筋の仕事にならなくちゃね。ぼくは今度、秋から某紙の夕刊をやるんですが、今度は筋ということを考えずにやってみたいなと思っているんです。後藤さんの『めぐり逢い』は一つのぼくにとっては刺激でした。

編集部❖新聞に連載中は、他の仕事は減っていきますか？

後藤❖ええ、ぼくの場合は、ちょうど「海」の連載──『夢かたり』ですけども──と並行してましたんで、その二つを大体主眼にして、それは絶対義務ですから、これだけは何が何でも……。だから余力があれば何か書く。しかし、実際には短篇小説はその期間中はちょっと書けなかったと思いますね。雑文とか、そういうものはやりましたけどね。ぼくはあの二つで、ダブっているときは目いっぱいでしたね。

三浦❖ぼくの場合は、後藤さんと逆なんです。ぼくは新聞小説をやってますすと、短篇も普段より書けますね。それはさっきいったように、ぼくは取りつくまでが大変でして、それが毎日毎日、ノルマのように新聞小説を書いていますと、不思議に原稿用紙がおっかなくなくなるんだな。すっと書く体勢に入れるんですよ。だから、いままで書けなかったものも、新聞をやっていると書けますね。

後藤❖それはずいぶんいいことですね。

三浦❖ですから、新聞小説というのは、そういう意味で助かるところがあるんですよ。

「短篇小説」と「連作短篇」の違いは？

編集部❖三浦先生はこの前の『野』とか今回終わった「群像」でも（編注：『拳銃と十五の短篇』）、いわゆる連作という形をおとりですね。

三浦❖連作というのは、しかし、どうですかね。いろいろ説があるでしょうけれども、今度のが連作になってるかどうか、ちょっとむずかしいですね。やっと終わって、いまホッとしているところなんですけど。

編集部❖『笹舟日記』はエッセイですけれども、いわゆる連作エッセイという形ですね。

三浦❖あれもぼくはむしろ短篇小説のようなつもりで書きましたから、それなりに書き出しとおしまいの一行は考えてやりました。連作といったって、いろんな意味があるでしょう。続けて書くことが連作であったり、一つのテーマで書くのが連作であったり。どうですか後藤さん、連作短篇というのは。

後藤❖ぼくの『夢かたり』は連作というよりも、連載的な形にしたんですが……。

三浦❖しかし短篇でしょう。

後藤❖あれは厳密な意味ではわからないけれども、一種の連歌、連句の発想をとったんです。ということは、まず一つ発句をつくる。つくったら、それをモチーフにするという形をとっています。自分自身のパロディをつくるということを考えたんです。ですから、一つつくったら、それをモチーフにし、二つ目つくったら二つ目をモチーフにして三つ目を書くという、連歌に近い形ですね。

三浦❖それが連作短篇というものの正統じゃないのかな。

後藤❖連句もそうで、井原西鶴なんか、ぼくはド素人だからいいかげんなこと言うんだけれども、一晩で三百句でしたか、とにかくそのスピードが問題らしいですね。一晩で三百句つくれなきゃプロじゃないということですかね。それをぼくなりにいろいろ考えて、自分の作品のパロディを自分でつくるというのが連作じゃないかなと思ったんです。ですから、とりあえず発句をつくる。その発句を自分でネタにしちゃうという形をとったんです、方法としては。それを一年間やって、まあ、この辺がほどよいところかなと思ったんで、ネタはまだあったんですが、量も六百枚近くなっちゃったもんですから、十二回で一応終わりにしました。三浦さんの「群像」の連作、きょう最後のを拝見してきたんですよ、『化粧』というの。非常におもしろかったですが、あれは『野』とも違いますね。

三浦❖つまり後藤さんの場合は、連作というほうに比重があったと思うんですよ。ぼくの場合は短篇というほうに比重がありました。つまり短篇をとにかくぼくは書くという……。

後藤❖連続的に書くということですね。

三浦❖そう、それがひとつの……。

後藤❖連続はむずかしい。時間的なことでね。とにかく毎月書くという……。

三浦❖ええ、それを義務化して。しかも短篇を十続けて書いた場合、そのうちの一つがずば抜けていいが、あとの九つはそうよくないというのは、短篇作家じゃないと思う。だからどれだけの水準でどれだけ書き続けられるかというのも、ひとつの冒険というか、試練というか、そういうもんだと。だから、たとえば十五なり十六なり書いていって……。

後藤❖どこまで均一度を保てるかという。

三浦❖ですから、ぼくは相撲でいって八勝七敗ならいいとか、そういう気持ちがあるわけだ（笑）。勝ち越しとして……。

後藤❖十連勝とか。

三浦❖いや十連勝なんて考えなかったけれども（笑）、まあまあそんな気持ちでやるわけですよ。そうやっていても、短篇というのは一人の人間が書いていますと、どっか共通点が出てくる。テーマというか、現在の関心が出てくる。それでいいんじゃないかと思っていた。今度の場合は、結局最後へきて最初へ戻ったようなぐあいになった。一つの輪が閉じたようなぐあいになったんですね。

後藤❖「群像」の十六回連載は初めからの計算ですか？

三浦❖いや、そうじゃないです。初めは数を決めないで、一回でも多く書くつもりだったんですが、だんだんつらくなってきて、苦しまぎれに本のことを考えた。本にするとき、題名のつけようがないです。つまり何が主だということがないわけですから。

後藤❖十六とおりつけたということですね。

三浦❖そういうことです。ですから、いってみれば『三浦哲郎短篇集』とでもするよりほかないわけです。それじゃ具合が悪いんで、何か題名つけなくちゃいけない。そうしますと最初の出だしのところの発句じゃないけれど、『拳銃と幾つかの短篇』としなくちゃいけない。

後藤❖『拳銃その他』とか……。

三浦❖その他はだめなんですよ。あれ、永井龍男さんの専売特許らしいから。それでまあ、十六回で一段落ということにして、本は『拳銃と十五の短篇』と……。

後藤❖三浦さんの場合、確かに今おっしゃったとおりで、短篇というほうに力点があったわけですね。

三浦❖でも、そう思いながらやっていても、何か目に見えない綱をたどりながらやっているようなところがありますね。

後藤❖あれは、長篇といったっていいわけですよ。第一章、第二章にしたって同じ人間ですからね、出てくるのは。

三浦❖だから結局またおふくろの話に戻ってしまった。

後藤❖「肉親その他」ですな。

三浦❖そうなんですよ。

後藤❖だから、あれを長篇だとみなせば、何か題名つけて、私という人間がそのときどきでどこかへ動いたり動かなかったり……。

三浦❖ただ、ところどころに他人を、自分と何の関係もない人たちの話をフッと出した。これはおればかりの話じゃないというところがあるわけです。若いころは、とにかくこういう目にあっているのはおればかりだという変な意識があるわけでしょう。こういう人たちもみんなのんきそうにやっているけれど、みんながうまくいっているわけではない。そういう話をポッポッと三つ目、四つ目ぐらいに挟んでいったということですが、やってみると意識的になりましてね（笑）。

後藤❖ぼくの『夢かたり』とはスタイルも違いますね。

三浦❖それは後藤さんのテーマで……。

後藤❖それが一つあって……。ただ、書き出しは即興的でした。正月ならモチ食ってたということになっている。

三浦❖でも、自分の生活から素材を探す連作というのは、ずいぶんつらいと思いますね。ぼくも『笹舟日記』で経験があるけど、ぼくの前に「群像」で連作の仕事をされた阿部昭さんも、途中でずいぶんつらい思いをしたことがあったんじゃないかしら。阿部さんの連作（編注：『無縁の生活』）、ぼくは愛読したけど、身につまされましてね。とても他人事じゃないんだ、実際の話。毎月毎月そんな小説に書きたいようなことが出てきやしないですからね。

後藤❖だからといって、あれを全部連作ということをまるっきり念頭からはずしちゃって、本当にただの何でもいいから短篇というのとはまた違うわけです。何でもいいというんだったら、それこそ永井さん風の老人が出てきたり、何が出てきたっていいわけです。

三浦❖つらいけど、あれで貫いたところがわかるんだなあ、阿部さんの気持ちは。あれでやるよりしようがないでしょう。

後藤❖そうですね。文芸用語として、連作とは何かというものが、まだないでしょう。短篇とか中篇とか長篇みたいに、形の上でも性格の上でも。

三浦❖連作というのはいろんな意味に使われてますね。

後藤❖そうなんです。連作というもののはっきりした規定がないんじゃないですかね。だからそれぞれの作家が自分なりの連作の方法というか、そういうものをつくろうというところじゃないですかね、まだいまのところは。

三浦❖ぼくはむしろ後藤さんが「海」でやったような、テーマがちゃんと決まっている連作が本当の連作だと思うな。とにかく短篇をつづけざまに書くという意味の連作は、これはつらくてかなわないですよ。勝負、勝負でね。

編集部❖スペードのエースばかりで（笑）。

三浦❖エースがなくなるんだ、何カ月間もやっていると。

後藤❖また短篇というからには、毎回エースを出さなきゃならないでしょう。どっかで切り札を出してこないとね。十五枚だって出さなきゃならない。

三浦❖本当に完結性というか、一回一回が勝負、勝負ということになると、こんな過酷なことないですよ。ぼくは半分過ぎたあたりからだんだん冗談じゃなくつらくなってきましてね。そうすると何かないか、何かないかというんで、自分を削るようなことになる。その削る痛みで刺激を得て、その勢いで書くということは、たいへんつらいことです。

後藤❖いつかいただいたハガキでも、命と引きかえみたいなこと書いておられましたからね。

三浦❖冗談じゃなく、そう思った。できるなら小説は楽しむという心境で……。楽しめないにしても、何かもっと余裕があって、せめてニヤリとしながら書きたいなあ。やっぱり血相かえて書くようになると、小説そのものにとってもよくないんじゃないかと思いますね。できも悪くなるし……。

後藤❖実際ほんとうにつらいですが、最後の土壇場は尻に火がついた状態というか、カチカチ山のタヌキみたいに逃げまわって、どうしようかというところへ来て、何か出てくるみたいですね。それは長篇、短篇を問わず、そうだと思う。

「厄介」な世代

——昭和一ケタ作家の問題点

岡松和夫

岡松和夫――おかまつ・かずお

小説家。国文学者。一九三一年、福岡県出身。旧制福岡高等学校を経て、東京大学文学部仏文学科卒。五四年に同大学文学部国文学科に学士入学。五六年に卒業後、大学院に進学。横浜学園高等学校に勤務。五九年に「壁」で文學界新人賞受賞。六六年より関東学院女子短期大学国文科の専任講師、助教授、教授を歴任。七六年に「志賀島」で芥川賞、八六年に『異郷の歌』で新田次郎文学賞、九八年に『峠の棲家』で木山捷平文学賞を受賞。二〇一二年、逝去。

初出――「文學界」一九七六年五月号

福岡でのそれぞれの十代

岡松❖後藤さんは東京へ出てきたのはいつですか？

後藤❖昭和二十七年の三月です。

岡松❖僕は、昭和二十四年の六月に出てきているんです。新制の一番最初ですから。

後藤❖ずいぶん早いな。もっとも、僕はあなたより一つ下の昭和七年生まれですけれども、中学一年のときに、朝鮮で終戦になったでしょう、翌年引き揚げてきて、また中学一年に入らされたんです。あのとき、外地帰りがずいぶんいて、とくに九州は多かったんですけれども、僕らの学校だけでも一クラスに五、六人はいまして、みんな一年ダブっているんです。だから本来ならば、岡松さんの一つ下だったのが、そこで二つ下になっているわけですね。

岡松❖僕はたまたま四修で旧制高校に入っちゃったんですよ。だから、大学は本当は昭和二十五年入学が普通なんですが、四修で新制切り替えになったから……。

後藤❖それで、三学年上の勘定になっているわけですね。

岡松❖その段階ではね。しかし、結局は一年浪人して、昔の中学の同級生たちが新制高校の卒業生になって大学に入ってくるのと一緒になったんです。

後藤❖なるほど。しかし、僕は昭和二十七年に出てはきたけれども、そこで東京外語の露語科を受けて落ちていますから、それで三年の差になるわけだ。

岡松❖昭和二十四年というと、東大の教養学部なんか、まだ焼夷弾の大きな筒がグラウンドにゴロゴロ落ちていましたね。

後藤❖僕が早稲田へ二十八年に入ったときには、昔の理工学部のレンガの土台が爆撃で壊れてそのままでした。それから、浪人しているときに、慶應外語に半年ばかり行ってたんですよ。慶應も、正面に本館の黄色っぽいような建物がありますね。その左側の建物の屋根のほうは爆撃で壊れた跡が残っていました。昭和二十七年頃でも。

岡松❖そうすると後藤さんは、空襲の実体険はないわけですか？

後藤❖僕は外地におったものですから。

岡松❖朝鮮の元山中学ですね。

後藤❖そうです。

岡松❖僕ら終戦後、同じ福岡にいたわけですが、後藤さんの場合は、九州へ帰ってきてからも、わりあい恵まれていたんじゃないですか。住んでいたのは、田舎でしょう。

後藤❖朝倉郡というところです。岡松さんの小説にも出てくる太宰府とか大刀洗、あの大刀洗飛行場のそばの甘木（あまぎ）という町に朝倉中学があって、僕はそこに行ってたんです。

岡松❖後藤さんの場合は、母方の家に帰ってきたんですか、父方のほうですか。

後藤❖母のほうです。親父は朝倉郡朝倉村というところの出ですが、親父は、終戦後向こうで死にましたし、僕らは誰も百姓ができないということもあって、おふくろのほうの祖母が甘木にいたので、そこへ何となくドヤドヤッと居ついちゃったような感じなんですね。

岡松❖僕の家は博多で、焼けたでしょう。九大（九州大学）のそばの親戚の家へ行きまして、家を借りていたんですけれども、大連からの引揚者を受け入れてたんです。

後藤❖あなたの小説にも出てきますね。

岡松❖前の部屋が六帖で、うしろの部屋が六帖くらいしかないところへ、うちが五人くらい入って、その親戚がやはり五人くらいで各部屋五人ずつくらい寝ていましたね。ギュウギュウ詰めのたいへんな感じなんですけれども、それに比べると甘木というと僕らにとっては買い出しに行くような、いわば非常に牧歌的な場所ですよね。

後藤❖博多から見ると、甘木は確かに買い出し地域でしょうね。ところが、朝倉郡の中でいうと、甘木に住んでいる僕らは〝配給米〟といわれていたんです。朝倉中学にはまわりの田園地域からみんな電車汽車で通学してくるのやら、自転車やバスで通学してくるのがいて、甘木の町内から通学してくる奴は全体の一割くらいで、これが〝配給米〟なんです。つまり、農家じゃないわけですね。初めは校則で、昼飯を家へ食いに行っちゃいけないわけです。ところが、こっちは朝は雑炊でしょう。弁当持っていけませんから〝配給米〟は家へ昼飯を食いに帰ってもよろしいという校長の貼り紙がわざわざ出たんですよ。僕らは、農家の子弟から「おまえは配給米かい」ということで蔑称を授けられましてね。ですから、あのあたりでもそういう区別がありましたよ。

岡松❖僕なんかむしろ、終戦直後は、平等感みたいなものが強かったですね。つまり、金持ちも貧乏人もない、みんな何も持ってないんですから。だから、いまのような時代になったら、かえって差別感みたいなものが目立って……。あの頃は着てるものだってみんな兵隊の服を着ていて平気だったしね、大学へ来てから初めて、学生服というやつをもらって着たわけですけれども……。

後藤❖僕の場合は、朝鮮から帰ってきたから、土着の人の中に交わっていくというか、同化していくと言いますか、そういうことに努力しました。

岡松❖そうでしょうね。

後藤❖とくにそれが福岡市みたいな都市であれば、爆撃も受けているし、いろいろなことでみんなごちゃごちゃになっているけれども、田舎のほうは変化がほとんどなかったんです。爆撃も受けてないし、とくに一番基本になる食うものは、戦前と変わらない形で、ある側にはあるわけでしょう。その中で僕らの場合、一番は言葉の問題で、植民地帰りのものだから「ばってん」「くさ」「げな」「たい」っていうのがうまく使えない。それをうまく使わんことにはまったく相手にされんですから、その点に非常に苦心しましたね。だから僕の九州弁は人工九州弁でして、付け焼き刃なんですね。

岡松❖そうすると後藤さんは、朝鮮から東京へ出てくる中継基地みたいにして甘木が存在しているような感じね。

後藤❖僕は、中学三年、高校三年の六年間をちょうど甘木におったんですけれども、その後は東京へ出てきてしまったし、うちの者はみんな博多へ行っちまったものだから、甘木そのものが、ちょっと空白になってしまいまして、一番何も食うものがない時代に六年間そこの学校へ行っていたというような、妙な記憶の土地になっちゃったですね。

岡松❖やはり後藤さんの根は朝鮮なんですね。作品を読んでいると、曾(ひい)おじいさんの代から朝鮮住まいというんでしょ。当時の博多だと、朝鮮へ行くというのは内地で食えない人が行くわけですね。ところが、後藤さんの場合は、どうもそうじゃなくて、だいぶ前の時代から朝鮮に土着したような感じですから……。

後藤❖四代目ですからね。朝鮮にいた日本人は、大まかに分けて二通りですね。一つは移動する人で、学校の先生、税務署の人、郵便局、銀行、警察官、鉄道員その他、とにかく朝鮮の中でもグルグル動くし、時々は内地にも転勤になるという勤め人。もう一つは民間人と称するもので、朝鮮である事業を自営で行なっている人ですね。ですから、ある一定のところに定着しますと動かなくて、そこで二代目か三代目ができてくるという形ですね。

岡松❖日韓併合後まもなくくらいから行っているんですか？

後藤❖そうですね。うちの曾じいさんは宮大工ですから、向こうに日本人が移住すると、ほとんど同時に行ってます。必需品ですからね、神社というのは。まず象徴としてお宮さんを作らんことには日本人の町にならないわけでしょう。これは広い意味での政策の一つでもあったでしょうし、信仰上の必要性もあってでしょうかね。だから、わりあい早く行っていると思いますよ。

岡松❖後藤さんが朝鮮のことを書くのは、とにかくワンゼネレーションじゃない、一世代ではなくて、三、四世代にわたって朝鮮にいたせいじゃないかという感じがしますね。

後藤❖そうですね、何しろ曾じいさんから数えて四代目ですから、骨がらみですね。ただエキゾチズムとか、植民地はよかったなあとか、そういうものでもなくて、良くも悪くもしかたがないという感じですね。自然といえば自然だし……。

―学生小説から「犀」へ―

岡松❖後藤さんの学生小説コンクールの作品、この前、久しぶりで読んだんですけれども、あれも朝鮮の話ですね。だから後藤さんのあれは、やはり朝鮮が出発点らしいという感じはしたんですけれども。

後藤❖こないだ僕は、岡松さんの書いてらした随筆を見て、へエーと思ったんですよ。「文藝」の学生小説コンクールに出てきた青柳和夫という名には、僕ははっきり記憶があるんです。それが岡松和夫とは夢にも思わなかった。岡松さん、ひとが悪いから、ずいぶんつき合って長いのに、ぜんぜん告白しないものだから、青柳和夫というのはいま何しているんだろう、と思ったりしてましたよ（笑）。

岡松❖あの頃、山本道子さんなんかも入っていますね。

後藤❖そうそう、彼女もチラッとそんなことといっていた。

岡松❖後藤さんの『赤と黒の記憶』が「文藝」に掲載されたのは昭和三十年十一月号ですね。

後藤❖そうですか。僕は第四回ですね。岡松さんはその前でしょう。

岡松❖僕のが載ったのは三十年春なんですね。コンクールは春と秋の二回ありましたから。

後藤❖そうすると、岡松さんは第三回ですね。それが『百合の記憶』ですか。

岡松❖はい、やはり博多のおっかさんがちょっと異常になったのを追いかけて捜しまわるという小説なんです。当選作なしのときでした。

後藤❖僕のときも、当選作なしなんです。結局、二つ入選発表佳作かなんかにして、……あ、これですか（昭和三十年十一月号の「文藝」を見ながら）……あ、青柳和夫、このときも入っているよ。しかし、このときまだ学生だったの？

岡松❖（笑って）僕はこのとき、国文科の学生でした。というのは、僕は学部の中でダブっているわけです。ちょっと体裁が悪くて、あまり人にもいわないんですが、フランス文学科を一応卒業しているんです。ところが学生運動をやっていた関係で、ほとんどフランス語できないんですね。

後藤❖それは関係が、ちょっと違うんじゃないかな。まあ、かまいませんけどね（笑）。

岡松❖ある出版社に就職は決まってたんですけれども、やめて国文科に入り直したんでまだ学生だったわけです。

後藤❖なるほど。

岡松❖後藤さんは、これ一回でやめちゃったんですか？

後藤❖僕は、コンクールはこれ一回なんです。

岡松❖昭和三十年十一月というと、後藤さんは早稲田の何年ですか？

後藤❖たしか三年生だったと思いますね。

岡松❖このあと、後藤さんは、原稿の持ち込みなんかぜんぜんしないんですか？

後藤❖『赤と黒の記憶』が発表されたあと、お義理に、どんどん書いて持ってきて下さい、みたいなことをいわれますでしょう。「はい」っていうんで、一ぺん持っていったんですけど、本当に読んでくれたのかどうかわからないんですが、しばらくしてまたボサッと行ったら返された。実は「文藝」が終わりになりそうだから引き取ってくれ、というようなことで、結局は内容がダメだったんだと思うけど、返されたですね。その作品はいまだに、僕、持っていますよ。

岡松❖僕はだいぶ持っていきましたよ。

後藤❖すると、岡松さんは、かなり投稿青年というか……。

岡松❖投稿癖があるんですね。ですからこのコンクールにも三、四回くらい投稿しているでしょう。「文學界」新人賞をもらうのは三十四年ですから、ずっとあとで、そのときはもう働き始めていたんですけれども、あのときもやはり、原稿の持ち込みよりは投稿のほうが何となく気が楽なものですから、投稿したんですね。あれはたまたま一回で当選することができたんですが、あとでだいぶ厳しい批評が出まして、僕は意気消沈するし、また低迷したわけです。

後藤❖あれは昭和三十四年でしょう。僕らが「犀」で会うのはずうっとあとですね。その間は「近代文学」ですか？

岡松❖「文學界」の新人賞をもらったあと、三つくらい「文學界」に載せてもらっているんです。ところがそこで当然終わりですよね。「一応お引き取りを……」ということになって、しかたがないので「近代文学」へ……。というのは、僕の「文學界」に書いた『僕たちの勝利』という短編を山室静さんが「東京新聞」の文芸時評で高く買ってくれたんです。それに力づけられて、山室さんのところへ行ったわけです。それで「近代文学」とのつながりができて、作品も二つ、終刊になるまでに載せてもらったんですね。

後藤❖「近代文学」には、若手では小川国夫とか、辻邦生さんとか、立原正秋さんとかいたんでしょう。

岡松❖いたんですね、当然。ところが僕は山室さんに接触するだけで、あと埴谷雄高さんのところへ原稿を持っていったかな、とにかくその程度で、グループで集まってどうこうするという会があったかもしれませんけれど、僕はそれはぜんぜん知らないんです。それで「近代文学」が終刊するということになって若手で新しい雑誌をやらないか、と山室さんのほうから僕は呼びかけを受けたわけです。後藤さんは「犀」

の一号目のときはいなかったですね。

後藤❖僕は途中からです。たしか三号目くらいじゃないですかね。

岡松❖後藤さんの場合はどういう線で「犀」に？

後藤❖またこれが「文藝」なんですよ。坂本一亀さんが「文藝」を復刊するということで、復刊の一年前から、月一回若手の作家が集まる会を作ったんですね。いろいろな同人雑誌とかから人を集めまして、月一回ビールを飲ましてくれる会を、日曜日にやって僕もその末端に呼ばれたわけです。そのときに丸谷（才一）さん、辻さん、小川さん、清水（徹）さん、菅野（昭正）さんたちに会いました。あれは「オルド」のメンバーですかね。それに「雙面神」の系統のメンバーが一つあって、京都大学の真継（伸彦）さんとか山田稔さんとか「VIKING」の系統の人が一グループ、そんな中でたしか黒井千次と僕が一番年少だったと思いますよ。そこに立原さんもきておったわけです。それが、復刊するまで一年くらい続いたんです。そして、その復刊第一号に僕の『関係』が第一回文藝賞、これまた当選作じゃなくて（笑）、入選佳作で載ったわけですね。あの文藝賞は、あとで高橋和巳なんか出たので、長編のほうばかり有名になっちゃったけれども、中・短編部門と長編部門に分かれていたんですね。復刊第一号は中・短編部門の第一回発表で、佐藤愛子さんの旦那さんだった田畑麦彦が当選したんです。


結局、月に一回ビールを飲む会は、復刊第一号が出たところで自然消滅みたいな形になって、そのときに、立原さんから「犀」を作ったから入れ、といわれたんです。僕は「犀」が何かもわからなかったけれども「近代文学」の若手の集まりだからぜひ入れといってくれたんです。僕はつとめていまして、しかも週刊誌の編集部なんていうまったく雑駁なつとめをしていましたので、仕事のほうが精いっぱいで、同人雑誌やろうという気はあまりなかったんですね。それで、初め辞退したら、とにかく当分書かなくても一応くるだけでもきたらいいじゃないかといってくれるものですから、それじゃ見学者という形なら、というので行ったのが、銀座の教文館のビルの会議室ですね。

岡松❖狭っ苦しい部屋でねえ。

後藤❖かんからカンみたいなものが置いてあって、煙草吸っていいんだか悪いんだか、何か重っ苦しい部屋だった。

岡松❖僕は、後藤さんが入ってきてからはっきり覚えているのは、教文館から場所を変えて築地の「鶴よし」という旅館へ移ったんですが、あれは後藤さんの紹介だったんですね。

後藤❖僕が会社の関係でよく使っていたところです。

岡松❖築地川のそばで、わりあい粋なところなんですね。教文館の何となく寂しいような、きたないようなところから、とたんに「鶴よし」という下町風な情緒のあるところへ移ったでしょう。後藤さんが週刊誌の編集をしているということも大体知っていましたから、世の中が動いていく中で仕事をしているんだなあ、ということを痛感しましたね。それ以前の連中では、教文館とかああいうところしか見つからなかったんですからね。

後藤❖学校の先生が多かったからね。

岡松❖だから、後藤さんが変ったムードを持って登場してきたイメージがはっきりあるんです。あそこは泊り込みのときなんか、よく使うようなことをいっていましたね。

後藤❖僕ら会社につとめている頃は、あそこに週に二、三回泊っていましたからね。いまでもたまに行きますよ。

岡松❖題材的にも現代的な、コマーシャルとかPRとか、そういうものを「犀」の中に持ち込んできたのも後藤さんだったような気がするんですね。

後藤❖ええ、団地とかコマーシャリズムとかいうのを持ち込んだのは僕で、初めはずいぶん文句いわれたですよ。

岡松❖『離れざる顔』という作品があって……。

後藤❖そうそう。いまでこそPR、パブリシティーなんていうと中学生でも知っていますけど、あの頃は出版社の中でもごく非常に限られた一部の接触だったですね、あの世界は。

岡松❖そういう点からいうと、現実の状況と密着している作品を展開できる能力を後藤さんは持っている。そういうことを痛感しましたね。僕なんか当時、横浜で貧乏暮らしでしょう。だから余計、世の中に背を向けたような感じで、作品の世界も固定化してしまっているんですね。書こうとすれば、すぐ学生運動みたいな世界を書く。ところが、僕は、実際もう学生運動なんかやめているわけですから、だから書けば書くほど観念化するというヘンなジレンマの状態に陥っていたんですね。

後藤❖たしか「犀」のときには、そういう感じの作風があったですね。『市街』とかね。

岡松❖そうなんです。どんな場合にも、そういう世界から後退してしまって非常に狭いところへ落ちているくせに、昔いろいろ動き回っていたようなときのイメージを、またその作品の中に入れたいような気がして、現実と作品の世界に相当の隔たりが出てしまったような気がします。だから僕は、後藤さんの『離れざる顔』を読んだときには、その時点でのそういう状況に対して非常に順応して、状態をパッと見るような力ね、そういう、自分にはない順応性みたいなものを非常に強く感じました。いまでも後藤さんの作品には、朝鮮で生まれて福岡を経由して東京に現われた後藤さんの、そういう一種の軟体動物みたいな順応性が働いているんじゃないかな、という気がするんですけれども。

後藤❖やはり、よそもん意識というんですか、根なし草というか、そういう感じはあるのかもしれませんね。いま、岡松さんがおっしゃったのとうらはらになると思うんですけれども、結局、僕なんかの場合は、順応性の裏側に宿命的な違和感があるんですね。どこにおっても自分の場所じゃないという違和感があって、それがうらはらになっていると思うんです。だから、非常に順応性が旺盛なようにもとられるし、これは程度問題で解決できないような違和感がある。両方あるでしょうね。

岡松❖ただ後藤さんの場合は、状況がパッと出てくると、それをパッと一応受け容れて、その上でグニャグニャッと相手に一発かましてみたり、いろいろする能力はあると思うんですよ。

後藤❖なるほどね（笑）。僕のほうも、岡松さんの「犀」のときの強い印象が一つあるんです。たしか「犀」の最後の号に書かれたのは、何とかの観念の素描という……。

岡松❖『攻撃的観念の寸描』というヘンな題です。

後藤❖そうそう、実に面白い題の小説を書かれて、あのときからいまのところへずっと書いてこられたその道すじは、ずいぶん変ってきているように思うんです。だけど、さっきの学生小説時代のあれをまたつなぎ合わせてみると、そこへ一つのある軌道を作りながら、ずっと戻ってきたというか、たどってきたというか、そういう感じを受けるんですよ。それは題材だけではなくて、一つの岡松さんの小説の世界としてね。

　ただ、その上で僕が一つきょうお聞きしたいと思っていたのは「犀」のときに書いていた、それから「近代文学」にも書いていた、岡松さんがいうところの、いわゆる挫折後の一種の観念小説ですね。そういうものと、それからこんどの芥川賞になった『志賀島（しかのしま）』を一つの代表とする一連の博多もの。そのどちらにも、いわゆる日常というものは直接書かれてないわけですね。ということは、平ったくいっちまえば、家族の話が出てこないし、大人になった形での、たとえばいまの住まいでの自分が亭主である世界は出てこない。そのところが、ちょっと面白いなあと思いまして、どういうことか聞いてみたいなと思っていたんですよ。

岡松❖そういうところを書く能力が僕にないんですね。

後藤❖日常性というのに反発があるんですか？

岡松❖反発もあるのかもしれないけれども、大体、万事あとになって考える主義なんです。何年か経ってから考えるというくらい、あとで考えるんです。

後藤❖現在というのは直接は対象にならないわけですね。

岡松❖現在というものを手玉にとって、そこで自分との対立とか、違和感とか、そういうものを究めて、ギュッと対象をやっつけてみるという能力は、僕はむしろ欠けているんじゃないかという感じがするんです。結局、何だかんだといっても、僕は記憶が軸なんです。もちろん、忘れてしまうものは忘れていいと思います。忘れられないものがあるとするなら何か、という具合に考えて、忘れられないものが一つあれば、それを核にしてこねくり回してみようというやり方です。

『志賀島』と『思い川』

後藤❖僕は、こんど芥川賞になった『志賀島』を読んでから考えたんだけど、この作品は僕の場合でいうと、去年、本になった『思い川』なんかに当たるんですね、書き方も材料ももちろん違いますけれども。お互い四十代のまん中へ行くか行かないかという年頃で、大体同じくらいの頃から小説を書いてきたけれども、とにかくそれぞれこういう道すじにきているという状態で見た場合に、僕が『思い川』を書いたときとわりあい似た状態になっているんじゃないかと思うんです。

岡松❖僕もそんな感じしますね。

後藤❖ところが作品の作り方がぜんぜん違うんですね。あれは朝鮮の川のことをずっと書いているんだけれども、結局スタイルとしては現在を書いているわけですね。岡松さんの書き方は『志賀島』というと、バッといきなり……。

岡松❖小学生になっちゃって……(笑)。

後藤❖小学生がリュックサック背負って志賀島へ行っちゃうということで、完全に時間的な過去を現在形で書いているわけですね。時間の扱い方が非常に鮮明というんですか、現在をパッと切り離して書くということですね。

岡松❖つまり伝統的な手法なんじゃないかな。だからある意味で、古風という批評が出てくるのは、そういう伝統的な手法を、それでいいと思って使っているからじゃないかと思うんです。

後藤❖とにかく違うな、という感じは受けたんですね。もう一つあの作品で感じましたのは、いま伝統的古風と、岡松さんおっしゃるけれども、あれは百枚くらいですか？

岡松❖百枚ちょっとですね。

後藤❖とすれば、短編といってもいいんだけれども、実は中編みたいになっているんですね。

岡松❖いつもそういうところがあるんです。

後藤❖ということは、あれは完全な短編じゃないんですね。いわゆる伝統的古風な短編の作法でいきますと、うしろのほうの話は出てこないんですね。志賀島のところだけを書いて、うしろのほうのお寺の部分とか、同級生がそこで法衣をまとうような形になっていくこととか、それから九大の生体解剖事件とか、ああいうものはまた別の短編として出来上がるようになる。ところがあれは、一編の中でまったく過去の時間の……。

岡松❖順序に従って。

後藤❖スウーッといっているというところが、独特というか、面白いというか、僕はなるほどなあと思ったんですね。だから、岡松さんという人は非常に欲をかかないというか、ある意味ではもったいないというか、そういう感じを受けたんですね。普通だったら長編にでもなる材料でしょう。

岡松❖そうかもしれませんね。ただ、僕の文章はいつもそうなんですけれども、長編になるような素材が、大体、短編になっちゃうんですね、どういうわけか。

後藤❖岡松さんは、あれは短編だと思いますか？

岡松❖ちょっと年代記風なところがありますから、短編というわけにはいかないんですね。やはり、僕の中では中編的な意識が強いです。ただ、百枚ちょっとでしょう。だから、いまの基準からいえば短編の中に入る。昔だったら中編ですね。

後藤❖岡松さんがいう年代記というのは、非常にストイックな意味で年代記とおっしゃっているようで、年代記といってもいまは、自己流のスタイルでみんな年代記を書いているんじゃないでしょうか。岡松さんは非常に古典的な意味で年代記とおっしゃっているんじゃないかと思うんですが……。

岡松❖そうでしょうね。結局、僕はこんど長編を書くとしても、やはり、東京や横浜を舞台にしたものは書けないような気がしているんです。もう一ぺん博多へ戻ってそこで長編を書いてみて、はたして書けるかどうかということなんですけれども。

後藤❖これは芥川賞の選評でも誰かがいっていたかな、僕も克明に覚えてないんですが「前にも同じような題材があったじゃないですか」というのに対して「いや同じ題材を何べんも書き直すのはいいことである」という評があって、僕もそれは賛成なんですけれども、そこのところはどうですか。

岡松❖ただ、第一番に、構造的に同じなんです。

後藤❖だから、絵画でいえば、いずれは壁画みたいに大きく描くんじゃなくて、それをいきなり壁画になるかもしれないけれども、部分的なものを何回も、人物の位置とかなにかをちょっと変えながら、短編なり中編くらいの画面の中で繰り返し繰り返し書いている。少しずつ人物の配置が変っているんですね。ここに光が当たる場合があるし、こっちが影になっている場合がある。それがまた逆になる場合があるという書き方でしょう。それはある種の繰り返しですね。反復というのを、短編ないし中編の形式でやったという感じがしますね。

岡松❖そうです。たとえば道路の右側を書いたら、その次の作品では道路の左側を書く。道路の右側は精神病院だった、左側はお寺だった、というような、そういう構造なんです。

後藤❖そういう感じは受けましたね。それはやはり、構造が同じなんじゃなくて、構造を変えているんじゃないでしょうか。少なくとも構図は変っていますね。

岡松❖ええ、変っています。後藤さんもそうだと思うけど、僕なんか案外、実体験の世界を尊重するでしょう。

後藤❖そうですね。

岡松❖それをどのように自分の中でこね回してやるかという、その作業みたいな中では、後藤さんは過去を見るときも必ず現在の視点を忘れずにバチッとくっつけて複眼的に構図を作るけれども、僕の場合は、視点の場所を変えているというか、動いて視点の場所を変えることによって、新味を出そうとか、変った気分を出そうとか、そういうことだけですね。

後藤❖同じ材料のまわりをグルグル回ることによって視点が変っていくわけですね。

岡松❖そうですね。ただ僕としては、わりあいに体験に密着して、体験をどの程度まで作り変えてリアリティーが深まるか、変え過ぎたらリアリティーがなくなるという具合に僕は思うものですから、あまり変えられないいんですね。そうすると、ずっと題材的にダブってくるんです。

後藤❖それはダブってきます。

岡松❖ですから登場人物なんかでも、少なくとも自分が子供の頃、確かに見たというようなものを増幅したような格好でしか出せないんです。まったくフィクショナルに人物を作っていくと、作品を書く上で重しがなくなるような感じがするんです。

後藤❖そうですね。確かに体験という点でいうと、僕の場合は、体験以外のものは書かないといってもいいくらいなんですね。体験したことしか書かない。しかし、その体験したものの配列を変えるということでしょうね。ということは、体験をそのときのテーマによって構造化するということですかね。つまり、何を言いたいかということによって体験の組み合わせ、配列、もうちょっとはっきりいえば構造を変えるということでしょうね。その構造化がフィクションなんであって、素材そのものは、正直なところ体験そのものです、ということでしょうね。

岡松❖そうでしょうね。

後藤❖だから、体験をなぞるということではないと思うんです。体験を構造化するということなんでしょうね。

岡松❖考えてみれば年頃も同じでしょう。同じくらい、いろいろ体験はしてきているわけですね。

後藤❖そうですね。

岡松❖それがたまたま、後藤さんはジャーナリズムの世界に入って、僕は教師というような格好で、だいぶ違っている面もあるけれどもいろいろ突き詰めてゆくと、つまり、僕らの年頃の男の感受性というものが、後藤さんの作品を読んでいても、僕なんかよくわかるわけです。僕らの年頃の男の感受性というようなものを、まず最初に後藤さんはサッと問題にできるでしょう。僕の場合はつまり、いまおれがこうしているのはどうしてだろうとか、そういうことをまず大前提に置いて、そしていつの間にかこんどは、過去にズウーッと飛んでいるんですね。書くときには、おれはこうしているのはなぜかということを頭に入れながら一応書いているんですけれども、現在はどこにも出てこないんです。

後藤❖それは、岡松さん流の造形化だと思うんです。たしかに『志賀島』にしても、ああいうふうに過去の時間だけで書いちゃうというやり方は、一つの造形法だと思います。曖昧なところがなくなって輪郭がはっきりしてきますから、造形力は非常に強くなると思うんです。ただ、ここでちょっと比較すると、高井有一という人がいるわけですね。彼はやはり、ある意味で岡松さん風の造形法をしているわけですね。

岡松❖体質的に非常に似ているような気がします。

後藤❖疎開ものを書いても、現在からは見ないんです。そこで、岡松さんにちょっと聞きたいんだけれども、確かに、造形法の基本は似ているんですが、しかし『志賀島』なんか見ると、やっぱり違うんですね。岡松さん自身、今後何十年生きていくとして、最終的にどういう位置に行くかは別として、やはり「犀」なり「近代文学」に書いたあの観念小説の世界が岡松さんの中にはさまっていると思うんです。

岡松❖やはり、そうだろうと思いますね、僕自身も。十年くらいはそのために犠牲にしているわけですからね。

後藤❖犠牲か蓄積か、どっちともいえるんですけれども。

岡松❖そういう一種の観念小説のために、そういうものがまるでなくなって、非常に透明な格好で作品の世界ができていくということではすまない何かがあるような気がします。

――八月十五日の体験――

後藤❖『志賀島』の後半の、とくに戦後になってからのところで、僕は二つばかり、なるほどと思ったのは、一つは敗戦の場面がないですね。

岡松❖はい。

後藤❖僕は、八月十五日というものがないと、小説が始まらんという感じがして、最初の『赤と黒の記憶』も八月十五日で終っているわけです。僕は記憶力の弱い人間なんだけれども、場面としてはっきり出てくるのは、いまでもあそこなんです。校庭に並ばされて、校長から何かいわれたり……。それは、僕が植民地育ちだったせいが非常に強いと思うんです。しかも、ただ日本が負けたというだけじゃなくて、まわりが外国になっちゃったわけでしょう。完全に四面楚歌という状態に置かれたですから、それだけに隣を見ても日本人、負けたとすれば全体が負けたんだ、へたばっちゃったというのが内地にいた人の感覚だと思うんです。ところが僕らの場合は、囲いの中で威張っていたのがバターンとへたばっちゃって、こちらが見下ろしていたのが逆に独立しちゃったわけですから、そういう一つの恐怖感もあるし、畳の上に坐っていたのがアッと気がついたら裏だったという、だまし舟というんですか、ああいう一種の完全な逆転ですね。そういうものが強かったせいもあるのかなと思うけれども、八月十五日をはっきり書かなかったのは、あれは意図的ですか。僕は、二、三回あそこをめくって見たんです。書いてあったのを読み落としたのかなと思って、幾らめくってもそれが出てこないんですね。で、いつの間にか……。

岡松❖戦争が終わっていた(笑)。

後藤❖いきなりアメリカ人かなにか歩いているような感じでしょう。モンペはいていた人が、こんどお化粧して仲居さんに行っているとかね。

岡松❖僕の八月十五日のイメージというのは、やっぱり、後藤さんとぜんぜん違うんで、むしろそのあくる年の二十一年におふくろが死んだ、その記憶のほうが強いんですね。八月十五日に工場で並んで終戦の詔勅を聞いたなんていうことは、おふくろが死んだことにくらべると、ほとんど問題にならないくらい軽いんです。身に迫ってくる角度が鋭いんですね、植民地にいた後藤さんの場合は。

後藤❖フィクショナルな世界だったんですね、あの植民地というもの自体が。だから舞台がでんぐり返ったという感じが強いんですね。乗っかっているところが、ストーンと絞首刑の台みたいに落ちちゃったというね。

岡松❖僕らはやはり、肉親が死ぬとかというところまでこないと、恐怖感とか、やりきれなさは……。

後藤❖僕なんかのほうが、もっと架空の世界に生きていたみたいなところがあるんですね。

岡松❖それで後藤さんが朝鮮から九州へ帰ってくるでしょう。その帰ってくるあたりから後藤さんはかなり柔軟な、つまり、現実をどのように受け容れるとか、どのように反発するとか、そういう基本的な敵味方意識、あるいは世間と自分というような意識はかなり旺盛だったんじゃないかしら。

後藤❖当時は中学一、二年のがきですから、それほどの意識はなかったと思うけれども、一種のフィクション意識はあそこで植えつけられたと思うんです。組織とか、集団とか、何か作られたものだというね。だから帰ってきたら、これはある別の舞台に持ってこられたという感じで、これも仮構された虚構の世界じゃないかという。たとえば言葉が変っちゃったでしょう。「ばってん」「げな」で、ああ、そうか、ここは、ばってん、げなの世界かというような、そういうところは意識にはあったんですね。それは大きかったと思います。

岡松❖そうだと思いますね。僕の場合は、おふくろが死ぬでしょう。でも祖母は生き残っているわけです。だからショックは大きいけれども、そのように現実からバアーンと一ぺんに風圧を浴びるということはないんですね。ジワジワとくるような感じなんです。家へ帰ればとにかく飯は食えるし、言葉も普通に喋ればいいし、学校も友だちもそのまま続いているわけです。

後藤❖そういう意味では、日常的にずうっと連続性があったわけですね。

岡松❖ええ。だから現実的にいつも何かに身構えていないといけないという感じは、僕らの側には、後藤さんほどにはなかったと思いますね。

後藤❖あそこのところでドンデン返しになって、世の中というものは約束事で出来上がっているんだという感じが非常に頭に浸み込んだんでしょうね。だから言葉が変ったら、これはこういう約束の世界だからという、常に一種のフィクションとして考えちゃうんですね。で、また東京へ来たでしょう。せっかく六年間で「ばってん」「げな」をマスターしたのに、こんどこっちへ来たら「来ちゃった」「行っちゃった」の世界でしょう。これはまた違うぞという感じなんですね（笑）。植民地で使っていた日本語とも、またちょっと違うんです。ほぼ標準語だったですけれども、標準語プラス何かがありまして、ちょっと崩れているんですね。植民地で使っている日本語というのは……。

岡松❖とすると、僕なんかのほうが東京へ出てきてから強く身構えた可能性がありますね。東京へ出るというのは、相当身構えないとおれないような感じもあったですよ。「ちゃった」も僕はひっかかりましたけれども。

後藤❖「ちゃった」には、本当に僕は参っちゃった（笑）。下宿の小さい子供がいうでしょう。僕はこの子より日本語知らないのかと思ったですよ。九州弁も東京弁も対等じゃないか、といえなくて、やっぱり、これがこの世界のスタンダードなんであって、われわれはこれを覚えない限りはこの約束の世界に入れないという、非常に何ともいえない敗北感というか、被害者意識というんですか、それは子供と話していてピーンときたですね。それは単なる、田舎者が都会に出てきて、非常にうろたえたり、敗北感を味わったりというのとはまたちょっと違ったんです。その基本はどうもあのドンデン返しにあったような感じを、僕は受けたものだから、こんどの岡松さんの『志賀島』を読んで、少し違うかなという気がしたんですね。

厄介な問題――肯定・否定がやりにくい

後藤❖それと、この作品を読んで、後半ちょっと惜しいなと思ったのは、天皇論とか、戦争犯罪論というものが、並列的に出過ぎているような気がして、もったいないという感じを受けたんですが、あれはやはり、岡松さんにとってはかなり大きい問題でしょう。

岡松❖そうなんですね。ただ、僕らは中学生ですから、天皇の九州巡幸はまさにあのとおりの格好で起こっているわけですけれども、ああいう時期に自分が感じているものというのは、ラジオで聞いたこととは、やはり違っているものはあったんですね。その違っているものが書ければいい、その程度に書いておけばいい。あんまりこねくりまわして論のための論は、小説の中ではしない、そういうことなんです。

後藤❖ええ、あれは日常の、しかも少年の目でつかまえてて、論のための論には、僕はなってないと思うんです。ただ、そこに一つの問題があってね、たとえば、九大の生体解剖事件、これだけをテーマにした長編小説を書いている作家もいるわけですよね。それに対して『志賀島』の場合は、あくまでも日常の、しかも、たとえばとくに取材して材料を集めるとか、調査をしてやるとかいう、そういう書き直しをするのじゃなくて、本当にあるナイーブな目としてつかまえているというところは、非常に面白いと思うんだけれども、そのへん、僕自身の問題もあるんです。たとえば朝鮮のことを書くでしょう。そうすると例えば万歳事件そのものはずっと前ですから知らないけれども、それらしき雰囲気をぜんぜん知らないというとウソになるわけですね。僕の家なんか通りっ端にあったから、警察署と目と鼻の先にあって、数珠繋ぎになった朝鮮人が一日に十人も二十人も連れてこられるようなときがあるでしょう。そういう場面は、僕は見てますから書くわけです。しかしそれを、いまの朝鮮問題とか植民地問題に……。

岡松❖結びつけたくはないでしょう。

後藤❖ええ、つまり、いまの状態、あるいは歴史的な事実から何かを持ってきて、それを批判的に書くということはしたくない、という気持があるんです。

岡松❖こうだからこうだ、という書き方はしたくないですね。

後藤❖僕らの年代の問題は、どういう問題を書いても、そこに一つ問題があるような気がするんです。植民地書いても、あるいは日本の場を書いても。僕らより少し上の戦中派といわれる年であれば、違うでしょう。歴史的な視野とか、政治的な原理とか、そういうのでね。

岡松❖そうそう。

後藤❖少なくとも戦争はいやだとか、日本はやり方が間違っていたんだとか、方法論上の批判が、帝国主義の政策に対して、できるわけでしょう。ところが、いま僕らは、いまの年齢でそういう場面を、論文やアピールでなく、小説として書く場合、どうもそこで非常に苦慮することがあるんです。僕はこの頃、開き直って場面だけをパッと書くことに徹底するようにしていますけれども、こんどはその小説の読まれ方が問題になってくるわけですね。読むほうは、この野郎、日本の植民地政策にのうのうと乗っかってて、という読み方を仮にされた場合、これは沈黙している以外にないわけですね。

岡松❖そうじゃないんですけどね。

後藤❖そこのところ、本当の純粋に文学の場で問題にされる場合には、仮に貶(けな)されたとしても、反論のしかたがあるわけですね。同じ次元、同じ土俵で論争ができるけれども、小説を広い範囲で読まれた場合、倫理上の問題とか、そこを衝かれると、僕らの年代には一番つらいんじゃないか。ここのところ、ちょっと強調しておいたほうがいいんじゃないかと思うんです。非常にむずかしいということね。解決法としてこうしたほうがいいということじゃなくて、いままでの文学史の中で、こういう場面は、ちょっとなかったんじゃないかと思うんですけどね。

岡松❖そうなんですね。政治的な原理とか、歴史的な裁断みたいなものは、そのあとからさんざん聞いたし、大体それはそうだろうという具合に思うんですけれども、僕らの実感の世界は、もう少しそこからちょっとズレたところで揺れ動いているような面があるでしょう。

後藤❖だからといって、あの場面を幼年なり少年なりの目で再現することに意味があると思っているわけでもないんですね。僕らの考え方は、もう少し複雑なんですね。そこに両方あるわけです。

岡松❖ええ。

後藤❖これは一つのメルヘンとして書いているんだといえるなら、気は楽ですよ。しかし、メルヘンという考えでもない。それほど僕らは、自分の幼少年時代を美化してないし、また美化できないところがあるでしょう。だからといって、そこにいろいろな歴史性とか問題性を持ち込んで書けば、文学的にふくらむか、よくなるかということになると、また別なんですね。こういう体験は、どうも僕らの上の世代にもなかったし、若い、僕らの下の世代にもなかった。これはいい悪いの問題じゃなくて、一種の運命的なめぐり合わせとして、僕ら、いま四十代にさしかかっている連中だけが持っている、非常に厄介なというか……、僕はあえて厄介と言いたいんだけれども、非常に厄介な問題だといえるような気がしますね。

岡松❖そのあたりは、僕も後藤さんと同じように考えていま す。大上段にふりかぶることも絶対にできないし、かといってあるところへ逃げ込んで、完全に造形性だけに徹して美化していくということも、ちょっとできないという感じですね。小説というのは、そういうものも包含して書かないとダメですから、その点でとくに厄介ですね。

後藤❖僕なんかもぬけぬけとこのごろ書くようになったものだから、非難攻撃を受けますけれども、岡松さんもやがて非難攻撃を受ける立場にくると思いますよ。

岡松❖そうですかね（笑）。

後藤❖ええ。その場合に、僕ら、受けて立つ必要は、とくに表に立つことはないと思うんですけれども、やはり、自分が実作をする場合に、自分で自分の問題として考えなきゃいけない部分があるわけですね。

岡松❖それはそうですね。ですから「東京新聞」の文芸時評で、藤枝（静男）さんが、天皇の記者会見のことで「ぼろぼろの駝鳥はもはや駝鳥ではない」という高村光太郎の詩を出しておられたけれども、僕なんかは、あんな具合にストレートに感情が動かないですね。

後藤❖そうです。あれを見ると、非常に羨ましいという感じがするわけですね。その羨ましさは、僕らの親父の年代、つまり、明治人に対する羨ましさですね。あえて僕は〝明治人間〟というんだけれども、明治人間は、右であれ左であれ中であれ、あるいは上であれ下であれ、とにかくはっきりいえるんですね。あれが、僕らの下になると、岡松さんと一緒に受賞された中上（健次）さんはひと回り以上違うし、戦後生まれでしょう。となると、これはかなり威勢のいいことを、またいえるんですね。それは、けっしていって悪いんじゃなくて、彼がいうと、天然自然そのままで、おかしくないわけですね。だから、僕らはまた僕らで、天然自然、おかしくないことを何かいうべきだ、という気がするわけです。

岡松❖それがちょっと複雑になっているのね。

後藤❖複雑というか、厄介なんですね。

岡松❖感性的な面からしか何か喋れないんだけれども、それだと全部が把まえられないような状況もある。しかし、感性しかない時代に生きたんだからという、そういうことはありますね。

後藤❖否定をするにしても、肯定をするにしても、明治人にいわせれば非常に曖昧でつかみどころがないといわれる。また、下のほうにいわせると、何か煮え切らないというふうに見られがち、という欠点があるわけですね。僕はしかたがないから、そういう欠点をはっきりさせるということで特徴を出すという以外にないんじゃないかなと思うんです。むしろ欠点が僕らのまァ、長所とはいえないかもしれないけれども、いままでに誰も追及しなかった部分を僕らが追及せざるを得ない、ということになるんじゃないかと思うんです。確かに、わかりにくいし、伝えにくいし、非常にわかってもらいにくいところがありますね。だからといって、わかりやすくするというわけにもゆかないでしょう。

岡松❖書いていく上で、あまりごちゃごちゃ書けないですね。書いていくうちに、自分でもわからないようなことになりかねないような感じもして、どこまでどう書けば、自分に納得がいくかということがまだわからないような、それでもとにかく書いてみようという感じですね。

後藤❖たとえば、先月号で丸山健二と中上健次とダブルケンジで威勢のいい話を聞かしてもらったんだけれども（笑）、僕らも二本の脚のうち一本ぐらい、あれでブッタ斬られちゃっているような感じがするところもあるわけですけれども、ああいうふうな肯定、否定がちょっとやりにくいですね。

岡松❖やりにくい。本当にそんな感じです。

二足のわらじ——職業としての作家

後藤❖生活の問題で、岡松さんの場合、先生でしょう。教師と作家というか、そういうのはどうですか？

岡松❖僕は週に三日学校へ行くんですけれども、行った日は、夕食後二、三時間寝るんです。そして目が醒めたら、学校のこと全部忘れて、また忘れるように努力して、それで書き始めるんです。ですから教師であるという現実に、さしたる関心がないんですね。何に関心があるかといえば、自分がこうやって飯が食えたりなにかしている、そういうものの根源みたいなものに関心があるといってしまえば、それまでですね。

後藤❖とくに職業的な制約というか、そういうふうには考えないわけですね。

岡松❖時間がないという意味での負担はありますね。ただ僕は、現実をわりあいに事務的に処理していく能力もある程度持っているんですね。

後藤❖そういうふうに割り切れるということは、両立もできるということですかね。

岡松❖時間的なものが克服できれば、両立できるということでしょうね。しかし、浸透し合うことがないということだけは確かですね。そのあたりは後藤さんとちょっと違うんじゃないかな。

後藤❖そうですね。もちろん、僕もちょうど十年間サラリーマン生活をしたんですけれども、末期のほうで小説を書くという作業とダブったけれども、それはほんのちょっとでした。習作は別として、雑誌に書いたものが出るという形では、ダブったのは最後の一年足らずじゃないでしょうか。僕はずっと子供時分からの自分を公平に見て、たしかに要領がいい面もあると思うんだけれども、まことに悪い面がありまして、二つのことができないんですね。会社につとめているときは、ですから一生懸命働くほうで、あまり働かない人がいると、いやな気持を持っていまして、会社につとめているときは、文学のブの字でも持ち出されると非常に不愉快な感じを持っていました。

岡松❖かなり後藤さん、早く辞めたね。

後藤❖三十五で辞めて、とにかく五年くらい何とか一生懸命やってみて、それでダメなら、ハイそれまでよ、ということを考えていたんです。そういうところはわりあい僕も九州っぽいのかな。諦めが早いというんですか、わりあい考え方が簡単なんですね。このままズルズルやって、もしうまくいかなかったら、たぶん死ぬときに後悔するだろうから、ここでパッと切り替えて、運だめし五年やってみて、それでダメなら僕もたいしたこともないんで、また再就職すればいいんじゃないか、と非常に単純に考えたんです。案外、二足のわらじをはけない人間だなァ、と思ったんですね。

岡松❖僕は、後藤さんが思い切って辞めたということで、非常に驚いたですね、正直いって……。

後藤❖そうでしょう。無謀というか、バカというか、無鉄砲というか（笑）。ただ僕は、破滅とか、そういうことじゃなかったんです。とにかく五年くらいやってそれで寸足らずであれば、それはもう資格がないんで、もっと適性のあることをやればいいと思ったですね。だからいまは、どんな職業でもいいな、と思っています。〝売文〟という言葉をちょっとこの頃思い出して〝売文〟というのはなかなかいい言葉だなと思いますよ。

岡松❖後藤さん、さすがに僕よりだいぶ進んでいるよ（笑）。

後藤❖売文業というのは、あるときは自虐的に使われたり、あるときには軽蔑的にいわれたりしたけど、きょうなんかも地下鉄に乗って、いろいろな人を見て、どんな職業でもいいんだなとつくづくそう思ったですよ。なにか久しぶりに表へ出て、たまに電車に乗ったせいかしらないけど（笑）、誰でも職業は持っているし、何でもいいという気がしたですね。だから、売文業もいいものだということと、もう一つは、どんな職業でも楽じゃないということですね。たとえば売文家とジェット・パイロットとくらべてどっちがいいかというと、何ともいえないんですが、ただパイロットにしろ、売文家にしろ、一応、自分なりに、自分の好きなスタイルで仕事ができるということには、やはり、年季が要るんじゃないですか。

ある程度、自分で、自分のこのスタイルでこの職業を全うできるという、自分独特のスタイルができれば、どんな職業でもいいなという感じを受けたですね。

岡松❖なるほど。僕は職業としては、教師以外の経験はないわけですね。三十五くらいまでは高等学校の講師だったから、金はないし、子供が大きくなってきたこともあって、おれの才能もどうなるかわからんと思って、正規の就職を三十五でしたわけです。それでいま十年経ったんですけれども、これから先、自分がどんな具合になるかということについては、ちょっとわからないんです。ただ、僕より先に出た「犀」の連中を見て、それを大いに研究して、方針を決めようと思っているんです。

後藤❖いまでは教師として、自分のスタイルできたんじゃないですか。

岡松❖もう、この年になればできますね。ですから両立させようと思えばできます。ただ、後藤さんのいったように、死ぬときに後悔しないかと考え始めると、このままだと、後悔するんじゃないかなあ、という気がするんですよ。

後藤❖そうですかねえ（笑）。「犀」のメンバーでいうと高井さんもついに新聞記者を辞めたし……。あとは加賀（乙彦）さんが大学に行っているけど、医学部のほうは辞めたんでしょう。佐江（衆一）さんも辞めたし、立原さんは、僕らの世代とはちょっと別の、一つ前のスタイルで、最初から就職はしないというスタイルですから。

岡松❖そういう点では、わりあい身のまわりにいろいろ面白い人物がいて、大変勉強になるというか、その人たちをよく見ながら、じゃ、おれはこうさせてもらうかなという、そういう生き方ができるんじゃないかと思っているんです（笑）。

失われた喜劇を求めて

山口昌男

山口昌男──やまぐち・まさお

文化人類学者。一九三一年、北海道美幌町出身。五五年に東京大学文学部国史学科卒業後、東京都立大学大学院で文化人類学を専攻。東京外国語大学アジア・アフリカ言語文化研究所所長、静岡県立大学大学院国際関係学研究科教授、札幌大学学長などを歴任。七〇年代初頭から月刊誌「現代思想」に寄稿し、構造主義や記号論を紹介。八四年から学術誌「へるめす」の編集同人として活躍。九六年に『「敗者」の精神史』で大佛次郎賞を受賞。二〇一三年、逝去。

初　出──「早稲田文学」一九七七年一月号

単行本──山口昌男『挑発としての芸術』（青土社）所収

――笑い地獄――

後藤❖わざわざお断わりするまでもありませんが、わたしは別に喜劇の研究家ではありません。ただ幸か不幸かゴーゴリのような小説、ということから文学というものを考えはじめたものですから。

山口❖押さえているんじゃないですか。

後藤❖ご承知の通り、喜劇の問題は、なかなか厄介ですからね。特に実作の上でそれを試みることは、わが国では随分思い切った冒険のようなところがまだあります。わたしも自分なりに思い切って、いろいろなことをやってみたつもりはあるんですが、こないだ亡くなった武田（泰淳）さんにしても、檀一雄さんにしても、椎名麟三さんにしても、その文学を喜劇の観点から考える批評は充分ではないですからね。ゴーゴリにしても、最近、河出書房新社から新しい全集が出始めましたが、まだその喜劇についての考え方は、一面的なところが多いようですね。

山口❖そのゴーゴリは、私も学生の頃（昭和二十六、七年）はよく読んだんですけれども――私の学生時代は後藤さんと重なっていると思いますが――当時、文学的環境というのは非常に悪かった。ロシア文学紹介などでもウラジミル・エルミーロフのゴーゴリのリアリズムであるとかドラマツルギーなんてつまらないのを読まされてまるで面白くなかったことだけはよく覚えています。自分が『ディカーニカ近郷夜話』などを読んで結んだゴーゴリのイメージと全然結ばなかった。いわゆる戦後の初期っていうのは、そういうゴーゴリのとり方ってのをまずリアリズムでとらえ、それから笑いといっても諷刺の観点からしか捉えなかった。それにシチェドリンなんて下らない作家と諷刺文学という点で比較したり。シチェドリンは何だか好きになれなくて。ロシアの公式じみた嘘の笑いみたいなものとしてのプロパガンダ、諷刺というものを当てはめられて、ゴーゴリはまるで救われないんじゃないかという気がいつもしていたんですがね。だからまずゴーゴリにおいては諷刺という観点を忘れてしまった方が面白くなるんじゃないかなと感じていた。その後フォルマリストによる研究、特に「ゴーゴリの『外套』はいかに作られたか」というボリス・エイヘンバウムなどを読んで眼が開かれたと思いました。

後藤❖これはおどろきました。いま山口さんがおっしゃったことは私の場合とぴったり重なるわけなんです。エルミーロフという御用批評家の「ゴーゴリ論」「チェーホフ論」などが社会主義リアリズム評論の見本として出ましたが、私の卒業論文の一つの大きな動機は、このエルミーロフ批判だったわけなんです。

山口❖かなり早い頃ですね。

後藤❖山口さんがおっしゃった通り結局エルミーロフの批評でいきますと、ゴーゴリという作家は、まるでレーニン、スターリンのためにロシアの社会を諷刺していたように見えるわけですね。ところが、それではゴーゴリも浮かばれないでしょうし、私達が自分の文学というものを考えたり、創ったりする手本としてゴーゴリを読む場合に、これではちょっとひどすぎるという気持が強かったですね。ですからエルミーロフによって勝手に歪められたゴーゴリというものには、とにかく誰のためっていうわけではなく自分自身のために、自分自身の敢えて言えば文学のために、これだけは何がなんでも反対しなければいけないという気持があったわけです。

山口❖その場合に結局、笑いというのを諷刺と言わないで、ゴーゴリなんかを捉えるときに、むしろグロテスクという観点で見た方がゴーゴリらしいものが出て来るんじゃないかという視点はいつの頃から出て来たんですか。

後藤❖私の場合、ちょうどその頃考えていたのが「笑い地獄」ということだったんです。この笑い地獄という言葉はボッシュのパネルの「地獄」という総合タイトルの絵がありますね、あの中の音楽地獄という風に名付けられたものがありまして、ハープの弦に人間が引っかかっていたり……。

山口❖悪魔大王が高架の上で糞ひっているやつですね。

後藤❖そうです。あの絵を偶然、美術雑誌のグラビアで見まして、強い印象を受けました。そして自分の考えている笑い地獄という言葉で、ゴーゴリを摑まえようと思っていた時に、ちょうどそのボッシュの絵を見まして、イメージ的にこれではないかな、と感じたわけなんです。

山口❖それは非常に健康な方の勘ですね、われわれはいつも非常に悪い文学的環境、思想的環境に囲まれて育って来たようなところがあるから、われわれは学問でも文学でも自分を主張するために、勘で勝負する以外になかったわけですし、そういう時の勘て言うものに私は共感を覚えますね。

後藤❖それでその地獄というものの構造を自分なりに考えてみますと、ひとつ言葉として考えたのが「笑いの罪」ということだったんです。笑いの罪というのは笑い過ぎた罪ということで、その笑い過ぎの罪を犯した者が墜ちる地獄が、すなわち「笑い地獄」ですね。そしてゴーゴリという人間は生きながらにして笑い地獄に墜ちた人間ではないかということです。また、ゴーゴリの笑いというものをそういう形で考えてみたいと思っていたわけです。

山口❖それはだからボッシュの絵の一番右の方で笑い地獄の王のつけたような排泄物は金で、それが漆黒の肥溜めみたいなところに落ちて行くと、そうするとあの笑いの収斂されて行くところは全くの暗黒の世界みたいな所だというようにあの絵から感ずるんですけれど、やはりそこで黒いユーモアと言わなくても、笑いそのものが黒い背景を持っているのだと、そのコントラストが地獄であるとイメージで捉えられると思うんです。

後藤❖そうですね。一番初めのお話に出たように、笑いというものはある対象に向ってそれを諷刺するとか嘲笑するとかいう形の方向性を、まったく持っていないというのではないけれども、どうもこれまでは、ゴーゴリの笑いというものをそちらの方向にのみ限定し過ぎる傾向が強かったようですね。つまり十九世紀ロシアの政治的歪みとか汚れとかですね。しかし、いまグロテスクという言葉を使われたけれども、そのグロテスクは外部だけの問題ではない。つまり諷刺の対象物だけではなくて、ゴーゴリの内部に向っているということですね。その内部のグロテスクの表現が彼の笑いではなかろうかと、そう思うわけです。

山口❖そうですね、ですから、後藤さんの作品でも『夢かたり』を通して見ると、われわれの日常生活は少しずつずれて行き、そういうところがずうっと固まって行くと、笑いを意図しなくても結果としては笑いが自然に発生してくる、そういうような笑いだと思うんですけれども。そうするとやはり後藤さんの捉えたゴーゴリ的感覚というのが後藤さんの作品の中にも表われて来ているという感じがしますね。

後藤❖まあ、きょうは、山口さんのご専門の文化人類学の方から文学、特に小説の方へ、笑い、喜劇の問題について、いろいろと示唆を与えていただけたらと思うのですが、どうもいきなり話がゴーゴリになって単刀直入の形になりましたが、ゴーゴリに限らず、笑いというものの受け入れ方にいろいろと歪みが多かったと思うんです。日本文学、特に現代文学の問題として、そのあたりのところをいろいろお話しいただけたら面白いと思いますが。

山口❖いやいや、やはりね……、笑いを論ずるときにはいくらでも論じ方はあると思うんですよ。例えば、くすぐり笑い、ユーモア、アイロニー、いろいろあると思うんですが、今われわれが必要とするのは内側にもっている闇が自然に笑いという形で表面化してくるという、その闇を表面化するきっかけみたいなものが笑いの観点にあると思うんです。これは何も他所へ実情を探しに行かなくても、その例として私が面白いと思っているのは、熱田神宮に古代から伝えられている暗闇笑いっていう儀式がありまして、これは暗闇の中で草薙の剣を移動させる儀礼なんですが、真暗闇の中で笑い声だけが移動して行くっていう感じで、かつて日本では笑いに対するダイナミックな考えを持っていたのではないかと思われますし、暗闇の笑いっていうのは何か儀式の中で人間の根源的なものから出て来るような部分があるんです。ですから後藤さんのさっきおっしゃった対象を持たない笑いってのは、その暗闇の笑いを思い出させるもので、そこが笑いというものの考え方の原点なんだろうと思いますね。そこから全てのものを闇に帰してしまうものとしての笑い。つまり人為的な区別、差異性を無に還してしまう笑い。そこの闇に、一度戻してしまって世界を甦らせるなり鍛え直すなりする笑い。そこから何か全く見馴れないものを造形して来る笑いというようなものがあるような気がするんですけれどね。

後藤❖その場合の笑う人は神官とか神事に携わる人ですか。

山口❖そうです、神官ですね。しかし誰が笑っているかわからない形のものですからね。

後藤❖それはそうですね、闇ですからね。それでこれはお尋ねしたい点なんですが、さっきエイヘンバウムの名が出ましたが、ウラジーミル・ナボコフがやはりゴーゴリを書いたんですね。このナボコフのゴーゴリ論はレッテルはみんな剝ぎ取ってしまえという立場ですね。つまりゴーゴリの笑いというものに諷刺であるとか批判であるとかのレッテルが貼られたけれども、それを全て剝ぎ取ってしまえという意味で、ラディカルな発言をしたわけなんですが、つまり日本でゴーゴリをずっと見て来た場合ですね、さっきもエルミーロフがまあ悪役として出て来ましたが、日本でもやはりゴーゴリの笑いというものをどちらかというと諷刺という形で捉える傾向が強かったと思うんです。それは何なのかと考えますと、私の簡単な意見を言いますと、そう考えた方がわかりやすいから、手っ取り早いからだという気がするんですね。ですから内部の問題にすると実際に問題は難しくなりますよ。純粋になるし文学的になるし。ところが諷刺という所に置き換えてしまいますと解説しやすいわけなんですね。特にロシアならロシアというものを歴史的、社会的に摑まえて、その十九世紀帝政ロシアの中のゴーゴリを考えて行く場合には一つの立場を与えた方が摑まえやすいということでしょうね。どうしても立場ということから考えようとするから、こういう立場からこういう立場を笑っているということで諷刺という言葉が安直に使われ出したと私は思うんですがね。

山口❖ええ、やはり文学の中においては笑いというのはどうにも納まりの悪いものじゃないかと思いますね。ですから文学の大きな努力というのは笑いを如何に飼い馴らすかという風な日本の場合には特にそういう傾向が強かったんじゃないかと思います。ところが笑いっていうのは飼い馴らすというよりも本来野性的なものであるから、笑いをして笑わしめるという方向に向うはずであるのにそういうところへ向わないというのは——日本の近代文学では一般に現代でもそうだと思うんですけれども——批評家っていう人種の間には、笑いに対する自然な感覚を持っている人が少ないからではないかと感じることがあります。私は外から見ているだけでわかんないのですけれど、作家の中には笑いに対する鋭敏な感覚を持っている人が現われているのに、批評家がそれについて行けない。追っかけて行くわけではなしに、できることなら今おっしゃったように説明のつく所に押し込めてしまいたいと願う……。だから批評家自体が笑いをして笑わしめるというような、作家を挑発するタイプの批評家が少ないのではないかという感じがするわけで、笑いに対する鋭敏な感覚を持った批評家がもっと多ければ、一人の作家の中の闇とか内に向う眼とか、本当にそれ自体であるというふうな、そういうふうなもの、つまりわれわれが現実というものの支えと思っているいろいろな拠り所を取り払ったところから笑いに向うはずである、というような視点が出て来てもよいはずであると思うんだけれども、不幸にもそういうプロの批評家は少しも出て来ない。やはり説明する側の人っていうものの、ある種の真面目による救済観みたいなものが文学の中に反映して、本来出て来るはずのものが拡散してしまうんではないかと思うんです——。ですから文学の中にそういうことを論じないでただ筒井康隆の笑いは面白いというような形に無責任に言ってしまって、あとは豊田有恒とかなんとか言って、それを分散してしまうといった傾向があるように思いますね。

後藤❖なるほどね。私などはその批評家という人たちから批評される側で実物を提供する側ですから、その辺のことはまことに言いにくいわけです。その言いにくいところを山口さんがズバッとおっしゃって下さったんで有難かったんですが、確かに根本的には「笑い」の感受性の問題ですからね。感受性と才能の問題だと思いますが、どうも日本文学の中では、喜劇とか笑いというものが、さっきも言ったように、諷刺一本槍になるようです。それは、そういうふうにしか批評されない、ということでもあります。諷刺か、さもなければ、落語、艶笑譚の類となるわけですが、落語、艶笑譚の方は、批評家の対象になりませんから、結局まともに扱われるのは諷刺だということになるわけです。諷刺というと、何かこう恰好のついた笑いであり、市民というか知識階級といいますかそういう者達にとっても鑑賞に堪える笑いという恰好がつくわけですね。落語、漫才、艶笑譚という類とは違って市民的な立場、市民権を持った笑いということで安心して笑えるんですね。そういうところへ無理やり片付けちゃっているような気がするんですね。諷刺という言葉で。

山口❖無理やり知的くすぶりの中に押し込めようという感じでね。

後藤❖そうなんです。それで、さっきの批評の問題に続けていいますと、諷刺的笑いはそれでいいわけです。問題は、それ以外の笑いを切り捨ててしまっていることですね。もちろんユーモアという大変便利な言葉は使われていますが、例えば『検察官』をユーモアという言葉では批評できないでしょう。だからこれは「諷刺」なんですよということで、ちゃんとインテリ向きに形にはめて解説批評されているんですね。

山口❖それから、また日本の上演の歴史の中で、俳優座などに責任があると思いますが、俳優の永井智雄なんかをゴーゴリの『検察官』でフレスタルコフに使ってやったんだけれども結局ひとつは基本的にはリアリズムの線を消せないし、またひとつはあれをドタバタ喜劇としてやる勇気がないんですね。それで今年の春にヤン・コットにニューヨークで会った時、彼の最近書いた「検察官論」をくれたんですよ。「シアター・クオータリー」という雑誌に発表したものでまだまだ本にはなっていないんですが、そこで彼は徹底してドタバタ喜劇として見るべきだと書いており、それから彼のおじいさんがヴェルトゥップというペトルーシュカ、またはパンチとジュディ式のようなドタバタ人形劇ばかり作っていた人間なんだそうですね。ですからいつもそれをゴーゴリは見てて、ペトルーシュカ的なもの、ぶん殴られぶん殴られするそういう情況ばかり作っていくドタバタ喜劇として本来『検察官』を書いているんじゃないかと書いているわけです。そのもの自体が仮面を次々と出して来ると、仮面が突如として出て来るおかしさみたいなものが、常にこれが私の顔だよと言っている下から次の仮面が出て来るというそういう種類のドタバタ劇として見るべきだってことを言っていると思うんですが、これもやはりわれわれの普通の通念に対してはかなり示唆的な視点であると思います。逆にそれ自体がいいと言うよりもむしろ市長の官僚的俗物根性を諷刺してというよりも本来のわれわれが持っている生の感覚に根付くようなものとしての笑いですね。それからあらゆる分類を拒否する、マスクが出て来たらそのマスクを拒否するようなものとしての笑いというようなものだと思うんですがね。そういう舞台というものをわれわれはなかなか観ないわけですからね。

後藤❖今『検察官』の話が出たんですが、私は俳優座が去年、上演したときのパンフレットを頼まれまして、ゴーゴリの喜劇ということで何か書けといわれまして「何故だか判らない喜劇」というふうに書いたんです。つまりフレスタルコフは別に検察官に化けたわけではなくて、安宿でゴロゴロしていたら間違われちゃったわけですからね。

山口❖そう、いやいやながらも検察官にされてしまった……。そこのところが面白い。

後藤❖そこの面白さにびっくりするわけなんですが、それを誰も演出の中にとり入れていない。また、悪いことには『検察官』の題辞と言いますかエピグラフに「自分の面が曲がっているのに鏡を責めて何になるのか」とありますので、これを金科玉条にしてしまって、この劇こそはロシアの歪みというものを鏡に映し出すように映し出したものであるというふうに受け取るわけなんですね。ところが『鼻』にしてもその笑いは因果律というものを超えているわけで、何故、鼻がなくなったのかわからない。しかし何故だかわからないが突然騒ぎが持ち上がり、人々は何故だかわからないまま、その騒ぎに捲き込まれ、しかも騒ぎはどんどん進行して行くわけですね。ゴーゴリは、何も十九世紀のロシアということではなくて、現実というものをそういう滑稽な構造として捉えていると思うわけです。『検察官』にしても同じことです。そもそもフレスターコフは誤解され、何が何だかわからないうちに、騒ぎが持ち上がり、誤解した方もされた方も騒ぎに捲き込まれて、騒ぎはどんどん誰にも原因がわからないまま進行して行く。そういうグロテスクな、そういうおかしさですね。

山口❖そう荒唐無稽な人形芝居、あるいはジャリの『ユビュ王』みたいなドタバタ人形劇に準ずる超現実的な芝居として見た方が、あの作品の持っているスピーディーな爆発力みたいなものが出て来るような気がしますね。

——方法としての笑い——

後藤❖そうですね。ゴーゴリの話ばかりで何なのですが、彼は材料というものをプーシキンにねだっているわけなんですね、手紙でね。

山口❖プーシキンて人がニジニノヴゴロドの都から来た高官と間違えられた体験があるそうですね。それを聞いて作品にしたって言うんだけど、ナボコフが言う通りそんなことは取り立てて言ったところでどうってことないとは思いますが。

後藤❖ただ、僕が面白いと思うのは、そのねだり方です。何でもよいから実話を教えてくれ、アネクドートと言っているんですが、ロシア的な実話を教えてくれ。どんな話でもいいから実話を与えてくれたら、それを直ちに喜劇に仕立て上げてみせるというんですが、面白いのは彼が喜劇的な材料を求めているのではない点です。どんな話でもいいと言うんですね。それを自分は滑稽な話に仕立て上げると言うんですから。

山口❖内容としての刺激じゃなく、フォルムとしての刺激なんですね、そこで問題になっているのが。

後藤❖そうなんです。このゴーゴリの手紙は随分引用されるわりには、どうも本当の面白さが言われていないようなんですね。これは実に面白い話だと僕は思うんです。つまりどんな材料を貰っても自分はそれを喜劇に仕立てると言うことは、つまり喜劇は材料ではなくて方法なのだという考え方がはっきり出ていると思います。ゴーゴリ自身ははっきりそう言っているわけではありませんが、そう考えてよいと思いますね。

山口❖イヨネスコの有名な言葉にあるんじゃないですか、同じ映画の場面でもゆっくりやれば悲劇になり、コマを落として早くやれば喜劇になるっていうのね。

後藤❖その辺はどうなんでしょうね。喜劇的人生とか悲劇的人生なんてのはあるわけではないんで、それはあくまでも表現といいますか、小説の場合では文体という言葉が出て来ると思うんですが。

山口❖ロシア文学の中では、やはりわれわれは専門家にところいろいろとフォルマリズムを紹介していただいたので、段々はっきりわかって来たことですが、ロシアではフォルマリストが言う以前に文学の手法として、やはり見馴れぬものにするという異化効果みたいなもの、それがロシアとしては自然なものとして成立していたんではないだろうかと。ですからエイヘンバウムなんかも『若きトルストイ』なんかで示したことだと思いますし、それからシクロフスキーも『方法としての芸術』などで明らかにしたように、トルストイそのものの中に、われわれが見馴れたものを文体によって見馴れぬものにして行く技術が自然に成立っていたということを学びました。それは例えば『戦争と平和』なんかですとピエールなどは本来……、これは僕は大江健三郎さんに話をして大江さんがうまく言い表わしたのですが、遊行道化みたいなものとして、筋に乗らずにどんどんずっこけて行くっていうような人間を主人公に据えて置くという方法に現われた。そうすることによって定形化した小説の筋立ってものを見馴れぬものにしていくっていうようなことが、ロシア文学の中に技法として立ち現われている。それはドストエフスキーを論ずる際にバフチンが言ったように、カーニヴァル的な表現空間に現われたポリフォニー的な技法のひとつの情景の中に、いろいろな声が立ち現われてくるという重層的な現実に対する関わり方というものを引き出すために、白痴、道化的なものを使っているという所に現われて来るように思うのです。ロシア文学の中では——特に他の国よりも——十九世紀から二十世紀にかけてそういう面が強く現われているような感じがするんですね。

後藤❖僕は外国のことはあまり詳しくないのですが、確かにフォルマリスト達がゴーゴリを、特に『外套』をとりあげて来たということは、フォルマリスト達がそこに何か重要なものを見たからであるはずで、その中心は、材料を語り、文体というものによって異化あるいは変換させる方法の問題だと思います。確かに『外套』の場合、この話は悲劇なんですね、材料としては。内容、素材の面から言うとこれは悲劇で、仮に実際、井戸端会議かなにかで中年の小母さんが、こういう人がいてこういうことがあってそして死んじゃったんですよ、なんて話をしたらこれははっきり言ってお涙頂戴になりますね。悲話といいますか哀話といいますか、いかにも世にも憐れな話なんですね。ところが、この『外套』を悲劇という人は誰もいなくて、みんな喜劇という。それからもうひとつ考えたのですが、あれを怪談と言う人もいないんですね。あの話の最後に幽霊が出て来る、アカーキイ・アカーキエヴィチという下級官吏の。そして外套を盗まれたからペテルブルグ中の外套をとって廻る。しかし、これをもって怪談と言う人も誰もいないんですね。悲劇とも怪談とも呼ばないで喜劇と言っている。エイヘンバウムの論文のおかげで、そういうところまで、ようやく話ができるようになったと思いますね。エイヘンバウムはその中で、ゴーゴリの喜劇における材料の単純さ、平凡さ、そしてそれを異化する、変換する語りということを言っているわけですが、日本ではまだ喜劇とか笑いとかいうものを材料の面からだけ考えるやり方が強いようですね。つまり簡単に言えば、ネタそのものの喜劇、笑いと、方法の喜劇、笑いという二通りのものの混同ですね。そして、ネタそのものの方の喜劇、笑いは、さっき諷刺のところでも話しましたように、批評の対象から外されてしまい、ところがもう一方の喜劇、笑いの方へは、まだ批評の言葉が届いていない。これはさっき山口さんが批評家について言われたことと重なるわけですが「喜劇」「笑い」の方法としての異化、あるいは変換という問題が、我が国では、何か非常に厄介なこととして、どこかで切り捨てられたまま、置き去りにされて来たように思いますね。

山口❖いま二つに分けられたというのは面白いと思うのですが、私の感じでは諷刺とかくすぐり笑いとか言う場合に、われわれが前提とする生活は何かのっぺらぼうとして一つの論理でいく生活のイメージを持っていて、それをちょっとずらすとくすぐり笑いというのは比較的軽く扱われると思うんです。ところがわれわれの現実の奥には別の現実があり、その奥には……ってことであってその現実の間には跳び越えが行なわれるとそこを自由に行き来している時に成立するような笑いってものもね、あると思うんですよ。そういう時にもう恐怖でも何でもいいと思うんですが、要するに重箱式にどんどん積み重なっている現実の中の笑いっていうのは、いわゆる諷刺的な一元的な現実とは違うものであって、先ほどから後藤さんのおっしゃっている自然発生的な笑いっていうのはそういうところから出て来ているんじゃないかって感じがしますし、そこが今まであまり煮詰まっていなかったんじゃないかって感じもするんですね。ただ日本の近代批評の宿命みたいなものの中にはできるだけ笑いを排除しようというものがあって、それが文学史の中でも、坂口安吾みたいな作家が出て来て、もっと別の批評家がいたら、もっと違ったタイプの作品を書いたんじゃないかと思わずにはいられない。安吾が若い頃、コクトーがエリック・サティについて書いたものとかそういうものをたくさん翻訳しているんですね。私もオヤッと思ってびっくりしたんですが、安吾自体はその重層的な現実の中で笑いみたいなものを目指していたように思うんだけれども、通俗小説のパターンとして捉えて、そこでファルスという言い方しかしないから坂口安吾が意図していた演劇的に同じ現実でも、そこにはいろいろ仕掛けがあるようなところから出て来る笑いみたいなものを指摘する批評家はいないんで、結局、坂口安吾っていうのは小説の中では仕掛けるのがつまらなくなって来て、現実の中で行動的な仕掛け人になっていった。

後藤❖破滅型ね、いわゆる。

山口❖彼はだからほんとは現実を全く滑稽で不完全なものであるとして、あれを追っかけたり追いかけられたりドタバタ劇にしてしまおうとしたのに、また今おっしゃったように破滅型とか何とかという形の中に押し込められて、救い難く押し込められたという感じがするんですけれど、これはやっぱり批評家のかなり大きな責任じゃないかと思うんです。

後藤❖うーん、ありますね。破滅型と言ってしまいますとね、今度は笑いがなくなってしまうんですよ。パセティックとか、殉教とかの実演者ですね。どちらかというと悲劇的なパターンになってしまいますね。

山口❖その純粋な笑いに至る道は、太宰治だっていくらでもあったわけで、まわりの批評家が寄ってたかって真面目殺しに殺してしまったって感じがありますよね。

後藤❖実は、太宰治の問題は山口さんのご意見を是非お聞きしたいと思っていたんです。例えば、太宰自身の喜劇のマニフェストみたいな小説『懶惰（らんだ）の歌留多（かるた）』ですね。これはまことにデスペレートな書き方をしていましてね。佐藤春夫に宛てた絶縁状みたいな文章ですね。彼はそれを小説として雑誌に発表しているんですが、明らかに佐藤春夫及び文壇宛ての絶縁状みたいに、恨み辛みを述べているんですが、要するにこれも「笑い」「喜劇」の問題です。つまり、自分がこれほどまでに死にもの狂いで考え抜いている笑いというものを、何故お前さん方は理解しようとしないのか。当時の日本文壇の事情、内幕というものは私もよく知りませんけれど、何かこのあたりからさっきも言った喜劇とか笑いというものの切り捨てというか、立ち遅れというか、そういう問題が起きているようにも思えるのです。実際、亀井勝一郎なんていう批評家がね、あれはキリストを実演したんだなんていうことを言うわけなんですね。殉教の美学みたいにしちゃったわけですよ。彼は人を喜ばせることしか考えなかった、ですか。少し違うかも知れませんが、これは『正義と微笑』の中に出て来る手記の文句ですね。それを、これはキリストだと言うんです。キリストこそ人を喜ばせることばかり考えた男であって太宰は一番キリストに近いという言い方をしてしまったわけですね。それはある一面かも知れないとも思いますけれども、結局文学として考えていった場合に、笑いの要素っていうのは全く消されてしまうわけですね。つまり何かに祭り上げられることによって、太宰自身が疎外されてしまっているような、そういう批評になってるんじゃないかと思うし、亀井さんの後の解説者、その他の評釈者たちも、寄ってたかって彼を悲劇の十字架に磔りつけてしまわないと気が済まないみたいなところがあるように思うんですね。笑い笑い、喜劇喜劇と言えば言うほど、批評家達から重々しく悲劇の主人公にされちゃった。

スカトロジックな仕掛け人

山口❖これは私は日本の文学の影響ばかりではなく、最近特に感じているのですが、本来持っている可能性をまわりの学者や批評家が寄ってたかってもみ消してしまおうと、そのもみ消しがいろいろな所で起っていたと思うのです。最近一番感じるのは、モーツァルトですね。作家のヒルデスハイマーが書いたエッセイで『モーツァルトは誰だったのか』という本が白水社から出ましたでしょ。あれを読んで我が意を得たりと思ったんです。彼はモーツァルトっていうのは、本来物凄い笑いの感覚の持ち主だったと言うんですよ。ところがモーツァルトは天使の如きとか爽やかなるとか、そういう言葉に同時代人によって押し込められたし、その後にも押し込められたと、しかしモーツァルトの本来持っていたものというのは、物凄いスカトロジックな感覚で、それでなかったらどうしてそんなケルビーノとかドン・ジョヴァンニやフィガロなどが理解できるのだろうかと。モーツァルトの書簡集の中に出ていますけれど、物凄い糞とかおシリとかいう風な言葉を乱発するんだそうですね。結局ヒルデスハイマーが言ってるのは、モーツァルトは本来生のままの本当の宇宙感覚みたいな、要するに性があってもなくてもいいようなエロスの持ち主だったと。ところが同時代人によっても天才のイメージの中に押し込められて、後世にもモーツァルトは爽やかで天使の如きという風な、野菊の如き君なりきみたいなね、モーツァルトが本来持っていた爆発力っていうのが寄ってたかって歪められた。モーツァルトの早い死因ていうのはそこから出て来るんじゃないかという風にヒルデスハイマーは言っています。私はそれを面白いと思うんですが、それと例えば今度日本でも公開になりますけれど、ベルイマンが演出した『魔笛』ですね、あれは荒唐無稽なシッカネーダーの脚本が悪いにも拘わらず、モーツァルトが頑張っていると言われているのですが、あれは最初から寓話風な荒唐無稽を意図して書かれた作品ではないだろうかと、ですから仕掛けっていうのが先にたつのであって、一貫性とか筋とか素材などはどうでもいいはずだったんだと。それでイタリアのコメディア・デラルテそのものをモデルにしたっていうことが最近わかってきてしまったんですね。そうすると、モーツァルト自身がそういう風な時代様式、彼の周囲の犠牲者、後世からの犠牲者という風な面で、日本だけの現象ではないようなところが出て来ているんですね。

後藤❖今のモーツァルトと批評のお話は興味深いのですが、そういうことになったというのは何かあの時代の歪みといいますか、時代的な何かがありますか。

山口❖それはですね、ヒルデスハイマーも言っているのですが、モーツァルトについて爽やかとか天使的であるとか、それはモーツァルトそのもののものではなくて、モーツァルトをみんな論じてるみたいで、それをあまりうまく真似しすぎたためにモーツァルトが……、本来のモーツァルトは押し隠されてしまっている。

後藤❖さっきのお話ではないですが、やはり批評家の笑いや喜劇的なものに対する感受性と才能の問題ですか。

山口❖ですから、モーツァルトを見るのに普通は全然感じないんだけれども、むしろモーツァルトがラブレーの同時代人だと見た方がいいんじゃないかと思う。と言うのはモーツァルト自身が例えばモーツァルトの声楽曲の中には、ステファン・ツヴァイクが所蔵していた楽譜がたくさんあるんだそうですけれども、それは「アニュス・デイ」という神のアグヌスといって神の子羊なんて言っているんですけれど、実際はケツのもじりなんですよね。そういう風な種類の言い換えをモーツァルトはやっていて、更にお前と寝たいとかそういう風なものがどんどん出て来ます。とにかくスカトロジカルであるし、非常に無方向である。モーツァルト自身は、そういうダイナミックなエロス風なものに全く本来のコアの部分で浸っていたということになりそうです。むしろ、ラブレーの持っていた上半身を下半身と対比、あるいは逆転することによって、上半身についてわれわれが持っているイメージを全部逆転させるっていう風な効果っていうものがモーツァルトにもあったんじゃないだろうかと思う、という風に考えた方がモーツァルトのオペラってのは面白くなると思うんですね。

後藤❖そうしますと、モーツァルトの時代に、そういうモーツァルトの部分をはっきり言えない何かがあったんでしょうかね。

山口❖これはフーコーが言ったように『狂気の歴史』において古典主義が成立つと共に、非理性的な、非理性っていうのは別の言い方をすると自然発生的な世界感覚みたいなものは、もう押し殺されると思う。結局ひとつには、バロックも終わりに近付いてくると末端の様式だけにこだわってきて、末端の様式の整合性みたいなものに全部奪われてしまうと、周りも様式の整合性だけに関心が奪われてきたっていう風なところが出て来たということだと思います。

後藤❖なるほどね、全く形は違うけれども、ゴーゴリ論をエルミーロフが書いたようなところがちょっとあるわけだ。

山口❖そうですね。本来モーツァルトはゴーゴリの同時代人であり、ラブレーの同時代人である。更にボッシュの同時代人であるというような感覚ですから、ボッシュの同時代人であるということは村祭りや怪物の版画やなにかにあらわれるブリューゲルの同時代人であるということになります。まさにモーツァルトは、おケツとかおシリとかそういうもので自分の拘束されない世界を笑わせようとしたのと同じで、ブリューゲルは難しいことを言わなくても、おシリか何かに矢が突き刺さったりしてね、いろいろありますよね。スカトロジカルなイメージが。そうすると普通われわれが隠そうとしている感覚の中に人間の楽しさを謳いあげていこうという風な面があって、それはやっぱり先ほどから後藤さんが言われているような、説明ぬきの笑いがそこから出て来る起点を探り当てたっていう人のやっていることだと思うんですね。

疎外されてきた笑い

後藤❖政治主義というものとは関係ないでしょうかね、批評の側ですけれどね。既成の何かの立場にあてはめてしまわないと言えないということでしょうかね。

山口❖それと私は日本と限定して考えますすと、気になることがひとつあるんです。日本は狂言の伝統もあり、説話の伝統では古今著聞集から今昔から霊異記に遡っていっても、また絵巻の伝統においても、おおらかな笑いの伝統があるにも拘わらず、本来笑いになるべきものが笑いにならないような伝統が常に回帰的に働いて来ている。これは何故だか私にもよくわかっていないんですが、例えば素戔嗚尊(スサノオノミコト)の話ですね。あれの形式の神話が他の国の文化の神話で現われれば物凄い滑稽譚なんですね。例えば素戔嗚尊が髭がはえるようになってもオイオイ泣いてお母ちゃんお母ちゃんて泣き叫ぶっていう、このこと自体がグロテスクです。それから今度は天上にあがっていくと、大暴れを演じると、これもまたドタバタの揚句、例えば狂言で太郎冠者が蹴飛ばされて追い出されるのと同じようなもので、追い出されてくるというのが、本来あればドタバタの要素をもっている。要するに素材というよりも形で言えば——そういうものが既に日本神話の中でああいう風に非常にパセティックな物語として語られてしまう。素戔嗚尊ってのは異物、文化の中の異物です。異物を蹴飛ばす時に笑いとばす文化と、それをパセティックに外に出してしまう文化とがあって、日本の場合どうしても後者へ行き易いっていうところがある。狂言でも太郎冠者を「やるまいぞ」と言って追い出す哄笑形式があるけれど、それも「くさめ」止めといったシンミリの美学で中和してしまうところがある。既に文化の癖の中に笑いを殺したい欲求がどこかにひとつあるんじゃないだろうかという感じがしますね。

後藤❖それは山口さんなんかが、いろいろと今後も突っ込んで問題にしていかれると、僕らも有難いんですがね。例えば最初の方でちょっと名前の出た檀一雄さんですね。檀さんは私も若干面識のあった作家の一人だったんですが、これで非常に面白いと思いましたのは大江健三郎さんなんですよ。檀さんが『火宅の人』を書きましたね。これを喜劇と言ったのは大江さんだけなんですね。「新潮」に出たんですけどね、檀さんが亡くなられる直前だったと思います。

山口❖檀さん自身がですか？

後藤❖いや、大江さんがですよ。私も実は『火宅の人』っていうのは喜劇じゃないかと思ったんですよ。ところが御存知のとおり、彼に貼られたレッテルは、パセティックな永遠の破滅型なんですね。日本浪曼派の中でもその代表者みたいになっているわけですよ。確かに初めは『リツ子――』っていうような、亡くなられた奥さんの私小説的なものを書いてその限りではまだ喜劇の目ははっきりしていなかったと思うんです。しかし晩年の大作である『火宅の人』、あれは喜劇なんですね。

山口❖あれはほんとうに見方によってはドタバタ劇ですね。天真爛漫な。

後藤❖特にね、最後の「キリギリス」という章があるわけですよね。これはまったく絵に描いたような喜劇ですね。神楽坂の連込旅館に一人で入って、夜中に仕事してるんですが、これを絵にしたらどうなるのかなと思いましてね。まことに絵に描いたような喜劇だと思いますね。

山口❖あらゆるコントロールを拒否すると、それが申し訳ないけれど家族であって、自分が内容的に好きな人間であっても、それが拘束の形式だったらどんどん跳ね除けるというそういう風なスタイルを根本的にやりますよね。今日ちょっと、ある映画の試写会を見せてもらったんですけど『素晴らしき放浪者』っていう『水から救い出されたブーデュ』っていう原題で、ジャン・ルノワールの映画で日本では全然知られていない作品なのですけれど、それを見せてもらったわけです。これはね、ミッシェル・シモンというちょっと伊藤雄之助に似ている役者が演じてるんですけど、これを見ててね『火宅の人』をちょっと思い出しました。

これがどういう話かって言いますと全く天衣無縫の乞食がいた。セーヌ河畔の公園で自分が愛している犬が逃げちゃったというそれだけの理由で、水に飛び込んで死のうとするんですよ。ちょうどノートルダムが見える河岸でその向いあたりの古本屋で非常に小市民的な古本屋のおっさん、すごく善人ですね。それからスノッブな奥さんと、女中とが住んでいるんですけれど、このオッサンが救うわけですね、そうすると、救われてくるんだけれども彼は全くルールっていうものに入るってことを考えてきもしないんですね。まず、どうして救ったんだって怒るわけですよ、無駄手間だと、もう一回死にに行く、とか言って暴れるわけですけどね。別に理由があって死ぬわけじゃないんだから死んだっていいだろうっていうようなわけなんです。で、彼は結局、その小市民的な古本屋のおっさんの善意によってその家の中に住まわせられるんだけど、やることなすこと、例えば靴磨けと言われたら、自分のはいている靴を磨けと言われたら靴墨を手でベタベタ、あちらこちらに塗っちゃうわけですよ、靴墨なんて使ったことがないっていって、それで台所なんかのナプキンを全部使って、奥さんの寝室まで入ってパジャマから何から全部ベタベタ真黒にしちゃうわけですよね。要するにルールってのを破るんじゃなくて、あるってことを知らないタイプの人間の話なのです。だから小市民生活の批判でも何でもない。要するに、何にも妥協することを知らない、野性美そのものみたいな男なのですけれど、それが結局、市民生活に捲き込まれてしまう。結局彼はいろいろな偶然——オッサンから貰った十万フランの宝くじが当って大金持ちになったりして——が災いして、旦那さんが本当は好きだったと女中と無理やり結婚させられちゃうんです。で、園遊会で河を下っている時に、彼が蓮の花なんか取ろうとして船がひっくり返っちゃうんです。皆助け合ったりしたんだけど、彼はまたずーっと流れていって、適当に流れていった所で、それで河からあがっていくと、カカシと自分の着物をとりかえて、乞食の群れについてどこかへ消えてしまうという話なんですね。その場合に、チャップリンの作品のように、女の子に憧れるとか本当はお金に憧れるとか、本当は結婚したいのだけどがまんするっていうような、ある種の目的性を拒否することによって成立するような、我慢の喜劇ってなもんじゃなくって、物そのものがあるっていうところからくる笑いですね。むしろそういう風なモデルを、ミッシェル・シモンがもの凄く面白く演じたんですけれども、何かこう檀さんなんかもそういう感じで読み直した方がいいんじゃないかと思うんですよね、ですからやっぱり檀さんの場合もある意味では批評家がいなかった不幸と、坂口安吾のそういうものを引き継いでいただろうと思うんです。私なんかもこういうところへ無理やり連れこまれて、笑いについて話させられたり、大江さんなんかが面白い面白いといって、私のヴォキャブラリーなんかを使ったりするということそういうところのなかに、批評家より作家の方がリードして何か孤立した世界の中からどんどん飛び出していくような現象が現われて来ているんじゃないかと思います。今日の若い人達っていうのは、批評史と全然無関係にね、ただ面白いだけの面白い、だから檀さんの『火宅の人』を「俺たちに明日はない」とか「イージー・ライダー」とかああいう風な物として読む感覚っていうのは自然に芽ばえてると思う。だから批評家っていうものはそういう意味では今日、小説家よりかえって難しい立場に立たされているかも知れない気がする。われわれも中年でちょっとズレているところもあるし、若いやつが皆ズレようとしてるから、ズレそのものは何か生きてる感覚みたいなものだっていうのが自然に定着してきている。ズレというかディスロケーション（脱臼）っていう形のね。だからズッコケっていうのは、全然ネガティブな表現でなくなってきている。そうするとやっぱり、つくる人っていうのはね、非常にやり易くなってくる。非常に微妙に、真面目にね、生活をちょっと視点をずらして書いても、これは凄い笑いだと受け止めてくる読者がどんどん出てくると非常にやり易いと思うんです。

――笑いが去勢される――

後藤❖例えばズレで言いますとね、カフカですね。これはズレを書いているんじゃないですかね。例えば『城』ですね、これはズレだと思うんです。『城』っていうのはズレって訳してもいいようなもんで、Ｋは当然、自分は受け入れられると思ってるわけですね。ところが一方では、どうしてそう考えるのか、と思っている。これは、まったく生まなましくて、リアリスティックな、ズレの喜劇だと思うんですよね。

山口❖『城』なんかに出てくる感覚っていうのは、われわれが、本来われわれの生が立ち戻ったところに戻ってみると、普通簡単に辿りつけるものがいつまで経っても辿りつけない。その辿りつけないズレの中に、生きる根源的な拠り所みたいなものが出てくるようなところがあって、ですから、カフカなんかもそういう意味では、要するに、周縁におしのけられた者の立場から出てくるズレを通して見た世界ですね。だから本来は、ズレを書いているんだけど逆にズレを通して描かれた世界の方がズレているという風なものとして、非常にグロテスクな喜劇ですね。

後藤❖カフカという作家も、日本ではまだ喜劇作家としては捉えられていない面があると思うんですね。いろいろと専門家たちに教わりもしたけれども、笑いの文学としてはまだ充分に捉えられていないと思うんですよ。

山口❖そうですね早稲田の哲学科を出た粉川（こがわ）（哲夫）君っていうのがいるんですけど御存じですか。この人が言うには、カフカをイディッシュ演劇の道化芝居ぐらいとして見るべきだって言うんです。カフカの時代にはイディッシュ演劇がいつでもプラハにやって来ているわけで、カフカはそういうものをどんどん見ていて、イディッシュっていうのはキリスト教的都市の世界の中にどうしても根づくことのできないズレ感覚ってのが創造の原動力になっている。これはもうショーロム・アレイヒェムの作品の中に出てくるし、アイザック・シンガーの作品の中に出てくるイディッシュ文学っていうのはまさにそういう風なもので満ち満ちている。カフカは、自然にズレる感覚を、そういう風なものの中から、自然に取入れたんだろうってことを、粉川氏は主張してるんです。ですからカフカっていうのを一度、道化芝居として見た方がいいかも知れないっていうことを粉川氏は主張しています。これは非常に面白い視点だと思うんです。こういう視点っていうのを、どんどん表面化させるべきだと思うんですよ。

後藤❖小さなサークル雑誌だけでなく商業文芸雑誌でも、大いにそうしてもらいたいと思いますね。カフカの作品が、まだ日本ではえらい深刻劇みたいなね。

山口❖これは非常に不思議なんです。誰が悪いのかって――本来ね、カフカを一番初めに日本に翻訳した人は花田清輝なんだそうですね。昭和十八年ぐらいかなんかに、だから花田の感覚でいけば、当然カフカのはドタバタ劇であったはずなんだけれども、戦後あらためて原田義人などによって紹介され直してからおかしなことになったのかな。あの人は早く死んでしまったからね、もっと長生きしてて皆にやっつけられてさ、蹴飛ばされてね、やっぱりカフカは俺みたいなもんで蹴飛ばされる人間になったとか何とかっていう風なことでやり直せばね、もっと別になったと思うんだけど、あのへんで早く死んじゃったから残された者は彼に迷惑したところがあると思うんですよね。

後藤❖まったく外国文学の紹介というのはおそろしい仕事ですね。カフカのことなんかも、専門家まかせでなくもっとシロウトがいろいろ言った方がいいのかも知れませんね。

山口❖だから私の感じではですね。作家っていうのはそういうもんだと思うんですけどね。まあ映画でも何でもいいんですけど、やっぱり誘惑者だと思います。で、カフカっていうのはそういう意味ではプラハの周縁的な世界、どこにも属さない要するにプラハのドイツ人的な世界、ドイツ語圏の中にいたんだけど属さないようなユダヤ人の家庭で育ってきていると、どこにも属さないというところから出てくる居直りから見てくると、世界のすべてが対象化されてしまうと。その何でもないというところから人間をさらっていくというような、そういう風な作家であると。何でもないところに徹したら、そこではごく自然な寒山拾得の笑いが出てくるはずですよ。そういう風な誘惑者として作家っていうのはあるんじゃないかって感じがするんですよ。

後藤❖今、はっと思いましたのはね、ゴーゴリもさまよえるロシア人なんですよ。彼はどこにも属さなかった。属するところも立場もないんですね。あの人はユダヤ人ではなくてウクライナ人なんですが。

山口❖ゴーゴリの『ディカーニカ近郷夜話』なんかに現われる、小ロシア感覚ってのがね、大ロシアと非常に違いますでしょ。その小ロシア感覚ってのは、ゴーゴリのね、やっぱり何か感覚と、どっか繋がってるのかも知れないと思いましてね。

後藤❖だと思います。あの人はちょっと極端に言うと非ロシア的なぐらいなところがあるんですね、決してロシア的じゃないんですね。ところが、批評家、日本だけじゃなくロシアの批評家もそうだったんだけれど、彼を最もロシア的なものとして祭りあげようとしたんですね、何が何でもロシアに結びつけちゃってね、雁字搦めにくくりつけようとしたところがあるんですよ。ベリンスキイもその一人ですね。

山口❖私は何かね、ニコライ・ドブロリューヴォフなんかでもそういう風な傾向があったために、皆でオブローモフ主義とは何かとかなんとか言ってインテリ論に持っていって話をつまらなくしてしまった。だからそういうところで『知慧の悲しみ』なんか見ても本来これはドタバタ劇でやってった方がほんとうに面白いと思うのに、寄ってたかって平凡な日常生活に押し込めてしまった。

後藤❖何でもかんでも、ロシア的ロシア的と縛りつけ過ぎるため、無理にそういう解釈がでて来るし、それ以外の自由な見方ができなくなるんですよ。例えば、オブローモフという名前ですね。

山口❖無知で申し訳ないのですが、なんかそれについてお書きになったんですか。

後藤❖これは僕の勝手な考えなんですが「オブルィフ」っていうのは、切断すること、という意味なんです。オブローモフという名前もそこから作られたと考えてみるのも面白いと思いますが。

山口❖切断っていうのはフランス語でミュティレですが、要するに去勢されたっていう意味になるそうですけど、そういう風な感覚とは違うんですか。

後藤❖ゴンチャロフは『オブルィフ』という小説も書いてますね。これは『断崖』と訳されてますが、これはむしろ『断絶』とした方が面白いかも知れませんね。

山口❖去勢にした方がいいんじゃないですか、いっそのこと、知的去勢――。

後藤❖その辺もね、何か『断崖』って言うとパセティックになるでしょ。言葉の響きが。日本人好みになるんでしょうね。異化するよりも感情移入してしまうんですね。

山口❖何かこう日本での遠近法っていうものがあって、その書かれたものっていいますか、そのエクリチュールは、遠近法ではいかに生きるかということを教えなくちゃならないと、人生とは何かということを教えなくちゃいけないと、それで一生懸命勉強した後遺症が強いわけですね。それが意識されない形でいろいろ残っていると思うんですけれどね、だからいかに生きるかという風な質問自体がいかに下らないかという風な立場ってのはなかなか出てこないですね。

後藤❖近代の日本には、何でも思想にしないと有難くないという考えがあると同時に、その思想というものを、少し荒っぽい言い方だけど、現実的にある立場をもつということに簡単に置き換えちゃうわけですね。つまり、手取り早く解明のつくもの。ある立場が得られるもの。何かそういうものにみんなすり替えてしまうといいますかね。この立場主義と、文学の場合は感情移入主義ですね。この二つだけがずっと主流になってしまっているための歪みが大きいと思います。

山口❖あるところに書いたことあるんですが、二年前にハーバードで、ライシャワーにちょっと会ったことがあるんです。

食事によばれてライシャワーが来てたんですが、日本の近代をどう思うかって訊くのです。そこで、僕は日本の近代ってのは馬鹿真面目教ってね、カルト・オブ・ソブライィエティってね、それがすべての秩序のパターンを規定していてその後遺症から逃れるのにわれわれも非常に苦労しているということを言ったら、僕は今まで、いろんな人に日本の近代をどう思うって言ったけどお前みたいに答えた人はいないってことをリースマンが言ったことあるんですね。だから馬鹿真面目教っていうのはね、あらゆる意味で右翼も左翼もだから右翼左翼っていう区別が意味なくなるっていうのは、そういう風な視点からいうと両方同じなんですね。同じ土俵で似た者が別れて戦ってるのにすぎないと。

後藤❖立場が違う。東と西みたいなね。

山口❖ですから馬鹿真面目教がいかにね、われわれが何か非常に、ポリフォニックですね。非常に多義的に生きる感覚ってものをいかに殺してしまってるかってことがあると思うんです。ですから日本の近代文学の、特に士大夫(したいふ)文学の悪癖みたいなものの中から、どうやって這い出るかってところにかかってると思うんです。笑いが最も有効な梃子(てこ)だということを批評家がなかなか理解しないで、われわれみたいなヤジ馬の方が何だか気の毒になってきてるって感じでね。

後藤❖深刻懊悩型の文学ですね。

山口❖それはやっぱりね、作家でも大江さんみたいな人にも責任はあるんですけどね、やっぱりそれに上手く乗れる自信があったんでしょうね。『ピンチランナー調書』を哄笑の文学だって彼が言ってもなかなか人は本気にしないですね、また新しい教義をぶちこんでくるんじゃないかってねじり鉢巻で読む。

後藤❖それこそ、右翼も左翼も、インテリも非インテリも、みんな自分の立場とか考え方とか生き方とかね、そういうものをぴったり自分で説明できるように持たないと気が済まない。それはそれで悪くはないのですが、その自分の物差しで説明できないものはみんな切っちゃうということですね。喜劇とか笑いというものすら、ヒューマニズムという立場でしか考えない。そうするとこれは、もうわからないのが当り前みたいなものですよね。

山口❖これまで日本について焦点を合わせてきたんですけど、二十世紀のひとつのわれわれの精神史に、ある種の深い、先ほど断絶ってことを言われたけどその現象があったんじゃないかという気がするんです。と言うのは何かって言うと、二十世紀の初頭っていうのは国際的に非常に感受性がのびのび花開いた時期だったと思うんですよね、これはロシアですら、二十世紀の初めに劇作家で演出家のエヴレイノフとかメイエルホリドとか、一方ではそういうのが出ると共にワフタンゴフとかタイーロフとか、とにかくその連中はドタバタ劇をどんどん取り込んでドタバタを通じなければ世界はダメにならなないし、世界をダメにすることによって、はじめて何かを創る出発点ができるという立場が表面化しました。要するに日常生活のアカの洗い落しをした。それがまたスターリニズムと癒着したスタニスラフスキーのシステムの糞リアリズムによって駄目にされたと思いますけどね。二〇～三〇年について国際的に言えば、フランスでもね、ラディカルな芸術家達がいろいろな分野で例えば世界を笑いの対象にする、要するに距離をおく、ディスタンシアションですね、距離をおいてみる技術をどんどん開発した。これが色んな意味でダダをはじめとする運動になったと思うんですね。ところが不幸なことにその滑稽なものにする極限の中から現われてきたナチズムだとか、未来派を通して出てきたイタリアのファシズムみたいな運動によって、世界を新秩序とかいって固定する方向に向いちゃったと思うのです。それに対抗するために今度はその反対側ですね、人民戦線側がそれに対抗するためにイデオロギーに立脚しなくてはならないっていうようなことで、すべてが両者ともに世界がイデオロギーで武装してしまって、そうすると世界の中における、例えば次の瞬間どこに向うかわからないという有機的な要素、無方向のエネルギー、そこにこそ笑いが出てくるそういう風な要素を、不真面目だ、はみ出しっていうことで抑えこまれてしまって、それが第二次大戦後も支配的感受性として残った。デモクラシー、それからいわゆる経験科学そういう風なイデオロギーにカモフラージュされてるけど、そういう固定した真面目教の感覚で世界を見ることを強制されたと思うんですね。そうした貧血症の感性が六〇年代の後半から崩れてきたってことは大変結構で健康なことだと思うんですけどね。

後藤❖全体的にはそういうことが言えるかも知れませんね。漫画とか劇面とか、シラケとか。しかし文学の場合は、またもう一つ違いますね。伝統というものと情況というもの、その両者が何か正と反の力関係というか、自分はどっちか、ということではやはりこれまた立場のようなものをはっきりさせねばならないようなところがあるとも思いますね。

山口❖その立場から出てくる被害者っていうのは、別にね左翼のイデオロギーとかそういうことじゃなくて、逆に江藤淳さんみたいな本来のびのびした人が、逆に左翼の立場と彼が思い込んでいるものを取りたくないためにもうひとつの立場というものを作ってしまう。同じ穴のむじなになってるような所に落ち込んでしまって、それがまた、日本の文学の中における笑いの要素を殺すのにまた役に立っちゃって、その一番困ったカリカチュアが村松剛みたいな人でしょうかね。僕にはどうでもいいことだけど。

自己処罰としての笑い

後藤❖例えば、少し前に「フォニー論争」なんていうのがございましたが。

山口❖あれは馬鹿馬鹿しかったですね。どうして方法としてのフォニーという立場が出なかったのか。残念ながら日本の近代批評の近視眼的欠陥があそこに現われてきたと思うんです。自分はどっちか、お前はどっちかといった大別主義は何かをスポイルしますね。僕はそういうところまで行くと、学問でも芸術でも違いはないと思うんです。分類を拒否するところから、われわれが物を書くっていうような衝動あるいは出発点がある。ラディカルであろうとすれば常にそこに立ち帰るように、分類を拒否し分類をぶち壊す方向に向うはずである。分類をぶち壊すっていうのは笑いの原点ですね。

後藤❖だと思います。近代の場合は、思想——これは、さっきも言った立場化された思想ということですが——という形で分類を行なおうとしたと思うんです。そうすると喜劇というものは、はみ出すわけですよね。極端に考えると、喜劇は無思想でもいいというくらいまで言わないと、本当の話は始まらないと思うんです。

山口❖要するに分類を思想と言うならば、笑いは分類を拒否致します、と。だから無思想の立場をとります。

後藤❖ところが無思想などという言葉を吐こうものなら、もういっぺんに無価値なものというレッテルを貼られかねない。

山口❖そこをはっきりしておかないから、同じ歴史が繰り返される。例えばアブサーディティって言葉が日本においてどう訳していいかわからない、そういう風なものを位置づける感覚もないから、これを荒唐無稽のバカバカしさとかそういう風に言ってしまえば、ドタバタでもいいんですよね。というところを不条理であったっていう。それで全てがまた駄目になってしまう。これを繰り返さない、それが大切なことであると思います。

後藤❖ゴーゴリは「人に語れない思想」という言い方で、自分の笑いが批評家に誤解されていることを嘆いていますね。これは既成の、いわゆる思想には分類できない思想ということだと思いますが、実際には、彼を一旦リアリストと決めてしまうと、その幻想性とか荒唐無稽さとか超現実的なものとかを、全て切り捨てて、ただただリアリズムの一本槍にして説明づけようとしてしまうんですね。

山口❖それでは、話は磯田光一さんとか松原新一さんのような中堅批評家を洗脳するところから始まらないと駄目ですね。真面目すぎるんですよ、あの人達は。何か書く時には最後に論にならなくてはいけないっていうね、活字の先に何々論ってなってやっているから、御破算にしましょうってことにならないんですよね。

後藤❖教養主義の中にある思想でしか分類しないわけですよ。

山口❖それは、教養主義でも中途半端なものだから挫折するんであって、教養も徹底的に積んで行くと、バカバカしくなるんですよね。だから知りすぎた男ってのは、一人で追い駆けられたらどこに逃げるかわからないって、そういうところに行っちゃうと思うんですけれどもね。

後藤❖結局は、笑いの問題と同じですね。さっき笑い地獄とか、笑いの罪とか言いましたが、これは敢えて誤解をおそれずに言いますと、自己処罰のモラルだと思うんですよ。例えば、ゴーゴリの「芝居のはね」というヘンな戯曲の中に、自分で勝手に噂をふりまいておいて、翌日になると、それが誰かから聞いたような気がしてくる、それでまたそのデタラメな噂をふりまいて歩く、という話が出て来ますが、要するに人間というのは、そういうおかしな「舌」を持つ動物だということですね。ところが自分もまたその人間の一人なのだというグロテスクですね。

山口❖だから、自己処罰を先ほどの断絶というところに合わせて、更にもう一歩進めて、自分で去勢してしまうと、去勢でないという状態が普通だろうという風に言うならば、去勢してしまっているところはやり直して行くっていう、そういう意味での自己処罰ですね。そこの決意に立ったときに全ての物は初めて対象化されて、語るに値するようなものになるという風なことだと思いますね。

後藤❖つまり、本当は、そのグロテスクな「舌」を、それこそ切断したいわけですね。ところが、反対に、ますます笑い続ける。とにかく人間が、もっともらしく生きること自体がおかしくてたまらない。そのことがわかってしまった、一種の原罪みたいな笑いの罪の意識なんですね。それがゴーゴリの笑い、喜劇だと思うんですが、ところが近代の日本文学の拠り所は相変らず生き方というモラルだったということですね。その形をしたモラルがないということになると、説明がつかなくなっちゃってネグっちゃうわけですね。

山口❖日本のタテマエの文学の御利益にあずかると。

後藤❖そのタテマエの思想みたいなものに憧れているわけですね。それは何々的立場、何々主義というカッコつきの思想で、そのどれかに当てはめて文学を読もうとする。そして、お目当てのモラルが発見できないものは放棄してしまう。笑いというものも、何かそんな形で、だんだんいつの間にか文学から切り捨てられて行ったような気がするんですね。それが最近になって、山口さんたちの仕事と、小説を書いているわたしなんかの共通の問題として、喜劇とか笑いの問題をこういう形で話し合うことができるようになったことは、実にうれしいことだと思います。

山口❖そう言っていただけたら、喧騒に満ちた早稲田祭の日にそれも知らずに飛び込んできた甲斐があるというものです。

文芸同人誌「文体」をめぐって

秋山駿

秋山駿――あきやま・しゅん

文芸評論家。一九三〇年、東京出身。早稲田大学第一文学部に進学し、五三年に仏文学科を卒業。六〇年に「小林秀雄」で群像新人文学賞評論部門、九〇年に『人生の検証』で伊藤整文学賞評論部門、九六年に『信長』で毎日出版文化賞と野間文芸賞、二〇〇四年に『神経と夢想　私の「罪と罰」』で和辻哲郎文化賞一般部門を受賞。七九年から九五年まで東京農工大学教授、九七年から武蔵野女子大学教授・客員教授を務めた。二〇一三年、逝去。

初出――「展望」一九七七年七月号「文体について」を改題

――同人誌「文体」の発刊――

秋山❖この秋からですか後藤さんを含めた四人の作家――坂上弘、高井有一、古井由吉という人たちが「文体」という季刊の同人誌を出そうというわけです（編注：季刊文芸誌「文体」は一九七七年から八〇年まで全十二冊が刊行された）。いわゆる「内向の世代」の人達だ。ほんとうはこれから一人ずつが、それぞれの個性に応じて、ある花を咲かせようとする時期にあたって、逆に、まとまって、一つの雑誌を出そうということを始めた。普通だったら、文学のグループというのは、最初にそうした雑誌なりをもっていて、そこから一人ずつ分かれて各自の成熟を迎えるということになるわけだけれど、これは逆の現象でおもしろいと思うんですね。ただ、その現象の背後には、文字通り、誌名の「文体」というものに表わされる文学的な問題もからんでいるだろうし、あるいはひろく現実とのかかわりの問題なども関連してくるだろうと思うんです。で、さしあたり、その「文体」という同人誌をなぜ出そうと思ったのか、そこら辺のいきさつから入りたいと思うんです。

後藤❖サービスのつもりで、はじめに一つ冗談を言わせてもらいますと、吉田健一さんがね、スペインの諺の話を書いていたんですよ。人間のつき合いのことなんですが、こういうことです。一人でいるということは誰ともつき合わないことで、二人のつき合いは神とのつき合いで、三人のつき合いっていうのが本当のつき合いである。そして、四人のつき合いは悪魔とのつき合いだ、というんですよ。

秋山❖なるほどね（笑）。

後藤❖ぼくは、偶然それを読んで、おやおや、と思っちゃった。「文体」というのは四人ですからね（笑）。

秋山❖悪魔とのつき合いか（笑）。しかし、実におもしろい言葉だね。

後藤❖これは、たしか吉田さんが「声」という雑誌のグループのことを書いた文章にあったんだけれども、人間四人が集まると、誰か一人は悪魔の役割をしなければいかん、ということですかね。

秋山❖そういうことかもしれないよ。

後藤❖それとも四人集まれば、四人が四人とも悪魔になってしまうということかな。もちろん、これは、はじめにお断わりした通り、サービスのつもりの笑い話ですがね。

秋山❖いや、たしかに三人が本当のつき合いで、これは別の言葉ですと、三人で初めて理性の法廷というものがそこに形成される。

後藤❖そうね、一つの弁証法ですね。

秋山❖四人目は、たしかに悪魔かもしれないね。文学のデーモンもそこに招待されているということなんだろうけれども。これのそもそもの発端というのはいつごろ？

人に語れない思想

後藤❖足かけで言いますと、二年ぐらい前でしょうね。ところが、はじめはよく知らなかったんですが、いろいろと考えたり調べたりしているうちに、以前にも「文体」という雑誌を大先輩たちが作ってたことがわかったんですね。

秋山❖ぼくは一つしか知らない。小林秀雄のエッセイののったやつ。

後藤❖三通りの「文体」があるんですよ。参考のため近代文学館へ行って見せてもらったんですけれど、いちばん初めは昭和七年に出ています。これはちょっと変わった雑誌でして、小説をのせていない。随筆雑誌でね。ぼくらが名前を知っているのは、新居格（にいいたる）さんとか。そういった、いわゆる文人風の人のエッセイです。つまりノンフィクションだけを集めた雑誌なんですね。

秋山❖ははあ。

後藤❖それが月刊で三、四年つづいてます。その次が昭和十三年に出た「文体」で、やっぱり月刊で翌年の五月まで出ている。これに書いた主な作者は、谷川徹三、伊吹武彦、井伏鱒二、坂口安吾、太宰治、神西清、小林秀雄、北原武夫、堀辰雄、生島遼一、三好達治、宇野千代。このメンバーが取っ替え引っ替え、ほとんど毎号同じですね。だから一種の同人制ですよ。そして奥付を見ますと、三好さんが編集人になっているんです。それでもって自分も詩を書くしエッセイも書くし対談もやるという形で参加してるんですね。これが二回目で、三回目がおそらく秋山さんがおっしゃってる……。

秋山❖『野火』がのったやつだ。

後藤❖戦後ですね。これが昭和二十二年に出たんですが、季刊雑誌で四号出したわけですね。これはご存じの通り、小林秀雄さんが『ゴッホの手紙』を書いて、大岡昇平さんが『野火』を書いて、宇野千代さんが『おはん』を書いたという雑誌ですね。この三通りの「文体」が出ている。もちろん、そのどれとも直接のつながりはないのだけれども、一つの参考にさせてもらって、ぼくら四人の作家で四度目の「文体」を出してみようということです。

秋山❖してみると〝歴史は夜つくられる〟というけれど、同じ時代の小説家として折々に出会ってる、そこから何かそんなものをやればおもしろいんじゃないかということで始まったわけ？

後藤❖実は、このあいだ新聞記者会見というのをやったわけですよ、その時にもいろいろ聞かれましてね。例えばいちばん先に聞かれたのはスローガンです。スローガンは何か。もう一つは、現状っていうものに対して何か批判的な立場をとるのか、ということですね。今、文芸雑誌はいっぱいあるではないか、文芸雑誌と言わず、総合雑誌も含めて、いわゆる発表の舞台はあり過ぎるぐらいあるのに、なおかつ、それにもう一つ雑誌を出すっていうことは、何かよっぽど深い理由があって、一つ旗挙げしよう、というような野心があるんじゃないか、ということを聞かれたですね。それは聞くほうが当然なんでね（笑）。

秋山❖そうだな。

後藤❖ところが、それに対してはかばかしい答えがないんですよ。で、いわゆる言挙げというものはありません、ということを言ったんです。その理由の一つとして、この雑誌は現状に対する不平不満から作るのではない。現状批判ではなく、現状に何かをつけ加えたい、ということを言ったんです。

秋山❖なるほど。

後藤❖すると、そのつけ加えたいものとは、いったい何か。今の雑誌ではあなたがたがつけ加えたいと思っているものは出せないということか。だから自分たちの手でやるのか、と聞かれたけれども、それにはぼくはちょっと逃げたんだ。つまり、今の雑誌でできないかできるかということじゃなくて、さっきもいったように「文体」という雑誌は過去に三度、先輩たちによって出された。その最後が昭和二十三年ですから、すでに三十年前になるわけですね。つまり三十年間「文体」という名の雑誌はなかった。それが三十年ぶりに出るということを考えてもらうだけでもいいと思う。つまり、ぼくたちが三十年ぶりに、自分たちが編集する雑誌に「文体」という名をつけて出す、ということですね。

秋山❖たしかに記者会見で出た言葉も実に当然だと思うけれども、われわれが思うと、後藤明生、高井有一、坂上弘、古井由吉、これらの人々は、小説雑誌の要求に対して、いくら書いても間に合わないほど書けと言われてる場所にいるはずであるし、ぼくは最初、あなたたちが雑誌をやると言った時に、もしかすると、エッセイばっかりやるのかなと思ったくらいですよ。

後藤❖ぼくらが？

秋山❖うん。ぼくはついそう思ってたら、そうではなくて小説やなんかのほうを書いていくんだというから、逆にそこで、あ、おもしろいなと思った。それにしても、いま聞いてると、そのつけ加えるっていうの、よくわかるね。

後藤❖それはありがたいですね。新聞記者はぼくの説明では、どうも物足りなかったらしいんですよ。

秋山❖社会的現実として割り切れない行為になるから。

後藤❖そういうことなんでしょうね。だからぼくは、仕方がないんで、まことに申しわけないけれども、われわれはせっかく記者会見をやったけど、これは見出しにならないかもしれませんよ、とお詫びしました。

秋山❖なるほどね。

後藤❖何しろ、文体という言葉でしかいい表わせないようなことをやってみよう、ということですからね。

秋山❖わかるね。あなたが今言われた、その雑誌に理念とかスローガンがあるのか、と問われて、それははっきりした言葉では言いにくい、やってるうちにその行為そのものが何かである、と答えた。それはあなたのエッセイの論理そのままだな。

後藤❖ぼくがいいたいのは、一言でいえば「人に語れない思想」とでもいったものだな。これは、ゴーゴリが、例の進歩派の批評家ベリンスキーからさんざん攻撃されたときに、おそるおそる答えた言葉なんだけれども、つまり、文体というのは、自分だけの文体でしか、他の言葉ではどうしても、語ることのできない思想。そういったものだと思っているから、見出しになりにくいのは当り前かもしれませんね。

秋山❖あなたは小説を書くのと同じような行為として雑誌をやるわけだね。

後藤❖そうとってもらうと、たいへん気が楽になるんですけどもね。小説家というものは、まったくゴーゴリのいった通り、一人一人が自分だけの言葉でしか書き表わすことのできない思想を抱いていて、それを自分の文体で書く。そういう、小説を書くのと同じような態度で今度は自分たちの雑誌を出すということは、これはたしかにあまりにも作為がなさ過ぎるといえばなさ過ぎるといえるかもしれませんね。だからよけいに聞かれるんだとも思うけれど。

秋山❖今聞いてて、小説を書くという行為と雑誌を刊行するという行為と、同質のものであると思ったけれども、そうは思っても、こういう時にやはりもういっぺん聞いてみたいっていうのはどうしても出てくるし、そのことは後藤さんの場面で言えば、なぜあなたは小説を書いているのかというような声として、これはやはり降りかかってくるんですよね。

――立場主義の蔓延――

後藤❖これは、記者会見以上の難問ですなあ。まあ、一つの手順としてさかのぼっていってみると、結局、行きつくとこは戦後ということだと思う。われわれが自分とか文章とかいうことを考え出したのは戦後ですからね。ところがその戦後、日本語というものがばらばらになっちゃったわけですね。このばらばらについては、またいろいろないい方があると思うけれども、ここで簡単な一例を挙げれば、手紙でしょう。手紙一本書くにしても、もともとは「拝啓」から始まって「敬具」で終わらなきゃいけない。

秋山❖文章体があったわけね。

後藤❖また、例えば人間の情念というものね。それは言葉でも、体ででもいろいろ表現はできたけれども、少なくとも文章ということになると、別だったわけですね。戦後以前では、そうでしょう。いくら情念があり余り、いくら発表したい意見があっても、あるスタイルを持たなければ、表わせなかったと思うんですね。話すことはできる、しかし文章に書かなければ表現したことにならない、つまり認められないわけですね。

秋山❖型をなしていかない。

後藤❖例えば「いろは歌留多」の「ふ」っていうとこは「ふみはやりたし書く手は持たず」となってるわけですな。これは絵札を見ると女郎の絵が描いてある（笑）。女郎が立て膝して手紙を読んでるわけ。男からの手紙か、あるいは家族からのものかわからないが、それに返事を書きたいんだけれども書けないということですね。これは文盲ということじゃないと思うんですよ、読んでるんですから。つまり字はわかるし、一対一で逢えば表現できるんですね。しかし手紙を書くということは、それほど大変だったということですね。

秋山❖難しいものね。

後藤❖ということは、やはり形式というものがなければ表現ができない。また形式のない表現というものは受け付けられないということじゃないかと思うんです。「いろは歌留多」というのは卑近な例だけど、とにかく一つのものが崩れたわけですよ。逆にいえば「ふみはやりたし書く手は持たず」という抑圧が解放された。情念さえあれば、どういう方法で、何を言ってもよろしい。

秋山❖そっちのほうが尊いんだと。

後藤❖内容さえあれば、へたでもよろしい。へたである方が人間的であるということですね。

秋山❖むしろ愛すべきだと。

後藤❖書く手は持たなくても、文は書けるということですね。そういう一つの言語状況になったんじゃないかなと思うんですよ。

秋山❖学生の言葉の混乱が象徴するようなね。

後藤❖それも一つでしょうね。人間は誰でもいつでも自由に自分のオピニオンというもの、情念というものを表現することができるようになった。それからもう一つは、事件というものを書くことができるということね。つまりスタイル抜きですから、意見、事件、情念というものは、どんな子供でも表現できる。ぼくらの年代の日本人が、文章というものを読みはじめ、考えはじめたのは、まさにそういう時代だったと思いますね。小学生だって自分の意見を述べる。先生の批判だってする。親の批判だってする。しかもそれは立派であるということなんですね。「えー……ぼくはー……そしてー……あの先生はー……こういうところがいけないと思います」と言う。これでいいわけなんですね。

秋山❖そうなのね。

後藤❖これは一種の素材主義ですよ。それともあとでまた出て来ると思いますが、立場主義ですね。この風潮が蔓延するとどうなるかというと、文学者あるいは小説家っていうものが全く失業する。なにしろ、意見、事件、情念ですから。それもアマチュアのほうが新鮮で、面白いじゃないかという大衆化の状況が出て来るんですね。

秋山❖つまり意見とか思想は他人(ひと)からの借りものでも、正しい意見、思想なら、借りたほうがいいんだと。

後藤❖そういうことも、ありますね。

秋山❖自分で考えて自分の言葉で言うとナンセンスなことになって。文学との一種の対立概念だな、たしかに。

後藤❖そういう状態の中で小説家っていうもの、あるいは小説家に限らず文学の専門家というものの存在理由が果してあるのかないのかっていうところまで、案外、話は来ちゃってるんじゃないんですかね。ま、ですから、ここでちょっとコマーシャルを入れさせてもらうと、「文体」というものをぼくらが出したいと思う背景には、そういうこともあるということですが、秋山さんだって一人で坐っているとき、そんな奇妙な疑問を背中に感じるでしょう。

秋山❖感ずるね。今、後藤さんが言ってきたことね、これは小説の領域もそうであるけれども、批評の領域ではもう少し顕著に現われている。今言われた、意見と事件と情念と、この三つのものが幅を利かす。つまりそれをどんな表現で言ってもそっちのほうが尊い。むろんやはり批評でも小林秀雄が言った通り、思想は文体だということがあって、ある自分のスタイルを保とうとする努力はなければいけないと思うけど、これがやりにくいんですよ。どうしてっていうと、情念のとこはちょっと除くけど、意見と事件のこれは政治を考えるところの論理になってきているのね、評論の場所が。つまりここにAとBという二つの思想がある。どっちにお前は加担するのか、挙手の一票を投ずるのか、この論理になってくるのね。だからさっき後藤さんが、はっきり言えと言われてもうまく標語がないんだと言われたけど、批評の場合、標語を言えとせめられてるわけですね。文学の批評はそういう形のものではないと言い続けることはかなり困難だし、言い続けることそのものが、ああ、あいつはこうなんだという枠を当てはめられちゃうのね。だから小説の戦後の状況もそうだけれども、批評の領域だと、それを一層痛切に感ずることですよ。お前は何々派なのか、どこに属してるのかと。

後藤❖それは、さっきちょっと出て来た、立場主義というものでしょう。

秋山❖結局、そういう話になってきてね。

後藤❖もちろん文体の問題というのは、小説だけでなく、批評の場合も同じですからね。

秋山❖そうね。

後藤❖秋山さん自身がさっき自己分析、あるいは状況分析されたような批評の問題ですよ。

秋山❖それがまた、いい意味の大義名分でそうなるんですよ。社会参加とかあったでしょう。現代はそういう状況だと。もう一つ付け加えると、第一次戦後派のところには、小林秀雄の世代にもあったんだけど、世界文学との同時性という、もう一つの根っこがあったと思うけれども、そういう大きな旗のもとに、あすこら辺が戦後の批評の水源地だね。

後藤❖それも一種の大衆化ですね。

秋山❖こまやかなことには立場と同じように価値があるんだと主張するのは、かなり困難でね、批評の言葉では。批評の言葉っていうのは小説の言葉とちょっと違って、いちいちの単語に意味がなくてはいけない。その意味というのは社会で通用する意味を背負ってなくちゃいけないということがあって、そんなふうに、既に与えられている批評の言葉の制約を逃れるのは、かなり困難だし、逃れたから貧困になるかもしれないということもあって、わからないのね、正直なところは。

「内向の世代」という文学の波

後藤❖さっきの戦後の日本語のことへ少し戻りますが、当然の話だけれども自分だけがそういった戦後をまぬがれるということはあり得ないわけですね。もちろん、その時代にぼくたちはまだ中学生か高校生くらいで、やっと本を読みはじめた頃だったんだけれども、いろいろな作家のものを読みますね。そのとき思ったんだけれども、そういう敗戦後の時代において、自分だけが時代から孤絶して、ある悠然たるスタイルを堅持し続けるということはあり得ないのではないか、ということですね。

秋山❖あり得ないね。

後藤❖あり得ないだけでなく、あってはならないことではないかという気持ですね。ぼくは植民地育ちなもので、日本にいた人のように疎開とか空襲という体験はないけれども、日本と朝鮮、支配と被支配の立場がきれいに逆転するところは見ましたからね。戦争に敗けるというのはこういうことだと思ったし、それ以前のものが、小説の場合においても、そのままの形で残るのはおかしいという気持ですね。スタイルというものも破壊されるのが当然だと思った。

秋山❖そうだろうね。そのへんの場面に新しさがあると、ぼくは思ってた。

後藤❖解体すべきものは徹底的に解体すべきであって、ひとりだけが時代に超越して生きる人生というものは認めたくないと思った。なにしろ、いくらいばったって、日本人は全員敗戦国民ですからね。ぼくの戦後文学というものへの共感というものはそこに一つあったわけで、椎名麟三さんの初期のもの、また太宰治、坂口安吾のものは愛読しましたし影響も受けたと思いますね。その頃、志賀直哉と太宰治が、けんかしましたよね。

秋山❖した、した。

後藤❖あれは非常におもしろい、戦後という時代の一つの象徴だと思うんですね。二人とも言葉の天才ですけども、その二人があそこでぶつかり合わなきゃいけなかった。ぼくはあの頃はまだ青二才だったけれど、太宰の方が正しいと思ったわけです。彼の方が、敗戦という時代の運命に忠実だと思ったんですね。

秋山❖あなたの小説を読んでると、これは在来の文学の型とか、それから美とかいうものを含めての文体に対する、一種の否定だと思ってた。それがとにかく「文体」というような雑誌を出そうとするにいたった想念、曲りくねった経路そのものがおもしろいと思うし、それが「内向の世代」というものだと思ってね。

後藤❖文体の否定ということより、まず違和感かな。その何ともいえない違和感をいかに書こうかという方法でしょうね。それはたしかに、いま秋山さんが言った、在来の文学を否定する方法だったわけです。なにしろ志賀直哉より太宰治の方が正しいと思ったわけですからね。もっともあの対立は何も戦後はじまったんではなく、ずっと前からでしょうけど、正直にいって、戦後の時代に志賀直哉を尊敬したり信じたりしている人というのは、何か不思議なものに見えましたね。破滅というか、滅亡という点でも太宰の方が貴族的でしょう。

それからぼくは、グロテスクとか滑稽とかいうことを考えてました。これは、自分とはまるで関係のないところで、世界はどんなふうにでも変わってしまうんだ、といったおどろきみたいなものから最初は出て来たものでしょうね。正体不明の他人と同居している感じ。自分のまわりの世界が原因不明のものであるという感じ。こういう感じは、少なくとも私小説の方法では書けませんね。ではそれに代るものはということではじまったわけですから、文体の前に方法ありき、ということですね。それで、そういうぼくならぼくという一人の人間、一人の小説家が、ここまで辿って来た経路を、秋山さんは「曲りくねった経路」と言ったけれども、これはまさに迷路だな。あらためて話すのもウンザリするような迷路ですよ。とにかく、ずっと書いてきたものを読んでもらう以外にない、という気持だけれど、ぼくが『懶惰の歌留多』を受け容れられなかった太宰の心境に同情したくなったのは『関係』（編注：初出「文藝」一九六三年二月号）と『笑い地獄』（編注：初出「早稲田文学」一九六九年二月号）というのを書いたころですね。『関係』は人間をタイプとしてではなく他者との関係という形で書き、『笑い地獄』は「笑い」というものをユーモアとかペーソスとしてでなくグロテスクで滑稽な人間の関係として書いたものだけど、モラルがないといわれた。相変わらず、生存とか関係よりも、生き方とか立場なんです。ところがこっちは、そういうものが無くなったところから、忠実に書いてるわけでしょう。韜晦したくもなりますよ。まさに「人に語れない思想」というわけですからね。

秋山❖「内向の世代」の文学というのは、ぼくの思い方からすれば、やっぱり新しい文学の波だったと思う。その新しい文学の波のいちばん底にあるものは、自分たちの生き方が前の言葉ではどうしようもなく割り切れない、新しい生き方になっている、と感じていること。そこにある生の認識の問題、そこから文学の方法論も出てくるけれども、そこに根本が置かれていると思う。ところが、その認識をうまく言う言葉っていうのが、立場から発せられる、あるいは意見というものを重視するところから発せられる批評の言葉だと、非常に表現しにくいものだったとは思う。でもほんとうはそこをエッセイの形かなんかででも鋭く展開してもらうと、ぼくは同世代の批評家としては有難かったな。

後藤❖しかし、それはこちらからいえば、逆もまた真なりで、そこのところを誰か批評家が言ってくれれば有難かったという事情があるわけね（笑）。これは割れ鍋にとじ蓋みたいなもんでね、お互いになんとも言えないんだと思うんだけども。

秋山❖割れ鍋にとじ蓋っていうのはいい言葉だったな。「内向の世代」の文学の新しさというのはどういうことかということね。日本の戦後の状況……戦争前もそうかな、人は文学をやっててもおのずから立場を持たされた。ところが立場に立つんじゃなくて、もっと別の生き方もあるし、文学の光景もあるし、しかもそれは、自分の意志だけじゃなくて、外部の現実世界の動きそのものによってそういう場面に立たされている人間がいる。あなたがエッセイで書いた「無名氏の論理」というやつだよ。これはやっぱり新しい視点じゃないの？　人間がどういう場所で現実に生きているかという、この無名氏という設定がおもしろいわけね。まさしくそのように生きてると思う、われわれは。

後藤❖無名氏っていうことは、つまり立場なき人間ということね。

秋山❖しかもその無名というのは、草莽の民が無名で生きるという意味じゃなくてね、もっと違う意味の無名だということを、あなたはあのエッセイで確立しようと思ってて……。

後藤❖もちろん、いわゆる庶民とか無告の民というのとは違いますよ。立場というものから切り離された人間そのもの。しかも、他人の中に、さらされて生きている人間ですね。

秋山❖そこが原点だと思ったね。そして、日常の中で、実に曲りくねった、いろんな生の場面との出遭いがあるね。そこをこの人たちは小説化しようとしている。これはやっぱり新しい場所だと思ったよ。

後藤❖それは、秋山さん自身もエッセイの中で書かれた通りであって、平凡ということなんです。

秋山❖それを昔の平凡の意味でとられては困るという……。

後藤❖昔の平凡は、タイプのことでしょう。たとえば、平凡人とか平凡な日常とか平凡な経験とか平凡な人生とか。ぼくのいう平凡はそういうタイプじゃなくて、その反対に近い意味ですね。

秋山❖そういうわけだね。

後藤❖「内向の世代」の特徴っていうのは、その名称とは一見矛盾するようだけれども、認識および方法において、相対主義者だと思うんですよ。自分の論理と他人の論理、それを二つながらに考えてる人間だと思う。つまり、楕円形ですね。例えば「内向の世代」の全員がサラリーマンだったかどうかは別として、自分の論理と企業の論理、それを立場として考えるのではなくて、体験そのものが認識になっているわけですね。これは文学青年という概念を変えたと思うんですよ。文学青年と言われた人は、ぼくら以前の人までですね。

秋山❖そうなんだね。

後藤❖これはいい悪いじゃなくて、とにかく変わっちゃった。つまり文学そのもの、あるいは文学を信じている「私」というものを絶対化できないわけですよ。そこで小林秀雄の『私小説論』が実におもしろいと思うのは、例の「社会化された私」という有名な一句ですね。それをどう解釈するかは自由だと思うんだけども、ぼくは、あの人は相対主義者だと思う。

秋山❖そうだね。

後藤❖その点、誤解されてると思うんです。『私小説論』はなんべんか読んだけども「社会化された私」ということは〝相対化された私〟ではないかと思いますね。ま、これは我田引水と受け取られるかもしれないけれども、そういうことでいえば「内向の世代」の「私」というのは、最初から相対化されていたと思いますね。いわゆる従来の「私小説」のタイプとしての「私」ではあり得なくなってる。「私」の相対化とはそういうことでしょう。それは、文学そのものについても同様であって、文学以外の目、文学以外の論理で見られた文学ということです。例えばカメラならカメラを造るということと、小説を書くということは同じだということなんですね。つまりカメラのほうがむしろいいんじゃないかと思っている他人が存在している。そういう他人の目の中でしかぼくらは文学を作れないんだというような、まあ一種の絶望的な自己認識なんですが、ただそこで一番重要なことは、それは決して異常なこととか、特別に不当なことではなくて、それが当り前なんだという認識ですね。その認識を、平凡という言葉で言ってもいいと思いますよ。

秋山❖やはり日本は私小説の国だから、平凡さっていうのは以前にもかなり尊重されていたわけね。自分は平凡を尊ぶ、それゆえに自分の人生に意義がある、そういうところから小説が書かれたのは数々あるけれども「内向の世代」とは違いがあると思う。それは平凡さの底に自分を任意の無名氏として捉える、その基点があるかどうか、ということだね。

後藤❖さっきもいった通り、ここでいう平凡は、タイプではない。だから、ぼくならぼくが、私小説と同じ素材、つまり自分の体験というものを材料にして何かを書く。その小説が、もしある平凡な日常を書いているといわれたとしても、ぼくとしては、それはタイプとしての平凡な日常を、そこに再現してみせたのではない、ということですね。つまり、平凡な日常というものを書きあらわそうというのではなくて、平凡化するということが、方法だということです。それが通じにくかったんだけども。例えば、いまも秋山さんが言ったような、平凡な人生というものを、一つのタイプとして、そこにうまく描き出している、といった形で受け取られ、そういうものとしてホメられることもあり得たわけでしょう。同時に、ケナされる場合も、同じだったと思うから、まったく野暮なようだけども、まだここでこんなことを言いたくなってしまうわけですがね。

秋山❖平凡な日常という、そういうことじゃないと思うよ。自分を無名氏として見るそれは、あなたがなにも頭ででっち上げたものじゃなくて、戦争中の子どもたちでいて、敗戦があり、戦後という現実の中を生きた、そのことが知らせてくれたことだろう。

後藤❖時間だな。もう四十五ですからね、ぼくも。

秋山❖これはどうしようもない場所であるし、文学的な意味なら、これはやはり新しさであったと思うよ。ところが、この新しさの内容というのは、表わすのに困難なことなんだな、これが。そうだろう。

後藤❖見出しになりにくかった（笑）。

無名氏の共同体

秋山❖あなたが他方で現実に対して言ったのは「円と楕円の世界」。これと「無名氏の論理」っていうのは、他方が自分の基点は何かということを説明するものであり、他方が世界をどう見るかという見方であり、その点だろう。

後藤❖しかし、まだまだ、いわゆるタイプとしての平凡と方法としての平凡の区別はむずかしいようですよ。それこそこの二点は、楕円の関係にあるのかもしれない。

秋山❖そうだね。

後藤❖なにしろ立場をとらない方法ね、それはあなたの小説の題名にあるじゃない？　『何？』『誰？』（笑）。いや、それは冗談じゃなく、そう生きて行くっていうことだろう。

後藤❖ところが、それは一種の無間地獄みたいなもんで、どこまで行っても足が着かない。受け皿がないんですから。しかし『何？』『誰？』なんていう作品は、実は一つの曲り角だったんですね。あの作品集の後記で、ぼくははじめて「文体」という言葉を使った。

秋山❖うむ、そこへ来たのか。なるほど。

後藤❖例えばぼくが根なし草だということは変わらないとしても、それは何か特別なことではなくて、まったく平凡なことだったんだという認識ね。つまり、それだって、逆に大変に異常なことなんだと、考える人はいるかもしれませんからね。ですから、体験は異常、認識は平凡、ということですよ。ま、敗戦があり、逆転があり、解体、混乱その他いろいろ体験した。またそれ以外にもどんな異常なことだって起こるだろうけれども、実はそれが当り前なんだ、まったく当り前な世界の構造なんだということですね。こんなに異常なことがあったんですよ、とは書きたくない。

秋山❖なるほど。

後藤❖気がつくと、そういうことになっていたんですね。たぶん、そのあたりからぼくなんかの小説について「日常」という言葉がいわれ出したんじゃないかと思いますが、そして、ぼく自身も、例えば「木を見て森を見ず」ということを逆説として使ったりした。つまり、ちっぽけな木一本が森全体の象徴ではなかろうかということで、自分の小説も当然そういう書き方をしたわけです。これが、秋山さんも言われたぼくの団地小説でしょう。そこで、ぼくは、方法というものから、文体というものを考えはじめた。その言葉が、ひょいと出て来たんです。もちろんそれは、今度の雑誌「文体」とはまだ何のつながりもありませんよ。しかし、文体という言葉、これはどこかで共同体という言葉を誘い出すんじゃないでしょうかね。

秋山❖後藤さんは今いみじくも根なし草だと言ったけれども、あなたに団地という生存の場所を基点にしてのあるエッセイがある。これは無名氏が共同体というふうなものとはちょっと遠い生存の形式をとっている。ところで「内向の世代」の文学の中にもう一つあるんだな。これは根本の無名氏というところは一点共通してると思うけど、血縁を大事にしたいっていうのもあって、一口に「内向の世代」と言っても、意外に深い対立だと思うね。

後藤❖なるほど。

秋山❖これほどの深い対立もないですよ。

後藤❖対立するものもあり、ばらばらなものもあり、かな。

秋山❖ぼくが後藤さんの『何？』とか『誰？』とか、タイトルそのものもおもしろいと思ったのは、根なし草的な論理の面であって、そこをぼくも「内向の世代」の文学っていうとき少し誇張し過ぎたけれども、あなたも次第に少し深い伝統とか共同体との出遭いを出してるわけだな。

後藤❖ま、自分のことだから仕方のないことではあるけれども、こうやってこういう場所で自分があれこれ四苦八苦して来た小説を振り返って見るというのは、まったくシンドイことですね。戦後の三十何年かというのは、人によってさまざまだと思うけれども、ぼくらの年齢のものにとっては、小説を書くための四苦八苦は、いかに生きるかということの四苦八苦でもあったと思いますからね。それを、一人一人が、ぜんぜんバラバラの形で、やらなければならなかったと思うんですよ。小説にしても、生き方にしても。そしてぼくはそういった時代の運命に身をまかせたわけだけれども、そうやって、まったくばらばらでやっているところへ、その「内向の世代」という名称が出て来た。これは、秋山さんはその中での個人差、相違という点を言ったけれども、逆に、分類式にひとからげにした見方もあったわけですね。そして、その場合には「内向の世代」には立場がないという特徴を、一つのマイナスの形で批評したと思うんですよ。いろいろな言い方があったと思うけれども、いまぼく流に言い直せば、そういうことだったと思います。だから、まあ、文体ということは、そういう見方を、いわば逆手に取った形の、文学的な共同体だと言ってもいいかもしれませんね。もちろん、具体的な今度の「文体」同人がイコール「内向の世代」でもないと思いますが、一人一人はばらばらなんだ、という認識の上での共同体ですよ。それは、さっき秋山さんがいわれたような点でのばらばらもあるでしょうし、とにかく四人四様ですから。まあ、考え方によっては、むしろ互いに否定し合うくらいの部分もあるんじゃないですか。早い話、文体なら文体という用語の規定にしたって、文芸学みたいなもので統一してるわけではないし、何かスローガンを持ったスタイリストの集合でもないわけですからね。

秋山❖なるほど。

後藤❖立場なき共同体、つまり、さっきから出ている〝無名氏〟の共同体ですよ。それはまた〝平凡〟という言葉でも言われてきたけれども、ただし、タイプとしての平凡ではなくてね、平凡化するという方法だった。すなわち人間を〝無名氏〟に、人間と人間の関係つまり世界を〝無名氏の共同体〟に変換させるということですね。そしてその変換させるものが文体であると思います。だから、ここで一つの結論としてはっきり言えるのは、立場というものを徹底的に否定していけば、文体が出て来ざるを得ないということですね。その文体が散文の中心である。もちろんこれは、ぼくの考え方ですけど。

秋山❖それは単に文学的に何かを探求してるっていう問題だけじゃなくて、やっぱり生き方が深まって来たわけだな。

本歌と文体

後藤❖それからぼくの場合、文体ということで、一番はっきりして来たのは、素材と表現ということでしょうね。体験ももちろん含めて、素材を変換させるものとしての文体ですね。もともとぼくは、さっきもちょっと出たように、ゴーゴリの小説を考えてきたものですから、出発は喜劇です。それで素材を「笑い」というものに変換させる方法ということをまず考えてきたんですが、そこへもう一つ「平凡」化するということが加わった。それで表向きは「笑い」が少し底へ沈んだ形になったと思いますが、根は一本だと思っています。ということは、一つは「笑い」にしろ「平凡」にしろ、どちらも素材じゃないわけですよ。ところがここのところが、さっきも平凡のところで出たんですが、どうもまだ誤解があるんですね。

秋山❖あなたのエッセイの中に、ドンキホーテと風車が等価のものとして同時に存在していることを、つまり笑いというようなことで表現してみたいと、たしかあったけれども。

後藤❖つまり、どちらもそれ自体は滑稽なものではなくて、滑稽というのはその両者の関係なんだ、という認識でしょう。だから「笑い」というものは、素材ではなくて、その認識が表現された形である。文体によって変換された形なんですね。さっきから出ている平凡ということも、原理はまったく同じだと思いますよ。

秋山❖これはある現実認識の仕方そのものなんだよね。どうしようもなく、その現実認識において自分は生きている。この表現ということだろうと思うの、あなたの小説の根本は。

後藤❖ただ、そのやり方を、方法、方法ということでうんうん唸っていたときから、そこに文体というもう一つの言葉を持ってきてみると、自分がやろうとしていたことがずいぶんはっきりした一つの形をとってきたわけです。

秋山❖そこに前の世代、もっと前からの文学の伝統が持たなかった、ある認識の仕方がある。そのようなことを方法論という言葉で言ってるんだと思う。ところが、ちょっと後藤さんの今の話に異を立てれば、現実の素材を変換する小説の表現。その変換するものが文体であるといったとき、これは文学の伝統的な考え方によっちゃうのね。

後藤❖うむ、なるほど。

秋山❖ところが、あなたが捜してるのは、自分がどうしようもなく生きていることの中に内在しているもの、生きていることから始まる現実の認識の仕方の中にあるもの、そこにあるいわく言いがたいものがあるという新しさだと思うんだな。それを表現するとき文体が必要だという、その文体とは、変換するんじゃなくて、何かまだ形になってないものを形にしていく、そういう文体の話だと思うの。ぼくはそう理解しているけれどもね。

後藤❖それは、ぼくならぼくという、一人の小説家の歩みといったようなもので、その間の変化らしきことについては、さっき話したと思うけれども、要するに、変換ということは、ある現実なら現実、体験なら体験というものを、文章によって再現するのではない、ということでしょう。再現ということなら、広い意味で週刊誌の文章まで含めて、現在の表現技術は実に巧妙に進歩してきてますよ。しかしそれは、さっきも出てたように文学じゃあなかったわけでしょう。

秋山❖ないんだね、これがふしぎなことに。

後藤❖それと、変換という場合に、もう一つは、異化ということですね。素材の再現でない以上、異化は当然だけれども、これはいわゆる感情移入型の造型の仕方とは、むしろ反対の方法に近いものじゃないでしょうかね。一例を挙げれば「笑い」もそうですね。いわゆる感情移入式でゆけば「涙を通した笑い」とかペーソスとかいうことになるものを、そうではなく、ゴーゴリの『外套』みたいに、もともとは「哀話」である素材を、ああいう「笑い」に異化してしまう。そういう変換させるものとしての文体ですね。それからまた、例えばどんなにドラマチックなものでも、すべてをまことに平凡なものに変えてしまう、という場合も同様でしょう。再現ではなくて、小説の別の世界を作る。変換というのは、そういう意味なんですけど。

それから、もう一つ加えますと、秋山さんが伝統的な文学論への回帰ということを言われましたが、たしかにぼくにはぼくなりの、先祖返りということはあるでしょうね。しかしそれは、伝統の中からある完成された文体の手本を見つけ出して、そこへ帰るということではないでしょう。

秋山❖それはそうだ。

後藤❖例えば荷風の『濹東綺譚』でもいいですけどね。いくらぼくが、あれはいいなあと憧れても、あそこへ帰るわけにはゆかないでしょう。だから、先祖返りということは、誰にでもその人なりにあると思うけれども、やはり、それも一つの変換であり、異化ではないかと思いますね。つまり、例えば『濹東綺譚』なら『濹東綺譚』を、ぼくなりに異化する以外に、ぼくは『濹東綺譚』と結びつくことはできない。その変換させるものが、ぼくの文体だと思うし、もし、それがなければ『濹東綺譚』とぼくとの結びつきというものも、通じないでしょうからね。

秋山❖通じない。それはあなたが『挾み撃ち』の冒頭で書いたことじゃないか。

後藤❖いま言ったことは、いわゆるパロディとか本歌取りとか言われる方法だと思うけれども、やはり問題は文体ということになると思いますよ。そして、これは二重の変換ですね。

先行の本歌そのものの変形であり、同時に本歌への憧れの変形ですから。もちろん、これは何もいまはじまったことじゃなくて、いつの時代にもあったことだし、そういう意味で文体というものはそもそも、その時代の運命というものを持たされていたと思いますね。秋山さんが、さっき言われた、形のないものに形を与えるという意味でも、また変換するという意味でも、どっちにしても前の時代へ帰ることはできないわけですからね。

秋山❖だから文体というのもわかるけども、永井荷風だと由緒ある橋の名前が出てくるけど、あなたのはなんでもない橋だね（笑）。あれはおもしろい文学の光景だと思ったよ。

（一九七七年四月四日）

ロシア文明の再点検

江川卓

江川卓――えがわ・たく

ロシア文学者。一九二七年、東京出身。本名は「馬場宏（ばば・ひろし）」。ロシア文学者の外村史郎こと馬場哲哉の長男として出生。東京府立第十中学校、第一高等学校を経て東京大学法学部卒業。ロシア語は独学で、終戦後、実地で鍛え上げた。東京工業大学教授、中京大学教授を歴任。東京工業大学から名誉教授の称号を受ける。八七年に『謎とき「罪と罰」』で読売文学賞を受賞。フョードル・ドストエフスキーの翻訳・研究などで知られる。二〇〇一年、逝去。

初　出――「サントリー・クォータリー」一九八〇年十二月号

単行本――『対談集〈文明論〉の旅――生活文化を世界に探る』（サントリー）所収

ロシア体験で得た二重性

後藤❖お互いのロシア人体験からはじめましょうか。江川さんの場合は、お父さんがロシア文学者だったわけだけど、僕の家は子供の頃、植民地で雑貨商をやっていたんです。

江川❖朝鮮ですか。

後藤❖北朝鮮です。永興という小さな町でしたが、ヤソ教の教会が一つありましてね、そこの神父はドイツ人だったんだけど、町には白系ロシア人もいたんですよ。

江川❖あんなところにいました？

後藤❖いましたよ。革命後、難民という形でずいぶん来ているわけです。もっとも僕達が子供の頃はもう難民じゃなくて、事業をいろいろやってました。

江川❖後藤さんはいくつぐらいだったんですか？

後藤❖小学生です。だいたい昭和の十年代ですね。

江川❖ずいぶん古いですね。

後藤❖すぐ近くに大きな川がありまして、冬になると凍るんです。向こうのことですから、厚さが一メートル半ぐらい凍るわけですよ。

江川❖日本海側でしょう？

後藤❖日本海側です。トラックが荷物を満載して、一列縦隊になって渡れるぐらいの厚さに凍っちゃう。その上でそのロシア人の家族がスケートをやるわけです。それから、家の前に七面鳥を放し飼いにしてました。それをクリスマスのときに食べるらしい、という話をきいていました。

そんなわけで僕のロシア人体験というものは非常にのどかなものだったわけなんですよ。ところが、これが終戦直後にどんでん返しになる。僕のロシアに対する二面的というか、二色刷りというか、多少複雑な気持ちはそんなところからきているんじゃないかなと思うんですね。敗戦の時、僕は元山というところの中学の寄宿舎に入ってたんです。負けたから家へ帰れというんで、帰ってきたら、ソ連軍が進駐してきた。家に帰って何日目かの夕方、飯を食ってたら、なんだか表がすごく騒々しいわけ。こっそり店の窓からのぞいてみたら、ソ連軍のトラックがずらーっと並んでいる。これはびっくりしましたね。負けたということはもちろんわかってたんだけど、まだそれまではのんきなものだったんですから。ところが、それから道路っぱたでドンチャン騒ぎがはじまって、トラックからどんどん兵隊が飛び降りてきた。ちょっと広場みたいになっているんですよね、警察署の前あたりは。そこでコサック・ダンスというんですかな、あれをバンバカバンバカやりはじめて、水筒みたいなものから酒を飲んで、それから例のマンドリン銃という……。

江川❖あのマンドリンというのは怖いですね。

後藤❖それでいっぺんにロシアおよびロシア人のイメージというのが変化したというか、二重になってしまったわけです。

江川❖僕の方は、子供のときから家にロシア人が遊びに来たりしていましたから、それこそ親父がロシア文学をやっていたのをちょっとは覚えているわけ。ただ、実際にはそれから戦争になって、親父も満州に行っちゃったから、ロシア人そのものを見るという機会はずーっとなくて、結局ほんとにお目にかかったのは、ピョンヤン（平壌）なんですよ。独ソ戦争があったときは東京にいたんですが、家に大きなロシアの地図を出してきまして、ドイツ軍が来ると、ここがとられた、あそこがとられたと、わがことのように胸を痛めたり……ほんとになんとかドイツをやっつけてくれればいいと。あの頃は、日独防共協定かなんかで日本は枢軸側だったにもかかわらず、なんか精神的にはロシアびいきだったですね、不思議と。

後藤❖あのとき女の兵隊がいたのにはびっくりしましたねえ。これはすごいやと思った。それから、子供みたいなのもいる、頭は丸坊主で。はじめ入ってきたときはびっくりしたわけですよ。敵というのか、とにかく外国の兵隊というものをその時はじめて見たわけです。ただ、こっちはまだ中学一年だったでしょう。大人がいろんな意味で心配したり、こわがったりするのとは反対に、だんだん慣れて日常的になってくるわけなんです。

江川❖面白がってたんでしょう。

後藤❖そう、そう。夏の終わり時分だったから川に泳ぎに行くでしょう。そうすると、子供みたいな兵隊が真っ裸で泳いでいるの。これは珍妙だった（笑）。

江川❖いや、ロシア人というのは全然男も女も恥ずかしがらないね。向こうでもみんな素っ裸になって、せいぜいよしずみたいな変なもので、ここは私の水浴び場という境をしてあるだけなのに、平気でやっています。

僕らが平壌へ来たときは、やっぱりソ連軍もかなり入ってきましたね。同じくあらくれ男達ですから、途端にいろいろ婦女暴行がはじまるわけ。それで、僕はなんの因果か、そのちょっと前から、ロシア語をはじめてた。その使いはじめというのは、なんのことはない、女性をかばうためにはじまった。とにかく、ソ連兵が「ダバイ・マダム」――女を出せと言って、やってくる。そうすると「いや、マダムはいない」というやつを、一生懸命片言でやって、それがロシア語の会話というもののはじめなわけです。

後藤❖じゃあ、フェミニズムからはじまったわけですな、江川さんのロシア語は……。

江川❖いやいや、フェミニズムじゃないんだけどね、しつこいのがいるんです。いないと言うんなら案内しろというわけで、部屋を全部案内して歩く。女の子が寝ているところなんかがあると、蒲団のなかに入ってってもらって、爺さまにだけ首を出していてもらう。で、嘘だと思うなら頭をさわってみろと言うんです。そうすると爺さんの頭をなでてね、これは女じゃない、とか言って帰る。

でも、いちばん怖かったのはピストルを胸に突きつけられること。グリグリとやられるというのは気持ちいいもんじゃないね、やっぱり。ただ、目を見ていると、撃つか撃たないかはわかりますけど……。

――ロマノフ朝と徳川時代の類似――

後藤❖もう一人覚えてるソ連兵はね、話の中でトーゴーという名前を盛んに連発するわけですよ。

江川❖向こうでも有名なんだよね、東郷は。

後藤❖〝トーゴー、トーゴー〟とか〝ツシマ〟と、こう言うんですね。ははん、これは日本海海戦のことだなと思っていると、早く日本に帰れたらいいね、というようなことを盛んに言う、なかなかやさしい戦車兵だった。東郷平八郎という人はロシア人にとっては大変な人物なんですね。

江川❖日本海海戦の屈辱というのか、あれはすごいショックだったらしいね、向こうでは。

後藤❖そういうことなんでしょうね。

江川❖屈辱と同時に、なんか一種の英雄物語みたいになっているのね。例の宝探し事件のナヒーモフも沈むでしょう。ノビコフ・プリボイという男がいてそれが『ツシマ』という小説を書いている。あれにはナヒーモフの沈むところが出てくるんです。

後藤❖プリボイはバルチック艦隊の乗組員ですね。

江川❖ナヒーモフの乗組員じゃないんだけどね、要するに参加してたわけですよ。あの頃ですから、ちょうど革命家の連中と将校とが、いわゆる階級闘争的に対峙していたんだよね、もともと。それでいよいよナヒーモフが沈むときに、そのノビコフ・プリボイの小説によると、艦長は断乎最後まで艦を爆破するつもりだったんだって。そしたら、艦長じゃない下のほうが、爆破するのはいやだというんで、せっかく綿火薬を詰めて、導火線まで入れたやつの導火線をはずしちゃったんだって。いよいよ爆破の時間がきて艦長が「爆破！」ってやったけど、全然爆発しない。それで副艦長だったかがテーブル・クロスや水兵服の白いのを白旗がわりにして振り回して降伏したとか……。

後藤❖日本側はナヒーモフに日本の海軍が乗り込んで、日本の旗を立てたんで、これは戦利品だと、こう言ってるらしいですね。

江川❖そう、日本は確かに入っているのね。でもそのプリボイの小説を見ると、日章旗だか海軍旗だかを掲げてあったのを、最後の最後にナヒーモフ号では、向こうの勇敢な艦長がひきずり下ろしたということになっている。だから、微妙なところですね、あれは。

後藤❖ソ連の外務省もそう言ってきたらしいですよ。旗はわれわれのを立てておったから俺のもんだと（笑）。

江川❖そうそう。タイミングでほんの一秒か二秒の差らしい。

後藤❖あれで僕が面白いと思ったのは、ナヒーモフというのは海軍提督なんですね。

江川❖あれは有名な提督なんですよ。

後藤❖クリミア戦争でしょう？

江川❖うん。クリミア戦争と露土戦争、両方でもって、トルコの港を封鎖して、断然やっちゃったんだよね。

後藤❖トルコ艦隊を撃滅したんだそうですな。だから、あのアドミラル・ナヒーモフというのは、結局たいへんな名門なんですね。

江川❖おそらく、ネルソンというような感じじゃないですか。ロシアのネルソンですよ。しかもこの前ナヒーモフが出たんで、調べてたら、面白いことに、いまのソ連の艦隊にナヒーモフ号というのがあるのね。ナヒーモフという名の海兵学校があるし、勲章もある。だから、やっぱり向こうとしてはいまだに……ね。で、帝政時代の百科事典とソ連になってからの百科事典で、ナヒーモフを両方引いてみたわけね。そしたら、ソ連になってからのほうが詳しい。

後藤❖そのナヒーモフ号のことから、ちょっとロマノフ朝というのに興味を持ちましてね。実は昨晩、日本史年表と突き合わせてみたら、だいたい徳川時代と重なるんですね、あれは。両方ともだいたい三百年、そして、三百年経つとつぶれたというところが、なんとなく似ている。

江川❖イワン雷帝が十七世紀、いや十六世紀で、そのお妃が後のロマノフ家の出だったな。

後藤❖えーと、ロマノフ朝は一六一三年から一九一七年の革命までですから、三百五年です。徳川時代というのは一六〇三年から一八六七年まで。だから、四十年か四十五、六年ずれるわけですけどね。それで面白いのは、革命のときにつぶれるロマノフ朝の最後の皇帝はニコライ二世ですよね。これが十五代目か十六代目ですね。というのは、ロマノフ朝というのはときどき二つに分かれたりして、ピョートルのあたりも二人の皇帝がダブッているときがありますからね。

江川❖ピョートル三世というのが幻のごとく現われたりね。

後藤❖それで、徳川時代も面白いことに最後の慶喜が十五代なんですね。なんかこういう符合というのは、偶然と言えば偶然かもしれないけれども、三百年ぐらいで、時期もだいたい一致している。それで十五代ぐらいでつぶれるところが面白いなと思ったんですね。

イワン雷帝と酒の因縁

江川❖そういえばイワン雷帝のときに禁酒令が出るの知ってる?

後藤❖知らない。イワン雷帝というと、何代目でしたか?

江川❖イワン四世というけど皇帝の称号を名乗るようになって二代目かな。ロマノフ朝の前になる。で、この禁酒令がひどいんですよ。イワン雷帝の親衛隊がいたんです。親衛隊というより新撰組みたいな連中ですよ。その親衛隊にだけは酒を飲ませるわけ。ほかの一般庶民には絶対禁酒令……。

後藤❖かなりひどい禁酒令ですな。

江川❖ええ。だから、親衛隊がのさばって、あちらこちらで、女の子をどうしたなんて話が出てくるわけ。十九世紀の作家で、レールモントフっているでしょう。彼の『商人カラシュニコフの歌』――本当は『イワン雷帝と親衛兵と商人カラシュニコフの歌』という長い題なんだけど、この叙事詩の中にそういう話がでてくる。イワン雷帝の親衛隊に凌辱された自分の細君の名誉を守って、氷の上でもって拳闘をやって親衛隊をぶちのめすという話。たいへん痛快な話ですね、これは。

後藤❖それはなるほどレールモントフ風だね（笑）。

江川❖そのイワン雷帝と酒の因縁というのをいろいろ考えていると、大昔のロシア人はそんな強い酒を飲んでなかったんじゃないかという気がするわけ。それで、昔の飲み物はビールと蜜酒というやつね。蜂蜜を発酵させた酒ですよ。

後藤❖じゃあ、地酒ですな、どぶろくみたいな。

江川❖地酒の一種でしょう。そんなものが、だいたい主体になってて、あとクワスね。クワスはアルコール分がないし。そんなのが日常飲料だったらしい。

それではウオツカというのはいつできたのか。ものの本では十四世紀末となっているけど、ともかく強い酒の出現で様子が変わって、イワン雷帝の禁酒令になる。そのあとカバークという公営の酒場ができた。タタール語から出た言葉らしいけど、そのカバークだけで、ウオツカを売るわけです。これは専売になるわけ。カバークには農民と職人しか来られない。貴族はそういうところへ行かない。政府直営だから店主は役人で、ここで売ったものは全部政府の直営収入になる。専売収入になるから、とにかく、あくまでもたくさん儲けろという厳命を受けている。たくさん儲けるためには、飲ませなきゃならないでしょう。農民とか職人がやってくると、その連中にどんどん飲ませるわけ。ただし、金がなきゃ飲ませられないでしょう。金がなくなると、上着を一枚脱げ。それから二枚……今度はズボンを脱げと。最後は下の股引に至るまで裸にしちゃうわけ。だから、カバークは〝裸にするところ〟だというイメージがあったらしい。で、みんな裸になるまで飲ませるというんで、怨嗟の的になったらしい。親衛兵とか貴族達は穏やかに普通に飲んでりゃいいわけ。ところが、農民とか職人というのは、憂さを忘れるために酒を飲むという癖がつく。ウオツカをやると完全に憂さを忘れますからね。それでとことん飲むという、裸になるまで飲むということをはじめたらしいね。

後藤❖なるほどねえ。そのへんから、ロシア人の飲みっぷりというやつが……。

江川❖うん、それにね、ロシア革命というのは民衆の革命ですから、革命が下層階級の酒の飲み方を公認しちゃったという感じになっているかもしれないね。

後藤❖ウオツカはかなりあとからできているわけですね。

江川❖だいぶあとみたいですね。

後藤❖ビールというのは自家製だったわけですかね？

江川❖ええ、自家製なんです。ビールも蜜酒も、もとは自家製で、ウオツカが猛威をふるう前はコルチマとかいう居酒屋兼旅籠みたいなところでも、それを飲ませていたみたいです。

後藤❖ところがね、いまのロシアのビールというのはちょっと飲めないでしょう。ロシア人はビールをあんまり好きじゃないんですかね。

江川❖いや、昔からずっとあるんですよ。

後藤❖あるはずですよね、それでいくと古いわけですからね。

江川❖モスクワあたりにもビール工場がありまして、小さな、どぶろく工場みたいなもんだと思うんだけど、そこの臭いがたまらないという話がよく作品に出てくる。

後藤❖たまらないということは、いいわけですか。

江川❖悪いわけ。つまり、ビールのしぼりかすがそのへんに散らばっているわけだから、すごい……。

後藤❖なるほど。

江川❖ビールはロシア語でビーヴォって言うんですよ。そのビーヴォというのは〝ビーチ〟っていう〝飲む〟という動詞からできた、飲む物という意味なんです。

後藤❖〝飲み物〟ですね。と、ウオツカは〝水〟ですよね。

江川❖そう〝お水ちゃん〟だね。語源的にはポーランドから入ったんだという話もあるけど。

後藤❖ウオツカは水の愛称だし、ビールは飲み物ということになると、これはかなり日常的な必需品という形になってはいるわけですね。

江川❖ビールそのものは、ロシア人の生活と、それこそ切っても切れない縁だったのに、どうして改良されなかったんでしょうかね。

ヴォルガ中流のジグリーの名をとったビールでジグリョフカって飲んだことある？　あっちではあれがいちばんうまいことになっている。あれもなんだか苦いと言おうか、なんと言おうか……。

後藤❖モスクワからレニングラード行きの夜行列車がありますね〝赤い矢〟号ですか。あれのコンパートメントで、夜中にいよいよ持ってた飲み物がなくなっちゃったわけ。車掌に言ったらビールは持ってきたんだけど、これはどうにも飲めなかったですね。

江川❖そうでしょう。あれは、ゲンノショウコを煎じた液を泡立てたっていう感じでしょう。それがチェコへ行くと、またビールがものすごくうまい。チェコもドイツもそうだけど、ものすごくうまいんです。

後藤❖ソ連では東ドイツのを輸入していませんか？

江川❖いまはしているでしょう。あれじゃ可哀そうだものね。

ロシア文学にみる飲酒

江川❖そう言えば最近は向こうでもあまりビールを飲んでないな、やっぱりウオツカ、コニャック、上品なら葡萄酒、そういう感じでしょう。

後藤❖プーシキンの小説なんか読むと、だいたいシャンパンが出てきますね。

江川❖いや、シャンパンはどんな場合でもとっておきですね、やっぱり。プーシキンにいちばんよく出てくるのはプンシュというやつ。要するにパンチです。ラムと、あと五種類入れて……パンチというのは五だそうだからね。それがいちばん多いんですよ。それをかなり大きな、ジョッキみたいなもので飲んでたらしい。

後藤❖シャンパンというのは、貴族の生活でも、正餐というか、きちっとした席で飲んだんですかね。

江川❖お祝い事とかね。たとえば『カラマーゾフの兄弟』で、グルーシェンカがいよいよもとの恋人のところへ行くんだ、と言って、あのときにシャンパンを開けるじゃない。あそこでもシャンパンを開けるのにすごくもったいつけている。

後藤❖僕の場合いちばん印象に残っているのは『スペードの女王』ね、近衛将校が集まって誰かの家でカルタをずーっとやるでしょう。ゲルマンなんかもいるわけだけども。朝方まで徹夜でやって、朝になってもう終わりだというんでシャンパンが出てくるところがあるね、たしか。

江川❖近衛騎兵というのはだいたい貴族の坊やが行くところでしょう。だから、みんなシャンパンなのね。

後藤❖カルタのあとでシャンパンと気取っている。

江川❖うん、おそらくフランス直輸入かなんかを飲んでたんじゃないかと思う。飲むほうも食通も、フランスというのが憧れの的だったらしいね。たとえば、ゴーゴリの『検察官』のなかで、フレスタコーフがモスクワへ帰れば、俺のところはすごいんだと自慢する。あの田舎町で、俺のとこじゃスープはフランスからそのまま湯気がボンボン立っているやつをとり寄せるんだ、なんてやるでしょう。それからカキがそうでしょう。そういう感じで、あっちこっち出てくる。『アンナ・カレーニナ』にも出てくる。チェーホフの短編に『カキ』って、面白い作品があるでしょう。乞食の子がレストランの前で、カキって何だろうと思っている。そうすると大人にからかわれてお前にカキを食わせてやろうとか言われて店へ連れ込まれる。なんかネバネバっとしたものが口に入って、それからガリガリッて殻まで食べちゃったというお話があるよね。『アンナ・カレーニナ』のほうは、二人で心ゆくまでカキを食べていますし、あれはロシアでとれるわけないから、みんなフランスから持ってきたんだと思う。

後藤❖そうすると、皮肉なもんだな。バルチック艦隊は二百二十日の航海で船にカキがくっつき過ぎちゃって、それで負けたという説もあるからね（笑）。

江川❖あと面白いのはスイカね。『検察官』の中でフレスタコーフがモスクワでの生活を田舎町で自慢するわけね。そうすると「お前知ってるか、あそこではこんなスイカが出るんだぞ、一つ七百ルーブルだぞ」とやる。

後藤❖とつぜんスイカが出てきたね、そういえば。

江川❖出てきた。この前『ドクトル・ジバゴ』を訳してたら、あそこにもスイカが出てくる。ラーラという、映画にも出てくるあの永遠の女性がモスクワに出てきて、コマロフスキーという好色弁護士に犯されるわけだけど、そのときに、最初にコマロフスキーが贈り物にしたのがスイカ。ラーラはそれを見て、スイカがなにかすさまじいたいへんなものをすべて象徴しているように思えて、圧倒されるような気持ちを感じるわけです。

後藤❖日本で言うとメロンなんてもんじゃないわけね。もっと高級な食い物ですね。

江川❖メロンなんてもんじゃない。〝モスクワでスイカ〟ということがたいへんなのね。いまは違うけど……。

ベリンスキーの罪と罰

江川❖スイカでいろいろ思い出したけど、チェーホフの『犬を連れた奥さん』のなかで、グーロフとアンナ・セルゲーブナとのはじめての情事がアンナの家であるわけですよね。そのあとグーロフが喉が渇いたんでしょうね、スイカをガブガブ食べるところがある。一般にロシアの作品というのはたいへん禁欲的で、ポルノ的な場面は一切出てこないわけですよ。ところがなにかがあって、そのあと、スイカを一生懸命、貪るように食べていたという描写で、ああ、喉が渇いたんだろうなという……その前はどういう熱戦があったのかしらということを推察させるような、チェーホフはそういう書き方をしている。

後藤❖そうね。確かにロシアの小説というのはベッド・シーンを書かないですね。もちろん、ご存知の通り淫蕩な世界と関係がないわけじゃない。ないどころじゃない。でもドストエフスキーは、ベッド・シーンは絶対書かない。娼婦はいっぱい出てくるけどね。

江川❖ベッド・シーンを書いても描写はしない、つまり、隣の部屋へ出てきたときのことを書くとか……。

後藤❖会話を書いたりね。

江川❖あれはまた逆に言えば、非常にエロチックなんですよ。

後藤❖間接話法で過去形にしたりね。

江川❖どんなふうにも想像できるわけ。

後藤❖確かにセックスの場面は直接的、視覚的には書かないですね。

江川❖書かないですね。しかし、面白いものがあるんですよ、向こうのエロ本。書いたのはバルコフという十八世紀の詩人なんだけど、ホメロスとか古代ギリシャの詩かなんかを翻訳しているのね。そっちのほうではちっとも有名にならないで、ポルノチックな詩が大評判になって、手書きでもって次から次へ伝わったんです。いまのソ連版の百科事典を見ても、彼は猥褻なものを書いて、それで評判をとったなんて書いてあるぐらいだから相当有名なのね。バルコフシチナ（気質）という言葉がちゃんとあるぐらい有名なんだって。

後藤❖この本は、もちろんいまのソ連では読めないんでしょう？

江川❖ええ、もちろんソ連では読めない。この前、パリで復刻されましてね、絵入りだから面白いです。エカテリーナ女帝っているでしょう。彼女が、あるとき観兵式で逞しき男の子を見染めまして、オルロフというその兵卒といろいろな歓喜にふける。『女帝陛下のお楽しみ』という題の、そういう詩ですよ。かなりものすごい絵が描いてある。

後藤❖それはすごいですな。

江川❖そういうものが案外、手書きで広まっているのね。この絵はあとからつけたんだろうけど、文章は全部詩で書いてあるんですよ。詩と言ったらおかしいけどね、それにはアクションだとか、声だとか、全部書いてある。だから、やはり十八世紀のロシアでも、そんなにいまと違わないんだなと安心しますよ。

後藤❖ただ逆に言うと、こういったものがあったために、文学とこういう読み物との間にはっきりした境目というか、けじめができたんじゃないかともいえるのではないかな。

江川❖ただ、あれは検閲があったからかもしれませんね。たとえばプーシキン。彼はすごい好色漢なんですよ。『天使ガブリエルのお話』というのがあって、それはつまり、ガブリエルが処女マリアをいかにどうしたか、というお話を書いてあるんだけど、いま残っている、つまり全集版に入っているのは、それほどエロチックじゃない。でも、私蔵版と称するやつを読みますと、かなりのもんですよ。ドストエフスキーの『罪と罰』のなかにも調べて読んでいくと、おそらくあの時代のロシア人だったら、かなり淫らな想像をしたであろうというようなことが書いてある。

後藤❖それこそ、ドストエフスキーの重要なテーマの一つでしょう。もちろん情欲というかな、そういうものは作品にみなぎっているわけだけどね。

江川❖ただそれが、具体的なというか、即物的でなく、想像できるように書いてくれるからいいんですよね。

後藤❖僕はむしろ、ドストエフスキー的な情欲の場面ね、淫蕩な内部というようなものを描く書き方というものは世界文学のなかでも、たとえばフランス文学なんかに比べて、非常に優れているんじゃないかと思いますね。

江川❖間違いなく優れていると思う。すごいですよ。あんなものをいくらモタモタ書いてもらっても、それは週刊誌を読めばいいんであってね。

後藤❖描写しないということは新しいし、うまいという感じがしますね。

江川❖そうですね。とにかく読者の想像力に訴える力というのがすごいですよ。

後藤❖ロシア文学といえばいわゆるリアリズムだというふうに一般的に言われるでしょう。だけど、あれはもうそろそろ訂正したほうがいいんじゃないかと思うんです。

江川❖ロシア文学はリアリズムそのものではないでしょうね。

後藤❖ところが現実には長い間、ロシア文学といえばリアリズムだというふうに言われ過ぎてきちゃった。

江川❖あれはベリンスキーがいけないんじゃないかと、僕は思うんですよ……。

後藤❖それはベリンスキーの罪と罰だね（笑）。

江川❖あの人にはあの人なりの見方があったんで、それはある意味で非常にすごいと思うけれども、肝心のことはどうもわかってないみたいですね。だから、ドストエフスキーのほんとにいいところはわからない。面白くなくなっちゃうんですよ、逆に。

後藤❖専門家も昔にくらべれば、ずっと広い視野でいろいろ書いたりしているから、だんだん誤解は解けてきているとは思う。でもやっぱりまだ、ロシア文学というとなんとなくリアリズムという固定観念……。

江川❖だから、批判的リアリズムだとか、何とか的リアリズムだとかいろんな言葉がでてくる。

後藤❖ゴーゴリに至っては、ロシア・リアリズムの母ですか、父ですか。あれなんか、とんでもない話だと思いますよ。

江川❖ええ、まるっきり違いますよ。それは確かに、描写手法としてある意味ではリアリズムですよね。だけど、それだけの話であって、それがすべてだったら、あんなつまらない作品はないと思う、逆にね。

後藤❖そうです。僕はロシアの専門家じゃないんだけれども、去年、早稲田の文芸科というところで一年間講師をやったときに、ゴーゴリの『鼻』と『外套』、平井肇の名訳がありますな。あの岩波文庫の訳と、僕が訳した『外套』と『鼻』を両方プリントして、学生に読ませたわけですよ。で、感想を書かせたわけ。

江川❖大胆なことをやりましたね。

後藤❖学生は、ロシア語は全然知らないわけです。露文科の学生じゃないから、全然読めないわけ。日本語として読んでどう思うかを書かせたのですが、そうしたら、僕のはあまりにも現代小説的過ぎるという意見もあったし、僕のほうがわかりやすいという感想もあったんです。なかで僕が面白いと思ったのは、やっぱり平井肇の訳のほうがロシアの土の匂いがするという感想が二、三通あったことですよ。なるほどと僕は思った。ところが、彼らはロシアを知らないわけです。

江川❖そうすると、ロシアの土の匂いなんて嗅いだことないわけだ。

後藤❖嗅いだこともないし、ロシアの土の匂いはどんなものか、わかっているわけはない。ところが、彼らは十九世紀のロシア、あるいは十九世紀のロシア文学というものに対してある種の雰囲気を自分流に作り上げて持っているのね、先入観念として。彼らがロシアの土の匂いなるものをどこで嗅いだのか知らない。トルストイで嗅いだのか、もちろん翻訳でね。ツルゲーネフの翻訳か、チェーホフか、あるいはドストエフスキーか、そういったどれかから嗅ぎとったものなんだろうけど、なるほどと思った。けれどそれは間違いだと思ったんです。だいいち『外套』と『鼻』というのはペテルブルグのど真ん中の話でしょう。土の匂いなんかあるわけないのね。土の匂いを消したのがペテルブルグでしょう。

江川❖そうですよ。僕はその『外套』の後藤さんの訳も面白く読んだんだけど、僕としては一つ野心があるんです。これはできると思うんですよ。つまり、落語の文体で『外套』を訳してみたいの。これはできると思うんですよ。江戸落語というのも、江戸の土じゃないですよね。あれとペテルブルグというのは似てたんじゃないかと思うわけですよ。その文体で全部やってみたらどうだろうと。

後藤❖なるほどね。それは大いに期待しています。

ロシア的なるものについて

後藤❖さっきのロシア的ということにも結びついてくると思うんだけれども、ロシアのキリスト教は、やっぱり土俗的な、いわゆる多神教ですね、キリスト教が入ってくる前の多神教的な要素が混ざり合ったような形で出てきているんじゃないかなと、こう思うんですがね。

江川❖うん、それがロシア的なるもののいちばんもとだと思うんですよ。いわゆるパンティズムですね。汎神教です。森に行けば森の主がいて、家に行けば竈（かまど）の神がいるということになってたわけでしょう。それを十世紀にキリスト教が突然国教になって、キリスト教じゃなきゃいけないということになってしまった。そこで二重信仰が始まるわけ。つまり、昔の土俗的な信仰と、新しく国の教えとして広まったキリスト教とね。いちばん面白かったのは、昔はだいたいそういった土俗信仰というと、中心は太陽ですね。農耕民族であれば必ずそうなりますわね。ロシアのユリウス暦では少し違うけれど、冬至が十二月二十三日でしょう。キリストの生まれたクリスマスが二十四日ときているわけ。土俗のお祭りは禁止されるわけね、国によって。ところが、ここでたいへんうまいことをやって二つを結びつけちゃうんです。コリャーダさんというのはロシアの土俗信仰の神ですが、そのコリャーダさんが扉を開ける。扉を開けると、キリスト様がご誕生になったとくる。日本では二十四日がイブだけど、向こうは二十三日で、その日に異教の神が扉を開けると、今度はキリスト様がちゃんとお生まれになる。そんなふうにして全部くっつけちゃうんですね。

後藤❖その二重性ということをどっかで頭のなかに入れとかないと、ロシア的というものが、いわゆるのっぺらぼうなね、ロシアというとリアリズム、というような一元的でシンプルな形になり過ぎちゃうと思う。だからロシアを考えるときには、キリスト教なりなんなりに限らず、その二重構造というか二重性というか、あるいは両面性といいますか、そういったことを前提に考えてもらいたいという気がしますね。

江川❖絶対そうですね。とくに言葉そのものがそうだと思う。共存つまり日本でも、漢文と和文が共存してきたでしょう。共存したというか、漢文は横町のご隠居さんだけが知っていて、八っつぁん、熊さんは知らないという状態が、ずっとあったじゃない。それがロシアでは教会スラブ語とロシア語、この二つの共存状態が十八世紀まで続くんです。

結局、その二つをなんとかまとめたのはプーシキンなんですよ。言葉そのものが二重生活だった。だから、高尚なことを言うときは教会スラブ語でしゃべれ、友達に手紙を書くんでも、重要な要件を書くときは教会スラブ語で書きなさいと。よもやま話的に書くときはロシア語を入れてかまわないと。

後藤❖いわゆる平談俗語体ですな。

江川❖そう、それをロモノーソフという人が言っている。

後藤❖それは日本の江戸時代あたりにも似ているね。教養あるやつは、手紙も漢文で書いて、そこらの庶民はひらがななんかで、適当に要件だけ書いちゃうというね。だから、文語体と口語体というふうなものが厳存したわけだ。

江川❖そうですね。言文一致体というのが日本で一種の革命的な意味を持ったでしょう。向こうでもプーシキンがそれと同じことを果たしていると思う。ゴーゴリの文学なんていうのは、要するに座談ですよね。座談の席で、それこそ身ぶり手ぶりを混じえてやると笑えると。おそらく、たとえば『外套』なら『外套』を数行読む間に、必ず一回大爆笑が起きるという、そういう雰囲気だったと思うのね。言葉でくすぐり、なんかでくすぐり、いろんなくすぐりをどんどん入れていくでしょう。いわゆる漢文調のお偉い先生方の言葉をちょっと入れてみたり、そういうこともやるわけ。うまいですね、あれ。

後藤❖それは実にうまいです。パロディーであり、同時にコラージュですね。

ロシア人の平面感覚と思考法

江川❖後藤さんはお墓が好きだったらしいですね。ロシア旅行記を読むと、お墓の話がたくさん出てくる。

後藤❖うん、ほんと面白いと思った。墓石に肖像画が刷り込んであるんですよ。あれはなんとも不気味ですね、色刷りで。

江川❖ほんとに面白いですね、あれ。絵を描かせるわけよね、ちゃんと。

後藤❖しかも若い頃の肖像が描いてある。よく見ると、七十いくつで死んだというおばあさんのお墓に、十八歳ぐらいの、いちばんきれいだった時の肖像がついているんですね。それも色刷りで。これはちょっと気持ちが悪いというか……。楕円形のお皿みたいなもんですよ、陶器の。その色刷りの顔が墓石にはめ込んであるんですから。あれは、キリスト教でもないでしょう? やっぱりイコンということですかね。

江川❖ええキリスト教信仰じゃないと思う。イコンだと思います。ただ、イコンがロシアでは変に独特に発達しちゃうでしょう。その影響が大きいんじゃないかな。

後藤❖あれはなんとも、生々しいと言えば生々しいし、エロチックというような感じね。お墓でエロチックというのはほんとに変だけど、実に奇妙な感じがした。つまり、平面性ということですかね。イコンというのは立体じゃいけないですから、はじめは壁とかモザイクみたいな形にしたんでしょう。それから板に描いたり、地面に描いてもいいんだそうですな。

江川❖うん、どこに描いてもね、描けばいいんです。

後藤❖要するに立体じゃいけないという、あそこが面白いんだな。

江川❖とにかくあの国は、ほかの国には必ずある塑像を一切禁止しているわけですね。

後藤❖僕は、あの平面性は、はっきりロシア的なるものの一つの要素になっている気がする。バイカル湖なんかに行くと、それが非常に感覚的にわかるんですね。大陸はみんな地平線があって、それももちろんロシアの特徴であるけれども、バイカル湖に行くと、あの水面が地平線に……。

江川❖そうそう。ボルガを下っていくとボルガ・ドン運河ってあるでしょう。あそこへ行くと、今度は川が地平線に見える。

後藤❖あれはすごいね。

江川❖あのへんで飛行機から下を見ると谷間というのがあるわけ。チェーホフに『谷間』という小説があるでしょう。日本は谷というと、山があって、その間が谷だと思うじゃない。向こうは平地があって、そこがボコンとへこむわけ。全然違うんだ、これ。平面がボコンとへこんでいるから谷間なんですよ。

後藤❖それにシベリア鉄道ね、あれはトンネルがないでしょう。あれだけ長い鉄道でトンネルがないというのは、まず不思議。ということは、トンネルを掘るほど高い山じゃないのね。かといって越えるほど低くもない。だからグニャグニャ曲がるわけ。

江川❖そう。ウラルは別に山ってもんじゃないから。

後藤❖やっぱり平面なのね。曲がればいいわけ。

江川❖そうそう。よけて行けるのですよ、全部（笑）。だから、たとえば真理はどこにあるなんてことになると、日本だと海越え、山越えでしょ。ところが向こうは、おそらくどこまでも歩いていけば、どっかでなにかにぶつかるだろうという、そういう感覚なのね。

後藤❖いや、何とも不思議な平面性ですよね。

江川❖空間がある意味で無限を秘めているわけですよ。その平面のなかに無限があるんじゃないかと思うの。だから、おそらくどんなに苦しい生活をしていても、どっかへ行けばいい国がある、という感覚ね。

　ソビエトになってからトワルドフスキーという男がでたでしょう。ソルジェニーツィンを世に出した詩人ですよ、死んじゃったけど。あの人が『ムラビア国』というのを書いている。ちょうどコルホーズ運動をスターリンがやってた一九三〇年代に、コルホーズに入りたくないという農民を登場させるわけ。で、ムラビア国というのはもう夢のような国でね、どこかに行けば、コルホーズなんてもののない、その素晴らしい国があるのではないかと訪ね歩く話。結局はないんだけれどもね。どこかに正義の実現している場所があるんだということが、信仰としてあったみたいですね。

後藤❖だから、時間というものが空間に置き換えられている感じです。つまり、いつまでも歩いていれば、というのは時間ですよね。しかし、どこかにあるだろう、というのは空間なんでね。

江川❖チェーホフがよく二百年後の未来を夢見てた、といわれるでしょう。そうじゃなくて、彼においては時間と空間が非常に密接にからんでいたんだと思うんですよ。たとえば彼がサハリン島へ出かけるでしょう。それは時間を、二百年後を夢想しているよりも歩いてみようと。空間に帰るという、それがあったと思う。

後藤❖そうね。その空間性ということが考え方として非常に独特であり、古いようで奇妙に新しいものなんだと思うんですよね。時間というのは歴史年表を見ても縦に書いてあるわけですよね。ところがその時間を横にパノラマ式にパーッと広げちゃったような空間性が、ロシアというものの一方法になっているんじゃないかと思いますね。それがロシア人の思考方法にも、文学の方法にもなっているような気がするんです。

江川❖あの国の自然、とにかく領土が大きいということが不可欠の条件なんですね。日本だといくら歩いていってもどうしようもないけど……。

後藤❖海にすぐぶつかっちゃうからね（笑）。ドストエフスキーがね、たしか『地下生活者の手記』の中でも言っていると思うけども、ロシアという国はヨーロッパ人にまったく誤解されていると。ヨーロッパ人は、もしかしたら中国とか日本よりもロシアを知らないんじゃないか、下手をすると、月の世界よりもロシアを知らないんじゃないかと書いているでしょう。いわゆる、ヨーロッパ的な、合理的、論理的な形で、非常にきちっと理詰めで解釈されるということを拒否する気持ちがロシア人のなかにあるんじゃないでしょうか。非常にわかってもらいたいという気持ちと、所詮、絶対にわかってもらえないという気持ちと両方ね。

江川❖やっぱりロシア人というのは、西欧人に言わせれば東洋人なんですよね。ロシア人は昔から東洋的な感覚というのに妙に魅かれている。同時に中国をあれだけ憎悪するというのも、逆に近親憎悪みたいなものがあるんではないかと、単に共産主義の教義が違ったからだけじゃないと思うね。

後藤❖たとえばオブローモフの着ているガウンというのがよく話に出るわね。長々と描写してあるけど、あのガウンが全くヨーロッパ的じゃないというのを、むやみに強調している。生地はペルシャ製だと書いてあって、ヨレヨレになって鼻水とか手垢がついちゃってピカピカ光っているけども、絶対に西欧的じゃないと書いてありますね。ああいうところはアジア的というか、東洋的と言いますかね。ところが、じゃあロシア人は東洋人かというと、また怒るわけでしょう。違うと否定するでしょう。

江川❖逆に言えば、日本人とロシア人は実を言うと、かなり似た立場に置かれているから、非常に心が通うんじゃないかと。

後藤❖そこのところも話しといたほうがいいと思うんですが、たとえばロシアの後進性ということがよく言われますね。確かにロシアは近代化という点においてヨーロッパに対して後進国であるわけですね。ピョートルがペテルブルグをつくったときに、ヨーロッパよりもヨーロッパ的にしろと言ったのは、これはもう明らかに後進性のあらわれである。

ところが、日本でも明治時代に、とにかくドイツよりもドイツ的にしちゃえとか、イギリスよりもイギリス的にしちゃえということがあったわけですね。たとえば軍事面でもそうだったし、鹿鳴館もそうだし、工業もそうですよね。そして事実、表面的にはそれらしくなったわけね。

ところが、その近代化された明治の日本人がロシア人を見るときに、ちょっと見下す。なぜ見下すかということが僕は問題だと思う。つまり明治の日本人というのは、なんかヨーロッパ人になったような感じがしたんですね。それで、無意識にヨーロッパの目でロシアを見ちゃったわけですよ。

だけどね、やっぱり近代化の歴史的過程から言えば、日本よりロシアのほうが先なんですよ。時間的に言えば、明らかにロシアのほうが先進国ですよ。ところが日本人は、明治で急激にヨーロッパに追いつけ、追い越せという形でいったもんだから、ついついヨーロッパ人の目でロシアを見過ぎてきたんじゃないかな、という気がするわけです。

――日本とロシア――文学者の共通点――

江川❖ただ、僕は明治の最高の文学者達がいちばん関心を引かれたのは、ロシア文学だと思うんだ。二葉亭四迷だけじゃなくて、森鷗外にしろ、夏目漱石にしろ、みんなロシアのものを訳しているわけ、一生懸命ね。どうしてロシアの十九世紀文学を、あれほど夢中になって訳したかということね。どこかに似たところがあったというだけじゃなくて、一種の気持ちの上での、感情の上での共鳴があったから、訳したんだとしか思えない。日本の政策は、近代化という形で進んでいたけど、むしろ明治時代の野党派は……文学者というのは普通、野党派ですわね、その野党派達にとっては、自由民権運動とロシアの虚無党運動がつながったり、日本文学とロシア文学が妙につながっちゃったりする。そういう現象が、いわゆる近代化の平行線とちょっと違ったところで、また平行線として描かれていたんじゃないかなという気がしますね。

後藤❖それは確かにあると思うんですね。ただ僕がロシア文学が他の外国文学と違うと思うのは、たとえばイギリス文学の場合は、シェークスピアならシェークスピアというものを、いちおう教養として読んでおかないとそのあとのイギリスの小説というものは、読んでもつまらないというようなことがあるわけですね。ところがロシア文学の場合は、なにから読んでもいいというところがあるんじゃないでしょうか。たとえば、いきなりチェーホフを読んでもいいし、いきなりドストエフスキーを読んでもいいし、別にそれでわからんということはないわけですよね。いま江川さんが言った、日本の明治の文学者がロシア文学にいちばん関心を持ち、引きつけられていったというのは、そういうこともあるんじゃないでしょうかね。つまり早く言えば「門がどこにでもある」と。

江川❖逆に言って、彼ら日本の文学者達が考えていたことが、実際にロシアにもあったわけですね。おそらく近代化の歪みの部分を文学がつかんできたんでしょう。それがあまりに似てたんじゃないかしら。

後藤❖似てたんでしょうね、おそらく。日本も明治になって言葉自体が急変し、文学も急激に変化したでしょう。

江川❖だから、たとえば里見弴だとか、国木田独歩、それから正宗白鳥、広津和郎、みんなが重訳で一生懸命ロシア文学を訳している。

後藤❖重訳でね。確かに明治の人はそうだった。英語なり独語から、重訳してきた。それだけの情熱はもちろんあったわけですよね。同時にそうさせるものもあった。

　ところが今でも「いや、ロシア文学は私も読みましたよ」と、たいていの人が言うわけ。だけど、それはいつ読んだのかということを問題にしたいんですよ。聞いてみると、だいたい旧制高校で読んでいるんですね。で「ああ、ロシア文学は私も好きです」「あれはよく読んだもんです」と言う。文学専門にやっている人がですよ。ということは、もうロシア文学は卒業したと思っているわけですよ。十代、二十代はじめの青春文学だと思っているわけね。「いや、私はツルゲーネフを読みました、トルストイを読みました、ドストエフスキー読みました、チェーホフ読みました」と言う、過去形で言うわけ。つまり、彼らにとっては、それらは青春であり、過去であって、現在ではないわけですよ。

江川❖だけど、後藤明生というのはいまもだいぶロシア文学を読んでるらしいし、大江健三郎は『洪水はわが魂に及び』なんていって『カラマーゾフの兄弟』を一生懸命引用したり、結構やってるじゃない、みんな。

後藤❖でも、それは少数派ですよ。とくにまだ現役の評論家と言われている人達が、ロシア文学を青春文学という形で過去形で言ってしまうのは、やはり問題じゃないかという気がするんですね。

江川❖つまり、なんか青くさく、深刻ぶって言っているという、そういう感じでしょう。

後藤❖だから、哲学青年とか文学青年というような形でしか、ロシア文学を受け取っていないというのはまずいと思うんだな。

江川❖そうそう。青春のなかった文学だな、ほんとは。

インテリがもつ二重構造の宿命

江川❖ロシアには〝百姓は一年飲まず、二年飲まずで過ごせるけれど、一旦飲み出したら、身上すっかりスッテンテンにするまで飲み通す〟という面白いことわざがある。だから彼らは猛烈に忍耐強いし、ある意味、なんでもニチェボー（何でもない、平気さ）といって片付けられる、猛烈なおおらかさを持った国民でしょ。そのおおらかさを持った国民が、どうしてもこれはだめだとなると、革命を起こしちゃうわけね。突然、地主の家に赤いオンドリを放って火をつけたり、革命を起こしたりするじゃない。ものすごく抑えつけられたもののなかに、二重性がいつもうごめいている。その片方の二重性の一つが解き放たれると、たいへんなことになっちゃう。そう考えてみると、いまあの国で実際に辛い人達もいるんじゃないかと。その人達が、もしたまっているものを爆発させたら、なんにもなかったようなところにたいへんなことが起きる可能性もあると。まあ、むずかしいですね、ロシアは。

後藤❖そうですね。ドストエフスキーは「キリスト教を捨てたらもはやロシア人ではないのだ」ということを言っていますね。それも一つの側面だと思うんです。同時に、ヨーロッパの教育を身につけちゃったために、祖国の土壌から切り離された教養人＝インテリゲンチャという言い方で非常に嫌悪をこめて言っているでしょう。つまり、頭がヨーロッパ的になっちゃったために、ロシアの土壌から、祖国の土壌から切り離された人間、これがわれわれ知識人だと言っているわけですね。この十九世紀にドストエフスキーの言ったことが、そのまま日本の明治以降の知識人にピッタリ当てはまるところに、さっき江川さんもおっしゃったけれども、どうしてもロシアのことを考えざるを得ないという日本との共通性があるし、また、それはそのまま、現代人であるわれわれの問題でもあるということですよ。

江川❖両方ともそういう意味での自意識を持たざるを得ないような立場に追い込まれちゃった知識人なんですよ。だから、その自意識の問題を、ドストエフスキーが『地下生活者の手記』で、あれだけしつこく追究したわけです。

たとえばレールモントフの『現代の英雄』をベリンスキーはベタぼめしてますが、そこに見逃されているのは『現代の英雄』における自意識の問題だと思うんです。

後藤❖そこがベリンスキーのいちばんの欠点だし、またベリンスキーをうのみにした日本の進歩的な評論家の誤りだったと思うんですよ。というのは、プーシキンの『オネーギン』を見てもそうだと思う。あのなかにタチャーナという女が出てきますね。これはロシアの理想の女性と言われています。だけど十九世紀の批評家や日本の批評家が見逃しちゃってきたのは、タチャーナの二重性だと思うんですよ。プーシキンはそれをちゃんと知っている。「タチャーナはなるほど純情なる女性だけれども、彼女だって、手紙はフランス語のほうがうまい」と書いている。これはどういうことか。あれだけロシアの理想の女性と言われている人が、ロシア語よりフランス語で手紙を書くほうがうまかったということは、これは明らかにコメディーですよね、完全な。完全な喜劇だということを、プーシキンははっきり書いているわけです。そこにロシアのインテリが日本のインテリに似ている二重構造の宿命というかな、近代化の構造的な宿命があるという感じがするんですね。

江川❖喜劇といえば、チェーホフが自分の芝居にしきりとコメディーというタイトルをつけて、後世の連中を悩ませていることもあるな。だから、結局ロシア文学を考えていくうえには、そのへんを洗いざらいにして日本も同じじゃないかという場所から始めないと、どうしようもないんじゃないかと思いますね。

後藤❖そうそう。僕はいま、十九世紀のロシア文学というものを本気でもう一回考え直すのに、いちばんいい時期じゃないかなと思いますね、そういう意味で……。

江川❖そうですね。現代のソ連文学を考えても、最近でも昔同様、検閲は強いと思いますよ。だけどいまでも、さっき話した二重性に悩んでいる連中が書いています。やはり一生懸命探っていけばありますよ、ほんとうにいいものが。

後藤❖とにかく近代とか現代というものについて二重、三重に考えていかなきゃいけないというふうに運命づけられているところは、幸か不幸か、日本と非常に似ていると思うんですね。これはイギリス人とか、フランス人とか、ドイツ人にはわからないと思うんですよ。

江川❖そうね。逆に、たとえば日本にはいま、いわゆるアメリカ文化と称するものがものすごい勢いで入ってきて、ほとんどみんなそれになびいちゃったわけでしょう。ロシアにもある意味で、そういうものが入ってきて、それが若者の心をとらえちゃうわけですよ。日本もロシアも同じだけど、そこで文学者という、考えなきゃいけない立場にいる人達が、それをただ無条件に礼賛していたんでは文学にならないでしょう。お互いにどこかに少なくとも抵抗しようという、逆の意味での視点をもたなきゃいけない、いわゆる現代文化に対するね。

後藤❖フォルマリストたちはゴーゴリの読み直しをしたけど、僕はプーシキンとかドストエフスキーの読み直し、ほんとの意味での、現代人としての読み取りというか、そういうことが日本でもう少し強調されてもいいと思いますね。

江川❖それをやりたいですね。とくにプーシキンなんていうのはすごい男ですよ。たとえば『オネーギン』も『ベールキン物語』も『スペードの女王』も、あれらは全部パロディーではないかと。

後藤❖パロディーですよ。僕は『オネーギン』というものの訳され方がね、ちょっとパセティックに、あるいはロマンティックに訳され過ぎて来たところがあると思うのね。

江川❖あれは完全に、なにかを踏まえたパロディーなんです。僕は、かなり証拠を拾ってきつつあるんだけれども、そういパロディー論の視点からロシア文学を見直してみたいという野心はありますね、やっぱり。

いかと。

う目で見ないと、プーシキンの面白さはわからないんじゃな

後藤❖そうそう。あれは非常に複雑な批評的なものですね。

江川❖ええ、そうです。プーシキンその人自身も非常に冷めちゃっているんですね。

後藤❖冷めてる。ところが、プーシキンというとさ、天才で若死にしちゃったから、どうも日本人はそういうのが好きでね、変なところでヒロイックに美化しちゃうでしょう。

江川❖そう。要するに感情移入しちゃうことが多いんですよね。ドストエフスキーの『貧しき人々』なんかも感情移入で読まれてるみたいだな。

後藤❖センチメンタリズムか、パセティックか、ヒロイズムにしちゃうのね。

江川❖そう、それではプーシキンもドストエフスキーもおかしくなってしまう。貧しい初老の小役人と薄幸の少女の物語といったセンチメンタリズム小説の筋立てを借りてきて、それをひねってみたり。『駅長』なんかでは、男にだまされてきたり。不幸に落ちたはずの娘さんが立派な馬車で老駅長の墓参りにきたり。そのへんを見ないと、あの人たちの文学はわからないと思うんです。

後藤❖わからない。もっと複雑だし、冷めているし、なかなか老獪なところもあるしね。

江川❖パロディー論が日本ではやり出したのは最近でしょう。

〝女〟をめぐって

三枝和子

三枝和子――さえぐさ・かずこ

一九二九年、兵庫県神戸市出身。小説家。四八年、旧制関西学院大学文学部哲学科に入学、同大大学院文学研究科修士課程に進学し武市健人にヘーゲルを学ぶ。五一年、文芸評論家の森川達也（本名・三枝）と結婚し、中学校教師をしながら森川らと同人雑誌「文藝人」を創刊。七〇年に『処刑が行なわれている』で田村俊子賞を受賞。八八年以降は、平安朝の女性文学者などを主人公とする歴史小説を数多く執筆。二〇〇三年、逝去。

初　出――「國文學　解釈と鑑賞」一九八一年二月号

単行本――三枝和子『さよなら男の時代』（人文書院）所収

カフカは女をメカニックに書いていた？

三枝❖今日は〝女をめぐって〟ということで、たいへん楽しみなのですが、後藤さんにお会いしたら是非お伺いしたいことがあったのです。それは後藤さんが「文藝賞」の佳作にお入りになった『関係』（昭和三十七年）という作品、そこで後藤さんは「わたしは……」と女の立場でお書きになったでしょう？　私にも、活字になっていませんが、後に同じ「文藝賞」のものでしたが、男の立場で書いたものがあるのです。その後『八月の修羅』と書きかえましたが。その時、福田恆存さんに、女が男の発想で、立場で書いているのはおかしい、と批判されました。その瞬間パッと反射的に思い出したのが、前年度の後藤さんの『関係』なんです。女の発想で「わたしは……」と書いていらっしゃる、そして題名が『関係』、ものすごく面白かった記憶があります。それから後、忠実な読者とはいえないのですが、よく後藤さんの作品を読みます。そうしますと、いろいろなことに気がつくのです。あまり力を入れて女をお書きになっていらっしゃいませんでしょ。力を入れて、と言うと変ですが、女性像を造形する、なんていう書き方はなさらないですね。それが非常に後藤さんの特色のような気がするのです。

後藤❖おっしゃる意味はよくわかります。『関係』の話が出たのですが、あれは発表された後、読んだ人が、男かと思っていた、と言うんです。途中までそう思っていたらしい。

三枝❖私はすぐわかりました、敏感に。はじめの方で接吻のところがありますね「やはりわたしはふるえた」と書いてある。ピンと女性的な感じがして、すぐ、あ、女の立場なんだな、と思いました。そういう意味で非常に面白かったです。

後藤❖そう考えて下さるとうれしいのですが、読者から男かと思った、と言われた時は「へえ」と思っちゃいましたよ。

　今、三枝さんのおっしゃった、女をあるタイプとか、キャラクターとかいった形で造形しない、ということはまさにずばりそのとおりです。つまり、女性像を作るということではなくて、題名のとおり、あれは男と女の関係、あるいは女と女の関係、男と男の関係といった、関係そのものを前面に出してテーマにしてしまっている。それで結局、女性像というものがいわゆるリアリズム小説といった形ではでてこなかったというより、むしろ意図的に出さなかったのです。というのはあれは昭和三十七年ですからね。その頃、僕はカフカ病患者でして、今でももちろん読みますが、三枝さんもお好きでしょう？　僕はその頃カフカは女というものをメカニックに書いているような気がしたのです。関係性そのものだけを書いて、肉体をもった造形的な女というものは書いていない。小説全体がもちろんメカニックになっていると同時に女もそうだというように考えていたわけです。それで『関係』の中にも、そういった僕のカフカの読み方が露骨に反映していたのではないかなと思います。最近はカフカの読み方もちょっと変わってきたのですけれど……。

三枝❖その関係ということ、たいへん面白くて大事な問題だと思います。男と女というのは関係でしか表現できないというところがあって、後藤さんがそういう形で、女との関係を通して、その関係の軌跡をずっと書いていらっしゃる。そこに、変にリアリティがあるのです。ある箇所、ある箇所で、ハッハッと、女だ女だというように気がついていくわけです。別の書き方として、もろに女性像を書き上げて「どうだ」と言わんばかりのものがありますね。ところが女の読み方をいたしますと「どうだ」と言われた時に、そういった男の顔、作者の顔が見えるわけです。それで女性像が実は男性像であるように読むわけです。ところが、関係でしか女を書いていかない作品に出会いますと「どうだ」ではない別の目、男の目というものがすーっと出るのです。そこが後藤さんの文学の特色だと思うんです。女性像は男の目を通して軌跡のような形で現われて、実像をもった形で「どうだ」とは出てこない。それが非常に面白かった。カフカを読んでいましてもそれはやはりあります。婚約したり、解消したり、婚約したり、解消したりする、あの軌跡の中にカフカという男の像もはっきり出ますけれども、その裏返しに女の像がまた出てくる。それを、像と言いましたが、普通の像ではなくて軌跡でずっとたどっていくような現わし方があるのです。

後藤❖そうですね。女性を小説に書く場合は、男が書いたり、女が書いたり、両方からするわけなのですが、関係としてとらえていくという考え方は、やはり近代になってからではないかと思うわけです。

三枝❖そう思います。

後藤❖今までは教科書的な「文学に現われた女性像」ということで、そのタイプとかキャラクターとか、背景にある時代の風潮、思想、女性の社会的位地などに重点があったわけですね。ただ僕はそういうタイプとか、キャラクターという女性ではなくて、抽象化されたメカニックな関係として書いてみたいな、ということがあったわけです。けれど、最近カフカを読み直してみますと、カフカという人は、女というものを非常に生まなましく書いた作家ではないか、と思うようになったのです。これは非常に面白い変化だと思います。

カフカを二十代から三十代の頃読んだときにはさっき言いましたように、女をたとえばジャコメッティの針金細工みたいに書いているように思えたんです。ある関係の中でのある要素として書いている。要素だから絶対必要なわけです。しかし必要だけれども、いわゆるリアリズムの何々像というものに反対する形、方法で針金細工みたいに書けばいいんだ、というふうに僕が自分勝手にそう受け取っていたわけなのです。ところが最近になっていろいろ読み返してみますと、そういうところももちろんあるのだけれど、それは象徴化されたある部分がそうなのであって、その他にもう一つ何か非常にベタッとした、非常に肉感的というか、もっと言えば官能的とも言えるくらいのカフカの女性観というものが強く感じられるようになったのです。

三枝❖それはリアリズムの小説が作っていたような女性像ではなくて、独特のものですね。

―なぜ女流作家は「私小説」を書かないのか?―

三枝❖後藤さんのお話を伺っていて思い出したのですが、四年ほど前『國文學　解釈と鑑賞』(昭和五十一年九月号「女流作家とアイデンティティ」)で「私の創作意識」と題するアンケートがあったのですが、確か、そこで私は「男が女を書き、女も女を書くという発想によって成立している小説に対して、女が男を書き、男も男を書くという発想によって成立している小説も可能であろうと思う……この次元で私は自分の小説を展開してみたい」というようなことを書いた覚えがあるのです。これまでリアリズムの小説を眺めてみますと、面白いことに、男が女を書いて、女も女を書く、というのが常識的になって来ていたように思えるのです。女流作家は女を書くというように一般に考えられているから、「女流作家における男性像」という視点がない、どうしてかしら、といつも思って来たのです。結局、具体的には、ではどの女流作家が、どんな男性像を描いているかという例があがってこない、その辺に問題がありそうです。

そう考えてカフカを読んでいますと、女性像をつくらず、女性との関係を通しながら、男が男を書いているという気がします。そうするとそれに対応して、次第に女も女を書かず男を書いて、そして男も男を書くという、そういう時代に移っているのではないかしら……。

後藤❖女流の場合はそういうことかもしれませんね。

三枝❖先程、後藤さんがカフカが肉感的とおっしゃいましたが「ビュルストナー嬢」(編注:カフカの『審判』の主人公ヨーゼフ・Kの隣室に住む女性）はけっしてゲーテの「ロッテ」（編注：『若きウェルテルの悩み』の主人公ウェルテルが恋心を寄せる婚約者のいる女性）ではない。

後藤❖もちろん「レナール夫人」（編注：スタンダール『赤と黒』の主人公ジュリアンが不倫関係となる女性）でもない。

三枝❖そうなんです、レナール夫人でもない。しかし、何となく顔が浮かんでくる。絵に描けそうですね。しかし、それが形でなく、ピタッと男の体の後についているような、そういった感じが実に出ています。

後藤❖コワいですよ、あれは。

三枝❖ああいった書き方で、女を書く感性がそろそろ出てきた。後藤さんのお話を伺っていて、そう感じたのです。

後藤❖三枝さん、いつか「女流作家は私小説を書かない」と言われてましたね。それについてはいかがですか？

三枝❖あれは、私自身の私小説に対するある考えからの言葉なんです。その考えとは、私小説はどういう形で文学になるのか、私小説が文学作品として独立するとはどういうことか、と考えた場合、それが単なる「私の日記」「私の告白」ではないためには、そこにどのような形の客観化がなされているかが問題になる。そう考えていくと、主観である私（作家）と作品の中の客観である「私」との間に、否定的な関係が成立しないとダメだというように思っています。古い考え方かもしれませんが、私は、私小説はいずれにしても自己剔抉（てっけつ）がないとダメだと考えています。そうしますと、女性が自己剔抉をして私小説を書くということが今の社会でどうやって成立するかという問題に突きあたる。現在、やはり女性はおおむね被害者的な状況にある。ところが私小説は加害者が書かなければダメだ。つまり、私小説を被害者が書くと、うらみつらみの告発小説みたいになってしまうから、客観的な作品として成立しないだろう。私小説というのは、加害者の自己剔抉という形において、主観を否定する客観小説として初めて成立する――これは私の偏見でそう思っているのですが、いい例が浮びませんが、言ってみれば、まだ女が男を棄てる話というのを、女が自己剔抉して書けない時代なんです。現在はしたがって具体的な作品がありませんが、たとえば津島佑子さんなどの作品のように女が男を棄てる時代がきて、その棄てた自分の状態を「私は自分の気儘と自由を求めてこの男を棄てた」とまあこんな形で自己反省、自己剔抉して、その男への思いやりや自分への自己嫌悪などで一つの文学の世界を成立させ得るという状況があれば、女も私小説を書けるけれど、そういうことがリアリティーをもって受け入れられないような社会の状況にいると女が私小説を書くことはできないのではないかと、そんなふうに思っているのです。

後藤❖なるほど、男性優位の今の社会では、ということがあるわけですね。

三枝❖そうです。

後藤❖今の社会の日常の中では、ということですね。

三枝❖そうなんです。男の方はそんなことはないとおっしゃるかもしれませんが、私は、日本の私小説というのは日本の男性優位の社会が生んだ文学だと思っているところがあるんです。このことは男の方ご自身は本当にお気づきになっていないという状態の中での非常な優位があって、そういうなかで自己否定が成立するわけです。ですからその反対の意味で女が私小説を書く時には、発想としてひどくしんどいわけです。私自身の場合、私小説をどう書くかというと、まず、うらみ、つらみしか出てこないのです。それをぐっと我慢して書きますと、発想の根本から嘘を書かなければならなくなる。

後藤❖確かにおっしゃる意味はよくわかりますし、それは三枝さんの、小説そのものに対しての考え方だと思います。

三枝❖そうですね、ただ私小説の場合は小説が成立する実生活の基盤というものがあります。その基盤が津島さんの場合、明治、大正くらいの男の基盤にどこか似ていると思います。

後藤❖俗な話ですが、去年でしたか「翔んでる女」「結婚しない女」が話題でしたね。これは日本に限ったことではなく世界中の流行だったらしいですが、ただ、それが制度として一夫一婦制をひっくり返してしまう形まではいかない。ですから、制度としての一夫一婦制度の中でいかに女性が自由化されるか。ということではないかと思うのです。

　というのは、これまた俗な話ですが『汝の隣人の妻』（ゲイ・タリーズ：著、山根和郎：訳、二見書房）という本が売れ、評判になっているらしい。先日、その上巻をざっと見たのですが、思っていたほど面白くない。実話を前提に、すべて実名で、二、三年かかってインタビューや面接をして書いたということですが、やはり、今言ったように、制度としての一夫一婦制をひっくり返すところまではいかない。そういう革命思想ではないわけです。つまり、制度の中で、結婚している女、結婚している男が、性を中心にどれだけ自由に解放されるか、という限定つきのものです。夫婦交換とか、乱交とかも、完全なアナーキーな乱交ではなく、一応制度としては一夫一婦制なんです。制度の中での、限定つきの自由の上にのっかっている。そういうことを考えると、三枝さんがおっしゃった、女は私小説を書かない、少なくとも書きにくい、ということ、書けばどうも綴り方のようになってしまったり、告訴状のようになってしまったり、愚痴になったりで文学になりにくい、という意味はよくわかります。

―「一夫一婦制」は男と女、どちらのための制度か？―

三枝❖今、お話に出た制度としての一夫一婦制は、後藤さんは、男のためにあると思われますか？　女のためにあると思われますか？

後藤❖それは僕も何ともわからないのです。男性優位社会から出てきたものでもないように思うんです。というのは、それ以前は一夫多妻制、今でも世界で何か国かはそうなのではないかな、日本でもさかのぼればあったわけで、そう見てくると、一夫一婦制は必ずしも男性優位のためにできたのかどうか疑問に思えてきますが、三枝さん、どう思われますか？

三枝❖普通、一夫一婦制は女性のためにある、という感じを持つ人が多いでしょう？

後藤❖ああ、そうか、なるほど……。

三枝❖いえいえ、後藤さんはすごく新しいです。多くの人は、女性救済というか、そういう見方です。

後藤❖身分保障という意味ですね。

三枝❖そうなんです。そうお考えになる。けれど、私はずっと一夫一婦制は男のためにあるというのが主張だったわけです。つまり一夫一婦制のおかげで一応男の人みんなに女の人があたる。どんな男の人でも潰されないで（笑）。

後藤❖それなりに割り当てがあるわけです（笑）。

三枝❖そうなんです。これが一夫多妻制でしたら強い男がたくさんの女をとって、あとは蜂の世界のように不要な弱い雄は棄てられる。

後藤❖アザラシみたいになるわけだ（笑）。

三枝❖その時、女はだいたい不要にならない。男は棄てられてしまう。

後藤❖中国なども最近までそうだったようですね。力のある男には何人でも女の人がいるが、力がなければダメ。魯迅の頃もそうですね。魯迅も、あの人は中流ぐらいの家柄でしたから、きちんと嫁をもらったけれど、その奥さんとは、ほとんど一緒にいない。自分が師範学校で教えた女生徒と一緒になる。それで平気なんです。実力社会なわけです。チンパンジーや、オットセイやアザラシなどと同じで、そうなるとかなりキビシイことですね。そういう意味では、一夫一婦制は男性救済かな……（笑）。

三枝❖私はそう思っているわけです。

後藤❖無能でもそれなりに供給されるという制度で、平均的に恩恵を蒙る……。なるほど、それも考えられるわけですね。

三枝❖そうしますと、今の夫婦スワッピングも、「翔んでる女」の自由という考え方も成立しますけれど、ちょっとこれまでと違う形でいろいろと考えなくてはいけないように思うのです。たとえば、男も女も生殖行為が済んでから、どうも変な言い方ですが、そうなってからも、随分長く生きるようになったと思うのです。女の問題ですと、子どもを育ててしまってから随分長く生きる。男もそう。となりますと、男と女の関係も、夫婦で、最後まで面倒を見合うという関係を一応どこかへ貯金しておいて、そしてあと自由を獲得しようとする。スワッピングにしても、そういった知恵みたいなものだと思います。それは女の自由のためにあるのか、それとも、もっと人間お互い同士ずるい知恵、そこには男の知恵も含まれているると思いますが、そういったものがあるのか。なんだかみみっちい話になってしまいますが、いわゆる、死ぬときのおしめの面倒を見る人を確保しておいて……。

後藤❖いや、いや、別にみみっちくないですよ。要するに死水を取ってくれる人との契約ということですね。

三枝❖そうです、それさえしてくれるなら、かなり遊んでもいいという感じで、お互いに納得するというようなことだと思うんです。社会保障がきちんとしていても、そこは人間の本質ですから、最後の看病は親身のものを求める。そして子どもも。つまり夫婦の間で子どもを産んで育てて、それが終わって、おしめに至るまでの間、そのキセルのような状態を自由にしようという社会の体制ができてもいいのではないかという動きが『汝の隣人の妻』のような中にでてきているのではないかなという気がします。

後藤❖確かに、あの本を読んで、これは一夫一婦制が前提にあるからできるんだな、という感じはしました。

離婚もアメリカなどでは随分問題になったし、不思議なことにソ連が第二位だったそうですが、これはまた事情が別なんです。ところが、ソウル・ベローの『ハーツォグ』（宇野利泰：訳、早川書房）などを読んでみると、離婚のために男が経済的に破滅してしまうんです。お金が全然なくなってしまうんですよ……。本当に悲惨というより他ない。大学の先生で離婚して最後は奥さんに養育費を送るよう義務づけられているのですが、それを、ちょっと待ってくれ、という電話をかける電話賃までなくなってしまった。実にあわれというか、むごいというか（失笑）、そういう話が出てきますが、つまり、離婚を二回も三回もやっていくと、男は一生、それこそ銀行強盗でもやらないかぎり食べていけなくなってしまうらしい。そういうところから出てきた知恵かもしれませんね、三枝さんのおっしゃったキセルというのは（笑）。そのキセルの期間はお互いに自由に退屈しのぎをしようというか。

三枝❖やはり自分のやりたいことはどうしてもやる自由がほしいと男も女も考えるでしょう。ところが男が浮気をしたら女が慰謝料を請求して「別れます」と言う。すると、後藤さんが今おっしゃったように困ってしまうわけです。そうなればお互いに、というわけで、人類の知恵を出し合う（笑）。そういったことになってくるのではないでしょうか。

後藤❖そうですね。アメリカではだいたい二回くらい離婚した女の人は左団扇だったらしい。別荘か何かもってヨーロッパなどへ行って遊んでいるといった状態になれた。しかしそうやって男から搾れるうちはいいけれど、電話賃がなくなってしまったような男から取り立てようたってどうしようもない。結局女も考えてそれ相応の認識を持つようになる。

三枝❖そうだと思います。本当なら一夫多妻制の時には落ちこぼれて女の人があたらなかったであろう男の人が、一夫一婦制で一人得られた、それで一夫多妻制の真似をしたら二人か三人目で逆さに振っても鼻血も出ないような状態になる、ということでしょうね。

後藤❖オナシス（編注：アリストテレス・オナシスは「二十世紀最大の海運王」と呼ばれたギリシャの実業家。オペラ歌手のマリア・カラス、ジョン・F・ケネディの未亡人ジャクリーン・ケネディなどと恋愛・結婚）みたいなのばかり、何人もいないですからね。

三枝❖そうそう。それをどうやって切り抜けるかということを男からも、女からも考えた知恵、といえそうです。

後藤❖そうでしょうね、両方から考えないと成立しないですね、やはり関係ですから。そうすると、そこから出てくる文学ということになった場合、今言ったような中流どころが一番考えると思う。というのは、オナシスみたいな人はまず困らない、労働者階級はひどく困ってしまう、従って中産階級が、一番セックスの面では自由化されていると言ってよさそうに思う。つまりお互いに別れてみても取るものもだいたいわかっている、だから自分の分を女も男も知った上で行動する。そこで一番先に出てくるのはポルノグラフィではないか、雑誌にも堂々と出てくるし、小説もどんどん作られ、また読まれるという状態が出てきたと思います。ポルノグラフィが出たのは今お話があったような状況のはしりの時期だったのではないか。ところがこれが現実として日常化されてきてしまうとなんだかつまらなくなってしまう。つまり現実そのものがポルノ化されてしまえば、ポルノ小説なんてちっとも面白くもおかしくもないということになる。

三枝❖今、後藤さんが言われたように、ポルノグラフィが面白くなくなって、その先何が出てくるか、ということが問題ですね。どなたが書かれたか忘れましたが、たとえば平安朝の頃のような、とにかく先に肉体関係ができてしまい、後からその肉体関係のできた女にどのように尽してやるかということが男の真実であるといった精神の造形の仕方がある。近代小説などはこれと逆で、先に精神的な関係があって、それから逢着点が肉体であるわけです。そうしますと、精神的な関係があって最後の決着が肉体だという形で見えた女性像と、先に肉体関係が成立してそれからその女とどういう形で精神の造形をしていくかというのとでは、全然違うと思うのです。そこに出てくる精神が違ってくる。そのことが、今、後藤さんがおっしゃいましたポルノなんかつまらなくなって、その次に出てくるのが何かと考えていく、ということにとっても似ているような気がします。肉体関係があってから次に精神が出てくるという……。

後藤❖それが精神かどうかはわからないですがね。

三枝❖ええ、何だかわからないといった方が正確でしょうね。

後藤❖わからないけれど、にもかかわらず男女関係というものはなくならないし、恋愛もなくならない。もちろん肉体関係もなくならない。

女が見させると男の発情につながる

後藤❖そう考えると、根源にさかのぼってみることが必要かもしれない。つまりルーツです。男とは何か、女とは何かということですね。アダムとイヴというそれこそ神話的なところへもう一遍いくのではないか。

これはキリスト教の考え方で、旧約の最初に出てくるのですが、エホバが泥から人間を作る。それは男だったとなっていましたね、動物も作った、その後に、アダムのあばら骨を一本とってイヴを作った。そして、今の我々と同じような人間としての意識、あるいは行為というものを行なうことをそそのかしたのは、蛇ということになっている。僕は別に聖書に詳しくはないのですが、サゼッション（示唆）に富んでいると思うのは、その蛇が禁断の木の実（林檎）をイヴにあげている。そしてイヴがアダムに食べさせる。その後、エホバがまわってくると、二人はかくれてしまう。アダムもイヴも、どうやら初めは、盲目に作られているらしい。目はあるのだけれど、見えない。それが禁断の木の実を食べたとたんに見える。「見た」とある。お互いに見ると裸体だった。結局そこで「知った」と書いてある。この「知る」ということが交わるということなのです。「見た」から「知る」というところへ行く。これが男女間の原初の意識ではないかと思う。相手を見る。見ると知りたくなる。見ることと見られることと知るということ、僕はキリスト教徒ではないけれど、これはなかなかわかり易いのです。人間の男女を原形にさかのぼって考える場合、見る、知るということ――見なきゃ、見えなきゃどうにもならないわけです。アダムにはイヴの、イヴにはアダムの肉体が見える。とたんに知りたくなって知った。知ったあと子どもが産まれることになっていますから交わったということです。僕は男ですから男の意識で考えていくわけですが……。

三枝❖旧約の世界でも、やはり男の発想だと思うのです。

後藤❖確かに男ですね。

三枝❖そうです、男なんですよ。

後藤❖ただ、林檎をすすめるのは女ですよ。

三枝❖というふうに男が思っているわけですよ（笑）。

後藤❖ああ、そうか（大笑）。

三枝❖私はルーツに還って考えてみようとするとき、むしろ動物はどうするだろうかと考えます。女ですから。宗教に原形を求めないで、動物に求めます。動物はまず雌が発情する。それから初めて雄が発情するらしい。林檎をすすめるのはイヴだということはまずこの原形は踏まえている。けれど、その時に女は男を見なくてもいいのですよ。

後藤❖ははあ、とすると見たのはやはりアダムだな（笑）。

三枝❖男の目で考えますから、先ほどのような形になりますが、女は別に見なくてもいいんだと思うんです。とにかく男が女を見ればいいのです。そして交わりが可能になれば子どもが産まれるのですから、そういう形なんだと思います。

後藤❖なるほど、それはこういうことじゃないんですか。確かに三枝さんのおっしゃるとおりだけれど、女は男に見させるということではないかしら。ですから林檎をあげたということは見させたということなわけだ。そうとればだいたい解読できます。見させるということが発情することにつながる。

三枝❖と思います。それを男の人は、女が誘惑するとか言いますね、もちろんそれはそれでいいのですが、こちらから言えば非常に自然の摂理なんです。それを誘惑ととらえて美化したり、おとしめたり、いろいろな方向に考えていって文学ができるわけですが、もっと散文的なものではないか、と。

後藤❖でも、誘惑は決して悪いことじゃないですよ。

三枝❖もちろん、悪いことじゃありません。

後藤❖しかしなぜ女が男を誘惑する立場にあるか、つまり自分を見させるという何らかの意識が働き行為をするか、ということはわからないです。子宮があるからそうするとか、卵巣があるからそうするとか、言われますが、やはりわからない。三枝さんはどうですか？　なぜ女は見させるという意識、あるいは無意識にしても、相手に見させるという、誘惑者的自覚についてはどうでしょうか。

三枝❖産む性だという自覚。

後藤❖すると、やっぱり子宮ですね。

三枝❖そうだと思います。今だからこそ、いろいろな操作で産まなくてもよくしたり、勝手なさかしらをやりますけれど、それがなければとにかく産む性として動いていくだけのことだというのが原形だと思います。

――タイプで書くことの無意味さ――

後藤❖なるほど、ここでまたカフカが出てくるんですが、先ほど僕が言ったように、カフカが女をよく書いた作家だなと最近認識している一つのポイントに、カフカが女というものを誘惑者としてとらえている、という点があるのです。誘惑者とは、いわゆるメロドラマの誘惑者ではなく、つまり、昔、ヴァンプ型（編注：ヴァンプはハリウッド初のセックスシンボルとなった女優セダ・バラの通称）とかマノン・レスコーとかカルメンとか、そういうタイプに分けられた時の誘惑的タイプ、何とか型とかいうタイプとしてではなく、一つの要素として女は誘惑する、というふうに書いている。何者かが手招きする。男が手招きされてそっちの方にいくと迷路に入る。これはやはり女というものを実に原初的な形で実存的にとらえているのではないかと思います。なぜだかわからないけれど、結局手招きされて誘惑されていく。面白いことに、カフカの小説をよく読んでいると、何の関係もない女が手招きする。たとえば『審判』のビュルストナー嬢もそうだけど、呼び出され裁判所にいくと、何の関係もない女が誘惑するでしょう。実に不思議なのだけれど、どうやらこれが現実らしい。理由はわからない、わからないけれども何かに誘惑されている。同時に引き込まれた迷宮から、今度は出たいという願望がある。これはいわゆる作用と反作用みたいなもので、僕は楕円形というのが好きなんですが、まったく相反する力が同時に働くというのがだいたい男と女の原形的な関係、楕円形の関係なのだと思っています。そういうことをカフカという人は実によく書いている気がします。

三枝❖そうですね、ずっと読んでいるとそう感じてきますね。

後藤❖最初の方で三枝さんがおっしゃったように、カフカは婚約してはやめ、婚約してはやめして、婚約者が三、四人いる。それはもちろん実在の人物だけれど、彼女たちの写真もあって、みな、おっかない顔をしている。そういう写真を見て、また小説を読むと、迷宮という感じを実に生まなましく受けるんです。

三枝❖カフカについて、さっき後藤さんがおっしゃったように、要素としての女というものをはっきり出していると思うのは、女である私が読みますと、男が引き込まれる、迷路に入る、脱出したいという構造が、引き込む、とどめる、棄てると、そういうことになります。

後藤❖それは面白いですね。男の逃げる意識を女の側からいうと棄てるになるわけですね。

三枝❖女の感覚の中で、男はある時期がくると要らなくなるわけです（笑）。男の人は自分が逃げるんだと思っている。これまでだと男は女にやり切れなくなって逃げるというように考えますが、実は、女は、男が逃げたんだと言うと、ああ逃げられた、と、それは男から思わされているわけです。男が逃げたくなるような構造が女にある、というのは、女は男が要らなくなると、男自身が逃げたくなるような構造を自然にとるのだと思います。それを男が女を嫌になったから逃げるというふうに捉えているだけで、私は、女が大きな理性の中で男を棄てているのだ、と思っているんです。

後藤❖いやぁ、それを聞いて安心しました。罪の意識が一つ減りました（大笑）。三枝さんは、神様だ（大笑）。

三枝❖男は女から、この場合、端的な例で妻ですが、男が妻から逃げたくなる構造の根本は、というか、妻が、うっとうしくなる関係の根本は、女が要らなくなった男を棄てているところにあるのです。

後藤❖女がそういうふうに読んでくれると有難いですね。

三枝❖そうそう。男の側からだけ言うからそうなるんです。子どもを作るとそれで男の任務は終るから要らなくなる。それは自然なんです。しかし、そこのところの原理を、女は自分でも意識しないのではないかと思います。それを女が図々しくなったからとか、魅力が無くなったからとか、男はいろいろに言いますけれど、実は、そのような状態になるときは、女にとって男が不要なんですよ（笑）。

後藤❖そうすると、女が被害者である立場では私小説を書いても成り立たない、という三枝さんの小説原理というものは、方法としては、タイプ別に書いていくということがもう使えないことをはっきり示していますね。たとえば、この女は男に棄てられたタイプだとか、この女は男をポンポン棄てていくタイプだということは無意味ということになりますね。

三枝❖そうです。無意味に近くなります。そういう形で人間をタイプに分けて類型化してそこからいろいろ考える要素を引き出す、ということは、ある程度もうやり尽したと思います。構造を分析する時には、そういった形の概念的な分析をした方が本質をとらえやすく便利だということは確かにあると思いますが、それに、今、後藤さんとお話ししていることはあらゆるいろいろなタイプの研究の果て出てきた、ということはありますね。言葉自体にしても、文化にしても、これまでは男の文化によって女が勉強してきたということは言えると思います。しかし、次第に男と女の関係も変わってきた。女は男の文化をすくい上げながら、少しずつそれを変えながら、だんだんと女の物の考え方、女の文化というものを出していこうと思っているわけですね。そういう中で男の人も変わっていくと思うのです。女が変われば絶対に男も変わりますでしょ。そうやって変わってくると、今度は、女の書く男の新しい魅力というものが出てくる。かつてはこれがいいという形を造形していたような男の魅力、女の魅力が、小説の中で通用しなくなる、という時がもうそろそろきている。

後藤❖そこがいわゆる近代文学と現代文学というものの分れ目になってくるのではないでしょうか。

三枝❖そうですね。そういう時は、試みに大衆小説を分析してみると手っ取り早いかもしれませんね。つまり、もう美男美女がうけるという時代ではなくなっていて、すごく変化しています。ムードとかフィーリングとか、それが男なり女なりの魅力になってきて、形ではなくなっている。通俗小説の中で、形でないものが男と女のお互いの魅力になっているということは、非常に大事な、かなり考え直さないといけない問題だと思うのです。タイプで男とか女とかを書けなくなっているのもそこら辺からきているのではないでしょうか。

後藤❖タイプで書き分けていく、ということでいくと、一番典型的なのは『赤と黒』あたりですね。タイプで書くのだったらあれ以上のものはないですね、一つの極致です。レナール夫人、それにマチルド、ジュリアン、レナール夫人の夫とね。もう一つ、トルスイトで言えば『アンナ・カレーニナ』でとどめをさされてしまっていますから、そのあとの小説、つまり二十世紀の小説は、その輪郭をどうやってつき崩すかというところから、男を書くにしろ女を書くにしろ始まっている。しかし、ただつき崩すだけではどうにもならない。やはりフォルムがなければ小説はできないのであって、そう考えると、結局、タイプを崩していくにあたってはもう一度、さっきのアダムとイヴではないけれど、原形にかえらないとだめになってくる。輪郭を無視さえすればいいということで書くのだったら、ただの風俗小説になってしまうと思うのです。そうでないものを書くとしたら原形に戻る作業が一回必要でしょうね。そして今、そこに戻ったところで、三枝さんのお話を聞いて、なるほど僕はやっぱり男でしかないんだな、と思いましたけれど（笑）。

三枝❖そう考えてきますと、タイプで書くことの無意味さや不可能さ、そこから今度は、男と女のあり方も考え直さないとダメになってくる。先ほども少し言いましたが、これまでの肉体交渉のある範囲に限っての男女のあり方から、肉体交渉がなくなってからのあり方が問題になってくると思います。これが今後の課題になってくるのではないでしょうか。こんなことを言いますと、日本では老人文学などと言われますが、私の言っているのはそれとは意味がちょっと違うんです。肉体交渉がなくなってからの男と女、それでもやっぱり男と女なんです。これからの研究に値すると思っています。

後藤❖先ほどのアダムとイヴの話ではありませんが「見る」と「見られる」ということでは『今昔物語』に変な話がたくさんあって、その中にこういう話が出てくるのです。

ある高貴な女性が下女を連れて歩いていたが、土塀の所で小用をもよおし、そこで用をたす。下女は反対側で待っているけれど、いつまでたっても、その高貴な女性は立ち上がらない、そのままの格好で凝固したようになっている。下女はびっくりして、通りかかった馬上の武士に頼む。そこでその武士が確かめると土塀に穴があいていてそこから蛇がのぞいていた。大変エロティックな話ですが、女の方は、小用の恰好のまま蛇ににらまれて動けなくなっていたという。そこで武士は刀の刃を穴の方に向けて地面につきさして置く。やがて蛇が首を出すと真二つにさける。すると女性はもとどおりになり、憑き物が落ちたように立ち上がった。

短い文章ですが実にうまく精密に書いてある。武士が蛇を見抜くあたり、気がきいていますよね。蛇とセックスが象徴的な形で書かれているんですが、僕はこの説話も関係として見たいと思う。これをいわゆる「蛇に睨まれた蛙」式に考えるだけでは面白くないわけですよ。つまり、その女は高貴な方で淫らな心などはなかったかもしれないが、しかし蛇の方から見ればそれはブ、ラ、ッ、ク、ホ、ー、ルだと思うんです。

三枝❖女、ブラックホール説ですか？（笑）

後藤❖これは、やはりどちらが被害者とも言えないのではないかと思います。蛇にしてみれば、とつぜん目の前にブラックホールが出現したわけですから。

三枝❖蛇っていうのは男の意識なんです。やはりそれを書いた男の意識です。その男の意識としてどうしても書きたかったわけです。

後藤❖なるほど、普通こういった話は、女の持っている淫らな性(さが)、どんなに高貴な女でもそれは同じだ、だから蛇に魅入られてしまう、というようにとるだろうと思います。説話的にはね。だいたいそういうおちがついています。しかしこれを関係として見た場合、蛇にしてみれば、まさにカフカではないけれど、手招きされたということではないかと思うのです。この雑誌は「解釈と鑑賞」だけれども、どう解釈するか、どう読みとるかで、女をどう書くかの違いも生まれてくるのかもしれませんね。

三枝❖面白いですね。これまで、タイプを分けて書いていく男の人たちは、自己反省を含めて、自分が魅入られる性である、引き込まれる性である、ということを意識して、自分の感性を分析して、どういう女に魅入られるかというように形に分けていって、女人像が出てくる。実は魅入られるのではなく、女が引き込むんだと見ると、像はわからなくなってしまう。魅力があってそこへ行くというのではなく、何が何でもブラックホールだというふうに捉えると、ブラックホールというものではタイプはないわけです。引き込まれる自分の意識の状態というのを分析するよりほかに手がなくなり、そこにはタイプはなくなる。そうなると、今、後藤さんがおっしゃった関係ということが、きっと出てくると思います。

後藤❖特に十九世紀のものでは娼婦、日本では遊女ですが、娼婦というものについては、どうですか？　「女はみんな娼婦である」という古い言い方も一つあったわけですが。

三枝❖私は自由な性であるということを感じます。お金でやりとりされる、という要素を横に預けますと、自由な女、という感じがします。女はどこまで自由であり得るか、ということを考えてしまいます。娼婦というのは制度としてあったのですから、そういう意味では制度としての自由ですが、どの男でもみんな、現われる男はみんな受け入れなくてはいけないという状態におかれながらも、リアルに言って、どの程度までが嫌でどの程度までがいいのか、と考えていくと、かなり嫌なことはないのではないかと思うんです。そういうところが女にはあるのかもしれない。そんなことはない、娼婦は辛い仕事だと一応は言われますが……。

後藤❖当っているかもしれませんね。最近『好色一代男』を読み返したのですが、井原西鶴はそれが最高の娼婦だと書いているんです。例の有名な吉野太夫の話ですが、鍛冶屋の小僧がどうしても吉野太夫に一度会いたい、そのためには五十何匁(もんめ)いる。そこで一匁の釘を五十何日かかって一晩に一本ずつ夜なべして、やっと吉野太夫が買えるというので島原にいく。小僧はおじ気づくけれど、吉野太夫は歓待し、次の客、世之介にそのことを話すと、彼はそれをあっぱれ遊女の鑑だとほめたたえて身請けする、という話。半分本当の話だそうだが、そこまでいくと、それが美学になっていく。世之介はそれをほめるし、太夫もまたそれを見抜いているという、これは自由の華ですな。

三枝❖それは人妻の不自由を全部娼婦の側で花開かさせてしまうという形でバランスをとるということでしょう。

後藤❖ドストエフスキーの主要な作品で、重要な役割を占めている女は、みんな娼婦と言っていいくらいですね。『罪と罰』は一番有名ですけれど。

構造的に男は棄てられる

三枝❖そうしますと、母性的なるものというのが女の片一方にあり、娼婦的なものが片一方にあるという古来からの図式が出て来ますね。娼婦というのは絶対に拒まないものであり、母性というのは子どもを育てるという形で拒む。きっとどちらも女の本能なんでしょう。しかし、私などは母性的なるものはあまり文学にならないと思うのですが如何でしょう。日本の文学は母性的なものが好きなんでしょうか。

後藤❖そこが、その二つのタイプとして分けて書く書き方と、二つが同居しているというように要素として書く書き方の違いの問題ではないでしょうか。古い新しいで言うと、この人は母性的な女だ、この人は娼婦的な女だ、というふうに書き分けていくのはもう古いと思います。一人の女を書くということでいけば、その中に楕円形と先ほども言いましたが、いろいろな要素が同居しているという形で書いていかなければいけない。そうするとキャラクターは作りにくくなる。何々夫人というようなタイプでは出しにくくなってくる。ある場面において、ある関係、状況において、どういう役割をするか、というように要素に分解されてくるわけです。しかし、まだまだタイプで書くという習慣を尾骶骨(びていこつ)みたいに引きずっているところがある。そういう過渡期ではないでしょうか。母なる大地みたいな女性の中に、まったく娼婦性がなかったのではなくて、それを見なかっただけですから。

三枝❖母になるためには娼婦性がいるわけです。誘惑しないと母になれないから。

後藤❖それが制度的なものが優先していて、顔も見ないで結婚したとか……。

三枝❖しかし、その場合、当人たちはそれは誘惑じゃないと思っているわけですが、ものすごい誘惑なんです。個人的な意志を無視した社会の形態としての誘惑。お見合いなどはすごい誘惑ですよ。

後藤❖顔を見て全部想像するわけですからね。

三枝❖そういうことですね。

後藤❖そう考えていくと今までは、制度の中で書くか、あるいはまったく制度を無視してしまってアナーキーな形で書いてしまうかのどちらかだった。これからは、制度というものを透視した上で本質に迫っていくことが求められてきているのではないかと思います。タイプを通して、タイプも制度のようなものですからね、そういう複眼で見ていかないと、今の我々が生きている現代の男女は書けないのではないか。

三枝❖後藤さんがおっしゃったことをずーっと考えてきて、これからは女のさまざまな様態というものを書くのであって、女の個性を書くのではないという感じはしてきました。

後藤❖そうですね。カルメンが好き、レナール夫人が好きと言っても仕方がない。

三枝❖みんなカルメンであり、みんなレナール夫人ですものね。ある時、ある日、状況に応じて違うだけで。

後藤❖両方欲しいし、両方あるわけです。

三枝❖それが片一方に片寄ることはないと言っていいでしょうね。そういう意味では男の人も同じことが言えますね。

後藤❖話はちょっと変わりますが、僕は上田秋成が好きなんですが、あの女の書き方は新しいと思いますよ。生霊とか死霊とかに異化、変形するわけですね。「浅茅が宿」「蛇性の婬」「吉備津の釜」とどれも女が出てきますが、まず「浅茅が宿」の場合、男が勝手に出ていき、七年間も放っておいて帰ってみると、奥さんは死んでて幽霊になって出てきて……という話で、一種の純情女性の執念、棄てられた女の怨念、というふうにも読めますが、要するに、これも「誘惑」であり「手招き」であって、幽霊になってでも男を呼び戻そうということだと思います。「蛇性の婬」は、白蛇の化身である女が、男を徹底的に誘惑して引きずり廻して破滅させてしまいそうになる。説話ですから最後はお念仏で成仏しますが、僕が一番興味があるのは「吉備津の釜」なんです。「吉備津の釜」では、放蕩息子の正太郎の妻、磯良（いそら）がいる。磯良は貞女の典型そのもので、妾の世話までし、つけとどけまでする、神主の娘で美人で本当によくできている。おしゅうとさんにもよくつくした、ところが正太郎が遊女の袖と出奔する。そうすると貞女の磯良が生霊となって女をまず殺し、夫も髻（もとどり）だけを残して喰い殺す。非常に凄惨な結末なのです。この逃げ出すものとしての男と、追うものとしての女、という書き方は、あの時代では実にリアルなのではないか。その辺にも秋成の新しさがあるように思うのですがどうですか？　さっきから問題にしてきたいわゆるタイプを越えた書き方のように感じるのですが、女性から見ると、いかがですか？

三枝❖そうタイプを越えていますね。その上で言いますと、男の方は「すごい、それこそ女だ」というようにとらえていらっしゃるようですが、私は男の願望だなと思うのです。つまり、裏返っている感じがあるのです。

後藤❖やはり男から見た女に対する願望ということになりますかな。

三枝❖男の願望によって何千年の社会が築かれてきましたから女もそれに慣らされてそうした行動に実際でるかもしれませんが、よく考えれば、生活が成り立っていれば、男は要らなくなってしまうのです。私から言えば、構造的には男は棄てられる、という感じがありますから、男は女から逃げたと思っているけれども、実は棄てられているのだ。それを棄てられたというのは悲しいから一生懸命何千年かの文学を作って、男は棄てられていない、女が怨念で自分にとりついているのだと書いている。そうなるとなにか「あ、可愛らしい」という感じになって……（大笑）。

後藤❖そうだとすりゃ秋成も救われます。

三枝❖今日は後藤さんを救い、秋成を救い……（笑）。

後藤❖三枝さん、天照大神ですよ（笑）。やはり男は男としてしか女を知れないし、女も女としてしか男を知れない、ということは言えそうですね。

女性から「逃げたい」という方に力点がある

三枝❖後藤さんの小説を読んでいますと、肉体の交渉のない男と女の関係が続いているような感じがするのです。ちょっと正確な言い方ができませんが、心象風景がいろいろ出てまいりますね。それは尾崎一雄氏の心象風景とは違うんです。つまり心境小説の風景とは違う。なかなか言いにくいのですが、後藤さんの小説の中での妻というのは、肉体関係があるようで、ないようで……もちろん実際とは別ですが……。

後藤❖おっしゃる意味はよくわかります。三枝さんは非常に正確なことをおっしゃっています。僕は女というものを外部あるいは他者として書いているのです。外部あるいは他者というものは、自分の内部に対立するものです。矛盾し、下手するとこちらの内部を否定するものです。にもかかわらず共存せざるを得ない。そういう楕円的な関係として書いているわけです。

三枝❖なるほど、非常にはっきりしてきましたが、単なる例としてですが、尾崎一雄氏の中に出てくる心境小説の妻というのは肉体関係のある妻だと思うし、後藤さんの中に出てくる妻というのは肉体関係の感じられない妻、というふうに思うのです。

後藤❖さっき言ったような存在としての女の代表として書いているのです。

三枝❖それを他者として書いていらっしゃる。

後藤❖そういうことです。内部に対する外部ということですね。もちろんそれは男の側から見ているわけですが。

三枝❖そうですね。尾崎氏だと。

後藤❖もっと感情移入してますよね。

三枝❖そして自家薬籠中のものとして書いていますね。そういう意味では、自分なんです。

後藤❖やはり性格を書いていますね。大変に個性豊かなキャラクターあるいは、タイプですね。

三枝❖仮に私が、こちらに尾崎氏の小説、こちらに後藤さんの小説、と置いてずっと長い視点で見てみますと、尾崎氏の方は、男が女の像を作っていて、「どうだ、どうだ」というような感じがするわけです。つまり、男と女の関係を、男の側からしか見ていないという状態で、しかも男が女をわかるものだという錯覚において成立している。その錯覚が悪いとかいいとかいうのではなくて、どうせ男女関係は錯覚ですものね。ただ、その錯覚を錯覚としないで書いていらっしゃる。けれども後藤さんは、男と女はわからない間柄だというように書いていらっしゃる。そこのところ、はっきり違いが出ているように思われます。

後藤❖僕は「こんな女」というのは頭にはないんです。「こんな」ということは、タイプですからね。確かに僕はこれまで「妻」の出てくる小説をあれこれ書いてきましたが、これはさっきから言っている要素としての「女」なんです。僕はそう考えているので尾崎さんとは明らかに違うわけです。どちらがいいか悪いか、というのではなくて、認識そのものが変化してしまっているのだと思うんです。時代のせいもありますね。作家の考え方もありますけれど。

三枝❖作家の物の考え方が大きく時代に支配されるのは当然ですね。時代に支配されないような作家は敏感ではない。

後藤❖やっぱり尾崎さんは明治の人です。

三枝❖あの女性像は、それなりに時代を表しています。しかし今ここで問題にするのは、後藤さんの中に出てくる妻です。これは女の問題を考えている時に、一つの特色になっていると思います。

後藤❖さっきもちょっと秋成の話が出ましたが、彼は「生まれて父なしその故を知らず」と言っています。要するに私生児ということですが、これは、いわば自分が生まれて生きている世界の半分はわからないということですね。世界の半分は謎だということでしょう。生者と死者、この世とあの世というものをまったく対等にというか、自由に往復できるものとして書いた秋成の言葉として、まことにそのものずばりという気がするのですが、これはそのまま女にもあてはまるんじゃないでしょうか。つまり、世界の半分は女ですよね。それが僕の方から見ると、不可解であり、謎である。不気味な世界であり不思議世界なわけですね。しかしそれは、世界の半分であると同時に、自分つまり一人の男としての僕自身の半分でもある。何しろ、不可解で不思議な謎と同居し、共存せざるを得ないわけですから。さっきの誘惑と逃亡という関係もそこから出てくるし、「アダムとイヴ」の例でいえば女は男の分身という気もする。ところが、その自分の分身の正体が謎であり、不思議だということですね。

三枝❖誘惑されたい、そして、迷路に入り、そこから逃げ出したい、と、この三つの契機は全体の構造で、どの小説にも必ずあるような気がしますが、後藤さんの文体として「逃げだしたい」に力点をおいていらっしゃるように思われてならないのです（笑）。
　たとえば、古井由吉さんの小説は「逃げだしたい」より前に「誘惑されたい」の中に入っている状態。古井さん、田久保英夫さんなどのお書きになる女性像も明治の作家のお書きになる女性とは全然違うんですが、像が出なくて、ただ誘惑されて、引き込まれてまごまごしている、という状態だけを書いている。そのため非常に濃密なんですね。しかし後藤さんは、ちょっとさめていらして「逃げたい」という方に力点があるので、そこが大変面白いと思うのです。

後藤❖何んだかさかんに逃げたがっているようですけど、まあ、三枝さんがそうおっしゃるのなら、女性の眼からはそう見えるところもあるのかもしれませんね。同世代では、確かに古井氏や田久保氏が女をよく書いていると思います。もちろん二人の書き方は違うわけですが、男の読者としていえば、やはりある種の魅力的女性像だと思います。やはり、タイプ、キャラクター、ですね。ま、僕の場合は、さっき言った楕円的な関係を全体として喜劇という構造にしたい、という気持ちが強いんですがね。何しろ、他者のようでもあり、分身のようでもある不可解なものを、追っかけたり、迷ったり、逃げようとしたり、という不思議な関係ですからね。日常的なものであれ、荒唐無稽なものであれ、その関係がグロテスクということでは同じだろうと思いますから。

三枝❖私は女の読者であるし、小説も書くし、ということから、今、後藤さんのおっしゃった魅力ということを考えますと、やはりこれも、明治・大正の作家が作っていらした魅力のある女性像ではないですね。

後藤❖それはもちろん意識的なものだと思いますよ。

三枝❖古井さんにしても田久保さんにしても「引き込まれたい」という意識に身をゆだねて書いていらっしゃる。引き込まれた中でうろうろしている。そのことだけを書いていく。そして迷路だけを書いていくから、なんだか幻想的になったりする。「逃げたい」ということは非常に消極的に出てくるだけ。後藤さんは「逃げたい」方に力点がある。その構造はさっき後藤さんがおっしゃったカフカの問題と合わせて、非常に根源的なものだと思います。類型でなくて、そういう一つの動きとして女性をとらえていくという……。

後藤❖ま、僕は自分では、男性像でも女性像でもなく、男同士にしろ、男女にしろ、関係ということで書いてきたつもりですが。

三枝❖そうなりますね。さっき後藤さんは、男の読者として、とおことわりになって、古井さん達が魅力的に女性を書いているっておっしゃいましたね。それはやっぱり男の人からの見方だと思います。私などが読みますと、引き込まれてうろうろしている男、というような感じ、そういう快感があります。魅力というよりは、読んでいる時の快感ですね。男が女の術中に落ちて、うろうろしているのを見る快感です。

後藤❖なるほどね、非常に参考になりました（笑）。

三枝❖それが古井さん達の読後感になる。後藤さんは、それとは違う快感、つまりさめた感じでカラッとしている。

後藤❖そのうちへんなのが出てくるかも。今「海」に『壁の中』（編注：一九八六年、中央公論社より刊行）というのを連載してますから、いつか読んでみて下さい。

志賀直哉は女から言うと鈍感な男

後藤❖三枝さん、女流作家のもので、どういうものが好きですか？　外国でも、日本でも。

三枝❖そうですね、私は自分の考えとしては、女の書いたものを男が喜んで読み、男が書いたものを女が喜んで読むという構造がノーマルだと思っています。男の書いたものを男も喜んで読んでいるような状態は何となくおかしいです。またその反対も何となく変な気がする。男の人の書いたものを読んで非常にセクシーだと感ずるのがまたいいんです。先ほどから出ているカフカ、ものすごくセクシーです。女流作家で誰れがというと……。

後藤❖特にはないですか？

三枝❖そうですね。女流作家だと男を書いていてとてもいい人が好きなんです。男の人からいうと、その男はどうしようもない、と思われてもいいのです。

後藤❖女のアコガレみたいなものですか？

三枝❖「アコガレ」っていう言葉は、男の言葉だと思うんです（笑）。女はあまりあこがれない。あこがれ、というのは男の人がそういう形で女を仕込んでいるわけです。自分にあこがれるように。けれど、女はあまりあこがれはしませんよ。どう言っていいか、御し易い男が出てくると、とても嬉しくなっちゃいます。

後藤❖我々も考えなきゃいけませんね（笑）。

三枝❖包容力のある男の人ばかり出てくると何となくうっとうしい。女の書く小説を読んで、男の方たちは、なぜあんなに男が頼りないのだろうとおっしゃいますが、女から言うと、男の人で片肘張ってえらそうにしているようなのがドタドタ出てくるのはむさくるしい感じなのです。

後藤❖家父長みたいなのはいかんわけですな。

三枝❖いかんものの極です（笑）。あれは男用の男ですね。

後藤❖つまりセクシーに感じないわけですね？

三枝❖もう、ぜんぜん。

後藤❖三船敏郎がやっているような役とか、あまりセクシーじゃない？

三枝❖そうです。それをセクシーだというふうに思っている女の人もいますよ。でもそれは男が「これでよかろう」「これがよかろう」って言っているのを「はいよろしゅうございます」って頂いているだけですよ。家父長的なのがひどく魅力のある男性像だということは、男が作りあげたものだと思います。

後藤❖僕は、永井荷風は面白いと思います。我々、あのとおりにはもちろん書けないし、書いてもどうしようもないのだけれど、ただ田山花袋の『蒲団』というのは誤解され過ぎて来たと思う。これは三枝さんには、まったく男から見た女を書いていると言われてしまいそうですが、この作品が、自然主義の一元的リアリズムということで全否定されてしまったところに問題があると思うんです。よく読んでみるとそうでもない。あれはハウプトマンの『寂しき人々』をモデルにして作っていますが、それは悪いことではないし、むしろ新しいことだと思います。ヨーロッパの小説をモデルにして、意識的にはパロディという方法をとっていないとしても、原理的にはパロディとして、日本に当てはめて書いている。夫人は由緒ある家の人、ところが主人公の新しい弟子が神戸女学院出のハイカラさん、その女性が主人公のところにやってくる。つまりそういう女性が目の前にきた時、男性がいかにうろたえるか、また愚かにも誘惑されていくかを実にうまく書いている。そして最後は棄てられる。あれを一元描写として否定した文壇の批評の方がよほど問題だと思う。もちろんあれを十分だとは思わないし、技術的に下手なところもある。しかし日本の近代文学史の中では新しいと思う。そういった一つの新しい芽をつんでしまったのは、人格そのものが文学だという白樺派に大いに原因があると思う。つまり、志賀直哉が主流になって、有島武郎の『或る女』などが、異端というか、少なくとも傍系みたいになってきたわけでしょう。たぶんそれは、有島が家父長的な発想ではないからだと思います。もっとも志賀直哉には志賀直哉の必然性はあったでしょう。ただ、それが現代なお神話であり続けるというのは、やはり問題でしょうね。「自分の体験をそのまま告白すれば小説になると考えるのはあやまりであり、おしつけであり、甘えである」という批判は、自然主義作家に向けられてきたように思われますが、今になって考えてみると、何だか、そのまま白樺派にあてはまるような気もしますね。

三枝❖女の視点から、志賀直哉、有島武郎を見ますと、有島武郎は女から見て十分鑑賞に堪え得る。志賀直哉は鑑賞に堪えない。女から言うと鈍感な男、そういう感じです。

後藤❖それは、当然でしょう。志賀直哉は外国文学は面白くないと言った、ほとんど読まなかったらしいけれど、有島の方には、外国から常に見られているという意識があるでしょう。それは、女から見られているということでもある。つまり、不安定であるが、多面的である。ところが、奇妙なことに、小林多喜二とか徳永直などというプロレタリア作家までが、志賀直哉を神様にしちゃった。

三枝❖小林多喜二にしろ、徳永直にしろ、どれだけ革命的な理論を唱えたか知らないけれど、感性としては明治の男だったんです。

後藤❖もちろん、専門の研究家の間でも、そろそろ問題にはなっているはずだと思いますが、研究家や学者にだけまかせておけばよいというものではないと思う。とにかく今、小説家が自分の眼で読み直してみることだと思いますよ。田山花袋、志賀直哉、有島武郎を自分の眼で読み比べて、何が面白いか、面白くないか、考えてみるべきではないかと思う。

三枝❖本当にそうですね。制作の現場からの発言ですね。

後藤❖小説家はどちらが多いですかね。男と女とでは。

三枝❖今のところは男の作家が多いでしょう。

後藤❖やはりそうですね。これは日本だけではないでしょう。

三枝❖何となく育たないような気がしますね。だからこそドストエフスキーみたいなのが出るのでしょうね。やはり、これからという感じはします。

後藤❖先ほど三枝さんがおっしゃった、逃げられるのではなく棄てるんだ、ということを、無意識の領域から少し開発して意識的にそれについて考える、という芽がやっと出かかった、ということですか。

三枝❖なかなか時間はかかりますね。男社会の中にどっぷり浸って、男文化に浸ってきた女の文学というのは、いくらかゆがんでいると思います。これから、女がどういう形で文化を作っていくのかは、はっきりとはわかりません。しかし今までと違うことは確かで、ただ、今はそれを小出しにしているだけですね。そのうちにある日変化がはっきり見えて来るようなことがあるだろうと思います。

後藤❖そう、何だって、ある日とつぜん、変わると思います。ただ、文化というからには時間が必要でしょう。三百年、五百年、千年ということにならないとね。

三枝❖そうですね。男の文化だって、三、四千年続いてきているわけですから。たとえば、女が子どもを自由に産む、産まない、という時代になってから、つまり、産む性としての自然を自由に支配するようになってから、まだ、五十年たっていないのです。男の人は気づいていないかもしれませんが、これは大変なことです。その力は大きいですよ。これが続くとどうなるか。

後藤❖人類がずっと続けば、そういう変化も起きないことはないでしょうね。もちろん僕なんかはもう生きているわけはないけど、そうなった時に我々の末裔である男というものがいったいどんな顔をしているかが問題ですな。

三枝❖可愛くなるんじゃないかしら。千年ぐらいたつと「翔んでる男」などというのが出てくるかもしれませんね（笑）。

「十二月八日」に映る内向と自閉の状況

三浦雅士

三浦雅士——みうら・まさし

評論家。一九四六年、青森県弘前市出身。青森県立弘前高等学校卒業。六九年、青土社の創業とともに入社し雑誌「ユリイカ」創刊に参画。七二年より同誌編集長。七五年より「現代思想」編集長。八二年に退社。在職中より評論活動を始め、八四年に『メランコリーの水脈』でサントリー学芸賞、九一年に『小説という植民地』で藤村記念歴程賞、九六年に『身体の零度』で読売文学賞、二〇〇二年に『青春の終焉』で伊藤整文学賞を受賞。

初出——「朝日ジャーナル」一九八二年十二月十七日号

〝五十歳の少国民〟と〝戦争を知らぬ世代〟

後藤❖ぼくは昭和十四年、尋常高等小学校に入りました。教科書は「サイタ　サイタ　サクラガ　サイタ」だった。それが翌々年から国民学校に変わり、数科書も「コマイヌサン」に変わった。

三浦❖朝鮮におられたそうですね。

後藤❖三十八度線より北の永興という日本海側の小さな町です。そこに、日本人小学校が一つあって、全校生徒が百人ぐらいの小さな学校でした。あのころ朝鮮人の学校は普通学校と言ってましたね。学校へ入ると「皇国臣民の誓詞」というのを教えられました。これは文語体で書かれた大人版と口語体で書かれた子供版とがあって、小学校の教室の御真影、つまり天皇陛下の写真のすぐ横にその子供版が額に入っていて、毎朝、朝礼のとき、軍人勅諭みたいに読み上げる。それをぼくは内地の小学校でもやってると思ってた。ところが、敗戦で帰ってきて、こっちの中学に転入してから訊いてみると誰も知らないんだね。あれは植民地の特産物で、植民地の小学生に皇国臣民の自覚を人工的に植えつけるものだったわけです。

三浦❖後藤さんはじめ安部公房さんや清岡卓行さんなど外地育ちの作家はずいぶん多いですよね。その方たちは、感受性が内地の人とかなり違っている（笑い）。文学の世界ひとつ取ってみても、単眼というより複眼になってる。

後藤❖早い話が朝鮮人ですね。彼らはわれわれと同じではないが、同時に日本人でもあるわけですね。同様に、自分に対しても、そういう彼らから見られている日本人というものと、自分で日本人だと思う意識とが、二重になっていたように思います。

三浦❖ある意味では演劇的と言っていいかもしれない。そういう演劇的な構図が八月十五日に露わになる……。

後藤❖チェーホフの『桜の園』と同じで、支配と被支配の関係が逆転するということ。それを、その現場にたまたまいて体験したわけです。

三浦❖ところで、ぼくらは十二月八日といきなり言われても、何も言えないわけです。だって、存在してなかったんだから。けれど歴史における十二月八日とは何かということになると、それなりに理解できる。この夏に出た鶴見俊輔さんの『戦時期日本の精神史』は、十二月八日がどんなふうに必然的だったかということを日本人の精神性の変容として解明したものですね。

後藤❖同時に鶴見さんは何となく、いつの間にか太平洋戦争が始まったように国民に思い込ませるように、意図的にやったと書いてますね。

つまり、もともと十五年戦争（編注：一九三一［昭和六］年の満州事変から一九四五［昭和二十］年の太平洋戦争の終結まで）の構想があったのに、大戦争が始まっていることを国民に気づかせないために、一九三一年からちょびちょび局地的な戦争を始めながら、それを「戦争」じゃない「事変」なんだ「事件」なんだ、と言ってきたということですね。

三浦❖それも、特定の個人や集団がそうしたというより、全体的な趨勢としてあった。たとえば、満州にしても最初は石原莞爾という設計者がいたが、結局その連中もはじき出されて、大過なくやっていこうという連中の意見で、あそこまでいっちゃった。鶴見さんはそういう感じで書いてますね。

世代的にいえば鶴見さんは戦争を完全に意識してた人だし、後藤さんはその舞台を見てた人ということになる。

後藤❖そう。ぼくはその意味で「十五年戦争」に実にばかみたいに律儀に、まるごとおつき合いしちゃってる。

この間、何かの本を見てたら、古賀（政男）メロディーがまた、十五年戦争の時期にぴったりダブってる。『影を慕いて』（歌：藤山一郎）のヒットが昭和七年。以後ぼくらはレコードでずっと古賀メロディーを聴いたが、その最後が負ける直前の『勝利の日まで』（歌：霧島昇）。「丘にはためくあの日の丸を……」という歌です。だからぼくたちは、政治的には「十五年戦争」、流行歌面では「古賀メロディー」の時代に少国民であり、中学校へ入って、敗戦を体験した日本人だった、というわけです。

三浦❖すると、同じ十二月八日を問題にするにしても、鶴見さんの世代と後藤さんの世代とでは微妙に違ってくるんじゃないですか。

後藤❖ぼくのおやじは商人で、植民地で個人の百貨店のような店を構えていましたが、店のほかに近くの黒鉛山を経営したり、日本海が明太（めんたい）の大変な漁場だったので明太船をやったり、材木の山をやったりしていました。ぼくは商人としてのオヤジよりも、陸軍歩兵中尉であるオヤジのほうが好きだった。

ところがカンジンの「十二月八日」の記憶はあんまりはっきりしない。もちろん国民学校三年生のぼくもラジオニュースを、聞いたのは覚えているけど……。それにあの日は、学校へ行って……。北朝鮮は寒いので、教室でだるまストーブをたくんですが、その横に弁当をあったためる、でかい蒸し釜のようなものがあるでしょ。あんまり下では熱くなり過ぎるし、遅れて上になると、あんまりあったまらない。いいところに差し込むタイミングがありましてね（笑い）。その場所とりが問題だった。

三浦❖十二月八日だけでなく、八月十五日（終戦の日）も、六月十五日（一九四四年、アメリカ軍とのサイパンの戦いが始まった日）も、十月二十一日（一九四三年、第一回出陣学徒壮行会の日）も考えなきゃいけない。いろいろな日付があるけれど、そこにもう一つ、ストーブの弁当箱みたいなことがあるというのは大変重大な認識だという気がします。

後藤❖ぼくが去年『朝日ジャーナル』十二月八日特集号（八一年十二月十一日号）を見てびっくりしたのは、あの十二月八日に、いろいろな雑誌などで当時の代表的知識人、文化人が一斉に覚悟とか宣言とかを述べていたことです。だから、ぼくは「ふーむ。当時の最高レベルの知識人たちがそう感じたぐらいだから、われわれが弁当箱の方に気を取られていたのも当たり前かな」という気もしました（笑い）。

三浦❖吉本隆明さんが反核声明に反発するのもそういうことでしょう。知識人が一斉に署名するのは、どこか十二月八日的な感じがする。いったん逆転したら危ないんじゃないかということですね。

後藤❖ぼくらは戦後、本を読み始めたんですが、小説以外では竹内好さんの『現代中国論』が刺激的だった。つまり、中国というものを、初めて歴史の中で考えさせられた。ところが、その世代は、実は十二月八日に「宣言」を発している世代だったわけです。鶴見さんなどの声は、まだぼくらに届いてなかった。

竹内さんは自己批判も含めて、戦後は戦争批判の姿勢を貫かれたが、やはり明治生まれの知識人の自己批判であり新日本論、新中国論であったと思う。その点、鶴見さんの本は十五年戦争の間は肉体的にも精神的にも沈黙しなければいけなかった世代の手による、明治以後の近代日本論で、大変身近なものを感じた。

三浦❖後藤さんの世代は「内向の世代」、つまり高度成長の後、団地に住み始めた世代であり、鶴見さんたちが育ったときに持っていた個性といったものを失っていった世代です。その後藤さんの世代以降の人が見るいまの状況は、鶴見さんがとらえているものとはずいぶん違っているんじゃないか。戦争であれ、経済的な侵略であれ、帝国主義的な侵略であれ、鶴見さんが言われるような反省で歯止めをかけることができるかどうか。いまはもっとわけがわからない、ぐにゃぐにゃしたものがいっぱい出てきてるような事態ではないかという感じがする。

戦後の屈辱感が三十五歳まで内向した

後藤❖ぼくは軍国少年から野球少年になり、それから文学少年になった。当時、戦後文学が出始めて、図書館で読んだりしていた。そこでたしか「第一次戦後派」か『近代文学』世代の人の文章で「戦後、東京の焼け跡に立ったときに、無限の自由を感じた」といった意味の一節に出あった。ぼくはそれを読んだとき、これは一体どういうことだろうかと思った。羨望と同時に、何ともいえない奇妙な屈辱のようなものをおぼえたんです。それが戦後の、ぼくの最初の精神的なつまずきかもしれません。

三浦❖後藤さんは「一切署名のようなことはしないし、政治的なこともしない」といったことを書かれてますが、そういう考え方をいまの文脈につなげるとどうなりますか。

後藤❖そこで「ああ、われわれは、そこまでも成熟してないんだ」という感じが出発点になる。そこで「われわれが自己表現をする場合、あの人たちと同じような文学はつくるべきじゃない」、あるいは、つくれない、と思った。

というのは「少国民」だったものには少国民の戦争体験、また植民地での敗戦体験があって、やがて本を読み始めた時、それをなんとか書きたいという自己表現の衝動を感じた。ところが、いかんせん中学生で、その方法論がない。その自己表現の衝動と屈辱感と断絶感のようなものがずーっと内向していったと思う。ぼくは世間的には三十五歳ぐらいから小説を書き始めたから、中学三年くらいから三十五歳までそいつが内向していたわけです（笑い）。

「第一次戦後派」とか「第三の新人」などいろいろ分類されているが、彼らの共通点は復員世代なんです。少なくとも敗戦のとき、彼らは精神的に日本人に復員した。ところが、ぼくらは非復員世代なんです。同じ日本帝国の「箱」に入れられていたとしても、彼らにはその「全体」がわかっていた。しかるに、ぼくたちは「全体」のわからない「箱」に入れられていた、という違いですね。

三浦❖そういえば、反核声明などでも「内向の世代」の人たちは、ほとんど署名してませんね。

後藤❖一つは意地になっているから（笑い）。

三浦❖それは、天下国家というか、大状況は強いて論ぜず、極端にいえば瑣末なことに、逆説的に大状況が反映するという考え方……。

後藤❖ぼくらは全体がわからないまま、全体に振り回されてほうり出された。そこでぼくは「よしっ、意地でも全体なんか見ねえぞ。そのかわり、たとえばカフカふうに言えば、一個のコマの中に世界を見よう」、部分を宇宙化しよう、ということですね。そこが吉本さんとぼくらの世代の違いでしょうね。吉本さんも裏切られた世代の一人だとは思う。ところが彼の戦後は「ようし、こうなったら何が何でも全体というものを絶対につかまえるぞ」という執念の塊になった（笑い）。

三浦❖後藤さんの世代に対しては「脱政治性が再び十二月八日のようなことを招くのではないか」という批判もあるけれど、問題なのは、非常に政治的な人を除けば、いまは全体が脱政治的だということなんです。

後藤❖ええ。その意味じゃ、あなた方のご先祖様はぼくらなんです（笑い）。幸か不幸かぼくらから新日本が始まったんじゃないかと思う。文学でいうと、復員兵の「第三の新人」までは、明治から敗戦までの日本の近代文化という軒の下で雨宿りできた。ところが、ぼくらは戦争を肉体的に若干体験したが、戦中派ではない。近代日本人。近代日本の遺産のお裾分けに全くあずかっていない、非復員日本人。行列をつくって待ってたのに、やっと自分の番が来たら「ハイ、これでオシマイ」と言われたようなものでね。

三浦❖だからまた、六〇年代の末から七〇年代を通じて今にいたるまで、右・左という概念が混乱してきて、右がむしろ進歩的で左が保守的だったり、左が侵略的で右がそうじゃなかったりということが起こったとき、それに非常にうまく対応できた文学的世代が後藤さんたちの世代だった。

そこで一つ伺いたいのは、後藤さんたちの世代の並びのところに、かなり日本国家という観点から発言される方、一般的にニューライトといわれる人が、ずいぶんいますね。後藤さんたちは、十二月八日から入って八月十五日の段階までに起こった、一種のアイデンティティの崩壊を全部内向させて、この際、人間はもともとアイデンティティが崩壊してるのが普通なんだと考えるくらいのとこでやってこられた。ところが、それに耐えきれないタイプの人たちが、日本国家なり日本文化なりに自己同一化していくという形が出てきているわけです。

後藤❖話がちょっと飛躍するが、ぼくはギリシャの犬儒派に最近、非常に興味を持っている。ディオゲネスは、俺は宇宙人（コスモポリテス）だといって、ポリスを否定した。これは一種の反政治であり、反社会性といわれているが、もういっぺん考えてみるべきでしょう。これは、日本語で、コスモポリタンとかコスモポリタニズムとかいわれ、無国籍者、国籍不明者とか少なくとも文化の面では否定的に使われてきた。が、実は私たち新日本人は一種のコスモポリテスじゃないかと思う。

ニヒリズムが先鋭になった自閉世代

三浦❖明治維新までの段階の連中は、どっちかというと、後藤さんタイプだった。けれども、維新後、内側をまとめていくためには、明治、大正と続くようなシステムをとりあえず、つくっていこうとなった。つまり、建前としてのシステム。それが、いつのまにか完全にそれを日本的であると信じ込んだ連中が出てきた。それが八月十五日でぶっち切れて、またもう一度戻ったという感じなんですよ。

逆説的に言うと、日本が近代化していく過程でいわゆる日本的なものも出てきたということでしょう。つまり、近代化していくことが日本化していく過程とイコールだった。たとえば天皇制にしても土着の天皇制は多神教みたいなものだったのに、突然、近代化されて絶対的な一神教になった。

後藤❖なるほど。竹内好さんの『近代の超克』の中では、日本浪漫派、つまり、保田與重郎さんを非常に問題にしている。保田氏は、十二月八日に、思想的に近代を超克するには文明開化的なものを一掃しなきゃいかんと言っている。そのとき彼は、和魂というものを考えていたと思う。つまり、明治以前の知識人の理想は和魂漢才だった。それが、明治維新で一挙に和魂洋才に変わり、近代国家をつくり始めた。それが近代日本なんだが、なるほど、漢才が洋才に変わったのはわかるとして、ではなぜその上に和魂がつくのか。そこのところ、つまりこの「漢才」にも「洋才」にも冠せられた「和魂」とは何か、ということを少し疑ってみる必要がある。その上で、文化の問題にしていかなきゃいかんと思うんです。

そういう意味で、二葉亭四迷が明治以後の「和魂」と「洋才」の分裂のなかから自分の文学をつくろうとしたところに注目したい。

三浦❖ぼくらは、後藤さんたちの世代への共感は非常に強くある。「内向の世代」から「自閉の世代」つまり村上龍や村上春樹といった世代までは地続きですよ。ただニヒリズムがより先鋭になってきてるところが違うんだ。つまり、ぼくらに近い世代は「木の中に森を見るのも、まだ楽観的じゃないか」と思うところまできている。先ほど、いままでの価値体系が全部崩壊し、でんぐり返って、配給されるものがなかったといわれたが、ぼくらの世代の場合にはそれがもっと激しい。まず、ソビエトが完全にだめになった。中国もね。それでもその後も共産主義の幻影はずっと残ってた。六〇年代全体、少なくとも新左翼が出てきた段階まで残っていた。しかし、チェコの問題をはじめ、ポーランドからアフガニスタン、あるいは撤兵後のベトナムの展開とかさまざまなものがあり、ソルジェニーツィンの問題もあった。そこで、理想、将来に対する理念がなくなってしまった。

それから後藤さんたちの世代は、高度成長期にちょうど壮年でしたが、ぼくらは石油危機の後なんです。だから、資源はない。公害問題はある。地球は有限だし、人類は年をとっていく一方で、この先、老後を考えなくちゃいけないというニュアンスが強まった。

単純に言ってしまえば、反核とか反反核とか言うけども冗談じゃない、別に人類が絶滅してもかまわないじゃないかという発想だって、いくらでもあり得る。そういうところまできているという感じがするんですね。

後藤❖それと、もう一つ、ユートピアと反ユートピアの問題もあるわけね。あなたの世代のニヒリズムは、もう反ユートピアみたいになってるんだな。

三浦❖そういう要素があると思う。

――すべてを相対化するシンドい作業を――

後藤❖ドストエフスキーに『おかしな人間の夢』というのがありますね。これは「俺はおかしな人間だ。やつらは俺をいま気違いだと言っている」という書き出しで始まるが、この気違いが夢を見る。それで、空中を飛んでユートピアに舞いおりる。個人主義もなければ階級もない。資本主義もない。近代を超克したような一種のユートピアで、全く無垢な人間が住んでる。そこへ近代の悪を全部しょったような、しかも気違いだと言われてる人間が文明国から飛びこむ。そこで、この近代人はユートピアの人たちに同化しようとするんだが、逆に向こうが全部自分、近代悪に同化しちゃう。「そうじゃない。自分があなた方に同化したいんだ」と必死で叫ぶんだが、そうすると、みんな怒って、「何をいうか」と、また気違い扱いされる。つまりこっちでも向こうでも気違い扱いされる。これがドストエフスキーの考えた、人間の集団の構造だったと思うんですよ。

三浦❖そう。その点で、ぼくは、さっきの外地型人間というのがかなり重要だと思ってる。つまり、徳川幕府よりも明治政府の方がいいという論理もあるだろう。けれど、明治政府よりもヨーロッパの方がいいという論理もありうる。しかし一転して、ヨーロッパよりも徳川時代の日本の方がいいという論理もあるんじゃないか。現にいま、エネルギー問題なんかでは、自然のままの、公害問題のないころの方が、物のつくり方一つにしてもよかったかもしれないといわれたりするわけです。そういう形で、全部相対化しちゃう。そういう一種の円環をつくるのがニヒリズムだと思うし、いまの若い人たちは、そうなってきてるのね。

後藤❖ぼくも、その相対化を非常に重視してる。つまりさっきふれた「和魂」なるものを、相対化していかなきゃいけなくなったのが、ぼくらからだと思う。つまり、日本はアジアによっても、ヨーロッパ、アメリカ、その中間の中近東といわれてる方向からも、相対化されなきゃいけない。しかし、これは非常につらい。つい「もうこのへんでこれに決めちゃえ」と言いたくなる。問題は、どこまでそれに辛抱できるかですよね。

三浦❖つまり、日本なら日本、ぼくらならぼくらが「挟み撃ち」にされてるということですね(笑い)。

だから、楕円的発想が出てくる。物事はいつだって逆説的になるし、いいのと悪いのとが逆転したりする世界がいくらだってありうる。そして、それは、笑うということと密接にかかわってる。つまり、逆のものや次元が違うものが一緒になったりするから、笑うんでね。もう一つは、死ということ。それを近代はあまりにいい加減に扱ってきた。

後藤❖ぼくは、こう考えてます。電車に二人の人が乗り合わせてるとしますね。一人が喪服を着てて、一人は結婚衣装を着てたとしても、これは当たり前ですな。そういう二人が山手線に乗ってるのが、宇宙だと思うんですよ。

三浦❖ところが、そこで終わらないんです。実際は、逆に結婚衣装を着てた人が悲しんでて、喪服を着てた人が楽しんでるのかもしれない。そこまでいってるんですよ（笑い）。

後藤❖だけど、お互いに「私がこんなに悲しんでるのに、あんたはなぜ喜んでるのか」とは言えない。生きてる者と死んでる者の関係だって同じでしょう。つまり、死と生というものを、被害者と加害者、殺されるか殺すかという形でしか考えられない人々には、さっきのドストエフスキーの『おかしな人間の夢』の相対的宇宙は理解できないと思う。

三浦❖うん。ぼくはそれがコスモロジーってものだと思いますね。

後藤❖ただ、そういうことを実際に表現の場で続けるのはシンドい。もういいかげんで鉄棒を離したくなる。だからこれまで、死の思想にするか、生の思想にするか、どちらかに単純化されてきたんだと思うな。

三浦❖そこで、この先のことを言えば、右もだめだし左もだめだ、ということになった場合に、ビジョンというのはあり得ないんだってことを何か感じさせる方向にいってほしい気がしますね、「内向の世代」に関しては。もっとはっきりそのことが言われていいんじゃないでしょうか。そうでないと、どんどん精神病理学的な世界に落ち込んでいっちゃう危険性があると思う。

後藤❖ただ、ぼくらの世代の全体に自分たちが、幸か不幸か、新日本人の一代目なのだという意識が普遍化しているとはいえないと思う。なにしろ一代目というのは、新旧混血でアイマイで複雑なものですから。その点、三浦さんの世代は、たとえば戦後民主主義にしても、ある程度、制度化され、きっちりレールに乗せられてから勉強されてるから、宇宙とか、世界とか、人類とか、国家、国民といったことを原理的な形で考えやすくなってるんじゃないか。

三浦❖ぼくらの年代は、たとえば天皇制は廃絶すべきだと直截に考えるんじゃないかな、普通の感覚で。つまり、もしも人間が平等であるとすれば、天皇家に対して、パンダみたいなことをさせとくのは（笑い）、非常に気の毒だと思うのね。それは人間に対する差別だから撤廃すべきだという感じがしますね。

やはりぼくらのニヒリズムを徹底すると、あの「パンダ」

はやめないといけなくなる。神様がいては、ニヒリズムにならない。たとえば、後藤さんの世代の江藤淳さんや渡部昇一さんは、日本人も早く一人前にならなきゃいけないというわけだけど、そのためには逆に天皇制を廃絶することが必要なんだと考える視点を持つべきなんです。彼らこそいつまでも天皇に甘えているんですよ。

後藤❖ただ、ぼくの考え方は、曖昧さとか混沌そのものが運命だってことね。そしてそれはぼくら以前にはなかった。つまり、丸山眞男氏が「若き世代に寄す」（一九四七年）というエッセーで言っている「前代の人々の与り知らぬ精神的煉獄を案内者も地図もなしにくぐりぬけるべき立場に否応なく立たされている」新日本人なのであって、だからそれは、ぼくらにだけしか表現できない世界でもあると思っているわけです。

無力感から抜け出す新空間の創造

三浦❖これはぼくらの世代だけじゃないと思うけど、一番大きいのは無力感。つまり、自分からかけ離れたシステムが動いていってるって感じは、抜きがたくあるような気がします。そうなると、村上龍みたいに「戦争」だとか何とか叫びたくなってくるようなことが起こってくる。その点では、そういう無力感に発するニヒリズムあるいはニヒリズムに発する無力感みたいなものは、第三者の巧みな操作に乗りやすいところがあるかもしれない。でも逆に、乗ったっていいやという感じも強いと思う。だけど、これを大きな問題だと言うためにはビジョンが必要です。つまり、人類はどんな方向に行かなきゃいけないか、その中で日本はどんな方向に行かなきゃいけないか。少なくとも、アジアならアジアの中でどんなふうになっていかなきゃいけないかということね。ところがぼくらの世代以降は、みんな海外旅行をしているから、いろんな不均衡があることを実際に見てるのに実際にどうなったらいいかというビジョンは全然ない。なぜかっていえば、みんな相対化されちゃうから。

ぼくなんかは、特に十二月八日から八月十五日に至るまで、いまの今上天皇に関しては決して悪い人じゃなく、あれでよかったんじゃないかと思ってるから、親愛の情を込めて「パンダ」じゃいけないと思ってるけど、天皇制もおもしろいから、やってたっていいと思ってる人もいるかもしれない。もう一つ、つけ加えると、天皇制を一度きちんと考えて廃止しなきゃいけないんだといった場合、もともと死と笑いとが天皇制に属してたってことを考えなくちゃいけないってこと。近代以前には、彼らが祭祀・儀式をやってくれたわけです。天皇制を廃絶した場合、ぼくらの生とか死とか笑いとかというものをもう一度つくりなおさなきゃいけない。これまでの価値基準が転倒しちゃってみんなつくりものの世界に生きてるってことがわかってきてるわけだけど、そこでもう一度やろうじゃないかというようになる空間がなきゃいけない。しかもそれを自分たちでつくり出さなきゃいけないんですね。

何がおかしいの？
——方法としての「笑い」

別役実

別役実――べつやく・みのる

劇作家、随筆家、童話作家。一九三七年、満州国新京特別市（現在の中国・長春市）出身。幼少期に父を亡くし、終戦と同時に日本に引揚げる。高校卒業後、喫茶店のウェイターなどを経て早稲田大学政治経済学部政治学科に入学。鈴木忠志らと出会い演劇活動を始め、大学を中退。六八年に『マッチ売りの少女』『赤い鳥の居る風景』で岸田國士戯曲賞、二〇〇八年に『やってきたゴドー』で鶴屋南北戯曲賞、〇九年に朝日賞を受賞。

初　出――「現代思想」一九八四年二月号

単行本――後藤明生『おもちゃの知、知、知』（冬樹社）所収後藤❖少し前、別役さんは『早稲田文学』に「喜劇についての本質的な要約だった」という文章を載せましたね。たしか講演の要約だったと思いますけど、なかなか面白かった。なるほど、と思ったのは、現代は喜劇の全盛時代で、観客が圧倒的に〈笑い〉を要求しており、その要求のために作る方が重圧を感じる、というう。つまり、もし観客が笑わなかったらどうしよう、ということで、作者も演出家も俳優も、ほとんど恐怖心のようなものを抱かされている。まあ、要約すると、そんなふうなことだったと思いますが、もうだいぶ以前から日本は漫画時代というものに入っている。漫画世代もすでに二代目になっている。また、いまはどうなったのかわからないが、少し前には、いわゆる漫才ブームというものがあった。しかし別役さんが言っている〈喜劇全盛時代〉は、もちろんそれだけの問題ではない。実際、別役さんが書いたり関係したりしているのは、演劇の世界である。だから別役さんのいう〈喜劇全盛時代〉は、日本中のそういう状況に対する、実作者としてのイローニッシュな表現だろうと思うわけです。

しかしやはり自分も〈喜劇〉〈笑い〉というものから逃れられない。とすると、じゃあいったい何がおかしいのか。また、それをいったいどう書くのかという〈笑いの方法〉〈方法としての笑い〉というものが出て来ると思うわけですけど、別役さんの〈笑い〉のはじまりは、どんなことなんですかね。

別役❖戦後しばらくは、マスコミ関係ではテレビもまだ普及してなかったし、そんなに〈笑い〉ということについての記憶がないんです。時代そのものも深刻なものでしたしね。ぼくの個人的な体験で言いますと、喜劇ということをはじめに感じたのは、昭和二十七年の荒川バラバラ事件でしたね。

後藤❖そうか、別役さんは犯罪、詳しいからな。

別役❖小学校の女の先生が、お巡りさんを殺してバラバラにして荒川に流した、という事件なんですが、それがバラバラ事件の戦後のはしりだったと思います。それを徳川夢声が、たしか『週刊朝日』で対談をしてましてして。

後藤❖ああ、夢声対談、だな。

別役❖そこで荒川バラバラ事件てのは、どう考えてもこれは喜劇だ、おかしくてしょうがない、ということを言っていたんですね。それでぼくは、あ、これが喜劇なんだ、という感触を最初にもったんです。要するに戦後へかけての混乱期に、その混乱自体が喜劇的なものであるという視点みたいなものを、徳川夢声氏的なセンスを通じてとらえ直すことができたということです。後藤さんもどこかで触れておられる無頼派の文学なんかにも、たとえば坂口安吾の『風博士』なんてものには、混乱そのものを喜劇としてとらえるニュアンスがまずあって、その点にものすごく関心をもったという時代なんですね。だから混乱というもの、要するに価値の転倒というものと、それを嘆いたり悲しんだりということではなくて、もうどうしようもなくこれは喜劇なんであると、こういうふうに考えてしまうセンスというのが、〈笑い〉ということを考える場合、ぼくの最初のきっかけだった感じがしますね。

後藤❖それは小学生の頃ですか。

別役❖いえ、中学生ぐらいです。

後藤❖いまの話は、植民地での敗戦体験と関わりありますか。たまたまぼくも植民地出身なんだけども、敗戦のときに中学一年だったんですよ。北朝鮮の元山というところでしたが、当時の中学生活というのは、いわば晴耕雨読で、つまり雨が降ると漢文とか数学とかを習い、天気のいい日は松根掘りという勤労動員です。これは、どうも誰かが、へんなことを発明したらしいんだ。つまり松の根から油を採って、それが飛行機の潤滑油になるっていうんですよ。ところが、そいつを掘ってるうちに、ある日、突然敗けちゃった。ところが、ほじくり返されて、山のごとく積まれた松の根が雨ざらしになったまま終戦になった。つまり、絵に描いたような徒労というやつで、それ自体がすでに滑稽なんだけども、そのときはもちろん滑稽感などはなかった。反対に悲壮感だね。

ところが、その悲壮感が内発的なものかというと、そうではない。ぼくのところは兄貴が中学四年だったから、これはもうかなりわかってるらしくて、泣いてるんですよ。ぼくはまだ一年なんだけど、上級生たちが白虎隊みたいに木刀なんか突いて泣いてるんで、やはり泣いたと思う。ただ、仕方なしにというか、上級生の手前そうしたというのでもなくて、やはり、これは悲しむべきことなんだ、という気持ちは非常に強かったと思う。しかしそれが何故なんだかわからない。原因不明なんだな。何故だかわからないまま、悲しんでいたような気がする。そして同時に、そういう自分というものが、上級生たちに比べて、何だかひどく恥ずかしいというのか、うしろめたい気が強くしたのをおぼえてるね。

そこへ今度は、ソ連軍が入ってくるわけです。一方、朝鮮は朝鮮で独立しちゃって民主主義人民共和国になる。ところがまだ完全に金日成体制ができてなくて、命令が二つ出るんですよ。これは本当に奇妙だったと思うんだけど、そのときは敗戦国民のただ悲惨な状態に置かれているというような意識しかなくてね。たとえば収容所に入れられてしばらくして、汽車に乗れという命令が出て、貨物に積み込まれるでしょう。それで「日本に帰れ」と命令が下されて汽車が出る。ところが二駅ぐらい行くとストップになるわけです。そしてソ連軍が来て今度は「元に戻れ」と命令される。つまり、北朝鮮側の「日本に帰れ」という命令とソ連側の「元に戻れ」という正反対の命令が同時に出る。これは大変な状況になっているなということだけはわかった。中学一年といえば、集団の中では大人と子供のちょうど中ぐらいに位置してるわけですよ。当時は男が少ないわけですから。それで大人の身になっても考えなきゃいけないし、同時に半分は、ソ連軍の戦車とか、例のマンドリン銃というやつにも好奇心がある。というわけで危機感のようなものもあるし、悲しさとか、くやしさとか、実際いろんな具体的な面での辛さもある。と同時に、そういうものとは別なガキっぽい好奇心のようなものもある。そういったものが、断片的に同居しているんだけれども、それが何故なのか、何故そうなったのか、という中心・原因・理由だけがわからないという状況だったと思う。

別役❖つまり、その時代のニュアンスをどう捉えるかということにとまどったんですね。たとえば一億総懺悔であるとか、諸外国に対するコンプレックスであるとか、言ってみれば悲壮感のようなものと実際目の前に展開されている喜劇としか思えない混乱を、どう感覚的に統一すべきなのかということがよくわからなかったんですね。ぼくら小さかったですけど、しばらくその感じはあったような気がしますね。

後藤❖だから、だいたい小学生から中学生ぐらいまでの世代で敗戦を体験した植民地人間の敗戦体験というのは、原因不明の状況にポーンと投げ出された、そういうまことに幻想的なものであるということですよね。これはまあ、植民地人に限らず、当時の国民学校から中学低学年だった日本人に共通の体験だともいえると思うけどね。まあ、それが植民地の場合は、まるで絵に描いたようであったというか、露骨でラジカルだった、ということでしょうな。そして、ぼくの場合は、その体験が、ぼくのファンタジーというものと滑稽とか笑いとかいうものの原型であるような気がするんですよ。これが、もし専門学校とか、あるいは徴兵検査ぐらいの年齢であれば、仮に帝国主義者であれ、反帝国主義であれ、あるいはノンポリであれ、少なくとも原因はわかったと思うんだな。

別役❖ありますね。ぼくのおやじは向こうで死んじゃってるんですけど、帰ってきたらおやじの同年輩の仲間なんかは、われわれは植民地主義者だってことで、本心でそう言ってたものかわからないけど、いちおう口でそういうふうに言って反省できるわけですね。だけど、ぼくらの世代はその種の反省が救いにならない。植民地主義者だって言われても、実際に具体的に何かしたわけじゃないですからね。

後藤❖そこが、われわれの厄介なところだな。自分の意思でやったわけじゃないからね。しかし、無罪かというと、そうでもない。自分が「日本人」だったという、ぼんやりした罪の自覚はある。が、理由は、はっきりわからない。そんなふうな原因不明の罪の意識だな。

別役❖そういう反省は個人の内面のドラマと関係ないわけです。そうすると戦後の混乱というのは非常に機械的な混乱であって、論理的な混乱でないわけですね。ですから、ぼくは、それ全部がパッと喜劇に見えたときは、すごくこうサバサバした気分になれましたね。

後藤❖アナーキーの状況が幻想だったということと、もう一つは、さっき舞台装置みたいだと言ったけれど、それはフィクションということでもあるな。国とか国民とか、たとえば制度でもいいですけども、そういうものはすべてフィクションなんだということね。たとえば会社が潰れる、中小企業なんか、よく年末になると潰れたりするんだけども、国家というのも、やはり潰れるものなんだなという感じね。ということは、日本という国家は潰れないと信じ込んでいたからね。ところが国というものも、会社のようなものであって、ある約束で成り立っていて、その約束が変われば潰れちゃう。その潰れちゃった状況というものは、これはなるほど悲惨なものだけれども、しかし構造としては、何だか滑稽なもの、というのかな、少なくともそれは絶対的な構造ではなくて、あくまで相対的なものに過ぎない。つまり、ある条件が変わっちゃうと、マッチ箱みたいに潰れてしまう。そういうまことに相対的なフィクションだというわけですね。

ところが、そうしたものをすぐに表現する方法をぼくは知らなかったもんだから、そいつがどんどん内向してしまった。ぼくは三十五で会社を辞めて、その前後から小説を発表しはじめたわけです。だからこれはもうかなり内向してたわけですね。ご存知の通り、ぼくらは「内向の世代」なんて言われてるわけですけど、あの言い方はまったく間違ってるんですね。ぼくらが内向と考えてるのは、そういう敗戦体験の内向なんですよ。ぼく自身についていえば、認識の内向というかな。ところが、あの命名者（編注：一九七一年に文芸評論家の小田切秀雄が初めて用いたとされる）が貼りつけた「内向の世代」というレッテルは、どうやらぼくらが非政治的人間ということらしい。組織を毛嫌いするとかね。そういう現象的な命名だったと思うんですけど、皮肉なことに、というか、ケガの功名というか、名称そのものはそんなに間違っていないんだね。そして、いまぼくが言ったような意味からいえば、別役さんのあたりまで同じ分母じゃないかという気がする。

別役❖政治的なレベルで総てを解読しようとする傾向が一時期ありましたけども、政治的な、例えば日本は植民地経営をしてたとか、帝国主義戦争をやってたとか、そういう解釈の仕方みたいなものは、少なくとも内面的には、救いにならなかったってことなんですよね。

後藤❖絶対的、というものが持てないわけですよ。

別役❖だから六〇年代へかけての、政治的な一辺倒の流れの中で常に内向せざるをえなかった、ということはありますね。

後藤❖別役さんもさっき言ってたように、経験というのは論理化されない。ただ、混乱に巻き込まれたという経験だけが断片として残っている。つまり、存在自体が、理由づけ出来ない断片なんだな。点なんだな。そういう断片、点が同時にぽつんぽつんとある。それは自分そのものでもあるし、世界全体の像のようでもある。つまり、断片と断片、点と点の関係であって、論理的な線にならない。理由がわからないということは、偶然ともいえるし、まあ、不条理といってもよいでしょうが、とにかく、そういった原因不明の断片と断片の関係のような形で、人間と人間の関係を考えると、これはすでに喜劇だということでしょうね。まあ、六〇年安保のときは、ぼくはすでに会社員だったし、また、自分を実存主義者だとも思っていないけど、ぼくらの経験自体がそもそもグロテスクな実存的なものだったということかもしれないね。

別役❖それともう一つ、何もかもすべて笑ってしまいましょうと思ってはいても、一面で、ぼくらの世代はまだ笑うことに対する臆病さみたいなものがありましてね。笑って刹那的にパッと状況と対応してしまったら、持続的に流れてたなにものかを断ち切っちゃうんじゃないかというような恐怖があって、だからやっぱり通俗的にいえば、まじめに一所懸命生きなきゃいけないよ、というような至上命令みたいなものが残滓（ざんし）として残ってて、しかもその中で、この構造を何とか笑うべきものとしてとらえなければいけないという難しい局面に立たされていた。それらを同調させる手だてが、つまり文体がなかなかなかった。

後藤❖そういうふうに読む方法が、まだ見当らなかったから。

別役❖それを後藤さんの場合はゴーゴリの中で見出したし、ぼくの場合はカフカですけど、カフカのあの喜劇性と真摯さとを混合させたようなニュアンスが、非常に体質に合ってたということがありまして。

後藤❖これは前に山口昌男さんと対談（99ページ参照）したときも出てきたんですがね、ぼくがゴーゴリのことを本気で考えはじめた時代は、ちょうどスターリン時代なんですよ。ところがゴーゴリというのは実に厄介な作家で、スターリン時代にもずっと評価されてるわけですよ。スターリン時代というのは、例のエルミーロフという御用大批評家がおりまして、チェーホフ、ゴーゴリ、その他ほとんど十九世紀のロシアの有名作家の評伝を書いたわけなんですけど、このスターリン主義者の物指しではかると、ゴーゴリの喜劇は、ちゃんと社会主義リアリズムに当てはまってしまうんですね。すなわち、農奴制とツァーリズムによる帝政ロシアの官僚機構、その腐敗的堕落と非人間性を徹底的に暴露し、それを批判的に笑った大諷刺文学だ、ということになる。まるでウソみたいな話なんだけども、当時は、この社会主義リアリズム理論を破壊するだけの理論が、なかなか持てなかったわけです。

その点は、ドストエフスキーの方が、まだはっきりしていました。つまり、スターリン時代には、ほとんど発禁状態でしたから。ところがゴーゴリの喜劇は、逆にちゃんと評価されているだけ、どうにも厄介なんだな。それでとにかく、いやそうではない、自分が受けた笑いのショックというものは、エルミーロフなどが言うようなものではないのだ、という、自分の直感みたいなものだけに頼る他なかった。

もちろん、ロシア・フォルマリズムはすでにあったわけで、エイヘンバウムの『ゴーゴリの《外套》はどのように書かれているか』という論文も書かれていたわけなんですが、もちろん読んでいない。とにかく、一九三〇年あたりに、スターリンによって潰された「形式主義批評」というものがあった、ということとくらいしか知らなかったわけですからね。

別役❖わかりにくかったんですね。

後藤❖なかなか厄介なんですよ。

別役❖芝居の場合は、すごく大ざっぱに言ってしまえば、あの種の存在そのものの不条理性がかもしだす笑いというのは、五〇年代のイヨネスコ、ベケットからじゃないんですか。

後藤❖なるほどね。日本の新劇でも、いわゆるエロチックなほうの笑いは別として、諷刺的な笑いというのはわりあいに早く市民権をもったと思う。ゴーゴリの喜劇なんかも、そういう演出の仕方だったんじゃないでしょうか。

別役❖そうですよ。『検察官』なんか、明らかにそうですね。まあ、あれはそういうふうにとられてもおかしくない要素は強固にもってますけどね。

後藤❖あれは本当に演出家によって、ウルトラの宣伝劇にもなるわけですから。諷刺劇として考えると、実に明快に、わかりやすくなっちゃうところが、厄介なとこなんですね。

別役❖ただ古典落語なんかでも、不条理の笑いのニュアンスを伝えようとしてるものが、かなりあったんじゃないかという感じはあるんですよね。まあ文楽などが活躍した、あの時代に完成したんでしょうから、もうだいぶ後のほうでしょうけれども、幇間ものであるとか、そのほか江戸からの伝統を引くものなんかにも、その種の、いわゆる不条理の笑いというか、ブラックユーモアというか、そういうようなものを目指したのがあることはあるんですね。

後藤❖いや、それはあると思いますね。ただ、ぼくの場合をいうと、ゴーゴリの笑いというものを考えはじめたとき、まず区別したいと思ったものの一つが、落語の笑いだったんですね。つまり、それは、もちろんエルミーロフの言うような、イデオロギー主義の諷刺的な笑いではない。同時にまた、素材による笑いでもない。と、そこまで考えてきて、その素材主義による笑いの中に、落語、漫才、それから小咄、艶笑譚と、そういうものを大ざっぱに入れてしまった。それはたぶん、ぼくが落語というものを、あまり詳しく知らなかったせいもあると思います。それと、全体にぼく自身が、いわゆる江戸的なもの、江戸趣味といったものが肌に合わないということもあったのではないかと思いますけどね。まあとにかく、落語、漫才などの素材による笑い、つまりあらかじめ約束された笑いの素材を使ったものと、ゴーゴリの笑いを比較するというところから、『外套』の笑い、喜劇としての『外套』というのを考えてみようとしたわけです。

　そこでようやく、素材と文体、素材と方法という問題が、はっきりしてきた。つまり、ご存知の通りのあのような哀話が、悲惨な話が、どのようにしてあんな滑稽な作品に異化されたのかということですね。まあ、こう言ってしまえば、実にコロンブスの卵みたいなもので、あっけないくらいのものなんですけど、ほんとにはっきりわかったのは、かれこれ十年くらい前じゃないでしょうか。つまり、笑い、喜劇というものは素材じゃなくて方法なんだということなんだけれども、それはさっき別役さんが話したバラバラ事件にしても、書き方、話し方によっちゃあ悲劇になるわけでしょう。ところが、このまことに簡単なことが、それまでのゴーゴリ研究、ゴーゴリ論から、まるで嘘みたいに抜け落ちていたんですね。

別役❖同じことは、ぼくはカフカにも感じるんですよね。

後藤❖全く同じでしょうね。

別役❖カフカの問題も、彼がユダヤ人であるとか、カフカ独自の神学体系に由来する何かであるとかですね。

後藤❖それから親子関係とかね。

別役❖父親との関係とか、そういうことですね。だけど問題にしたいのは、あのカフカが描いた状況の手ざわりというかニュアンスというか、それにカフカが感じた世界の気分であるとか、そういうことに類するものなんですね、カフカの最もぼくが好きな要素というのは。その種の要素だけを、カフカの目指した文学的テーマとか、カフカ自身の人格とかと関わりなく抽出して、これであると言い当てる、そういう方法というものはないんですかね。ヨーロッパなんかにはあるんですか。要するに文体論なんでしょうけどね。

後藤❖文体論です。ところがそれを〈方法〉として普遍化せずに、特殊化してしまう風潮が強いわけです。

別役❖その文体のニュアンスが思想であるというね。そこの要素だけを、心理学とか哲学とかというものから切り離して、パッと切りとってみせるというかね。要するに、手つきみたいなものだけを確かめてみたいという気がする。

後藤❖世界を何故ああいう形にしてみせたのかということね。

別役❖その感触こそが方法だったというか、それだけを切り離してこれである、というふうにはなかなかならないですね。

後藤❖ぼくはカフカは、高橋義孝氏が訳した『変身』を最初に読んだんだけど、そもそも、カフカを喜劇だといきなり考えた人は、ほとんどいないんじゃないの。その後カフカはずいぶん流行りましたけど、また実存とか不条理ということはずいぶん言われたけど、それを〈笑い〉として捉えたものは、あまりないんじゃないかねえ。

別役❖ぼくは研究書はあまり読んでないんで、わからないんですけどね。まあ、ぼくの場合は笑いに即していえば、カフカから入ってベケット、イヨネスコというふうにつながって、まあ現在に至ってるんですけどね。ただ笑いというものを分析する場合の難しさは、笑いというのはかなり手つきの方法論であるということがあるんでね。これはちょっと違う話になるかもしれないけども、ジョークというのがあるでしょう。ジョーク集というのがいま非常に出るんですよね。ジョークというのは、ぼくは笑いの方法の問題で分類したいという考えをもっているわけです。それが難しいんですね。論理の食い違いの笑いであるとかなんとかであるとか、まあ分析可能な部分はもちろんあるんですけども、どういうニュアンスの笑いであるか、たとえばブラックユーモアなんていうのが一つある。それから諷刺であるとか、差別の笑いであるとかって、まあいくらかそれはできるんだけども、最終的な笑いのニュアンスを分類しようとすると、どうしても手つきの問題になるわけね。答えにくくなる、わかりにくくなる。

後藤❖いま別役さんが、その手つきと言っているもの、それが方法そのものだと思うんですよ。織物を織る織り方、言葉によるテクスチュアー、すなわち文体であり方法ということですね。ぼくはドイツ語はわからないんですが、カフカの使う接続詞はちょっとヘンでしょう。それで、ドイツ文学者にたずねてみたこともあったんだけど、ここで言うヘンだというのは、別に変わった特殊な言葉というものではない。むしろ、使われている単語は、ごくふつうのものじゃないですか。むしろ、新語、造語なんてものはまったくなくて、ヴォキャブラリーとしては、どっちかといえば少ない方じゃないか。だが、その組み合わせ方が問題で、方法であって、次から次へと接続詞が挟まる。それが彼の文体であり、世界が組み換えられてゆく。ふつうの言葉をどう組み合わせるかで、世界が組み換えられてゆく。つまり〈異化〉されてゆく。そういうところは、ゴーゴリやあるいはドストエフスキーの方法と同じだと思いますね。

ところが、漫才の笑いというのは、その反対でしょう。つまり、あらかじめ約束された笑いの素材をあちらこちらから寄せ集めてくる。また、あらゆる新語、珍語、流行語を寄せ集めてくる。そしてそれを、物凄いスピードで喋る。つまり、素材としての笑いが、一分間にどれだけとび出すか。その量の問題じゃないか。それで、漫才の話の次に、いきなりプラトンが出てくるのも、ちょっとおかしな話ではあるけれども、例の『饗宴』という対話編、あれの終わりのほうで、プラトンはソクラテスにこんなことを言わせている。つまり、ギリシャでは「悲劇」の素材はギリシャ神話ですね。それに対して「喜劇」の素材は、いわゆる世話物だった。つまり、悲劇と喜劇は、素材によって分けられていたんだけれども、そうではなくて、悲劇と喜劇は、方法によって、たしかあそこでは「術」という言葉が使われていたと思うんだけど、その術によって描き分けられるんだ、ということを言わせている。ぼくはそれを読んで、なるほどと驚いたり、また喜んだりしたけれど、どうして、そういうことを今までわが国の学者たちは誰も言わなかったのか、不思議な気がするなあ。

それで、また漫才に話を戻すと、ぼくはものまねとか、声帯模写なんかわりに好きなんだけど、漫才はやはり素材主義の笑いだと思う。まあ、漫才と比べるのは、プラトンに対してもゴーゴリに対しても申し訳ないような気もするけれども、ゴーゴリは先輩であり彼の才能の発見者でもあるプーシキンに向かって、しょっちゅう手紙を書くわけですよ。何でもいいから何か題材を下さい、という手紙なんですね。ところが、ここで面白いのは、どんな話でもいい、というところなんですね。ただし、それは実際に起きた話でないと困る、新聞記事でもなんでもいい。そう言っておいて、それを自分は必ず喜劇に仕立てて見せます、と書いている。『検察官』はまさにそれでできたものらしいんですけど、とにかく材料もらう前から喜劇を書くつもりなんですね。ということは題材は何でもいい。自分は方法によってそれを喜劇に異化するということであって、これはその象徴的なエピソードではないかという気がするんですね。

別役❖素材と方法という点で現象面での話になりますが、たとえばテレビのお笑い番組で『てなもんや三度笠』というのがありましたね。戦後のお笑いブームのはしりと言われた。

後藤❖藤田まことの「アタリマエダのクラッカー」だな。

別役❖ぼくは、あれはあんまりかわないんですよ。それはどうもキャラクターの笑いというのがあって……。

後藤❖そうだね。

別役❖ぼくはクレイジーキャッツから、てんぷくトリオだの漫画トリオだの、トリオが出てきてコントなんかがさかんになったころが、戦後の笑いの全盛期だと思うんですが、これはキャラクターそのもののおかしさから関係の笑いというんですか、そうした変化があったような気がするんです。これは進歩だったんじゃないかという感じがするんですね。

漫才というものはボケと突っこみという法則性があって、これはキャラクターで笑わせるんだけども、トリオになってくると関係が出てくる。空間的な拡がりも出てくるし、その関係の中で笑いを確かめようとすることがあの時代にあったと思うんですよ。その時代の笑いがいちばん健康的で、いちばん笑いの作業の中ではいい仕事をしたんじゃないかって感じがする。そのトリオがまたキャラクターになっていくということがあって、トリオは全滅するんですけどね。

後藤❖ぼくは落語と同様、漫才もあまり詳しくないんだけど、キャラクターはすでに消滅して、ただの断片に過ぎないというのが、いわば関係だからね。要するに、左右は断片化し、その断片と断片の関係だけしかないということなんだけど、実は『関係』という小説を昭和三十七年に書いたわけなんですよ。第一回文藝賞の佳作ということになって、当選はしなかったんだけども、発表はされた。しかし文学の世界でも、まだまだ〈関係〉そのものというのは、むずかしい問題でしてね。やはり人格とか、ある輪郭をもった肖像、つまり人物の方が評価されやすいんじゃないかなあ。それは〈笑いの方法〉としての関係ということでいえば、ゴーゴリの喜劇はまさにその関係そのものだと思うんだけれども、それがなかなかそうは読まれない。だからぼくたちも、こうやって、そのことを一生ケンメイ演説せねばならないわけなんですね。たとえば、こないだレニングラードのボリショイ・ドラマ劇場が来まして、ぼくもその『検察官』を見たわけだけど、あの芝居のおかしさというのは、要するに、間違えられた人間と間違えた人間たちとの関係ですよね。なるほどフレスタコーフは、ニセ検察官である。しかし、彼は自分からおれは検察官だと名乗ったわけではない。ただ彼は、ペテルブルグへ帰る途中、カルタですってんてんになって、ある街の安宿に転がりこんでいただけなんだよ。ところが、誰かが、それをお忍びの検察官だ、と噂をばらまいた。すると、あっという間に噂はひろまり、街じゅうの重要な人物がその噂の中に巻き込まれていく。つまり、間違えた人間と間違えられた人間との関係、これがあの喜劇の笑いなんですよ。ゴーゴリの喜劇というのはほとんど、この構造なんですね。「噂の眞相」って雑誌もあるけど（笑）、真相のない噂なんだ。そして原因不明の噂なんだ。誰が言ったのかもわからない。本当か嘘かもわからない。実際、誰も確かめようとしないわけね。そして、アレヨアレヨというちに全員が噂の中に巻き込まれ、現実、事件だけがどんどん、前へ前へと進行していく。これがゴーゴリの喜劇ですよ。『検察官』はまさにそのものズバリということだろうね。それから『鼻』という小説は、これまでもっとも作品論を書きにくい小説だったのではないかと思うけれども、『検察官』とまったく同じ構造なんですね。その機械的なメカニズムのおかしさということね。

別役❖関係のメカニズムだけがバッと出てきてね。

後藤❖『検察官』にしても、やれ市長はどうの、フレスタコーフは軽薄な官吏だ、などと性格とか人格とかを言っているうちは、まだ素材主義だと思うんですよ。さっきあなたが言ったキャラクター主義だな。その点、こないだのレニングラード・ボリショイ・ドラマ劇場の『検察官』は、まあ、ぼくの考えている通りの演出ではなかったけれども、スタニスラフスキー演出というのかな、一時の社会主義リアリズムの演出からみれば、まあまあ、かなりゴーゴリの笑いに近いものを出していたような気がします。確かに、あの中に出てくるボブチンスキーとドブチンスキーという人物は、いかにも滑稽な人物としての姿形や動作をしているけれども、それ自体が、あらかじめ滑稽な存在というわけではない。実際、特別にそうである必要もないわけであって、もしぼくが演出家だったら、あの二人もふつうの人物にしてしまいたいくらいですね。問題は、噂の構造全体の中での関係が滑稽なんですからね。そのあたりの読み方が問題だと思うんですよ。

別役❖そうですね。最初に、ベケットの『ゴドーを待ちながら』というのが五〇年代に書かれて六〇年代に日本に紹介されたんですけども、そのときも何をやったかというと、あれは要するに「ゴドー」というやって来ない人を待つというだけの芝居なんだけど、最初はその関係を確かめるのではなく、ゴドーは何者なのかということをものすごく考えるんです。ゴドーというのは神ではないかとか神のアンチテーゼではないかとか。ゴドーの価値というものを確かめなければいけないと信じていた。これは関係ないことなんですね。ただ来ない人であればいいんだけれど、そのゴドーの価値を、ゴドーは神であると考えないと、あの芝居は理解できないんではないかという風潮があった。あれはただ来ない人を待つという、その関係だけが芝居を構成しているのだということをなかなか納得しなかった。文学的に解釈しようとするとゴドーの位置づけをしなくてはならない、ということがあったんですね。そうしないと文学にならないという風潮があった。

後藤❖そのゴドーが何であるか、というような解釈の問題は、例えば、よく言われたものでいえば、カフカの『変身』でグレゴールがとつぜん変身してしまったゴキブリは何なのかとかね、また、ゴーゴリの『鼻』はいったい何の寓意かとかね、まあ、いろいろあったわけでしょう。あっただけじゃなくて、実際にぼく自身それを知りたいと頭をかかえたこともあったけれども、結局そう考えるのを止めてしまったのは、世界の中心というものがすでにわからなくなっている、ということではないですかね。つまり、神であれ独裁者であれ、悪魔であれ、それがはっきり中心である世界は、その中心によって描き出される円形です。そして、その中心に近い者はより権力に近く、中心から遠いところにいる者は疎外されているという一つの世界図ができてくるわけですけど、果たして世界は円形だろうか、ということじゃないでしょうか。世界の中心は、果たして一つなんだろうか。そういう意識の分裂が、いまわれわれの考えている喜劇とか笑いとかのはじまり、ということじゃあないでしょうかね。

なるほど中心はあるのかも知れない。しかし、ある日とつぜん原因不明の混乱に巻き込まれ、正反対の二つの命令が出て来た。そして、それは植民地における敗戦という、ある特殊な極限状況のようなものかも知れないと思っていたものが、ゴーゴリとかカフカとかドストエフスキーとかを読むうちに、そうではなくて、あのときの状況が世界そのものではないか、という認識のようなものになって来たような気がする。

それと、ぼくの場合、武田泰淳の『司馬遷』ですね。実際あれにはショックを受けましたが、はっきりと中心は一つでなく、二つだと書いてある。つまり、中心が二つあるということは、世界は円ではなく楕円だということですね。荒川のバラバラ殺人事件じゃないですが、これはもう中心の破裂ですよ。こうなると、もはや文学も人格とかキャラクターとか言っていられなくなるんじゃないでしょうかね。

別役❖そうですね。たとえば最近の中東情勢なんてのは、典型的だと思います。アメリカの海兵隊でレバノンへ送り込まれて、どっか得体の知れないところから爆薬を積んだトラックが走ってきて殺されちゃったというやつ。あそこの中心はといえば、ホメイニも中心であるし、サウジアラビアの中東政策はあるし、アメリカの中東政策があってソ連の中東政策があって、フランスのそれがあって、それからリビアのカダフィのあれがあって、もう何がなんだかわからない。あそこで殺された人間というのは、もう人格としてどうやって死ねるのかというのは全然わけがわからない。もう混乱の……。

後藤❖二つ以上は、つまり混乱ということです。

別役❖そこでの一人の人間の死といったときには、これは悲劇であるとか喜劇であるとかって、もう言えなくなってる。

後藤❖そうですね。

別役❖ある意味では笑うべき死、つまり喜劇的な死には違いないんだけども、その喜劇の質たるや凄まじい問題を孕んでると思うんです。喜劇というのは怖いものであり、要するに絶望的な喜劇というのが現に起こりつつあって、それをたとえば一つの現象としてとらえるとすれば、手つきとしちゃ喜劇でとらえるほかとらえられない、という現実にもう来てるわけですね。ただそれを喜劇としてとらえて、喜劇の凄まじさみたいなものが、方法として具体的に伝わるか伝わらないかという問題はある。喜劇の方法と、それを喜劇として解読するこちら側の態勢が整っていないとどうしようもない。

後藤❖読む方法だね。

別役❖現状はもっと文学的な方法論より先行していると思いますね。生理的な反応だけが何とか追いつこうとしている。

後藤❖そうね。そういった中心の破裂といった状況が、いままでわれわれが話してきた喜劇とか笑いの方法だったわけなんだけれども、果たしてそれを読み取ってくれる現実が日本にあるかどうか、となると、どうだろうか。つまり、文学的にコレスポンデンスできる現実というものだろうけれど、それは果たしてどうだろうかね。それは案外、いわゆる文学的な読者といった層よりも、むしろ商社マンなんかの方が、敏感なんじゃないだろうかね。実際、彼らは、ぼくたちが意識とか、方法とかとして考えている世界と、それこそ生身で対応しなければならないわけだからね。

文学は「隠し味」ですか?

小島信夫

小島信夫――こじま・のぶお

小説家。一九一五年、岐阜県出身。旧制岐阜中学校、第一高等学校を経て、四一年に東京帝国大学文学部英文学科卒業。四二年より中国東北部で従軍。四六年に復員し、千葉県や東京都の高校教師を経て、五四年から明治大学工学部に助教授・教授として八五年の定年まで勤務。五五年に「アメリカン・スクール」で芥川賞、六六年に『抱擁家族』で谷崎潤一郎賞、八二年に『別れる理由』で日本芸術院賞と野間文芸賞を受賞。二〇〇六年、逝去。

初出――「すばる」一九八四年四月号

小説は野球と同じ。とたんにスランプが来る

後藤❖昨夜思い出してみたんですが、初めて小島さんにお目にかかってからそろそろ三十年になるようです。

小島❖なるでしょう。あなたは少年と言ってもいいぐらいだったもんね。

後藤❖確か二十か二十一だったと思いますが、いまや五十一ですから。あのころ早稲田の同人雑誌が集ってペンクラブというものを作ったんですが、そこで文芸講演会をやろうということになって、ぼくが小島さんに頼みに行ったんですよ。他には、花田清輝さん、八木義徳さん、庄野潤三さん、草野心平さんを呼んだと思いますけど、ぼくが頼みに行った小島さんだけ断わられた（笑）。

小島❖上手に断わったんじゃなかったかね。

後藤❖確か、当時は理工学部におられた小沼丹さんの紹介状を持って行ったと思うんですけど、演説は苦手だというのと、それから、早稲田もどうも苦手だと言われました。

小島❖そんなこと言ったかな。早稲田は一番話しやすいぐらいでしょう。

後藤❖それから、早稲田には怖い人がいるから、とも言われたような気がします。これはまあ、冗談だったでしょうけど。こちらは講演の題名も勝手に決めていったんです。「抽象と風刺」だったか「抽象と寓意」だったかな、何かそういう意味の題だったと思います。

小島❖そう言われて思い出したけれども、そんなようなことを短篇集のあとがきに書いていたんですよ。二つばかり本を出していた頃だから。

後藤❖戦後文学があって、それから小島さんたちの〝第三の新人〟があって、ぼくはそれをほとんど前後の脈絡なしに読んでたんです。ただすでに、ご存知の通り、ゴーゴリ病にかかってましたから、日本の現代小説の中で抽象とか象徴とか、喜劇とか、笑いとかを考えているのは、小島さんだと思ったわけです。それに何といっても『馬』にはショックを受けま

したから。日本にもこういう小説が出て来たんだと思って、勢い込んで出かけたんです。そしたら「ちょっと家の者が留守なので」とおっしゃって、小島さんが自分で紅茶を入れてくださいましてね。

小島❖そんなことしたかな。

後藤❖それは感激しまして、覚えています。ただ、講演は断わられちゃった。

小島❖断わるために紅茶を出したのかもしれないな（笑）。その後、あなたの小説を見せてもらったね。

後藤❖『赤と黒――』でしょうか。

小島❖いや、もっと前のやつ。椎名麟三と、もうひとり誰かが混ったような小説だったね。『赤と黒』という小説を書いたの？

後藤❖「文藝」の学生小説コンクールで入選した『赤と黒の記憶』というやつです。

小島❖それから少し迷いが始まったんじゃないかね。迷ってなかったのかもしれないけれども。

後藤❖いえいえ、いまだにストレイ・シープですから。ただ、それだけに、当時の小島さんは、偉大なる反逆者に見えたわけですよ。

小島❖しかし、実はだいぶ困ってたときなんだ。小説というのは、調子が良いときでも一年もすると、すぐ悪くなる。野球の選手と同じ。調子良く投げていると思うと、とたんにおかしくなってスランプが来る。自分のやり方が自分をさいなんでくるわけですね。方法が自分を苦しめるというのかね。これは今日の本題とつながってくる話だと思うけれど、世の中に斬り込んでいって自分の見方を立てるということをやっていくと、やがてそれが自分を苦しくさせるようになる。自分にはね返ってくるわけね。いまのあなたにはそういうことはないと思う。ぼくもこの齢になってしまえばあまりないけど、当時はね。たとえば石川淳さんにしても西脇順三郎さんにしても、あの頃、自動筆記的なことを望んだ人たちがいたでしょう。考えて書くんじゃなくて、自動的に書いてしまう。それで文章がつながって筋もできて、動いていく。ところがそれをやると、すぐ具合が悪くなっちゃう。そうかといって、ちゃんと考えて書くようにしたらいいかというと、そういうものでもなかった。

これはね、いまの後藤君の小説なんかを見ていると少し違うんです。あなたのいまのものは、確かに書いていくうちに自然と動き出していったり、いろんなものを次々に取り込んでいったりしていますけれども、これは自動筆記とは違う。非常に具合のいい方法をやっていると思うね。これは誰にでも真似できるものじゃない、恰好のいい方法じゃなくてね。あとでくわしく言うべきことだけれど、あなたの場合はそう恰好良くないんだね、不良小説だから。書き方が不良なんですよ。そこがいいと思うんだけどね。普通のキラキラしている小説というのは優等小説ですからね。これは具合悪い。ただ、この話題はもう少し後廻しにしましょう。

いま梅崎文学を学習しようというのは――

小島❖今日の話に関係のあることなんだけれど、この前、立松和平君に初めて会ったんですよ。読書新聞で梅崎春生さんのことについて対談しろというのでね。そのときに梅崎さんの小説を読み直したんですが、梅崎さんという人は『桜島』とか『日の果て』なんかでパーッと出てきた人で、ぼくなんかより何倍も能力のあるキラキラした人だったんですね。ところが、結局はあの人はぼくの芥川賞と同期の直木賞になった（編注：小島は一九五四年に「アメリカン・スクール」で第三十二回芥川賞を受賞）。『ボロ家の春秋』でね。じゃ、その間何をしてたのかといったら、中間小説とか新聞小説をいっぱい書いていたんです。文壇が要求するのは『桜島』や、ああいうスタイルの小説なんだけれども、梅崎さんはそれから脱け出していって『ボロ家の春秋』もそうだけれど非常に自由な小説になってきましたね。

編集部❖われわれは非常に面喰いましたね、梅崎さんの変わりように。

小島❖そうでしょう。でも、あれはいい変わり方をしたんです。ああいうふうに変わらなかったら、あの人は自滅してたね、おそらく。そういうことにぼくも関心があって、前に書いたこともあるんだけれど、いまの立松君ぐらいの若い世代がさかんにそのことを言うんですよ。それを学習しようとしているらしいんです。いまは学習が流行ってるらしいね。

後藤❖その学習というのは梅崎さんのどういう部分をですか。

小島❖今度、梅崎さんの全集が沖積舎から全十四巻で出る予定なんです（編注：実際は別冊を含め全八巻）。いままで七巻の全集が新潮社から出ていたでしょう。あれに入っていないような中間小説や新聞小説まで全部入れるというわけ。あの人の場合、それもまたものすごく面白いからね。そういうものを、いまの「早稲田文学」系の若い世代なんかがいろいろ学習しようとしている傾向があるらしいです。

後藤❖つまり梅崎さんの変化の仕方を、ですか。

小島❖そうです。だから面白いと思うんだけれどね。ああいう変化を経たから、彼は最後に『幻化』に行ったわけでしょう。『幻化』の場合もね、後藤君の『汝の隣人』に広辞苑か何かを担いでワッショイワッショイやるところがあるけれども、ああいう感じと同じようなものがあるんですよ、梅崎さんの中にも。日常の中での一種の狂気みたいな力をちゃんと知っている人なんですね。あれは意図的にやろうと思ってもなかなかできないですよ。

後藤❖『幻化』は、出発点の『桜島』のほうに戻っていますね。書き方は違いますけれどね。

小島❖違う。なぞるわけよ。

編集部❖『幻化』を書いているときの梅崎さんは、小説のお手本を書いてやるぞと、みんなに言っていたそうです。

後藤❖『桜島』のときも、そういう気持ちはあったんじゃないのかな。

小島❖梅崎さんのものでもね、ぼくは今度『蜆』を読み直してみましたけれども、あれはよく書いてあるけれど、やっぱりいまじゃ通用しないですね。

後藤❖通用しないでしょう。ぼくも講談社の「現代の文学」の梅崎さんの巻の解説を書いたときに、主なものは読み直したんですけど『蜆』は物足りないと思いました。

小島❖あれは戦後すぐぐらいの頃に書かれたものですね。

後藤❖そうですね。買出し列車とか、ああいう時代ですから。

小島❖あれから『Sの背中』とか、ああいうふうに変わってくるけれども、今度読み直してみたらこれもいまは通用しないということを思ったね。『ボロ家の春秋』でさえも、いまは半減しているぐらいだから、あれではちょっと……。ぼくなんかにもそういうところがあるから逆によくわかるんだけれども、人間の中のエゴのつかみ方とかね、そういうものについての基準がちょっと時代的に古いんですね。そういうものを取っ払ってしまっているような感じの書き方の小説ではないんですよ。まだいろいろな枷（かせ）というか、あいつがいい、こいつが悪いという善悪の判断基準みたいなものがある。それを根拠にして書かれている小説なんですよ。

後藤❖いま小島さんがおっしゃったことは、よくわかりますね。というのは、そこで根拠にしようとしているのは「何が文学的か」ということなんですね。いま話に出た「お手本」でもいいですけど、ところが、意識的・無意識的に梅崎さんの考えた「文学的」な「お手本」が古いんだとぼくは思うんですよ。古いというとちょっと相対的な言い方になってしまうんだけど、あるいは軽いというんですかね。つまり変わっていないということですね。

小島❖軽いというふうに言うと、ちょっとわかりにくいかもしらんね。

後藤❖「文学的」ということが、ある固定された時代的なものになっている、と言うんですかね。

小島❖時代的というか、明治以後ずうっと近代文学として受け入れられ、流れを形成してきた中の、何かある種の……。

後藤❖要素でしょう。

小島❖要素なんですよ。その要素を、いまだって小説から払拭することはできないけれども、その要素の扱い方というものが、結局、梅崎さんの場合、ストレートなんですね。ストレートであるということ自体は悪くないんだけれども、その処理の仕方が変わってきたのね。梅崎さんにとってのいろいろな人間関係についての基準、信頼関係を築くときの基準というのがね——それはもちろん、われわれにだってないことはないんですが――、どうもストレートというか……。

後藤❖単純だということじゃないでしょうかね。

小島❖結局は単純ですね、センスが。

後藤❖受け取り方ですね。

小島❖そう。そういうところがある。

後藤❖その「文学的」なるものの受け取り方が、一面的というのですかね。それがいまの目からすると、物足りなく見えて来たわけでしょう。

小島❖それが梅崎さんのような作風でなければいいんですよ。ほかの人はほとんどそうなんです、どの小説家も大体そうなんだから。ところが梅崎さんの作風というのは、もっとこちらに要求させてしまうようなところを持っているわけです。ほかの小説家は、いま言ったように一面的なんですよ。どんなに複雑そうに書いていても一面的なんです。ところが梅崎さんの作風というのは……。あの人もゴーゴリをかなり生かしているようなところはあるんですよ。ところが、これはあとで後藤君の話に出てくると思うけれど、違うんだね。それから、日常を相手どって読ませることのできた作家なんですよね。持続的に読ませることができる、そういう力を持った人だったということは言っておいたほうがいいね。

後藤❖ぼくが梅崎さんに感じる一面性というのは、近代文学として一面的ということなんですね。ということは日本の近代文学が背負ってきた……漱石の言葉で言うと「外発的」運命ですかね。西洋からしか来なかったものと、伝統的にあったものとの混血による近代文学ですね。その混血したところの複雑さというものをどう受け取るかというところで、梅崎文学は一面的だったと思うんですね。ですから、現代みたいな時代になってくると、これだけで文学だと言われると、物足りないんだということじゃないでしょうかね。

小島❖いま後藤君の言ったことは非常に当たっていると思うんだけれども、ちょっと誤解を招くかもしれませんよ。西洋から輸入されてきたものと日本的なものがどうしても混在して、われわれの文学はあるわけですね。そのあるという姿がどういうふうに作品化されるか、そのときにいろんな問題が生まれてくるわけだけれども、要するに文学とみんなが思っているものは果して文学なのかということを、あなたは言いたいわけでしょう。それはね、必ずしも外来的なものと日本的なものの混在の仕方だけが問題じゃないと思うのね。

後藤❖ただ、西洋というもの抜きには梅崎さんだって考えられないですよね。

小島❖そうです。

後藤❖だから書くにしても読むにしても、漱石の言った、例の漢字で書かれた「文学」というものと英語の「Literature」というものは、まったく違うというところに行き当たらざるを得ないと思うんです。漱石はロンドンへ行って、そのことをノイローゼになるぐらい悩んで考えて、そういう結論にたどり着いた。漢文学の伝統も何千年だかあって、西洋のほうもギリシア以来何千年かあって、これは全然違うものなんだというのがわかった。そんなことは別に漱石でなくともわかるかも知れないけれども、困ったことは、漱石流にいえば、向うがこっちに合わせてくれるのではなく、西洋の〝脳力〟の方が強いのだから、こちらが向うに合わせなければならない。そうする以外に日本の近代文学は無いんだというショックだったと思うんです。そうした漱石流の見方、考え方の上で考えると、梅崎春生の「文学」は一面的だったんじゃないかと思うわけです。つまり、漢文学に照らし合わせて一面的というのでもないし、西洋文学に照らし合わせて一面的ということでもなくて、混血の上にしか成り立たない日本近代文学の複雑さに照らし合わせて一面的だという意味です。

日本では真面目な小説でないと毛嫌いされる

後藤❖たとえば梅崎さんの場合は『蜆』の笑い、あるいはその他の作品のユーモアにしても、その笑いの質が、いまぼくらの考えているものと、ちょっと違うんじゃないかなという気がするんです。また漱石の話に戻らせていただくと——どうも小島さんの前で漱石のことを言うのはちょっと具合が悪い気もするんですけど、ぼく流に言いますと——彼はロンドンに行って、たとえばスウィフトを読みますね。そのときに、スウィフトのこの笑いというものは、ユーモアなのか、サタイヤ（風刺）なのか、ウイット（機知）なのかというふうに漱石は考え込まざるを得ない。考えて胃が痛くなる。笑いを考えて胃が痛くなるということ自体、滑稽といえば滑稽ですが、また、本当に胃痛になったかどうかもわかりませんけど、とにかくそういう胃が痛くなるくらいの手順を踏まないと、いまぼくらが喜劇とか笑いとか言うときの話が通じなくなるんじゃないでしょうか。何だか、当たり前すぎるみたいなことを言ってるようで、野暮くさいですけれども、そういう意味で一面的だと思うんですよ。笑いというものの性質と言いますか質と量と言いますか——ぼくはあえて量も入れたいんだけれども——、漱石とか、同じようにゴンチャロフで悩んだ二葉亭（四迷）という秤に載せてみると、ちょっと軽いと思う。そこが、梅崎さんのものをずうっと読み返したときにちょっと物足りないなということになるんじゃないかと思います。もちろん、これは何も梅崎春生に限らずですが、そういう比較が、いままで書かれた近代文学史から、ポイントとして落ちてきてるんじゃないでしょうか。つまり「文学的」なるものの中心を考えていくときには、どうしても笑いが端折られて、マジメの方が、中心になってきた。

小島❖笑いということについて、ぼくの体験を言いますとね、ぼくは若いころに伊藤整さんの友達の十和田操さんという人が岐阜の出身だったので会いに行って話したことがあるんです。十和田さんというのは、当時「週刊朝日」の編集者で、小説もいろいろ書いていて、尾崎一雄さんが受賞したころ芥川賞の候補にもなったんですかね。この人の小説が笑いの小説なんですが「小島さん、こういう小説は受けませんよ」と言うんです。その頃の十和田さんの小説はいい小説でね、伊藤整さんは十和田さんを自分が最も尊敬する作家と言っているわけですよ。その人が「日本の文壇というのは笑いの入った小説を受け入れません。それだけは覚悟しといたほうがいい」と言うんですね。それからもう一つ、ぼくが『島』という作品を書いたときに、神西清さんに「小島君、こういう小説は日本ではだめですよ」と言われました。これは、ぼくの小説そのものの問題もあるから簡単に一般化できないけれども、要するにある種の真面目な小説でないと毛嫌いされる。それに対してぼくは、あるときは風刺と言ってみたりユーモアと言ってみたり抽象とか象徴と言ってみたり、あとになってみるとそういう言葉は使わないほうがよかったなと思ったんだけど、とにかくそういう形の意思表示をしたくなるような感じがありましたね。

後藤❖さっき小島さんが、梅崎さんもゴーゴリ的なものを取り入れているとおっしゃったでしょう。ゴーゴリを取り入れるというのは宇野浩二以来ですね。二葉亭以来と言ってもいいんだけど、いわゆるゴーゴリ的だと言われたのは宇野浩二ですよね。あの人はゴーゴリ入門の本も書いているし、英訳なんかも読んでいる。そのことを含めて補足しておいたほうがいいと思うんですけど、梅崎さんのゴーゴリ的なもの、宇野浩二のゴーゴリ的なものと、いまぼくらが考えているゴーゴリ的なものというのはかなり違うわけですね。その違いが、さっき言った物足りなさにも通じてくると思うんですけれども、つまり読みとり方が単純というのか、一面的なんですね。ということは、結局は文学とは何かという受け入れる側の問題になると思いますけど、それが固定的になってしまっているから、単純化された形でしか入ってきていないわけですよ。確かに、ゴーゴリの笑いは、落語とも違う。では何だろうというときに、社会風刺的な笑いだとか、自己嘲笑的な笑いだとか、というふうに分類したわけです。まあ、分類したほうが理解しやすいですから。そしてそれをどういうふうに小説に使ったかというと、結局レトリックとして受け取った。宇野浩二の場合は、例の諧謔文みたいな饒舌体ですね。梅崎春生の場合も、宇野浩二と文体は全然違うけれども、結局レトリック的な受け取り方でゴーゴリを受け取っていたんじゃないかと思うんです。じゃ、そのレトリックとゴーゴリの作品の構造的なものとはどこが違うかというと、これはとても厄介な大問題になっちゃいますけど、ただ、現代みたいな謎めいた時代になってくると、理屈とはまた別に、小説家の手触りみたいなもので、ゴーゴリの方法というものが却って、よくわかってくると思うんですよ。

現実をトータルにつかむ方法としての喜劇

後藤❖実際、ゴーゴリの笑いというものが、いまの流行語で言えば、人間そのものをつかまえるトータルな方法として考えられてきたのは、ごく最近じゃないでしょうか。それはおそらく、ゴーゴリに限らず、笑いとか喜劇とか全体についても言えるかもしれない。ただ、さっき言った分類とは別に、ゴーゴリの場合、ウクライナ的、つまり土着的、土俗的な笑い、ファンタジーと、もう一つ、ペテルブルグ的な、都市的、人工的な笑い、ファンタジーの二面はあるようですね。ぼくは好みとしても、ペテルブルグものの方が合うわけですけれども、それは謎めいた、幻想的なペテルブルグという街を書き表わした方法だったからかも知れませんね。

小島❖ゴーゴリの笑いをトータルにつかまえることじゃなくて、人間をトータルにつかまえたのがゴーゴリで、そのときに彼が用いたのが笑いだったということでしょう。ということは、逆に叙情とか人生論とかいった別の要素だけで、トータルに人間をつかまえることはできないということね。

後藤❖そうですね。いままで笑いというのは部分としてしか考えられてこなかったんですよね。まあ小説なら小説全体を十とすれば、そのうちの二ぐらいとか、味噌八分に塩二分みたいなもので。あるいは、ユーモアとペーソスというやつですね。そういう割合でほどよく混っている、ということならば受け入れられてきた。ところが、ゴーゴリの喜劇は、そういう〝二八そば〟みたいな割合で笑いが扱われているような、ユーモア小説とは言えないわけですね。では何なんだということだけど、それをたとえば、ゴーゴリの才能とか、天才とか、あるいはキチガイみたいな病的な感覚とか、体質とかに還元してしまうと、結局は、神秘化されたり、謎になってしまって、霧に包まれてしまう。実際、これまではそういうふうに謎にしておく方が有難いというような考え方もあったと思いますけど、最近ようやく、その神秘性を、方法という形で考えはじめたんじゃないか。つまり、落語や何かの笑いと、どこが方法的に違うか、ということですね。

小島❖ほどほどの味付けではなくて、喜劇というか、まあ言葉はどうでもいいんだけれども、裏打ちとして全部通っているということね。それでなければ、いまの文学にはならないということを言っているわけでしょう。

後藤❖そうです。

小島❖そこで、あなたがこの間言っていた別役(実)君の意見とのつながりが出てくるわけですね。

後藤❖まあ、あの「現代思想」の二月号で別役氏と対談(199ページを参照)をやって面白いと思ったのは、別役氏が言うには、いま演劇の世界では、演出家も脚本家も俳優も、ここでもし観客が笑ってくれなければ自殺でもしなきゃいけないんじゃないかという恐怖感みたいなものを、絶えず抱いているというんですね。

小島❖それは、笑わせるつもりでやったのに笑わない、というときの恐怖感じゃなくて、そもそも演ずる以上は笑わないと困るということでしょう。笑ってもらわなきゃ居ても立ってもいられなくなる。そういうことですね。

後藤❖ただ、問題は、笑わせるためなら落語や漫才をやればいいということではないわけです。それは別役氏にとって演劇じゃなければいけない。つまり彼は、人間とか現実とかをトータルにつかまえる方法として、喜劇を考えているわけですね。彼の場合はベケットとかイヨネスコとかカフカとか、そういうところから入って行ったようですけど一種の不条理劇ということでしょうね。ただ、そこで笑いが起こらなかったら、という不安なんでしょうね。

小島❖しかし、ベケットとかカフカの名前を出してしまうと、観客は笑う余裕なんてなくなりますよ。

後藤❖ただ、作者としては、そこで深刻に考え込まれちゃ困る、ということじゃないでしょうか。別役氏は、そういう不条理が、喜劇なんだと言うわけでしょうから。

小島❖だからそれはきわめて簡単なことで、カフカは一人しかいない、ベケットも一人しかいない。ベケットだって『ゴドーを待ちながら』は一作しか書けない。そういうことでしょう。ものをつくる個人はそこに一人しかいないし、その作品はそれ一つしかない。そこでベケットだとか、いろいろ名前を出してきても、さっきの外来物の話と同じことになる。

後藤❖ぼくがその話を聞いて思ったのは、一つは演劇と小説というのは違うんだなあということ。実際、活字の場合は読者が、仮に小島さんの小説、あるいはぼくのでもいいですけど、笑わないとしても作者にはわからないでしょう。ところが劇場という中で演ずるとなると、反応が目に見えるわけですね。それともう一つの違いは、小説の場合、読者がそういうふうに笑いというものを要求しているだろうか、ということです。まあ、エンターテインメントは別として、文学そのものに対しては、さっきの話ではないですけど、まだまだ、むしろその反対に近いんじゃないでしょうかね。

小島❖別役君の言うベケットや何かに当たるものを、あなたは小説の上で誰か考えていますか。

後藤❖ぼくは演劇の方はよく知らないですから、ちょっとその比較はむずかしいと思いますけど。

小島❖違うでしょう、あなたは。

後藤❖それがいまや、混沌としてしまっている、という状態じゃないでしょうかね。

――あなたの小説は誤解できない――

小島❖たとえばベケットと口にする。「ベケットのような」

とか。そうすると、それは一面的になってしまうんですよ。結果として出てくるものは違うと思う。しかし口にすると一面的になっちゃうわけですよ。あなたがゴーゴリ、ゴーゴリと言うのも同じことになる可能性があるわけです。以前はそうだったんですよ。「また後藤はゴーゴリと言ってる」と思えてしまうようなところがあった。しかし、いまは違うんですよ、あなたのやっていることは。以前は、あなたは研究家じゃないと言うけれども、疑似研究家に見えるくらいにそういう発言が目立っていたんです。ところが、いまはどうもそうでなくなってきた。それは、こなれてきたということじゃないんだな。方法が違ってきたんだよ。あなたは、いまみたいなことを小説の中で書くとき、前は本気だったでしょう。いまは違うんですよ。なにも本気で言ってないですよ、あなたは。ということは、何を言ったっていいんですよ。いい加減なことを言っているということじゃないですよ、それは。そうじゃなくて、いろんなものを引用したりしているけれども、要するに何を言っているかわからんということで十分面白いんです。これはちょっと類例のないくらい際立ったものになっている。『汝の隣人』もそうだし、今度の『謎の手紙をめぐる数通の手紙』もそうだし、端的に作品として面白くピシッとくるんです。出来が悪くたっていいんです、あなたの作品は。そこまで来ている。出来の良し悪しを言えば、むしろ他のいくつかの短篇のほうがいいかもしれない。しかしそんなことはわからないね。出来の良し悪しというのは喜劇だのゴーゴリだのというような言葉で言える性質のものじゃないんですよ。何がどうなっているかということは、ちょっと口では言えない。それをあなたは会得したということですね。

後藤❖小島さんのおっしゃる意味はよくわかるんです。わかるがゆえに言いたいんですけれど、いままでそういうタネ明かしみたいなことを、あまりにも言葉にして言わなすぎたんじゃないでしょうか。たとえば、隠し味の伝統みたいなものがありますよね。それは方法を隠すという方法論だろうとも思うわけです。しかし、ぼくが優等生でないとすれば、それはいままで隠すことが方法だったものを、意識的に露出させようとしてきたことじゃないかと思います。まあ、そのやり方は、ぶざまと言ってもいいし野暮と言ってもいいけれども。

小島❖前からそうでしょう。前は、まったくぶざまだった。ところが、いまやるとぶざまじゃないんだよ。作品になっちゃってるんです。そういう秘密があるんです。ぶざまが作品になるというのは、大変なことなんですよ。いまはぶざまを通り越して、ぶざまを作品化してしまう人になってきたわけよ。要するにトータルになってきた。さっきの喜劇の話にしても実際の作品がなければ「ああ、また後藤が言ってる」となるだけですよ。このごろはドストエフスキーと言ってるでしょう。また、変わったことを言い始めるからね、あなたは。しかしそういうものが小説の中で、作品として生きてくるというところへ来てるんですよ。あなたがいろんなことを出したり言ったりする、それがそのまま現代を表わすような作品になっていることが面白いんであって、みんなもっと積極的に言うべきだというさっきの話について言うと、みんな言ってるんですよ、若い連中は。中上健次君でも誰でも、うるさいくらい言ってきた。ぼくは中上君の才能を認めるし、小説も認めるけれども、彼が評論ふうにいろいろしゃべったり書いたりするのはちっとも面白くない。彼の小説は面白いですよ。でも、それについていろいろ主張したり自分の意図をしゃべったりするのは、平凡そのものですよ。後藤君だって平凡そのものですよ。ただ、さっき面白かったのは漱石を例にとったから面白かったんだ。これをまた小説に使うのかもしらんし、すでに使っているのかもしらんけど。

後藤❖いいえ、まだ使ってません。

小島❖使いなさい。サタイヤとウイットとか、胃が痛くなったこととか、こういうことを使えば、いまのあなたなら必ず生きてきますよ。面白いですよ。だからといって手を挙げて、こうすべきだとかああすべきだとか言っても、それは「また言ってるよ」ということになる。だから、あんまり後藤君が自分でしゃべると化けの皮がはがれるというか……いや、いまのあなたならはがれないけどね。

後藤❖ぼくは逆に、意識的に、自分の化けの皮をはいでみる方法も、あっていいんじゃないかなと思うんですよ。早い話、ぼくの今度の本（『謎の手紙をめぐる数通の手紙』）の打ち合わせをしたとき、担当の人に、これは一言で言えば「種も仕掛けもある小説」です、としゃべったわけです。そうしたら本の担当の編集者が装幀の人にそれを言ったらしくて、最初は小さい文字なので気がつかなかったんですが、帯のぼくの名前の横にその文句がこっそり入れられてるんですね。まあ、これは余談なんですけど、とにかく今度の小説では、種も仕掛けも全部出す、つまり、内臓を外臓に反転させるというか、道具箱をひっくり返して見せるというか。まあ、道具を使って、他ならぬ道具そのものを書いちゃう、と言いますかね。

小島❖そんなことはない。それは違うよ。それは誤解のもとですよ。あなたの小説は誤解できないですよ、実体があるから。しかし「ああ、こういうふうにやればいいのか」と思うとかね、そういう性質のことじゃないんです。隠し味というのは、また違うの。あなたの場合は、種も仕掛けもありますよと言って、それが生きる小説を書いている。それを口にしなきゃだめなんだといくら言ってみたところで、それが生きてこなきゃしょうがないわけでね。

後藤❖それは結果としてじゃないでしょうか。うまくいく場合もあるし、うまくいかない場合もあるかもしれないけれども、とにかく、方法として意識的にそうやったほうがいいんじゃないかということなんです。それでぼくは、そう考えてやってきたわけで、ダメになったら、そのときはまた考える他ない、ということじゃないでしょうか。

小島❖いま、それをあなたはやってますよ。前はゴーゴリのように書かなきゃいかんと言ってたけど、いまはそんなふうに言わないですよ。前はもっと単純なことを言っていて、それを言い続けているうちに、あなたがいろんなものを取り入れてきて種も仕掛けも全部さらけ出すことによって生きる方法を発見したわけですよ。だから、そういうところを通過していまに来たというのは、それはそれでいいわけね。

──過剰なものを何らかの形で方法化しないと──

後藤❖ここでもう少し具体的な話をしたほうがいいと思うんですが、小島さんの『月光』を今度改めて通読しまして、第一話のあとに作者のメッセージと言っていいと思うんですが、そういう部分がありますね。連作をしていくけれども、ただし飛び飛びにやるつもりだという。そして、その時間の中で、自分の変化というものを書きたいんだとおっしゃっているわけですね。これは、いままで考えられてきた小説のプランというものに対する意識的なメッセージ、もっと極端に言いますと、そういうものへの一種の破壊的発言だというふうにぼくは受け取ったわけです。それはおそらく小島さんの小説の一貫した方向だったとも思いますが、それをさらに明確になさったと思うんですね。『別れる理由』があって、そのあとに『月光』という連作集が来て、それもさらに続くというかたちになっているわけですが、そこでの重要なポイントとして、さらに変わっていくんだということをはっきり書かれている。しかもどういうふうに変わるのか、自分でもわからない。編集者も当てにしてもらっては困るし、自分も当てにはしていないという。ぼくはそのメッセージを、やはりこれも、従来は隠されてきたものを露出する方法ではないかと、まあ、例によって、自分勝手に受け取っているんですが……。

小島❖ぼくも自分でそういうことを言っているということね。言うということは、言った分だけさらすことになる。それも覚悟して、もちろんやっているわけよね。やっているんだけれども……。

後藤❖もちろん『別れる理由』という超大作が世の中に投げ出されたあとですから、ああいうふうにはっきりと書かれることができたということもあるでしょうね。だから、ぼくについてさっき小島さんが言われたことに対して、言い返すという意味ではなくて、小島さんの場合も、方法の意識的な露出ということは言えるんじゃないでしょうか。もちろん、その方法そのものは、まったく違います。それは、もうぼくなんかが言うまでもないわけですけど。

小島❖うん。そういう気がしてきたな。

後藤❖それこそ「小島さんが、また、ああいうことを言ってる」と受け取られることを、十二分に意識した上で書かれたメッセージであるからこそ、ビリビリッと感電するような気がするわけです。

小島❖ぼくがあなたの「種も仕掛けもある小説」というのが面白いと思うのは、今度の『謎の手紙――』は、まず箱の装幀を見て、それから内容を読んだら、なるほどと思ったわけ。

後藤❖ぼくがそういうふうに希望してつくってもらった箱じゃなかったんですけど。

小島❖ぼくだって『月光』の表紙は、自分でつくったんじゃない。だけど隠しナントカに見える表紙ですよ。

後藤❖そうですね、あれはいかにも逆になってます。

小島❖あなたの作品の装幀のようにやるのは、大変な冒険だと思うんですよ。なかなかできないですよ、その発想は。そこが非常に面白いね。本当はぼくの『月光』の装幀とあなたの『謎の手紙――』の装幀とは、ある点では似てるんですよ。

後藤❖いわば裏返しですね。

小島❖そう。裏返しであって、入り方が違うけれど……。

後藤❖二つの本の装幀を並べると、この話につながってきますね。ちょうどお札の裏表みたいに。あの違いが、象徴のような気もしますね。

小島❖それと、ぼくもある小説のあるところでは、後藤君と似たようなことをやる方法をとりました。それはぼくの場合、夢の中の意識というかたちをとったからできたんだけど。

後藤❖『別れる理由』を上中下に分けて、中の部分ですか。

小島❖ええ。その隠れた部分としての夢の意識の中を、今度は後藤君が自分の小説の中でまたやるわけですね。それが非常に鮮かにやっている。本当のところ「アッ取られた!」と思うぐらいで、しかもぼくよりもうまく見事なぐらいやっている。それで思ったのは、後藤君という人は突出する形で自分の考えを隠さないで言うべきだと。これはあなたの生来のものですよね。ぼくはそういうふうにはできない性格だから、あなたとつき合っているんでしょう。ぼくと同じような性格だったら喧嘩しちゃいますよ。ちょうど凹と凸の関係なの。

後藤❖いま小島さんは突出と言われたけれども、それはある種の過剰性ということだと思うんです。その過剰性というものが、さっき小島さんにいろいろ言われた部分だったとも思います。また、さっきの、箱の違いに象徴される違いということにもなっていると思うわけですけど、その過剰なものを何らかの形で方法化しないと、それこそ破滅してしまう。はみ出しちまうわけですから。だから、いろいろ野暮なことをやってきたのも、そういう自分の過剰性をどうやって書き表わすかという、方法の模索だったということのようですね。

小島❖だからね、種も仕掛けもあるというのが芸になってるわけだよね。実際には突出を芸にしている。ということは要するに隠しているわけよ。芸にしているということは、態度としては隠しているのと同じなんです。

後藤❖ただ、その「芸」という言葉にどこかで反撥したいような気持ちが、ぼくにはあるんですね。だから方法とか手法とか言ってきたんだけど、もちろん誰か他人がそれを「芸」と呼ぶのなら、それはそれで構わないわけです。また、確かに「芸」と言った方が、謎めいて有難いような気もするんですが、もし自分にそういうものがあるとすれば、それをバラバラに分解してみようじゃないかという気持ちがある。それが、さっきの露出ということでもあるわけですけど。

小島❖わかる。わかるけれど「方法」という言葉もちょっと当てはまらないんです、あなたの作品についても。あなたが言っていることとは違う部分のことを言っているんだよ。何か隠しているとかいうときに「芸」と、これはたまたま……。勘弁しろよ、それは（笑）。そう言うよりないんだから。

後藤❖はい。それは分析できないことは、よくわかります。

登場人物が具合悪ければ作者も具合悪い

後藤❖それで話を戻すと『月光』のあとがきで、もう一つ目立つのは「どの小説も、だいたい実名がつかわれている（中略）わがフィクションに協力いただいた、これらの登場人物の方々」というところです。普通、実名を使ったエッセイとか随筆は、あとがきでは「お世話になった」とか「勘弁してください」というような挨拶の言葉が出てきますでしょう。ところが『月光』では、そうではない。まず第一に「実名」と「フィクション」とは小説の常識からいうと結びつかないですよね。それを一行で、さっと結びつけたところが、あの連作集の一つの本質であり、いま小島さんが考えておられるフィクションというものの実体ではないかと思うわけです。

小島❖それ以上のことを言うとなると、簡単な言葉で言えなくなっちゃうの。

後藤❖いわゆる実名小説というのは昔からあったわけですよね。それが文学的になったのが私小説というものだろうと思うんです。もちろん、私小説だってフィクションだ、という説は前からあるわけですけど、あそこで小島さんが考えられたフィクションというものは、まるで違うものでしょう。

小島❖『月光』の場合は、いろんな経緯があって『月光』でも実名を使っていますけれども、小説によって違うからね。まず、自分の過去の作品も実名で出しているけれども、ぼくにはほとんど記憶がないわけですよ。過去の作品を書いたときの内容も、よく覚えていないわけ。前に書いた小説の場面なのか、そのモデルのような事件のことなのか、自分でもわからなくなってるわけよ。だって読み返さないんだから、ぼくは。それでああやって書いていくけど、実際とはかなりズレがあるはずです。結局、いまの自分の好みというのか、いま自分がつかみ出してきたものとして書くだけだからね。それと実在の人物とはどれくらい似ているかというと、ひょっとしたら似すぎているかもしらんし、違うかもしれない。実在的な人物のことをなんとなくそれらしく書いたときに、突然フィクションに移っちゃう。

後藤❖あのフィクションと実名という組合せを見たときに、すぐ志賀直哉のことを連想したわけです。あの人は、小説というものと随筆というものとを全然区別していないとはっきり言っているでしょう。彼にも、そうでない小説もいくつかありますけど、小説と随筆を区別しないという志賀直哉の意識と、小島さんが実名を出してくるという意識とは、これはまったく違うんじゃないかと思うんです。しかし、その上でうかがいたいのですが、そこのところの境界線というのは、どういう感じのものなんでしょうか。

小島❖それは小説によってずいぶん違いますけれども、まずぼくが選び出してきたいろんな情景なりなんなりを引き出してきて並べると、それは確かにどこかで書いたらしいものと関係があるようなんだけれども、結局、自分の現在に引きつけて書いているわけですね。そこには配慮もいろいろとあるんだけれど、突然どうしても……。『美濃』の場合もそうですけどね、どうしてもすべて具合が悪いんですよ。なかの人間も作者も具合が悪い。

後藤❖その具合が悪いというのは、書く意味がわからなくなるということじゃないんですか。

小島❖そんなことじゃないんですよ。実人生との関係で具合が悪い。実在の人間関係で差し障りがあるとかいうことじゃないんですよ。それもないことはないけれども、とにかく誰かを救ってやらなければいけないんですよ、恰好だけでも。人間が死んでいくときに恰好のいいことを言って「さようなら」とか「世話になりました」とか、こういうことを言いかねないでしょう、人間は最後になれば。それに近いことを、そこで芝居させなければちょっと具合が悪いんですよ。

後藤❖それは作者自身ではなくて……。

小島❖私も具合が悪い。人物が具合悪ければ、作者も具合悪い。人物は何も文句を言うわけじゃないですよ。文句を言うから、そのために体裁を整えるわけじゃないですよ。読んだら文句は出ます、一行一行違う、と。実名を使ったら全部違うと言いますよ。「私はそんなこと言った覚えがない。心外だ」とかね。そういう手紙も、もちろんもらいました。後藤氏も「K」（編注：『汝の隣人』で小島信夫をイメージさせる人物）のことをうまく使っているわけだけど……。

後藤❖あれも心外かもしれませんけど。

小島❖いや、心外じゃないの。あれは小説家同士の、しかも小説に近い随筆なりなんなりを元にしてやったものであって、すべてそこに昇華されているんですよ。

後藤❖そうですね。あれはただの事実ではないですから。

小島❖事実はない。むしろフィクションと言ってもいい。書いたものがあって、責任は書いた者に全部返っていくもんですよ。それもあなたは事実であるかのごとく使うという方法をとっているわけね。あれを知っている人は知っているし、知らん人が「K」は小島だというふうに思ってもいっこうに構わないわけですよ。しかも「K」の書いたものの元になったのは、確かにぼくの書いたものですよね。そうすると、そこでまた怪しげな関係があるわけですね。その怪しげなものを、あなたはあらゆる点で巧妙にやっていますね。その点、ぼくはもう少し野暮くさいのは全体の仕組みが違うためなんですがね。そのためのあおりが、ぼくに来るんだけどね。それがどういうあおりなのかは、ちょっと難しいんだけれども。

後藤❖『汝の隣人』の場合、いきなり「K」が書いたものを読んでいるところにサイレンが鳴るという始まりですからね。あれは書評の類でもほとんどすべて「K」は小島さんだというふうに当てられちゃっているんだけれども——また読んでいる作品の内容も出てくるし、それに当てられて困るということでもないんですが——ぼくのつもりでは、事実とか実在のモデルということじゃなくて「K」という人が書いたテキストをモデルにしてるということなんですね。出てくる対話にしても、作品の中では「K」と話をしている形だけれども、作品全体としては「K」が書いたものと対話しているという構造ですね。つまり、第二の現実というか、関係から生じた意識の現実です。つまり、フィクションというのは、そういう世界だろうと思うわけで、そういう対話的関係でいえば、すべてが「隣人」ということなんですね。

——『別れる理由』の実名登場者もフィクション——

後藤❖ただ『月光』の場合、実名で出てくる方たちは、どちらかといえばものを書かない人たちが多いでしょう。『別れる理由』では森敦さんとか大庭みな子さんとか、ものを書く人たちが出てくるけれども、今度は書かない人ですね。そうすると、書く側の意識的現実と書かれた側の事実、ノンフィクションとしての現実との関係は、もう一つ複雑になりますね。これが『別れる理由』の場合は、実在の人物であったとしても、それはすでにテキストなんですね。「柄谷行人」とか「藤枝静男」とかが出てきても……。

小島❖そう。それでなかったら、ぼくも書くわけにはいかないし。実在のその人をよく知らなくても書けるのは、その人の書いたものがやっぱりあるからね、それとの対話をさせればいい。しかもたとえば大庭さんという人が出てきて、これはあそこでは小説外の一つの世界のようなかたちをいちおう取っているけれど、小説内と対応するような仕組みにはなっているんです。だからあれも、あくまでいろんな意味でフィクションにしてあるんですよ。

後藤❖それは「大庭みな子」が出てきても「大庭みな子」の

肖像を描こうとするわけではなくて「大庭みな子」のコピーなんですね。流行語で言えば、記号化されていると言ってもいいということでしょう。

編集部❖「菅野満子の手紙」の中に「『すばる』の編集長」というのが出てくるのも、やっぱり記号ですか。

後藤❖あれはもちろんコピーでしょう。『別れる理由』に出てくる編集長にしても、あるいは読んだ人の頭に特定の人物の顔が出てくるかもしれないけれども、反対に、まったく似ても似つかぬものであってもいいわけですよ。コピーは、本物そっくりのニセモノでもある。しかし同時に、本物、つまり実在のモデルに対するメッセージでもあるわけですからね。

編集部❖『月光』では、いわゆる有名人ではない人たちを実名で出されてるという、そこのところの問題ですね。あおりが来るというふうにさっきおっしゃいましたけど、それは作者が刺激を求めているということもあるんでしょうか。

小島❖目的としてそういうものがあるわけではないですよ。しかし、結果としてはどうしても起こってくる。いろんなことが含まれていることは事実なんです。非常に俗な言い方をすると、まず一つは手応えの問題ですね。人間と人間が向き合って生きているという手応えね。この手応えの薄弱さというもの——これは作者の問題になってくるわけですが——を濃密にするということは、結局実在の人とのつながりが出てくれば濃密にならざるを得ない。その相手の人が自分に興味があるとして、しかも実在であるということを念頭に置きつつ考え始めたときに出てくるつながりというのは、あくまでも作者の側だけの問題だけれども、作者としては薄弱さが救われる気がするわけですよ。しかしこれは好ましくないこととして、すぐにいろいろな反応が起こってくる。

そうすると、あなたの『汝の隣人』で「愛」という言葉が出ていたけれど、まさにその問題になってくるんですね。愛情なんてものをまともに信じている者は誰もいやしないですよ。しかしつながりの手応えが濃く近く暮している存在というものはある。離れれば離れるほど手応えはなくなるけれど、せめてその薄い手応えをもってお付き合いをしてもらう。しかも小説家でもあるから、書き始めた以上はフィクションが起こってくる。それでもなお足りない。足りなくなって一挙にフィクション化しなきゃならなくなる。と同時に、書いている以上、登場人物に対しては愛情が湧かざるを得ない。愛情と言うより、別の言葉のほうがいいかもしれないけれども、ともかくつながりが濃くなる。さまざまな意味合いでね。そこで一種の息苦しさも出てくる。その息苦しさを手応えと感じているところも、おそらくあるだろうと思うんですよ。

後藤❖『月光』も『別れる理由』がフィクションであったのと同じ理由でフィクションだということじゃないでしょうか。

小島❖それはないですね。

後藤❖有名人であろうが、無名であろうが、人物化してしまえばフィクションだという原理は同じかもしれませんけどね。

小島❖同じだけれども、それでは済まなくなるんですね。済まなくなるところが違うと思う。それは結局だんだん書いていくうちに変わってくると思うんです。いまも続けているし。

後藤❖あといくつぐらいですか。

小島❖一つ書いていて今度また二つ書かなきゃならない。原理は変わっていないんですが、はね返り方というものは……。

後藤❖はね返ってきたものが次の作品のモチーフになってくる、ということですね。

小島❖そう。だから後藤君の小説のいいところは、さっきからコピーの術とか梅崎さんの話も出ましたけれども、一人の人間の中に入っていくということを実はそんなに求めてないんですね。入らないことはないんだけど、その入り方をきちんと、どの面から入るか決めてある。そして、ある表にあらわれたところだけで全責任をとる。そういうやり方をするほうがいいような気はしますね。入り込んでしまうと、これはもう落し穴になってくるわけです。つまり過去をいろいろほじくったりしても、何も出てこないものの部分に入っていく。それはね、結局、何かをなぞっているだけになる。

後藤❖同じことは『月光』の第一話のお坊さんみたいな人物の描き方についても言えるでしょう。あの人は書き方によっては、哲学的になったり宗教的になったり人生論的になったり、いろいろするかもしれないけれども、小島さんのやり方はどれとも違う。この人は偉いのか偉くないのか、気に入ってるのかどうか、感動しているのかどうか、どうも作者の態度がわからん——というふうに普通の読み方で行くと、そうなってしまう。しかしそういう疑問に、小島さんはあの小説で答えようとしていないでしょう。そこのところをぼく流に言うと、ある人物の肖像を描くという書き方ではないわけですよ。またある人物の生涯とか生き方とかを調べて、その人物について書く、という書き方でもなくて、その人物と、対話的関係をつくる、ということだろうと思うわけです。手紙の方法も、また同様で、それがフィクションということじゃないか。ですから、さっき、テキストとかコピーとか流行語を使いましたけど、要するに、実在であろうがなかろうが、有名であろうが無名だろうが、すべての人物と対話的関係を作る、ということじゃないでしょうか。ソクラテスともプラトンとも、ゴーゴリともドストエフスキーとも。

編集部❖編集者として少し口を挟みますと、後藤さんの『鰐か鯨か』（『謎の手紙をめぐる数通の手紙』に所収）ではホーソンとメルヴィルの二人の関係のエピソードが書かれていますね。あれは後藤さんの方法意識が、きわめて明確に出ていると思うんですが、いわゆる小説の活性化ということがいつも頭にある人間としては、ホーソンとメルヴィルに全面的に寄りかかっているような気がしないでもないんです。手応えの濃密さを回復しようとする意識はわかるにしても。そして小島さんは実名を出すことによって手応えを回復しようとなさっているけれども、しかしあえて挑発として申してしまえば、何かに寄りかからなくては手応えは取り戻せないのかどうか、と考えますが。

小島❖寄りかかっているかのごとく、みんな見るでしょう。しかし、ぼくはそうは思わないんですよ。寄りかかっているかのごとく見えるということを後藤君は出している。そこに面白さがあるわけね。だから、世間一般から見るとおそらく彼（後藤氏）は横着で、自己主張ばかりして方法、方法と言っている。『鰐か鯨か』でもそう見えるでしょう。しかしよく見ていくと、なかなか面白い発想も出しているし、引用も面白く書いている。ただ写しているだけじゃない。目立たないけれども、そこで少しずつ少しずつ前へ進んでいるわけで、そこが面白いんですよ。

編集部❖つまり、そこのきしみのようなものですね。それが文学を活性化することになるのかどうか……。

小島❖ところが、それをしなくて何ができるかと思っている。

後藤❖つまり、さっきの梅崎さんの作品を若い世代がどう受け取るかは別として、たとえばぼくが『復習の時代』というエッセイ集で言いたかったことは、流行りの言葉で言えば読み直しですよね。それをぼく流に言えば、日本はもちろん世界じゅうの作家たちがいろいろと苦心してやってきたことを忘れすぎているんじゃないかという気がするわけです。漱石でも荷風でもゴーゴリでも誰でもいいけれども、復習するということは自分流に読んで、それに注を付けるということでですね。ということが、すなわち書くということなんですよ。だからちょっと飛躍してわかりにくいかもしれませんが、さっきの本物とか偽物とかコピーとかの問題も、すべてそこにつながってくるわけです。

小島❖あなたの考え方には、ぼくもまったく賛成ですね。そういうことが非常に重要であり、むしろそれくらいしかない時代に来ていると思うくらいなんですよ。それで、たとえばロラン・バルトにしても、いま後藤君の言ったようなことを言ったし、プルーストの『失われた時を求めて』の注を付けるかたちで、ある文学的表現をして、自分なりの小説を書こうというところで死んじゃったわけでしょう。それからボルヘスも、彼は普通のかたちの短篇なんかも書いているけれども、その一方でたとえば『幻獣辞典』のようなものとか『汚辱の世界史』のような、まさに昔の説話やエピソードを彼なりに編集した本も出している。日本の忠臣蔵の話も書いていますね。彼が書くと面白くなるんです。

後藤❖かなり嘘も混っていますね（笑）。たしか浅野内匠頭の首を大石内蔵助が斬ったことになってましたね（笑）。

小島❖あれは意識的に間違えたわけじゃないんでしょうね。

後藤❖なるほど、そうかもしれません。

小島❖われわれには、むしろそのほうが面白い。

注をつけるということだけれど、実際は後藤君でも、注をつけるたびに何ともいえぬカスミのようなものがたなびいたり、時には星雲のようなものが群がってくるんですね。すると世界が見えてくる。その世界とは矛盾をはらんだものだ。ひろがりをもったものだ。そこが面白いんですよ。それがなかったら、復習も注も大したことではない、とぼくは思う。

後藤❖ですから、さっき小島さんからも言われましたし、ぼく自身、あれこれ野暮なことをやってきたと自覚しているんですけど、そういうことを繰り返しながら何が変わってきたかというと、結局のところ、書き方ということではないでしょうか。要するに、方法の変化ということしかないんじゃないかと思うんです。実際、いかに書くかという方法、形式がなければ、何も書き表わすことはできない、というところに来ているような気がするし、その一つとして「注」をつけるということも言ったわけです。まあいままでは、テキストによるテキストという方法も、一種の流行語みたいになっていると言えば、言えなくもないですけど、だからこそ、小島さんが言われたことは、そこから先の問題じゃないかと、ぼくはお聞きしたわけです。そして、まあぼくは、そこのところを、テキストであれ人物であれ、また古典であれ、近代文学であれ、それらのものと対話的な関係をつくるという方法を考えている。そういう形で、フィクションというものを考えているんです。ノンフィクションとかノンフィクション・ノベルとか、いろいろ言われていますけど、結局フィクションは、方法じゃないでしょうか。イデアとフォルムということでなくて、方法そのものがイデアであるというところまで含んだ方法ですね。だから小島さんの小説も、そういう形で、それこそ若い人達にも読み直されてしかるべきだと思う。それから、たとえばモダニズムとかアナーキズム系統のものとかも、いま言ったような意味、視点から、やはり読み直される時期に来ているんじゃないか。文学史の中でいわゆる「異端」的に扱われてきたものですね。


まあ、ここで世紀末なんてことを言うと、いささか大袈裟かもしれないですけど、ぼくはいわゆる「日本的」とは何かということを、最近考えてみたいと思っているわけです。いわゆる「日本的」であったようなものをバラバラにしてみることから、フィクションの方法というものを考えてみたい。

小島❖いまの後藤君の意見は非常に明快だし賛成だな。

後藤❖ただ、そういうことをあんまり言うな――と小島さんは忠告してくださったんだと思いますけど。

小島❖そうじゃないよ。いまあなたが言ったことは非常にいいことです。そのぐらいは言ってもらわないとね（笑）。


（一九八四年二月九日）

チェーホフは「青春文学」ではない

松下裕

松下裕——まつした・ゆたか

ロシア文学者、文芸評論家。一九三〇年、朝鮮鎮南浦府出身。早稲田大学露文学科卒業。十九から二十世紀のロシア文学研究者として、主にチェーホフ作品を翻訳。一九九九年に『評伝中野重治』で第七回やまなし文学賞を受賞。主な著書に『チェーホフの光と影』『ロシアの十大作家』など。訳書に『チェーホフ全集』(全十二巻)『チェーホフ小説選』『チェーホフ戯曲選』、ドストエフスカヤ『回想のドストエフスキー』『チェーホフ・ユモレスカ』など。

初出——「ちくま」一九八七年六月号「チェーホフの面白さ」を改題

〝チェーホフ的〟とは何か？

後藤❖大変だったでしょう、これ。チェーホフの個人全訳というのは初めてじゃないですか（編注：『チェーホフ全集』全十二巻）。

松下❖初めては、中村白葉さんのが昭和十年ごろにあるんですよ。その後、もう二十五年以上前になりますが、中央公論社版の三人訳が出ました。今度の全集は、小説と戯曲を全十二巻におさめてあります。初期の作品はなにしろ六百篇ぐらいあるので、そのうちの約六十篇、名作とされているものを訳しました。

後藤❖変名みたいなのも、匿名なんかも多いでしょう。

松下❖それはもう、匿名のやあれこれのペンネームのがいっぱいあります。ですからいまだにこれはチェーホフのだとか、そうでないとかいうような論議もあるようです。

後藤❖訳はいつごろから計画されていたんですか。

松下❖このあいだロシアに行ってた、その時からなんです。

後藤❖それはいつごろですか。

松下❖七、八年前です。

後藤❖ぼくも風の噂というのも変ですけど、松下さんが全訳するらしいという話は……。それがやっぱり五、六年ぐらい前だったような気がするんですよ。だからどうなっているのかなあと思ってたけど。

松下❖今度の全集は、初期の習作時代の作品はセレクトして二巻にまとめてありますが、三巻以降――「いいなずけ」が最後の作品ですが、「曠野」から「いいなずけ」までは全部入っているんです。それから十一巻、十二巻に戯曲。戯曲も生前発表のものは全部入っています。作品全集ですね。

後藤❖よく〝チェーホフ的〟と言われますよね。もちろんそれぞれが持っている〝チェーホフ的〟があっていいんだろうと思います。例えば十二、三年前、ソ連に作家同盟の招待で行った時、井伏鱒二さんへのお土産を預ってきて井伏さんに会ったんですが、まずいことに、ぼくは釣りも将棋もダメなんですよ。それで井伏さんの小説、特に初期のものにはゴーゴリ的なものがかなりあるとかねがね思っていたんで「先生、ゴーゴリの作品についてはどう思われますか」って野暮なことをおたずねした。そしたら井伏先生いわく「ぼくはチェーホフです」。一発、即答です。

松下❖井伏さんはチェーホフの「賭け」という小説――賭けをして自分で自分を幽閉するという話なんですけれども……。その「賭け」から「山椒魚」を書かれたというんです。

後藤❖「賭け」か、あれは。

松下❖そういう飛躍というか、それはすごいと思いますけどね。それは何度も書いておられる。チェーホフをいくら読んでも「賭け」から「山椒魚」を書くなんて、普通ちょっと思いつかない。井伏さん独特の思考回路というか、そういうものだと思います。

削りに削って無駄のないものに

後藤❖いまそれで、ちょっと思い出したんだけど、このあいだ井伏さんが「山椒魚」のうしろの部分をちょん切った改作が話題になっていましたが「賭け」もちょん切ったんじゃないですか。

松下❖省いてしまった、後日談をね。チェーホフは亡くなる一、二年前に自選の全集を出しているんです。その時にそういうふうに、初期のものについても非常に手を入れています。だから初期に書き飛ばしたものも、実に簡潔な、ととのったものになっている。自分の作品をきちんとしたものにして亡くなったということですね。

後藤❖だいたい彼は手は入れるほうですか、発表されたものでも。

松下❖それは、原稿は全部書き直して渡すし、初校、再校、三校と全部手を入れて、実にねばりづよく無駄のないものにしていますね。手を入れてる程度は非常に多いです。書きっ放しの人では決してありません。そういうことになぜなったかというと、若いころに短いユーモア小説を書かされた。たとえば十枚書くところを五枚にしろとか四枚にしろとか、短く短くと要求されますから、自分の精力は削ることにほとんど割かれるくらいだと言っている。それが特色ですね。

後藤❖医学部時代にも大変な数を書いてるでしょう。体を壊しちゃったのも、それもあるんでしょうね。

松下❖あるでしょうね、医学をおさめるかたわら非常に多作して作家になっていったのですから。それから初めのころ、小説だけではなくて裁判所回りをしていろんな事件のドキュメントなんかも書いてますし。

後藤❖探訪記事みたいな……。

松下❖探訪記事みたいなのも書いている。漫画にちょっとした小ばなしみたいなのを付けるとか、そういうこともしています。来る日も来る日も書いたものが全部で五千ページくらいはあると自分で書いています。

後藤❖それはすごい。ただ「曠野」のあたりからかなり自覚的というか……。

松下❖そうです「曠野」からね。「曠野」はかなり長いものです。いままでの絵入りのユーモア週刊雑誌ではなくて、厚い、総合雑誌にのった。〝厚い雑誌〟とロシア語では言うのですが……。

後藤❖純文学雑誌ですか。

松下❖純文学雑誌ですね。そういうものに発表した。それ以前はアントン・チェーホフという署名もこれ以降です。それ以前はアントーシャ・チェホンテーとか、いろいろな筆名、匿名で……。

――人間洞察家――若い時から大人びていた――

後藤❖チェーホフは普通〝短篇作家〟と言われるでしょう。何となくそういうふうに思われていますよね。でもこうやって並べてみますと必ずしも短篇じゃないですね。中篇に近いのが多いんじゃないですか。

松下❖「曠野」も中篇ですね。長いのは初期のものにもありますが「曠野」は四百字の原稿用紙にして三百枚ぐらいですね。

後藤❖となると、それはもう中篇よりも長いものですね。

松下❖日本でなら、長篇と言ってもいい。

後藤❖一冊ですからね。

松下❖長いものは「曠野」「決闘」「三年」それから「わが生活」など。

後藤❖「無名氏の話」もかなり長いでしょう。

松下❖ええ。長いものといってもそう何冊にもなるもの、ロマンはありませんが、三百枚ぐらいのものはいくつか書いている……。

後藤❖ロシア式にいえばロマンにはならないだろうけど、日本でいえばちゃんと単行本一冊分ぐらいのものが幾つかあるみたいですね。

松下❖でも、ロシアにはトルストイとかドストエフスキーのような、長大な作家がたくさんいますから、それに比べれば短篇作家ということになってしまうでしょうね。

後藤❖それは比較する相手に長すぎる人が多すぎるから、そういうことになるんでしょうけど（笑）。

松下❖チェーホフは、初期の書き飛ばしたと思われてるような作品でも手を抜かずに丹念に書いてますね。ですから「曠野」以降、急に立派な作家になったというのではなくて、初期の作品の中にはやはりたいへん立派なものがありますし、人間性の洞察に満ちたものがある。決して初期のものがつまらないということにはならない。また、初期のそういう人間観察がのちに生かされている。

後藤❖そうですね。ぼくなんか自分でも小説を書く人間として見て、初期に全くないものが途中からとつぜん出てくることはあり得ないと思うんですよね。表現の形式などはいくらか変わってくるとしても、やっぱりその作家の持っている要素は初期にだいたい出ているんですね。チェーホフでも後期のものをずーっと見ても、確かに初期の持っている笑いなら笑いというものが最後までありますよね。

松下❖ありますね。しかしこの人の偉いところは、初期のこういう段階にとどまらずに、晩年まで、どこまでも発展し、進んでいっている点ですね。「かわいい女」から「犬をつれた奥さん」「谷間」「僧正」そして最後の「いいなずけ」にいたる時期の作品は、やはり初期の、若いころの短篇作品にないような深みがあります。

後藤❖そうですね。

松下❖けれども彼は亡くなったのが早いですからね。四十四ですから。

後藤❖あのころはプーシキンとかレールモントフ、ゴーゴリなど、十九世紀のロシアの作家はだいたい若死にが多いけど、四十四というのはねえ。いまの日本の長寿大国に比べると恐るべき短命ですね。

松下❖しかしこの人は若い時から非常に大人びていて、人生に通じていた。「退屈な話」なんかもトーマス・マンが、これは二十七、八で書いた作品とはとても思えない、と言っています。老人の心理とか、人生いかに生きるべきかということが、死を前にした老学者の口を通して語られるのですが。

――新訳では題名を工夫――

後藤❖ぼくはあの「スクーシナヤ・イストーリア」が好きなんですが、池田（健太郎）訳だったかなんか違う訳じゃないですか。

松下❖「わびしい話」というふうに、ある時期呼ばれたことがありますね。

後藤❖ぼくらは普通「退屈な話」で憶えていたんだけど、あれはどうなんですか。ぼくは「わびしい話」というのは少しニュアンスが……。

松下❖いまはみんな「退屈な話」となっています。

後藤❖「退屈な話」でしょう。

松下❖〝退屈な話〟としてチェーホフは書いたんです。「退屈な話」だなんて読者にいったい受けるだろうかというふうに言っていますから。

今度の全集では、題名もいくつか工夫したんです。たとえば、いままで「めでたい結末」となっていたのを「めでたしめでたし」としたような。またここでは「女たち」と訳したのがありますが、それなどは神西（清）さんの訳では「女房ども」となっています。バーバというのは、俗語で男のことを、もともと百姓を意味するムジークというのに対して、女をいうので、別に軽蔑の意味はないのですから、「女たち」というのが正しいのでこういうふうにしたのです。歴史的に日本語として定着していて、むやみに動かせないものもありましたが。「六号室」や「谷間」など。

後藤❖題名をざーっと一覧しまして、なるほどずいぶん工夫されているなあと思いました。ぼくは「退屈な話」はちょっと聞いてみたいなあと思ってたんです。これは作品としてはやっぱり「退屈な話」のほうがいいと思う。

結核だがシベリアを越えてサハリン島まで

後藤❖それから、戯曲はあとまわしにして、小説では「グーセフ」「六号室」それから「かわいい女」、これがベスト3です。

松下❖「グーセフ」や「美女」というのは、非常にいいですね、散文詩のようで。

後藤❖チェーホフは百姓から大学教授、そして三等官の閣下のあたりまでずいぶん幅広くいろんな階層を書いていますよね。「グーセフ」は農民の階層を書いたものの最高傑作じゃないかと思うんです。それからいわゆる知識階層の最高傑作が「六号室」だと思うな、ぼくの好みでは。「かわいい女」はそういった階層すべてを超えた、彼の小説家としてのものの見方、女性論、社会および人間に対する彼の観察と思想、そのすべてをひっくるめた上での小説としての傑作じゃないかな、とぼくは思いますね。

松下❖この人は階層的に——ほんとに乞食みたいな者、浮浪者、そういう貧しい人々から、労働者、農民、インテリゲンチャ、それから地主、資本家まで、老若男女を描いていますし、地理的にいったら、ペテルブルグ、モスクワの大都会の人たちから南の曠野の小ロシア人（ウクライナ人）、アルメニア人、それからシベリア、サハリン島、そこの囚人たち、それだけの空間的な広がりがあるわけです。

後藤❖サハリンまで行っていますからね。「グーセフ」はいまぼくは仮に分類的に農民階層と言ったけど、そんなものは取っ払っちまってもいいわけで、この小説のようなものは世界でもちょっと類がないんじゃないですか。散文詩的な抒情と、冷酷非情な全く散文的な情け容赦のなさの両方が、背中合わせになっている。

松下❖情け容赦のないというのはどういう……。

後藤❖「グーセフ」の中に最後は人間がフカの餌になっちゃうところまで、パクッとやるところまで書いてるでしょう。パクッというところなど、水族館かなんかで見てるような感じでね。

松下❖チェーホフは人間が食われるところを見たかどうか知りませんが、サハリン島から帰る時、船に乗って、へさきから海の中に飛び込んで泳ぐんです。ずーっと船の艫まで泳いでいって綱で引き上げられるというようなことをインド洋でやっている。

後藤❖自分で？

松下❖自分で。ですから魚の生態みたいなものも見たかもしれませんね。

後藤❖やっぱりその時の感覚みたいなのが生きてるんじゃないかな。そのためにやったかどうかは別として。

松下❖この人はとにかく、結核で体が悪かったといっても、がたくり馬車に乗ってシベリアを越え、サハリン島まで行ってるわけですから、壮者をしのぐ気力と体力を持っていた。体も大きかった人ですからね。

後藤❖大きいんでしょう。

松下❖体は二メートルぐらいあったんです。

後藤❖それは大きいほうですね。

松下❖ロシア人としてもね。トルストイなどよりもずっと大きい。

後藤❖トルストイはわりと小さいでしょう。

松下❖小さいといっても一メートル七〇ぐらい。この人は背の高いゴーリキーと並んでも見劣りしない、二メートルぐらいあった。

後藤❖それは大きいですね。「グーセフ」というのは何か肉体の感覚的なものと、メタフィジックなものとが、うまく総合されているというんじゃなくて、さっきも言ったように互いに背中合わせになってる感じがするんですね。隣り合ってる感じがするんです。そこが何とも不気味なところでもあるし、かと思うと非常に詩的な叙情的なものがある。それが不思議な……異様なる名作という感じを受けるんです。非常にぼくは好きだな。それから文体がいいね。文体でいえば「六号室」より「グーセフ」のほうがぼくは好きですね。

レーニンはチェーホフを好きだった

松下❖しかし「六号室」もいいですね。テンポが速い。

後藤❖「六号室」というのは、恐怖性ではこれがチェーホフの小説では一番だと思う。フカに人間が食われるのは残酷だが、こちらは恐怖ですね。

松下❖レーニンがこれを読んで無性に怖くなって……。

後藤❖そのレーニンの感想はぼくは好きですね。好きというより、やっぱりレーニンはわかるんだね。

松下❖レーニンはチェーホフを好きだったらしい。妹が、兄さんのボロージャ（レーニン）はチェーホフを非常に好んだ、というふうに書いています。

後藤❖ぼくはレーニンの感想を誰かの解説文でしか読んだことがなかったんですけど、ぼくの感想はほとんどレーニンに近いな（笑）。感想というより感覚ね、瞬間的な感覚みたいなもの、ドアをあけて、おれも早くここから出してくれよと叫びたくなるあの感じは、実に生々しかったですね。

松下❖それは特殊なものではなくて、読んだ人は誰でも感じるものでしょうね。

後藤❖それは、あの恐怖が現代の社会機構の中での恐怖に通じるからじゃないかと思います。さすがレーニンというのはずいぶん敏感な人だなあと思いましたね。しかし「六号室」というのは世にも恐ろしき小説ですな。文章もわりと自己カリカチュアというか、自己戯画化的な文章で書いていますね。たとえばあのドクトルが、何とかいう六号室の患者のところへ通い始めているという「噂が立ち始めた」というところなど実にうまいし、うまいだけじゃなくて書き方が非常に新しいですね。


彼はもちろん手堅いリアリズムで書いてるが、具象化する手段はリアリズムだけれども、イデーとか物体とか感覚とかを組み立てる組み立て方は単なるリアリズムじゃなくて、彼の世界像をつくるための意識的な造型術、方法論を持っていますね。「突然ある日、奇妙な噂が立ち始めた」というような書き方は、単なるリアリズムからいけばそういう書き方はできないと思うんですよね。アブストラクト的なものとか演劇的なものとか、いろいろな手法は取り入れているんじゃないでしょうかね。

松下❖それはそうですね、平板なリアリズムではない。しかしいろんな現実からとってくるモザイクみたいなもの、その組み立て方、それはこの人の場合、あくまでも自然ですから、読後感は、現実そのもののような感じがするということですね。つまり、あるイデーによって現実をねじ曲げてみせるという書き方ではありませんからね。

後藤❖それはないですね。

松下❖だからどこまでいっても自然に感じる。自然そのものというふうに感じる。そこにやはり各人のいろんなチェーホフの作品の見方があり得ると思うのです。

後藤❖そこが〝井伏的〟かもしれないね。方法的、意識的だけれども、それを表に出さない。あの書き方は、なかなかうまいなあと思います。

松下❖うまいことは、ほんとにうまい。

後藤❖初期の医学部時代からの、お金のために頼まれて、時間、枚数、全部に追いまくられて書いていた。探訪記事みたいなものまでやった。その時、技術的な苦労もしただろうし訓練もしただろうけれども、その時は金のためでしかなかったようなものが、ずっとあとになって、あのころいろんな人間に会ったということが生きてきたんじゃないかと思うんですよ。

松下❖それはありますね。あの人は人と会うことが非常に好きで、自分の家庭にいろんな人が来て、わが家はまるで往来のようだ、と言っている。人の話を黙って聞いてるような人だったそうですが。人にもたいそう好かれたらしい。人間嫌いなところは少しもなかった人でしょうね、本質的に。だからサハリンなどに行っても、日本の領事館みたいなものが当時あって、そこの日本人とも交渉をもったりしている。とにかく人間に対する興味が常に強かった人ですから。

後藤❖だから、あれだけ初期の作品が書けたんですね。でなきゃできないね。

松下❖そうですよ。それでなきゃできない。

後藤❖いくら金のためといってもね。

松下❖空想だけで書くということでは、とてもこれだけの作品はできない。いろんな人と会って、その人たちの観察から生まれてるんですね。

チェーホフは年をとるほど面白い

後藤❖劇ですけど、ぼくはいわゆる四大劇といわれているものぐらいしか憶えてなくて、あとは読むだけは読んだはずだけど、ほとんど忘れちゃってるんです。たとえば四大劇の場合は「かもめ」と「桜の園」には「喜劇四幕」がついているわけですね。あとのは喜劇がついてない。

松下❖チェーホフが最後に「桜の園」を「喜劇」として書いたのはわかるような気がしますね。いろんな人が出てきて、いろんな衝突や思い込みのすれ違いがあって、そういうものがかもし出す人間生活のおかしみを死ぬまぎわになって描いたというのは実によくわかりますね。初期のヴォードビルみたいなものの精神が、亡くなる直前にまたよみがえってきている。「桜の園」を書く時には、彼は一行、二行というふうな調子で非常に苦労して書いたのですが、その苦渋のあとは少しも見えない。そして明るい。人間の奇妙さというか滑稽さというか、そこに漂うユーモアを生かして書いている……。それがこの大作家の最後の作品ということはよくわかるような気がするんです。

後藤❖訳す場合に「喜劇」という作者の限定をどう解釈しましたか。具体的に訳文を作る上で……。

松下❖ある人物が腹を立てて怒鳴ったり、悲しんだり、叫んだりしますね、そういうところは自分ができるだけ感情移入して、怒ったり悲しんだり叫んだりするのが読む人にわかるように訳したいとは思いました。それから「そう言ったのでみんな笑った」という時に、読んでみてもひとつも笑えないような文ではおかしい。チェーホフの作品は、そこを読むとほんとうに笑いだすように書いてある。訳すのはできるだけ原文に即してやりましたが、むりにおかしくするとかそういう努力はしませんでした。できるだけ忠実にということでね。

後藤❖「かもめ」はこの間ずいぶん久しぶりに読み返してみたんだけど、むかし読んだ時、つまり若い時分より面白かったです。あれは二十代でだいたい読みますね。「かもめ」はテーマは青春だけれども、学生時代は「かもめ」にかぶれちゃうというのが多いですよね。むしろ「桜の園」なんかより先に若い人は「かもめ」にかぶれるでしょう。ぼくなどもそうだったんだけど、ある時期から「桜の園」のほうが好きになっていたんです。ところが二、三日前に読み返してみたら「かもめ」もいいですね。やっぱり傑作ですよ。

松下❖私は今度、訳していく過程で、むかし読んだチェーホフよりももちろんよくわかるような気がしたし、面白かった。全体としてね。

後藤❖確かにそれはいえますね。ぼくも、むかし読んで忘れているところももちろんあるけど、ただ、忘れていると同時に変に「ここだ!」と思い込んでいたところがあるでしょう。それはいい意味で強く残ってるわけね。積極的に強く印象づけられて、この作品のここが自分は好きだったんだというふうな残り方をしているわけですね。それが面白いね。

時間があまりなかったんだけれども、小説と戯曲と幾つか読み返してみたけど、前読んだ時より、全部、面白かったですね。ぼくも少しは年とったから、むかしよりもちょっとは目が見えるようになったせいかもしれないですけれども。

松下❖それはチェーホフの作品が人生そのものだ、人生よりもなお真実だ、ということがあるでしょう、ですから、それについてのこちら側の経験が深まるにつれて人生の深みが読み取れるということだと思いますね。

後藤❖そういうことだと思うんですよね。

松下❖だから必ずしも青春の文学だけではない。

後藤❖青春文学ではないですよ。

松下❖老年の文学でもあるし、成熟した人間の読むに堪える文学であるわけですね。

後藤❖その年代その年代でのね。

松下❖それがチェーホフの大きな特色で、読者をどんどん増やしていく要素だと思います。

後藤❖だから若い時は若い時で感動し、四十代なり五十代になると、またその人生の経験で、別な側面とか深みとかが見えて来て、それで面白くなってくる文学ですね。

松下❖必ずしもそうならない文学もあると思います、青春時代だけの文学とかね。

後藤❖そういう一過性の、通過儀礼的に十代では読むけど、三十代になったらもう読まない、という青春文学ではないですよ。

松下❖チェーホフが作品をどこまでもドキュメントふうに書いているという特色、それが人が幾つになっても読むに堪える性質を生んでいると思いますね。複雑な社会の本質が、現れとしては、個人個人の複雑な性格として現れる、そういう人間の運命を即物的に描く、だから、チェーホフの文学はいつまでたっても読むに堪える、感動を与えるということがあると思います。

後藤明生と『首塚の上のアドバルーン』

× 富岡幸一郎

富岡幸一郎——とみおか・こういちろう

文芸評論家、関東学院大学国際文化学部比較文化学科教授、「表現者」編集長、鎌倉文学館館長。一九五七年、東京都出身。中央大学文学部仏文科（現・文学部人文社会学科フランス語文学文化専攻）卒業。七九年に大学在学中に書いた評論「意識の暗室 埴谷雄高と三島由紀夫」が群像新人文学賞評論部門の優秀作を受賞。九一年にドイツに留学し、同じ頃に都内から鎌倉に移住。主な著書に、インタビュー集『作家との一時間』『非戦論』『川端康成 魔界の文学』など。

初　出——「すばる」一九八九年四月号
単行本——富岡幸一郎『作家との一時間』（日本文芸社）所収

富岡❖後藤さんの作品には一貫して小説の「読み方作り方」についての方法意識があると思います。『挾み撃ち』『夢かたり』『行き帰り』と七〇年代に出た一連の作品を読んでも、それが強く出ています。後藤さん自身の北朝鮮からの引き揚げ体験とか、北九州でのこととか、そういう一回的な体験がテーマになってはいるが、「私」という中心に向かって収斂してしまうのではなく「私」を踏み外している言葉の動き、言葉の運動性、それが大変おもしろい。これは今度の『首塚の上のアドバルーン』にもよく出ていると思います。その点では、後藤さんたちには「内向の世代」という名称がありましたが、最初のころからの作品を含めて改めて考えてみると、どうも「内向」という言葉だけでは十分に捉えられないものがあります。その方向は、八〇年代後半になって、いっそうはっきりと出てきたのではないでしょうか。

後藤❖これまで、デビューの仕方とか世代とか、グループとかによっていろいろな名称が付けられましたね。それはそれで、うまいネーミングもあるし、文学史的な必然性や便宜性もあるでしょうが、しかし、ああいうものは一遍出ると変わらないものなんですかね。

今、富岡さんが僕に関して「内向の世代」という分類からややはみ出すんではないかと言われましたけれど、僕に限らず、作家やグループは時代とともに変化していくものであるという認識もあっていいような気がする。

富岡❖「海燕」で年末回顧の鼎談を、菅野昭正、秋山駿氏とやったんですが、そのとき「内向の世代」はみんな小説が非常にうまくなっている。だけど、うまくなっていいのか、それでいいのかという話が出ていたんです。

そこで改めて後藤さんの作品を読み返してみると、後藤さんの場合はうまくなってないというわけじゃないんだけれども、一方で、文学における求心性あるいは完結性というものをはっきり意識的に外していくような試みが、うんと早い段階から一貫しているんじゃないかと感じます。

後藤❖「海燕」の鼎談は、ざっと見ました。それで記憶に残っているのは、秋山さんが大江健三郎さんについて言っていたことですね。

　正確な言葉は忘れましたが、秋山さんが言うには、大江さんはどんどん変化する作家だ。そして、それは異例のことである、非常に珍しいと言うんですね。自分の文学世界、文学の理念、あるいは形式、方法、そういうものをどんどん変容させていく作家なんだと言う。その通りなんだけれども、記憶に残ったのは、それが「異例」だということです。つまり普通の作家はそうではない。一人の作家には「誰々の世界」というものがあり、それを一つの方向に向かって完成してゆく。それが普通だというわけですね。

　これは秋山さん独特の考え方か、あるいは、日本の批評家の一般的な考え方か、たずねてみたい気もします。というのは、ごく簡単に言えば、私小説作家だけについてなら、そういう〝完成〟〝完結性〟という形で捉えられるかも知れない。それと文壇的な見取図を作ったり、交通整理をするためには、最初の分類、デビューして間もなく貼られたレッテルから変化しない方が、便利でしょうね。つまり、一人の作家を一つの分類法で考えようというのは、いわゆる文壇的な便法だったんじゃないでしょうか。僕自身は、作家が変化するのは当然のことだと考えてますがね。

富岡❖たとえば「第三の新人」にももちろん変化はあると思います。しかし、その変化は完結に向かっての収斂という形でしたね。

後藤❖それぞれ違うけど、結果的にね。

富岡❖「第三の新人」は、ある種の日本の近代文学の伝統である収斂という形においてではあるけれども、やはり変化してきた。ところが、後藤さんの場合は、『文学が変るとき』という、そのものずばりのタイトルの評論集もあるくらいで、そういう意識で小説をつくることをやってこられた。

　それは一つは、後藤さんの場合はロシア文学とのぶつかり合いみたいなものが出てくる。ロシア文学は言うまでもなく日本の近代小説に影響を与えています。例えば、白樺派のトルストイとか。しかしその影響のされ方は、ある意味で「第三の新人」のような自己完結性、求心性というところに引き寄せた形においてだった。それに対して、後藤さんの作品から僕が感じるのは、むしろぶつかり合い、衝突みたいなものですね。

　これは後藤さん自身がエッセイでも書かれていますが、二葉亭四迷まで戻ってしまうというか、ねじれてしまう。そういうことがあります。トルストイにしてもプーシキンにしてもドストエフスキーにしても、二葉亭四迷はそこから自己完結的な影響を受けたのではなく、それにぶつかって解体した。それが時代を下ってみると、日本の近代小説の自己完結性とロシア文学の享受の仕方が一緒になってきている。これと反対に、後藤さんの中ではもう一回戻っていくというか、ねじれながら二葉亭に戻るような経路があると思うんです。

ロシアの近代・日本の近代

後藤❖近代文学には、平たく言うと、文学を通して自己形成をするということが、一つの大きな理念としてあったと思うんです。僕ももちろんそういうものを読んできたわけですが、さて自分自身が書くということになった場合には、その否定あるいは疑問からスタートせざるを得なかったような気がする。つまり、ほんとうに自己というものは形成されるんだろうか。人格というふうなものを表現することが文学なのか。そういう否定的な疑問があった。

二葉亭の場合も、文学というのは自己形成や、人格形成を書くことではなくて、もっと別のことではないかという疑問がそもそもあったんじゃないか。彼が考えた文学は、いわゆる人格の形成とか自己完成ではなくて、どうやらその反対に近いものだという気がする。

自己完成の反対は自己矛盾、自己形成の反対は自己分裂、自己解体です。つまり、その分裂と矛盾と解体が、彼の文学の中心テーマになっている。だから『浮雲』が近代小説の始まりだとしたら、分裂、矛盾、解体こそが近代日本の最初のテーマだった。それがだんだん変わってきたところに、明治、大正の日本の近代文学の特殊性というか、ゆがみがあると思うんですけどね。

富岡❖二葉亭の立ち向かった問題が飛んじゃったということですね。

後藤❖そうです。

富岡❖ピョートル大帝がペテルブルグに人工都市を造って、ヨーロッパの文化をスラブ世界に入れる窓としたわけですが、あれを造ってからプーシキンが出るまでに百二十年くらいかかっていますね。ロシアの言葉と近代というものとの葛藤の結果、百二十年たってああいうものが出てきたれども、二葉亭はそれを二十年でやろうとした。後藤さんが注目するのはそこですね。

後藤❖百年早すぎたということですね。

富岡❖ちょうど明治から百二十年が一九八八年で昨年だったわけで、単純計算で言えばそろそろプーシキンが出てきてもおかしくないわけですが、後藤さんはある時期からものすごくそういうものを意識されている。作品でいうと『壁の中』、その前の『汝の隣人』あたりからそういう流れの中でお書きになっているように感じますが。

後藤❖二葉亭がロシアの小説から分裂と矛盾と解体のテーマを読み取ったことは非常に鋭いと思う。ロシアは、近代化すなわちヨーロッパ化という形でスラブ的なものと西洋的なものを合体させて近代ロシアを造っていった。それは完全に楕円ですね。僕は露魂洋才なんて言葉で言ったんだけど。二葉亭は明治二十年の段階ですでに日本の近代、つまり「和魂漢才」を一挙に「和魂洋才」に変換した日本の近代の中に、近代ロシアの分裂＝混血と同じ性質のものを見たということでしょう。

ロシアの十九世紀の小説というのは、実に明快なテーマを持っていて、それは僕流に一言で言えばペテルブルグだと思うんです。ペテルブルグを書くこと自体がピョートル以後の百二十年なり百三十年間のロシアの近代化の矛盾と分裂と、それからグロテスク、そういうものを書くことだったという ことでしょう。そのグロテスクという面は、滑稽とか、僕の関心のある笑いや喜劇性、カリカチュアということで出てきているわけですが、そのカリカチュアの部分が小説として表現されていくには相当時間がかかる。その時間というのは書く人間だけではなくて、読むほうの受け皿が随分重要だと思う。日本では両方が不完全なところで、二葉亭のああいう空中分解的な行き詰まりが生じてきた。そもそも、明治二十年代に、果たして近代の自我が形成されていたか。形成されていない自我の解体という、ややこしい問題もあると思いますが、問題の意識そのものはかなり本質的なロシアの近代小説のテーマに届いていたような気がするんです。

富岡❖後藤さんが『ドストエフスキーのペテルブルグ』という評論で書いているのは、結局、分裂あるいは混血としての問題ですね。都市自体の姿だけではなくて、そこに生きている人間も含めてそういう分裂を持っている。都市小説とおっしゃっていますが、単に空間的な変容の問題でなく近代化という一つの歴史軸の問題として、歴史が一挙に空間化された場合に出てくる矛盾ということでしょうか。たとえば『壁の中』に出てくる「トウキョウ」というふうな問題……。

後藤❖都市小説という問題も、僕にとっては近代小説ということと別問題ではないですね。問題は、要するに日本の近代ということなんで、それをどんな形に書いていくか。一つは人間の意識の分裂という形で考えた。それから人間関係ということで考えていた。つまり、バラバラ人間と、そういう形でしかあり得ない人間と人間の関係ですね。そして、そのような、反人格的な関係の場所として都市が出てくるわけです。

反人格というのは先ほど言った二葉亭の分裂と矛盾と解体のテーマです。だから、近代というもの自体が僕にとっては始めからぶっ壊れた時代なんですね。そういう形で、ぶっ壊れた近代における、バラバラ人間の人間関係というのがとりあえず、僕の小説の基本だということでしょう。

転倒した近代的自己

富岡❖そのぶっ壊れている近代、バラバラになっている近代、そこから出発するという視点が日本の近代小説では少ないですね。

後藤❖僕はそれがどこかから消えていったのかを手繰（たぐ）ってみた

いような感じもする。
例えば二葉亭の『あひびき』ですね。ツルゲーネフの『猟人日記』の翻訳です。『あひびき』だったら、まずどんな人でも文句なしに読める。ところが、彼の書いた『浮雲』となると、尊敬はするけど問題がいっぱいあるわけね。二葉亭は小説家としてはちょっと無理だったんじゃないかという論さえある。
日本の作家や評論家は誰もがロシア文学を読んだと言う。ところが、その読まれ方が問題なんですよ。いわゆる『あひびき』に代表される自然派、それから人道派、それから抒情派、この三派は非常に受けがいい。すうっと入ってくる。明治以後のどの流派にもほとんど影響を与えている。一番縁がなさそうだけど、永井荷風みたいな人にまで影響を与えている。国木田独歩においてはまさにそうでしょう。そして島崎藤村でしょう。ところが今言った自然派、人道派、抒情派の反対の要素というのが、読まれたという量のわりには全然吸収されてない。吸収されてないどころかほとんど知られてない。はっきり言ってプーシキン、ゴーゴリ、ドストエフスキーの喜劇性が全部抜け落ちてしまっている。つまりユーモリストとしてのロシア文学者、ユーモアとしてのロシア文学というものが抜けてしまっている。それが、日本の近代小説がロシアから影響を受けながら、二葉亭が理解し、実現しようとしたところからずれていった理由じゃないかという気がするんです。

富岡❖近代という非常に硬い壁にぶつかる前に、抒情的なモダニズムに浸れば、本来、近代のぶつかり合いの中に出てこざるを得ない喜劇性が飛んでしまう。二葉亭はそれがよくわかっていたんでしょう。『平凡』なんかも考えようによっては凄まじい作品ですね。

後藤❖ずいぶん前に花田清輝が、分裂がなぜ悪いか、二葉亭の主人公を見ろよ、みんな分裂してるじゃないか、と言ってますがね。

富岡❖楕円ということも言ってますね。

後藤❖ところが二葉亭とは逆に、小説の本筋が自己形成、自己完結、というところへ行ってしまったこと自体に、日本の近代小説の歩んできた逆の普遍性のなさみたいなものを感じます。それが「日本的」という形で特殊化した。本来はテーマとしての分裂とか矛盾というものが、少なくとも二本柱の一つでなければいけないと思う。

富岡❖その点に関して後藤さんは、文学内部の純血主義が逆に文学の衰弱を生み出している、ともお書きになっていますが……。

後藤❖たとえばルソーの「自然にかえれ」が、まったく反対に解釈されて来たと思うんです。あれは一応システムとしてでき上がった近代に対する否定としての自然であり、自己であり、感性なんですね。知的合理主義としての近代への否定であり、反逆です。
ところが日本の場合、家や封建的な関係という「前近代」から独立して近代的自我を確立するために、ルソーを使っている。これじゃあまるで、意味が逆になってしまうんじゃないか。

その辺から僕は、どうも日本の自然主義以後の近代小説が考えてきた自己形成とか、彼らが言う近代的自己というものが転倒してしまっているんじゃないかという気がしてくるんですね。

富岡❖その転倒がどこかで文学の衰弱を誘っている。後藤さんの作品に即して言うと『汝の隣人』あたりからまた一つの流れが出てきたと思うんです。ソクラテスを単一の円の中心としないで、アルキビアデスを対称に扱って、二つの中心点のある楕円の構造の中で扱っていく。それが対話の方法として出ている。つまりプラトンの『饗宴』自体の持っている小説的な構造を、作者の後藤さん自身が自分の作品の中に入れながら展開されている。

もちろんダイアローグの小説は日本の中でもいっぱいありますね。だけど、結局ダイアローグでありながら、言葉の対立・葛藤、あるいは逸脱みたいなものがない。モノローグになってしまっているものが多いんじゃないかな。対話のダイナミズムというものが欠けている。それに対して『汝の隣人』は、後藤さんがかなり意識的な試みをした作品じゃないでしょうか。

後藤❖自己完結性ということを重視すれば、たとえ対話の形を取っていても、モノローグ的になる、ということでしょう。反対にバフチンは、ドストエフスキーの小説においては、たとえモノローグであっても対話の構造を持っている、と言っています。

『汝の隣人』のテーマは、とにかくプラトンの対話篇、特に『饗宴』のおもしろさを発見した喜び、そう言ってもいいぐらいのものだと思います。対話自体が持っているポリフォニックな面、逸脱とか、噂性とかいった構造、それをプラトンの『饗宴』という対話篇が見事に実現している。これこそ、我々の生きている今の日常の世界と、時間、空間を超えた超日常的な世界の両方をつなぎ合わせる形式だと思ったんです。そして、それがバフチンのいう、ドストエフスキー作品における笑い、ポリフォニー、対話の理論と一致しているという発見ですね。

―『壁の中』の構造―

富岡❖『壁の中』という作品が後藤文学の中で一つの大きなポイントになっていますね。初期の『挟み撃ち』などの流れから『汝の隣人』『壁の中』に流れてきて、ここで大きな問題提起というか一つの区切りがなされていると思います。

この大作は読んでない読者が多いと思うので（笑）、少し解説しますと、七九年から八五年まで連載されて、刊行が八六年。第一部が贋地下室、第二部が『濹東綺譚』の作者と贋地下室の住人との対話と構成が分かれています。

第一部の地下室というのは、言うまでもなく十九世紀ロシアのドストエフスキーの「地下室の住人」に対して二十世紀東京のビルの九階に住んでいて、これを地下室と称している主人公がいる。彼は大学の非常勤講師で、決して閉じ籠もっているわけではなくて、大学に行ったり、愛人がいたり、いろいろ動いているわけです。しかも、その地下室はドストエフスキーの地下室にはないものがすべてそろっていて、非常に日当たりもいいし、明るいし、冷蔵庫や洗濯機まであるという部屋。そういう地下室です。ある意味で、ドストエフスキーがペテルブルグであおいう地下室の住人をもって描こうとしたロシアと西洋近代のぶつかり合いの問題と、日本の近代の問題とを対比する、あるいは両者の違いを喜劇性をもって描く、そういう形ですね。第二部では永井荷風とか正宗白鳥が出てきて、えんえんと対話が繰り広げられる。この作品自体が二つの焦点を持つ構成になっている。

一つおもしろいと思ったのは、これが書かれていた七九年から八五年という時期は、今までの自己完結的な、完成的な文学の伝統がかなり大きく変容していく時期にぴったり合うということです。

もう一つは、蓮實重彥が『小説から遠く離れて』という評論で言っているように、七〇年代末から八〇年代にかけての日本文学を代表するような長篇が、申し合わせたように同じような物語におさまってしまう要素をはらんでいるのに対して『壁の中』という作品にはある異質さを感じることです。『壁の中』は、そういう申し合わせたような要素、物語には収斂していかないで、横に動いていく。構成そのものの流れとしてそういう動きが強く出ている。時代のパースペクティブの中に置いて対比してみると、おもしろいんじゃないかと思いました。

後藤❖千六百枚か千七百枚ぐらい書いたんじゃないかと思う。第一部はドストエフスキーのテーマの変奏ですね。つまり十九世紀のドストエフスキーのペテルブルグ＝分裂＝混血のテーマを二十世紀の東京でどういうふうに変奏できるか。日本の近代、ロシアの近代ということで、ずっと僕の中に連続したテーマがある。それを表現する一つの形としていろいろなことをやってきたわけだけれども、あの場合は、ドストエフスキーの『地下生活者の手記』をパロディ化し、いろいろな意味で材料に使いながら、僕のテーマでいくつぐらい変奏曲がつくれるかということだった。とにかく変奏できるところまで変奏してみよう。全然関係ないじゃないかというぐらいのところまで変奏し尽くしてみようという意識で書いた。だから、ご存じのとおり『分身』『悪霊』が出てきたり、カフカなんかも出てきたりしているわけです。

富岡❖七〇年代後半から八〇年代に出た長篇は、どこかで時代にかかわりながら、ある種の完結性を求めているものだった。べつに『壁の中』が完結性から遠いというわけではないんですが、対比的に考えられるような気がします。

後藤❖ヨーロッパ化したためにロシアの大地から切り離された人間。つまりヨーロッパ的知識・教養を十分身につけてしまったその結果として、ロシア人でなくなったロシア人、それが我々のロシアのインテリだ、という一つの定義みたいなものがドストエフスキーによって出されているんですが、それとほとんど同じ定義づけが日本の知識人にできるんじゃないか。日本の近代とは何なのかというテーマを、それこそばか正直に、つまり愚直に小説の形でやれないだろうか。それを思想とか人格とかが関係し合うようないわゆるリアリズムの小説ではなくて、分裂、解体した意識の状態として書いたわけです。

富岡❖評論的な意味で近代を論じるというのとはまったく違って『壁の中』という作品の言葉自体の動きというか、逸脱というか、行ったり戻ったりしていく、あるいは、ずれていったりする、そういう動きの中で、日本の近代の持っている矛盾なり分裂なりがあぶり出されてくる重要な作品だという気がします。現代小説はこういう愚直でまっとうで、しかも混沌であるというものをどこか避けて、自己完結的な、あるいは物語性のほうに流れていく傾向があったんじゃないか。

超ジャンルとしての小説

後藤❖ある時期、全体小説という言い方がありましたね。感覚から思想までとか、状況から時代までとか、そういう形の全体小説の方法とは、もちろん違います。やはりドストエフスキーがやったあの形を、もちろん意識的に模倣し、批評しながら、そこからどんどんずれていくというか、逸脱していく。そういう模倣と批評と逸脱がどこまでできるかというのが、僕の考える二十世紀小説ということです。

富岡❖『壁の中』というのは全体小説とも違う。物語性の中に入り込むというのとも全然違いますね。

後藤❖と同時に、こういうこともあります。僕が今までいろいろ言いましたね。そうすると「ああ、そうかい、お前、ドストエフスキーなんかに興味持ってるの」と、そういう声が当然聞こえて来るわけです。また富岡さんが説明してくれたように、七〇〜八〇年代の他の長篇の中で『壁の中』は異質だったわけです。異質ということは、ズレているとも言えるわけで、そういう疑問の声というのも僕自身の中に実際あったんですね。だからそういう声に対しても絶えず対話を繰り返していくという形で更にズレていく。そういう書き方だったと思う。今なぜドストエフスキーなのか、なぜ『地下生活者の手記』なのか、なぜ『悪霊』なのか、なぜ『分身』なのか、なぜカフカなのか、という声に対する第二、第三、第四の対話というものも、非常に重要なものになっている。

しかし、迷宮にはまりながらも、むしろ迷宮は黄金なんだ、黄金の迷宮だという形で言葉そのものを、ある意味では遊び、ある意味では楽しみ、言葉そのものに迷うというか、そういう形もあったと思う。この「悪戦苦闘的な遊戯」という二重性は、重要なものですから、強調しておきます。

富岡❖作品の迷路、言葉自体の混沌が、まさに日本の近代のテーマを逆にあぶり出していく。明らかに戦後派の持っていた理念的な全体小説とは違うものなんですね。

後藤❖違うでしょう。ほとんど反対の方向を向いているんじゃないでしょうか。

富岡❖それから、何でドストエフスキーかということで一つおもしろいのは「復習」ということですね。作品の中にも出てくるように復習もまんざらではない。それどころか、復習は予習にまさるとも書かれている。ところが、さっきの七〇年代後半から出てきた長篇は、いわば予習型長篇なんですね。村上春樹にしてもそうだけれど、新しいアメリカ小説なんかを取り入れたりした予習型だった。それに対して復習ということを後藤さんはかねがね言われてきた。

後藤❖それはいわゆる文学史というものに対する僕の意識でもあるんです。小説はジャンルとして後から来た。後から来たということは、とにかく前にあったもの、同時にあるもの、そういういろんなジャンルを取り込むというか、それをまず模倣する。模倣しながら批評していくというのが、小説の運命だと思う。それは特権であると同時に、歴史的運命でもあるわけで、小説というものの性格だと思います。

つまり、小説というのは、そもそもの発生において、分裂的、混血的ジャンルである。僕は、それを「超ジャンル」と呼んでいるわけですけど、小説の〝純血〟主義者は、そういう性格を、ともすると忘れがちだ。十九世紀に非常に小説が栄えた。二十世紀になってその黄金時代が去っていくとよく言いますが、僕は二十世紀にも小説の役割はちゃんとあると思う。それは振り返ることだと思うんです。結局、小説とは何だったのか。どういう形で始まって、一体どういうことをやり続けてきて、どういう形で行き詰まって、またどういう形で生き延びてきたのかという、そういう御先祖様の歴史を、自らの過去として振り返る意識。そういう小説そのものについての反省と自意識が復習だと考えたらいいんじゃないかと思うんです。

また、復習しているあいだにも時間は未来に向かっているわけだから、過去へ向かうということは、すなわち未来に向かっていくという意識にもつながる。これはSF的なテーマかもしれないですね。未来は過去にしかない、ということですね。

富岡❖最近、作品中で未来を設定するのが非常に多いですね。SFじゃなくて純文学の作家がある時期からやり出した。それは七〇年代後半から八〇年代に入ってくるその辺の変化の中でもすでに現れていて、最近またより顕著になっているんですね。

後藤❖小説の中の時間を考えた場合、結局、過去、現在、未来ですね。それをどう書くかです。

僕の言う復習は「未知としての未来」ではなく「未知としての過去」を振り返るということです。忘却された〝未知〟としての過去をいかにして思い出すか。これは二十世紀小説の、基本的かつ重要な方法の一つです。

「読みかえ」を超えて

富岡❖『壁の中』の第一部の後半でドストエフスキーの『悪霊』の中にあるスタヴローギンの告白が出てきます。ここでチーホンとスタヴローギンが対話する場面がある。実はこのスタヴローギンが書いた文章にはロシア語の文法のミスが多いというわけですね。それをドストエフスキーはそのまんま書いている。後藤さんは、そういう言葉のブレというか、動きというもう一つの軸をたぐってみると、ここに楕円的なものがあると書かれていているわけですが。

後藤❖スタヴローギンの文法的過ちというのは、ドストエフスキーがしつこく書いています。それを書くということはドストエフスキーにとっては大きな問題だったと思う。チーホンという人もいろいろなふうに言われるんだけど「どんな告白にも滑稽なところがあるものでしてな」というおもしろいところがある。あれが何を指しているのか、これまでの研究者は皆さん書いてないですよ。スタヴローギンの悲劇性とか思想とか苦悩とかいうような完結的な形で考えていけば、そういうものはむしろ邪魔になるわけですからね。だけど、ドストエフスキーを体系化し、あるいは人格化していこうという方向づけに相反する言葉として書かれているものについても、僕はそれらを、偶然ではなく、明らかに手法として意識的に使われたものだというふうに受け取りたい。それは当然、ドストエフスキーの読みかえということにもつながってくるし、それだけではなく、読みかえを超えて、まさに僕自身が書くという方向そのものにもつながってくると思う。

富岡❖その書き方が、おのずから日本近代のモダンの分裂性みたいなものを浮き彫りにしていくと思いますが。

第二部で聖書をめぐる荷風と地下室人のやりとりがありますね。そのダイアローグの中に、日本近代の一つの問題、西欧、あるいはキリスト教というものとのぶつかり合いがある。後藤さんとしてはかなりそこにこだわって書かれていますね。その後に正宗白鳥が出てきて、キリスト教を媒介にして、今度は荷風と白鳥がぶつかり合ったりする。和魂洋才の分裂を、理念とか人格として出すんじゃなくて、言葉の動き、あるいはズレの中で出しているところがおもしろいと思います。

後藤❖キリスト教と近代日本の知識人との関係は、非常に重要かつ興味深いテーマですね。彼らはキリスト教に、宗教的なもの以外の、近代＝西洋のイデオロギーという形でぶつかっていると思う。

白鳥は非常におもしろい批評語を使う人で、例えば内村鑑三にしても夏目漱石にしても森鷗外にしても「あのころの秀才はみんな脳の片側が反近代的なんだ」とか、教育勅語的なんだという。カーライルの哲学を勉強しながら、片一方では教育勅語なんだとかね。ところが、白鳥自身には分裂という概念はないんです。つまり、イデオロギーとか思想とかは、少なくとも分裂していてはいけないという前提がある。だから、さかんに鑑三その他の分裂、矛盾を指摘して批判するけれども、そこがさっきから問題になっている二葉亭の「分裂、矛盾、解体」のテーマからズレるわけですよ。

だから、第二部の最後で、ワーッとそれまでの登場人物を全員集合的に集めてみたのは「おっしゃるのを聞いていると、皆さん分裂しているんじゃないですか」ということを言いたかったわけです。

富岡❖おっしゃるように、日本のキリスト教というのは日本の近代における一番異様なものだと思います。

後藤❖異様にして、また強烈な、ね。

富岡❖後藤さんがそこに一つのポイントを置いてくると、近代の分裂自体も見えてくる。日本で聖書とかキリスト教の話になると、とかく宗教的に文学を扱わなくてはいけないとか、あるいは日本化されたキリスト教とか、そういうふうになる。そうではなく、やはり異様さというか、そういう分裂を指摘することで、近代のものとして出てくると思います。

後藤❖日本のキリスト教文学は、それをまったくやってないですからね。

富岡❖後藤さんのその後の『使者連作』という作品も、やはり分裂だと思います。韓国に行って、ハングルと日本語、あるいはソウルと東京という異文化の中で、宙吊りというか分裂した状態が出てきますね。

後藤❖あのころ「後藤さんが韓国に行ったのは、センチメンタル・ジャーニーですか？」って言った人がいた。僕が子供のときにいたのは三十八度線の向こう側、今で言う北朝鮮のほうなので違うんだけれども、やっぱり他人から見ればセンチメンタル・ジャーニーと受け取られてしまうということですね。そしてあの作品は、そういう〝他者〟の声との対話の構造になっている、ということになるんじゃないでしょうか。

――アミダクジ式遍歴、あるいは小説を食べる小説――

富岡❖今度の『首塚の上のアドバルーン』には七つの作品が

入っていますが、これはつながっているわけで、連作長篇と言っていいでしょう。これも「読む」と「書く」との方法意識がはっきり出ている。

最初の「ピラミッドトーク」では、引っ越しをして、お祝いにピラミッドトークなる、指で押すと声が出てくる時計をもらう。その引っ越した家の十四階のベランダからの風景が一つのポイントで、パノラマ的な遠近感のない風景が出てくる。そこにS字形の道があったり、黄色い箱のような建物の屋内テニス場が見えたりします。次の「黄色い箱」では、その建物の後ろにこんもりとした森があって、それが首塚の森になっていることがわかる。馬加康胤(まくわりやすたね)なる者の大きな首塚がそこにある。

話は、都会の十四階という場所から見た風景、そこにある馬加康胤の首塚から出発して、京都に旅行した折に見た新田義貞の首塚に移動し、さらに『瀧口入道』『平家物語』『太平記』『徒然草』などに動いていく。こうして主人公の連想が、あるいは主人公の中の意識が、作中の言葉で言うと〝アミダクジ式遍歴〟をしつつ、この作品が『太平記』なり『平家物語』なりというテキストの言葉とぶつかり合いながら、あるいは対立したり、一緒になったりしながら、流動して動いていく。そういう一つのある動き、展開が大きな特色ですね。読者も、移動していく一つの意識なり言葉につられて、アミダクジ式にその言葉の遍歴をさせられてしまう。

後藤❖これは、一つの小説というものがどういうふうにしてでき上がっていくのか、まさに形成のプロセスみたいなものをそのまま小説に書いてしまったようなところもある。これは、歴史小説にももちろんなるわけだし、謎解きみたいな、推理的なものにもなるし、いろいろな小説になると思うが、僕の場合は、こういうふうに意識が移動し、遍歴していったということだと思う。それがこの小説の作り方の一つの基本だと思うんです。

もう一つは、読むということの快楽を、ある意味でかなり徹底的に考えてもいいんじゃないかということですよ。読むことによって古典その他のテキストをバラバラにしてしまって、自分のものにしてしまう。バラバラにして食べてしまうというようなね。

『平家物語』だろうが『太平記』だろうが『瀧口入道』だろうが、とにかく読者は作品をバラバラにして食ってしまえば、これはもう書いたことになるんじゃないか。この小説は、そういう〝小説を食べる小説〟だとも言えると思う。

富岡❖相当戦略的ですが、書く前からそういう意図をもってお書きになったんですか、それとも、もっと偶然的な……。

後藤❖首塚だというのがわかったときに、意識が二つに分かれてしまったのは確かです。一つは、この首塚は何かという、縦の探索ですね。馬加康胤とは一体何者かという追究ですね。と同時に、もう一つは〝首〟をキーワードにして、横に遍歴してゆく意識ですね。

これでも、この小説の中に出てこない作品、出そうと思って出なかったのがいくつかあるんです。主なものを言いますと、まず井伏鱒二さんの『さざなみ軍記』。あれは平家のバリエーションですね。次は谷崎潤一郎の『武州公秘話』、これは首ですよ。戦国時代の戦さで取った敵の首を夜、女が化粧させてきれいにする。それからスタンダールの『赤と黒』。そして『サロメ』。『サロメ』の首は、いまさら説明も不要だと思うけど『赤と黒』も最後にギロチンで斬られたジュリアンの首が出てきます。

富岡❖ここに出てくる「黄色い箱」もおもしろいイメージだと思います。それがまたパウル・クレーの絵にズレていって、モンドリアンに行ったり、これも横にズレていくという一つの連想ですね。

後藤❖黄色というのは、不確実とか未決定の色ですね。結局、あの主人公が見ている十四階のマンションが建っている場所も、そこから眺めている場所も、変容しつつある場所である。つまり、かつて海だった場所なんです。

富岡❖どんどん建物が建っていく。

後藤❖かつて海だった場所が都市化していこうとしている、まさに黄色の状態にある場所なんですね。ある日とつぜん新しい道路や建物が出現する。

富岡❖絶えず移動して……。

後藤❖鷗外が言った「普請中」です。

ポリフォニーの問題

富岡❖『首塚の上のアドバルーン』を読んでいると、『太平記』にしても『平家物語』にしても、まさに食っちゃって、しかし食って消化しちゃうんじゃなくて、どこかでそれが分裂している。だからこそ、言葉に強さやスピードが出てくる。後藤さんの言葉なり小説への考え方を、この作品は非常にはっきり示しているようです。

後藤❖食べるという比喩は、僕自身、実感のある比喩だった。批評的言葉で言えば、解体するということですね。今まで平家〝的〟とか太平記〝的〟とか言われた、その〝的〟をバラバラにしてしまうということです。

僕がそれを具体的に富岡さんの言う戦略的にやってみようと思ったのは、特に『平家物語』における喜劇性とポリフォニーの問題です。花田清輝は、小林秀雄への反論の形で『平家物語』の作者探しを小説の形で書いている。あれも面白い方法だけれども、僕はもう一つ、別の方法を考えてみたわけです。一口に平家〝的〟と言うけれども『平家物語』の中にだっていろいろな声がある。作者は誰かわからなくてもいい。つまり、一つの声で書かれている作品ではなくて、それこそ多声的に——ドストエフスキーについて言われる多声法、ポリフォニックという意味で――まさにポリフォニーの構造になっているのだということを言いたかったわけです。

「『平家』の首」で〝首の取り方取られ方〟を分解写真式に書いたのもそのためです。ああいうふうにスローモーション式に書いていったり、写したりしていると、さまざまな声が聞こえて来ます。倶利伽羅谷の馬の上に人間が落ちて、またその上に馬が落ちて、また人間が落ちて、親が落ちて、子が落ちて……というような書き方、また、水鳥の音を源氏の軍と間違えるという有名な場面の混乱の描き方は、まさにドタバタ喜劇だと思うんです。プラトンの『饗宴』や、アリストファネスの喜劇の表現にも通じるものです。

　平家〝的〟という、統一された世界、統一されたイメージ、統一された表現があると考えて来たのは間違いで、実はそうじゃない。その場面、場面によっていろいろポリフォニックに表現されている。

富岡❖これを読んでいると『平家物語』というのは非常におかしいですね。首がこんなに出てきたかなと、改めて考えさせられますね。

後藤❖見出しをずらっと並べたところがあったけれども、ああいうふうにずらっと並べてみると、ほんとうに首の行列ですね。

富岡❖『平家物語』を諸行無常という歴史観の意味でとると、そういうところが出てこないで隠れてしまう。

後藤❖越中前司の「首問答」があるでしょう。取引みたいなことをする。自分の首を取るのはいいが、名前も知らないで取っても一文にもならないとか。ああいうことはむしろ平家的世界じゃないと言われていたのではないでしょうか。あれを読むと実にグロテスクだし、かと思うと合理主義的で、それこそ近代の分裂みたいな感じもある。ある意味では、実に構造化された悲劇であり、また喜劇なんです。

富岡❖日本の近代小説で言うと、作者というガンとした主体があって、作品があって、一対一の関係だったけれども、こういう形で『平家物語』を読み取ってみると、作者という主体の問題なんかじゃないですね。

後藤❖要するに、作者は一人でもいいし、百人いてもいい。

富岡❖そういうことですね。

後藤❖作者が一人であれ、百人であれ、要するに物語そのものはモノローグではなくて、対話的であり、多声的だということですよ。むしろ近代の読者が、日本の近代小説の作者の人格、それだけがイコール作品の声だという小説観に毒されているんじゃないですかね。

富岡❖古典を近代小説的な完結性の中で読み取ってしまう傾向がありますね。それをもう一回砕いてみると、かなりおもしろい要素が出てくる。それがこの小説を読んでいて率直に感じたことです。

　のみならず、作者とおぼしき語り手の首がまぎれ込んだりしている。作者すらも、一種のポリフォニックな構造の中で首を入れてしまうというおもしろさ。まさに偶発的というのか、言葉のぶつかり合いというのか、遭遇というのか、その辺がこの作品のポイントでしょうか。

後藤❖最後の『首塚の上のアドバルーン』を本の題名に使ったのは「ミシンとコウモリ傘との解剖台上における偶然の邂逅」といったイメージからでもあった。シャガールの絵にクレムリン宮殿の上をクジラが泳いでいるのがあるでしょう。ああいうイメージでもあります。つまり、シュールレアリスム的なものですが、それは現代日本においては、まことに現実的イメージでもある。今、変貌しつつある場所は、日本中あちこちにあると思う。この題名のようなイメージが、あちこちにあるんじゃないかな。

―偶然、驚き、あるいはテキストとの対話―

富岡❖最後のタイトル「首塚の上のアドバルーン」の最後にきて、アミダクジ的な遍歴の終わりのほうにくると、実は出発点に戻っていくという円環構造になります。最後のところで「ピラミッドトーク」を押すと、十一時二十六分ですというお告げがある。そこまで来て、くるっとまた戻っていきますね。

後藤❖最後のピラミッドトークは、一種の遊びというか、いたずらというか、そんな感じの方が強いと思う。小道具を生かして、時間というものをちらっとのぞかせてみた。遍歴していた超時間と現実の時間。しかしピラミッドトークの「十一時二十六分」が、いったいいつの十一時二十六分なのかとなると、これまたわからない。時間と無時間の遊びというか、そんな感じもあった。

富岡❖時が出てこないと、円環が閉じられないということがあるかもしれない。

後藤❖しかし、最初と最後にピラミッドトークが出て来たから、それで円環構造ということではないですよ。むしろ日常の時間と遍歴の時間、時間と無時間の重層ということですね。

富岡❖これは七つの連作なんですけれども、最初の「ピラミッドトーク」はわりとゆっくり入っていますね。最初の書き出しということももちろんあるんですけれども、ある緩慢な、ゆったりとした言葉のスピードで入ってくる。次の「黄色い箱」というのも比較的ゆったりと入ってきて「変化する風景」「瀧口入道」「『平家』の首」「分身」、この辺に来て、実際に『太平記』とか『平家物語』というテキストが出てくると、かなりスピードが上がっていきます。

後藤❖意識の変化は、当然のことながら文体にあらわれますね。例えば、はじめは街との対話です。また風景とか首塚との対話です。それは割合いにゆったりしていますが、それがテキストとの対話になると、スピードが出て来た。

そして、読んでごらんになるとわかるんだけれども、三つ目からとつぜん手紙になっちゃっている。なんで、いつの間に手紙になったんだと言う人がいるかもしれない。もちろん、これは僕が書いたことなので、意図的にやったわけなんだけれども……。

富岡❖確かに三つ目から変わりますね。

後藤❖あらかじめ予定された古典文学散歩ではないわけですからね。

富岡❖こういう小説の内部的速度というのは書いている中で出てくるんですか。

後藤❖どのテキストとの出会いも、すべて、とつぜんであり偶然であるわけですね。そういう驚き興奮が、文体になる。そういうテキストとの対話が激しくなるにつれて、いつの間にか書簡体になってしまったのかもしれない。

富岡❖それを方法意識と言っていいのかわからないけれども、書く作業が生み出して刻々と変わる意識というか、時間というか、言葉のジグザグな動きを考えながら読むとおもしろいですね。

後藤❖もう一つ書かなかったテキストですが、実は、あの首塚には『八犬伝』が絡んでくるんです。しかしこれをやり出すと、氷山を一つ動かさないといけないようなことになり、もう一つ別の小説になってしまうと思ったのでついにやめた。

富岡❖無限にそういうテキストが出てくると終わりがなくなっちゃう。

後藤❖アミダクジ式と書いたけれど『仮名手本忠臣蔵』が出てくるあたりは我ながらちょっと興奮した。全然予期してなかったですね。

富岡❖読者もそういう感じを受けると思います。結論が見えている既知の物語だと、そこにただ運ばれていく水戸黄門的な快感しかないけれど、書き手あるいは書いている言葉自体がそういう衝突とか出会いをすると、読み手の方にもそういう時間を投げかけてきます。

後藤❖首塚からはじまり『平家物語』『太平記』を往復しているうちに『太平記』の塩冶判官事件にとつぜん兼好法師が出現した。これにはびっくりしましたが、そのニセ艶書事件から、とつぜん『仮名手本忠臣蔵』につながってしまった。まさに「ミシンとコウモリ傘」的な邂逅、結びつきだけれども、そこが、あらかじめ解釈された古典文学散歩とは違うところでしょう。

小説のディスクール

蓮實重彦

蓮實重彦――はすみ・しげひこ

仏文学者、映画評論家、小説家。一九三六年、東京出身。六〇年、東京大学仏文学科卒業。同大学大学院人文科学研究科仏文学専攻中退。六五年、パリ大学文学人文学部より博士号を取得。東京大学教養学部教授（表象文化論）、東京大学総長を歴任。東京大学名誉教授。仏文学にとどまらず、映画、現代思想、日本文学など多方面で評論活動を展開。二〇一六年『伯爵夫人』で三島由紀夫賞を受賞。著書に『表層批評宣言』『凡庸な芸術家の肖像』『「ボヴァリー夫人」論』など。

初　出――後藤明生『スケープゴート』（日本文芸社）一九九〇年七月刊　付録

単行本――蓮實重彦『魂の唯物論的な擁護のために』（日本文芸社）所収

円と楕円の世界

蓮實❖今は大阪にお住まいだそうですね。

後藤❖ええ。近畿大学に新しく文芸学部というのが去年（一九八九年）できまして、そこに行っているものですから。去年は東京から通ったんです。週に一回通いまして、一晩泊まって帰ってくるということをやっていたんですが、今年は変えてみようと思いまして。大阪のほうにかみさんを連れて行きまして、学校がマンションを借りてくれましたんで、そこで一応暮らすことにしました。まだ虎の門病院に行っていますので（編注：一九九七年十一月、虎の門病院で食道癌の手術を行う）、二週に一回、逆に東京のほうに出てきますが、そういうふうにやってみると、半分ですむんですね、往復が。今ちょっと試験的にやっているんですけれども。

蓮實❖大阪には、これまでお暮らしになったことはあるんですか。

後藤❖全く初めてです。今でもほとんどまだ……。マンションは天王寺の近くなんです。四天王寺の近辺をぶらっと散歩している程度です。蓮實さんは、大阪はどうなんですか。

蓮實❖僕も全然知らないんです。「海燕」の連載（「この人を見よ」）は通勤風景から始まりますね。そうすると、あれはどこかで大阪のほうに移るのでしょうか。

後藤❖いや、あれはだいたい今の形をそのまま続けようと思っているんですよ。大阪、東京、それからそのどっちでもないし、どっちでもあるという汽車の中ですね。この三つを組み合わせながらやってみようかと思っているわけです。

蓮實❖東京と大阪とが二つの中心になって、円と楕円の後藤明生的な世界ができてしまいますね（笑）。

後藤❖たまたま、そうなったんですけれどもね（笑）。

「本の本」、あるいは「物語の物語」

蓮實❖学校のほうは今のところ一年生とか二年生だけですね。

後藤❖ですから今は非常に楽です。僕は「国文」というのをやれと言われているので、一科目だけ二年生の専門のようなものが今年入っていますけれども、それもまだまだ序の口ですから。

蓮實❖でも、その文芸学部というのは、国文とか、英文、仏文とか、あんまり「国」にとらわれないほうが面白いのじゃないでしょうか。

後藤❖そう思いますね。ただ、新設学部というのは、いろんな制約があるらしい。ですから一応、文部省の基準というんですか、それを満たすという形で、教科とか学科とか、設置する段階である程度しようがないところがあるらしいんですね。二年間は文部省のかなり強い監視下に置かれるんです。ですから、そのうち少しずつ好きなことがやれるようになると思いますけれども。確かにあんまり分けても意味ないですよね。文芸学部という場合は特にそう思います。

蓮實❖アメリカの大学にはライティングのコースがありますね……。

後藤❖日本では今、カルチャーセンターになっていますけれども、大学でやったほうがまた別なことがやれるのじゃないでしょうかね。カルチャーはカルチャーで、まあ、あっていいんでしょうけれども、あれに任せっ放しじゃあね。

蓮實❖ええ。暇な奥さんの趣味というのとわけが違いますからね。

後藤❖そうなんです。

蓮實❖教えていらしてどうですか。

後藤❖僕ら教師も全く素人みたいなものなんですけれども、一年生は、これはどこの大学でもそういうふうに言われているようですけれども、全く高校生の延長ですね。二年生になっていくらか、ちょっと大人びた感じになる。

蓮實❖夏休みを過ぎると、まあなんとなく変わりますね。

後藤❖ちょうど年頃的に、そうなるんですかね、うまい具合に。あれはオヤッと思うんですよね。ひと夏過ぎると感じが変わってきて。今、僕は、二種類の授業をやってます。教養の「文学」と専門の「国文学講読」ですけれども、文学のほうは教養なので実はテキストに『首塚の上のアドバルーン』を使っているんですよ。自分の本を学生に売るというのは、ちょっと気がひけたんですけれども、あえて選びましたのは、要するに僕の考えている小説というものを手っ取り早く——手っ取り早くという言い方は変なんですが（笑）——高校から入ってきた若い大学生に、僕が考えている小説というのはこういうものだということを考えさせる一つの材料としまして、わりあいにいいのじゃないかなと思ったからです。

というのは、一つは僕の小説についての基本的な考えは、テキストでテキストを作るということなんですね、簡単にいえば。そういう意味で『首塚の上のアドバルーン』と言うのは、本の中に本がいっぱい入っているという「本の本」というか「小説の小説」といいますか……「物語の物語」ということになっていますので、その点で学生に読ませてみるのも面白いのじゃないかなあと思ったんです。もう一つは、この小説に出てくるいろんな種類の本、それこそ古今東西の書物が、アットランダムに出てくるんですけれども、本の名前を覚えるだけでもいいのじゃないかと思ったのです。だから、僕の小説はどうでもいいと言っているんですよ。要するに僕の本の中からどういう本がどれだけ出てくるか、それをみんな書き出してみろと。その中で読んだものがあるなら○をつけろ、というようなレポートを書かせたことがあるんですけれどもね。ほとんど○はありませんでした（笑）。

蓮實❖それは実に面白い試みだと思うのですが、学生は文学に関して、ほとんど白紙の状態で来ますよね。ところが純粋に白紙の状態ならいいんですが、学生たちはなんかそれでも文学に対して幻想を持っていますね。そういう連中は「物語の物語」なんて言うとたじろぎません？

後藤❖やっぱりキョトンとしていましてね。これどこが面白いんだっていう感じですね。そのへんは今の学生は非常に露骨ですよ。遠慮しませんからね（笑）。レポートなんか書かせても、けっこう抜け抜けと言いたいことを言いますね。だから僕もこう言っているわけです。つまり、君たちは文学とか小説をまだ少ししか読んでないだろうけれども、それなりに固定的なイメージを持っているだろう。たとえば、小説と言ったときに誰を思い出すかとか、連鎖的に思い浮かべるものがあるでしょう。そういうものを一遍、悪いけど全部捨ててくれと言っているんです。どうせ君たちたいして読んでないんだから、これから大いに読まなければいけないので、一旦白紙状態に帰ってください。その上で僕の小説をちょっと読んでみてくれ、というふうに言ってはいるんですけれども。

蓮實❖批評家にもそうおっしゃいませんか（笑）。

後藤❖いや、ほんとに僕はそう思うんです。小説とか文学というものについての概念というのは、どこで作られてくるのかわからないんですけれども、学生は彼らなりに、けっこう持っているんですね。

蓮實❖とても白紙にはなれないほど、妙な概念に捉われていますね。

後藤❖不思議なことに「文学」的とは、こういうものであろう、と決めちゃっているところがあり、こういうもの（『首塚の上のアドバルーン』）をいきなり見せると、拒絶反応やら、ショックやらが起こるみたいですね。彼らは授業だと思うから、仕方なく読んだりレポート書いたりするんでしょうけれども、最初はかなり抵抗があったみたいですよ。

——後藤明生、あるいは批評家への励まし——

蓮實❖『首塚の上のアドバルーン』は「物語の物語」という

形で書いておられて、学生、あるいは批評家たちが文学だと思っている形に収まらない。たとえば、これは今度出る『スケープゴート』の中の「子供地蔵」で〈斜陽館に着いたのはすでに夕刻だった〉と書きたいと思っていたけれども、結局それは書かないことになった。そのかわりに後藤さんがどんなふうに一行目を書かれたかといえば、〈ハイケイゴブサタシマシタガ〉がくるわけです（笑）。斜陽館に着いたのは夕刻だった、というのはなんとなく文学なんですが、ハイケイゴブサタシマシタガというのは、後藤さんが拒絶反応を期待しておられるかどうかは知らないけれども、これは文学でないと思う学生がいるかもしれないですね。そういうところはどう処理なさるんですか。

後藤❖今、蓮實さんがおっしゃった一節については、非常にはっきりした記憶がありまして……。

蓮實❖カフカですね。

後藤❖カフカの『城』は〈Kが到着したのは夜遅くであった〉でしたか、そんなふうな書き出しですね。城がぼーっと雪と霧と暗闇の中に見えるという、そういう場面だったと思うんですが、あの書き出しに、ずっと昔から憧れていました。パロディ的に憧れているというんですか、あるいは否定しながら憧れているというか、二重の憧れみたいなものがあるんですね。おそらく作家には、それぞれ愛唱句というんですか、気に入っていて、なんか一遍これを使ってみたいという、憧れの句というのがあるのじゃないかと思う。

　ところが実際にはやっぱりなかなかやらない。憧れていながらどうしてやらないかという、そこが僕の小説の書き出しになったのじゃないかなと思うのですけれど。

蓮實❖僕が批評を書いていて、いちばん励みになるのがそういうところなんですね（笑）。後藤さんは批評家を励ましてくれる数少ない小説家なんです（笑）。

後藤❖どうもそれは恐れ入ります（笑）。

蓮實❖新しいとか、若いとかいう作家たちは、けっこうカフカに憧れた憧れを、そのまま素直に出して書いてしまいますよね。そこをぐっとこらえておられるところが、非常に面白い。「子供地蔵」のほうでカメレオン・サーモメーターというのが出てきますね。

後藤❖ええ、あの寒暖計ですね。

蓮實❖そこを読んでいて面白かったのは、こういうものが出てくるとうまい文章が書けないって書いていらっしゃいます。水銀柱がさっと上ったなんて、美文調にはならないわけです。こういうものが出てくると、文章は崩れるんだとおっしゃっていますけれども、あえてそれに逆らって、まだ美文を書いている人がいるのに、後藤さんは崩れるほうを受け入れておられる（笑）。

　つまり具体的にサーモメーターのことを書かれるわけですよね。書くと、とても小説にはならないだろう、こういう無駄を今、自分もしているのだとおっしゃる。

反美文的美学、あるいはリアリズムの変容

後藤❖僕の散文論というんですか、大袈裟に言えば文章論でもいいし、文体論でもいいんですけれども、その基本は二葉亭四迷の言ったことなんですね。たしか「余が言文一致の由来」というエッセイがありますね。短いエッセイなんですけれど、その中で彼が言文一致をやるときに、漢語のイディオム、慣用語、そういうものは使わない。でもって、自分は、どこにでもある、そこらの日常語言葉をエラボレートするのだというふうに言っているのです。

つまり、すでに文学語として成立している漢文の熟語とか、漢詩の用語とか、いわゆる文学用語を排除すると言っているわけですね。何でもない、ただの言葉を集めてきてエラボレートするというんですか、綴(よ)り合わせるというんですか、これは僕は散文論として非常に新しくて、ラディカルで基本的だと思うのですね。

僕はそれを文体論のベースに置きたいというふうに思っているわけです。ですから、二葉亭が言うところの漢語の成句というものを自分は排したい。なぜかというと、二葉亭がそれは「美文素」つまり美的要素だと言っているんですが、要するに小説というものは、特に散文の言文一致小説というものは、美文的であってはいけないという一つの美学、いわば反美文的美学があるわけですね。僕は、その二葉亭に帰ったところから日本の言文一致小説というのを根本的に考え直すべきじゃないかと、原則的に考えていますから、僕の文体論、散文論も、原則的に、その原則に則るわけです。

蓮實❖その原則に則る後藤さんの則り方は、これが真実だからという確信とはちょっと違うと思う。しょうがねえなあという感じだと思うのです。

後藤❖ですから、それを正論として書けないわけなんですよ。確かに自分が論として持っているものはあるんだけれども、それを正論としては、これはどうも出せないのじゃないかなという二重の感情があるわけなんです。さっきの憧れと同じように。それが崩れていく形が文体にまた出てきているように思うのですね。

蓮實❖散文の持っている一種の即物性みたいなものですね。それが日本の小説では、小説にとどまらず批評に至るまで、どこかで美文調のほうに流れますね。たとえば今の古井由吉さんの小説でも、ある程度美文調になる。後藤さんが見ておられて、美文調に流れてないなという感じの人がいますか。

後藤❖今、蓮實さんにそういうふうに言われて、なるほどなあと思いながら考えている範囲では出てこないですね。明治、大正とずっと遡っていけば、もちろん出てくると思いますけれども。

蓮實❖それは単に文章の上の趣味の問題だけではなく、書く対象にもよるわけでしょう。たとえば東京駅で、変なことをすると急にお燗ができるお酒とか（笑）。それから三角形のオルゴールみたいなものが、急にしゃべって時間を告げるとか、そういうものに向かっていく。これが現代だというふうにしてそういうものを出されるわけじゃなくて、後藤さんが一応そういうものを描写の対象にされるというところは、なんかほかの方と違ったところがありますね。

後藤❖僕はある時期、団地のことをずうっと書いたんですね。そのときに、これは人間の住居として全く新しく出現した空間だと思ったんです。そのために既成の住宅用語が全く当てはまらないわけです。

たとえば、玄関と言っても、はたして今までの様式として玄関かどうか。機能として玄関かどうか。玄関を入ると板がちょっと敷いてあるんだけれども、これは昔は廊下と言ったんだけれども、団地で廊下と言えるか言えないか。実際、言えないと思う。しかし廊下的な何ものかなんですね。

それから畳が敷いてある部屋が、３ＤＫなら３ＤＫの場合には、一つか二つあるわけですけれども、床の間がない。それから鴨居がないんですね。普通の、すでに様式として定着している家であれば、玄関を上がって、ずいずいと家の中に入っていって鴨居になにかひっかけたとか、鴨居にかかっている何かをとったとか書けばすむ形ですね。そういう文章で書けたと思うのですね。ところが団地の場合は一つひとつ全部グロテスクに描写していったり、説明していったりしなければいけなかった。

蓮實❖つまり、リアリズムがグロテスクになっちゃう。

後藤❖そうなんです。ですから、即物的に書こうとすることがグロテスクみたいになってくるということでしょうね。団地を書いたときに、素材と文体の関係といいますか、そういうものを根本的に新しく考え直さないと、今までの文章ではとても書けないということは痛感しました。

ですから、さっきおっしゃったピラミッドトークみたいな、変な新製品の時計とか、変な寒暖計とか、変なインスタントのにわか燗酒みたいなものとか、ああいうものも、すでに日常生活で使われていると思うのですね。汽車に乗れば、ああいうものを売っていますからね。ところが、実際にそれを文章に書いた人はまだいないのかもしれませんけれども、古い文章で書いたら、どういうふうに書くのかなという疑問が、逆に僕にはあるんです。つまり今まで使われていた文章、あるいはイディオムで書いていくとしたら、実体を書かないで、なんか珍奇なものだとか、おかしなものだとか、そういう書き方になるんでしょうかね。

僕の場合は物として、それを画家が描くみたいに書きたいという気持があるんです。すると、文章と物との関係から文章というのが壊されてくると思うのですね。文章というのは壊れっ放しじゃ駄目なんで、壊されたものを、もう一度形にしなければいけない。だから一回対象物から破壊され解体された言葉みたいなものを、もう一回それこそエラボレートするというか、形にするといいますか、そういうある種の「異化」の方法だろうと思うのですね、僕の場合は。

蓮實❖小説家のまわりには珍奇なものが出てきますが、それと同時に、執筆中の後藤さんが奇妙なものをつくっちゃうということもあるわけですね。

「変形」という短篇に、本のカバーを引き破っては挟み、引き破っては挟み、最後にはそれがほとんど役に立たない珍奇な何物かになってしまう、というのがあるんですけれども、ああいうことはほかにありますか。

後藤❖ほかにはないかもしれません、僕の小説でも。

蓮實❖「変形」というとカフカを思い出しますが、あれは文庫本が変形したということですね。

後藤❖そういうことです。本じゃなくなっちゃったんですね。

蓮實❖あそこで面白かったのは、記憶しておきたいところに物を挟むというのは記憶術ですよね。それが記憶に対して無力になってしまう（笑）。

――〝とつぜん〟は後藤文学のキーワード――

蓮實❖『首塚の上のアドバルーン』の中にも、あれは「『瀧口入道』異聞」でしたっけ、なにか自分には奇妙な癖というか病気みたいなものがあって、何でもしまっておく。しまっておくというのは整理なんですけれども、整理しすぎてわからなくなってしまうという徒労がある、というようなことを書いておられる。そこらへんも似ているなあと思ったんですが、不思議なことには探してみると、意外と変なところからぽんと出てくるんですね。あれは何でしょう。

後藤❖何なんですかねえ。とにかく、それが僕の偶然というものに対する一種の信仰みたいなものを生んでいるような気はするんですね。それは『首塚……』の連続のし方にも、偶然性が大きく働いているように思うんですけれど、僕は「とつぜん」という言葉を多く使うし、これは意図的にやっているわけですね。

突然というものは、必然に対して突然であり偶然である。そして必然的な連続というものも、世の中には一つあるわけですね、リアリズムの連続として。それに対して必然性じゃない、偶然性みたいな突然性の連続みたいなものを何か僕は世界の原理みたいな形で、一つ考えてるわけでしょうね。今おっしゃった探しもの、整理が反整理になってしまう、しかしなんとなく偶然みたいに出てきちゃうという、それは偶然性に対する僕の信仰であり戯れであるのかなあという気もしますけれども。

蓮實❖「とつぜん」という言葉は後藤さんのキーワードで、

もう二十数年来使っておられますね。ところが、その突然という言葉を、いちばんその言葉が見えにくい仮名で「とつぜん」と書かれるんですね。ちょっと調べてみる暇がなかったんですけれども、昔から仮名ですか。

後藤❖ ええ。昔は平仮名で、最近はときどき漢字で書くようになりました。蓮實さんが初めに批評してくださった『挾み撃ち』には「とつぜん」が非常に多く出てきますけれども、平仮名です。あの時は、私は意識的に平仮名で書いていまして、たしか「実際」という言葉も多いんですよね。ところがその「実際」を「実」だけ漢字で書きましてね「際」を平仮名で「実さい」と書いたんですね。これは河出書房新社で出したんですけれども、編集者に、後藤さんこれはミサイですか（笑）と言われまして、ギョッとしました。自分じゃ全然そのつもりはなく、普通のつもりで書いていたんです。書き癖ですかって言われますが、そうでもなくて「とつぜん」の場合は明らかに意識的に書いていまして、あの頃は何でもいいから実体のあるものを壊したいという感じがちょっとあったんですね。

蓮實❖ 『関係』の頃ですね。

後藤❖ そうです。ですから漢字そのものも、できればごちゃごちゃにしちゃって、平仮名と漢字を混ぜちまえとか、そんなふうな単純なことも考えたみたいですね。「とつぜん」の場合はたぶんそういう具合で平仮名になったんだと思います。

蓮實❖ われわれ読者が読みますと、突然こういうことを思い出したというのは、後藤さんという作者の中にほんとに突然こういう考えが浮かんだ、というふうに読みますけれども、実はそうではなくて、その「とつぜん」はある程度、仕組まれた突然ですね、もしお書きになったとすれば。たとえばこれからどうしようかと思う瞬間ってありますか、書いておられて、先に進まなくて。あるいは筋立てをどうしようかなあとか、どう終わろうかなあという……。

後藤❖ まず「とつぜん」についていえば、これは必然の反対であり、理由がわからない。リアリズム的な因果関係を超えた「原因不明の世界」ということに通じますね。そしてそれは、僕の小説世界のファンタジー、幻想というものの原理でもあります。次に、僕は短篇小説の場合は、だいたいラストのシーン、最終的な場面をまず考えます。そして、そのラストシーンに向かってとにかく書いていきます。ラストシーンをターゲット、目標にしながら書いていくという、そういう書き方ですね。ですから、先へ進まなくなるというよりは、むしろ、この場面をどういうふうに書こうかという文章、文体の点で行き詰まりますね。行き詰まるというか、難儀するということはずいぶんあります。言い換えれば「何を」ではなくて「いかに」ということでしょうか。

蓮實❖ そのラストシーンというのは、シーンのイメージですか、それとも最後の文章ですか。

後藤❖場面のイメージです。どういうものが見えるかとか、あるいは人間が対話しているなら、どういう対話なのかということですね。

蓮實❖そうすると、そこではラストシーンと最後の文章との間の調和というか、反調和なのかもしれない、それも出てきますね。

怒りのエクスクラメーションマーク

蓮實❖ちょっと話は変わりますけれども、ある時期からというか今度出される『スケープゴート』の場合は、導入部がです・ます調の手紙、書簡というか一種のニセ書簡ですね。ニセ書簡の場合は、最後に「さよなら」とか「追伸」とか、まとめる言葉とか、必ずそういうものがついていると思うのですよ。そういうところまで考えておられるんでしょうか。もちろん「追伸」だけじゃないんですけれども、たとえば「子供地蔵」の最後の言葉ですね。〈どうして太宰は、川倉地蔵堂のことを、一行も書かなかったのだろう!〉最後がエクスクラメーションマークなんですね。

後藤❖これで終わっているんですね。

蓮實❖終わっているんですね。それとか、もう一つ「サイギサイギ」がありますね。ちょっと読みますと〈時雨れる日が続いているとハガキにありましたが、何日か前、酔っ払って乗った深夜タクシーのラジオから、五所川原に初雪が降ったときこえて来ました〉。

これは落ちとして、後藤さんの短篇の中では僕はむしろ出来すぎの終わり方だと思うのです。ちょっと美文調にもなり得るのではないかと思うのですね。書簡体になると、どうしてもそういうものが出てくるということはありませんか?

後藤❖そうですね、これは僕の場合でいいますと、書簡体という形式よりも、やっぱり中身のほうの関係じゃないかと思います。たとえば書簡体でいっても「謎の手紙」というのがありましたね(『謎の手紙をめぐる数通の手紙』)。あれなんかですと、またちょっと違うのかなという感じもいたします。あの場合は無闇やたらに、形式主義みたいな、敬語体の手紙にしまして、最後は「敬具」とか「追伸」とかいっぱいつけちゃったりなんかしましたけれどもね。

蓮實❖たとえば「黄色い箱」(『首塚の上のアドバルーン』所収)の終わり方はすばらしいと思うのです。すばらしいというのは変なんですよ。終わりらしくない終わりと言いますか。

後藤❖これは自分でも好きな終わり方ですね。ただ漠然と意識にあったのは、太宰の「彼は昔の彼ならず」という小説です。いるんだかいないんだかわからない相手に向かって、物干し場みたいな、屋上みたいなところからどこかを眺めながら、ああだこうだと架空の、ニセのおしゃべりをしているような、そういう小説だったように思うんです。あのイメージがあったんですね。それが意識のどこかにこびりついた形で書いたような記憶がちょっとありますけれど。

蓮實❖先ほどおっしゃった、後藤さんの散文の論理からすると「黄色い箱」的な終わり方が、その散文的論理にいちばん合っているのじゃないかと思うんです。五所川原の初雪の話がきこえてきたというのは、どこか散文の論理以上の、ある種の叙情に踏み込んでいるという感じがするのですけれど。

後藤❖確かにそう言えるでしょうね。今ひょっと思い出したんですけれども、あれは従兄弟の女性宛だったですかね。そのあとその男のほうの従兄弟にまた書くことになるんですが。確か女性ですね。ですから、ちょっとそのへんで手加減したんですかな（笑）。

蓮實❖創造された女性であっても、女性が相手だと手加減が出るものでしょうか。

後藤❖まあ、手加減というのは、冗談ですけど（笑）。

蓮實❖それから「子供地蔵」の最後、これは普通に読むとクエスションマークで終わる話ですね。

後藤❖さっきの川倉地蔵のところですね。

蓮實❖ええ。クエスションマークじゃなくてエクスクラメーションマークなんで僕は好きなんですけれども、これはほとんど苛立ちと、どこかに書いてあるはずじゃないかという気持があって、疑問文なのに感嘆文になっているという感じですね。

後藤❖まさにおっしゃる通りで、明らかにちょっと腹を立てていますね（笑）。カンシャクを起こしているようなところがあるのじゃないでしょうか。ですからこれは、そのマークだろうと思います。

蓮實❖そうすると、書いておられる後藤さんの腹立ちのマークでしょうか。

後藤❖まさにそうで、誰に腹を立てているのかというと、たぶん太宰に半分、いや三分の二ぐらい、三分の一ぐらいは自分というか、そんなふうな割合の怒りマークという感じですね、これは（笑）。

蓮實❖ほかにエクスクラメーションマークで終わっているのがあるのかなと思って、いくつか見てみたら、ないんですよ。

後藤❖やけくそでくっつけちゃったのかもしれません（笑）。

蓮實❖そんなはずないだろう、お前！　って感じで（笑）。

——物語、あるいはアミダクジ式遍歴——

蓮實❖これだけじゃなく、太宰をはじめ、先ほど言われた物語の物語、テキストからテキストが出てくるという話で、いろいろな作品、それこそ古今東西のさまざまな作品が出てきますけれども、そういうものを内部に抱え込んで書く作品というのは、世界的に見て、どこか非常に知的アクロバットという感じがするんですけれどもね。引いておられるボルヘスにしてもちょっとそんな感じがする。ところが後藤さんの場合は、知的アクロバットという感じがしない。あれは何でしょうか。

後藤❖簡単に一言で、しかも誤解、誤訳を承知で言えば「反ナルシシズム」ということでしょうね。たとえば、グロテスクとか、幻想・怪奇文学というものでも、ロマン主義化してしまえば、一種のナルシシズムになってしまうでしょう。アクロバットも同じです。そういう意味で、僕の場合は「反ロマン主義」的「反ナルシシズム」と言えると思います。それから、古典ということに関していえば、研究者の間でも最近は読み直しとか、そういうことがよく言われていますが、小説のレベルでの読み直しということも当然あっていいと思います。ただ読み直すといっても、何を読むのかということですね。その場合に、僕はだいたい二つのポイントがあって、一つはいわゆるファンタジーというか、幻想怪奇の世界ですね。もう一つは笑い、つまり喜劇という世界。この二つをポイントにして古典を読み直してみようということで、今までいろいろやって、幻想のほうで代表的なのは『雨月物語』的なもの。それから喜劇性ということでいえば、これは『吉野大夫』なんかでもちょっと使ったんですが、井原西鶴の『好色一代男』が出てきた。

蓮實❖プラトンまで喜劇になっちゃいますから（笑）。

後藤❖ですから、結局、笑いとファンタジーという二つの鍵、あるいは熊手みたいなもので、古典を引っ搔き回してみるというんですかね、僕の場合は。その二つで引っ搔いてみると、今までそういうものとは無縁だというふうに扱われてきたテキストが、意外や意外、案外笑いとファンタジーの熊手に引っ掛かってくるような気がしたんです。

今度の『首塚……』でいうと、たとえば『平家物語』『太平記』なんていうと、おそらく喜劇やファンタジーとは縁遠いものというふうに扱われてきたと思うのですね。そういうものが「首」というものを一つのキーにして手繰っていくと、喜劇性とか、一種のグロテスクなものとか、ファンタスティックなものが出てきた。そういうふうなものを発見していきながら、それを連続させ、変形させていくのが、僕の物語というふうに考えているわけです。

普通、僕らが読み直すというと、続いて出てくるのは「解体」という言葉だと思う。僕の場合も、確かに今まで、パセティックだと言われたものを、いや、これは喜劇なんだということは、読みによる解体だと思うのですね。だけど僕は解体するだけでは作品にはならんと思うのです。物語を解体するということはどういうことかと僕流に言うと、物語というのはいわゆる一つのテキストの中に封鎖され、閉じ込められているものではないと思うのですよ。必ずしも一つのテキストの中に一つの物語、というふうに限定しなくてもいいのじゃないか。そうではなくて、反対に、テキストAからテキストBに遍歴していく、その遍歴そのものの中に僕は物語というのが出てくるのじゃないかというふうに思うのです。
　ですから、僕の言う読み直しとは、テキストAについては確かに解体かもしれないけれども、AからB、BからCというふうに、僕流に言うとアミダクジ式に遍歴していく、その遍歴の形そのものが、僕の場合、新しい、別の物語を作ってゆくことになるのではないかというふうに思っています。つまり、僕の場合の読み直しとは、解体＝構築ですよね、テキストと物語の関係でいえば。

蓮實❖そのアミダクジ式というのは、これはいろんな例があると思うのですけれども、誰もAとBと関係があるとは思ってないところに関係ができちゃうということですね。これはすばらしいと思ったんですけれども、毒蜘蛛とスズメ蜂の刺しっこの話（「ジャムの空壜」）ですね。最後に二度刺して倒すというのと、それからドストエフスキーの場合。この二つがこんなに似ているのに、誰も注目しないのはなぜだろうという、後藤さんの小説にはどこかで見過ごされていた、類似に対する擁護といいますか、あるいは見過ごされていた類似が不意に出てきたときの喜び、驚きというものに対する関心があると思う。あれは別に方法でも何でもなくて、あるとき読んでいたら似ちゃうわけでしょう。

後藤❖そうですね。

蓮實❖『壁の中』を読ませていただいて『小説から遠く離れて』にもちょっと使わせていただいたんですけれども、世の中には変な類似があるわけですね。『太平記』と「二条河原落書」、これもほんとに誰も言ってないんでしょうかね。

後藤❖僕も言ってもよさそうな気がするんですが、研究論文をあまり知らないので、どうでしょうかね。ないかもしれませんね。僕の場合は小島法師といわれている幻の作者が、案外えっちらおっちら夜中、歩いていって書いて、同時にそれを眺めていたのじゃないか。そういう幻想というか空想に興味があったんですけれども。

蓮實❖その種の類似が不意に出てくるというのは、書かれたもの同士の間には、本来類似があるはずなのに、誰も見てないということですよね。それを発見することこそ、まさに読むことだという気がしているんですけれどもね。

後藤❖確かに僕は類似が好きなんですね。だから発見すると嬉しい。僕は当然Aクラスの作品であれば、そんなに変わったこと書いてないのじゃないかなという気がするんですよ、世界中で。本質的なこととか、あるいは非常に人間にとって面白いこととかってのは、あんまり種類がないのじゃないかという気がする。たとえば面白いなあと思うことが十あるとしたら、五つぐらいは似ているのじゃないかと思う。それこそ古代漢帝国からギリシャ、ローマをずっと見回し、インドとか東洋、西洋、両方合わせ、現代に至るまで、そうじゃないかと思うのです。ただ、それをどういう文体で、どういう形に書いているかなという、そこが興味のポイントですね。
　実際、僕の小説の原理は「模倣と批評」ですから。これは僕の発明じゃなくて、プラトン、アリストテレス以来の詩学です。文学史にいちばん遅く出てきた小説は、もともと「混血的」ジャンルでしょう。蓮實さんの言葉で言うと「いかがわしいジャンル」ということになると思いますが「模倣と批評」は、その混血的ジャンルの歴史的特権でもあり、テキストのテキストという「超ジャンル性」もそこにあると思います。だから僕は類似しているほうが当たり前だと思うんだけれども、そういうふうには言わない文学論が多いのじゃないですか。つまり、独自性とか特殊性が文学的な創造であって、模倣や類似は、その反対のもの、という文学論ですね。この対談の最初に出てきた、あの、あまり作品を読んでない学生が、いつの間にか抱いている「文学」というものの固定観念も、そういう「文学」なんです。ですから、類似ということが好きだということは、特殊性＝創造性の文学論に対する僕の反文学論でもあるだろうと思うのです。ドストエフスキーだって「われわれは皆ゴーゴリの『外套』から出て来た」と言っているんですからね。

蓮實❖『壁の中』にも朝目覚める瞬間というのがあり、それを描いた小説がたくさんあって、もっとあるはずだということなんですけれども、今おっしゃったことは、十九世紀のいわゆるロマン主義的な芸術家が、俺は他人とは違うぞと思って文学を始めたことに対する反発につながりますね。その感じがいまだに残っていて、素人で文学を知らない人でも、類似を避けて文学を読んじゃうということがありますね。

後藤❖そういうことなんですね。確かにロマン主義の影響がそのまま変形されずに、ずるずるときちゃっているという感じがありますね。全く、オソロシイことであり、奇怪なことであり、そして実に滑稽なことです。

蓮實❖もちろん人類が普遍的に思考するから、同じものが小説の中にたくさん出てくるというだけではなく、後藤さんの類似は、たとえば「単身赴任」という言葉から韓国語の「タンシン」まで行っちゃう（「ＸＹＺへの手紙」）（笑）。

後藤❖あれは遊びですな。

蓮實❖でも、その遊び、これも類似なわけです。

後藤❖その通りです。「意味」の類似と「音」の類似があるわけで、まさにあれはそうでした。

蓮實❖でも韓国語で、ちょっとそれを口にするとまずいぞ、というところが面白いわけです（笑）、単に似ているというだけではなくて。

――反文学的タイトル、あるいは小説家の孤独――

蓮實❖題名のことをちょっと伺いたいと思います。今度出る本の題は『スケープゴート』で、ある文化的な意味を持っていますよね。ところがその中に含まれるいくつかの作品の中で、たとえば「XYZへの手紙」というのがあります。これは反文学といいますか、反芸術といいますか、それ自体われわれが読むと、大変な文学に対する……。

後藤❖茶化しといいますかね(笑)。

蓮實❖ええ、茶化しがあるわけですね。いいんだろうかというような(笑)。まず最初の反応を伺いたいんですけれども、こういうものを受け取った編集者はどういう顔をしますか。

後藤❖編集者によると思うのですけれども、小説の題名ですから、エッセイとかの場合と違って、何でもいいといえば何でもいいわけですね。ただ、敏感な編集者であれば、おそらく今、蓮實さんがおっしゃったような反応を示すんだろうと思います。そしてそれは、作者の僕にとっては、もちろん嬉しいことです。いわば、そういうことが、編集者の批評ですからね。ただし「XYZへの手紙」を受け取った方は直接僕には何も言いませんでした。

蓮實❖これは茶化しというか、脱臼させるといいますか、お前らそんなに真面目な顔をして文学々々なんて信ずるなという感じがあると思うのですけれども、単に読者だけではなくて、批評家が後藤さんを論じにくくなってくるという立場があると思うのですよね。ごく単純な話で、後藤さんもこの間までやっておられた「群像」の合評みたいなものがありますね。そういうときに後藤さんの小説は筋の紹介ができないということがあるわけですね。しても意味がない。

その筋の紹介というのは、この間読んでいましたら、大岡昇平さんが「群像」から出たことだと言っていますね。時評で必ず最初に筋の紹介を始めたのは「群像」をもって嚆矢とする、なんて書いてありますね。それはともかく、むしろ何いたかったのは、批評家が論じにくくなる作品を後藤さんはずっと書き続けていらしたのではないか。その中で批評家はやはり文学を信じている人がいますから、ほんとは批評家がそれじゃいけないと思うのですけれども「XYZへの手紙」じゃまずいのじゃないか、そうしたらこれを論じずにおいて回避しようというものが出てくると思う。そういう、後藤さんの作品に対する批評家の態度をどう思われますか。

後藤❖うーん、これはなかなかの難問ですな。そうですね、この対話での答案としては「ご想像におまかせします」ということにしておきましょう。ヒントとしては、たぶんご想像の通りだろう、と思いますよ。早い話、今、蓮實さんが問題にされている題名なら題名一つにしても、さっきお話しした僕の「模倣と批評」の原理が、そもそもわかっているのかどうか、そのへんからしてさっぱりわからないですからね。

蓮實❖たぶん僕の感じでは、批評家のほうがより悪く文学的なんだと思いますね。保守的といいますか。いわゆる保守的な韻文性というのを小説に対して持っているので、後藤さんの革新的な散文性というものが、網にかかってこないというか……。

後藤❖それはあります。僕の散文論かつ小説原理である「模倣と批評」については、ほとんど暖簾に腕押し的な状態ということじゃないでしょうか。

蓮實❖いつ頃からそういう感じを持たれましたか。初めからですか。

後藤❖初めからです。僕の場合は「関係」という小説が一応デビュー作ということになっております。あれは第一回「文藝」賞の佳作なんですが、そのときの選考委員の方々で生きておられるのは、埴谷雄高さんと野間宏さんかな。あ、けっこう生きておられるんだ。福田恆存さんも入っていました。それから寺田透氏と、あと中村真一郎氏がいましたね。

蓮實❖みんな健在じゃないですか。

後藤❖みなさんご健在なんですね（笑）。そういう方々だったんですけれども、その選評を見まして、これは当分、僕の小説は日本文壇では無理かなあっていう感じを受けました、ちょっと生意気な言い方ですけど。ただ、あのときは僕はまだ出版社に勤めていましたので、今のところは慌てて出ていかなくてもいいなとは思ったんですけれども、これじゃあしばらくは出る幕はないかもしれないな、とりあえず佳作として発表はしてくれるらしいけれども、これが日本の文壇だとしたら、僕の小説が理解されるのは、まだ無理じゃないかなあという感じを受けました。その感じというのはずっと残っています、初めから。

蓮實❖そうすると、ある意味では孤独ですよね。

後藤❖ズレというんですかね。

蓮實❖そのズレがあった中で一時期、同人誌じゃないんですけれども、四人の編集者（後藤明生、坂上弘、古井由吉、高井有一）の方々で「文体」をなさいますね。あの時の関係というのはどうなんでしょう。

後藤❖これは不思議な組み合わせでしてね、ごらんになった通りで、非常に組み合わせだったんですけれども、いわば一種の偶然的な組み合わせのような気もするんですね。それで、あの場合は最初から形式的といいますか、組織的といいますか、実務的なルールだけでやろうとしたんです。編集同人は必ず執筆するとか、あるいはプランは必ず出すとか、自分が出したプランについては責任を持って原稿を集めるとか。雑誌のレベルについては、毎号同人各自が執筆するのであれば、その分、作家としては最小限の責任はとれるのじゃないだろうか。そしてその点、僕は『吉野大夫』を書きましたから、一応、最小限の責任は果したともいえます。それ以上の部分は、何かまとまったものが出ればもうけもの、というような感じだったように思います。ですから、もちろん文学運動でもなく、同人共通の文学原理、イデオロギーもありません。

蓮實❖『メメント・モリ』を読ませていただいて、病室に四人部屋を決められますね。このときに、これは「文体」だって感じがしたんです（笑）。

後藤❖なるほどね。ああ、そうだったですか。そこまで考える余裕はなかったですけど。しかし、こうして振り返ってみると、あの四人の組み合わせは、ある必然性を持っているともいえますね。つまりそれは、今から約三十年前に僕が「関係」でデビューして以来、現在に至るまでずっと続いている文壇というものと僕とのズレみたいなもの、その象徴のようなものといえるかも知れませんからね。ですから、そのズレを知らない人々の目には、あの組み合わせがとても自然だと映ったかも知れませんね。

ニセ夢、あるいは文学への厭味

蓮實❖それで『メメント・モリ』を書かれて、あれは術後にお書きになったものですね。それから『首塚の上のアドバルーン』と『スケープゴート』は手術なさる前と後の作品が一緒になっていますね。『首塚……』のほうは連作短篇という形ですけれども『スケープゴート』のほうはどうでした？これもかなり時間をおいておられるし、これで一冊の本になるというふうにお感じになった根拠は何ですか。根拠がないとおっしゃられればそれまでなんですが、僕はいろいろ面白くて想像できたんですけれどもね。

後藤❖「サイギサイギ」「変形」「子供地蔵」「スケープゴート」、ここまでは連作短篇ですね。東北というものと太宰、これをモチーフにした連作です。あとは「ジャムの空壜」「XYZへの手紙」「禁煙問答」が手術して退院後の短篇ということですね。

蓮實❖文体でいいますと、です・ます調になっているという点でいえば、最後の「禁煙問答」は、それ以前のものがニセ書簡だとすると、ニセ講演という感じでぴったり合っていると思うのですが（笑）。

後藤❖全くのニセ講演です、これは（笑）。

蓮實❖その中で不思議な気がしたのは、蜂の話ですね。

後藤❖「ジャムの空壜」に出てくる……。

蓮實❖ええ。「ジャムの空壜」も今までのに比べますと、これも最後の一行がイメージとして前から見ておられたのかどうか。ふと見るとジャムの空壜が……。

後藤❖濡れ縁に置いてあったと。

蓮實❖というんですね。この感じがちょっと小説的なんですね。小説的というのは当たり前なんですけれども（笑）。

後藤❖このラストシーンは、いわゆるウエルメイド的な短篇小説を思わせるようなところもあります。しかし、ご存知の通り、僕は、いわゆる〝短篇の名手〟の中には入れられておりません。ですから、あのラストシーンはもちろん、いわゆるウエルメイド短篇のパロディーのつもりで書いたものです。それとあの短篇は、とにかく「ジャムの空壜」という題名にしたかったんですね（笑）。「ジャムの空壜」というのは変な題でしょう。

蓮實❖ これも怒る人がいて不思議じゃない題名ですね（笑）。

後藤❖ そうですね。少なくとも、ウエルメイド短篇の題ではあり得ないですよ。それと、ニセ手紙・ニセ講演式の分類でいきますと「ジャムの空壜」は、その前に書いた中篇『蜂アカデミーへの報告』の補遺的な形です。ということは、つまり『蜂アカデミーへの報告』そのものが、ニセ報告書ですから「ジャムの空壜」はニセ報告書の補遺的なニセ後記ということになりますね。「禁煙問答」はチェーホフの「煙草の害について」というニセ講演がありますね。あれを真似てやってみようと。ちょうど病院で禁煙をさせられまして、退院して帰ってきて、タバコを吸っちゃいけないと言われたもので、非常に困ったんですよね、このとき。果たして僕はタバコを吸わないで原稿が書けるだろうかと思ったんですよ。それまでは『メメント・モリ』に書いた通りでして、とにかくどんな片々たる文章でも全部タバコの御陰で書いていたようなものですからね。その不安と怨みみたいなものがありましてね、それに世の中は、時まさに嫌煙の風潮だったでしょう。駅に行っても禁煙々々って書いてあるしね。

蓮實❖ 終日禁煙ってやつですね（笑）。

後藤❖ そうなると、ファッションみたいな感じで、時代の流れを痛感しましたね。フェミニズムと嫌煙思想が合体したような風潮でした。そういう風潮に対するニセ講演ですね。

蓮實❖ いや、ニセ書簡があり、ニセ講演があり、その上、ニセ夢っていうのもあるんですね。「サイギサイギ」のあとのほうで、読書会の女の人たちが、あれはほんとの夢かどうかというのを盛んに聞くところがありますね。それに対してもいろいろお答えになっているんですが、ニセ夢を出そうと思われたのはどうなんでしょう。

後藤❖ たとえばカフカの『変身』が夢だったら全然面白くないのじゃないかという言い方がありますね。まさにその通りで、小説とは何かと考える場合に、あれが悪夢であれば一種のロマン主義的なものになりかねない。ホフマンとか、ああいった世界に。つまり、小説の中で夢をどう扱うかで、その人の文学観、小説観というものがもろに出ちゃうと思います。言い換えれば、僕の場合は、夢を書くのではなくて、夢の方法で書く、ということです。それが、僕の小説原理による夢なんだけれども、仮に夢みたいなものを小説の中で書くとしたら、まあ、こんな程度のもんですかね、小説の中の夢っていうものは。要するにたいしたことないものですよ、というようなことを、ちらっと言ってみようかと。

蓮實❖ いわゆる立派な夢があるわけですね、一方に（笑）。

後藤❖ そうです。文学的な夢があるわけです。それに対する反文学的夢ということで、せいぜい僕の見る夢はこの程度ですというような、文学的夢に対する厭味ですかね（笑）。

蓮實❖その場合の文学に対する厭味というのは、文学そのものというよりは、文学を形づくっている読者の感性、読者の期待というようなものに対する厭味になるわけですね。

後藤❖脱臼といいますか。ご期待にそえなくておあいにくサマ、ということですが、期待を裏切ってしまうけれども、だからといって、文句は言われたくありませんよ、というわけです。

よみがえる〃『スペードの女王』時間〃

蓮實❖最後に文学的な同時代ということに関してちょっと伺いたいと思うのです。さっき、批評家がこんなことじゃ駄目じゃないかとおっしゃったわけですが、小説家はどうでしょう。

後藤❖いや、残念ながらこれもあまりいいご返事はできないようですね（笑）。僕が文学的な同時代と言われて考えるのは、二葉亭以来のいわゆる日本の近代小説と呼ばれているものです。そういう意味での、同時代としての小説史の読み直し、書き直しを僕流にやってみたいと思っているんです。それが僕の文学論であり散文論でして、さっきからお話ししている通り、僕は僕だけが突然ラディカルなことをやっているとか、そういうふうには決して思わない。さっき僕が言った二葉亭の散文論、小説原理、この流れというのは、二葉亭以来ずっとあったと思う。ただそれが主流からはずされてしまったところで日本の近代文学史がつくられちゃった。おそらくそういうところから、蓮實さんの言われたロマン主義の亡霊的な、いわゆる文学という、奇怪で滑稽な固定観念がつくられてしまっているんだと思う。

　僕はある百科事典で、僕自身による世界小説の年表をつくりましたが、今度はできたら二葉亭以来の日本近代文学史を再編成したい。少し大袈裟にいえば、二葉亭の散文論を小説原理とするところの系譜づくりということですが、その線上に浮かんでくる作家は、蓮實さんもたぶん想像がつくのじゃないかなと思いますけれどもね。その線引きによって僕の文学的な同時代というものは形づくられると思います。

蓮實❖外国はどうですか。

後藤❖外国といわれても、何もまとめて勉強してないので、どこどこの国についてということは言えませんけど、ただロシア文学についてなら、若干、僕なりに線引きをしてみました。日本の近代文学にロシア文学は大きな影響を与えたといいますね。しかし、何がどういうふうに影響を与えたかとなると、実に曖昧としている。ただとにかく、青春時代にこれを読まなかったものはいないとかね、必ず言うでしょう。じゃ、その影響はフォルムなのか、テーマなのか、方法なのか、文章なのかということになると、全くそういうことは具体的に言われない。ロシア文学の専門家も言わなかったし、いわゆる文芸批評家という人も言わなかったんですね。ですから僕は、ロシア小説を次の二派に分けてみたわけです。すなわち、リアリズム系の自然派、人生派、社会派的なものと、反リアリズム＝ファンタジー系の喜劇派、都会派的なもの、この二つですね。後者のファンタジー系、いわゆるペテルブルグ派と言われているもの、これはプーシキンの『エフゲーヌ・オネーギン』『スペードの女王』から始まるもので、僕の小説は直接、間接にそれをモデルにしながらつくられてきたと言えると思う。つまり、プーシキン、ゴーゴリ、ドストエフスキーという系列ですね。

　これに対して社会派、人生派と言われているトルストイとかツルゲーネフとかが、確かに日本の自然主義文学に圧倒的な影響を与えたわけですね。白樺派はトルストイですし、国木田独歩の『武蔵野』は完全にツルゲーネフですからね。

　一方ペテルブルグ派のほうは、読まれたのは読まれたのかもしれませんけれども、まともな読まれ方はしなかったのじゃないか。つまり、ペテルブルグ派が持っていた方法意識、散文性は、はっきり言ってロシアの中の反文学なんです。人生派、社会派、自然派に対する「反」なんですよ。ところが、その「反」としての「方法」や小説原理が全く読まれなかった。読んだのかもしらんけれども、人生派や社会派と同じレベルでしか読まれなかったから、ちっとも身につかなかった、ということとじゃないでしょうか。

蓮實❖〝『スペードの女王』時間〟(笑)。

後藤❖そうです、そうです。『スペードの女王』はまさに怪談の時間ですからね。

蓮實❖喫煙及び飲酒ですね。それが早朝の四時から五時までの時間というので、僕はそれを後藤さんの〝ニセ・スペードの女王〟と呼んでいて、それを一応、健康上の理由で断たれたあとは、あのニセ・プーシキンはどうなっちゃったんですか。

後藤❖病気も手術後三年目になりましたしね、酒なども医者が少し大目に見てくれるようになったものですから、知らず知らずのうちに、気がつくと、〝スペードの女王〟の時間に近づきつつあるんですよ。

蓮實❖それはいいことですよね。

後藤❖どうしてもその人のゴールデンアワーというか、ゴールデンタイムというのがあるんですよね。蓮實さんもあの時間はゴールデンアワーですか。

蓮實❖ええ、そのくらいになりますね。

後藤❖あんな時間に、浮き立っちゃいけないんだろうけれども(笑)。

蓮實❖遠くで犬かなんか啼いている(笑)。

後藤❖ペテルブルグ派の小説というのは、あの時間を描いています。あの時間の世界なんですよね。

蓮實❖神西清さんの訳をちょっと直しておられるところなんか（「ＸＹＺへの手紙」）感動しましたね（笑）。

後藤❖いや、バレましたか。実はあれは恐る恐るやってみたんですよ。というのは、神西さんの訳を文学だというふうに、ロシア文学の研究者はずっと今まで言ってきましたからね。神西訳と反対に、米川正夫さんのドストエフスキー訳は僕は一種の反文学だと思うのですよ。あれについて、あの文章が日本語を壊したと文句を言う人がいますが、僕は必ずしもそうは思わない。ただ米川訳には、たとえば「勧工場（かんこうば）」なんていう古めかしい用語、ボキャブラリーが使われてますから、文体は生かして、ボキャブラリーだけを少し変えると、案外、とても新しい散文的な訳文になるのじゃないかなという気がするんです。

蓮實❖ではその〝『スペードの女王』時間〟の回復を祝って、どうも長い間ありがとうございました。

（一九九〇年六月二日）

疾走するモダン

——横光利一往還

菅野昭正

菅野昭正――かんの・あきまさ

文芸評論家、フランス文学者。一九三〇年、神奈川県横浜市出身。東京大学文学部仏文学科卒業。五四年に東大助手、五七年に明治大学講師、六五年に東京大学教養学部助教授、七二年に東京大学文学部仏文学科助教授、八二年に教授。八五年に『詩学創造』で芸術選奨文部大臣賞、八六年に『ステファヌ・マラルメ』で読売文学賞、九七年に『永井荷風巡歴』でやまなし文学賞、二〇一一年に共訳書『慈しみの女神たち』で日本翻訳出版文化賞を受賞。

初出――「國文學　解釈と鑑賞」一九九〇年十一月号

横光利一の文体

後藤❖菅野さんの「海燕」連載の横光利一論、もうどのくらいになりますか。

菅野❖五百枚から六百枚くらいですね。

後藤❖横光論としては長いほうじゃないですか。

菅野❖井上謙さんという方の分厚い研究書というか評伝がありますが、それには及びませんね。

後藤❖そうですか。

菅野❖戦前の論考には古谷綱武とか、岩上順一とかいろいろありますが、そう大部のものはなかったですね。今は近代文学の研究家の方々のものでは、梶木剛さん、神谷忠孝さん、保昌正夫さん、栗坪良樹さんなどが書いておられるのかな。

後藤❖皆さんのはそれぞれまとまったものですか。

菅野❖いわゆる作品論が多いんでしょうね。梶木さんのは作品を通して思想的な遍歴を跡づけるという種類のものですね。

後藤❖それは横光の全体にわたっていますか。

菅野❖梶木さんのは、ほぼ全体にわたっていますが、一般には『旅愁』にはやはり触れにくいせいか、全体を包括するところへ行きにくいのでしょうね。

後藤❖ああ、なるほど。

菅野❖いわばいくつかの極がある。もちろんまず「新感覚派」の時代。次に昭和初年代。これは横光の頂点でもあるわけだけれど『機械』や『時計』、長編でいうと『寝園』などを書き、そのあと『純粋小説論』を唱える、そういう昭和初頭の文学のある流れの先頭を切った時期。それぞれその時期をいわば独立ブロックとして見る見方があるんですね。それから『旅愁』だけをとりあげるやり方。全体にわたる評論とか研究はわりに少ない気がするんですが、変化から変化への小説家だから、どうしてもそうなりやすいところがあるんでしょうね。だから、これは横光の責任でもある。そういう中で、井上さんの仕事は、全体を扱った評伝として数少ないものですね。あれはお読みになりましたか？　デニス・キーンさんのもの。

後藤❖ああ『モダニスト横光利一』……。僕もざっと読んだんですけどね、英国人ですか。

菅野❖あの人はずっと日本にいるんですか？　よくは知らないけど、日本文学の翻訳なんかしてるようですね。

後藤❖日本にいるのかな。ロンドンの住所をなんか聞いたような気がするんですけどね。

菅野❖どこか日本の大学で教えていたのでしょうか。まあそれはいいとして、あれを読んでびっくりしたことがある。というのは、横光が死について関心を高めた時期、特に奥さんの死の前後の『春は馬車に乗って』などをめぐって、マラルメと結びつけて論じた部分があるんですね。死の観念をモダニズムの思考の面から考えるんですね。ああいう考え方は日本人の研究者や評論家にはなかなか思いつかないですね。

後藤❖そうか。マラルメで思いだしたんですけど、菅野さんの『横光利一論』も、発想はやっぱりそのへんにありましょうか。

菅野❖いや、キーン氏の議論にびっくりしたくらいですから、直接にはあんまり関係ないでしょうね（笑）。

後藤❖菅野さんはいったいいつ頃からですか、横光に関心を持ったのは。

菅野❖それはお互いだいたい年代的に一緒ですから、共通点があると思うんだけど、戦争中、古い話ですが、父親が「文藝春秋」を読んでましてね、それに『旅愁』が載っていたのを読んだのがまずきっかけですかね。もちろんよく分からなかったし、何だか変なこと書いてあるなあと、そんな感じなんですよね（笑）。古神道の幣帛の切り方が幾何学に通ずるとか何とか（笑）、あまり変なことが書いてあるんで興味を持ったような気がどうもしますね。そもそも始まりは今でも覚えてるんですけど、太平洋戦争の始まった日、昭和十六年十二月八日に、僕はまだ小学生ですけど、その頃住んでいた東京近郊の町に、横光利一が講演に来たんですね。年譜にも出ています。父親がなぜか文学好きなサラリーマンでしてね、その講演会に行ったんですが（笑）。帰ってきて「横光という作家は実におかしなことを言う人だ」と言ったのが、子供心に残って、しかもそれが開戦の日ですしね、記憶が強烈で横光利一の名前を覚えたんですね。それで『旅愁』をのぞいたり、他のもだんだん読んだんですね。

　横光論を書くつもりは特になかったんですけど、いつ頃からか、横光の存在が、昭和文学という言い方を仮にするとすれば、その昭和文学の波頭にいつもいた作家だったということが気になりだしたんですね。掘り下げ方はあまり深く掘り下げてるとはいえないけれど、いつもその時代の問題を直覚的に捉えること、そしてそれを小説にすることに、ある種の使命感のようなものを持って悪戦苦闘した人だったと思うんですね。が、ある時期から、まあ全集こそ出ているとはいえ、いまも生きた問題を投げかける小説家とみなされなくなってしまったような気がするんです。そうだろうか、というのが僕の疑問といえば疑問なんです。戦前は横光・川端と、まず先になって並び称されたわけだけど、いつの頃からか、川端康成さんは昭和の日本を代表する作家と奉られているのにひきかえて、横光の仕事はどうも評価が低すぎるんじゃないか。そんなことを考えたのが、今やってる連載の動機といえば動機です。

後藤❖そうですか。じゃ読み始めてからの歴史はずいぶん長いなあ。

菅野❖いや、そんなに長く持続的にというのではないんですよ。戦後、横光が死んだあと昭和二十年代いっぱいは、わりに気になる作家だったですね。その後、ずいぶん離れていたというか、積極的に考えてみようという気はあまりなかったというのが本当のところですけどね。

後藤❖菅野さんの周辺ではね、中村真一郎さんとか篠田一士さんとか結構、横光擁護の文章を書いてますよね。

菅野❖僕も考え方に似た点もあるのかも知れないけど、「二十世紀小説」という考え方の機軸があり、その二十世紀の現実の様相を捉える、そしてその現実の中で生きている人間を綜合的に書くには、大きな枠の長編小説という形をとらざるを得ないというテーゼを、横光は額面どおりに実践したんですね。『上海』『寝園』『紋章』、まあ『旅愁』まで含めて、そのために新しい方法を彼なりに考えて悪戦苦闘した。その方法の探究の点で、日本の小説が必要としていた変革を横光は推しすすめたという考え方であるのだろうと、いま名前をあげられた方たちの仕事を見てそういう感じを持っています。僕の関心と交錯する点はありますけど、第一次大戦から第二次大戦までの、変化ただならぬ剣呑な時代の圧力というか、そういう条件を考えあわせなければと、僕としては思うのですね。

後藤❖そうですね。菅野さんの横光論は、完結した時にまとめて読ませていただこうと思っているんですけど……。

菅野❖お手やわらかに(笑)。

後藤❖もちろんそれは各評論家によって違う論文であり、違う研究であると思うんだけど、しかし、そこに一つの普遍性みたいなものがある。それは今、菅野さんがおっしゃったところの、二十世紀小説ということと長編小説ということ、これが二つの基本のポイントになってるんじゃないか。僕自身は、まあ研究家でも評論家でもなくて、一作家なんですけども、やはり、関心の在り所はまったく同じなんですね。僕の場合は読み始めた時期が菅野さんよりちょっと遅くて、戦後になってからなんですよね。十代のいわゆる小説を濫読し始める頃、改造社の円本でした。そうなると当然『日輪』ですよね、きっかけが。

菅野❖あれは何が入ってましたか。

後藤❖『日輪』とか『ナポレオンと田虫』とか『蠅』とか『春は馬車に乗って』はあったかな。

菅野❖昭和三年ぐらいの刊行だったでしょうか、あの頃は新人作家の最先端という存在だったわけですね。

後藤❖そう。横光は一冊だったかな、それとも誰かと一緒だったかもしれませんね。僕は中学生だったもんですから、あの新感覚の文体に完全にイカレたんですよ。僕はあの頃、普通に文学を読み始めた人とほとんど同じコースでして、結局、日本文学は円本、外国文学は新潮社の「世界文学全集」ぐらいでね、もう決まってたわけですよ。結局、家にある本といえばあれなんです。片っ端から読む以外ないですよね。どういう順序で読んだか今は覚えていませんけれども、横光のところにきた時に、あの文体の持ってる刺激というのはかなり強烈でしたね。あの文体が、こちらに感染していくような、つい真似したくなるようなというか、不思議な力を持っていますね。それが強烈な記憶になっています。

菅野❖僕が最初に『旅愁』を読んだというのは、ただの偶然ですが、当時としては変な読者だったかもしれないですね。で、その後、新感覚派の作品、『日輪』とか『蠅』とか、今おっしゃったような初期の作品を読んでいくと『旅愁』とはすごく違うんですね。『旅愁』の場合は、ある観念を、それが変なものであるにせよ、とにかく何とかして表現しようとするために理詰め――理詰めといっても横光流のという意味ですが――理詰めの文体、論理的な文体を彼なりに考えてるところがある。ところが、新感覚派の頃の作品を読んで、これが同じ作家のものかと唖然とした記憶があります。どちらが文体として刺激的に感じられ、強烈なインパクトを受けたかとなると、僕もやはりそれは『日輪』『蠅』あるいは『頭ならびに腹』、新感覚派の最先端をいった文体が、確かに強烈な印象があったですね。


その時に、今でも何となくかすかに記憶してるんだけども、どうしてこの文体が、こんなふうに変な感染力を持っているのかと考えた。そうすると、横光以前の日本の小説の文体とどうしても比較したくなる。その時に、今これから言うように(笑)、きちんと整理して考えてたわけじゃないですけど、こんなふうに思ったらしいのですね。小説の文体というのは、リアリズムというものの、それまでどうも概念でものをつかまえることを主体にしていた。例えば、これはコップであり、コップとは、液体を入れて飲むものだというふうに。意識が、ものとして捉える前に、われわれの中にある概念に寄りかかる書き方がされていたのではないか。われわれの読む意識もそれに乗っかっていた。横光の新感覚の場合には、そういう概念操作じゃなくて、本当にコップそのものの、円筒形であるとか、透明であるとか、そういう感覚によって捉えるところから、ああいう文体を作りだしているわけですね。そこに斬新さ、それまでと異質のものを人々は感じたんだろうと思ったんですね。横光が小説家として後世に残した業績の大事なことの一つは、それだという気がします。文体の源を固定した概念から柔軟な視覚へ移したんですね。

後藤さんはそれ以後作家になったわけだけど、若い時に受けた新感覚派の文体の影響が、ご自分の小説の中に残ってると思われますか、あるいはそれに対する反撥ももちろんあるでしょうけど。その辺はどうですか。

後藤❖うーん……。僕自身のことを言いますと、僕は『関係』という小説で雑誌「文藝」の「文藝賞」の佳作になったんです。中短編部門で、昭和三十七年、僕は三十歳の時だった。

菅野❖坂本一亀さんがやっておられた頃ですね。

後藤❖それで「文藝」誌上に発表されたんだけども。あの時に、中村真一郎さんも選者の一人で、埴谷雄高さんとか、寺田透さんとか、あとは福田恆存さんもおられたんだけど、選者の方で、確か野間宏さんだったかどうか知りませんが、僕の『関係』という小説は「伊藤整のテーマを、横光の文体で書いた」(笑)と言うんだよね。これは、言われてみれば、なるほど、うまいことを言うなと思いあたるところがあったんですよ。つまり僕は、さっき言った十代で小説を濫読し始めた時分に、横光の新感覚派の初期の作品に大変刺激を受けた。ところがその後ずっと、作家は横光だ、と決めたわけじゃなくて、とにかく手当り次第に何でもかんでも読むことにしていた。普通の文学青年みたいに外国文学も読んでました。それから大学ではロシア文学を専攻したんで、ゴーゴリとかドストエフスキーなんかの作品を多少はよけいに読むようになったんだけれども。そしていざ自分が小説を書こうという段取りになった時にね、やっぱり文体ってものが引っかかるんですね。

菅野❖それは当然ですね。

後藤❖結局だから僕は文体という問題で、自分が文体を使って書かなくちゃいけないというところへ来た時に、ハテどこからスタートしたらいいかと考えて、そこんとこでゴーゴリと横光になっちゃったんですよ。ゴーゴリと近代文学との繋がりといえば、ゴーゴリと芥川龍之介、ゴーゴリと宇野浩二という繋がりがありますが、僕の考えでは横光とも結びつくんですよ。文体の形から言っても結びつくし、方法論としての共通点もあるように僕には思えた。それで、十代の僕は、横光の中でも特に、初期のものに非常に刺激を受けたんだけど、小説を書き始めようという二十代になってからは、今度は『機械』ですね。

菅野❖中期ですね。

後藤❖はっきり言って中期のいわゆる方法意識の最先端を実践したような、そういう作品に直接影響を受けたと言っていいんじゃないかと思いますよ。

視線のメカニズム――『機械』

菅野❖『関係』について「文体は横光だ」と野間さんが言われたのは、もうすこし詳しく言うとどういうことなんですか。

後藤❖形式というか、形のうえのことを、主として言われたんじゃないですか。

菅野❖文章ということじゃなくて……。

後藤❖文章ですね。つまり、一種の饒舌体であると。

菅野❖ああ、横光の中期の、句読点なんかあまりない、長いセンテンスの……。

後藤❖ちょうど伊藤整さんが『氾濫』を書かれた頃だったんじゃないですか、昭和三十七年頃っていうとね（編注：『氾濫』は昭和三十三年に新潮社より刊）。僕は『氾濫』というのは具体的に意識にはなかったんですけどね。しかし、横光と伊藤整には、ある共通するものがありますよね。

菅野❖ええ、伊藤整のほうが後進として、特にあの頃、気がかりで仕方なかったんでしょ。『機械』を読んで、なんというか、微分的な心理主義にやられたと思ったと確か書いてましたね。

後藤❖ああ、そうでしょうね。

菅野❖人間の自我というものは、きちんと首尾一貫した統一性を持っているものなどではない。そういうふうにしては捉えられないものであり、現代の自我はすでに解体しているし、自分では統一ある自我などと思っていても、実はいろいろな外力によって崩され、変容され、しかもそういう変容とか解体とかがたえずつづいているという考え方――そういう点でも横光から伊藤整が受けとったもの、反対に伊藤整がジョイスなどからひきだしたもので、横光が啓発されたものがずいぶんあるんだろうと思いますね。

後藤❖そうですね、だから『機械』の頃の作品から、僕の事実上の処女作『関係』が始まってるわけで、結局、菅野さんのおっしゃった、いわゆる人格とか価値観とか思想とか、そういうものが解体・分裂して、要するにバラバラになった。そのバラバラ人間の『関係』という題名が、まさに僕の小説というものについての考え方を、そのものズバリ言い表してるようなものになってます。いわゆる近代人の自己解体というか、自意識の解体というか、人格の中心を失った人間たちの「関係」ということですね。

菅野❖それはそうですね。『機械』の少し前に『鳥』という作品がありますね。『機械』で横光は変わったと、ふつう言われるわけですけど、研究家・評論家の中に『機械』が最初じゃなく『鳥』から変わり始めたと考える人がいる。『鳥』という作品は、これは横光のもっと初期からのテーマということになるけれど、単純に言えば三角関係の話ですね。一方に女性に裏切られる男があり、もう一方にその女性を奪う男がいる。横光は勝ち負けの意識の強い作家だと思うのですが、それが男女関係にあてはめられる。そういう主題の枠の中で、人間の意識のもっと微細なところ、他人との関係にしたがって変わる意識の微妙な動きに焦点を当てたのが『鳥』の特徴なんですね。若い地質学者二人と一人の女性の関係の変化の小説ですが、その女性が高周波温熱療法というんですか、デアテルミイと横光は書いていたような気がしますが、腹痛を治すのに電気療法にこっているんですね。当時そういう新しい療法がはやったんでしょうね。横光は、なんでも新しいものにとびつく人だから(笑)、そういう新しい珍しいものを小道具に使う。小説では、一方の男が、女性がデアテルミイを使う時に手伝ってやるわけですが、するとだんだん女性の気持が自分のほうに向いて来る。それじゃあ彼女の愛は機械によってもたらされたんじゃないかと(笑)、男は疑ったりする。『鳥』では、機械はそんなふうに出てくるわけですが、文体も饒舌的で、句読点が少ない。変化ははっきり見えるわけですね。この頃から、機械というものに人間の意識が動かされるというか、人間の意識をメカニカルに動かす力にたいする文学的関心、小説的関心が、横光の中で非常に強く出てくる。それが『機械』で誰の眼にも分かるように一挙に拡大されることになったんだと思いますね。

『機械』では、小さな町工場の主人と三人の職人たち同士の人間関係が、いろいろな局面に応じて変わる過程が実に適確に書いてあって、確かに横光の作品の中でも非常にレベルの高いものだと思いますが、そこでは「見えざる機械」という言い方があったり、機械の「先尖」にじりじり狙われてるというふうな表現があったりして、小さいとはいえ人間のグループである町工場、そのグループを動かす見えない力のようなものを指している。要するに個人を超えて、個人とそれぞれの関係を操る抽象的な力学を想定しているんでしょうね。

後藤❖メカニズムですね。ですから『機械』という題名は語呂合わせ的に言うと「世界」ということですね。「メカニズム」と「組織」というふうに言い換えてもいいわけですね。

菅野❖人間を他人との関係の組織の中で、その組織を動かす力の函数(かんすう)として捉えようとしたんですね。

後藤❖動かされるっていうことね。

菅野❖それは当時としてはやはり新しい衝撃力があったんでしょうね。

後藤❖いや、あれは革命的ですよ。あそこで二十世紀小説という命題がはじめて出されたんだけれども、まさに二十世紀小説の一番重大なポイントの一つは、結局、人格の崩壊ということだと思うのです。人格、さらには意識の崩壊。『機械』が革命的な作品だと私が評価するのは、いわゆる日本の明治以後の近代小説は、人格を描いていくというところ、人格とか性格とか、つまり「エゴ」を描いていくところに主眼があった。ところが横光の『機械』はいきなり、エゴというものなんて本当はないんじゃないかという疑問から始まっているわけですね。作品自体がそういう仕掛けになっている。だから自分の思考力とか、あるいは自分の立場とか、あるいは自分のイデオロギー、思想とか、そういうものがみんな曖昧になってしまっている。輪郭がぼやけてしまっている。統一したキャラクターとか、思想とか価値観とか、そういうものが持てなくなってしまっている。そういう認識で人間の状態を書いていくとき、問題はそれをどういうふうに描いていくかというその方法ですね。まったくバラバラに分裂してしまった自意識を持った人間が、どういうふうに関係し合うかという、人格崩壊の関係図みたいなもの、そういう世界だと思うんですよ。それが、あるメッキ工場の中の単なる一世界が、それをそのまま宇宙に拡大して考えられるような、一種の小宇宙的な形で典型的に、あれは饒舌体で書かれてるけども、描かれているという『機械』の意図は、そこにあるんだと思うんです。

菅野❖横光は、わりに早くから象徴的構図という言い方を好んでしていますね。それにのっとって言えば、今おっしゃったように『機械』とか『時間』の時期は世界のメカニズムというものを想定して『機械』ではナンバープレートを作る小さな町工場のグループに枠を借りて、世界のメカニズムを表現する象徴的構図を提出したということなんですね。まったく同感ですが、ただあそこで横光が突然変異したわけでもないという気もするんです。『機械』を論じる人は小林秀雄さんなんか代表だけど『機械』で横光はまったく画期的に新しくなったと考える傾向がどうも強いのです。小林さんの『機械』論はインパクトの強い断言命題調だから、他の論者はそれに引きずられて『機械』を考えるところがある、いまだにそれはあるんじゃないかという気がしますが。しかしあれは突然変異ではなくて、横光には初期から、外の世界と個人の関係、外界の力学が個人に及ぼす影響、他人との関係の変化で動く個人の意識の変容にたいする関心はずいぶん強かったんじゃないかと思うんですね。

例えば新感覚派の頃に『無礼な街』っていったかな、変な女が「私」の家に迷いこんできたという話だったと思いますが、「時代の動力」という表現があったり、「私」は妻に逃げられたり、女は男から逃げてきたと言ったりする。そういう奇妙な生活ばかりつまっている「無礼な街」にたいして、最後のところで「私」は対抗しようとして、なにか捨てぜりふを吐くんですが、つまり、その一人の女と「私」との関係のレヴェルを越えて、その町全体の中に「私」がいて、それと「私」との関係の小説になっているんですね。

ちなみに『表現派の役者』という作品は覚えてますか?

後藤❖いや、知りません。

菅野❖表現派という当時としてはアヴァンギャルドの芝居をしている役者が主人公ですが、それとやはり女優の恋人との嫉妬や疑いの小説。その最初の出だしが印象的だったのでよく覚えてるんですが、主人公の役者が街を歩いていく場面を、石畳がゆがんだとか曲ったとか感覚の働きそのものに即して捉えていく書き方なんです。そしてその感覚が外の世界との対応にしたがって動いている。当時の前衛的な詩の影響をいち早く吸収したんでしょうが、それにしても街という「場」の中に個人がいること、そしてその「場」から及ぼされる力学に動かされていることを、横光自身が直覚的につかんでいると思うんです。

後藤❖いや、その作品は知りませんが、今の菅野さんの「読み」方には、まったく同感です。

菅野❖ただし初期の作品では、外の世界と個人との対応というその関係の中に、まだ他人が見えていないんですね。『機械』の頃になってくると、他人との関係がはっきり出てくる。

後藤❖いやそれは、まったく僕も同感でしてね。そこに志賀直哉と違うところがあると思うのですよ。決定的に違うのはそこです。横光は目の位置が相対化されている、複眼になっているんですね。

僕も「《方法》としての横光利一」というエッセイに書いたんですけど『御身』という作品があるでしょう。あの『御身』と志賀直哉の『城の崎にて』、この二つを比べて論じたことがあるんですよ。子供が両方とも出てきますね。

菅野❖『御身』は志賀直哉の影響が一番モロに出てる作品ですからね。

後藤❖そうそう。それでいていわゆる新感覚派ともちょっと違うし『機械』の持ってるああいう方法意識の非常に強いものともまた違って、それ以前のものだけども、やっぱり今菅野さんのおっしゃったように、外部と内部の対応関係、一方的にエゴが外部を見るだけじゃなくて、外部から見られているという視線の相互性、関係性があるんですよ。視線が一方的じゃなくて、必ず複合的になっている、往復になっているんです。視線の往復性については、僕は『御身』を見た時にすでに感じたんです。『城の崎にて』は一方的に子供を見据えてるでしょう。子供がこっちを見る隙は全然与えないわけですね。子供からの視線は志賀直哉の世界にはないんですよ。自分が、ただ凝視するだけ。見て観察して、一方通行的に徹底的に書く。これは志賀直哉のほうが自然ですよね。

横光の『御身』も子供は出てくるんだけど、子供からも見られてる。そのような視線が既にあの中にある。それは横光が本来的に作家として持っていた基本的な眼じゃないでしょうか。世界を相対的に捉えようとする視線、そういう基本的な視線があると思いますね。

菅野❖志賀直哉の小説では、また確固たる自我が何よりもまず先にある。それが、時には揺らぐけれども、しかし結局は調和を恢復するんですね。調和をどう取り戻すかが、いってみれば、文学的な命題の中心になっているように思うんです。

そういう一方的な視線で見るエゴ・サントリスムに対して横光は文学的に反撥を覚えたし、また大正中期以降、第一次世界大戦、関東大震災などで現実社会に大変動があって、もう旧来のそういう方法では現在の問題は捉えられないということを、もちろん考えたんでしょうね。若い頃の日記や手紙に志賀直哉に対する反撥がちょっと書いてあるけど、最初はやはり影響を受けたんですね。『御身』は一種の別れの歌みたいなもんですね。題材としては私小説的なものだし、お姉さんが子供を生む話でしたね。

後藤❖そうそう。

菅野❖『御身』はまあ、叔父になった感情を書こうということでしょうけど、赤ん坊に対してあんなこと考えるのは、ちょっと変じゃないかと感じさせる個所がありますね（笑）、この赤ん坊が今に大きくなったら、自分が嫁にもらいたいとか（笑）、赤ん坊をあやして、彼女を最初に瞞（だま）したのは自分だとか。何か変だなって感じのところがいろいろある。でも、子供にも意識があり、子供の状態もこちら次第で変わるというような、そういう捉え方は、当時としてはとても新しかったでしょうね。今あの小説を読むと古風な感じは避けられないけれど、そういう部分だけは古びてないかもしれませんね。

ところで、後藤さん覚えてるかな。姉さんに子供が出来たことにたいして、いずれは「不行儀な結果」から生まれた子供だと書いてある個所があるんですね（笑）。正式に結婚して子供を生んだのが、どうして「不行儀」なのか。たぶん主人公の「彼」の性にたいする若者らしい潔癖さの表現でしょうけど、それにしても変な感じはしますね。これは冗談まじりの臆測ですが『御身』を書いた頃にサンガー夫人が産児制限の講演に日本へ来ているんですね（編注：マーガレット・サンガーはアメリカの産児制限活動家）。

後藤❖ああ、なるほど。

菅野❖横光は何でも新しいものは好きな人だから、近代人としてはもっと計画的に子供を作らなくてはいけない（笑）という気になって、それができないのは「不行儀」ということかも知れない。これは僕の臆測ですよ。臆測の当否よりも、そんなことを考えさせるほど横光は作家として新しいものにいつも関心があった。たえずトレンディであらねばという一種の強迫観念がこの頃からもうほのみえる気がする（笑）。

――『純粋小説論』再評価――

後藤❖そうだねえ。確かに僕は彼の新しもの好きには敬服しますよ。彼は『純粋小説論』の中で「通俗」ということを言ってるでしょう。あの「通俗」の言葉の使い方は、非常に曖昧なところがあるんですね。概念規定が、ときどき変わったりするから、確かに論文としてはわかりにくい論文だと思うけど、僕はここに来る前にもう一回読み返してみたんですけど、やっぱりあの論文はすばらしいですよ。僕はあれ、今でも通用すると思った。と言うのはね、例えば「通俗」という言葉、これを彼が一番重視して使ってるのは次の文脈ででです。つまり純粋小説というものは、純文学でありかつ通俗小説でなければいけないというテーゼですね。それに一番必要なのは、偶然性と感傷性だという。それでモデルとして挙げてるのが『罪と罰』なんですよね。最後に『赤と黒』も見本として挙げている。

菅野❖そうでしたね。

後藤❖それからバルザックの小説も挙げてますけども。『罪と罰』、僕はあの小説をかなり詳しく読んだんですけど、確かにあの小説の中には「突然」という言葉が多いんですよ。ロシア語で「ブドルーク」というんですけど、サドゥンリーですね。計算した人がいて、五百六十回ですって（笑）。

菅野❖それはシクロフスキーですか。

後藤❖シクロフスキーじゃなくてね、トポローフという人の論文ですね。

菅野❖ロシア語に「突然」にあたる言葉は他にはないんですか。

後藤❖「ブドルーク」ですね、ほとんど。これが一センテンスの中に二つ出てきたり、三つ出てきたりすることもある。

菅野❖フランス語だと「突然」という言い方はいろいろある。日本語でも「突然」とか「にわかに」とかいろいろあるでしょ、それと同じようにいくつかある。文体論的レベルで言えばそれぞれ違うんでしょうね。フランス語の場合は、あんまり同じ単語を使いすぎると文章がまずいということになるものだから、それでいろいろ言い換えるんですね。ロシア語にはそういうことはないんですか。

後藤❖もちろんドストエフスキーの場合はわざと使っているんですよ。『罪と罰』ですが、あの小説はまた殺人事件ですけれども、ラスコーリニコフのアパートから、金貸しのおばあさんのアパートまで七百三十歩かな、数が書いてあるでしょう。日本人が歩くと歩幅が狭いからもっとかかるらしいけど（笑）。まあいろいろ話があって『罪と罰』の神話みたいになってるわけだけど、あの小説は極端に言えば、その七百三十歩の間の偶然と突然によって成り立っているんですよ。でないと成り立たないんです。例えば殺して死体をそのまま置いてくるときに、階段の踊り場のところで職人みたいなのがペンキなんか塗ってたとか、そこをすっと通り過ぎてきたとか、全部の話が偶然なんですよ。全部突然と偶然で始まって終わってるわけですよ。だから横光がそこに目をつけたのは、非常に面白いと思います。さすがに彼は感覚的に鋭いなと思うし、理詰めじゃなくても、目をつけたことだけでもすごく大変なことだと思うのです。

ところがそれを、通俗小説の二大要素だ、と言ってしまうと、ちょっとまた方向がズレてしまうんですね。ドストエフスキーの『罪と罰』の中から、突然あるいは偶然という言葉を選び出してきて、ここに特徴があるんだという指摘はすごく鋭い。ペテルブルグという近代都市の中でフィクションを作り上げるためには「偶然」と「突然」がなければ全然成り立たないのです。つまり、ペテルブルグという近代都市においては、もはや「偶然」と「突然」の関係しかないということです。だからあの突然は必然なんですよね、ドストエフスキーの場合。横光の『純粋小説論』でいうと、ちょっとそこのところもう一つ突込みが足りないところがあるんですね。

菅野❖まあそこが横光の横光たるゆえんですね。

後藤❖そうそう。

菅野❖後藤さんみたいにうまく論理化できないんだよ、彼は。

後藤❖時代のせいもあるんでしょうけどね。

菅野❖今おっしゃったことには横光もある程度気づいていたと思うんです。

また『機械』の話になりますが、『機械』では、あいつは商売がたきのスパイじゃないかとか、盗みに来たあいつは俺が注意していることに気がついたんじゃないかとか、さっきのお話にあったように相互に監視し監視される関係で動いているわけですね。そういう中で、しかし彼らよりも上に、彼ら四人を動かす機械のようなものがあると想定される。『時間』では、それに当るものが確か法則という言葉で出てくるんですね。破産した旅役者たちの関係を動かしているものを抽象的な法則として設定するわけですが、それはそのときどきで偶然に変化する力なんですね。つまり職人にせよ役者にせよ、個人個人の関係のあり方は刻々と変化するけれど、それを動かす機械、法則は偶然によって突然変わると考えて、予定調和のような必然性を排除したのだと思うのですが、彼は論理的な論証力とか推論力とかにそんなに恵まれた人じゃないから、そのあたりの理論を非常に乱暴な言い方で押し通してしまうんですね。小説の面白さが、偶然に起こるかに見える事件の衝撃に左右され動かされるということ、そういうことが直感的に分かっていたんだと思いますね。

後藤❖そうですね。『君の名は』みたいな（笑）。

菅野❖すれ違いによって読者の期待を持続させる。

後藤❖そういうレベルでの偶然性というものに誤解されかねないようなところがあるんですよ。だけど僕は、今、菅野さんもおっしゃったけれど、彼はちゃんと分かっていたんだと思う。例えばその偶然ということについて、こういうことを言っているんです。これはちょっと感心したんです。つまり、人格とか思想というものに、近代人、彼の言う「現代人」は、確固としたものが持てなくなっている。つまり崩壊している。そこで、作家というものは人間を描かなきゃいけないんだけれど、じゃあどういうふうに描くべきであるか。彼は非常にきわどいことを言っているんです。それはこういうことです。今までは人間の行動、アクションと思考を描けば人間を描いたことになった。ところが今、現代は、その行動と思考だけでは人間は描けない、駄目であると。これは実に鋭い指摘だと思うんですよね。近代的自我の崩壊、二十世紀のエゴの崩壊ですね。じゃどうすればいいかというと、行動と思考の中間に意識があるというんですよ。

菅野❖自意識にこだわることになったんですね。

後藤❖自意識がある。これはなかなか明快ですよ、まさにそのとおりだと思う。その「中間に」というところが、大切だね。我々は本当に中間だろうかと疑うけれど、彼は「中間に」とはっきり書いているんです。中間に自意識がある。ところが、この自意識というものは、どういう言葉を使ってあるかちょっと失念しましたけれど、非常に曖昧なもので、つかまえにくい、輪郭がはっきりしないということを言っているんです。つまり自意識というものは、論理的には動かないということを言おうとしている。とすれば、偶然のような形でしかそういう意識は捉えられないんだというんですね。これは非常にある意味では明快なんです。

菅野❖現代小説というのは、現代の人間の思考と行動を分裂させている自意識が、関係の世界で変わってゆく変容を描くべきだとそういうふうに考えたわけですね。

後藤❖そうそう。

菅野❖そのためには、個人の行動や思考を外から追うだけでは駄目なので、自分は何をしているのだという、自分が自分を見る目こそが現代人の特性だから、それをきちんと書かなければと考えた。たしかにそれが小説にとって大問題だった時代があったんですね。『純粋小説論』でも、人間は関係の世界の中で動くということと、その中での意識の変容というふうに問題を立てれば、そういう前提を置けば、もっと明快な論文になったかもしれないですね。

後藤❖そうそう。

菅野❖それにまた、関係の世界にいるということは他者がいるということですから、自意識というのは結局、他者との問題にもなる。他者によって動かされている人間の意識の変容、横光は『機械』の職人たちでそれを実践したわけですが、そういう問題を論理化して書けば、あれほど毀誉褒貶、毀と貶のほうが著しくならずに済んだようにも思えます。日本の昭和の、あるいは明治以降と言ったほうがいいかもしれないけど、小説論としては、さっき後藤さんも言っておられたけど、やはり傑出したものだと思うのです。ただし観点として傑出しているのであって、出来上がりが傑出しているのではないのが、困ってしまうところですけどね(笑)。

かの有名な四人称というのだって、もっと上手な説明の仕方というか、理論化の方法があるはずですね。

後藤❖そう思いますよ。だから僕は、これも前に言ったか書いたかしたことだけれど『純粋小説論』に注を付けまして、ここはつまりこういうことを言おうとしたんだ、という注をいっぱい付けるんです。敷衍（ふえん）し、そして普遍化していったら、今という時代に充分通用するだけでなくて、大変なショックを与える、それこそ刺激的な〝純粋小説論〟になるのじゃないかと思うんですよ。

菅野❖それは面白いですね。でも、注を付けたら刺激的だと書いただけ？

後藤❖もちろん実行はしていない（笑）。

菅野❖いや、ぜひやってください（笑）。

後藤❖それをやったら二百枚くらいのエッセイになるんじゃないかと思うんですよ。あれは大体四、五十枚でしょう。雑誌で十五、六頁ですから。あれを全部注を付けて、どんどん敷衍しながら普遍化していったら、かなり新しい、ラジカルな方法論、小説論になると思うんです。

菅野❖枚数は別としてこれは早く実行すべきアイデアですね。これは非常に面白いアイデアを聞いた。

後藤❖面白いと思う。これも『純粋小説論』の中で言っているんだけども、なぜこういうことをあえて強調しなきゃならないのかというと、ある種の危機感なんですね。危機感という言葉は使っていないですけど、危機感って言えばいいのに、なぜ言わないんですかね。

菅野❖小説が今何をなすべきか、何を書かなくてはいけないかという、いろいろな問題が論じられていた時代ですね。文芸復興とか、バルザックに還（かえ）れとか、いろいろな合言葉のようなものがあって、作家の間に、ある種の共通理解があったんでしょうかね。

後藤❖そうでしょうね。

菅野❖ああいう小説論を書くべき時代的背景についても考えたけれども、やはり論理的能力に乏しいので（笑）、ああいう隙間だらけの論文になってしまったんだと思いますけどね。

新しい小説の型を求めて

菅野❖四人称の提唱に関していえば『純粋小説論』は一九三五年、昭和十年です。その少し後にサルトルがフランソワ・モーリヤックの方法を批判した有名な論文があって、モーリヤックは作中人物の本質をはじめから決めてしまって、あたかも神の視点で人間を動かしている。けれど人間は、そもそも他人の意識の中に、そんなに深く入れないものなのだから、これはまあ小説家の越権行為だという議論ですよね。『純粋小説論』はそれとある意味では対比的なんですね。僕はサルトルのその小説論を昔読んだとき、他者の意識の中にどこまで入れるかという問題は大いに気になりましたし、人間の意識のメカニズムから言えば確かに限界があるとしか言いようがないから、なるほどと思いました。しかしそれは現実の世界のメカニズムであって、それをあまり押しすすめていくと、小説家の自由な創造をかえって奪うんじゃないか、小説は言葉で別の世界を作るものだから、そう明瞭には割りきれないんじゃないかと、今はまあ修正論ですね。

それに対して、横光の四人称というのはどの人物の中にも入り、それぞれの自意識が見える視点であり、また人物たちの関係を見る眼であり、さらにそれを動かすひとつ上の次元の法則を見る視点でもあると思うのですね。その点が非常に対照的です。むろんサルトルは論証力にかけては桁違いだから、論理的な構築はくらべようもないのは言うまでもないけれど、しかし小説を書くことを実践する立場からしたら、どちらが方法論として実りがあるかといえば、必ずしもサルトルに軍配が上げられるというものじゃない。サルトルのあの小説論を、杓子定規に金科玉条のお手本のように考えたら、小説家は自由を束縛されて書けなくなるというところがあるし、実際にサルトルは『自由への道』は完結できなかったわけですからね。

『純粋小説論』というのはとにかく実践的な小説論なんですね。彼自身の実践でぶつかった問題をどういうふうに理論化するかという面で、また別な問題が生じたわけですけれど。まあ理論化は後藤さんが継承してくれるから（笑）。

後藤❖いや、あれは非常にもったいない論文だと思うのです。特に、日本でも何回も周期的にあらわれるんですが、文学衰弱論ですか、そういうのが出てきたでしょう。

菅野❖戦後三度くらいありましたかね。

後藤❖三度だったか四度だったか知らないけれど、また出てくるかもしれませんね。僕はああいう危機説がでてくるたびに思い出すのは、やっぱり『純粋小説論』ですよ。危機意識の持ち方として普遍性はあるだろう。今でも僕は通用するなと思うのは、この間の純文学危機説が出てきたときに、何かこれに対応するエッセイみたいなものはあるかなと考えた。そうしたらやっぱり『純粋小説論』なんですよ。

菅野❖『純粋小説論』はただ方法論みたいにして書かれたのが、一つ誤解を及ぼす原因だったでしょうね。根本的には、あれは近代小説の根源は何かという、ラディカルな理論なんですね。実践の中で考えたことを、直覚だけで強引に論じたからああいう論文になってしまったんでしょうね。四人称の提唱なんか、ただただ鬼面人（きめんひと）を驚かすだけの、なんだかわけの分からないような提唱になってしまった。それが『純粋小説論』の悲劇のような気がします。根本的にはとても問題をよく捉えていたはずなのに。

後藤❖ええ、捉えている。

菅野❖だから後藤さんが言うように、純文学、これも今や死に体だなんて論もあるわけですが、それはまあしばらく措いて、純文学が問題になると必ず思い出されるということになるんでしょうね。

後藤❖特に彼は、われわれが考えなければいけないのは小説の生い立ちだと言っているんですよね。これは本質的なことですよ。ジャンルの起源論でしょう。小説ジャンルというのはいったい何かという、ジャンル論にまで行っているんです。ただそこから後はまた問題で、何でもすぐ単純化してしまう。例えば「物語」の系譜は通俗小説になって「日記」の系譜が純文学になったと言う。私小説は身辺雑記、日記になってしまって、行き詰まった。一方、物語の系譜はどんどん通俗化してメロドラマになってしまってこれまた頽廃している。だから結局純粋小説が必要なんだ。通俗小説でありかつ純文学であるものが必要だという展開になるのですが、ジャンルとしての小説を振り返るというのは二十世紀小説の一つの基本ですからね。ジョイスやプルーストやカフカを考えてみても、ジャンルの歴史を反省する、小説は何だったのかということを考える、つまり、小説それ自体への自意識、自己反省を持つということが二十世紀小説の基本だった。そこまで到達しているんですよ、あの昭和五年の段階で、横光の意識は。これは大変なことだと思う。

ところがその後、ちょっと腰砕けになるんだなあ。菅野さん、僕はこれ聞きたいんですが、彼はどうしてここまで鋭く問題意識で迫っていながら、その彼がどうして夏目漱石のことなんかは全然考えなかったんですかね。

菅野❖漱石のことも書いてはいますよ。

後藤❖書いていますか。

菅野❖ええ、断片的に触れています。大々的に論じているわけではないけど、漱石の「論理的心理描写」と言ったりしている。漱石が一番悩んだ問題は、日本の近代のぶつかった問題を論理的に考えようとする人間の中で、どんな心理的葛藤が起こるかということだと、まあそんなふうに考えたらしい節が見える。誰でも引く明治四十四年でしたかの『現代日本の開化』という講演がありますね。

後藤❖ああ、あります。

菅野❖あれに直接触れているのではないけど……。

後藤❖内発的と外発的……というあれですね。

菅野❖そうそう。あの講演に漱石の問題のポイントがあるとすれば、そのあたりのことは感じたんじゃないでしょうか。漱石の偉大さはすべての批評を招きよせるところだなんて言ってます。だからそういう考えがあったので、最後は『旅愁』へ行ってしまうということにもなるんでしょうね。日本の小説家として書くべきことは、近代日本の知的運命というか、西洋化した日本の文化のぶつかる問題と正面から向かいあうことだと考えたのでしょうね。そういう意味ではスケールは大きい。残念ながら、その大きさが変な方向へ行ってしまったわけですが。

後藤❖確かに彼の限界、限界なんて言葉は失礼だし、彼には使いたくないですが、僕だってもう五十七、八歳になっていますから、いいかげん歳なんですけど、やはり僕は横光を尊敬していますからね、横光の限界という言い方はまだここでは、注付きで使いたいような気持なんですけども。今の問題は、すごく普遍的なものだと思うんです。近代日本とは何かというようなものでしょう。近代とは何か、あるいは日本の近代とは何かというテーマだったと思う。しかも自意識の問題でしょう。漱石にも通じるし、芥川にも、それから永井荷風にも通じると思うのですよ。ほとんどみんなそういうことを考えたんじゃないかな。となると僕は限界という言葉は使いたくないけども、例えば彼の『純粋小説論』にしても、あるいは『旅愁』にしても、もっとその方法論のところで日本の先輩連中、今言った漱石、芥川、荷風、二葉亭四迷ももちろん入れたいんだけど、そのへんをもう少し引き合いに出しながら、援用したり利用したりしながら、そういう形で自分の世界を構築していったらよかった。そうしたら、あれほど自分だけで悪戦苦闘をして、白虎隊みたいに（笑）ならなくても済んだんじゃないかなという気がするんですね。

菅野❖僕も同感なのですけどね。ただ大正から昭和前期という時代を考えると、そしてまた悪いことには、横光利一の周りにはフランス文学者などがいて、フランスの新しい小説論とか、それこそ方法論や意匠とか、いろいろな変な毒にもなり得る知識を彼に注ぎ込んだ。そちらのほうに気をとられすぎたということもあると思いますね。そういう時代だったし、そういう知的環境のせいもあるでしょう。だから横光が、小説家として自分の繋がるべき系譜を、十分に意識しなかったということは、事実としてあると思いますし、そういうこともっと考える必要は確かにあったでしょうね。まあ漱石は「偉大」だとは言っているんですから。

後藤❖そうですか。

菅野❖だからかなり読んでいたんだと思います。

後藤❖それは僕は救いだと思いますね。彼は文壇の大御所的な存在であった時期もあったんですが、にもかかわらず彼の作家的な生き方というのは、孤立無援の姿をとっていて、白虎隊的で孤軍奮闘という感じがあるんですね。

菅野❖それにまた、横光利一は菊池寛の人脈だし、あの時代にはいわゆる文壇の仲間うちでは、漱石はどこか敬遠されていた感じがしますね。

後藤❖うん、そうなんだね。

菅野❖一時代前の自然主義文壇では、まあ正宗白鳥なんか、漱石にはずいぶん冷淡だったし（笑）。

後藤❖あまり名前を表に出せないという状況だったのかもしれませんね。漱石なんかを迂闊に使うとちょっと誤解されるというようなね。

菅野❖素人の文学みたいに見なされたりしてた……。

後藤❖うん、そうでしょうね。

菅野❖あまり単純化して言うといけないけど、横光の時代でも市民小説というか、普通の人間が普通に生きていることを書く小説は傍流的だったわけだから、そんな歴史的な事情もあるでしょうし……。

後藤❖だからその点、『純粋小説論』は目が行き届いている。結局、彼はこういうことを言っているんです。通俗ということについて、さっき言った偶然論にはちょっと舌足らずなところがあると思うけれども、あの論文の最後のほうで通俗的な人間を描くことを恐れてはいけないということを言っている。この通俗という言葉を使うから変なんですけど「通俗」という言葉のかわりに「市民」という言葉が出てくれば、かなり普遍化されるわけだけどね。通俗まさしく市民ですよ、彼が言おうとしていることは。

菅野❖『純粋小説論』を書く前に『寝園』があり『純粋小説論』の後に『家族会議』などを書いているんですからね。

『寝園』は日本橋あたりの綿布問屋の御曹子で、株ですったりする人物ですが、まあ当時としては上層の市民生活をして、清元のおさらい会に行ったり、鉄砲打ちをやったりしている。あの時代、小説にそういう人物を登場させること自体が、ある種挑戦的なことだったんですね。

後藤❖それも戯作に通じるようなね。

菅野❖そういう市民社会の人間を書かなければ、近代小説、いや現代の小説として失格だという強迫的な意識が横光にはあったと思うんです。しかし従来の日本の小説家からすると、そんなものを書いて何だと反撥したり馬鹿にしたりするでしょう。

後藤❖俗だってね。

菅野❖ええ、まさにそうです。例えば、その時期に書かれた福田恆存氏の横光論で『寝園』も槍玉にあがってましたが、こういう俗な人間を登場させることにものすごく反撥しているんですね。まあ、横光の書き方が野暮だという批判も大いにあったんでしょうが。

後藤❖そんなこと言ったんですか。

菅野❖ええ、昭和十年頃に書いた論文です。要するに、通俗小説というものには二重性があるのに、横光はそれに気がついてなかった、あるいはあまり神経をつかわなかったのが、いけないんですね。

二重性という意味は、一方には本当にそれこそ次元の低い俗悪になってしまう危険があり、もう一方に市民的な生活を描くとなれば、どうしても世間並みの俗に通じざるをえないということがある。そういう際どい二重性があの論文では出ていないと思いますね。中村光夫氏が戦後『風俗小説論』を書いたときに、日本の小説が俗化するひとつの大きな要因は、横光の『純粋小説論』前後の仕事にあったという論を立てた。横光は通俗の危険のほうへ傾いてしまったというのが、中村さんの立場なんでしょうね。『風俗小説論』では市民性とは言ってませんが、「社会性」が強調されているんですから。もっときちんと通俗性について考えを深めていれば『純粋小説論』もずいぶん話は変わってきますから。

後藤❖うん。そう思いますよ。だからまさに通俗に注を付けて、市民という形でこれを普遍化していって、素材としての通俗ということになればこれはかなり方法化できますよね。

菅野❖通俗とだけ言ってすませたのでは、積極的な意味あいはほとんど出てこないものね。

後藤❖そうそう。だから私小説が跋扈している日本文壇においては、通俗という言葉を持ってくること自体何かめちゃくちゃというかね（笑）。

菅野❖まだしも「大衆」と言ったほうがいい。

後藤❖そうそう。

菅野❖「大衆」と言えば、あれは広い読者がいて受け入れられているイメージがある。

後藤❖あるいは社会小説とかね。そのへんが、大胆不敵ではあるんだけど、説得力がない。

菅野❖あえて横光に肩入れして言えば、通俗ということの意味をひっくり返そうと企んで、あんなテーゼも出したのかもしれない。もしそうだとしたら、そのためにはやはりきちんと論理化しないと積極的な議論にならない、まあ大いなる手ぬかりですね。

後藤❖でも僕なんか、あの『純粋小説論』が持っている力というのは、あれを読む後々の人間がどう解体し、どう再構成するかということにかかっていると思うのです。あれをどのように、それぞれが自分の言葉によってどう解体し、どう読み直すか。そういうことをやっていったら面白いんではないか。反対のものは反対のものでいいと思います。

菅野❖ええ、それは同感です。あれを試験紙にすればいいんだから。

後藤❖活性化できるものは活性化していく。

菅野❖小説は一面的に割り切れるものじゃないのと同じで、小説論にも拾えるものとそうでないものがある。『純粋小説論』は肝心な部分で、粗雑な原石にせよ、拾えるものがずいぶんあるということですね。

後藤❖そうなんです。例えば今の通俗という問題と純粋小説と、これは日本語の普通のボキャブラリーから言うと「純粋」という言葉と「通俗」という言葉自体がすでに相反する用語ですよね。しかしそれをあえてシュールレアリズム的にくっつけようとした、これはすごいエネルギーだと思う。そういう今の言葉でいえば、反・文学＝反・小説的なものを純粋小説という形で彼は作ろうとした。それもよく読んでみると、なかなか決して妄想とか独断ではなくて、まさに二十世紀という時代の一番先端の問題を捉えていると思うんですよ。

菅野❖ただ最終的に出来上がったものだけを見て、その論拠を考えないと、思いつきみたいに見えてしまうんですね。

後藤❖それはさっきも言ったように、系譜をたどらずに、余りにも自分だけの言葉で表現し過ぎたためじゃないですか。

菅野❖決して思いつきじゃなくて、まあ繰りかえしになりますが、彼が実践の中で考えた問題をあそこに彼なりに集約したんですね。それに表現力が伴わなかった。さっきの後藤さんの話だけど、あれをタネにして注付けした小説論をぜひ書いてください。『文学部後藤教授』なんて題で（笑）。

後藤❖唯野教授（編注：『文学部唯野教授』は筒井康隆・著のベストセラー）にアヤカリますか（笑）。

菅野❖これで一つ面白い仕事ができますよ。

後藤❖いや『純粋小説論・注』のことは、もうだいぶ前から考えてたんですよ。ただ実際にやってなかったんですが、ここで公表しちゃうといよいよ実行せざるを得なくなりそうですな……（笑）。

変貌する横光

菅野❖ただ、どうなんだろう。後藤さんの評価を僕は聞いてとても意を強くしたけれど、今の時代、『純粋小説論』に対して評価し、それが実践的な方法論として意味を持つと考えている作家は、いるのでしょうか。

後藤❖中村真一郎さんが、まあ一般的な形ですけど書いていますね。いわゆる伝記的な作家論ではなくて、方法的な作家論があってもいいんじゃないかということですね。あと、横光の四人称についてですかね。

菅野❖「『純粋小説論』再読」というのですね。

後藤❖中村真一郎さんにしては、もっとずばっと言ってもいいんじゃないかと、もの足りない感じはしますね。ただ中村さんと横光を比べてみると、またちょっと違う。

菅野❖それはまあそうですね。

後藤❖中村さんは方法家だし、そういう意味では僕らも尊敬している作家です。でも極端に横光的にラジカルになっていくというんでもないですね。中村さんの場合は、日本の王朝文学のほうへずーっと行くという文脈があるでしょう。

菅野❖やはりもっと文学的伝統を遠くまで深く考えるし……。

後藤❖ロマネスクというふうに……。

菅野❖横光はいつもトレンディであらねばいけない、最先端の問題を捉えなければいけないという意識に縛られすぎていたから。

後藤❖中村さんの文体は安定しているんですね。横光のほうはブレが大きいでしょう。

菅野❖彼はすぐ文体が変わるでしょう。何度も、それも激しく変わっている。変わり方の速さはちょっと類を見ないくらいですね。

後藤❖本当に変わりますね。

菅野❖だから、後藤さんが影響を受けられた『機械』や『時間』なんかの時期の文体、あれは短い時期しか続かなかったんですね。

後藤❖短いですね。

菅野❖いくつもないですね。『機械』『時間』あとは『鳥』。それをまた後であまり生かせなかったようですね。

後藤❖常に動いていますね。

菅野❖『日輪』など新感覚の文体は、もちろん名残りはあるけれど、それを積極的に自分で生かそうとはあまりしないんですね。捨てちゃうのかなあ。そういうところがやはり、変化ただならぬ時代に律義につきあった作家ということなんですかね。

後藤❖やっぱり日本では横光というのは、今までの日本の価値評価の物差から言うと、損な存在です。

菅野❖始終変わりますからね。

後藤❖変わらないほうが日本では評判がよかったんですね。要するに保守的なほうがいいんですよ。求心的で自己完結的な作家のほうがわかりやすい。保守性、一貫性みたいなもの、または万世一系といってもいいんだけど、そういうものが作家のアイデンティティとして評価されやすいのですね。

だけど川端さんにしてもずいぶん変わっていると思うんですよ。あの人はノーベル賞をもらって日本を代表する作家みたいに言われているけれども、あの人も変貌ただならぬ人で大変な人だと思うんです。それから谷崎潤一郎、これは『細雪』や口語訳源氏をやっているのでいかにも日本的作家のように言われているけれども、あの人も変化に変化を遂げた人でしょう。

菅野❖初期の『痴人の愛』などは『細雪』とはだいぶ距離がある。

後藤❖揺れ動いている作家というのは案外日本にもいる。ところが谷崎に対する評価でも、変化や矛盾や分裂を問題にしない。しかし、ずーっとプロセスを見てごらんなさい。デビューしてからのあのすごい変貌というのは、次々に増殖していく、自己増殖型というのでしょうか。あの変化のすごさは、僕は好きなんですね。それに荷風もはじめから『濹東綺譚』を書いたわけじゃない。『あめりか物語』『ふらんす物語』があるでしょう。その間にもいろいろありますね。

菅野❖荷風はまず自然主義小説を書けた人ですからね。

後藤❖そう、だから変化ということをもう少し考えなければダメです。求心的、自己完結的な作家論しか書かないというのは、研究者、批評家の怠慢ですよ。作家論あるいは作品論にしても、もう少し、作家は変化するものだ、という評論を待望したいなあ。

菅野❖そうですね。谷崎なんか、出発は横浜本牧あたりのモダンなものだったりしたわけですからね。横光はまず私小説ふうの習作から始まって、それからモダニズム、新感覚派になり、昭和初年は東京の新しい生活の表層的な変化に関心を持って、アパートの生活など、それにふさわしい文体で書くことになったり、それから『機械』や『時間』の人間関係の、他人との関係の世界をメカニカルに書いたり、市民小説の長編小説の場に出ていったり、どんどん変わっていく。それから残念ながら『旅愁』になっていく（笑）。

しかし僕は、その変わっていく中で一貫しているものもあると思うんです。『全集』の一番最初にのっている、大学生の頃の習作『神馬』ですか、日露戦争に行った軍馬で、今はどこか田舎の神社に繋がれた馬の話ですね。そういえば昔神社には神馬というのがいましたが、あれですね。おそらくモデルがあるんでしょうが、昔は名馬だったその馬が、今は哀れにも馬小屋に繋がれ見世物みたいになっている。そういう悲しい境遇にいながら、しかしその馬は外の世界を感じて自分の現在の存在を対比させている。そこに人間の存在のありかたに関する、もちろんそれも直感的につかんだものでしょうが、象徴的な構図があると思うのです。有名なあの『蟻台上に餓えて月高し』もそうですね。そういう問題意識を最初からずーっと持ちつづけていたと思いますね。それをどういうふうに出すか、それが時代の動きにつれて始終変わるんですね。さっきも言った斬新なる何かにどうも気を取られやすい（笑）。文学的にも思想的にもそうなんですね。人よりも突出してそれに飛びついてしまうところがある。だから『旅愁』を書かざるをえない場所に自分で自分を追いこんでしまったんですね。

後藤❖でもね、小説家としては一番正常な生理学だと思うんですよ。

菅野❖小説家といってもいろいろなタイプがありますからね。

後藤❖僕が考える小説家の一番素晴らしいタイプです。結局自分の感覚とか生理とか、そういうものが優先するんですね。後からいろんな思考が追っかけていくのです。トレンディと菅野さんはおっしゃったけど、それは何と言ってもいいんです。目に見えるものでも、見えないものでもいい。

ドストエフスキーもそういう作家ですよ。あの人は、非常に思想的な作家とか宗教的な作家とか言われていますけど、何を隠そう一番トレンディな作家だった。本当にジャーナリストみたいに、いろいろな事件を書いてしまう。そういうのがあるんですよ。僕は、小説家というのは運命的にそういうものであろうと思います。その後からいろいろな思考とか論理とかが来る。それがないともちろん長編は書けないですから。だけど初めにパッと何かを感知する能力ですね。

菅野❖うん、新しい動きにいつもアンテナを張っているというか、ほとんど本能的にいろんな問題をつかんでくる能力がなければ、小説家は経営していけませんからね。ただ直覚的につかむ能力と、それを文学的に鍛える能力は別だから。

後藤❖そう、ほとんど本能的、生理的なんですね。それでやっぱり具体的でなくてはいけないわけですよ。宗教家ではないわけですから、小説家の場合は。例えば女のファッションでも職業でも科学の新発明でもいい、目に見えるものでも、見えないものでもいいわけです。そういう珍しいもの、新しいものに対する好奇心、つまり、モダニズムですね。

菅野❖横光という人にはそういう目は非常にあったと思いますね。昭和初年に『七階の運動』というデパートを舞台にした小説がある。そのデパートの描写にしても、どんな売場があって、それがどういう巨大なものであるのかということをうまく捉えているのです。それはやはり深く意図したものというより、デパートという新しい風俗が出てきたというので、今で言えば原宿に行くようなものでしょうか、そういう新しいものにまあ小説家として敏感に反応するわけですね。その新しいファッションが何を意味するかと考える点になると、直覚をあまり深める方向にいかないから、当る場合もあれば、当らない場合もある。当らない場合にはひどい空振りになってしまうということはありますね。

後藤❖それはある。

菅野❖でも、小説家としてそれは両方とも必要な条件であることは間違いないから。

後藤❖僕には、その落差が面白い。感覚で捉えたものと思考で追っかけたものが結びつかない、どうしても結びつかないそのズレが面白い。このズレ自体が作家の一つの世界なんですよね。ドストエフスキーに『鰐』という小説があるんです。これはドイツ人が見世物に鰐を連れてくるという話なんですが、それを見物に行った男が鰐に飲み込まれてしまう。実に荒唐無稽なめちゃくちゃな話です。中編で短い小説です。変な話ですが、その翌日の新聞が三種類出てくる。何新聞の報道はこうこうでというぐあいに、それが全部嘘で、三通り全部違う。この小説は、ドイツという先進国、近代ヨーロッパに対するロシア知識人のコンプレックスを諷刺するというテーマもあるようですが、それだけではない。ドストエフスキーは、実は自分もゴーゴリの『鼻』みたいな、ファンタジー小説を書いてみたかったと言ってますが、要するに足の先とか手の先で捉えたものと、頭脳とのズレですね。このズレの幅みたいなもの、この幅自体が小説になる場合があるんですよ。頭はこれをつかまえた、だけど手足はこっちだったという、分裂した楕円世界、横光の『頭ならびに腹』じゃないけれど（笑）。横光はそういう意味では非常に典型的な作家だったのではないですか。

菅野❖横光は長編を書くとき時代の動きの中から直覚的につかんだ観念から演繹して書いていく傾向がある。『上海』は植民地の問題など演繹的なものと、現場で手でつかんだ上海の日本人の生態とが、うまく化合している感じはあるんですね。一方、政治的、社会的、文明的な大問題のつかみ方で、そもそも方向が狂っていたのが『旅愁』ですね。短編はそうではなくて、デパートならデパートの風俗とか、汽車の中の変な小僧とか、田舎の馬車がひっくりかえったとか、眼で見たものから出発すると、わりとうまく象徴性を出せるのです。そのあたりの両極の繋ぎ方が、問題なんだと思いますね。いつもうまくいくなんてことは、どんな小説家であろうとありえないでしょうが、演繹的に、それも丹念に吟味を要する観念を扱うのが不得手なんですね。なにかそこに小説家としての使命感を感じていた分だけ、不得手なような気がします。だから『旅愁』の失敗の本当の原因はそこにあるんではないかと僕は思っています。

後藤❖なるほど、それはやっぱり『純粋小説論』のようにはうまくいかなかったんですね。

菅野❖『純粋小説論』が実践された小説というのは、極端に言えばないんですね。『家族会議』がある程度そうだとは思いますけど、あれも部分的だし。四人称という方法がうまくいっているかというと全篇そうだとはとても言えない。『旅愁』にも四人称的な部分はあることはある。久慈と矢代と二人を分けて、日本主義とヨーロッパ主義をそれぞれ二人がお互いにどう考えているか、まあ書かれているけれど、これも部分的でしかないんですね。他にもっと気を取られている問題があって、そこまできちんと手がまわらなかったんでしょうね。

結論的になってしまうけど、昭和の日本文学の突き当った問題をさまざまな面でそのときそのとき鋭く捉えていたという点では、昭和が終わろうがどうしようが、いつもふりかえって考えてみるに値する小説家だとは思いますね。

後藤❖まったくそうだと思いますよ。僕は僕なりに、近代日本の小説の系譜といいますか、山脈、水脈を考えるときには、二葉亭がまず言文一致できます。彼は挫折したと言われているけれども、それは放っておくわけにはいかない。一番本質的な問題を追究しながら、途中で死んでしまった。その系譜は受け継がなければいけない。日本の近代小説が受け継ぐべき問題は『浮雲』にあったと思うのですよ。それを受け継ぐのは誰だろうかということをポイントにして、線引きすべきじゃないかと思います。

僕が線引きをした大まかなところを言いますと、二葉亭の次は漱石なんです。それから芥川、それから宇野浩二も僕は入れるんです。宇野は外国文学との繋がりですね。それから牧野信一がいて、横光ですね。日本の近代小説は何なのかという問題を、最も基本的に、ラジカルに追究した作家は横光だと思うんです。二葉亭が『浮雲』で考えて実践しようとした問題の一番基本的なものを受け継いでやってきている。ところが、そういう基本的な日本の近代、あるいは和魂洋才という命題を追究しようとした小説が、なぜ途中で曖昧になってしまったのかなあと残念ですけどね。

菅野❖それは、まあ横光に引きつければ、戦争のせいであり、時代のせいと言うしかないでしょうね。一番剣呑な時代に活動力が絶頂だったから……。

後藤❖それはありますね。

菅野❖いまの後藤さんの話に付け加える名前があるとすれば、

荷風ということですね。

後藤❖そう、荷風は当然、入ります。

菅野❖その後を続けると、戦後に横光の残したものを、それぞれいろいろな側面で継承するかたちになるのは、いわゆる戦後派作家、中村真一郎さん、大岡昇平さん、野間宏さん、武田泰淳さん、横光が大胆に、あるいは不器用にやってくれていたせいで、仕事がしやすかった小説家はやはりいたんですね。後藤さんのように強い関心をもつ作家もいるけれども、今はまあ小説家の中でも、まして一般読者の中では、大きな存在ではないんですね。今日、話題にならなかったものも含めて、横光の仕事からまだ汲み取れるものは随分あると思うんですけどね。


たしかに時々、とてもばかばかしいことが書いてあります。本当に『旅愁』を読んで索然とすることがあるけど、でもその大いなる虚妄の中にも、何かガラクタの中から珠玉のように出てくるものもないではないという感じもしますね。まあ、川端康成ばかりに関心を向けないで、横光、川端は戦後まで昭和文学の両輪のような存在だったわけですから、少なくとも両方を対等に考えるべきですね。

後藤❖僕は、川端さんを相対化できるのは横光だと思います。ところが、川端さんのほうが長生きしちゃったからね。歴史というのは変なものです。

菅野❖本当にそうです。あとの年月が、先の年月の実態を変えてしまうことがあるんですね。

後藤❖それは時代の生理学であり、政治学みたいなもので、しょうがないことです。文学の本質は、また別の評価が出てくるとは思うけれど。僕は近代日本の文学の横光的命題を追究している系譜として今、菅野さんが挙げた戦後派の作家には、すべて賛成です。坂口安吾とか、花田清輝とか、石川淳とか、椎名麟三とかも入れてもいいと思います。みんなある部分は確かに継承しているんですよね。

菅野❖横光が小説の主題として取り上げた問題は、もう古いものも随分あるでしょう。新しい流れをしじゅう追いかけていたわけだから、当然そうなる。ただ、小説というものに対する、近頃の流行言葉でいうとスタンスというんですか、小説とは何をどう書くか、根本的に何であるのか、そういう問題に対して、やっぱり決して横光のスタンスは間違っていなかったと思いますね。もちろん横光の議論がそのまま生きるのとはほど遠いけれど、そういうことを考えるに当って、横光の残した仕事は今ももうちょっと大事にする必要があるんじゃないか。

後藤❖まさに同感です。文学の危機という問題があるとしたら、それはやはり横光が一番敏感にキャッチし、真正面から取り組んでいた人ですよ。文学の危機というと横光を思い出すのはそのためです。

菅野❖昭和、あるいは二つの大戦の間の、日本の文学の歴史で、一種の殉教者みたいな存在ですね。

後藤❖それから太宰もこの系譜に入れたいなあ。ああいう悪戦苦闘する人というのは好きだね。

菅野❖後藤さんも悪戦苦闘しているからなあ（笑）。

（一九九〇年七月三十日）

谷崎潤一郎を解錠する

渡部直己

渡部直己――わたなべ・なおみ

文芸評論家、早稲田大学文学学術院教授。一九五二年、東京都出身。七四年、早稲田大学第一文学部卒業。七六年、同大学院修士課程(フランス現代文学)修了。二〇〇〇年、近畿大学文芸学部教授、〇八年より現職。主な著書に『谷崎潤一郎　擬態の誘惑』『〈電通〉文学にまみれて　チャート式小説技術時評』『不敬文学論序説』『日本小説技術史』『小説技術論』など。国書刊行会より刊行された『後藤明生コレクション』の編集委員を務める。

初出――「早稲田文学」一九九一年七月号
「大谷崎を解錠する――『読む』と『書く』とのダイナミックス」を改題

テクストの内外、そして遍歴

渡部❖後藤さんはいま「海燕」に「この人を見よ」を連載なさっていますが、ぼくはこの連載がはじまる前後に、四年ごしで断続的に発表してきた谷崎論のケリをつけかけたところだったので、以来、たいへん興味深く拝見しています。なかでもあのA某教授の、書くことと読むこととが表裏一体であるという「文学千円札」論。ぼくもまさにそういうことを考えながら、谷崎潤一郎を読んでいたのですが、大江健三郎さんが、現在、やはり「書くと読むとの転換装置」ということをおっしゃって、さかんにここ数年、作品のなかで作中人物にものを読ませるということを、小説の中心的な骨格のひとつになさっています、一方で、後藤さんがずっとなさってきたことも、一言でいえば同じような「書く」と「読む」ということなんでしょうけれど、大江さんの場合はどちらかというと、その「読む」という行為がきわめて求心的な感じがするんです。つまりなにかの真理に向かって、作中人物がある作者——イェイツならイェイツを読む。その読みかたというのが、イェイツのテクストの真理というか、そういうものに向かって非常に求心的に統禦(とうぎょ)される。つまり後藤さんの用語でいうと「ずれる」ことが少ないんですね。話のとばくちにとりあえずそんな対比を考えてみたのですが、大江さんのいう「書くことと読むこと」、これはどうも抽象的な感じがします。一方で後藤さんのエクリチュールとレクチュールということを眺めてみると、やはり資質の問題もあるとはいえ、どこか根本的にちがうんだなあと思いながら見ていたんです。たとえば連載のなかで『鍵』の三角関係を云々する最近の箇所、主人公が読者と作中人物と作者の三角関係ということを考えだすところなど、いかにも特徴的で、実はぼくも、これが『鍵』だけでなく、谷崎の後期の、昭和にはいってからのテクストの中心にあるのではないかと考えていました。なんだか、ぼくが四年もくどくど考えていたことをあっさり書かれてしまったなと思って、多少嫉妬をしていたわけなんです。

後藤❖いま、書くことと読むことの関係を大江さんとぼくの例でお話しになって、なるほどたしかにすこしちがうと思った。そのちがいを一言でいうと、ぼくは読むことと書くことを方法として考えているんです。つまり、あくまでも書く方法としての「読む」「書く」という力学になっているんです。大江さんの場合はやはり読むということが求心的ですね。読むことが思想というか教養というか、充電というか、そんなかたちになっているんじゃないでしょうか。それが今度は放電というかたちで、書くということに流れが変ってゆく。

渡部❖それから、大江さんの場合、ある種の還元性がやはり強いんだと思うんです。別のいいかたをしますと、大江さんの作中人物以外の読みかたを拒否するかたちになってくる。それが教養の一義性ということにもなってくるのでしょうけれども、たとえば大江さんの文章のなかでイェイツが引用されます。それを読んで、読者は思い思いの感想をいだくわけですよね。ところがその、当然、複数あるであろう感想というものにたいして、作品自体がその複数性の抑圧装置としてはたらく場合があるんです。あるむきの読者には、そこでピタッと遮断されてしまうような気合がある。ところが後藤さんの引用には、比較的広い読みかたが原則として許される。もちろん後藤さんが方法として展開するというのも、とりあえずひとつの筋道をたどるわけですけれど、それはあくまでも偶発的なものであって、ことによったらほかの道筋も可能だというような、ルーズといったら失礼ですけれども、非常にその幅がやわらかいなあと感じます。

後藤❖渡部さんのいくつかの谷崎論というかエッセイを読んで、非常におもしろいと思ったのは、谷崎の作品について、いわば小説のジャンル論として書いていこうとしているところなんです。ようするにぼくが実際に考えたり、創作のなかで実行している「読む」「書く」という方法の問題に、そこが直接かさなりあってくる。小説のジャンル論的なかたちでの「読む」「書く」というのが、ぼくの場合の「読む」「書く」であって、大江さんとのちがいをとくにここで強調する必要はないけれども、大江さんの場合、読む対象になっているテクストのなかに――作品中の人物がテクストを読んでゆくことでテクストの内部に――はいりこんでゆくわけね。ぼくの場合はテクストを外部というかたちであつかっているんですよ。つまり、外部としてのテクストとの関係ですから、テクストと関係しテクストを遍歴してゆく、その関係と遍歴のプロセスがすなわちぼくの小説の軌跡になってゆくといいますか、小説のかたちそのものになってゆく。

渡部❖そこにはたぶんふたつポイントがあると思います。ひとつはその内部ということ。後藤さんの『壁の中』の第二部の結末には、いみじくもニーチェのパロディが出てきますが、そのニーチェの『善悪の彼岸』の冒頭に、真理というものがかりに女性であるなら、哲学者たちはそれをたらしこむのにいままでヘマだったんじゃないか、という有名な一節があります。真理はつまり彼らにとって「女陰」的なものであって、男根的な哲学志向がその隠された女陰に突き入って、そこでひとつの真理を所有する。そういうかたちでの内部としての真理を、ニーチェはぜんぶひっくりかえしてみせたわけですね。ニーチェは直接こういっているわけじゃないんですけれども、彼の言葉を比喩的に拡大すると、つまり膣だって表面じゃないか、ペニスだって表面だし、結局のところ、われわれが真理とか、所有とか呼んでいるものは、表面と表面の擦りあいだということになります。その表面は無限に多様であるはずだから、「真理」を求めるとすれば、後藤さんがおっしゃったように、むしろ外部の遍歴としての、襞と襞のあいだにあるんだということがひとつあると思います。それともうひとつ、大江さんの場合、いまの比喩でよく見えてくるのは、内部といいながらも、あれは本当に「読む」という体験の内部ではないんですね。というのも、大江さんのいう読者と作者との共謀関係ですが、読者が作中に介在するという、その介在のかたちが抽象的なんです。「書くと読むとの転換」というのは、実はもっと即物的なレヴェルに湧きたつものじゃないか。たとえば読んでいる人間にとっては明白なことというのがいくつもあるわけです。その明らかであることにたいして、小説の約束上、そんなこと知ってちゃいけないという遮断性についても、大江さんのテクストはいくぶん保守的なんです。この点、後藤さんの連載でハッとさせられたのですが、途中で三角関係をめぐる架空のシンポジウムになりますね。その架空のシンポジウムがまた途中できれて、これは「私」の日記ですから心内語といっていいのかどうかわかりませんが、その「私」が、さてこれからどうしようかと内心で惑う。すると、その心の内をまるで読み知っているように、R子がいきなりなんの留保もなく「このままでいいんじゃない?」っていってきて、そのままシンポジウムに流れていきますよね。あのときのR子の位置というのが、ぼくらが読者として「私」の心内語を読んでいるのと同じレヴェルなんです。その同じレヴェルで作品に加担する。「読むと書く」との至近にして、かつもっとも表面的共謀性……。ところが大江さんの場合の内部とは、どうやら読書という体験にいちばん近いこのレヴェルを捨象していて、そのうえでの内部ではないかと思うんです。ともかく、作品というものの根本的な条件がまさに読まれていることにある以上、読者の知っていることをそのまま知ってしまう作中人物がいても、そこになんの不思議もないわけだし、実際その手の人物はたくさんいるわけです。そういう人物がもっている近さとか、内部性といったもの、それがどうも大江さんのおっしゃっている「書くと読むとの転換」からは捨象されてしまう感じがします。

後藤❖ええ。大江さんの場合は、テクストの絶対性みたいなものが、どこかに前提としてあるんじゃないでしょうか。

渡部❖その絶対性は、一面ではたぶん、理論家としての大江さんのなかの根づよい反映論からくるものだと思います。大江さんの『小説の方法』など、石を石らしくするのが芸術である、という「異化理論」を忠実に引きついでしまうわけですけれど、そこはやはり、言葉が言葉を離れたものを写すんだという信念、そして、ふつうの写しかただと自動化するからちょっと工夫しようと、そういうかたちでの「異化」なんですね。ところが、後藤さんの場合の「異化」はもっと表面的に、それこそ言葉が言葉にたいしてズレてゆくような感じになっている。どちらがいいか、むろんここで即断すべきではないし、大江さんのテクストがその理論をみずから裏切るという側面も多々あるわけですが、ともかくかなりちがう。

――デキているのかいないのか――

後藤❖ひとつ具体的な例として、これは渡部さんが書かれたものにもつながるのですが、さっき三角関係の話がちょっと出ましたね。ぼくが「海燕」に書いている小説のなかで、ひとつの疑問点として出している部分があるでしょう。『鍵』のなかにいくつかの三角関係がある。いわば三角関係の輻輳(ふくそう)です。そのなかでとくに問題となるのはふたつであって、ひとつは「僕」という亭主と、郁子という妻と、木村という男の三角関係である。もうひとつは木村と、その婚約者の敏子と、その母である郁子の三角関係である。主要なのはだいたいこのふたつだと思うんですけれども、そのなかで「僕」とい妻の郁子と木村の三角関係の場合、結局おたがいに謎はあるんですよね。どこまで木村と郁子の性的関係がすすんでいるか。これはその虚々実々の日記のやりとりで、事実を匿(かく)しながら、フィクションみたいにして書いてゆくわけですから、謎はたしかにある。しかし、最終的にばらされているわけですね。ようするに何月何日を期して「最後の一線」をこえましたと。

渡部❖ええ「三月二十五日」ですね。

後藤❖ということで、読者にも一応、謎は解かれた。ところがもうひとつの三角関係は、謎が最後まで残っているわけなんですよ。だから、ぼくが例の小説のなかで提議している問題は『鍵』をひとつの小説作品、フィクションとして見たときに、はたしてこれはルール違反なのか、そうでないのかということですね。作中人物間の謎はそれでいいわけですが、最後まで読者にも謎のままになっているのはどうだろうか、ということをR子の口を通じていわせているのですが、解答はぼく自身も出していませんし、小説も進行中なので、そのへんについて、渡部さんの考えをきいたらおもしろいんじゃないかと思うんですが。

渡部❖『鍵』にかんしては、敏子というのが非常に不思議な存在だとつねづね思っていました。小説の形式からいいますと、一方にいまおっしゃった最初の三角関係について、いくつか提示された構図があります。夫婦がおたがいに知っていて知らないふりをしたり、けしかけあいをしたり。ところがもう一組のカップルである木村と敏子のあいだにも、よく似た構図がちらちらと反復されます。問題の「三月二十五日」の寸前、夫の日記に「スベテノ輪郭ガ二重ニナッテ見エ」とあって、これがテクストそのものに生長する二重性の主題への隠喩となるわけですが、たとえば郁子の裸体写真をめぐる木村たちのやりとりなど、夫と郁子の対をあきらかに二重になぞっている……。その「三月十四日」と「三月二十六日」のところを、ちょっと読んでみます。

《敏子は木村さんがあの写真をあの本の間に挟んで置いたのは、—木村さんのすることだから」ただの不注意とは思えない、何か訳があるような気がする、敏子に何かの役目を負わせるつもりかも知れないと云い、木村さんに対する彼女の観察をいろいろ述べるところがあったが、それはここに書かない方が夫のためによいと思う》

《木村さんが云った、——あれをお嬢さんに見せたら、お嬢さんが何かしら積極的に動いてくれるであろうことを予期したのです。僕はこれと云って、何もお嬢さんに示唆したことはありません。僕はお嬢さんのイヤゴー的な性格を知っているので、ああすれば十八日の晩のようなことになるのを期待していただけです》

これはまさに、夫がさきに自分の日記を見せて、それに妻が反応してという阿吽のかけひきを、鏡のように反射している。あるいは、敏子の下宿では母屋に中風のあるじが寝ていて、その離れ座敷で木村と郁子との情事がおこなわれるわけですが、これが最後のほうの、一回目の発作で倒れ、病臥する夫とただ壁一枚へだてたところに、十一時すぎに木村を引きこんでまぐわう妻、という構図のさきどりなんですね。それから、最初の場面で、郁子が風呂場で倒れて、裸体をはじめて木村の眼にさらすというところがあります。これもまた、その郁子の写真を現像するときには、木村が下宿の風呂場を改造し、現像室にしてしまうんですよ。するとはじめの場面が木村の下宿でもう一度、写真の現像というかたちで反復される。夫がはじめて妻の裸体を見る克明な描写に呼応するかたちで、最後に、死んだ夫の下半身を、今度ははじめて妻のほうから凝視する場面があらわれる。そんなふうに、大小こまかに、合せ鏡のように進行してゆくんですね。そういうテクストの構造からすると、当然、木村と敏子のあいだにも、木村と郁子と同様の性交があった。テクストの構造がそんなふうに読ませてしまうのではないか。それがまず一点あります。ですから、明示はされていないけれども、木村と敏子は早い段階にもう関係しているんだと。読んでいる読者のなかにそうした想像を強いる流れがあるように思います。

後藤❖つまり、ある、ということですね。

渡部❖はい、ぼくはそこからすれば、ある、というふうに見ます。それからもう一点は、また別のレヴェルなんですが、この四者の関係でも、敏子という女はかなり特異な存在であると思うんです。さきほど申しあげましたが、彼女はつまりわれわれと同じように、すべてを読んで知っている人物と考えてよいのではないか。ぼくはこれを「読者の分身としての作中人物」と呼んでいるんですが、その資質をいちばん濃厚に身におびているのが敏子であり、同じくまた木村でもあるわけです。木村は作中では、ひどく勘がいい男とされていますけれど、どう見てもあれは、ぼくらがふたりの情事を読み知っているようにそれを知ってしまう「読者の分身としての作中人物」なんです。するとやはり敏子とテクステュエルな血縁性があるわけで、これを現実的な解釈のレヴェルに送りかえせば、やはりできているんじゃないかと考えていい。後藤さんの提出された疑問にお答えするると、まずこんなことになるんですけれど、いかがでしょうか。

後藤❖小説の結末のところが郁子の日記になっていて、いろんなことを最後に暴露していきますね。そうして最後に、やっぱりわからないというのが敏子のことになっているんですね。大阪で自分と木村のために、アプレの知り合いから紹介してもらったという温泉マークのあやしげな宿だって、敏子自身が利用していたのではないかと、そういうことまで書いてあるわけですけれど、しかしこれも疑問であると。ただしこの場合、つかっているとしたら、相手は当然、木村ということになってくるわけですね。

渡部❖そうだと思います。それからもうひとつ、フランスのジャン・リカルドゥーという批評家が定式化している「近接の原理」というのがありまして、小説のなかでは近づいたものは関係する。最初に妻と木村の情事が進行したら、それと近接する敏子と木村のカップルも、前者の関係に似てくるという傾斜が生じる。この場合、まさか親と娘がやるわけにはいきませんから。そうすると、あの関係とこの関係が近づいてしまった以上、「読む」ということのそれこそ内部的な必然として、関係しないほうがおかしいんだという力がテクストのなかにはたらく。そういうふうに流れてゆくのがひとつの筋ではないか。ただし後藤さんのご指摘は、もちろん作者には、そういうふうに考えさせてそれを断つという方法もあるのだから、あえて木村と関係させなかったということも当然あるわけで、その場合、どっちがこの作品にとっていいであろうか、そういう面もふくんだご質問だと思うんですが。

後藤❖いまの渡部さんのお話はいろんな理論的な裏づけもあって、とてもおもしろいと思いました。いろいろなものがダブって、小道具的な部分までダブらせてゆく、というのも非常におもしろいと思った。たとえば倒れるのもお風呂なら、現像するのもお風呂場みたいなことを、作者が楽しみながら、そういうことを読む人は読んでくれというかたちで書いてゆく。そういえば『瘋癲老人日記』のなかにも、風呂場を改造するところがなかったかな。

渡部❖ええ、颯子の意見で、風呂場をタイルばりの洋風にしたというやつですね。後半では、庭にプールをつくる場面が出てきて、ふたつとも重要な意味をおびてきます。

後藤❖すると谷崎っていうのは家の構造にこだわったり、小説のなかで部屋をなにか改造する癖があるんだな。

渡部❖そうですね。なにしろ日本座敷は日本の女性の身体そのものだっていうのが、彼の『陰翳礼讃』の中心概念だったりするわけですから。

後藤❖それは非常におもしろい読みかただと思う。たとえばテーマとか、そういうレヴェルにはかならずしもひっかかってこなくても、小説をつくってゆくという作者のレヴェルでは、部屋をすぐ改造したがるとか、風呂場をすぐつかいたがるとか、物置小屋がすぐ出てくるとか、階段が出てくるとか、そういうことはやはりその作家の作品の構造みたいなものにかかわってくると思うんですよ。ですから、そういう読みで、いまの三角関係を読んでいって、たぶん木村と敏子はできているだろうという説はおもしろいと思うんです。本当はできていても、できていなくても、ぼくはどっちでもいい。ただそれをどこで、読者にどういうかたちで、どういう仕掛でわからせるか。そのわからせかたが小説のおもしろさだと思っているから、事実できているとしたら、その謎を解いてゆくと、それがどのへんの場面になるのかなと思ってきたんです。

渡部❖もうひとつヒントになるのは、これは逆に、できていないほうに加担してしまうかもしれませんが、「イヤゴー的」だといってますね。『オセロ』のイアーゴーというのは、ようするに見かけとちがって、裏でこそこそ他人を使嗾(しそう)する。まさに敏子です。ただ『オセロ』の結末を見ると、イアーゴーはかならずしも自分の欲望をはたすわけではないですから、そこにポイントを強くおくと、この場合、イアーゴーの求める「地位」が敏子にとっての木村だとすれば、結局それを得るのに失敗したという読みも、とりあえず成立する。作者自身もそのへんのところをわりと曖昧なままにしているんじゃないかという気がします。

後藤❖その曖昧なあたりをぼくも問題にしようと思って、実際、あの連戦のなかで「イアーゴー」を出したり、引っこめたりしているのだけれど。

渡部❖ええ、出てきましたね。

後藤❖またそのうちに出てくると思うんだけれど、まあ来月あたり出てきたりするかもしれない(笑)。これはね、木村が、自分は敏子というイアーゴー的なお嬢さんにひっぱりまわされているんです、というわけでしょう。しかしそれを利用して、こうしておけば郁子との関係もすこし進展するのではないか、という策略も若干ある。そういうことがあるんですが、でもね、谷崎は、厳密にイアーゴーとはなにかというかたちで出してはいないと思うんですよ。

渡部❖出していないですね。ただ『オセロ』の場合も、基本的なテーマは嫉妬ですね。その図式でゆくと『鍵』の夫が茶番としてのオセロであるという解釈もある程度なりたつかもしれない。つまり主人公が嫉妬につきうごかされて、結局はある種の殺戮をともなった結末をむかえるという意味で。かりに『オセロ』を知っている読者を積極的に意識しているのだとすれば、今度は、木村と敏子はできていないという憶測もりっぱに成立しますし、またことによると、同じ二重映しの構造でも、この作品がこの二組を、むしろポジにたいするネガとして結びつけようとしている可能性もありますね。ポジとしての夫婦がさかんにやっている以上、ネガとしての木村と敏子は情交していない。そういうこともありうるわけで、となると後藤さんのこだわってらっしゃる点は、いよいよ大きな意味をもってきますね。

後藤❖『謎』は郁子の日記で終っているんで、そこに当然ある意味と重要性があるわけです。それで「木村の計画では」と書いてありましたが、ようするに一種の擬似結婚を木村と敏子がするわけですね。そのニセ結婚の上に自分たちの姦通関係が成立して、それが日常的に継続する、という暗示のもとにこの小説は終っている。すると敏子のもっている謎が、たとえば郁子や木村すら知らないようなかたちで、もうすこし読者に読まれてくるというふうに出されてもいいのではないか。

渡部❖なるほど。しかも谷崎の場合、その擬似結婚というかたち自体が何度も反復されているわけで『蘆刈』のお遊さまをはさんだ慎之介とお静もそうですし、この『鍵』のあとに書かれる『夢の浮橋』も同様です。そういった文脈のなかで、これを谷崎の総体のなかでの反復ということにポイントをおけば、敏子はあくまでも「母のため」の「犠牲」で、性愛の中心はやはり木村と妻だということにもなりかねない。

後藤❖一種のスケープ・ゴートみたいなね。

渡部❖そうすると、ぼくは前言をとりけさなければ（笑）。

後藤❖やはりできていないのかな……。ぼくは、谷崎という人の小説作法が、そのへんをあまり厳密にいわないやりかたではないかと思うんです。

渡部❖昭和になってからの「陰翳」というのがまさにそれですね。大正期までは、すべてにきわめて明瞭なつくりかたをしています。謎というのも、結局、テクストにおけるひとつの陰翳です。彼のいう「陰翳礼讃」は、たんに日本の風物における陰翳のありがたみということだけじゃなくて、作品の造形理論でもあり、軒を深くして、光を遮断して、そこに作中人物を住まわすほうが、かえって奥行が出てくるんだということなんですね。それをぼくははじめ非常に下品な比喩で、ニーチェにからめて申しあげましたが、あれをもう一歩

すすめますと、谷崎の「陰翳礼讃」というのは、つまるところすべてについての「陰翳礼讃」である、と（笑）

後藤❖ぼくが小説に出しかけて、引っこめたもうひとつのポイントに「分身」の問題があります。渡部さんは構造の問題で「読む」と「書く」という二重性というかたちの分身関係、それから作者と読者という分身関係、それは日記という形式のなかでいちばんはっきり出てくる、と書いておられるわけですね。

渡部❖最後には従来のものと、夫の病臥後のものと、日記自体もふたつに分けるわけですし。

後藤❖さっきのイアーゴーもそうだし、いまの敏子と木村の謎もそうなんですが、いま「海燕」に書いている小説のなかで『鍵』のなかのその分身のテーマというものをあぶりだそうとしてみました。パタパタあおいでみたら、煙かなんかが出てくるんじゃないかと思ってね。どんな煙が出てくるか。あるいは、出てこないのか。とにかくそこのところをあおいでみようということを、架空シンポジウムでやっているわけです。そこで郁子と木村の場合、小説の最後のところで、実は三月二十五日に「最後の一線」をこえていましたという暴露が出てくる。ただしその翌日、三月二十六日の日記では、それをカムフラージュするため、できるだけフィクションをつかって、いろいろなことを書きこんだという設定になっている。そしてその二十六日の文章の最後に、自分の夫と木村さんは一身同体で「二人は二にして一である」と書いてあるわけですね。それで、これがひとつのテーマ音としてくりかえし出てくると、非常におもしろいことになるぞと思っていたら、それがあっというまに否定されてしまうんですよ。

渡部❖ええ。いままではそう思っていたけれど、これからはそうじゃない、と。

後藤❖四月六日になると、あのとき夫と木村さんを分身じゃないかといったけど、とてもじゃないが比較にならない、というふうに書いてしまうんですね。

《「夫と木村さんとは一身同体で、あの人の中にあなたもある、二人は二にして一である」と云った言葉を、私はハッキリとここで取り消す》

わずか十日ばかりのあいだに、これですからね。すると分身のテーマがあると思った読者の期待というか、読む楽しみというか、読んでいく上でのポイントというものが、あっけなくスーッと消されてしまうんです。これはどうなんですかね。

渡部❖夫へのメッセージではないでしょうか。ふたりの日記そのものはたがいの言葉を引用しあったりして、たがいの分身みたいにすすんでいきますが、夫のほうの日記に、すべてが二重に見えると書かれています（「三月二十四日」）。これにたいして、問題の二十五日をはさんで妻の日記に、「二人は二にして一」であるという言葉が出てくる。そのように夫の書いたものを読み、妻が謎めいたレスポンスをしていくという関係がいままでつづいてきた流れに「四月六日」のこの記述で、意図的な転調がもたらされるというわけですね。これはしたがって、もう私たちはやっちゃったのよ、というある種のサインなのではないでしょうか。

後藤❖なるほど、亭主にそこでサインをだして引導をわたすというか、このへんでわかりなさいと。そういうことはいえるかもしれませんね。ただ作品のテーマで、分身の問題がもうすこし楽しくくりかえして使えるんじゃないかと思っただけに、それがあっさり消されてしまったものだから、ぼくとしてはなんだこりゃあという感じがあったんです。

渡部❖あっ、そうか、分身のテーマがこんなふうに消されてしまったら、一方の木村と敏子の関係、さきほどのネガ性もよく出てこないじゃないかというご意見ですね、それは。なるほど……。

後藤❖この小説のなかで、もっと重要なテーマじゃないかと思ったんです。読者としてのぼくは、そう思ったんだけれど、作者としては、それほど意識的には考えていなかったみたいですね。分身のテーマがいろんな関係にスイッチして遍歴してゆく——作中においてどんどんアミダクジ式に、いろんな関係に分身のテーマが引きつがれてゆくそんな小説のつくりかたと、同時に読む楽しみと、そういう欲もふくめていったんです。

渡部❖それは一面では、たぶん谷崎の、エクリチュールの体質にかかわることだと思います。アミダクジ的な遍歴が谷崎にはすくないんですね。いったんいい穴を見つけると、なんべんでもあきるまでそこを掘りかえす。その意味では、非常に愚直な性愛主義者なんですよ。後藤さんのように、つぎからつぎへと女を替えるということはしないんですね（笑）。後藤さんはきっと、その谷崎との資質のちがいにこだわってらっしゃるんだろうと思いますが、谷崎は実際しつっこいんですよ。いみじくも「アミダクジ」とおっしゃったけれど、アミダクジのもっている直角性、遍歴の角度がキッと変化するというのはほとんど見せないんです。もう、じわじわやってるうちにぽっと開けてきて、ひとつちがったものにとびつくと、またそれについてなんべんもなんべんもくりかえしてという感じなんです。ひとつの作品のなかでは、アミダはやらない。長い作家活動全体の遍歴のなかでは、いくつか大きな節目があるけれど、これはひとつには描写の問題がからんでくると思います。直角的なアミダ的転換をやっていこうとすると、どうしても描写というのは、叙述のスピードの問題で邪魔になる面があると思うんですね。スイッチの角度を楽しませるなら、たとえばそれこそフェティッシュに、女の足の美しさを何十行も書くなんてできません。たぶんそこのところで、フェティシズムのありかたが後藤さんとはちがうんじゃないかという気がします。

後藤❖それはまったくちがいますよ。フェティシズムの内実というか実体が、谷崎さんの場合は非常にはっきりしていて、ひとつのエロティシズムになっている。ぼくの場合はむしろエロティックになるものやフェティシズムになるものを、横からつっついて崩していこうとしている。つまり、他者というか、異物というか、そういうものとの関係によって、エロティックなものとか、フェティシュなものが、ある固定したイメージになることを妨害してゆく。そのためにアミダ的にどんどんズレてゆくわけで、そういう小説のなかでのテーマの扱いかたにはあきらかに差違があるでしょうね。

渡部❖ええ、ほとんど対照的だと思います。たとえば後藤さんの連載に、アロエの葉をむしって食べる、というおもしろいくだりがあるでしょう。あれなんか、谷崎に書かせたら、あそこだけで……。

後藤❖えんえんと書くんじゃないですか。ぼくもかなりしつこいつもりだけど、しつこさがちがう。エロティシズムも基本的にちがうんだろうと思いますよ。そこでもうひとつ、谷崎の心理学について、渡部さんの話がぜひきいてみたかったんです。谷崎にかんする心理学的な解釈についてなんだけれど、たとえばマゾヒズムの問題が、渡部さんの「描写と慾望」(「新潮」一九九〇年六月号)というエッセーに出てきますね。非常に正確な見解で、ぼくもそのとおりだと思いますが、そのあたりもひっくるめて……。

渡部❖通常の精神分析は谷崎の敵です(笑)。大正全般をとおして、谷崎は自分の倒錯的な欲望を描くのに、マゾヒズムやスカトロジーをかなり観念的につかっていました。ところがやはり「陰翳」の発見から、結局それも、徹頭徹尾、形態の問題になってしまった。ぼくはドゥルーズの『マゾッホとサド』を自分なりに参考にして書いたんですが、そのドゥルーズにいわせると、マゾにとって問題なのは、たとえば懲罰されたい願望といった心理的なものではなく、懲罰がやってくるまでの時間の長さや、じわじわせまる期待や欲望がたえず宙づりにされている感じで責められること――そういう形態的な、あくまでも形の上で自分にせまってくるひとつひとつのことを、皮膚と皮膚とのあいだでうけとめることが問題であると、彼はマゾッホについて書いているんです。一方でサディズムは、その加速性と重畳性と極度の論理性、これを欲望の本質とする、と。ともかく、そうした形態論的な等価物を、エクリチュールの次元にみいだすこと。昭和期の谷崎のエクリチュールというのがまさにそうなんです。なんでもかんでも核心にせまるのが遅いわけですね。それから、なにかというとかならず微妙にずれてしまったり。核心へゆくまえに引用でじわじわせまる、その宙づりの状態とか、期待感とか、代換と擬態の主題をたえず身にまとうとか、エクリチュールのそうした形態そのものが、非常にマゾヒスティックな欲望の具現であるので、伊藤整とか野口武彦さんが心理学的に分析しているのは、もちろんいくつも参考になる面はありますが、それこそいちばんはじめに出た求心志向の最たるものじゃないか。谷崎は徹底してフェティッシュであって、心理的な求心性はありません。彼がその自分の資質に決定的に出会うのが昭和期で、「陰翳」とはかくされた中心であるよりも、まさに表面の誘惑なんですね。中心的なものをぼやかして表面をうろうろする、これも一種の遍歴なんですけれど。

後藤❖そう遍歴だね。あなたの言葉でいえば「迂回」だね。

渡部❖迂回です。ただし、迂回して最後に帰着する場所はいつも同じで、やはり性愛の悦びなんです。そこは後藤明生的な迂回とはぜんぜんちがうわけですよ。

後藤❖いま心理的といったことにつけくわえていうと、ぼくは心理学は一種のロマン主義とつながりをもっていると思うんですが、渡部さんのお話でいくと、谷崎の場合、いわゆるロマン主義的なものとはちがうんですね。

渡部❖まったく反対で、むしろロマン派的なのは、たとえば河野多恵子さんの『みいら採り猟奇譚』です。

後藤❖なるほど。じゃあお師匠さんとは、ちょっとずれてるわけですな。

渡部❖ぜんぜんちがいます。

後藤❖あれはまだ読んでないんだけど、そうですか。それではっきりしたけれどね、ぼくはいま連載している小説のなかで、なぜ『貧しき人びと』とか『永遠の夫』を横から覗かせているかというと、たとえばドストエフスキーの三角関係のテーマと比較することによって、谷崎のもっているマゾヒズムといわれてきたものが、どんなふうにあぶりだされてくるかなと思ってやっているんです。このドストエフスキーがまた三角関係の好きな人でね。

渡部❖漱石などもそうです。

後藤❖それでドストエフスキーの場合は『貧しき人びと』がそうだし『分身』や『永遠の夫』や短篇だと『白夜』ですね。ルネ・ジラールがいろんなことをいってますけど、それはまあ別にして、ロシア文学で一般にいわれてきたことは「奪われてゆくテーマ」なんですよ。三角関係なんだけど、とつぜん強者がパッと横あいから出てきて、パッと奪いとってゆく。とくに『貧しき人びと』なんかまさにそのとおりで、金持ちの中年男ブイコフなんてのが途中から出てきて、老九等官から貧しいみなし児の少女ワルワーラを、あっというまに奪っちゃう。『分身』では、これまた九等官が片思いの長官の娘を分身に奪われてしまう。それから『白夜』になると女を捨てていった男を女といっしょに捜してやるみたいな奇妙な三角関係。ロシアの文学史では、これまであまり「三角関係」という言葉をつかわなかったようですけど、ゴーゴリの『狂人日記』などもまさに恋愛小説で、完全に三角関係のかたちになっています。下っ端の九等官が恋いこがれている長官令嬢を、近衛士官にパッともっていかれちゃう。ドストエフスキーはそれを受けつぎながら、パロディにしている。

渡部❖ツルゲーネフの『初恋』もそうでしたね。

後藤❖プーシキンの『駅長』もそうです。ペテルブルクから遠く離れた田舎の駅長にひとり娘がいて、かわいがっているのを、通りかかった近衛士官が、あっというまに連れさってしまう。おやじの駅長はアル中になって死んでしまいました、という非常に悲しい作品です。というわけで、ロシアの近代小説には、三角関係のなかで奪われてゆくというテーマがあった。この「奪われる」というのを渡部さんは「譲渡」といっている。「譲渡」と「奪われる」、この表現のちがいはおもしろいと思ったんですよ。

渡部❖テクストの表情とのからみでいいますと、ロシアの場合には叙述の動きが速いわけです。そこで横あいからきて、パッととる。谷崎の場合にぼくが「譲渡」を強調したのは、その動きの遅さにかかわるんです。マゾヒズムの形態的特質のひとつとしてとりあげた、時間の停滞とのからみです。谷崎というのは、テクストの構造のほうからも、ものすごく遅い人なんですよ。さきほどの直角のアミダの構図じゃないですけれど、横あいからきてパッと、ということがまったくないといっていいですね。

後藤❖その遅さのせいで、いままで心理的な解釈をされてきたんじゃないですか。

渡部❖おっしゃるとおりだと思います。遅いがゆえに、読者は心の壁を懸命になって読もうとする。横あいからきてポッとでは「心理」なんかおこる暇がないですからね。

後藤❖ないない。これは事件だよ、とつぜんの（笑）。

渡部❖「事件」ですよね（笑）。ただ、谷崎の場合、だからといって、それを心理に還元しても得るところはほとんどないというのが、基本的にぼくの谷崎論の骨子なんです。むしろ「譲渡」なら「譲渡」の過程そのものに、テクストがある。結果として「譲渡」されるかどうか、それさえもむしろ二次的な側面にすぎないと思います。

後藤❖渡部さんの場合は「譲渡」というのがそのまま小説のジャンル論につながってゆくわけですね。ぼくは非常におもしろいと思ったんですが、具体的に『鍵』の舞台にそくして考えると、それが作者によってどこまできちんと方法化されているのか。そこに疑問があるんです。「三月十四日」の、これは郁子の日記のほうなんですが、郁子の裸体写真を敏子に見られてしまうところがありますね。夫はそれを木村に現像させたわけで、木村から借りたフランス語の本にはさまっていた写真を、敏子が見つける。そこで「ママ、あれは一体どう云う意味」と敏子は詰問する。郁子はそれに答えて、自分と木村はそんな関係じゃない、それはパパが撮ったものだ、自分はあくまでパパを悦ばせようと思っただけで、裸になったのも貞女だからであると……。

渡部❖「ママは貞女の亀鑑と云う訳ね」と敏子の皮肉が出るところですね。

後藤❖そう、夫にたいする忠誠論みたいな言葉を吐きますね。木村との関係についてもいろいろと弁明する。そこのところに、こんな一行があるんです。

《私の日記を盗み読みするに違いない夫は、ここを読んで私がどんなに夫を庇うために苦心したかを察してくれてもよいと思う》

実はここがどうもひっかかるんだ。これはなにかの手ちがいなんじゃないか。

渡部❖第十六回（『海燕』一九九一年四月号）の最後のところに、書いてありましたね。

後藤❖あれ、もう書いたっけ（笑）。

渡部❖つぎの号に、その謎解きがくるわけですよ（笑）。そこはむしろぼくからお訊きしたいくらいで「意図的な計算違い」だとしたら、なにを匿すための計算だったのでしょうか。

後藤❖ぼくの考えでは、郁子の日記はようするに匿したい事実を匿しながら、伝えたい嘘をいかにうまく表現するかという虚構なんですね。その虚構のなかで、ああいうことを書くというのは、なにをいったい匿すためなのか。それはこの場合は「夫に対する忠誠心がない」ことを匿すためということになるわけでしょう。しかし、そこでこの日記を夫が「盗み読みする」はずだから、とわざわざ書くというのは、谷崎がここでなにかの錯覚をおこしたんじゃないかと思う。渡部さんの読者論ともつながってくると思うんですが、問題はこの日記を誰に読ませるかということなんです。郁子の日記の潜在的読者は夫です。現実の読者はもちろんわれわれですね。ところがここの部分で、その潜在的読者と現実的読者との距離が崩れてしまって、谷崎はいきなり現実の読者にむかって書いてしまったのではないか。文体上、あるいは方法上の、なにか失速のようなものを感じてしまったんです。

渡部❖なるほど……。

後藤❖それで渡部さんの説でゆくと、この日記を敏子も読んでいることになるわけでしょう。

渡部❖そう考えたほうが、おもしろいといった程度のことですけれど。

後藤❖敏子もまあ読んでるのかもしれないけれど、たてまえでは夫が仮想読者ですね。そこに錯覚が生じて、仮想読者が夫からまず敏子にスライドしている。そして、敏子からもう一回スライドして、現実の読者、つまりわれわれのところまで、二重スライドしちゃったんじゃないか。そんな感じを受けたんですね。そのあたりはいかがですか。

渡部❖そのとおりだと思います。いわれてみると、たしかにそこだけトーンが変ってますよね。そういうことでしたか、あれは。ロラン・バルトにいわせれば、顕にすることと匿すことの交錯それじたいがエロティシズムになるわけで、たとえば人間の身体でもっとも美しいところ、それは衣服の襞目だっていうんですよ。開襟シャツのあわいから肌が見えかくれする、それがエロティシズムだと。この場合でゆくと、あとで暴露されるような心理が、見えたりかくれたり、それじたいが読者にむけたエロティシズムでもあって、ぼくは気がつかなかったんですが、いまおっしゃったところは、たしかにそういう意味でのエロティシズムを殺ぐかもしれませんね。

後藤❖そうでしょう。『鍵』の日記はいわば覗きのエロティシズムです。ドストエフスキーの『貧しき人びと』と比較すると、あれは往復書簡ですから、あくまで相手にちゃんと読ませるために書いてあるわけだし、読むことが謎でもなければ、まして覗きでもないわけです。『鍵』の場合、本当はおたがいに読まれるということを知っているわけだけれども、知らないという前提がある。そこに覗きのエロティシズムがあるわけです。ところが例の一行だけは覗きのエロティシズムを崩してしまっている。ぼくはそこでなにか失速したような印象を受けた。どういうことから失速したのかな、と考えていって、仮想読者がずれたのではないかと感じたわけです。

渡部❖ご高説です。

後藤❖だから、覗きのエロティシズムという点では、まったくあなたと同じ意見です。それをずっとやっているのに、その美学にここで反しているのではないか、という感じを受けたんですね。

「名器」という限界

渡部❖これは連載中の作家に訊いていいことなのかどうか、もしお答えになりにくければ、とぼけていただいて結構なんですが、A某教授が「郁子が名器である点がこの小説の限界である」といいますね。あれはどういうことなのか、とこの席にくるまでしきりと考えていたのですけれど、A某教授は実際どうお考えになっていらっしゃるのか(笑)。もしもらしていただけるのでしたら……。

後藤❖連載中なんで、とぼけちゃったほうがいいんだろうと思いますが、どうせ書いてしまうことですからね(笑)。渡部さんの意見も聞きたいということで「予告先発」式サービス精神で話してみますと、さっき心理学のことを質問したんだけれど、それともすこし関係があって、ポルノグラフィーというものがありますね。『鍵』ポルノグラフィー論というわけじゃないんですが「名器」という書きかたは、セックスをパターン化し、タイプとしてのセックスを描いてゆく、そういうことにもなる。セックスの意匠化といいますかね。

渡部❖なるほど、それで一方では、棟方志功の版画にこだわるわけです。あれはたしかにおかしい。郁子の裸体が描写されているんですが、胸が薄くて、臀部も小さくて、ようするに「中宮寺の本尊」みたいだという。ところが棟方の絵では、きわめて豊満に母性的な身体ですよね。「名器」と同様に、あの絵もパターン化がすぎるというわけですね。

後藤❖あれはぼくも感心しませんね。

渡部❖ええ。あれでは陳腐になってしまう。

後藤❖「名器」というのも、ひとつの概念に頼りながら、読者にイメージをあたえる書きかたなんですよ。それから、郁子はもちろんニンフォマニアだと思うんです。たとえば古井由吉にもニンフォマニアものがあって、これはたしかに小説にとって偉大なる素材、テーマではあるんだけれど、それをいったいどう書いてゆくか、そこがエロティシズムの楽しみだと思う。読者にあたえる楽しみ、あるいは作者が書いてゆく上での楽しみなんですね。ただ「名器」というふうに書かれると、ちょっと困る。

渡部❖実際に名器の女性を知っているわけじゃないので、正確にはいいにくいんですけれど（笑）、中宮寺の観音のような女性と「名器」と、このとりあわせじたいはたしてふさわしいのかどうか、それも問題ですね。

後藤❖なにか、そういった類型があるんですかね。

渡部❖もうひとついいますと、たとえば後藤さんの小説に挿絵、これはまったく不可能でしょう。

後藤❖誰かやってみてくれないかとも思うんだけどな。

渡部❖谷崎は大正期までは、挿絵というものがある程度、可能だったんです。一篇を要約するような中心的な場面がかならずあったんです、主人公が縛られて、悦ばしげにのたうちまわっているところですとか。ところが昭和にはいってから、谷崎はもう基本的に挿絵の不可能な作家になってきた。つまり、真にエクリチュールの作家になってきて、そういう意味でも、棟方志功の版画には反対なんです。フローベールは、おれの眼の黒いうちはぜったい挿絵は入れさせない、という名言を口にしています。挿絵というものは、いまここで読書会さながらに追求している、言葉の形態のなかにかきたてられるエロティシズムだとか、そういうものを一挙に消してしまうわけですよね。挿絵は真の文学にとって敵である、ということまでふくめて、後藤さんの陳方志功にかんする指摘は非常におもしろいと思ったんです。

後藤❖さきほどの一行、つまり仮想読者と現実読者との目測を誤って、ついああいうことを書いて失速し、覗きのエロティシズムを壊してしまうメッセージ、あれと同じような逆効果があると思うんですよ。「名器」というかたちで女性を描いてゆくと、郁子が言ったり、したり、考えたりすることが「名器」でぜんぶ説明されちゃって、あとはもうなにもいうことがないじゃないか。もっとも小説では「名器」という語はつかわれていない。冒頭の「僕」の「一月一日」の日記に「若カリシ頃ニ遊ビヲシタ〼ノアル僕ハ、彼女ガ多クノ女性ノ中デモ極メテ稀ニシカナイ器具ノ所有者デアル〼ヲ知ッテイル」と書かれています。それをぼくは「名器説」と呼んだわけだけど、この「名器説」が、もし意識的にカタログ化しようとする方法だとすれば、この小説の全体がもうすこし変らなければいけないことになると思いますよ。

渡部❖ぼくもそうだと思います。たとえば『鍵』が出た当時も『春琴抄』のときと同様、人間がぜんぜん描けてないじゃないかという批判があったんですよ。

後藤❖山本健吉さんの解説についてだったかな。渡部さんは反論を加えておられたようだけれども。ぼくもね、人間が描かれていないというのは、ぜんぜん批評になっていないと思うんですよ。

渡部❖そうだと思います。

後藤❖『鍵』にたいする方法的な批評は、渡部さんをもってはじめとするんじゃないかな。

渡部❖いえ、とんでもない。

後藤❖べつにお世辞をいってるわけじゃなくて、谷崎論というものをそれほど読んだわけじゃないですけど、たとえば渡部さんが引用していた野口さんの『胎内回帰』ですか、なにかそういうことをいいたがるでしょう。

渡部❖「母性」とか「日本回帰」ですとか。

後藤❖なんであそこへ納まるんだろうか。

渡部❖そういうことをいってしまうと作品の魅力がぜんぶ作品外のなにかに、それこそ挿絵的に還元されちゃうんですね。

後藤❖『吉野葛』にしても、すぐ回帰にしちゃうでしょう。

渡部❖小説は回帰するものじゃないですからね。ジャンルの捨児ですから、もともと。

後藤❖回帰の美学では、小説は書けないですよ。その意味で谷崎という作家の不回帰性をいわないといけない。その点、あなたの谷崎論は、回帰ではなくて、迂回だという。しかも、なにかのためにする迂回ではなくて、なんのためにやっているんだか、よくわからない迂回であるという。それがさっきいった方法的な批評だと思うんです。方法的な批評というのがほとんどなかったんじゃないですか。

渡部❖蓮實重彦さんがいらっしゃいますけれど。

後藤❖そう、蓮實さんはやってますね。

渡部❖ところで、これは今度『鍵』を読みなおしていて、ふと気がついたことなんですけれど、どうしてもわからない一節があるんです。「一月十三日」の最後のほうに「僕ハ僕ヲ、気ガ狂ウホド嫉妬サセテ欲シイ」。すこし変じゃありませんか。たとえば「妻ハ僕ヲ」ならいいし「木村ハ僕ヲ」ならいいし……。そこでよく考えてみると、これも分身のテーマとからむかもしれない。最初の「僕ハ」を「シモベハ」と読んだらどうだろうかなと……。

後藤❖うーん、それは渡部流ルビじゃないですか。

渡部❖じゃあ、たんなるまちがいなんでしょうか。

後藤❖いや、これはありうる文体ですね。小説の文体としてはかならずしもまちがいではないと思います。それに日記というスタイルだし。

渡部❖ぼくはむしろ、最初のほうの「僕」が、僕でもあり、敏子でもあり、郁子でもあり、とそういう意味で「しもべ」かもしれないと考えたんですが。

後藤❖なるほど、しかしそこまではね。もしこれに問題があるとすれば、句読点ですよ。「僕ハ、僕ヲ気ガ狂ウホド嫉妬サセテ欲シイ」とすれば、ふつうの流れになりますね。僕が望むことはこれこれだ、という。

渡部❖あ、なるほど。そういうことですか。これはコジツケがすぎましたか。

ホントに野暮なのか……

渡部❖ところで、さきほどの話にもどると、還元するといいましたが、そのほうが読むのに疲れないってことがあるんです。読む人が言葉に丹念につきあわなくてもすむわけです。

後藤❖そのへんのことから、さっきちょっと名前の出た蓮實さんの批評につなげていうと、いつのまにか、回帰しないと文学じゃない、という文学論ができあがっていたということでしょう。「大」谷崎の「大」回帰。いつごろからそういう回帰論が文学論の中心になってきたか、それこそみなさんの課題になっている。そんな回帰論はこのへんで常識からはずしてしまわないといけませんね。昨年の夏でしたか、ぼくの作品集(『スケープゴート』)の折込パンフレット用に、蓮實さんと対談しました(265ページ参照)。そのとき出てきた「ロマン主義の亡霊」というやつですね。その「ロマン主義の亡霊」的な「いわゆる文学」という奇怪で滑稽な固定観念が、いつのまにかできあがったばかりか、いまなお二十世紀末の現代日本文学を支配しているらしい、ということですね。谷崎にかぎらず、明治以降の作品をテクストとして読んでゆくとき、その種の固定観念化した「いわゆる文学」的約束ごとのたぐいは、もうそろそろ廃棄処分にすべきじゃないかと思うんです。

渡部❖ええ。その約束は当然、丹念に読むことの抑圧としてはたらきますからね。

後藤❖だから、回帰論そのものをもう一度考えなおしてみる。

渡部❖ひとつには回帰といった大きな問題、いいかえれば文学を「大きな問題」としてとらえることが、なぜいけないかというと、偶発性を殺しちゃうんですね。それこそ後藤さんのおっしゃるアミダクジ的遍歴を殺してしまう。もっと初歩的な技術面にからめていえば、終り(エンド)=目的から書くことのみを奨励するのと同じになる。そういった問題について、日本の文学のなかでようやく、そういうことではやっていけないんだと――書くことのもっと根本的な野蛮さや繊細さを戦いとろうとした最初の世代が、後藤さんであり、古井さんでもあるんじゃないか。大江健三郎や中上健次、金井美恵子もふくめて、現代文学の良質な部分にはあきらかにそうしたものがあるにもかかわらず、結局、批評家のほうはよく読むということをしてこなかったんだと思うんです。批評家の文章は、大別してふたつの種類がありましてね。まず作中人物の心中が披瀝してあるとか、思想が要約してあるとか、きまってそういうところを引用する。それだけならまだいいんですが、いくつもの逸脱の可能性がある文章を引用しておきながら、この風景はナニナニを意味しているとか、一義的に還元して先に進む。みなさんそうだから、あえて誰だとはいいませんが、もうそんなことをやってたら、小説も批評も国鉄と同じ運命をたどることになるかもしれない。偶発性を抑圧しつづけるところに、新鮮なものなんてあるわけがないですから。

後藤❖だからこのあいだ「新潮」に、ちょっとふざけたような小説(「『芋粥』問答」九一年一月号)を書いて、「明治大正文学を読み直す会」という……。

渡部❖ええ、僭越ながら「すばる」の時評で○をつけさせていただきました(笑)。

後藤❖そうしたら、わたしもその会に入りたい、どうしたら入会できますかって、未知の読者から手紙をいただいてね。ちょっと感動した(笑)。あれは、これまでの「いわゆる文学」的芥川解釈への小説的な反論ですね。あるいは、方法的な近代文学史の読みなおし、ということですね。

渡部❖その点、おそらく八〇年代の文学に非常に顕著に、たいへんな先祖がえりがおこっているような気がするんです。たとえば、このあいだ芥川賞を受賞なさった小川洋子さんもそうなんですけれど、うまくなるというのが、われわれがいま考えているような偶発性とか、ずれとかいった方向ではなくて、抑圧にいかに従順であるか、その従順さのレトロな鮮度や洗練されようをもう一度競っていて、縮小再生産みたいなかたちで出てくる。それが文学のあいかわらず確固たる中心として、甦りかけているかにみえます。いまはきっと大反動時代じゃないでしょうか。このごろの若い女性作家を見ていると、それを痛感します。

後藤❖だから明治大正文学の読みなおしというのは、カルチャーセンター的なお勉強じゃない、「ロマン主義の亡霊」による近代文学史の書き換えということでしょう。こんなことをいうと、またまた野暮の後藤が野暮なことを話しておるわい、といわれるかもしれませんが、もしほんとうに野暮なら、さっさと退陣しますよ。野暮な人間が小説なんか書いたってしようがないからね。

渡部❖「野暮」って言葉を否定的につかわれましたが、後藤さんのテクストをいうのなら、むしろドゥルーズ的な意味での「愚鈍」の一種ではないでしょうか。つまり、自分にあたえられた既成の遠近法をそのつど喰いやぶっていってしまうような、そういう意味での「愚鈍」。既成の遠近法のなかで、うまくたちまわるのが「聡明」な人たちですけれども、ところが欲望の野蛮な流露として、その遠近法を喰いやぶっちゃうのが「愚鈍」というわけなんです。それと野暮はちがうんで、後藤さんはその意味で愚鈍な作家ではないでしょうか。

後藤❖小説とはなにか、と考えるのが小説だ、とそれこそナントカのひとつ覚え式にやってきたわけです。ところが、そういう原理、原則を口にすることじたいが野暮なんじゃないか、というのが「いわゆる文学」派の美学だったんじゃない。

渡部❖いや、その野暮はしかし同時にきわめてまっとうな姿勢なんだと思います。小説を書くときに、たとえば世界の文学に学ぶべき原理や手法はいくらでもあるわけですから、それを貪欲に吸収するにこしたことはないんですよ。

後藤❖だから、ここでいちばんはじめに戻って「読むこと」と「書くこと」とがそのまま方法論になる、それがぼくの考える小説の原理だということになるわけです。

渡部❖しかも目的のない方法です。どこへ着くかわからない。

後藤❖たとえば読むということがメビウスの帯――これも野暮な比喩かもしれない――みたいに、いつのまにか書くという世界に反転している。そういう「読む↔書く」の曲面的な関係を小説の方法にする。これはなにもぼくが発明したんじゃなくて、小説のジャンルの発生と歴史を考えていくと、小説とはどうもそうなっているような気がするんです。「ロマン主義の亡霊」たちは、そのジャンル意識を忘却しちゃってるわけでしょう。だから日本の近代小説の読みおなしということは、そのジャンル意識の強調と、文学史の読みなおし、書きなおしということじゃないですか。

渡部❖まったくそのとおりだと思います。もともと小説というのは捨児で、雑種でもあるし、その雑種性をむやみに制限する必要はないわけです。文芸時評家としていいますと、一方にはそういう健全な方法意識で書く後藤さんのような作家がいらっしゃるかと思うと、その一方で、方法意識ばかりがカラ回りし、ただたんにメチャクチャな小説が出てきてしまう。それが現代なんです。

後藤❖たまたまわけのわからない小説になるというのは、これはいけない。意図的にそういうふうにつくってゆくのが小説じゃないんですかね。

渡部❖後藤さんは確信犯ですけど、通り魔みたいなのがいっぱいいるんですよ（笑）。一方には小づくりな賢夫人がいて。

後藤❖なかなかうまい表現だと思いますよ。通り魔的なものは、小説として、ぼくはあまり信用していないんですね。下手でも確信犯のほうがいい。

渡部❖「下手」というのはごケンソンでしょう（笑）。

後藤❖あなたがいう小説イコール捨児説、それもみずから志願してなる、意図的な捨児でしたね、親を殺すという……。

渡部❖生まれたことが親を殺す。

後藤❖例の浄瑠璃や説経節ですか、『蘆屋道満大内鑑』はぼくも読んだけれど、いったいどうなるんだかわからない、あれはもう反ストーリーそのものだね。それからあなたがいってるように、まず『信田妻(しのだづま)』があって、『蘆屋道満』があって、『吉野葛』が出てくる。あれこそまさに小説ジャンルの発生と生成発展の、アミダクジ的遍歴の実例であって、そこにわれわれもつらなっていなければならないんじゃないか。その意識が小説の原理だと思う。その原理をもたないものは、かりに通り魔的におもしろくても、たんなる一回性にすぎない。ぼくが考えている偶発性とはほとんど別のものです。

渡部❖完璧にちがうといっておかないと、まずいんじゃないでしょうか。ともかく若い作家で、たかをくくっているのが多くて……。

後藤❖読まないんだよね。

渡部❖端的に、読まない。ぼくもそんなにたくさん読んでるほうじゃないから、大きなことはいえないんですけれども。

後藤❖読む読まないというのは原理の問題で、量の問題じゃないですよ。

渡部❖ええ、しかも、ふつう小説を書こうとしたら、ともかく読むと思うんですけど、そのレヴェルでも、あまり読んでないとしか思えないんです。

後藤❖ところで、月並みだけど「すばる」で時評をしていて、いかがですか。

渡部❖女性の作家がへんに賢いんですよ。へんに洗練されている。さきほど愚鈍さと聡明さの対比にふれましたけれど、女性の若い作家は、殻はせまいけれど、それなりになかなか聡明なんです。小川洋子などその最先端だと思います。描写もそこそこできますし、謎のつかいかたなんかもまあうまいし、愚直ではない。われわれの観点からしますと、あれはもう、いわば最悪の完成形態に近いものだといえるかもしれませんが、それにたいして、男の作家のほうに愚鈍な魅力があるかというと、これはもうたんにヘタなんです。聡明さが一方にあって、愚鈍がないんです。

後藤❖そこで、女性にとられちゃっている。

渡部❖ここ数年ずっとそうですね。とりあえず小説として読めるという文芸誌の基準でいったら、うまいんですよ。彼女らのほうが、彼らよりも。

後藤❖それはやはり、時評家の悩みといえますか。

渡部❖悩みですねえ。二十歳くらいだと、女の子のほうが同世代の男よりもませていて、世故(せこ)にたけていて、いろんなことを知っているじゃないですか。お化粧から文学まで、自分が狙った効果をどうやってあげたらいいか、ちゃんと知っているんです。その点での神経のつかいかたが細かいんですね。そうした世相をみごとに反映している感じです。

後藤❖自分のもっているものをめいっぱい表現できるんだよね、女の人は。男はめいっぱい表現できない動物らしいね。

渡部❖小川さんでも鷺沢萠さんでも山田詠美も自分の顔写真を本の表紙や雑誌などにどんどん出しますでしょ。あのときの化粧感覚そのままなんですね、それに対抗して、男は化粧なんかいらん！　とバンカラやろうって書き手はもういないわけだし、いればいるで、へんに立松和平みたいになってしまったり（笑）。男はいまむずかしいんですよねえ。

後藤❖その例はおもしろいな、わかりやすいよ。

渡部❖女の子の化粧に対抗しうるタマとして島田雅彦にかなり期待するものがあるんですけれど『夢使い』じゃどうもなあって感じですね。

後藤❖あまりメッセージを出しすぎるかな。

渡部❖ほとんど完璧に女性上位です。しかも、上位である女性のもっている範疇が、完全に古い。その意味では、絶望的な感じがします。書けそうな人はところどころにいるけれど、愚鈍さとか、書くことじたいにいろんなものをまきこんでいくエネルギーとか、そのことで既成の遠近法を狂わせるとか、そういう感じがあるものはなかなかないですね。男性では、もう若いとはいえませんが、高橋源一郎と、ツボにはまったときの村上龍くらいでしょうか。

後藤❖なぜ、そういうふうにしか出てこないのかな。

渡部❖フォーマットに忠実だからじゃないですか。さきほども申しましたように、いまの若い女性が、男をひっかけるにはこの程度でいいや、というのと同じたかのくくりかたなんです。ぼくは早稲田の学生や専門学校の生徒を教えているんですけれど、二十代くらいのちょっとかしこい女の子が同級生のなかでたかをくくるのとまさに同質のものなんですよ。

後藤❖原理性までさかのぼらないで、手前のところでたかをくり、それでわかっちゃったつもりというわけですか。

渡部❖そこはやはり絓秀実流にいうと、学生運動が崩壊したことが大きいんじゃないでしょうか。原理だとか、相対的にある程度、健康な男根性の出てくる機会が失われている。

後藤❖あなたのいう「愚鈍」なる男根が出現しない。

渡部❖今度の「新潮」の学生小説コンクール受賞作（浅木健一「暁のかわたれどきに」）なんかまさにそのとおりでしょう。鷺沢萠と同じようにやって、女性よりもヘタという格好になっている。つまり同じ場所で勝負したら、女の子にぜったい負ける。しかもその彼女たちのエクリチュールときたら、ほとんど伝統的な「文学」とのうるわしい不倫感覚に近いんですからね。

後藤❖ぼくは反フェミニストじゃないんですけれども、その現状を変えられないってことはないと思いますよ。しかし、そのために必要なのは「小説とはなにか」をジャンルの問題として、文学史の問題として、原理的に主張する「愚鈍」なる批評です。それで「ロマン主義の亡霊」を彼女たちから追いはらってやることじゃないでしょうかね。

（一九九一年四月一日）

文学教育の現場から

三浦清宏

三浦清宏──みうら・きよひろ

小説家、心霊研究者。一九三〇年、北海道室蘭市出身。東京大学文学部英文学科に進んだものの学生運動で休講続きの東大を嫌い、二十一歳で中退し渡米。アメリカ・サンノゼ州立大学卒業後、アイオワ大学ポエトリー・ワークショップ修了。ヨーロッパを巡った後、六二年に帰国。六七年から二〇〇一年まで明治大学助教授、教授として英語を教える。八八年に「長男の出家」で芥川賞、二〇〇六年に『海洞』で日本文芸大賞を受賞。

初出──「群像」一九九二年十一月号

アメリカにおける日本文学

後藤❖三浦さんは、かつて留学しておられたアイオワ大学に、今度は教えに行かれたそうですね。

三浦❖去年（一九九一年）の八月末から十二月二十日ぐらいまで、一学期間アイオワ大学に初めて教えに行きました。

僕が直接担当したクラスは、月、水、金の週三回、現代日本文学を学生と一緒に読むクラスで、テキストとしては、最初が夏目漱石の『こゝろ』、志賀直哉の『暗夜行路』、太宰治の『斜陽』、小島信夫の『抱擁家族』、最後に自分のものもぜひやってくれということで、僕の『長男の出家』をやりました。ただ、学生はそんなに読めませんので、どれも最初の数ページを読む程度でした。

それから、短篇集でピューリッツァ賞をもらったジェームズ・マクファーソンという黒人作家と一緒に、日米の比較文学をやりました。日本の方のテキストは『こゝろ』、森鷗外の短篇で『堺事件』と『阿部一族』、谷崎潤一郎の『細雪』、それから大江健三郎の『個人的な体験』は、リストに入っていたけれども、時間がなくてやれませんでした。

アメリカの方の教科書としては、『ハックルベリー・フィン』『グレート・ギャツビー』、たまたまちょうど出版されて、ちょっと評判になって賞をもらったシンシア・カドハタという女流の日系三世の作家の『ザ・フローティング・ワールド』（邦訳『七つの月』）を取り上げました。この授業は、マクファーソンがアメリカ側の事情を話して、彼の要請でこっちが日本のことを話すというやり方でやりました。

もう一つは、フィクション・ワークショップ（創作教室）で、僕がマクファーソンのクラスに一緒に出て、学生の作品を読んで意見を述べるというやり方でやりました。

後藤❖三浦さんが直接担当されたクラスで使ったテキストは、あらかじめ英訳されているんですか。

三浦❖あのクラスは、エイジアン・アンド・パシフィック・スタディーズという科の中のエイジアン・ランゲージというコースでしたから、日本語で読みました。
今アメリカでは日本語に対する関心が非常に高くて、アイオワ大学でも、日本語を習いたいという学生は去年二、三十人ぐらいいたのが、今年は五十人ぐらい一年生が入っている。僕が教えたのはグラデュエート・スチューデント（院生）ですが、七、八人の予定が十二、三人来ました。

後藤❖グラデュエート・スチューデントならば、漱石とか三浦さんのものを読めるぐらいの日本語力はあるわけですか。

三浦❖辞書を引きながらですが、読める。彼らが一番苦労しているのは漢字だと言っていましたね。

後藤❖そのクラスは、文学というよりも語学的な学習が基本のようですね。

三浦❖そうです。語学中心で、あとは私小説について説明をしたり、各作品ごとに一応の概要を説明したりしました。
日米比較文学の方は、英訳された教科書を使って英語で授業しました。最初マクファーソンがアメリカ語がどういうふうに発達したかという話をしてから、僕に日本文学の成立の話をしてくれと言うので『万葉集』から明治のころまで、たった一時間で喋らざるを得なかったことがありまして、ちょっと大変でした（笑）。
結局、アメリカ人は日本文学の性格に興味を持ちますから、僕も、日本の現代文学、あるいは古典文学はこうだという言い方ではなくて、日本文学の中に流れている特色は何であるかという話をせざるを得ない。僕自身も随分勉強になりました。

後藤❖さっきのクラスのテキストは皆近代のものですね。

三浦❖僕は最後に、松尾芭蕉の「古池やかわずとび込む水の音」を引用して、日本人の文学的想像力の一番基本的なパターンについて説明したんですが、それが古典を引用した唯一の例で、だいたい現代小説を中心に、日本文学の特色は何であるかという話をしました。

「私小説」の読まれ方

後藤❖日本文学とは何かを教える場合、テキストに何を選ぶかでほとんど決まってしまう。テキストの選択は非常に大事だと思います。日米比較文学のクラスで先ほど言われたテキストを選んだのは、アメリカで日本文学に興味を持っている学生、あるいは学者が、日本の近代文学、特にアイ・ノベルズ（私小説）の「I」に非常に興味を持っていて、それを新しい可能性と見るような考え方すらあるらしい。僕は「らしい」という程度の話しか知らないんですが、その辺と関係があるんでしょうか。

三浦❖比較文学の教科書はマクファーソンが選びましたが、彼は日本人の倫理観に非常に関心があるものですから、ああいう選択になった。マクファーソンが比較文学のクラスで、最初に『グレート・ギャッビー』を例にとって言ったんですが、十八世紀から十九世紀にかけて、アメリカではセルフ・メイド・マン、自分の腕一本で社会的立場をつくる人間がアメリカ的セルフ・アイデンティティーから言うと一つの理想とされていたと言うんです。

しかし最近は、特に倫理的な意味で、アメリカ人が昔のように団結しなくなったとか、夫婦の離婚が多くなったとか、アメリカ社会ではとてもセルフ・メイド・マンという、簡単なことではすまなくなった。よくアイデンティティー・クライシスという言葉を使いますが、セルフ・アイデンティティーが壊れつつあるわけです。

そういう背景から、マクファーソンはアメリカ人、特に黒人のセルフ・アイデンティティーとは何であるかを絶えず考えていて、日本の私小説が自分をどうつかまえているかに非常に関心を持っているんです。

後藤❖三浦さんがこないだ「朝日新聞」に書いておられたエッセイを拝見しましたが、マクファーソン氏が、アメリカでは失われつつあるものとして、日本人の「制度化された倫理」に非常に興味を持っているというのは、非常におもしろいと思います。しかし、アメリカでは失われつつある「I」が日本にはまだ残っているということで、その残っている形を日本の文学作品の中に求めていくということになると、逆に日本の現代文学から離れてしまうのではないかと思うんですが。

三浦❖そうかもしれないですね。

後藤❖早い話、小島さんの『抱擁家族』における「I」は、ほとんどクライシスそのものといえる。『抱擁家族』という題名も、ばらばらになっているから抱擁しなければいけないというパラドックスともいえます。僕はその辺が、日本文学が外国で紹介されたり、解釈されたりするときの一番のポイントになるような気がするんです。

三浦❖そのことはマクファーソン自身も考えていますが、といっても、今の若い人たちの作品、例えば最近、講談社インターナショナルから出た作品集『モンキー・ブレイン・スシ』なんかは、彼は読んでいるんですけれども、取り上げないわけです。

彼が最初に比較文学の教室で取り上げたのは、鷗外の『堺事件』です。堺事件を起こした侍たちが責任を負って切腹するのをフランスの公使か何かが見に来て、途中で気分が悪くなって退席してしまう。これについてマクファーソンは、日本人が死を含めた一つの倫理観によって、外国に打ち勝ったといっている。彼は、そういう倫理観が社会全体に一つのコードとして存在したところに非常に魅かれるわけです。

彼が日本に来て荷物を持って歩いていたら、一緒に歩いていた日本の婦人が、額に滲(にじ)んできた汗をふいてくれた。アメリカ人の女は絶対そんなことはしない。日本には、親切心を公にあらわしてもいいという一般化された倫理的な気持ちがあるんじゃないか。彼自身、離婚して、一ヵ月に一週間だけ娘さんに会うという非常に寂しい生活をして、こういう別居生活が今アメリカ全体の中でひろがりつつあるということが背景になって、そういうところに非常に関心を持っているんです。

後藤❖マクファーソン氏が、むしろ日本の近代以前の日本人の生き方、美学、そういうものを自分の一つの理想形と考えているとすると、日本の現代文学に対する見方としては、ちょっとずれてくるんじゃないかなという気もするんです。

　アメリカでは、失われている自分のあるべき「私」、あるべき倫理を、過去の日本文学のある形象の中に求めている。それは彼なりに形成される日本論としてはいいとしても、近代日本文学論とか現代日本文学論としては、ちょっと問題があるんじゃないか。僕らが考えている現代日本文学とはほとんどずれてしまって、フジヤマ、ゲイシャとまでは申し上げませんが、自分たちが失ったものを、過去の日本の中にイデア化して求めようとしているような傾向と考えていいんでしょうか。

三浦❖必ずしもそうではないんです。彼は、倫理性は単に文学だけの問題じゃなく、日本人の一般生活の中に現在でも存在しているのではないかと考えている。

後藤❖しかし、それはどうでしょうか。我々が小説家として、あるいは一市民として遭遇している日本の現実を見ると、両手に荷物を持っていたら、額の汗をぬぐってくれるような女性では決してなくなっている。

　僕はフェミニズムについて詳しいことはわかりませんが、日本の現実は日常化されたフェミニズムの状態になりつつあって、マクファーソン氏がイメージしている日本の女性、古きよき生き方の中における倫理や美学は、クライシスを通り越してほとんどなくなっているのが現状じゃないかという気がするんです。もちろん額の汗をぬぐってくれるような女性も探せばいるでしょう。マクファーソン氏はたまたまそういう女性に出会われたわけです。

　そうすると、日本の現代小説はやはりそういう日本の現実を描かざるを得ない。僕は外国の日本文学研究者、あるいは日本文学に興味を持っておられる人たちには、そこのところで現状とのずれが常に出てくるような気がします。

　ですから、そういうときに我々がどう対応し返答したらいいのかという真っただ中に、たぶん三浦さんもおられると思う。現代日本の作家としての三浦さんと、外国に日本あるいは日本文学、日本語を紹介される立場の三浦さんと、二つの三浦さんが分裂的な形にならざるを得ないと思うんですが。

三浦❖日本人は、論理ではなくて情や感性を通じて世界や物ごとを把握する。マクファーソンは、倫理的な問題と同時に、そういう私小説的な世界のつかみ方に非常に魅かれているんです。

後藤さんのお話では、今の日本人の女性たちは、むしろ額の汗をふかせるような、アメリカでいうウーマンリブ的な方向に進んでいるということですが（笑）、マクファーソンから言わせると、日本人の女性にはまだまだ額の汗をふいてくれる可能性が残っている。

アイオワ大学にも日本人女性の留学生がたくさんおりまして、日本語教育を研究してアシスタントの仕事をしている若い女性などは、友達の女の子が何かの事情でボーイフレンドに殺されたときに、アメリカ人の女性だったら、とてもしないような細やかな情を見せたことがあるそうです。

日本にいると女性たちが男性にとって都合の悪い方へどんどんと行くように思えますが、我々は外から見ないとちょっとわかりにくいような情の世界、コミュニティー意識といってもいいですし、もっと広くいうと「われわれ日本人」というWe-ness（マクファーソンの造語）を持っていて、男性に対して辛く当たるような女性でも、日本人として外国に行くと、日本人としてのある共通の意識を発揮したりするんですね。

後藤❖日本的なものという場合、論理的なものより情緒的なものというのは別に目新しくない。あたりまえ過ぎるぐらいですが、漱石なども、そういうふうに見ているんですか。

三浦❖漱石の場合、日本文学の中で最初に情と知という二つの対立に意識的に悩んだ作家ですね。『こゝろ』でも「先生」はその葛藤の中で、乃木将軍の死に影響されて自殺する。あの時代の倫理ではあるけれども、社会全体の倫理の中に自分も存在するというところに、マクファーソンは魅かれていると思います。

アメリカ人の学生たちは「先生」が自分の奥さんの「静」に理由も告げないで勝手に自殺して「静」が一人残されてしまった、理由を告げられたのは書き手の若い学生だけというところに、殊に女性を中心として非常に不可解だという不快感を持つ。マクファーソンはそれも認めながら「先生」の心情にもっと同情を感じて読んでいるところがあります。

僕にとっては、漱石が西欧的な新しい自我を意識して、それと日本的な「私」との間に葛藤を持ったということで、教材として非常に使いやすかった。結局、日本人の「自分」とアメリカ人の「自分」が絶えず問題になりました。日本人の場合は、自分というと、私情とか我意とかわがままとか、否定的な方へ結びつく。ところが、アメリカ人の場合、このごろはあまり使わないようですが、セルフというと、むしろ肯定的な方へつながっていく。そういう違いがあるんですね。

――混血と分裂の文学――

後藤❖日本の文学は、近代以後は百年ちょっと、近代に至るまでは千何百年あるという形で、伝統的な日本文学史がある。だけど、僕が近代を特にはっきり意識的に考えなきゃいけないと思うのは、日本語が全部変わったということです。

二葉亭四迷の『浮雲』が果たして本当に言文一致体かどうか、という問題は一応別にして、日本文学といったときに、二葉亭以前の日本文学と二葉亭以後の日本文学ということではっきり区別しなければ日本の近代文学はわからないと思っている。ですから、その区別が、外国でどう考えられているか、逆に非常に興味がある。ものの あはれといわれてきたものが、二葉亭で言文一致になったときにどういうふうに変化してしまったか。しかし、それがどんな風に変化したのだとしても、だからといって二葉亭以前の方がより真実の日本文学だということはいえない。日本とは何か？　ということになるとすぐ二葉亭以前に逆戻りして、そこに「本当の日本」があるかの如くに探しはじめるのは間違いではないか。外国人にもそれははっきりさせなければいけない。二葉亭以前と二葉亭以後をそういう形で捉えることが、僕の文学の基本、日本の近代小説というものを考える第一の基本です。

日本の文学は、近代以前の江戸文学までだって混血と分裂で、僕は、そもそも純粋に日本独自の文学というものはないという考え方ですが、日本の場合、近代イコール西洋ですから、西洋のない近代文学はない。西洋文学といかに混血し、いかに分裂したかだと思います。その先端が二葉亭であり、それから漱石につながってくるわけですが、そこで日本文学における「私」が問題になって来た。

ところで日本の「私」というと、近代的自我の形成を普通考える。しかし、アメリカではそう考えない。自我の形成といった場合、アメリカでは幼児が少年になるような意味で使うということを三浦さんもちょっと書いておられたと思いますが、僕がそこで問題にしたいのは、決して自己形成の文学じゃない。二葉亭の小説、漱石の小説をよく読むと、自己分裂だと思う。つまり、近代の日本の「私」は初めから自己分裂だと思う。初めから分裂している。

三浦❖明治になって初めて自分というものに光が当たったわけですね。そこが僕は、それ以前の文学と非常に大きな違いだと思うのです。そこで、西洋からいろいろの文学概念が入り込んできて、自己、自我という言葉が入ってくるようになって、そのときに日本人は、自我というものはあたかも西欧風自我たるべきだという一種の錯覚を持ったことがあると思うのです。

今、分裂とおっしゃったけれども、確かに漱石は非常に分裂に悩んだ人ですね。それは結局、西欧風な自我というものがどうやって日本文学の中に入ることができるか。そして、それを迎え撃つというか。受け入れる側の日本人として、そこに矛盾撞着が起こってくる。その矛盾に非常に悩んだというふうに僕は考えるのです。ですから後藤さんがおっしゃったように、矛盾、分裂であったということはそのとおりだと思うのです。

ただ、これは概念上の矛盾かもしれないんですね。西欧からそういう概念が入ってきたために、そうでない自分を見て矛盾を感ずるようになったということはあり得ると思う。

後藤❖もちろん全くそのとおりだと思うのです。ただし、そのために日本人そのものの現実が変わっちゃったんじゃないかと思うんです。早くいえば、太平洋戦争に敗けたのと同じことで、半分占領されちゃったようなものですね。

近代の日本として生き残るためには、西洋との混血によって変化する以外にはないと思うのです。問題は、その変化を止むを得ざる「悪」と見るかどうかですが、少なくとも知的階級においては、それを自己革命みたいな形でやろうとしたんじゃないか。その日本の知識人の精神状態の変化を一番忠実に書きあらわしたのが『浮雲』じゃないかと思うのです。

あの中で内海文三という人物と本田昇という人物が出てきますが、これはお互いに分身関係にある。二葉亭は『余が言文一致の由来』だったか『予が半生の懺悔』だったかで『浮雲』を書くときに文体上の参考にしたのはドストエフスキーとゴンチャローフだといっています。しかし『浮雲』全体が一番よく似ているのは、ドストエフスキーの『分身』ですよ。旧ゴリヤードキン氏の前にとつぜん分身の新ゴリヤードキン氏が出現して、ことごとに旧ゴリヤードキン氏を妨害する。そしてついに役所のポストまで占領し、旧ゴリヤードキン氏を精神病院へ送り込んでしまう。ドストエフスキーの『分身』における二人のゴリヤードキン氏の関係が、そっくりそのまま『浮雲』における文三と昇の関係だと思うのです。

その自己の分裂というもの、分裂した「私」というものをいかに書くかという問題を一番忠実に受け継いでいったのが、漱石じゃないかと思うのです。『こゝろ』の場合には、描き方が漱石の中では例外ですね。

三浦❖ちょっと違いますね。僕が漱石の矛盾分裂を思うときには『行人』のことを思うのです。あれは主人公の一郎が非常に悩むわけですね。

後藤❖それが『明暗』までずっといくわけですね。ですから、僕が考えている日本の近代文学は、そもそも自己分裂からはじまっている。

もちろん、志賀直哉みたいな作家も出現します。志賀直哉の「私」は、あるいは自己形成的といえるのかも知れませんが、だから日本の近代小説は自己形成的であるというのは明らかに間違いだと思うのです。

だから、僕は近畿大学の文芸学部で、国文専攻の学生を直接の相手に話をしているんですけれども、そこで一番大事なチェックポイントは、そういう誤解を正すことですよ。そうじゃないんだ、近代日本の文学はそもそも西洋との混血によって成り立っているのであって、ほとんど自己分裂、自己解体からスタートしている。

三浦❖どうしても解体できない心情というか、非常にヌエ的な、あるいは混沌とした、日本的なといってもいいですけれども、その心情はどうしても残るんですね。それが我々がずっと明治以降、西欧からの影響によって育ててきた近代的自我というものとどうしても一致しない。漱石のときからずっと我々はそれを感じてきたはずなんです。

だから、今回、僕がアメリカでいろいろ教えているときに一番強く感じたのは、どうしても解体できない日本的な自我、日本人のアイデンティティーとは何であるか、そのことが絶えず問題にされるわけです。

つまり、向こうの人間にとってみれば、ヨーロッパ風な影響はわかる。それは自分たちが持っているものだから。しかし、それ以外にどうしても割り切れない日本的なものは何かということが、向こうの人間の問題にするところです。

ですから、マクファーソンなんかもそこに非常に興味を持っていて、それが情ではないかとか、倫理性によるものではないかと考えてくるんです。

後藤❖これはちょっと図式的になるかもしれませんけれども、江戸まではいわゆる和魂漢才だったわけですね。それが和魂洋才に変わる。和魂漢才も和魂洋才も混血と分裂ですよね。

三浦❖いつでもそうなんです。

後藤❖和魂漢才で思い出すのは、僕はたまたま福岡の人間なので、太宰府が近くてよく遊びに行ったのですが、天満宮に行きますと菅原道真記念館がありまして、入っていくと、でっかい何メートルもあるような掛け軸が残っていまして、菅原道真直筆「和魂漢才」と書いてあります。こんなでかい字です。

道真はおそろしい怨霊にもなったらしいけれども、学問の神様ですね。入学試験の神様でみんなお参りに来る。文章博士で、本当に和魂漢才の頂点をきわめたような人だったと思うんです。

ところで、問題は、マクファーソンさんに限らず、日本というものをとらえようとしたときに「和」とは何だろうと思うのです。でも僕は「和」だけを問題にしてもダメだと思うのです。九世紀か十世紀の菅原道真が「和魂漢才」とでかい字で書いているのです。「和魂和才」じゃないですね。そしてそれがずっと近代の直前まで続いて、今度は「和魂洋才」に変わった。

となると、外国の日本文学研究家が、和だけを追求していっても、日本の姿は出てこないんじゃないか。また、それを日本の側から無理に出そうとすると、変なナショナリズムになってみたり、そのナショナリズムを外国人が見るとエキゾチズムですね。ナショナリズムとエキゾチズムというのは、お札の裏表みたいなものじゃないかと思うのです。こっちから見ればナショナリズムだし、向こうから見ればエキゾチズムになるわけで、どっちも全く違ってはいないけれども、片方だけではニセモノだと思うんですね。両面を見なきゃいけない。

僕がいつも学生たちに話しているのは、要するに、文学というものはお札の裏表みたいなものだということです。読むことと書くことの関係もそこから出てくるわけであって、つまり、読むだけでは文学ではない。あるいは書くだけでは文学ではない。いかに読み、いかに書くかというものが、今まさに千円札の表は漱石ですが、漱石がいかに偉大な作家だとしても、表側だけではニセ札なのであって、裏側があってはじめてホンモノの千円札になるんだという表裏一体説、「千円札文学論」です。

ですから和魂だけを追求していっても、日本というものは出てこないと思うんです。同様に日本文学を追求しようとしたら、混血と分裂という裏表両面を追求しないと、千円札の表側あるいは裏側だけになってしまうのじゃないかなと思う。

三浦❖分裂している状況が一つの全体であるという意味で、それは考えられると思うんです。今までは、今おっしゃった和魂漢才あるいは洋才でもいいですが、洋才の方を非常に意識してきたというところがありまして、これは僕自身の問題でもありますけれども、和魂の方には割合、無頓着で来た。そして、洋才と和魂と分裂していることが普通の状況であるかのように考えていたわけです。けれども、今度の外国体験で、向こうからの視線をこちらの方に受けてみると、まず今おっしゃった和魂というのは何であるかということなんですね。我々は和魂を前提として、あるべきものとして受け入れているわけですけれども、その正体は何なのか。果たしてそれは倫理なのか、情的なものなのか、あるいはもっと複雑怪奇なものか。我々の特色というものは一体何であるか。そこを突きつめてゆくと、和魂というものもあやふやになってくる。洋才と区別するような確したものは無いのではないか。無いなりにそれは立派に世界に通用するものではないか。今まで無い無いと言われ続けてきたことの方に実は問題があったのではないか。

―小説に対する固定観念―

三浦❖日本人の「自我」とか「私」とかいうことは最近の文学の中であまり問題にならなくなってきたようですね。

後藤❖僕はそれを日本文学の最も基本的な問題として、もう一回考え直したいわけです。

もちろん僕は今も小説家をやっているわけですけれども、近畿大学の文芸学部は新しい学部なのです。アイオワ大学はいろいろ伝統もあって、既に作家もずいぶん出ているわけでしょう。近畿大学の文芸学部は新設学部で、今年の四月でやっと四年生が出てきた。文部省用語でいうと、今年が完成年度ということになるわけで、初めて学部として認められる。僕はこの学部が創設されたときに、たまたま奇妙な縁で引っ張り出されていったんですけれども、今度四年になる学生を一年生のときから持ち上がりでずっとやってきた。僕自身も教員として全く素人で、学生の方も第一期生、学部はそういうわけで全く新設だったから、お互いに全く白紙の状態で遭遇する関係になったのです。

最初はまるで手探りの状態でした。しかし逆にいえば、何も手本がないわけですから、何でもやってみることができる。古い学部には伝統もあるが、壁も多い。その点、何の歴史も伝統もないところで新しくやるのであれば、いっそ思い切って本当に「いろは」からやってみようかなと思いまして、それで引き受けたわけです。

三浦❖前にちょっと誰かに伺ったところでは、後藤さんはそこで創作を教えておられるのかと僕は思ったんです。

後藤❖そうじゃないんですよ。もちろん私みたいな現役の作家を、非常勤ではなく専任の教員にするからにはそれなりの考え方があったと思います。また、これまでとは少しずつ変わってゆくことになると思います。というのは、新設学部というのは、完成年度までは文部省の監督下というのですか、つまり、申請して許可されるという形で、四年間は文部省に申請した通りのカリキュラムでやらなければいけない。それが四年たちますと、つまり平成五年度（来年度）からは自主的にカリキュラムを編成できる。

三浦❖文部省の中には創作は入っていないわけですね（笑）。

後藤❖平成五年度からは文芸学部全体が新しくなるのですが、その中で、どのような国文科を作り出すか。実は今はその新カリキュラム案の編成でウンウンいっているところなんです。そのうち三浦さんにもぜひご相談したいと思っています。そういう状態なんです。

近畿大学の場合、文学部でなくて文芸学部なんですが、これは学部の中に、文学だけでなくて演劇とか造形美術関係も入っているんですよ。僕は文学科の国文専攻というところに属しているんですけれども、染色とか絵画とかいろいろあるのです。学部としてはそういうものを含んでいるから、文芸学部というふうに総合した形にしているのです。

そこで作家である僕が専任の教員を引き受けたのは、もちろん、文学は教えることができると考えたからです。なぜそう考えるか。詳しいことは講談社現代新書の『小説――いかに読み、いかに書くか』という本に書きましたが、初めての学生にどういう形で文学というものを話していくかというときに考えましたのが、文学とは何か？　小説とは何か？　ということを従来の、いわゆる文学概論とか文学入門といったやり方ではなく全く別な方法で、単純明快な形で、はっきりさせようと思ったんです。

これはいろんなあれで僕もちょっと聞いたんですけれども、

日本における中学、高校の国語教育にも問題があると思うんです。そこで、誰がどのくらい出てくるという詳しい頻度はわかりませんけれども、どういう作家が、あるいは作品が文学として扱われているかということです。

昔は志賀直哉だったらしいけれども、最近はあまり出ないらしい。芥川龍之介が一番出る。漱石も出るらしい。これは学生にレポートを書かせるとすぐわかるんですけれども、まず芥川の短篇、王朝物が出てくる。漱石では『こゝろ』です。鷗外は『高瀬舟』と『舞姫』です。太宰は『走れメロス』。この辺が大どころで、あとは、ときどき梶井基次郎が出てきたりする。

三浦❖あれは出てきそうだ。

後藤❖ところがあるレポートを読んでいてびっくりしたんだけれども、とつぜん葉山嘉樹の『セメント樽の中の手紙』が出てきた。プロレタリア文学の傑作といわれてきたもので、もちろん傑作です。しかし、いまどき葉山嘉樹とはなかなか感心だな、と思ってよくよく調べたら、高校の教科書に出ていた(笑)。

いろんな作家が出てくることは歓迎する。問題は、それをどう教えているかということだと思うのです。高校生はみんな受験勉強をしています。今は受験勉強で大変で、国語も試験のうちに入っています。僕は出題したくないからしていませんが。

現代国語は本当に不可思議な問題で、僕自身が解けないいんですから、僕は出さないのです。僕の文章も予備校の模擬試験や大学の入試問題にときどき使われてるようですが、ある大学で僕の文章が問題に出て、僕がやってみたら四十点ぐらいしか取れなかった(笑)。これは僕はとてもじゃないけれども出題する権利はないと思って、出題は今のところしないことにしているんです。もちろん、これは半分冗談で、作者と出題者は別である、と割り切っています。

ただ問題は、今、名前を挙げたような作家あるいは作品を、中学とか高校の国語の先生がどういうふうに教えているかということだと思う。そこで、彼らは受験勉強に追われているにもかかわらず、何か変な形で文学あるいは小説というものの固定観念ができちゃうのです。文学とはまるで無縁な受験生の中に、いつの間にかある種の文学のイメージみたいなものができているんだと思う。それを僕は一回バラバラに解体しなきゃダメだと思う。

三浦❖それで横光利一の『機械』を教えるわけですね。

後藤❖それも一つあります。徹底的に破壊するということです。

三浦❖あのレポートはなかなかおもしろかったです。

後藤❖あの「『機械』を読む」というレポート集はゼミでなくて、国文専攻三年(今度四年になった)の、クラス全体のレポートです。ですからちょっと数が多かったですが、中にはかなり面白いものもあります。

三浦❖僕はあれを読んだときに、後藤さんがやられるのは、まず混乱させることだなと思ったんです。

後藤❖まさにおっしゃるとおりです。つまり、ショックを与えることです。君たちが今まで小説と思ったようなもの、あるいはこれは文学だと思ったようなもの、そういう「思い込み」を悪いけれども一度ゼロにしてくれ。白紙の状態で僕の言うことをまず聞いてくれ。これに反対するのは自由である。しかし、僕は僕の考えてきた小説というものの原理がある。これを徹底的に喋るから、まずこれを白紙の状態で聞いて、その上であらためて「小説とは何か?」「文学とは何か?」ということを考えてください、と言っているわけですね。これが僕の話の始まりです。

――アイオワ大学創作科の方法――

三浦❖さっきおっしゃられましたけれども、小説を書く場合には、今までの作品を読むことと書くことがバランスをとらなくちゃいけないんだとあのレポート集の後記にも書いておられる。それは非常におもしろいと思うんですが、そうしますと、これから恐らく創作教室をされるんじゃないかなと思うんですが、そういう後藤さんの文学観を、どういうふうに学生たちの創作に反映させていかれるのかということも、僕はちょっと伺いたいなと思っていたんです。

後藤❖それはアイオワではどうされていますか。

三浦❖先生によって違いますけれども、僕が一緒にやったジェームズ・マクファーソンは、何も喋らないで学生にみんな討論させるわけですね。ですから、学生は自分の書きたいものを書いてきて、その後でマクファーソンは学生とアポイントメントをとって、自分がここはいい、あそこはいいというようなところを話してやる。

もう一人フランク・コンロイという人は『ストップ・タイム』(邦訳『彷徨』)というので三十年ぐらい前にデビューして、それが非常に評判になった人ですけれども、その人が今、主任なんです。その人は、ほとんど学生に喋らせないで、学生の創作について自分の意見を述べる。ときには非常に厳しくやることがあります。あまり厳しくやるものですから、ある学生はそのクラスをやめて、マクファーソンのところへ来たり、ひそかにマクファーソンに、僕のを読んでくれませんかといって、持ってきたりするんです。

その人の授業を僕は聞いたわけじゃありませんけれども、マクファーソンの場合には、何を書いてもいい。いいところは褒めてやろう。褒めることが進歩の第一条件だ。そういうふうな態度でやっています。

後藤❖その場合、学生の将来の志望はやはり作家ですか。

三浦❖全部そうです。フィクション・ワークショップにはアメリカじゅうから来るわけですが、アイオワでは学生が全部で約六十名おりまして、三クラスあるんです。三人が教えているわけですけれども、そのうちの一つはアンダーグラデュエートで、あとの二つが上のクラスです。ですから、マクファーソンもグラデュエート・ステューデントを教えているんですが、その六十名に対してだいたい四百名ぐらい応募してきます。

後藤❖すごい競争率ですね。

三浦❖僕が行ったからいうわけじゃないんですけれども、創作科ということになると、アイオワは全米でもやっぱり一番という意識があるんですね。それでみんな来たがるんです。

後藤❖もっとも、僕らのところの国文専攻も、今年は二十数倍という競争率だったみたいですが、アイオワの場合、どういう試験で入ってくるんですか。

三浦❖試験でなくて、小説を提出する。先生は四百も読めませんから、だいたいアシスタントに読ませるわけです。その中の何篇かを先生達が……。詳しいことはよく知りませんけれども。

後藤❖「群像新人賞」みたいなものだ（笑）。

三浦❖それで六十名入れるわけです。

後藤❖日本でいう普通の学科試験はない。

三浦❖やりません。ただ、内申はあります。内申を見て、前の学校の英文科の成績があまり悪ければ入れないでしょうけれども、ポイントは創作です。

それでもいいものが漏れたりすることもあるらしいです。ひどいのも入って来ます。アイオワに住んでいる主婦なんかで、どうしても入れてくださいと手紙をよこしたりするのもいるらしいんです。向こうはいったん大学をやめて結婚しても、大学には自由に来られます。ですから、その競争率は非常に高いのです。

しかし、その小説を読んでみますと、僕もずいぶん読みましたけれども、作品全体として水準に達しているのはほとんどないといってもいいですね。ただ、部分的には表現の上で非常にすぐれているのがあります。本当に感心するような表現をするのがあります。

――「千円札文学論」――

後藤❖僕の場合、さっきの「千円札文学論」ですが、それを使って小説というものをいろんな意味で千円札にたとえているのです。

一つは、読むことと書くことは裏表だ。もう一つは、素材と方法、あるいはテーマとスタイルは裏表だ。だから、読む書くの方でいうと、読まないで小説を書くことはあり得ない。小説を読まないで小説を書いた人はいないんじゃないかということです。これを証明してみせるというか、文学史的にはっきりさせる。

その一例として、ドストエフスキーのことを言っているわけです。「我々は皆ゴーゴリの『外套』から出てきた」というのは、ロシア文学史の幻の名文句と言われています。なぜ幻かというと、ドストエフスキー全集をくってみても、どこにも書かれていないからです。この幻の名文句について、川端香男里氏と青山太郎氏の二人のロシア文学者が、それぞれ違った意見を述べていたと思いますが、問題はその文句が実在するか否かではない。仮に誰かのフィクションだったとしても、それは小説の原理として正しい。また単にロシア文学だけでなく、いかなる文学にも通じる普遍性を持つ。

僕はこれを学生に口を酸っぱくして言っているんです。ドストエフスキーは、我々は『外套』から出てきた、『外套』がなければおれは小説は書かなかったと言っている。ドストエフスキーほどの作家がそう言っている。だからといって、決して『外套』を褒めているという意味ではない。それは『貧しき人々』をよく読めばわかる。『貧しき人々』を読めば、いかに『外套』を模倣しているかがよくわかる。模倣しながら、完全なパロディーにしている。ということは、ここに一つの小説の基本がある。だから、いかに読み、いかに書くか、ということが小説の原則であり、『外套』と『貧しき人々』の関係、テキストの関係を読めば、小説というものがどういうジャンルであるか、そのジャンルとしての特性が実によくわかると学生たちに繰り返し言っているわけです。

実際『貧しき人々』はゴーゴリの『外套』を本当にうまく使っていますね。主人公に『外套』を読ませて、文句を言わせたり、からかってみたり、褒め上げてみたり、いろんな意味で使っている。この二つの作品の関係には文学史に一番遅れてあらわれた小説というジャンルの持っている幾つかの原理、原則が典型的にきちっと出ているわけです。いわく「読むこと」と「書くこと」、いわく「模倣と批評」、いわくテキストのテキストという「超ジャンル性」などなどです。

それから、素材と方法、形式、あるいはテーマと文体でもいいんですが、小説とは何が書いてあるかというのが表である。とすれば、それをどう書いているのかが裏である。ところが現実には、この小説はどういう小説かとたずねてみて、まず方法を言う人はいない。こういう人物がいて、こうなってこうなりますと言う。つまり「何を」であって、それは間違ってはいない。けれども、それが「いかに」書かれているかということを言わないと、表だけのニセ千円札になる。僕の場合は大体これが基本です。

三浦❖非常に現実的なことを言いますと、今度の創作のクラスでもそうですけれども、彼らが書いてくることは、本当にという生活そのもののようなことが多いわけですね。中には非常におもしろいものもあるんですけれども、果たしてそれをどうやったら一つの文学的な作品となり得るかということが、創作を教えることになりますと、一番の問題になるんですね。

　僕は二十篇ぐらい読みましたけれども、その中でこれが一番おもしろかったんです。カリフォルニアの話ですが、離婚した男がいまして、その息子の目から書いているんですけれども、おやじが離婚して、別れて住んでいる母親が今度、再婚することになって、再婚の相手はイタリア系の大金持ちしいんです。おやじの方はみすぼらしい山の中の家で、息子と二人で暮らしているわけです。

　再婚する家のパーティに招ばれる。そのおやじは酔っ払いで、非常に臆病なところがあるものですから、行くか行くまいか迷ったあげく、おどおどしながら、どうしたらいいかという感じで行くのです。その家はものすごく立派な家で、泡の出る大きな風呂があったり、家中に鏡がいっぱいあって、植物がたくさん置いてあったりするので、おやじは酔っ払っていることもあって、中へ入ると迷っちゃって、木にぶつかったりして「いったいここはハードル競走の家か」なんて言うのです。

　パーティにはいろんな人が来て、別れた女は、人が来ると誰でも抱き付いて親愛の情をあらわす、そういう感じの女です。そのうち余興が始まりまして、ビデオを見せるんですけれども、そのビデオの内容が、その女の卵巣手術の状況を写したもので、医者が卵巣の中に針を突き刺して、その針の先に顕微鏡カメラがついているわけです。その内部の大写しのビデオを見せます。

後藤❖ファイバースコープみたいなものだ。

三浦❖みんな酒を飲みながら、それを見るというパーティです。それが終わって出てくると、女が客に「ビデオは偉大だわ」と言うと、おやじが「人間は小さくなった」と嘆く。帰り道におやじが息子に「そのうちおまえはこの家に来たいと思っているんだろう。母親のところへ行きたいんだろう」と言うわけです。「お父さん、どうしてそんなこと言うの。そんなこと言うんじゃないよ」「あそこには泡の出る風呂があったじゃないか」「それはそうなんだよ」と……。

後藤❖それは何枚ぐらいのものですか。

三浦❖五十枚ぐらいのものです。

後藤❖短編ですね。

三浦❖「だけど、お父さん、酔っ払っていちゃダメだよ。もうちょっとしっかりしなくっちゃ」「いや、おれが酔っ払っているんじゃないんだ。おれの中に酔っ払いの遺伝子があって、そいつが酔っ払っているんだ」（笑）。そういうことを書いているんですけれども、それが一番おもしろかったですね。

後藤❖それは女ですか、男ですか。

三浦❖書いているのは男です。ただいいところはその部分だけなんです。あとは、おやじと暮らしている長男と恋人との話がずっと続くわけです。それとどうやって一緒に寝たかとかね。

後藤❖それは自分の経験ではないにしても……。

三浦❖大部分が自分の経験でしょうね。書いたのはグラデュエート・スチューデントで、だいたい同じ年齢の主人公のことを書いているわけです。そこはおもしろかったんですが、あとの恋人との話はあまりおもしろくないんですね。誰も褒めないんで、僕が褒めたんですけれども、そこが小説になるということをわからせるということ、そしてそういうものをどうやって小説としてまとめるかということ、そういう仕事ですね。

後藤❖方法、スタイルの問題ですね。

――創作のための基本的訓練――

後藤❖僕らの国文の場合は、今度、四年生で初めて必修で創作が出てくるのです。文部省カリキュラムの中で一つだけ認可されていた創作です。来年度からは創作的なものはもうちょっとふえてくると思うんですが。

三浦❖作文とは違うんですか。

後藤❖違いますね。まだこれはやっていないので、来週からやるのですけれども、どういうふうにやるか僕なりに考えているのは、今まで申し上げたような僕の小説の原理、原則を実践篇的にやってみようかと思っている。ただ、あくまでも基本的なことをやりたいのです。

つまり「千円札文学論」を実践するとどうなるか。一番簡単なことをやってみよう。例えば「夢」なら「夢」というテーマを与えて、それを四通りの形式で書かせる。まず「僕は」とか「私は」という形で一人称で書かせる。次は三人称で書かせる。いかにも他人がやったように書く。もう一つは、同じ「私」でも日記体で書く。つまり人称を省いても書けるという形で、一人称だけれども日記体で書く。もう一つは書簡体です。これも一人称ですが、いわゆる一人称とも日記とも違うものですね。

これはアイオワ大学みたいな、本格的フィクション制作ではなくて、基本的なことだけれども、単なる書き方を変えるということではなくて、素材と方法、あるいはテーマと文体というような形で「小説とは何か?」を単純明快にわからせる。そういう訓練をちょっとやってみようかなと思っているんです。

それは結果的にどうなるかわかりませんけれども、僕は三年間、演習形式はまったくなし、ぜんぶ講義の形でそれこそ独演的に喋り詰めだったんですね。そうやって三年間つき合った学生たちが四年になったので初めて、学生にいろいろ喋らせたり、書かせたりということをやってみようかなと思って。

三浦❖それはいいことですね。つまり「私」というものから書いていくのと、私が三人称になって書いた場合の違いをわからせることは、非常に重要なことだと思います。
後藤❖話の順序がアベコベになりましたが、今までどんなテキストを使って来たかといいますと、二年生のクラスでは芥川の『芋粥』と宇野浩二の『蔵の中』を使いました。なぜそのニつを選んだかというと、真ん中にゴーゴリの『外套』があるのです。さっきドストエフスキーの「我々は皆『外套』から出てきた」という話をしたけれども、たまたま『芋粥』と『蔵の中』は『外套』から出てきているのです。

両方とも『外套』だけじゃないけれども、とくに芥川の場合は『今昔物語』とか『宇治拾遺物語』とかいろいろ古典も使っていますが『外套』も使っている。今ではすでに常識みたいなものでしょうが『芋粥』と『蔵の中』は同じ『外套』をモデルにしている。にもかかわらず『蔵の中』と『芋粥』を読み比べてみると、全く違う。素材は同じでも、スタイル、方法を変えれば、小説は変わるということです。
三浦❖見方が変わって来ますからね。
後藤❖全く別のものになるということの実例として、まず国文の二年生の前期で『蔵の中』を読ませるのです。もちろん最初は一人も知りませんよ。宇野浩二という名前さえ、一人も知らなかったんじゃないかな。今の学生はほとんど『蔵の中』を読めないですよ。百枚足らずの小説ですが、ほとんど改行なしで、べったり書いてあるでしょう。本当にノイローゼみたいになるらしいんですよ。しかも時間と空間がめちゃくちゃに錯綜した形で、饒舌体の語り口ですから、何かわけがわからぬ。これをさんざん読ませた上で、今度はゴーゴリの『外套』を読ませるのです。それで『芋粥』を読ませるのです。

学生は、何でこんなむちゃなことをやるんだ、と思うらしいですね。初めはえらくひどいことをやられた、拷問か何かされているように思うらしいんです。

僕はレポートを前半と後半と二回書かせるのです。前半では、まだ恨みがましいのが多いですよ。何でこんなものを読まなアカンのやみたいな。それが『蔵の中』が終り『外套』を読み『芋粥』を読んだところで、学年末に書かせますと、わかっているんです。しかも、いつの間にか『夢見る部屋』とか『苦の世界』まで読んで、面白がっている者までいる。もちろん何人かだけれども、おどろくべき変身ぶりですよ。だから、ちゃんと原則的に言えばわかるんじゃないかな。これは僕の希望であり、夢ですけれども、三年間、ゼロ状態からやってみて、少なくとも夢のまた夢ではないような、そんな感じくらいは、ちょっとわかってきた。

しかも、近畿大学というところは、さっきも申し上げたように、マンモス大学で、医学部もあれば、農学部もあれば、薬学部もあれば、工学部もある。法も経も商もあるんだけれども、文学部だけなかった。私立としては不思議な大学です。総長はもともとは医者なんだけれども、檀一雄、保田與重郎たちと一緒に「ポリタイア」の編集同人だった詩人でもある。それを考えると、さらに不思議だったわけなんですが、最後に文芸学部ができて、文学的伝統も歴史も全くゼロです。もっとも詩人総長であるが故に、文芸学部を最後の夢として残して置いたらしい、という説もあるようですけど、とにかく、その新設学部に入ってきた一回目の学生です。そこへ僕みたいな全く素人の教員が行って、一対一みたいな形でやって、「小説とは何か?」という原理原則から始めて、二年生で宇野浩二、芥川、ゴーゴリを読ませてみて、レポートである程度手ごたえがあった。

そこで、三年でもう一つ難物の『機械』をやってみたのです。その結果があのレポート集「『機械』を読む」です。その「編集後記」に鸚鵡のようにと書いたように、僕は全く原則的、原理的なことだけを鸚鵡のように繰り返していた。徹底的に繰り返しました。と同時に、その原則にあったテキストを選んで、それを僕が喋っていることの実例として読ませて、レポートを書かせる。僕の教員経験は僅か三年しかないんですけれども、「きちんと飲めばきちんと効きます」という薬のコマーシャルじゃないけれども、きちんと言えば、きちんと伝わるのではないか。お目にかけたレポート集「『機械』を読む」は、その一つの証明だと思います。

——作家としていかに教えるか——

後藤❖ただ、果たして現役の作家活動と大学で文学を教えることが両立するかという問題。

三浦❖それはずっと言われていることですね。

後藤❖それは実際アメリカに行ってこられてどうでしょうか。

三浦❖それによって才能を付け加えることはできないと思うのです。つまり、それによってできることは、個人の持っている才能を伸ばしてやることと、アメリカの場合は、学校で教えることはもう一つ非常に現実的な理由がありまして、アメリカには商業ベースの文芸雑誌がありません。

後藤❖「群像」がないわけですね。

三浦❖「群像」はないし、新人賞もないし、同人雑誌もありませんから、学校に来て、自分の作品を教師に評価してもらって、雑誌に売り込んでもらうことは、彼らにとっては非常にありがたいことなんですね。

後藤❖デビューの機関みたいなものだ。なるほどね。

三浦❖ですから今、全米に創作科のない大学はほとんどないくらいですし、しかも、多いところでは一つだけではなくて、例えば大作家はどういうふうに書いたかということを教えるクラスもある（笑）。

後藤❖一種のカルチャーセンター的な要素も入っている。

三浦❖そうですね。もちろんドラマやシナリオの書き方を教えるところもあるし、翻訳を教えるクラスも人気がある。同じ創作にしても、いろんな面から教える。大作家はどうやって書いたかというのは、たしかスタンフォードかその近くの大学だったと思います。

後藤❖それはやっぱり作家が教えているんですか。

三浦❖作家が教えるんです。あるいは、これはあまり良くないことかもしれませんけれども、そういう創作科を卒業した教師が教える。本当の作家までいかないけれども、作家の修業をした人が。

後藤❖それは専任の教授ですか。

三浦❖専任の教員です。ですから、創作クラスといっても、ただ単に書くことを教えるだけでなくて、技術的な面から教えるというのが、学校によってはいくつもあるのです。もう一つ大学に来ることのメリットを付け加えると、いろいろな作家や詩人が講演に来たり、自分の作品を読んだりするのを聞けるということがあります。ことにアイオワではインターナショナル・ライティング・プログラム（ＩＷＰ）といって、世界各国から文学者を呼んで数ヵ月一緒に暮らしてもらい、パーティをやったり、公開講義を開いたりというようなことをやっています。アメリカ政府の情報局が半数以上、東欧やアフリカの文学者を送り込んできて、彼等は自分の国の文学事情を話す。学生にとっては刺戟になるようです。

後藤❖僕は、こういうことは言っているのです。僕は小説家だ。学者じゃない。けれども、僕が持っている小説の原理はある。これを徹底的に喋る。一つだけ言っておくけれども、僕は作家であるけれども芸談はやらないよ、と言っているんです。

昔から芸談というジャンルはあった。現役の作家とか歌舞伎の俳優などが芸の秘訣みたいなものとか、癖みたいなものとかを、さりげなくさらりと喋る。自分は行き詰まったらお風呂に入るとか、トイレに駆け込むとか、逆立ちをするとか、これも芸談の一種だ。

確かに團十郎は逆立ちすれば何か浮かぶかもしれない。しかし、これは團十郎だから浮かぶのであって、だから君たちも逆立ちをしたまえと言ったら、僕は嘘を言ったことになる。僕にもいろいろある。病気のあと逆立ちはしなくなったが、風呂にも入る。酒も飲む。フラフラもする。だけど、そんなことは言わないよ。君たちが、僕が小説家だと思って、そういう芸談を聞こうと思ったら間違いである。そういうことを言う人もいるかもしれないけれども、僕は悪いけれども原理原則主義でいくから、そのつもりにしてくれと言っているわけです。

芸談がいかぬとは言わない。芸談は芸談。さっき僕は文学は教えられるものだ、と言いましたが、学生たちにはこう言っています。もちろん文学には教えられない部分もある。

素質とか才能は教えられないし、普遍化できない。また、文学には普遍化できない神秘的な部分もある。だから、そういう教えられない部分は教えない。しかし文学には教えられる部分もある。芸談は特殊なものであるが、方法は普遍的なものだ。普遍的なものは教えることができる。だから僕は君たちに、方法、方法と、鸚鵡のように繰り返しているのです。

僕は小説家だから芸談もあるけれども、大学では原則的に芸談はやらない。

三浦❖アメリカの大学では、芸談ではなくて実践です。ですから、学生たちがその作品について語り合う、あるいは批判し合う。日本でもそうですが、ときどきそれが非常に厳しくなることがあります。

これはマクファーソンのクラスの場合でしたけれども、敵意を持って相手を批判するというようなことがときどき起こる。日本だったら、それも修行だといってほうっておくと思うんですけれども、マクファーソンの場合は注意するのです。相手をクシャッとやっつけることによっては上手にならないんだということで、みんなルールを守ってやろうじゃないかと言う。

後藤❖つまり対話的にやる。あまり攻撃的な生徒に対しては注意するというのは、僕は非常に実感がありますね。

（一九九二年四月十一日）

文学の志

柄谷行人

柄谷行人——からたに・こうじん

思想家、批評家。一九四一年、兵庫県尼崎市出身。六五年、東京大学経済学部卒業。六七年、同大学大学院英文学修士課程修了。法政大学教授、イェール大学客員教授、コロンビア大学客員教授、コーネル大学客員教授、近畿大学文芸学部特任教授などを歴任。六九年に「〈意識〉と〈自然〉——漱石試論」で群像新人文学賞、七八年に『マルクスその可能性の中心』で亀井勝一郎賞、九六年に『坂口安吾と中上健次』で伊藤整文学賞を受賞。主な著書に『意味という病』『反文学論』『定本　柄谷行人文学論集』など。

初　出——「文學界」一九九三年四月号

単行本——柄谷行人『ダイアローグV　1990—1994』（第三文明社）所収

柄谷❖先月、富岡多恵子さんと対談したとき、リレー対談ということなので、ぼくは次は後藤さんをと言ったんです。しかし、最近、後藤さんが「小説は何処から来たか」というエッセーを「群像」の新年号に書いておられたのを読んだんですよ。そうしたら、ぼくの本が引用してあるものですから、都合がいいというのか悪いというのか（笑）。いずれその話になるとしても、とりあえず当初後藤さんと話したいと思ったことから始めたいと思います。

去年（一九九一年）河出文庫で出た『挾み撃ち』を読み返しまして、いろんな意味で印象深かったわけです。

一つは、非常に懐かしいという感じがした。出た当時はそう思わなかったけれども、リアリスティックなんですね。それはリアリズムということではないんです。逆にリアリズムでないからこそ、非常にリアリスティックに見えるんですね。あの時期の小説で、同時代のことがこれほど書いてある小説はないだろうなと思った。

第二に、非常に新しいと思った。この新しさについて言えば、今の小説に比べても新しいという意味もありますが、もっと奇妙な何かめまいがするような新しさなんです。『挾み撃ち』では、一九七〇年ごろから一九四〇年代が想起されている。ところが、現在これを読むと、時代がひと周りしてしまったという感じがするんですね。あの時代には「内向の世代」という一般的な名称がありまして、その中ですべてを見てしまうという傾向があったと思います。そういうものが全部とれてしまうと、ちょうどひと周りする時代の真ん中にあって、まさに「挾み撃ち」という感じがする。今さらながら、画期的な小説であったと思います。だから『挾み撃ち』の話からはじめたい。

後藤❖いや、本日はお招きにあずかりまして、ありがとうございます。ただ、柄谷さんから提示されたという「文学の志」というタイトルを聞いたとき、ぼくは一瞬ギョッとしました（笑）。

柄谷❖まあ、とりあえずの題ですけどね。

『挾み撃ち』とゴーゴリの関係

後藤❖柄谷さんと話すことはいっぱいあって、本当に無限にあるような気がする一方、何を話したらいいのかなとも思ってね、ほかの仕事をやってる途中に「あっ、これは柄谷さんとの対談に使えるんじゃないか」と思いついたことをメモしたりしていました。ところが、先日、編集部から「文学の志」だと聞いてから、もうこれ以上考える必要はないと思った。それ以来、ココロザシ、ココロザシ、と念仏みたいに唱えつづけていたわけです。

今ぼくは満六十ですが『挾み撃ち』はちょうど四十歳のときで、河出書房新社の書下しだったんです。福岡の「フクニチ新聞」という夕刊紙に連戦していた『四十歳のオブローモフ』という小説と並行して書いた記憶があるから、四十歳というのははっきり覚えてるんです。

柄谷❖『挾み撃ち』には、それ以前のものがすべて合流している感じがあるでしょう。

後藤❖そうですね。ぼくの小説は『挾み撃ち』を書くまで自分の小説の起源というのかな、そういうものを明かさなかったんです。あのころの文芸ジャーナリズムのちょっとあいまいな事情の中で、自己韜晦（とうかい）するというか、そういうやり方が強かったんですね。

事実、これは何もぼくだけの話じゃないと思うけど、あの当時、ぼくらの世代の文芸雑誌への登場の仕方を見ると、今みたいに旗幟鮮明ではないわけです。旗幟鮮明にしようと思ってもなかなかできないところがあって。その辺は柄谷さんの方が、ぼくなんかより明晰にあの時代を分析できると思うんだけれども。

柄谷❖いやいや、ぼく自身も不透明な出方をしていたと思います。ぼくは、七五年くらいから自分の感じていたことを理論化できるようになったけれども、それまでは直観的に書いていただけです。

後藤❖ぼくは、確かに小説という形で表現をしたいという気持ちはあったし、しかも、確かにゴーゴリがあったんです。ドストエフスキーもあったけど、自分はゴーゴリから出発するということはかなり早くから決めてました。ほとんど学生時代からじゃないでしょうか。ただ問題は、それをどう小説にするかということですが、最初は「笑い地獄」という言葉だけが決まっていて、ぜんぜん何も書けなかったわけです。やっと書けたのは六九年になってから「早稲田文学」の復刊第一号に書きました。これは確か芥川賞候補になって、文藝春秋から最初の中篇集『笑い地獄』として出ました。「笑い地獄」というタイトルね、これがぼくのゴーゴリ論のテーマだったわけですが、しかし、実際に書かれた「笑い地獄」という小説が本当にゴーゴリかどうかは起源がちょっとあいまいです。いわゆるパロディー小説ってありますよね。ゴーゴリについて言えば「ゴーゴリの妻」という作品がある。作者はいまちょっと忘れたけれどもイタリア人じゃなかったかな。「ゴーゴリの妻」って、これはダッチワイフのことですよ。ゴーゴリはさまよえるロシア人で、生涯結婚していませんからね。唐十郎も「ゴーゴリの娘」というパロディーを書いてる。これは先の「ゴーゴリの妻」の、そのまたパロディーですけど。カフカについても、カフカがモチーフでありまたテーマであるようなパロディー小説がありますよね。ところが、ぼくの「笑い地獄」はその種のゴーゴリのパロディー小説とは全然性質が違っていた。

柄谷❖カフカとゴーゴリという話ですが、ぼくの記憶では、カフカというのは昔から一貫してある種の価値であったけれど、ゴーゴリはそうじゃなかった。今、人がゴーゴリのことを言うとしたら、一つにはバフチンの存在が大きかったと思うんですね。しかし、後藤さん自身はバフチンを読んだのはだいぶあとでしょう?

後藤❖あとです、バフチンはね。

柄谷❖だから、自分のやっていることの理論づけ、裏づけがバフチンでできたかもしれないが、あなたはその前からやっていたわけですね。その時点では、ゴーゴリと言っても、単に奇異に見えただけだから、なかなか言えなかったでしょう。

後藤❖やっぱり自信がないんだよ、本当に言っていいのかどうか。自分ではゴーゴリしかないとは思っているんだけど、はっきり起源として明言できないわけです。今では嘘みたいな話だけど、まだ社会主義リアリズムが生きていた時代ですからね。ゴーゴリの笑いは「諷刺」じゃない「笑い地獄」なんだと考えていても、はっきり言えない。

〝日本文学〟の謎の数々

柄谷❖『挾み撃ち』には二通りの「起源」が書かれている。一つは、後藤さんの個人的な過去ですね。朝鮮に育って敗戦に遭ったころからの。もう一つの起源は『外套』です。これは、ドストエフスキーが言ったように「われわれはゴーゴリの『外套』から出てきた」という意味での起源です。『挾み撃ち』という作品そのものも、この二つの起源の間に挾み撃ちになっている。語り手の「私」は実際の外套を探しにいくんだけれども、実はゴーゴリの『外套』を探しているようなものです。人生ではなく、テクストが発端になってしまってるような小説でしょう。後藤さんはものすごく新しいことをやっていたんです。

後藤❖書けたのは、実はペテルブルグへ行ってからなんです。

柄谷❖その当時の名前は違うでしょう(笑)。

後藤❖うん、レニングラードだ。あちこちカンヅメにされたりしながら一枚も書かないで出てきたり、ウロウロしているときに、ソビエト作家同盟からの招待の話があったんです。本当に書けなくて逃げ回ってる状態だったので、渡りに船でした（笑）。

柄谷❖ぼくがさっき時代がひと周りしたと言ったけど、たとえば現にレニングラードがサンクト・ペテルブルグと改名されたわけですね。今のペテルブルグはむしろゴーゴリの〝ペテルブルグ〟に似てきてしまった。ただ『挾み撃ち』は、一行も書かないけど、〝レニングラード〟を横目で見ていると思います。〝ペテルブルグ〟と〝レニングラード〟の間で挾み撃ちになっている、いわばそれが戦後の日本文学でもあるのでしょう。その意味で『挾み撃ち』はゴーゴリじゃないと思うんです。そもそもゴーゴリを引用しているのだからゴーゴリじゃないんですよ。全く新しい小説なんです。後藤さんはあれで何か飛躍したという感じがしますね。そのあとに書かれた『夢かたり』とか『吉野大夫』では、方法的に安定しているんだけど、『挾み撃ち』を書いたときはものすごい飛躍だったんじゃないかと思う。

後藤❖あ、そうだ。いま思い出したんだけど、さっき『挾み撃ち』を『四十歳のオブローモフ』と並行して書いたと言いましたけど、間違いでした。正確には『挾み撃ち』はその一年あとで、並行して書いたのは『笑いの方法――あるいはニコライ・ゴーゴリ』でした。これは「第三文明」という雑誌に一年連載しましたが、文芸雑誌じゃないんで、ほとんど誰の目にもつかなかったと思います。実際、七三年に書いて、本になったのは八一年でした。しかし、もちろんあんなゴーゴリ論を文芸雑誌に連載するなんてことは不可能な時代なんですよね。「笑いの方法」はおろか『挾み撃ち』ですらわからない。

もし、あれが文芸雑誌だったら、あそこまでふんぎりがつかなくて、小出しにするとか韜晦するとか、あそこまでは書けなかったんじゃないかな。それに、あの時代にあのまま文芸雑誌に載せられたかどうか、あるいはぼく自身が載せる決断がついたかどうか、ちょっとわからないですね。

柄谷❖そんなもんでしょう。ぼくも『マルクスその可能性の中心』を連載したのが七四年なんだけれども、そのころ「群像」の編集長が替わったことに対して戦後派作家・批評家が抗議したために「群像」に書く人がいなくなっちゃったんです。ポカッとあいたから、ぼくの連載が載ることになったというアクシデントです。若いやつに、しかも文学に直接の関係もない長篇評論を連載させるという雰囲気は、昔は全然なかったです。

後藤❖その点、今の新人を見ていて、うらやましいなと思うんですよ。言いたいことをあんなにハナから言えるんだったら、ぼくは『挾み撃ち』を二十代で書いていたような気がするのね。だけど本当は二十代じゃ書けなかった。

柄谷❖書けない。それに、ぼくは今の人をうらやましいとは思わない、かわいそうだと思っている。

後藤❖そう言うだろうと思ったよ、あなたは。

ぼくも、いささか皮肉な意味で言っているんだけどね。ぼくらのときは、小説を雑誌に載せてもらうというのは戦争だったですよ。柄谷さんならわかってもらえると思うけどね。今だからこんなノンキなことを文芸雑誌の対談で言えるんだけど。飛躍ということで言えば『挾み撃ち』は書下しだったことと、もう一つは芥川賞だね。さっき「笑い地獄」が芥川賞候補になったと言ったけど、あれが四度目の候補で、そのあとぼくは、もはや候補にもならなくなった。それで文芸雑誌からふっ切れて、破れかぶれになれたことで、ああいうふうに書けたんだと思う。

柄谷❖振り返ってみて、よくもこういうものが書かれていたなと思う作品があって、たとえば大西巨人の『神聖喜劇』ですね。かりに評価されていたとしても、どう評価していたんだろうかという感じがします。戦後と言うより、昭和文学のベストテンに入る作品ですが、誰も理解していたとは思えないんです。

後藤❖だって、あれはどこから出たと思う? カッパ・ノベルスか何かじゃなかったかな。あれはやっぱり日本文学史の謎、いや謎でもないか……。

柄谷❖あなたは「日本近代文学のペテルブルグ派」と言っているけど、大西さんもどこから来たかと言えば、一種の「ペテルブルグ派」ですよね。そのことは今はっきり言えますが、昔の時点ではわからなかった。

後藤❖そうなんだな。

柄谷❖たぶん書いている当人自身にも正体が不明だったんでしょうね。

読んでいなくても影響を受ける

後藤❖はっきり言えば、批評の側の問題じゃないですかね。ぼくは、この間書いた「小説は何処から来たか」という短いエッセーで、柄谷さんの文章をいろいろ引用させてもらったんですが、実は削った引用が一箇所あるんです。十五枚と言われて十七枚くらいになったので、書いてから削ったんです。これはいいところですから、今、読みますからね。

『反文学論』の最後の章、「理論について」ですね。

「文学に理論はいらないという人達は、極楽とんぼである。なぜなら、彼らが理論でなく実感だと信じているものは、概ね十九世紀に確立した理論にすぎないからだ。現実があり、風景があり、内面があり、私がある、と彼らはいうだろうが、それらは、近年に作りだされた、そしてそのことが忘れられた一つの制度にほかならない」

これが、小説家にとっても批評家にとっても問題のところだと思うんです。

柄谷❖ぼくは七五年にアメリカに行って、二年くらい何も書かなかったんです。文芸雑誌の批評家のようなことは一切やめていた。一生やめていいいと思ったんですが、帰国してから結果的に文芸時評をやってしまった。それが『反文学論』です。『反文学論』と題してやったわけじゃないけれども。

今それで思い出したのは、「すばる」三月号で村上春樹がジェイ・マキナニーと対談しているのをちらっと見たんです。アメリカに今や一部にすぎないとしても「日本文学は三島由紀夫である」とかね、そういうふうに紋切り型で考えてるバカな人たちがいるわけですよ。それに対して「村上は違う」と相手のアメリカのバカな作家が言うと、村上は「自分は三島は読んだことがない。だから影響は受けるはずはない」という答え方をしているんです。ぼくは違うと思う。読んでないから影響を受けているんです。「私は小説は読んだことはない」と言う人でも、必ず子供のときから読んでいるわけです。そもそも漫画を読んでいるし、物語を読んでいるわけですから。したがって「読んでいない」どということは、影響を受けていないんではなくて、その逆なのです。さらに言えば、読んでいなくても、似てくることはあるんです。

後藤❖それは実に本当のことだね。さっき、ゴーゴリとカフカのことをぼくは言ったでしょう。「カフカ的」とか「カフカの影響を受けた」とかいう言い方がありますね。このあいだ安部公房が亡くなって、彼についてはぼくなりの評価はありますが、自分と比較して、ぼくだってカフカは読んでるわけだよ。ところが、ぼくと安部公房の文学を比べてみて、安部公房はどこから見てもカフカ的で、後藤というのはどこがカフカか、と言われるところがある。

カフカ的とかゴーゴリ的と言われているものの実体は何だろう。いま三島のことを柄谷さんは言ったけれども、本当に極端なことを言うと、ぼくはゴーゴリを読まなくてもゴーゴリ的だったんじゃないかという気がするわけね。

柄谷❖ぼくは、村上春樹が三島の影響下にあるなどと思っていない。思っていないけれど、ぼくがイヤだと思う点においては、二人とも同じなんです。連中は「ロマン派」なんですよ。あなたが「ゴーゴリを読んでいなくても自分はゴーゴリだった」という意味で言うと、村上は三島を読んでいなくても三島なんです。しかし、そういうものと根本的に違うものがある。それは何かを読んで学んだというようなものではない。後藤さんの場合、いわば『挾み撃ち』のような感覚が昔からあったんでしょう。ぼくにもあるんです。「間にあること」と言ってもいいけど。それをずっと書いてるようなものなんです。だけど、それが若いときはなかなか言えないんですよ。

後藤❖ああ、やっぱりそうかな。

柄谷❖ええ。しかし、理論的に言えるようになったと思って昔書いたものを読み返したら、むしろ昔のほうがうまく言えてたな、と思ったりする。直観的に言っていたときの方が。

後藤さんにしても、七〇年代後半からは、今の批評言語を使って自分のことを言えるという実感を持ったと思うんです。でも、その前は、それなしでやっていたんじゃないですか。

後藤❖うん、そうなんだね。あなたの『反文学論』や『日本近代文学の起源』は十数年前、アメリカに行っていたころにすでに構想があった、と知って驚いた。これはえらい人だな、すごいと思ったんだけれども、今の話を聞いてみたら、やっぱりそうでなきゃいけない気もするんだ。だからといって、七五、六年の柄谷氏がむちゃくちゃ若いかというと、そうでもないんだね。

柄谷❖若くないです。世の中ではどう思っているか知りませんが、ぼくが西洋ではやってるような批評タームというか、そんなものを知ったのは、すでに二冊本を出したあとです。しかし、そんなものの影響で書いたことはいっぺんもないんですよ。そして、むしろ古い言葉で考えたことの方が、現在と直結していると思う。後藤さんの場合も『挾み撃ち』はそういうものだと思うんです。

後藤❖たしかに『挾み撃ち』のときは一挙にいろんなことをやっちゃった感じですね。「笑いの方法」と並行して書いたこともあって、あのときは、自分が考えていた文学というか小説というものを徹底的に復習しなきゃいけなかった。集中的に自分の起源を問い直さないと何もできなくなっちゃってる。要するに「小説は何処から来たか」ということですよ。そこで、その起源を考えていたら一挙に出てきたという感じだね。

さっき柄谷さんも言っていたことと同じで、バフチンとかフォルマリズムとか、そういうものはまだほとんどなかったですよ。バフチンの「ドストエフスキー論」とか、エイヘンバウムの「ゴーゴリの『外套』はいかに作られているか」とか、あのころは読んだか読まないかじゃないかな。無手勝流みたいに手探りで書いてるわけです。ナボコフの「ゴーゴリ論」にしても「笑いの方法」の途中からちょっと出てきたかもしれないけど、鍵はただ「笑い地獄」という言葉だけです。それと「笑う」⇄「笑われる」という関係だけです。

柄谷❖一挙に見えるときがあるということはわかりますね。たとえば『日本近代文学の起源』の中に「児童の発見」という章がありますが、あれはアリエスを盗んだものだと匿名でやっつけられたことがある。でも、ぼくはアリエスなんて名前も知らなかったし、だいぶあとで翻訳が出たので買ったけれど、いまだに読んでいない。しかし、こんな程度のことは具体的な資料なんかなくたってわかる。いっぺんに全部見えるわけですよ。そういう状態が『日本近代文学の起源』を考えたときです。他にもいっぱい見えたことがあるけど、もういちいち書くのが退屈に思えたのでやめたんです。そういう飛躍があるわけです。

二葉亭、ツルゲーネフ、ドストエフスキー

後藤❖それでね、せっかく会えたので話しておきたいと思うことがあります。二葉亭四迷のことなんです。

ぼくが『四十歳のオブローモフ』を初めて新聞小説として書くとき、どういうふうに書いていいかわからないわけです。そこで、夏目漱石のことを考えたんだが、漱石は新聞小説に関して余りにも完璧なところがある。そこでパッと浮かんだのが二葉亭の『平凡』ね。『平凡』のようにだったらやれるんじゃないかと大それた考えを起こした。連載小説というよりも、一日に原稿用紙三枚半をとにかく考えるという方法です。自転車操業みたいな形で毎回毎回のやりくりでつないで、書けなくなったら「書けない書けない」と書いちゃえばいいとか、不逞な考えを起こしたんです。

ずっと漱石を問題にされてきたあなたが最近いろいろ二葉亭を問題にしている点が、ぼくは非常におもしろいと思ったのでね。

柄谷❖たとえば『浮雲』の場合、二葉亭本人はツルゲーネフのようにやろうとして、やっぱりゴーゴリ風になってしまった。一種の戯作になったと思う。というのがぼくの理解でした。しかし、これに関しては、国文学者の小森陽一が――彼はロシア語が自由に読め話せる珍しいタイプですが――二葉亭は、言うならばゴーゴリのように書こうとしたんだと言うのです。つまり、近代文学を書こうとしたのに江戸の戯作のスタイルに支配されたというのではなくて、すでに意識的にゴーゴリ的であろうとしていたんだという解釈をしているんです。しかし、そこはあいまいだとぼくは思うんですよ。彼自身がポリフォニックな小説を書こうとしたとは思えない。ただ、そこにいろんな意味で両義的なものがあった。だから、その意味で、二葉亭が近代小説の文章の見本になるなんてことは本当はあり得ないんです。彼の翻訳が影響を与えただけであって『浮雲』は何の影響も与えなかったんですよ。

後藤❖あなたの言うとおりですよ。そこに二葉亭の不幸がある。結局彼は、ゴーゴリなりドストエフスキーの小説を自分の起源と考えていたんじゃないか。『浮雲』を書くとき二葉亭が考えたのは、たぶんドストエフスキーの『分身』ですよね。ところが翌年発表したツルゲーネフの『あひゞき』の翻訳の影響が余りにも大きくなり過ぎた。そのために『浮雲』と『分身』、二葉亭とドストエフスキーの関係が後退してしまった。

二葉亭はゴーゴリの『狂人日記』や短いものは訳していますが、ドストエフスキーは、なぜか訳してないんだね。いわゆる談話的なものの中で、ゴンチャロフはこうだとか、トルストイはこうだとか、ゴーリキーはこうだと、言っているんですが、ドストエフスキーの場合は、人物がトルストイのよ

うにキャラクターとして輪郭的にきちっと書かれていなくて、書かれているのは関係だというわけ。全く正確なんです。これは構造主義だよね。わりあい正確に読み分けているよね。『浮雲』は間違いなくドストエフスキーの『分身』じゃないかな。内海文三、お勢、本田昇という三角関係、文三の失職、失恋、錯乱という構図は『分身』の構図に重なる。要するにその三角関係というテーマを社会の枠組に当てはめてきちっと書こうとしてるわけで、そういう枠組から出てくるところの内面だよね。つまり、外部＝枠組との関係としての内面であって、初めから内面を書こうとしているんじゃない。初めに三角関係がある、その外側に外部の社会、つまり明治の日本なりペテルブルグがある。

柄谷❖ただ、ゴーゴリやドストエフスキーが先行していることを強調すると、別の誤解が生じると思うんですよ。たとえば、ロシア語というのはエクリチュールとしてはそんなに古いものじゃないと思うんです。

後藤❖うん、そうですね。

柄谷❖明治文学に起こったことと同じことが十九世紀のロシアで起こったと思うんです。二年前にコロンビア大学で教えていたときに、エドワード・サイードの弟子でパキスタン出身の人がぼくの授業に出ていたんですが、『日本近代文学の起源』の翻訳草稿を読んで、十九世紀のインドでも全く同じことが起こったと言うんですよ。どう起こったのか、彼の話だけではよくわかりませんけどね。

たぶんフランス以外の国では、ぼくが『日本近代文学の起源』で書いたことは全部妥当するだろうと思う。書いたころはそんなことまで考えていなかったけれども、だいたいどこでも同じことが起こっているわけです。要するに近代文学は、ある種のエクリチュールができないと成立しない。そしてそのときに、ある部分が全部排除される。

ゴーゴリの時代には、おそらくそのことが同時に起こっていたのではないか。つまり、ゴーゴリ自身がいわば二葉亭みたいなことをやっていたのではないか。だからあんなけったいなものを書いたのではないかと思うのです。

ロシア近代文学は「露魂洋才」

後藤❖全くそのとおりだと思う。つまりね、ピョートル大帝の文化大革命によって作られたロシアの近代は、フランスがお手本ですからね。そのロシア近代文学のはじまりがプーシキンで、プーシキンがゴーゴリを発見するわけですけど。小森陽一さんがあなたとの「海燕」三月号の対談でも言っていましたが、プーシキンがまさにエジプト系の混血児です。母系のひいじいさんが黒人で、非常に頭がよく、勉強してピョートル大帝の侍従みたいになった。これはエトランゼだね。外部の人ですよ。

近代ロシアの象徴であるペテルブルグという街が全く人工的な都市でしょう。ヨーロッパよりもヨーロッパ的な、というピョートル大帝のイデオロギーによってつくられた街だから、はじめから混血であり分裂してるわけだよね。イタリア人の建築家を呼んできて、ギリシア式から全部を集めろというので、泥沼の上に石を敷き詰めて、その上に建物がまず建つわけでしょう。ギリシアありローマあり、それからルネッサンスあり、ゴシックもバロックもありで、人工の地上に時間を並べたというか、空間の上に時間をつくった。そこからロシアの近代文学は出てきているわけです。ぼくが「露魂洋才」と名づけてみたところの混血＝分裂の文学。つまり、日本近代の「和魂洋才」と同じですよ。

柄谷❖漱石に関して言うと「英文学」とか言ったって、彼が注目したのはスイフトとスターンであって、彼らは両方ともアイリッシュです。それに「英文学」という概念が作られたのは、インドにおいてですね。漱石が留学した時点では、イギリスの大学に「英文学科」なんてないんですから。そういうことがみんな忘れられています。「日本文学」も「ロシア文学」も同様です。小説の起源というのは、やはりそういう混血と分裂にあると思うんですね。

後藤❖きょうのタイトルは「文学の志」ですと聞いたときにパッと思いついたんですが、いささかおおげさですが、ぼくの文学の志を一言で言えば「日本とは何か」ということだと思う。あるいは「日本的とは何か」だね。いったいそういうものがあったのかということで、ぼくは実はないんじゃないかと思う。ないんじゃないかという疑問の上に立って「日本的」と言われてきたもの、まるでそういうものが最初から存在したかのように言われてきたもの、それは何だったかなと考えなおしてみる。これがぼくの志なんです。

そして、それはロシア文学のペテルブルグ派から学んだような気がする。ロシア的とは何か？　ロシアの近代とは何か？　それは、フランスを中心としたヨーロッパとの混血と分裂だったわけですよ。プーシキンの『エウゲニー・オネーギン』だって、ドストエフスキーの『悪霊』だって、全くそこなんだよ。

柄谷❖実はぼくがいま「批評空間」で連載しているのが『日本精神分析』というんです（笑）。

批評とは評判記のこと

後藤❖あなたのテキストの中でおもしろいのはフロイトですね。なんでフロイトが出てくるのか、どうしてユングじゃなくてフロイトかということね。

柄谷❖ぼくの考えでは、フロイトもマルクスもスピノザなんです。文学と同様に、哲学ではいわば哲学史という正しいコースがあるんですよ。その中には入らない人がいて、スピノザは入らないんです。

後藤❖入らないのかね、ははあ、おもしろいね。

柄谷❖マルクスもフロイトも入りません。そもそも経済学者や心理学者ということになっているから。しかし、彼らがやったことは、経済学や心理学に対する超越論的な批評であって、いわばメタ・フィジィクスなんです。ぼくは、それこそ哲学の本来性だと思うけど「哲学者」にはそう思われていない。何かいかがわしいものだと思われている。

あなたは「小説は何処から来たか」の中で「小説の起源はいかがわしい」という言葉を引用してますよね。それはそのとおりなんですけれども、世の中では批評はもっといかがわしい存在だと思われています（笑）。近代文学だったら小説が本質的で、批評というのは二次的で寄生虫的でいかがわしいということになっているんです。後藤明生ふうになれば全然そうじゃなくなってしまうんだけれどもね。

ぼくはたとえば三島由紀夫は小説家じゃないと思っている。あれは劇作家ですよ。批評というものも、アリストテレス以来、ポエティックス（詩学）として正統的なものがあります。そしてロマン派以後は「美学」です。だから、そういう正統的な批評には小説は入らないのです。詩と演劇は入るけど小説は入らない。また「美学」が扱う小説は、いかがわしいものではありません。ところが、ぼくが言う「批評」は詩学や美学とは違う所から来ている。いわばいかがわしい小説に付随して出てきたのです。明治日本でも、批評というのはあれがいいとかこれがいいとかいう評判記にはじまるんですね。カントが「批判」という言葉を使っていますが、あれはもともとそういう「批評」の意味なんです。あれがいいとかこれがいいとか、みんなてんでにいいかげんなことを言って、その中で誰も普遍性を主張できないということ、それが批評という意味なんです。だからこそカントが一番いかがわしい意味での「批評」という言葉を哲学に持ってきたんです。ところが、カントから「美学」を作ってしまい、哲学を美学にしてしまったのが、シェリングやロマン派です。

ぼくは自分が批評家だと言った場合は、一番あいまいでいかがわしい場所に立つという意味なんです。たとえば、中上健次という小説家とぼくという批評家とが、なぜつき合えたのかなんて言うけど、ぼくや中上にとってそんなことは本質的に問題にならなかった。ぼくは批評において小説家のことを意識してないんですから。むしろ哲学者を相手にしたときに、ぼくは批評家なんですよ。ぼくが書いているのは本当は哲学ですが、しかし「哲学者」ではないんです。あえて「おれは批評家だ」と言う。それはいかがわしいという意味で言っているわけです。

後藤❖あなたが書いた「漱石の文」という言い方はちょっと見ると異様な感じがするけれど、これは小説とか批評とかいうようなジャンル以前に「文」という意識があったということですね。

柄谷❖ええ。

後藤❖漱石はそれを考えたけれど、少なくとも柄谷さんみたいにややこしくは考えていないと思うんです。これほど考えていないだろうけども、文章を書くときに、これはいったい何だろうという意識、いわゆるジャンル意識を漱石が非常に強く持っていたことはよくわかります。

だけど、柄谷さんは『日本近代文学の起源』なんかで、漱石が考えていないようなことまで書いてるわけだから、これはほとんど創作だと言ってもいいんじゃないかと思うんだね。

柄谷❖いいですよ、それでも（笑）。

後藤❖エッセーと言ってもいいけれども。

柄谷❖後藤さんは「小説の未来は小説の起源にある」と書いておられた。これはたぶん小説に限らない。われわれはどこへ行くのかという問いは、どこから来たかという問いになるのです。しかし「どこから来たか」という問いのときに、みんな間違えるんです。それが文学史だったり日本史だったりするんです。

後藤❖そうなんだね。

柄谷❖それは全部ウソなんです。本当は過去に行ってはいけないんですよ。なぜかと言うと、過去と言っているのは、実は現在を向こうに投影してるだけだから、実際は現在を言ってるだけだからです。現在自明のことを過去に持って行ってるだけなので、それは「起源」ではないわけですよ。起源を問うというのは、過去のことをやることではないんですね。

たとえば、資本主義の問題でもいいけれども、みんな起源を問わないわけです。マルクスの『資本論』のサブタイトルは「経済学批判」なんだけれども「批判」はカント的な意味の批判でして、経済学が成立している根拠そのものを問うているわけです。ですから、起源を問うというのは、過去に遡行して、原始時代はどうだったとか、そんなことじゃないんですよ。原始時代はどうだったと言ってる人たちは、実は今の経済を向こうに投影しているだけです。そして彼らは資本主義の「未来」について語っている。そんなものはインチキに決まってます。「小説の未来」について語る人もまったく同じです。

後藤❖柄谷さんが言うことは、ぼくの言い方では「原理的」だということね。文学にしても小説にしても、原理とか原則とか言うと、ところが、日本の文壇では野暮であるというような雰囲気があった。雰囲気というのは実体がないようなものと言うけれども、雰囲気そのものが実体だったということね。ぼくらが書きはじめたころ、韜晦せざるをえなかったのは、そういう文壇の「雰囲気」のためじゃなかったのかな。

柄谷❖現在は逆のことが起こっている。ある意味で現在は、ぼくらが四苦八苦して言ってきたことがいわばオーソライズされて、平気でものが言えるようになったところがあるでしょう。しかし、それは「原理的」ということとは違いますね。もっともらしいことを誰もが言うようになっただけです。

そういう状態は……。

後藤❖さっきは、それを不幸だと言ったわけだね。

柄谷❖もう一つは、小説及び小説家の「いかがわしさ」の意味が違ってきたことです。それは具体的に言えば、誰も小説家に期待しなくなったということです。反文壇もくそもない。誰も小説家なんか本当は問題にしていない。単にそういう意味で「いかがわしい」存在になっている（笑）。それをさっきから言っている「いかがわしさ」と混同してもらっては困る。

二葉亭の絶望そして志

後藤❖そういう意味で、二葉亭は起源として非常に鮮明だと思う。

明治四十一年に朝日新聞の特派記者としてロシアに行きますな。それで上野の精養軒で送別会をやるんですが、これはけっさくだね。坪内逍遙から、田山花袋、徳田秋声、正宗白鳥から、自然主義から何から何まで、全文壇が集まった。内田魯庵が代表で挨拶した。長谷川君を送る。あなたは特派員だけれども文学者である。だからロシアへ行ったらよろしく日本の文壇の状況を知らせてください。同時に、露国の文壇事情も知らせてもらいたい、そういう仲立ちをしてもらいたい、と送辞を読むでしょう。ところが二葉亭は最後まで、私は文学者じゃないと言い続ける。ぼくは新聞記者だ、朝日新聞の社員として行くのであって、だから皆さんの御要望にはこたえられないって、これは厳しいね。私は日本の文学は紹介する。それは何のためかというと、文学として紹介するんじゃないと。つまり、日露戦争を再び起こさないためには、日本人の感情というものを小説を翻訳することによって伝えることができる。だから、日本の文学を紹介はするけれども、それは文学として紹介するんじゃなくて、一種の情報として伝えるのであると。早く言えば、そういう言い方をしてるわけ。ここに二葉亭の絶望と同時に志があると思うんだな。自分が考えてる文学は同時代の文学者にはとてもわかってもらえないという絶望と志じゃないかなと思うんだけどな。つまり、ここに集まっている日本文壇を代表する皆さんが「文学者」ならば、私は文学者ではない。皆さんの書いている「文学」が文学ならば、自分の考えている文学は文学ではない。文学である必要もない、ということでしょう。

柄谷❖自分は新聞記者だと言うこと。ぼくと小森陽一の漱石についての対談でもそういう話になったけれども――。

正岡子規も漱石も「新聞屋」の意識なんですね。ノーヴェルというのはニューズと同じことだから、その意味でも彼らは「起源」に立っていたわけですね。「文学の志」というのは、むしろそういうことだと思うんです。「志」と言うと、文学主義と混同されやすいけど。

後藤❖二葉亭が考えた日本の近代は、混血＝分裂だったと思うんですよ。『浮雲』の文三もそうでしょう。役所をクビになって、英語の翻訳のアルバイトをしながら分裂してゆく。重要なことは、二葉亭がその「分裂」を特殊なものとしてでなく普遍的なものとして書こうとしたことだと思います。

漱石も「心の底に異様の熱塊がある」なんて書いているでしょう。その熱塊は何だったのか。そこに漱石の分裂があったんじゃないか。二葉亭は文三の「分裂」を特殊化するのではなく明治近代の知識人の一つの典型として普遍化しようとした。ところが、それが後退して、自然主義や「私小説」の世界にただ一人しかいないという「特殊化」された「私」が、日本近代文学史の中心というか主流になった。それが問題じゃないのかな。

柄谷❖それはそうなんだけれども、ぼくは後藤明生の問題に戻りたいと思います（笑）。漱石や二葉亭ではなく、あなたの「熱塊」について聞いてみたい。本人を前にして言いにくいけど『挟み撃ち』には、いわばはみ出さざるをえない熱塊があると思う。

後藤❖どの辺がおもしろいかな。

柄谷❖すべてにおもしろいですよ。

後藤❖さっき、時代と言ったよね。

柄谷❖さっき言ったのは、歴史的に時代がひと周りしたという意味ですけどね。戦争とかアジアという問題もそうですけど。しかし、ひと周りするということは、時代の順序が意味をもたないということですね。先にあるものが後になり、後にあるものが先になる。ぼくが『挟み撃ち』を再読して思ったのは、まさにそういうことですね。それは文学であろうと、哲学であろうと、同じことなんですよ。ある意味で、われわれは今、十九世紀以後に成立した時間的順序が、成立しない時代にいると思うんです。そういうときに、いわば「志」というものが純粋に見えてくる。

たとえばカントは、哲学は教えられない、「哲学する」ことを教えられるだけだと言っているんですけれども、ぼくはそれすらも教えられないと思う。「そうだ、気がついてみたら、おれは哲学してたんだ」というふうに、あとで思いあたるんですよ。プラトンはそれを「想起」と呼んだけど、キルケゴールがそれを批判して言ったように、それは「反復」だと思うんです。なぜなら、それは創造的だからです。

あなたも『挟み撃ち』で、やってしまっていたんですよね。いわばゴーゴリを「反復」したんです。誰もそれを教えることはできないでしょう。だから、未来に後藤明生の読者がいるとしたら、それはその人が「反復」するときだけです。

ぼくらが漱石や二葉亭の話をしていても、昔の話なんか全然やっていないんですよ。反復ってそういうことじゃないいんですね。

後藤❖研究じゃないんだよね。

柄谷❖全然そんな気持はないですよ。

後藤❖反研究だね。

柄谷❖「先のものが後のものに、後のものが先になる」としたら、たとえば「影響」なんてことは言えなくなるでしょう。アメリカの学生で試験のとき「ソウセキはカラタニの影響を受けた」と書いたのがいて（笑）、その答案を先生から送ってもらいましたけど、ある意味では間違いではない。

「つまらないこと」をいかに書くか

後藤❖そうなんだな。ぼくはゴーゴリを読まなくても、という気がやっぱりある。でも、本当は読んでるわけです。それは二重に事実であるわけですが、もし読んでなければ、ということは証明できないわけです。しかし、あなたの言う「反復」の意味は実によくわかりますよ。

柄谷❖あなたは二度読んでいる。つまり、実際にゴーゴリの影響を受けたとかいう一段階があるでしょう。だけど、あとからゴーゴリを発見してるんですよ。

後藤❖つまり発見が起源だからね。同時に、起源の発見ということかな。

柄谷❖その場合、後藤さんはゴーゴリを〝発見〟したのではなくて、やはり〝発明〟したと思う。あなたがいなければ、ぼくはバフチンを読んでも急所をつかめなかったと思います。

後藤❖バフチンがいなくても『挾み撃ち』は書けたわけですけど、やはりバフチンは偉大だと思う。

柄谷❖バフチンはマルクス主義者ですね。

後藤❖とすると、これは面白いな。ぼくはマルクス主義によって、社会主義リアリズムから解放されたということになるようだからね。

柄谷❖バフチンのようなものがマルクス主義なんです。ところが日本では、マルクスなど古いと言っているような人が、平気でバフチンを引用しているのだから笑ってしまう。

後藤❖エイヘンバウムの「ゴーゴリの『外套』はいかに作られているか」も凄かったけど、結局のところはエイヘンバウムにしてもバフチンにしても、柄谷行人をぼく流にしか読んでいないように、やはりぼく流にしか読んでいない、ということでしょうね。

柄谷❖ぼくは七四年に『マルクスその可能性の中心』を書いていたわけだけど、そのときはほとんど文献を読んでいなかったんです。

後藤❖だけどね、柄谷行人が言っていることはほとんどバフチンに近い、というのはだいたいわかる。

柄谷❖バフチンは何も読んでいなかった。

後藤❖ぼくだってバフチンを読まずに『挾み撃ち』を書いて

いたわけだから。

柄谷❖だから、あとからいろいろ勉強したけど、結局ぼくは前に書いたことの方が結局正しかったと思っている。

後藤❖そのこととつながるかどうか、たぶんつながらないと思うけど、二葉亭が『浮雲』を書いて、後になってつまらんことを書いちゃったと言う。「つまらんこと」というのはすごいと思うのね。あれは文学として「つまらん」ということじゃない。つまり「つまらん文学」を書いた、ということじゃなくて、日本とか世界とかに対して「つまらん」ということでしょう。つまり日本とか世界を考えれば、内海文三が下宿の女にフラれようが、フラれまいが、関係ないでしょう、つまらんことでしょう。だけど、このつまらんということが相対化されてるわけね。ここに国家がある。国家から見ればつまらんことだ、だけどつまらんことを書いたことの意味があるというのは、それは文体ですよ。エクリチュールですよ。

「つまらん」ことをいかに書くか。その方法を問題にしてるわけですね、彼は。そうすることで、カッコつきの「文学」を相対化したわけです。『蒲団』との違いはここにあるんじゃないかな。

柄谷❖湾岸戦争のときに思ったけど、全共闘体験者みたいなのが一番文学的なんです。それは最初から文学的だったからですね。型通りに闘い、型通りに挫折する。二葉亭はそういう「型」を最初に書いたけれども、最初に否定した人でもあるわけですね。

後藤❖だけれど、あなたのキリスト教のあれはオモロかったな。「汝姦淫するなかれ」が要するに西洋の近代であるという、あれね（『日本近代文学の起源』Ⅲ章「告白という制度」）。ぼくは『壁の中』の後半部分で、荷風との架空対談の中で正宗白鳥と内村鑑三を出したんです。要するに「アーメン」をやったかやらないかだね。荷風は全然バイブルを読んでないくせに、ヴェルレーヌの『サジェス（叡知）』のことを書いた。そこに、アーメン実践者としての白鳥が因縁つけるんだけどね。

日本のキリスト教には、内村鑑三と植村正久と二人いるわね。そして白鳥とか有島武郎とかが弟子入りするが、結局みんな逃げる。それを内村的に言えば、あいつらはみんな背徳文士であると。ところが、だいたい日本の近代小説は反内村鑑三から出てるんじゃないのかな。

柄谷❖のちのプロレタリア文学でもそうですね。福本和夫というのはマルクス主義においていわばユダヤ－キリスト教なんです。福本主義が入ったんで、みんな変わったんですよ。それ以前の、大正時代のマルクス主義は労働運動とか、いわば経済主義的なものですね。インテリを動かしたのは福本主義です。中野重治なんかも、福本主義になぎ倒されたわけです。だから、明治のキリスト教に起こったことは、昭和のマルクス主義においても起こっている。だから、そこから出てきた文学も同型ですね。

後藤❖でも、中野というのは大したことないと思う。

柄谷❖そうかい（笑）。

後藤❖さっき出た大西巨人をペテルブルグ派だとするならば、中野はロシア文学の、いわゆる人生派、人道派だね。笑いがなくて、保守的、情緒的だね。柄谷行人みたいな破壊力がないよ。

柄谷❖ぼくは、富岡多恵子さんと漫才について対談したとき言ったけど、秋田實系マルクス主義者なんですよ（笑）。ところが世の中では、ぼくは笑いのない人だと思われているらしい。「柄谷さんでも週刊誌を読むんですか」と聞かれたしね（笑）。

後藤❖「柄谷行人に笑いなし」というのは、それこそ世の中の間違いです（笑）。柄谷行人の破壊性には、ペテルブルグ派のユーモアと笑いがあります。しかし、日本の文壇を支配したのは案外、中野重治だったかもしれませんね。明治以後の日本文学に最も影響を与えたのがロシア文学の人生派、人道派だったという意味でね。

　もっとも、ロシア文学の誤読ということなら、小林秀雄の罪も大きい。ぼくは『壁の中』でも小林のドストエフスキー論をかなり露骨に批判しましたけど、日本におけるドストエフスキーの読み違えは、小林から出ているとさえ言っていい。バフチンが否定してるものをみんな書いてるわけだからね。

柄谷❖しかし、初期の評論なんかは、わりあいバフチンに近いですよ。

後藤❖彼のドストエフスキー論は、ほとんど作中人物論でしょう。それはバフチンがいちばん否定したものでしょう。

柄谷❖小林秀雄の批評は、だから、本当はマルクスを相手にしていたときにだけ生きていると思う。

後藤❖ただ、小林の文章は余りにも文学的じゃないかな。おどかしておいて煙にまいちゃおうというところがあるでしょう。それと、美文家ですね。あれは散文じゃなくて気取った美文ですよ。だから、ある意味では、文章がうますぎるとも言える。

柄谷❖『本居宣長』なんて、読むに堪えないです。初期のものはいいけどね。

後藤❖小林がドストエフスキーを日本人に読ませたという影響は大だけどね。

学習は〝考えること〟からは遠い

柄谷❖実際言って、後藤明生がいなかったらぼくはゴーゴリにも関心を持ってないな。

後藤❖それは名誉と受け取っていいのかな。芥川、宇野浩二はゴーゴリを英語で読んだんだけど、あの時代には「ゴーゴリヤン」といった。だけどぼくはゴーゴリヤンとして受け取られるのはいやなんだね。「ゴーゴリ的」とか「ゴーゴリの笑い」とか言うけど、それはいろいろ分裂しているんでね。大まかに言えば「イワンがイワンと喧嘩した話」などのウクライナ的ゴーゴリと、ペテルブルグ的ゴーゴリですがね。

柄谷❖それは驚くべきことじゃないですよ。たとえば、ぼくはマルクス主義者です。マルクス主義者と言うときに、ものすごくたくさんの言葉を費やさなければいけないかもしれない、ゴーゴリ主義者と同じで。でもめんどうくさいから、ぼくは最近、マルクス主義者でいいんだ、と。

後藤❖そう呼ばせておこうと言うのならば、いいんじゃない。

柄谷❖と思っています。

後藤❖そう言えば「内向の世代」という呼び方も似たようなものかな。

柄谷❖何にしろ、ものを考えたことがないやつがそういう言葉で言うだけでね。「反復」ということがわかっていないんです。哲学史とか文学史を読んで学習しているだけですから。それは今後もつづくでしょう。だけど、そんなところにはものを考えることはいっさい存在していないのです。少なくともここでぼくは言っておきたいんですよ。後藤明生は偉い、と。今、言っておきます。ぼくのことも明生のことも忘れられるだろうけど、いいですよ。

後藤❖まあ、いいでしょう（笑）。

柄谷❖いいですよ。将来、明生を反復するやつが間違いなく出てくると思うけどね。

後藤❖たぶんそのころは柄谷行人も、それから、ぼくも……。

柄谷❖そのときはもう、われわれは死んでますから（笑）。

親としての「内向の世代」

島田雅彦

島田雅彦——しまだ・まさひこ

小説家、法政大学国際文化学部教授。一九六一年に東京都に生まれ、神奈川県川崎市で育つ。八四年、東京外国語大学外国語学部ロシア語学科卒業。在学中の八三年に「優しいサヨクのための嬉遊曲」で小説家デビューし、同作は芥川賞の候補に。九八年に近畿大学文芸学部助教授に就任。二〇〇三年からは法政大学国際文化学部教授。八四年に『夢遊王国のための音楽』で野間文芸新人賞、二〇一六年に『虚人の星』で毎日出版文化賞を受賞。国書刊行会より刊行された『後藤明生コレクション』の編集委員を務める。

初　出——「文學界」一九九三年五月号

単行本——島田雅彦『瞠目新聞』（毎日新聞社）に抄録

島田❖初めて後藤さんに出会ったのは十二年くらい前、ぼくが学生だったころ東京外語大で開かれたゴーゴリ・シンポジウムなんですね。傍聴していたら、後藤さんがそこに突然登場して発言されたんです。日本の学者が何か言うと、それをロシアのアカデミズムの人たちが否定するという不毛な応酬が行なわれていて、日本側の学者はロシアのゴーゴリ研究に対する頭の固さにウンザリしていたところに、突然後藤氏があらわれた。『笑いの方法　あるいはニコライ・ゴーゴリ』で書かれた説をさらに後藤節とでもいうべき調子で展開なさるんですが、これが全然終わらない（笑）。後藤さんの発言は、シンポジウムの中で提起された問題の中で唯一、ゴーゴリをよりゴーゴリたらしめる、あるいはゴーゴリをだしに小説とは何かを語るようなものでした。だいたい東京外語大というのは、確かに原卓也のような人はいましたが、あんまり文学的環境はないんですね。ぼくは、遅れてきた文学青年であったので、後藤節にまずイカレてしまったんです。しかもその内容は、こちらが抱いている、いわゆる文学主義的な通念をいっさい裏切るものであったわけで、ぼくにしてみれば後藤さんとは幸福な出会いをしているんです。

後藤❖あの場合は、いわゆるコメンテーターとして指名されていたわけではなく、ただ何かしゃべるように頼まれたんですよ。ところが、ああいうシンポジウムの形式とか方法をよく知らなかったものだから、何でもいいからとにかくしゃべればいいんだと長々とやっちゃったわけです。しかし、ぼくはあのあと、原卓也さんから褒められたんだよ。何を褒められたかというと内容じゃない（笑）、「あなたの話し方は非常に翻訳しやすい」と。「同時通訳の人も感心していた。あの人の日本語は、延々としゃべってはいるんだけれども、ひとつひとつの文は翻訳しやすい、と言っていた」と褒められた記憶があります。

話を島田さんとぼくの関係に戻しますと、島田さんのデビュー第二作の『亡命旅行者は叫び呟く』だったと思うんですが、主人公キトーのおじいさんが第二次大戦で戦いシベリアの捕虜収容所に入れられた、というところがありますよね。

内向の世代二世は団地二世

島田❖あの小説は、マルクス主義とも文学とも無関係な日本とロシアの身体的な交流史を、家族小説のような形でなぞってみたというものです。

後藤❖あれを読んだとき、ぼくは一瞬ギョッとしたんです。つまりね、ぼくらの世代では、第二次大戦というのは親父とつながるんだよね。ぼくら自身は中学生で敗戦を体験し、実際に戦争に出かけていって負けたのは親父の世代なんですね。ところが『亡命旅行者は叫び呟く』の中で「キトーの祖父」と書いてあるので、ぼくは日露戦争かと思ったら、そうじゃなくて、第二次大戦だった。ということは、ついにぼくらの子供の世代が作家として出現したんだなということを実感させられたわけです。

あの小説は、一つは戦争がテーマであったんだけれども、島田さんの小説のもう一つのテーマは団地ですね。一九六〇年代、昭和で言うと三十四、五年くらいから東京周辺に団地がどんどんできた。ぼく自身が、島田さんより一つ下の息子が生まれて間もなく昭和三十八、九年ころ、東京郊外のマンモス団地に入ったんです。ガリバーが漂着した偶然の漂着地、あるいは流刑地、そういうかたちで団地をとらえて、それをテーマにした小説をある時期しばらく書いたわけです。島田さんも「ぼくの故郷は団地の遊園地だ」とエッセイか何かで書いていなかった？

島田❖ええ、ぼくは団地二世ですからね。いま種明かしをすれば、団地二世というのが通りのいい世代的なプレゼンテーションになるだろうと思って使ったんです。ところが「内向の世代」との関係がそのことによって、あらかじめ規定されることになったのです。

後藤さんが団地を流刑地や収容所のようなものとして把握して、自分の意志とは無関係に、あるフィクションの登場人物になってしまったように感じ、そのストレスから自らを解放すべく自らフィクションの闘争を行なう。『挾み撃ち』の主人公のように御茶ノ水の橋に立って、そこを早起き鳥橋と命名するとか、あるいはゴーゴリの登場人物にとってのペテルブルグのように『挾み撃ち』の主人公は東京のさまざまな地名を全部書きかえてしまいたいという欲望にかられる。それは、巨大団地のような収容所あるいは流刑地に住む者のせめてものフィクション的抵抗であって、すでにフィクションとして完全につくられている東京という空間の中で、唯一個人的に行ない得るフィクション・テロリズムとでも呼ぶべき活動だったと思うんです。

たしかに、それは後藤さんの一貫した仕事、あるいは古井由吉さんの仕事にも見出すことができるんですが——二人をもって「内向の世代」ということになっているので——、世代的に見ても、ご指摘のように、ぼくは「内向の世代」ジュニアということになるわけですね。

もう少し敷衍すると、流刑地というとカフカやドストエフスキーを思い出し、収容所というとどうしてもソルジェニーツィンを思い出してしまう。それでは流刑地あるいは収容所で生まれた二世の思考は、となると「内向の世代」の文学を自分の親の文学だとしてそれほど深く意識していないにもかかわらず「内向の世代」を反復していることを、どうしても自覚せざるを得なくなるんですね。

『挾み撃ち』を読み直してみてぼくが愕然となったのは、あの作品の主人公の東京での歩行というかうろつき方は、ややもすれば六〇年代のヒッピー、あるいはパリでのベンヤミンのようなフラヌールの視点の高度成長東京版と言えますね。

後藤❖群衆の中の遊民みたいな。

島田❖ええ、路上の人というか。ぼく自身が、その後、路上の人的なテーマを『夢使い』とか『彼岸先生』のような作品の中で展開するに当たって、親としての「内向の世代」はすでにそれをやっていたと、事後に発見して愕然とした瞬間がぼくにはありました。

後藤❖『挾み撃ち』のことは、このあいだ柄谷（行人）さんから何の予告もなしにポッと突きつけられたんで、帰ってからあわてて読み直したんですよ。読んでみたら、たしかにいろんなことが書いてあることは書いてある。実際『挾み撃ち』の語り手の「わたし」はベンヤミンの言うフラヌール、ポオの「群衆の人」ですね。存在しない外套を探して歩きまわる、まさに遊民そのものです。ところで、今度は島田さんと話をするというので『彼岸先生』を読ませてもらってきました。

島田❖後藤さんの『この人を見よ』と同時に「海燕」で連載が始まったわけですね。

『こゝろ』のいびつさを借りる

後藤❖本当にあなたは見事にうまいこと終えましたよ（笑）。ぼくはまだダラダラと、どこでやめたらいいか考えながらやっているところなんだから。

島田❖同時に始めたときには、互いに影響を及ぼし合いながらということを暗に約束し合ったと思いますね。ぼくは『彼岸先生』の中で、死んでも死にきれないというテーマにこだわっていたんですが、結論を先に急いでるようなところがありましてね。ぼくは、死んでも死にきれないというテーマをむしろ文体レベルで後藤さんにお任せして、とっとと逃げてしまったという気がしてしようがなかった。

後藤❖実は今日は、あなたとの対談中に『この人を見よ』を終わらせるためのうまいアイデアが突然ひらめくのじゃないか、という秘密のネライもあったわけです（笑）。『彼岸先生』は漱石の『こゝろ』のパロディというか、変奏だといわれてますよね。どの程度そういうふうに考えたらいいですか。

島田❖自分の口からは絶対にそれは言わずにおこうと思っていたんです。

後藤❖ああ、そうですか。でも少し言ってみてもいいんじゃないかな。

島田❖そういうコピーは自分で言えないから、渡りに船だと思って使った程度のことです。『こゝろ』に見られる構成のいびつさは誰もが指摘しますが、あえてその部分だけを借りてきたんです。「先生」との出会いから自分の家族の話、それから第三章の「先生の手紙」という普通はやらないだろうと思うような構成をなぞることによって何らかの『こゝろ』をやりたかったたし、同時に『こゝろ』そのもののパロディというよりも『こゝろ』にまつわる文学的イメージに対するパロディを念頭に置きたかったんです。それは『こゝろ』を引用しつつ『こゝろ』を解体するという形にはならなくて、何と言うか、後藤さんがたとえばゴーゴリやカフカというテキストを軸に行なっていることとは違うレベルですね。

後藤❖もっと批評的に、ということですか?

島田❖批評的というか、後藤さんの方法論とは違う形でテキストとまみれてみた。言ってみれば、夏目漱石という作家に、この期におよんで共作を申し込みたいという気持ちだったんですね。

後藤❖ぼくは今度『彼岸先生』と併せて『こゝろ』も読み直してみて、勉強させてもらいました。実際に島田さんは漱石そのものについては、いままではどういう読み方をしてきたんですか。

島田❖幸いにして、はるか昔に読んだけれど忘れていたということはないんです。なぜかというと、文学青年のころに漱石は読まなかったんです。

後藤❖それはぼくと共通していますよ。

島田❖多くの作品を読み出したのは、実はそんな昔のことではないんです。

後藤❖小説家の目で、完全にテクストとして読んだわけだね。

島田❖そういうことです。

後藤❖ぼくもそういう読み方なんです。高校のとき、昭和二十年代の前半ですが、漱石を読まねば教養がないみたいな時代だったけれど、そのために、かえってアマノジャク的に芥川龍之介や森鷗外をずっと読んでいたんですね。漱石をまとめて読んだのは、作家になってからです。『こゝろ』は、漱石の作品の中でもちょっと変わっているでしょう。『猫』も変わっているけど、あれはプロ以前のものですしね。プロになってからは、漱石の新聞小説の方法論があるわけですよね。ところが『こゝろ』には何か「うーん」と首を傾げるところがあるでしょう。あなたのさっきの言い方だと『こゝろ』にまつわる文学的イメージですか、そこのところを島田さんすごくうまくねらったな、という気がしました。

島田❖ねらって当たったかどうかは別として、一つ考えたのは、ポルノグラフィというものがぼくのこれまでの非常に大きな比重を占めていたジャンルなんですが、ポルノグラフィというジャンルを逸脱するような何か新しいものをやりたいという気分があった。もちろんポルノグラフィというのは文字どおりのポルノグラフィじゃなくて、純文学だけが言葉のポルノグラフィができるというある種の信念が、ぼくにはあるんですね。それをやろうと試みたときに『こゝろ』はうってつけの先行テクストになる。漱石をいかにポルノグラフィに翻訳するかが、途中から明確な目的として現れてきたんです。恋愛というのは青春と並んで、いまの日本の文学環境を劣悪たらしめている二大テーマだと思うんですね。ガキは次々に生まれて、女はますます元気になるから、青春と恋愛とを書いておけば食いっぱぐれはない、そういうマーケティングが日本文学の中に暗黙のうちにできあがってしまったような感じがする。ところが『門』以降の漱石は、恋愛が終わったあとの恋愛、言うなれば未練のようなものを中軸にすえていて、青春小説や恋愛小説のような起承転結的で直線的な時間軸が崩れている。そんな漱石の小説の中に流れている、やや年をとったといっても三十とか四十の夫婦の時間軸に、ようやく自分も感応できるようになったという実感が『彼岸先生』の出発点だと思うんです。恋愛が起承転結的に進行してることに対して、ぼくは何のポルノグラフィックな想像力も喚起されないんですよ。むしろ恋愛が終わってしまったあと、ああでもないこうでもないと何となく罪の意識にかられたりしている、そういった同じところをクルクル回るような悪循環の中にとらわれてからの男と女の関係にこそ誘惑されたわけです。

後藤❖まさに島田さんは『こゝろ』という題名の小説の、こころをからだにしちゃったというか（笑）。あのパロディ化は解体と言うよりも、ほとんど凌辱と言った方がいいようなものだ（笑）。こころなんだけれどもからだなんだという破壊的な変奏というかな。あなたはさっき、ぼくがゴーゴリやカフカを変奏しているのとは違う方法で、違うレベルで『彼岸先生』を書いたと言ったけれども、その場合のテクストは、漱石のほかの作品じゃなくて『こゝろ』でなくてはならない必然性があったわけですね。

島田❖ええ、まさにそのとおりです。

後藤❖『彼岸先生』はあなたが一貫してずっとやってきた小説の方法論が大変ラディカルに露出しているというよりも、ほとんど小説論そのものだね。「小説とは何か」の探究、あなたはそれを一貫して実践してきたと思う。

　あの小説でもうひとつぼくが非常に感服したのは、アメリカとの格闘なんですよ。ぼくも、敗戦体験を植民地における奇妙な体験として書いているわけです。もちろんドキュメンタリー的なかたちじゃなく、敗戦とか引き揚げとかをフィクションにしちゃうということです。それを一言で言えば原因不明の世界ですね。ぼくが体験したのは無政府状態的な混沌、混乱だったわけだけれども、それはある日、突然そうなっただけであって、いったい何故そうなったのか原因がぜんぜんわからない。つまりぼくの敗戦体験はそういう幻想体験です。柄谷行人的に言うと、ぼくの幻想の起源は敗戦なんです。そそして、それが『挾み撃ち』における「突然」論、「偶然」論という、ことになるんですが、そのぼくらの戦争論、敗戦論にあたるものが、あなたのアメリカ論になるんじゃないでしょうか。

島田❖そこで、前回の柄谷さんの対談にも出ていた年齢の問題とからめて、ちょっと考えてみたいんです。まず一つは、はっきり申し上げて、ぼくが二十代のころは、後藤さんの小説を生理的に理解し得ていなかったと思うんです。方法意識や、自分の小説に対するものすごく論理的な自己言及はもちろん理解できても、小説を成立たらしめている生理が結局どうにも理解できなかった。ところが、最近三十を過ぎたくらいからでしょうか、後藤さんの小説と小説原論に、ある種の言文一致的なものを見出すようになってきたのは、肉体の問題だと思うんです。単純に言うと衰えの問題です。先日、ぼくの二十代の前半に書いた小説を懐かしく思っている人から、もう一度ああいうものは書けないのか、と問われたんですが、書けないと答えたんです。『優しいサヨクのための嬉遊曲』や『天国が降ってくる』の文体を再現することはできないと言わざるを得なかった。柄谷氏に言わせれば、四十を過ぎると年齢はものすごい重圧として襲いかかってくるそうですが、三十でもちょっとあるんですね。後藤さんは学生小説を書かれてデビューされたわけですが、そのあとはブランクになっていますね。後藤さんには若書きというのがないでしょう。

後藤❖そう言われれば、なるほどそうだな。

島田❖『四十歳のオブローモフ』というタイトルにも表れているように、四十代に書きはじめられた。

後藤❖『関係』を書いたのが三十歳ですね。ただ、そのときはまだ会社員で、会社を辞めて書きはじめたのが三十五歳ですか。昭和四十二、三年、つまり六〇年代の終わりです。

島田❖ぼくはまさにオブローモフの年齢でオブローモフについて考えたわけです。後藤さんは四十になって、生来身についた性格としての怠け癖というんじゃなくて、フィジカルな要因からどうしようもなく自分がやりたいものがやりにくくなるという年齢としての四十歳、それとオブローモフを重ね合わせた。後藤さんの作品には一貫して、中年の鬱病をいかに克服するか、あるいはその鬱病に対する文学的免疫をつくってしまうかという意識が内在していると思うんです。ところが、ぼくがまだイキのいいころにはどうにもその生理がわかりようがなかったんです。

後藤❖そういえば「海燕」四月号のインタビューでも年齢のことを話していましたね。ぼくが「おやっ」と思ったのは文体のことね。文体がはじめは長かったたんだっけ？

小説のポリフォニー

島田❖はじめはわりとつぶてのような短いセンテンスだったんですが、だんだんと長くなったんです。

後藤❖短い速いリズムでもう一回書いてみようとしたけれどもできなくなった、という告白をしていましたね。『彼岸先生』は短いんじゃないの？

島田❖まだ短いですかね（笑）。

後藤❖短いよ。あれはすごく短い。自分のことを言うと、ぼくははじめは長く書いてたんです。『笑い地獄』なんて、センテンスがどこで終わるのか四百字詰め原稿用紙で何枚目にマルになるのか、数えた人がいたらしいもの（笑）。ところが、『挟み撃ち』から短くなっている。文章を「イット・イズ・ア・ペン」にしちゃおうというのがぼくの四十代からの戦略だったんです。文体が変わったと指摘されたときは突っ張って「これはただ文章を短くしただけで、文体を変えたんじゃないよ」と強弁した覚えがありますが。重層的なものを書くときに長い文体がいいのか、あるいは短い文体がいいのかなと考えたときに、一番参考になるのが漱石ですね。ぼくが漱石の文章が好きなのは、究極はそこじゃないかな。漱石の文章は基本的に「イット・イズ・ア・ペン」でしょう。それをアンドとバットでつないで積み重ねてゆく。複雑化してゆく。最も複雑な内容を最もシンプルな文章で書いてゆく。重層化してゆく。そういう文体の構造でしょう。その構造、その文体の中に自分の声も他人の声もある。『彼岸先生』の文体はバフチンの言う言語的多様性、「ラズノ・レーチエ」、つまり「いろんな言葉」の方法を実践してるわけですよ。

島田❖マルチ・パーソナルということですね。

後藤❖文体というのは一つのパラグラフの中に表現されていくものであって、センテンスそのものは非常にシンプルなものを連続させていく。それがポリフォニーというものの原理じゃないかな。

島田❖それはよくわかるんです。

後藤❖ポリフォニーというのは、文章の長い短いには無関係なんですからね。

島田❖たしかにぼくはロシア文学の学生としてバフチンも読み、フォルマリズムも自分なりに吸収したつもりではいるんです。たぶん後藤さんが吸収されたレベルからそんなに遅れていないで吸収したと思うんです。

後藤❖いや、あなたの方がずっと純粋に吸収しているよ。柄谷さんとも話したように、ぼくらの二十代では、フォルマリズム理論なんて、ぜんぜん読まなかったもの。

島田❖そのときに年齢の問題がある。つまり、四十代でバフチンとかフォルマリズムのようなマルクス主義的文学理論が入ってくると、それをうまく吸収しつつ、もう一度ひっくり返すことができる。ところが若いころにそれがショックとして来ると、そのまま受け入れて結果的に自分の中のストレスのようになってしまう。その意味で、旧来の文学青年が持っているような日本的な文学主義とマルクス主義的な文学理論とが出会い、そのハイブリッドがはなはだトリッキーな方向にいかざるを得なかった、自分が二十代のうちに書いたものは、そういうふうにしてたまたまつくられてしまった文体だと、ある種の反省もこめつつ思うんです。

ところが一方で、自分の生理に忠実な、いわゆる描写主体の傑作、つまり谷崎潤一郎から中上健次から、古井さんもそうだと思いますけれども、それらの文学の魅力は捨てがたいものがあります。ぼくは二十代のころは描写を否定することによって文体的アイデンティティを確立したような錯覚にとらわれていたところ、描写にもそれなりのパワーがあることを三十過ぎてから認めるようになった。そこにある種の迷いが生じたんです。

後藤❖さっきのインタビューだったか別のインタビューだったか、村上龍の『限りなく透明に近いブルー』を中学校のときに読んでびっくり仰天、感動して、喜び勇んで「よしおれは小説家としてやるんだ」という意識がそのときすでにあったという話はおもしろかったな。しかし、その小説家になるという意識は、どういう形で出来上がっていたのかな。たとえば、具体的にどんなものを読んでいたんですか。

島田❖当時ぼくは、文学青年が読むものは全部読んでいました。つまり、芥川も安部公房も大江健三郎も、同時代のものとして読みましたし、それから、トリッキーなものにとりわけ引かれていたのでシュールレアリスムとかダダイズムとか、それからマヤコフスキーの名前を知って訳された詩を初めて読んだのもそのころです。いっさいの伝統から閉ざされたふりをしている野蛮な二十代の青春としての文学、そういうものを何となく集めて読んでいた気がします。それは日本語でいうところのテニヲハとか、端整な文体とか、そういったものを意図的に破壊するようなジャンルでしょう。

後藤❖村上龍のハチャメチャな日本語で自信を得たということだったかな。この日本語が通用するなら、と大いに野心を燃やしたという話でしたかね。

島田❖なるべく意味がないほうがいいんです。野蛮でガキっぽいほうがいいわけです。ちょうどいまの二十代の青年たちの間でウィリアム・バロウズが復活していることも同じ事情だと思います。ただ、いわゆる文学青年として早熟というような人はロクなことはない。たとえばドストエフスキーや小林秀雄とか夏目漱石とか、文学全集に入ってるような作品を若いころに読んでしまった人は、それをその後、読み返す機会がない。言うなれば復習の時代を持たない不幸にみまわれるわけです。ぼくは、文学青年というのは、そのまま政治家にでもなればいいと思うんです（笑）。いや、別に石原慎太郎のことを言っているのではありませんが。小沢一郎とかああいう人たちは、どうせ二世政治家なのだから、幼いころその種の文学全集を読破するような早熟な文学青年であればいいんです。その後いっさい読み返す機会を持たずにいても、政治家ならそれでもかまわないのだと思います。

後藤❖だいたい昔の旧制高校の人はそうだよ。まあ、政界に限らず、日本の偉い人の中には、まだ旧制高校の人が存在しているからね。

島田❖後藤さんの『復習の時代』は、そういう旧制高校世代の教養主義に対するものすごい厭味ではあるわけですけれど。たしかに、復習しなければ何も生まれないわけで、単に中学時代、高校時代に早熟だという神話の中でそれらの作品を消化するだけでは、何も読んだことがないに等しいんですね。

後藤❖そうです。『復習の時代』の頃は確かプラトンの対話篇に凝っていたと思います。そして『壁の中』という長たらしい小説のどこかに「復習にまさる予習なし」なんてジョークをこっそり書き込んだりしたものです。「復習」というのは、すなわち「反復」なんだけど、プラトンの『饗宴』の終わり近くに、ソクラテスの方法論が出てきます。つまり悲劇と喜劇は素材によって分類されるのではなく、方法、技術によって書き分けられるという方法論ですが、それをぼくは自分流にフォルマリズムの異化理論に結び付けたわけです。またプラトンの対話篇をバフチンの対話論とも結び付けたりしました。そして、復習すべし、反復すべしと、原理原則を繰り返していたわけです。そういった点でも、島田さんの小説は原理原則というものを本当に踏まえた、珍しい小説だと思うんです。原理原則というものを余りにもないがしろにしてきた日本近代文学の歪みの中で見ていると、それが実にはっきりするね。あなたの小説が小説論であるのは、そのためですよ。また同時にそれは日本近代文学批判でもあり、近代文学史批判でもあるわけですよ。

小説に理論はいらない？

島田❖文学ジャンルの分別が徹底したときに体のいい制度が生まれると思う。つまり、評論であれ小説、詩であれ、戯曲であれ、ジャンルに安住することができるというのが日本文学経済共同体の一つのシステムの根拠になっていますからね。後藤さんについて言えば『笑いの方法』のような批評だって、当然小説として読めますね。『挾み撃ち』は批評として読んだっていいわけです。

後藤❖まあ、そうだね。

島田❖ところが従来は、起承転結があると何となく批評として読みごたえがあるみたいな通念があって、その種の起承転結を徹底的にずらしたところに成立するような批評は、むしろ小説のほうに追いやってしまう。つまり、どこの処理所でも処理できない問題はみんな小説のジャンルに回してしまえ、という動きがある。逆にそのことによって、小説というジャンルは豊かになり、優位になるんですね。どこにも分類できないものが小説として回収された作品は、小説の通念をずらす小説たり得る。ただ一方に、小説として書き出され、そのジャンル論に忠実たろうとすることによってのみ小説たり得ているという、そういう錯覚を持っている小説がまたあるわけです。

後藤❖しかし、それがいわゆるカッコつきの「文学」というやつじゃあないのかな。それこそ、小説はどこから来たか、という小説だと思います。ぼくが考えるジャンルの起源を忘れた小説意識とは、ジャンルに安住することじゃなくて、常にジャンルの危機を意識することです。それを忘れてジャンルに安住しているのが、小説に理論はいらないと信じ込んでいる、柄谷行人の言う「極楽とんぼ」作家だと思いますがね。

あ、そうだ、ジャンルといえば、先月の対談（361ページ参照）を読み返してみまして、ぼくがちょっと酔っぱらってたなと思ったところが一カ所あったんです。いや、一カ所だけじゃないかもしれないけど（笑）。彼が、要するに自分は哲学をやってるんだ、と言うと、ぼくが受けて「あなたは漱石についていろいろ言ってるけれども、漱石が考えているよりももっと考えているんだから、これはあなたの創作だと言っていいんじゃないか」と答えた。彼は困って「いいですよ、それでも」と言っていますが（笑）。あのときに「これは確かにあなたの哲学だ」と言えばよかった。いまのジャンルの話で思い出した。

小説というジャンルがいかがわしいとか、いかがわしくないとかいう問題ももちろんあるけれども、繰り返して言いますが、あなたみたいに非常に明快にやっていくことがぼくは小説の原則に一番かなっていると思う。バフチンの言う「ラズノ・レーチエ」は、ぼく流に言えば分裂＝混血ということになるわけで、それがバフチンの小説原論です。そして、日本でその原論を一番忠実にやってるのがあなたですよ。エイヘンバウムの『外套』論はショッキングだったけど、彼の散文理論は弱いですね。

島田❖エイヘンバウムは、すごく日本的な批評家だと思うんです。ゴーゴリ二世は誰か、ドストエフスキー二世は誰かという二代目批評なんて話ばかりですよ。フォルマリズム批評というのは日本で受けいれやすいんです。歌舞伎とか相撲にすぐ応用しやすいですから。

後藤❖バフチンの場合はフォルマリズムそのものを批評してるわけだろう。

島田❖フォルマリズムを哲学たらしめたのがバフチンではないかと思いますね。

後藤❖詩的言語批判だね。

島田❖それゆえに、日本のような文学空間においてエイヘンバウムが活躍するとなると、彼は結局、何も分析したことになりませんよ。だいたい、エイヘンバウムのように多少の無理をして論理的に物証を重ねることをしなくても、日本では何となく襲名の儀式のようにして批評が行なわれている。たとえば村上春樹は漱石二世だとかね。二代目森鷗外とか三代目夏目漱石とか、あるいは後藤明生の二代目とか――そういうふうに作家の名前を固有名詞として終わらせるよりも、何年かたってから二代目を襲名させようという暗黙の意思が日本の文芸批評の中に働いてないとは言えないと思う。結局、そうやって日本文学のシステムの中に安住してしまうと楽ちんなんですよ。

後藤❖バフチンという人は、あれはマルキシストだと柄谷さんが言っていたな。

島田❖バフチンは、マルクス主義者だと思います。だけど、フォルマリズム自体は日本的なんです。

後藤❖あなた自身はアンチ・フォルマリズムじゃなくてポストでしょう?

島田❖ぼくはプレでありたいですけど。

日本で日本体験はできない

後藤❖ところで、とつぜん話は変わりますが、あなたは何か文学賞を考えてるらしいね。

島田❖ええ「瞠目反（アンチ）・文学賞」なるものを実行しました。賞品がすごいんです。日本海クルージングとか、北海道産お米一年分とかね（笑）。これを翻訳すれば最も野蛮なる小説とか、最も小説の起源にさかのぼった小説に与えられる賞になるはずでしょう。奥泉光の『ノヴァーリスの引用』が受賞しました。

後藤❖島田さんの小説はバフチン賞に当たるくらいのものです（笑）。

島田❖デビューしたころ、絓秀実さんがぼくに向かってひと言「君はフォルマリズムは踏襲してるけど、バフチンはまだまだだね」と言ったんです。いまのその流れでいえば「君も日本的小説家ですね」と言われたような気がしますけど、慧眼だったと認めざるを得ない。ただ、ぼくはバフチンのようにラディカルではないと思っています。あそこまでラディカルでなくても気が済むという部分において、自分はきわめて日本的な人間であるということも感じるんです。

後藤❖ここでまた話が変わりますが（笑）、といってもさっき出た敗戦体験の話につながるんですがね。『彼岸先生』で書かれているアメリカ体験は「内向の世代」二世としての島田世代、すなわち敗戦を知らない日本人の敗戦体験に相当するものではないかなと思うんだけども。

島田❖つまり、親父あるいはおじいさんのアメリカ、あるいはロシアとのフィジカルな体験は、二世の代になってしまえばフィクションとしてしか再生できないんです。ぼくが知っているアメリカは、村上龍が基地を通じて体験し得たアメリカよりもさらにソフトなもので、たとえばハリウッド映画の、いつも晴々としていて、何となくリッチな雰囲気でオブラートにくるまれているものとしか言いようがない。だいたい、日本におけるアメリカ体験ほどアメリカで通用しないアメリカ体験はないんですね。

日本にいてアメリカ体験をするためには、基地のようなゲットーしかなかったということですが、佐世保や福生のような基地体験は、結局のところ、移民としてアメリカに住んだ人間のアメリカ体験に比べれば何ほどのものでもないんです。基地体験には「ヤンキー・ゴー・ホーム」と言えるにせの主体、フィクションとしての主体を持ち得るというところが弱いんですよ。でも、実際に文学者として基地体験者以上のアメリカ体験を語っている人はいないんですね。

後藤❖村上龍に限らず、基地というのはぼくにはあんまりピンとこないですよ。これは世代の問題ではないでしょうがね。

島田❖それも一つのフィクションとして加工し得るものですからね。ぼくはむしろ日本体験が必要だと思う。明治から今日に至るまで、日本体験こそ問われるべきじゃないかという気がするんです。もちろん、ただ日本に住んで日本人であることだけで、それが語れるはずはないんですよ。何らかのバイアスがなければ、日本体験って語れるはずがないんですから。日本体験をするためには少なくとも京都人でない（笑）、大阪人でもない、東京人ではもちろんない、東北人でもないというようなポジションが必要ですね。たとえばシベリア抑留者や帰国子女の体験とかね。大阪人は少し日本を語れると思いますけど、京都人は絶対日本体験はできないと思う。それから東京にいるかぎり、日本人は日本体験はできない。東京では、真の外部ではない、すべてカタログ化され商品化された外部を体験するにすぎないですから。

後藤❖リービ英雄さんの場合はどうなるのかな。

島田❖いや、彼はそういう意味では日本体験しかしていないのではないか。

後藤❖リービさんのエッセー集『日本語の勝利』は明快でおもしろかったけれど、彼が日本語で書くということとぼくらが日本語で書くこと、これは全く別の問題だからね。

――小説の問題＝日本語の問題――

島田❖何しろ、後藤さんや私が日本語で書くという場合には、日本語に翻訳された言葉全般を使っているという意味が多分に含まれているからです。それは単にドストエフスキーを日本語で読んで、それを作品に応用するという意味にかぎらないんですね。もっとえげつない意味を含んでいる。

瞠目反・文学賞の候補になった山城むつみの『文学のプログラム』という、ラカンの『エクリ』の、日本の読者のための序文を分析する文章があります(「群像」一九九二年十二月号)。簡単に言ってしまえば、日本語に導入された漢字の音読みと訓読みが日本語のエクリチュール、特に文学のエクリチュールに及ぼす重大な問題を提起している。単なる問題提起以上のものではないけれども、もの書きは無意識に考えているけれども、改めてそういう原則的な問題を突きつけられると、日本語の問題として小説の問題を考えざるを得ない。

たとえば、小林秀雄の本居宣長論はいっさいの精神分析を必要としない日本語の特性のもとでしか書かれ得ないということです。日本のエクリチュール自体が、漢字を含み、片仮名で表記される欧文脈を含み、場合によっては、ぼくもやったみたいにローマ字をそのまま導入することによってもつくられてしまう——ロシア語や楽譜を入れたりというのはぼくもしたことがありますけれども——、そういうふうにして表記自体は借り物をもらってくるわけです。だけれども、借り物として欧文脈、漢文脈全部を抑圧するようにして日本語文法は機能するんですね。それだけじゃない、特に漢文脈に対しては訓読みというかたちの、ニュアンスの日本的変奏の制度がつくられている。

後藤❖島田さんが考えていることはなかなかむずかしいことだね。ただ、柄谷さん自身も不透明であったと言っていた、それと同じようなことが島田さんにもあると思う。

島田❖もちろんそうです、不透明だらけ。

後藤❖透明になることが必ずしもいいとは思わないんですよ。

島田❖もちろんそうですね。批評が小説になろうとする時、透明な論理が行き詰まり、不透明な日本語のエクリチュールに呑み込まれてゆく。

後藤❖この対談が、何よりも限りなく不透明かもしれないしね(笑)。実際、カフカにしてもドストエフスキーにしても、研究して何かが分かったとか、そういうことじゃないですよ。カフカやゴーゴリやドストエフスキーが亡霊みたいについて回っているだけです。だから、小説家というのは透明どころか、一種の憑依状態のシャーマンみたいなところがあるんじゃないのかな。これも「反復」と言ってもいいと思うんだけど、そんな自分に憑きまとっているいろいろな声を、ぼくの場合、いかにパセティックにではなく、また感傷的にではないやり方で、つまりファルス化するということじゃないかな。

島田❖その後藤さんの態度はものすごいニュートラルだと思うんですよ。だからこそ、後藤さんの小説の中にどんなヨタ話が出てきても、ぼくはある種の批評を喚起し得ると思うんです。ジョイスやベケットやプルーストが二十世紀に出てしまったあとの今日、いったい自分は何を書けるかという文学者の紋切り型の自問ってありますよね。そこで、自分はある種の文学的廃墟の中でたわむれてみせるのだという——これはポストモダンの態度と同じなんですけれど、そういう態度で、自分の作中に引用とか言及ということをあからさまに示し、自分の小説の世界を一種のストリップティーズのように読者に見せつつ構成されるメタフィクションの世界は、やはり一種の植民地主義だと思うんです。「自分はこれも読んだよ」「これも読んだよ」とか、それらを全く別の文脈の中に置いてみて「こういうおもしろいことがあるんだよねえ」なんて言って余裕のあるような笑いを示して見せる。そういったメタフィクションの構造自体が植民地主義的だと思うんです。ぼくに言わせれば、後藤さんのテクストは、そういうふうにして一見メタフィクションに見られるような空間が持っている植民地主義、覇権主義すらもヨタ話に変えてしまうような空間をつくっているという点で、後藤さんはバフチン的なのではないか。言うならば、ある種カーニバル理論の曲解のようなものですけれど。

後藤❖カーニバル理論に限らず、ぼくの小説はほとんど何ものかの曲解だとも言えます。バフチンの言うカーニバルは、言葉の問題で言えば「標準語」に対する「方言」みたいなことになるわけだけど、ぼく流にあえて意訳的に翻訳すると、要するに「逸脱」です。過激な逸脱です。たとえばそれは、人間と人間、男と女、人間と物体との格闘的表現ですね。あなたの『彼岸先生』は、その意味ではカーニバル的だと思います。確かにあの格闘技的セックス表現は凄まじいですよ。

島田❖それは、先ほど後藤さんが言われた、こころがからだになるという話なんでしょうけどね。

後藤❖あ、そうだ『こゝろ』と言えばリービさんが「猿股の西洋人」というエッセーに、鎌倉の海岸で海水浴場で見掛ける猿股の「変な外人」のことを書いていましたね。

島田❖日本側の視点から見れば、外人と鎌倉の海岸で海水浴をしてる「先生」はカッコいいということになるんですけどね。変な外人には違いないと思うけど。

後藤❖『彼岸先生』の「先生」のアメリカにおける性の遍歴は、なかなか大したものなんだけど、白人のポルノ映画の中で、日本人の男が果たしてどんな役割を演じられるかという、あの日本人論というか日本男性論、あれは究極のイメージかもしれないね。さっきアメリカ体験が敗戦体験なのかと言ったのは、そういう意味でもあったんですがね。

島田❖『レッド・サン』というぼくの好きなウェスタン映画では、侍とアメリカの女が寝る場面があるんですよ。三船敏郎がミカドから預かった宝刀を大統領に届けるという使命を帯びて太平洋を渡り大陸横断鉄道に乗る。すると強盗に襲われて宝刀もとられちゃうんです。強盗団の中の一人、チャールズ・ブロンソンなんですけれども、そいつを辛うじてひっつかまえて宝刀をとり返すため一緒に旅に出ると、そのうちに意気投合する。途中で宿に泊まると、インディアンの混血の娼婦がいるんですが、その娼婦にちょんまげの三船敏郎が背中を流してもらうとき、インディアン女が手を差し出して、「あっ、私と同じ肌の色」と言う。

文学テロリズムの世襲

後藤❖彼岸先生はアメリカにも行くけれども特にニューヨークで、ひどい言葉が出てきますね。「ファック・ユー」とかね。これもリービさんのエッセーで読んだんだけど、ニューヨークで生きのびるための武器としての「悪いことば」ですか。その意味で『彼岸先生』は、格闘的ポルノグラフィであると同時に、日本語と英語の格闘でもある。

島田❖実際、帰国子女にしても高校からアメリカに留学する人たちにしても、絶対に体験し得るけれどね、彼らはまだ日本のことなんか何もわかっちゃいないんですね。まず日本体験をしていないのだからしようがない。日本人が外国に行ったとき、悪く言えばウスのろ、よく言えば何となくピュアで育ちがいいというふうに見られるのは、日本体験そのものをしていないということが一つある。首都圏に住んでいるかぎり、日本化されたアメリカ体験しかしていないんですからね。いっさいのリアリティから隔絶されている、バーチャル・リアルだけをリアルなものとして信じて生きている人間がアメリカに行くと、カルチャーショックを受けるという図式はもうすでにない。むしろバーチャル・リアルに慣れてしまった人間がリアルなものに遭って戸惑う、リアルさがそのまま露呈しているようなアメリカのような国にいきなり行けば、何らかの問題が起こるに決まってるんですね。

そういう意味では後藤さんの朝鮮体験や長谷川四郎のシベリア体験、あるいはテキストを通じてであっても、武田泰淳の『史記の世界』とか、ああいうものをリアルなものとして感じることができた前の世代は確かにうらやましいですけれども、いまはそれを別のフィジカルな体験として世襲するのではなく、バーチャル・リアルに加工して伝えることなんですよ。

後藤❖よく分かります。「日本化されたアメリカ体験」というのは「西洋のニセモノ」としての明治近代の上に戦後民主主義というアメリカのニセモノが重なったということかな。ただ文学的な連結、継承というものは、そもそもがバーチャル・リアルなものじゃないでしょうかね。

島田❖こういうふうに解釈してください。つまり、何らかを解体するということを世襲することもできるのだ、と。日本という風土を培ってきたのは日本的なシステムの世襲であって、いま現在、二世というものが問題になっている限りにおいては、システムの維持ということにすぎないんですね。システムの破壊をすることの世襲を行ない得るのは、たぶん文学だけではないかと思うんです。つまり、後藤さんが一貫してカッコ付きの「文学」の破壊者であったということ、それはほとんど後藤さんの個人的な闘争なのだけれども、テクストを通じてそのやり方を受け継ぐ可能性が残っているのは唯一文学だけだということです。つまり、テロリストの世襲が日本においてありうるのは文学だけだということです。

後藤❖テロリストと呼ばれたのははじめてですけど（笑）、しかし、ぼくのテロリズムの起源といえば、やはりゴーゴリだろうと思います。十九世紀のペテルブルグ派ということになりますが、その点ではあなたも共通してるんじゃないでしょうかね。ぼくと島田さんは、世代だけでなく、いろいろ違いますよ。たとえば、あなたはマルチだけれども、ぼくはほとんど反マルチだね。つまり島田さんはプーシキンですよ。ザミャーチンとかベールイとかいろいろ言ってるけれども、あなたはもっと総合的ですよ。『エウゲニー・オネーギン』という小説を読むとそれがよく分かるし、あなたに一番似てますよ。それに何よりプーシキンは美男子ですからね（笑）。結局バフチンが言うように、小説はその時代の言語、知識、情報の百科全書である、という意味でね。『エウゲニー・オネーギン』は、あの時代の、ぼく流に言うと「露魂洋才」の混血分裂のテーマを総括していますからね。

島田❖百科全書だとしても、未整理のね。項目別に並んでいないんですから。

後藤❖少なくとも、百科全書性を文体の面でも、主題の面でも一番原則的にやったのが島田雅彦ですよ。

島田❖いやいや（笑）。後藤さんがいま教えてらっしゃる近畿大学の英語でいえば「クリエイティブ・ライティング・コース」、創作学科ね。実際、講義ではどういうことをやるんですか。

後藤❖いまのところ、実に基本的なことしかやってないんですよ。いまはただ徹底してテクストを読む。昨年、三浦清宏さんと「群像」の対談（339ページ参照）でアイオワ大学の創作コースのことを話しましたが、近畿大学文芸学部では、まだあそこまではやっていません。アイオワ大学でも、現役の作家や詩人が実作指導をする創作工房は、学部じゃなくて大学院ですね。近畿大学文芸学部も今年、第一回卒業生を送り出して、目下大学院を計画中ですが、そこでおそらく創作コース的要素が取り入れられると思います。

島田❖年間のカリキュラムはあるんでしょう？

後藤❖もちろん、あります。ぼくが所属しているのは文芸学部の国文学専攻というところなんですが、いまのところ一番の特色は、卒業論文が「創作」でもよい、ということでしょうね。早稲田の文芸科でもそれはやってるわけですが、近畿大の場合も、それは国文専攻だけです。それから四年生の必修科目に「創作」というのがあります。ただ、いまのところ現役作家の教授は、短歌の塚本邦雄氏と散文のぼくだけで、創作コースというところまでは編成されてません。

ぼくは国文の二年、三年、四年を一科目ずつ担当してますが、まず二年前期のテクストは宇野浩二の『蔵の中』で、後期が芥川の『芋粥』です。三年生は前期が太宰の『駈込み訴え』、後期が『お伽草紙』。四年生は演習で牧野信一をやっているうちに、宇野浩二――横光利一――ポオというふうにつながってゆきました。つながるように仕向けたわけですが、なぜ二年前期で『蔵の中』をやるかといいますと、いまの大学生はまず宇野浩二のウの字も知りません。しかも『蔵の中』は、あの文体でしょう。まず全員がショックを受けます。その宇野ショックによって彼らの考えていた「文学」「小説」のイメージ、固定観念を破壊、解体するわけです。一種の混乱作戦で、ショックによって混乱に陥れ、一度学生の頭を白紙にする。それから、ぼくの、いわゆる「千円札文学論」すなわち次の三原理を徹底的に繰り返す。①文学は「読むこと」と「書くこと」である。②文学作品は主題（内容）と形式（文体）とから成る。③いかなる文学作品も孤立しては存在しない、必ず連続的、関係的に存在している、という三原理です。

このやり方はかなり有効でした。それは三年、四年とレポートを書かせれば、すぐわかります。いまのカルチャーセンターでは「読みたい人」よりも「書きたい人」の方が多いそうだけど、大学でも同じ傾向があるようですから、この三原理を徹底的に鸚鵡（おうむ）のように繰り返しているわけです。

島田❖書きたいというのは「恥をかきたい」ということだと思いますけどね（笑）。

後藤❖それは、まあ勝手だけれども、ぼくが「読むこと」というのは、もちろんカルチャーセンター的な意味ではないですよ。だってカッコ付き「文学」を再生産しているのは、案外カルチャーセンターかもしれませんからね。

島田❖読むことのほうは、いますごく制度化されていると思うんです。それは書評とかいろんなレベルで生じますね。文学賞でもね。ぼくはそれが書くことに単純に直結するような環境がつくられているような気がしてしようがないです。これはちょっと被害妄想かもしれないけれども。

後藤❖今度の反文学賞はどうなんですか。

島田❖読むほうも書くほうも、あるいは候補になるほうも選ぶほうもみんな同列というユートピアを考えたんです。

後藤❖あれは要するに冗談でしょう？

島田❖出発点は冗談ですよ。でも冗談を徹底させればラディカルになる。それこそ文学賞というものにまつわる通念に対抗するために、徹底した冗談を貫き通すしかないんじゃないかと思っているのです。

後藤❖ぼくは授業で芥川の『芋粥』を読ませていますが、いまの学生はみんな芥川をバカにしてるわけですよ。それはたぶん中学とか高校でカッコ付き「文学」として教えられたせいもあると思いますが、ですからぼくは、宇野の『蔵の中』と芥川の『芋粥』の間に、ゴーゴリの『外套』を挟んで読ませるわけです。そうすると、ほとんど無関係に見えた『蔵の中』『外套』『芋粥』が、手品みたいにつながる。太宰の場合は聖書とか古典ですね。

島田❖ただ、あくまで小説というのは一個の個人的なシステムをつくることであって、そのシステムそのものをどのようにえげつなく運営していくかのテクニックにかかっている。だから、おのずと小説は一作一作を独立させたものとして見るよりは、むしろ出発点から今日に至るまでの、わりと長い、二十年から四十年、場合によっては六十年くらいのスパンの中で見るべきではないかと思うんです。なぜかというと一種の自己マニエリスムを一人の作家が請け負うわけだから、自己マニエリスムの振幅をどの程度、大きいものにするか、あるいはブレたものにするか、そこに最終的にかかわると思うんです。そして、これは後藤さんと私が同業者としての意識を確認し合うような形に多分になっちゃうけれども、自己マニエリスムをいかに自己組織化するかということ、創作者の立場にいる人間はそれしかないと思うんです。

ぼくはその点で後藤さんの作品は永遠にずれ続けていく自己マニエリスムのシステムだと思います。と同時に、その連続の中でゴーゴリもカフカもみんな二十一世紀の作家になる。

後藤❖そのゴーゴリですがね、実は岩波文庫の『外套』を今日、大阪から東京までの新幹線の中でずっと読みかえしてみたわけです。そうしたら、何たることか、これがおもしろくもおかしくもないんですね(笑)。

島田❖ハハハハ、それはおかしいや。

後藤❖だけどぼくはこれに支配された、これは事実だ。ぼくの文学的運命を支配したのはこれだった。いや実に不思議な体験でした。

島田❖封建領主としてのゴーゴリを再植民地化する、そういうことですね。いや、まさに文学ってそういうふうな権力闘争なんだと思う。何しろポスト・コロニアルな文学という形でかつてのメジャーな言語の植民地だった環境の中で、そのメジャーな文学の伝統そのものを豊かにするように見せつつ、実はそれこそシェークスピアをウルドゥ文脈でひっくり返しておいて、いまシェークスピアを読むと退屈でたまらんと言わせしめているような、サルマン・ラシュディみたいな、そういうものが現れて初めて過去の文学は光芒を放つんですよね。後藤さんが『外套』を読んで全然おもしろくないというのは、まさにそれを実践したからだと思う。

後藤❖いや、何だか突然、小説が書きたくなってきました。

小説のトポロジー
菅野昭正

菅野昭正――かんの・あきまさ
略歴は288ページを参照。

初出――「群像」一九九五年十一月号

場所の偶然性

菅野❖後藤さんの新刊『しんとく問答』を拝見して感じたことからまず始めたいと思いますが、小説にとって土地、あるいは場所はもともと欠かせない条件ですね。十九世紀のリアリズムの発端のときから、また日本の自然主義小説でも、土地が小説の舞台として大切にされてきたことはいうまでもありません。ただ、リアリズムの小説では、客観性の信仰、客観性の神話のようなものがあって、客観的に描写さえすれば、土地を小説の舞台に造形できると意識的あるいは無意識的に考えながら、土地と取り組んでいたふしがある。ところが、二十世紀になってから、そういう客観性の神話に対する疑いが起こってきた。日本の現代小説でもそれは同じだと思うんですね。ただ小説の舞台というのではなく、トポスがたとえば人物の存在を支える場として意識されるようになってきたのではないか。

そこで『しんとく問答』ですが、まずあれを「現代大阪・暮らし」といってみたいのですが（笑）、ただし大阪と暮らしの間にナカグロを打つ。まず、大阪という土地を書くということが一方にあって、それから、あそこに出てくる「私」は、大阪に定着しているのではなく、移住者ですね。そういう人間が現代の大阪で暮らすのはどういうことか、何か二つ焦点があって、いわばその狭間で書かれた小説のように感じました。作者の後藤さんが意識してそう書いたかどうかとは別のことで、一読者の感想をいえば、まずそういうことですね。

大阪という土地の書き方をいえば、さっきもいったような、客観性の神話にもたれかかるのではもちろんなく、大阪という都市環境の現代の断片をいろいろ積み重ねていくところに、特徴がありそうですね。例えばマーラーの音楽会へ行くところから始まって、最後、俊徳道（しゅんとくみち）ですか、昔からの古い街道のあたりへ行って、探索する。その間、大阪城のこととかいろいろ書かれているけれども、土地の側からすると、脈絡はかならずしも明確ではないんですね。断面と断面をつなぐのは語り手の「私」になっている。問題は、これが大阪の現代を書くのにふさわしい方法かどうか、ということですね。

大阪のさまざまな断面を書くといっても、その場所の重要な構成要素を引き出さなければならないし、大阪は古い歴史を持っている土地だから、当然、現在の断面だけでは切り取れない。土地の歴史のなかで人間がどういうふうに生きてきたか、歴史的な蓄積というか、歴史的なさまざまな層が入り込んでくるわけですね。これはなかなか難問ですが、例えば、折口信夫の小説をたいへん上手に使って、ちょっと狡猾かなという感じもなきにしもあらずですが（笑）、そういうところで歴史性を出してくるとか、トポスの歴史もぬかりなく絡ませている。そういう方法的なねらいはよくわかりましたし、現代において土地、とくに都市を書く試みとして意味があるものだと読ませてもらいました。

後藤❖小説と時間、小説と場所、この時間と場所は、小説をつくる二大要素みたいなもので、小説そのものが時間と空間から成り立っているというようなものなんですけれども、私の場合は、場所というものからいいますと、ほとんど偶然性なんですね。

今度の『しんとく問答』の場合でいいますと、大阪という場所と僕との関係はほとんど偶然なんです。たまたま近畿大学に奇妙な縁から行くことになったわけですけれども、それは、例えば谷崎潤一郎が大阪に移り住んだというのとは違うわけです。たまたま大阪というところだったのであって、これが仮に九州であったり、東北であったりということもあり得るという意味では偶然的なんですね。

僕はトポスというか、場所というものにはこだわるんですけれども、そのこだわり方は、自分が選択するこだわりじゃなくて、偶然性によって、その場所にたまたま自分が住むことになる。そういう偶然性から場所というものを考えていくのが、僕の小説の基本じゃないかなと思うんですね。

菅野❖偶然そこに住むことになったということは、もちろん多くの場合にあり得るわけですね。谷崎にしても、初めから小説を書こうと思って大阪へ移住したわけではないですね。ともあれ、ある土地に住むことに、絶対性があるわけじゃない。すこし大げさになりますが、生まれるのがそもそも偶然だし、ある土地を生まれ故郷としてあたえられるのも偶然ですからね。

偶然住んだ大阪は、いわば籤をひいたようなものですが、作者という個体が、その偶然のトポスとどういう関係を結ぶか、そこにある必然的なかかわりをどう作りだすか、ということから小説は動き出すものだと思うんですね。『しんとく問答』を読んでいると、そういう動きが感じられます。

初めのうち単身赴任ということが出てきますね。単身赴任の暮らし、マーラーの音楽会へ行く話など、何か漂泊とでもいった感覚がある。それが大阪という土地にだんだん巻き込まれていくというか、語り手と大阪の関係、大阪の歴史まで含めて関係が濃くなってゆかざるを得ないなかで、語り手の個体と大阪というトポスとの関係が、相互的に小説を作ってゆくように感じられる。つまりそこに、ある質的な変化がおこっている。

まず偶然そこに住むことになったということをいえば、後藤さんの以前の小説で、僕の記憶が違っていたらお許し願いたいですが、千葉の郊外の団地に住んでいた時期の……。

後藤❖谷津(やつ)遊園。

菅野❖あの初期のころの小説はトポス的なユーモアがあっておもしろかったですが、例えば偶然に住んだ団地のアパートというんですか……。

後藤❖ああ、公団アパートの方ですか。

菅野❖四角い立体であるはずの部屋がゆがんで見えるとか水が漏れるという話がしきりと出てくる。そして作中の人物が、なぜこんなところに住んでいるのかと考えたりする。最初は偶然で始まった場所が、終(つい)の住処とはまさか言いませんが、ここしかいる場所がないものという性質をすこしずつ帯びてくる。つまり偶然が必然に変わっていくような感じが喜劇的に出ていて、やはりあそこに、小説の発想のひとつの根源があったと思うんですね。

もう一つつけくわえると、あれは日本が高度成長に離陸していく時代ですね。生活環境が急激に変わって、僕もあのころ以後、畳のある家に住んだことがない。住居様式は変わるし、町へ出てレストランで外食することがふえてくるとか、車にしじゅう乗るとか、生活の外形が大幅に変わった時代ですね。そういう新しく始まった環境世界が、どういうふうに個体に働きかけるか、人間の意識がどう変容するか、大きな問題として差しだされていた。そういう局面からトポスを考える小説の書き方は『しんとく問答』に痕跡を残しているのかどうか……。

後藤❖いま菅野さんは漂泊という文学的な言葉を使われたんですが、要するに「他者」ということですね。早くいえば、ヨソ者です。結局どこにいてもヨソ者的な意識があるということです。それが偶然性とつながると思うんです。

例えば紀行文というジャンルがあります。これは明らかに旅をするということで、旅行者という一つの目があるわけですね。その反対がいわゆる定住者で、要するにこれは日常性ということです。

ですから、例えば『しんとく問答』の中に、八つの作品があるんですけれども、そこにちらちらと何度も出てくるのが、難波宮(なにわのみや)跡公園です。これは天智天皇あたりの七世紀ごろですか、大化の改新の後ぐらいにつくられた離宮というか宮殿だったらしいんですが、その跡が公園になっているんです。周りに住んでいる人は、別に難波宮跡公園だろうが何だろうが、単なる通り道にすぎないわけです。ところが、僕にしてみると、難波宮跡公園だといわれますと、それが自分の住んでいるアパートのすぐそばにあると、みんなは犬を散歩させたり何かさせているわけですけれども、やっぱり単なるそういう日常的な公園とか日常的な場には思えなくなるわけですね。

それから、それを旅行者の目で見ているかというと、旅行者でもない。かといって、定住者でもない。いわば定住者と旅行者に分裂した目、分裂した意識です。その分裂した意識による分裂した目を、いわゆるヨソ者、「他者」の目として設定して、大阪を見ていったらどうなるだろうか。定住者たちが、普通、犬を散歩させている公園とか、買い物に出かけている横町とか、そういう日常的な場所が、分裂した「他者」の目によって、反日常的空間に変形していく。変形させていく。そういう目で、大阪を書いたということじゃないかなと思うんです。

単身赴任者というのは、確かに奇妙な存在で、現代的な変な存在で、旅行者でもないし、定住者でもないわけですよ。しかし、だからといって、遊んでいるわけじゃなくて、生活しているわけなんで、さっきもいったように「分裂人間」ですね。目も意識も分裂している。そういう意味で、現代小説の語り手として、おもしろいんじゃないかなと思ったわけです。

日常の幻想空間化

菅野❖土地なり場所なりの日常をどう異化するか、どう別のものに変えるかということは、現代小説の一つの問題として、また後で考えてみたいと思いますが、ここで一つ伺いたいのは、大阪を書いた小説はいろいろあるなかで、例えば野間宏さんの『青年の環(わ)』(編注：一九四七年「近代文学」六月号に「華やかな色どり」として発表されて以来、二回の中断と改作の末、七〇年に完成。全五巻六部に及ぶ長編小説)という小説の大阪は、先行作品としてどうですか。あれは半世紀以上も前ですけれども、大阪という都市の全体を書こうという見果てぬ夢に駆られている小説ですね。戦時下の大阪で、青年たちが思想的にどういうふうに苦しい戦いをしていたか、差別の問題とか、もちろん恋愛とか、いろいろ多面的にひろがる巨大な小説ですが、大きなバックグラウンドとして、都市の全体をつかもうという小説的な野望もあった。

そういう全体小説の試みに対していろいろ批判もされてきたし、その批判にはそれなりに野間さんの理論並びに実践の弱いところを突いているところもあったと思いますが、ただ、あの全体小説の構想は、達成できる目標として掲げられているわけじゃなくて、小説としてこういう試みも実践すべきだという一種の理想型だったことは確かですね。後藤さんの小説には、そういう意識は余りないだろうと思うけれども……。

後藤❖僕には全くありません(笑)。いま野間さんの話が出たので、あっと思ったんだけれども、難波宮跡公園の道路を挟んで向こう側が、いま国立病院なんですよ。恐らくあそこが野間さんの書いた『真空地帯』の……。

菅野❖兵舎跡ですか。

後藤❖そんなふうに聞いたおぼえがあります。ですから、野間さんの話が出たとき、僕はすぐに思い浮かべたのは、『青年の環』よりもむしろ場所としては『真空地帯』の方を思い出したんです。僕の場合は、大阪というものを、野間さん的な全体小説的な構造として考えるんじゃなくて、逆に幻想空間化しちゃおうということなんですね。

菅野❖それはよくわかります。ただ、その幻想空間化することによって、作中の語り手、人称は「私」でしたね。

後藤❖そうです。「私」が「語り手」です。

菅野❖「私」の側に、大阪という都市環境が、どういう内的な変容を起こさせるかというようなことにもちろん作者の目がいっているわけで、単に大阪という外にあるもの、外部を幻想化することではない。

　野間さんの話を、そちらの反応を予想しながらあえて持ち出したのは『青年の環』は戦後の小説として重要な存在だとは思うけれども、しかし、ああいう小説が成り立ったのは、昭和十年代を舞台にしたからであることは、争えない事実だと思うからです。都市を一つの全体として捉えられるという大きな前提が、ある程度は成り立つ時代だったんでしょうね。

　ところが、戦後、高度成長を経た後、これから先どうなるかわからないけれども、少なくとも現在では、都市空間がコスモス性というのかな、きちんとした秩序を失ってしまっている。そういう状況のもとで、都市を一つのまとまりとして捉えることなど無理な相談だし、小説としてほとんど成り立たなくなっていると思うんですね。よほどの力技をやってみても、なかなかうまくはいかないでしょう。そう考えると、いま大阪なら大阪という都市のトポスを前にして、全体的なコスモス性がつかめないとしたら、どうするか。そこで、断面をいろいろ破片みたいにして捉えて、つないでゆく方法が必要になってくると思いますね。それをつなぎ合わせたって、全体に合算されるわけではありませんけれど、どこかある位相をつかんでいくことから出発するのは当然だと思うんです。

　さっき日常を幻想空間にすると言われましたが、しかし幻想空間を作るためには、その前にやはり具体的なトポスとしての都市を見たり感じたりする段階があるわけですね。その場合に、幻想化の力は語り手の側から出てくることになると思いますが、そのあたりの関係をちょっと聞かせて下さい。

後藤❖これは、いわゆる小説の時空間の問題にもそのままつながっていくと思うんですけれども、例えば私が日常生活の一つとして、大学に週に三日なら三日行きますね。そのときに僕は国立病院前というバス停から乗ります。

菅野❖小説の中に出てきた径路ですね。

後藤❖市バスというんですか、大阪の市営のバスがある。そのバスに乗って上本町（うえほんまち）六丁目というところまで行く。そこから近鉄電車に乗るんですけれども、そのバスに乗っていまして、上六（うえろく）の近鉄の停留所まで行く間に、右側に誓願寺という井原西鶴のお墓のある寺が見えるんです。しかも、バスの窓から見ると、お寺の中まで見えるんですよ。ずうっと門の奥の正面のあたりに西鶴の墓がありまして、僕も一遍行ったことがあるんですけれども、バスの窓からそれが見えるんです。そうすると、真っ昼間でしょう。真っ昼間に仕事に行っているわけですね。その仕事に行く途中のバスの窓から西鶴の墓が見えるということ自体が僕には何か非常に不思議な気がするわけです。まさに僕は働きに出かけている。わざわざそれを見物に行っているわけじゃないし、旅行しているわけじゃない。ところが、そのバスの窓から西鶴の墓が見えるわけです。しかし、大阪の市民、定住者にとっては、それは別に何でもない、当り前の風景に過ぎない。そこでいちいち西鶴など思い出すこともないわけです。

　ところが、僕の場合は単なる通勤者としてバスに乗っているのに、その意識の中にすっと西鶴が入ってきてしまう。そうすると、いったい自分はいま、なぜこのバスに乗っているのかなという、意識の混乱が起きてくる。

　つまり、僕はこのバスに乗って、いま上六という停留所に向かっているんだけれども、その空間と時間が、西鶴が生きていた時間、西鶴が書いたフィクションというものに、二重、三重に重なってくるわけです。僕自身は、現実にはバスに乗って停留所へ向かっている。ところがその中で、既に反日常的時空間がはじまっているということですね。そして、それが、さっきいった定住者でも旅行者でもない「分裂人間」の意識であり、目であるということになるわけです。

菅野❖いまの話は、空間と時間が重層していることでもあるし、また土地と人間が具体的に関係を生じる瞬間でもあるわけですね。この土地で生きているんだ、ただバスで街の中を走っているんじゃなくて、その土地の持っている歴史的なものが具体的に働きかけてくる、そういう関係が成りたつ瞬間だと思う。そのとき、こちらの意識に分裂がおこるというのは、とてもおもしろい点ですね。

――土地と空間――

菅野❖話が少し戻るかもしれないけれども、土地と空間という二つの言葉が出ましたが、小説における土地と空間は、僕はちょっと違うような感じがするんですね。

　小説空間とか、テクスト空間とか、そういう言い方があるけれど、それは別として、物理的な空間のことですが、小説をつくる枠としての空間というのは、抽象的に把握されるものだと思うんですね。大阪なら大阪という都市空間といったり、あるいは『濹東綺譚』の玉の井なら玉の井という特別な空間といったりする場合、これは小説を成り立たせる舞台として、抽象的にとらえられる空間なんですね。

それにたいして、土地という場合、まあ土地でも場所でもいいですけれども、もっと具体的なもので、小説の中に出てくる人物との生きた関係、あるいは有機的な関係が成立したところで、土地、場所という意識が、読む側にも書く側にも発生する。そういう違いがあると思うんですね。空間はただの記号ですが、土地はもっと即物的な人生を含有することができる。それは小説における時間と歴史ということとも並行するかもしれません。

だから、さっきのお話は、大阪という都市空間をいつも意識している人物が、西鶴の墓のあるお寺の近くを通った瞬間に、大阪という土地のある断面と具体的に触れ合った。そのことによって小説的なモメントができたというふうに考えられる。小説を書こうとする場合、「私は東京という都市空間を書きますよ」というだけでは、まだ何事も始まらないのだと思うんですね。

例えば、日野啓三さんは、東京という都市空間の、特に未来的なものに関心の深い小説家ですが、彼の場合も、そういうものを書こうとしながら、しかし例えば夢の島のような具体的なトポスとある関係を結んで、そこで一種のコスモロジーのようなものを感じなければ、小説は動きださないんですね。そこがトポスを扱う小説にとってとくに重要なモメントなのではないか。

ただ『しんとく問答』に限りませんが、後藤さんの小説の場合は、語り手は行動する人物なんですね。大阪の町の中で、うろうろ写真を撮ってみたり、街道を歩いてみたりする。その行為をしながら、都市を発見していき、都市と自分とのかかわりを探していく。そういうタイプの小説です。

一方また、トポスを重要視する小説であっても、人物をいわばその中に投げこんで、トポスと作者との間に距離を置くようにして、客観的に対象化するやりかたもある。大ざっぱな話になるけれども、大きく分けて行動型と観想型と、この二つがあると思うんですね。行動型で、しかも幻想空間化する作家として、そのあたりの距離の意識はどうですか。

後藤❖僕の場合は西鶴の墓の話をもうちょっと延長させていいますと、上六という駅に着いて、それから近鉄に乗るんですね。近鉄に乗って四つ目か五つ目の駅が大学のある駅なんですけれども、その一つ手前に俊徳道という駅があるんです。これがまた僕にとっては、まことに不思議な感じなんです。能では『弱法師(よろぼし)』、説経節でいうと『信徳丸』がある。その俊徳丸が四天王寺に通った道が、俊徳道、俊徳街道といわれているわけですが、学校へ行く途中に俊徳道という駅があること自体が、すごく不思議な気がしたんです（笑）。そこに定住し、生活している人には、別に何の不思議でもないと思うんですね。

菅野❖僕が仮に大阪に住んでも、あまり不思議だと思ったかどうかわからない。それはわかりませんね。

後藤❖とにかく僕には、それ自体が非常に不思議な気がしました。やっぱり偶然性なんだけれども、つまり偶然性というものが大学という日常とつながっている。そしてその日常というものが、それこそ「千円札の裏表」式にそのまま反日常に連続している。つまり「俊徳道」は、日常すなわち近鉄沿線の一駅であると同時に、反日常すなわち『弱法師』や『信徳丸』というテキストでもある。そういう意識の時空間ということです。

―反トポス的なもののトポス化―

菅野❖そういう大阪暮らしだというのがよくわかったけれど、東京で暮らしていたときはどうですか。昔の文人のお墓のそばを通ったことだってあったかもしれない。東京の生活では、同じようなことがあるのかないのか。西鶴の墓のあるお寺のわきをたまたま通る、俊徳道というところを通過するとか、その瞬間は、いわば上方文化の底の深さのようなものに触れ合う瞬間ですね。東京文化と上方文化の比較のようなことになりますが。

後藤❖初めに菅野さんがちょっと話題にされた僕の団地小説というのがありますね。あれこそ選んで入るわけじゃなくて、抽選でたまたま当たったんでしょうがない。それも十回も二十回も落選して、偶然当たった。それがたまたま草加松原だったわけで、僕はそこに十年ばかり住みましたけど、草加松原の団地というものは、いわゆる歌枕的なトポスじゃないわけですね（笑）。無理に探せばあるわけですよ。『奥の細道』の最初の宿場が草加だったかな。しかし、団地というものは『奥の細道』のトポスとはまったく無縁な場所で、田んぼのど真ん中に、それこそ架空の虚構みたいな形で、フィクションみたいな形でできたものですからね。

その一方で、その団地というものを何とかしてトポス化したいという意図があったと思うんです。その場合、無理に芭蕉と結びつけてじゃなくて、逆に僕は、芭蕉の草加が文学的トポスだとすれば、いわゆる反トポス的な形で団地というままでなかった住居というものを、いかにして小説空間としてのトポス化するかという意識はあったと思うのですね。

もともと僕の小説には、いわゆる名所旧跡あるいは歌枕的なトポスでない場所を、反トポス的な形でトポス化するというやり方があったと思うんですよ。例えば『首塚の上のアドバルーン』にしても、あれは幕張でしょう。関東の人は、幕張なんて、みんな潮干狩りに行ったというわけですよ。ところが僕は、たまたま偶然そこのマンションに、好んで選んだんじゃないけれども、自分の経済力とか、必要な広さとか、何かいろいろなそういう現実的な条件として、そこが一番適当であるという形でそこへ住んだ。そうすると、たまたまそのマンションが、割合高層のマンションだったものだから、変なものが見えたというところから始まっていくわけですね。それがたまたま首塚だった。その首塚だって、いわゆる歴史的に有名な首塚じゃない。つまり、文学的にトポス化されていない首塚であり、場所だったと思うんです。

例えば『南総里見八犬伝』なんか読んでいくと、市川のあたりとか里見公園とかは、だんだん歴史的なトポスになっているわけだけれども、僕が書いていった首塚の場合、トポスとして認知されていない場所といいますか。しかし、小説を書くということは、いかにしてそれを自分の小説の空間としてトポス化していくかということだと思うのですね。

だから大阪の場合は、幻想空間化していく場合にも、例えば難波宮跡公園とか西鶴と結びついたり、もっと古いところで四天王寺とか謡曲とか説経節と結びつくんだけれども、関東の場合にしても、偶然性という意味では同じなんじゃないかと思ってますけれども。

菅野❖首塚にせよ西鶴にせよ、ある具体的な土地で、その土地の歴史的な蓄積あるいは時間の堆積に触れた経験から、作家としてのトポス化がはじまる。それは個体としてというか、こちらの主体が動かされるということでもあると思いますが、なんでもない反トポス的な場所をトポスにするとおっしゃったことは、そこに生の根拠を探す意識と結びついているのかどうか。

後藤❖僕の場合は、反トポス的なものをトポス化してゆく方法として、例えば『挾み撃ち』ではゴーゴリの『外套』その他『濹東綺譚』も使ってますし『首塚の上のアドバルーン』では『太平記』『平家物語』から『仮名手本忠臣蔵』、ボルヘスの『汚辱の世界史』までを、それこそアミダクジ式に引用しているわけです。そして今度の『しんとく問答』でいいますと、名所図会というものを非常に引用させてもらったり、利用したわけです。僕は「名所図会」というジャンルというか、あの方法は非常におもしろいと思ったんです。まさにあれこそトポスですね。つまり、場所を字と絵で、文章と絵であらわしているわけです。それを字だけで書いてみたらどうなるか。要するに、名所図会を言語だけで表現していくとしたらどうなるかなという意味で「名所図会」というジャンルを非常におもしろいと思ったんです。

いま菅野さんがおっしゃっていたこととは、ちょっとズレてくるのかもしれないけれども、僕は場所と自分の「個体」とか「内面」とのかかわりという形では考えないんですよ。僕はなぜここにいるんだろうという不思議さというようなものから始まっているわけですね。個体とか内面というよりも、不思議意識という方が近いと思うんです。

　というのは、僕はいつも思うんですけれども、どこに行っても定住者じゃないという意識がどこかにあるんですね。それはたまたま僕が敗戦によって植民地から帰ってきた日本人であるという意識が、どこかにあるのかなという気もするんです。ということは、どこにいても土着という感じがないんですね。土着というものがないから、他者の目で自分のいる場所を見ているという感じがあるわけです。

　例えば大阪でいえば織田作之助さんという人がいて『夫婦善哉』もあるし『木の都』という小説もあるんです。僕は大阪は木がないところだと思っていたけれども、織田さんにしてみたら、これは木に囲まれた町だというふうな、自分の少年時代のものとか。つまり、織田作の場合は、自分の内面と大阪という場所が結びついている。法善寺横丁にしてもそうです。ところが、僕の場合は、場所というものが自分の内面と結びつかないという違和感があるんです。自分の内面と自分が住んでいる場所というものが同一化しないんですよ。分裂しているという感じがあるんですね。結局、僕の書いている小説は、そのズレそのものみたいなものじゃないかなと思うんですね。


菅野❖戦後、朝鮮から日本へ帰ってこられたという条件はあるかもしれないけれど、しかし、僕たちにしてもほぼ同年代ですが、戦争が終わってから自分の本当の居場所というのはどこにあるのだろうか、どこにもないんじゃないか、という強迫観念にずっととらわれてきた。それはやはり戦争の置土産で、共通の感覚ですね。

　それが戦後十数年たってから高度成長の時期になって、ますます本当の居場所が分りにくくなってきた。「故郷を失った文学」なんていう言い方があるけど、それは我々が初めから強いられた条件だったという気がするし、そのずれが緊張感の源泉になっているのは事実ですね。

　例えば中上健次さんが「路地」という土着的な故郷を小説の根拠地としてずっと守っていましたね。ところが、高度成長でだんだんそれが壊れて『日輪の翼』では「路地」をなくして放浪する人間の小説になった。いってみれば、原トポスのようなものがあるはずだった場合でも、それを奪われる時代が来たんですね。ずれのこともふくめて、それが現代小説の大きな問題でしょうね。

　また話が戻るけれども、あの以前の団地の生活は、ここは本当はおれの居場所じゃないという前提のようなものがあると同時に、しかし、おれはここにいなければいけない。それでは、これをどういうふうに自分の居場所として安定させるかという思考もあったし、またここに安定したくないということもある。そのあたりの二重、三重にバインドされたトポス作りに、喜劇的なこっけい感があったのを覚えていますが、あのずれの流れの方法化が、やはり現在までつながってるようですね。

「在所」のトポス化

菅野❖ところで、トポス小説という言いかたがあるかどうかよく分りませんが、そういう種類の小説では、環境のなかに、人間を支配する何か見えない力があるのではないか、という考え方が支えになっている場合がありますね。

いま思い出したのはミッシェル・ビュトールのことですが、彼はゲニウス・ロキ、地の霊ということをよく言っていましたし、小説の方法にそれを取りいれもした。『時間割』という小説は、イギリスのマンチェスターをモデルにして、マンチェスターという工業都市に住むことになったフランス人のまわりに、いろいろな事件が起こる経緯を書いてゆきますが、その底辺に、マンチェスターという工業都市を支配する何か目に見えない力のようなもの、霊のようなものがあって、それが人間を動かしているという考え方が敷きつめられているんですね。

それは一例ですが、日本の小説でもトポスを扱う小説はさまざまありますね。そういうものに対して、偶然から出発してトポス化を意識する小説家として、どうですか。

後藤❖これは直接には自分のことをいっているのではないですが、例えば、太宰治の『津軽』ですね。これは僕は非常におもしろいと思うんですよ。あれは一種のトポス小説だと思うけれども、自分の生まれ故郷の津軽を旅する。あれが傑作だと思うのは「在所」という言葉がありますね。

菅野❖明治時代だと、在所は日本橋のはずれとか出てきて変な気がすることがありますね。

後藤❖生まれ在所とかいう。そして、なぜ『津軽』が傑作かというと、単なる在所として書いてないですね。津軽は自分の生まれ在所なんだけれども、生まれ在所をもう一回他者の目でトポス化するという形で書いていると思うんです。

それから井伏鱒二さんの小説でも『武州鉢形城』とか、いろいろある。井伏さんの小説もトポス的だと思うんです。

菅野❖『荻窪風土記』なんていう題の作品もあるし。

後藤❖それを日常的に、一見随筆風に書いているように見えるけれども、意識的に空間化していると思う。

さっき『濹東綺譚』の話が出ましたけれども、小説の中の小説である『失踪』というのを書こうとしている。その作家らしい人間が『失踪』の中の主人公をどういう場所のアパートに隠れ住ませようかということで、その場所を探そうと歩きまわっていたら、たまたま雨が降ってきて、玉の井の何とかさん。

菅野❖お雪さん。

後藤❖そこへたどり着いたというフィクションになっているわけだけれども、要するにどういうふうにして小説の場所をつくり上げていくかということですね。実在の場所をどういうふうに小説の空間に変えてゆくかということですね。

菅野❖荷風の名前が出ましたけれども、荷風といえば『すみだ川』のことを思い浮かべました。『すみだ川』の冒頭など、一見リアリズム風に書いていますね。あの出だしは、俳諧師松風庵蘿月（しょうふうあんらげつ）が向島から渡し舟で浅草へいくわけですが、その間の町歩きがかなり長い序章のようなものになっている。つまり、隅田川の両岸のトポスの記述なんですね。その場合、リアリズム風に客観描写的に書いているけれども、決して環境描写ではないんですね。客観描写ではない。あの小説は、長吉という若者が、おっかさんから新しい明治の時代の偉い人になりなさいと教育を受けるけれども、それに背いて芸者になった幼なじみに魅かれて役者になろうとする小説ですね。

　最初のトポス記述は、そういう小説のための舞台設定として提示されているんですね。しかし、一見、客観描写風に書いてあるけれども、実はそうではなくて、小説の舞台にふさわしい要素だけを土地のなかから拾いあげて『すみだ川』に欠かすことのできない、ある環境世界を構成しているのですね。つまり、小説の舞台としてのトポスを構成する意識が働いているのだと思います。

『濹東綺譚』にしても、あれが荷風の最高傑作になった要因の一つは、玉の井が小説の環境世界として、過不足なく構成されているからだと考えたい。野口冨士男さんの『わが荷風』によると、あの時代の玉の井はああいうものではない、あれは実態ではないというんですね。小説論としてでなく、まあ事実の観察としての感想ということでしょうが、野口さんの知っているあの時代の玉の井は、洗浄液のにおいとかドブや尿の異臭がもっと強烈だったそうです（笑）。『濹東綺譚』にもどぶっ蚊は出てくるし、決してお上品一点張りではないけれど、それでも、荷風はきれい事にしている。それはある程度はきれい事にしないと、お雪さんの小説は成り立たないんですね。実体としてのトポスから、不要なものを排除して、小説のトポスにしているんですね。

後藤❖美化しているわけじゃないですね。

菅野❖小説というものは、実際にあるトポスを忠実に移しかえるんじゃなくて、別のシステムに属するものとして造形するものだということを、如実に示した一例ですね。これは別の意味での反日常への異化です。

――都市を描く方法――

菅野❖トポスに深い関心のある作家として、大岡昇平さんの名前が思い浮かびます。大岡さんのトポスに対する関心というのは、井伏さんと全然違って、論理的に考えようとするタイプなんですね。例えば『武蔵野夫人』でも、武蔵野というトポスを舞台に設定しようとすると、その武蔵野を流れる川の源流をたどったり、地形をこまかく調べたりする。トポスを論理的に再構築するというか……。

後藤❖地図みたいにしていくわけですね。

菅野❖そうそう。地形を精細にとらえて、それを論理的に体系づけて舞台をつくるという作風ですね。井伏さんとはある意味では対照的だと思うんですが、井伏さんはもっと直観的、感触的で、トポスは自分の感覚とつながるものなんですね。

大岡さんの小説でちょっと気になるのは『武蔵野夫人』でいえば、道子という主人公は無垢な女性として登場しているわけですね。ところが戦後の混乱にさらされて、生き方の変容を迫られるというのが小説の大事な側面だと思いますが、その武蔵野夫人こと道子さんの劇と、明確に整理されたトポスとの間に、断層があるように感じられるんですね。しかし、もともとは外部と内部を照応させようとする書き方ですね。

後藤❖僕の場合ですと、場所、トポスということになりますと、どうしてもゴーゴリが出てくるんです。ペテルブルグという都市ですね。さっきビュトールの『時間割』というのが出てきましたけれども、ロシアの場合ですと、ペテルブルグという都市自体が、ピョートル一世という人のイデオロギーによってつくられたトポスなんですね。完全に人工的な町で本当にフィクションとしての都市の代表みたいなものです。つまりネバ川の河口に、泥沼の中に石を敷き詰めて、その上にギリシャ・ローマ・スタイルからルネッサンス・スタイルから、それこそ近代のパリ、ロンドン、ベルリンというあの当時の最先端の近代都市の建築様式までを同時に並べちゃった。

つまり何もないところに都市をつくっちゃって、そこに歴史的な建築物を全部並べてしまう。これは一種の時間の転倒ですね。時間を転倒させることによってつくられた幻想空間、それがペテルブルグという都市であって、それを書いたのがゴーゴリでありドストエフスキーなんですね。

菅野❖別の領域に転置されているんですね。

後藤❖ゴーゴリのペテルブルグ小説はいろいろあるんですけれども、例えば『ネフスキー大通り』という小説があるわけです。ネフスキー大通りというのは、東京でいえば銀座通りみたいなものですが、その大通り、すなわち場所そのものが小説になっている。

もう一つは『鼻』という小説です。これは、まさに幻想喜劇小説の代表のようなものです。余り細かいことをいってもしようがないんですけれども、おもしろいことには、三月二十五日にペテルブルグにおいて奇怪なる事件が発生したという書き出しなんです。そして小説が終わるのが、四月七日になっているんです。つまり、十四日間の小説です。三月二十五日から始まって、四月七日に、そのなくなった鼻がまた主人公のところへ戻ってくるという非常にばかげた幻想喜劇小説なんですけれども、この十四日間が『鼻』という小説の時間ですね。

ところが、そこに何が書いてあるかというと、ペテルブルグという都市の地図が書いてあるんです。つまり、失踪した鼻が十四日間ペテルブルグの町をぐるぐる逃げ回るわけです。なくなった方は困るから、追っかけるわけですね。鼻がなくなった人は八等官という階級の人で、逃げた鼻は五等官つまり八等官より三階級上の官吏に化けて逃げ回っている。その逃げ回った場所が具体的にどこをどう逃げ回ったかという形で書いてあるんですね。何とか橋から始まって、何とか寺院、ここでつかまえようと思ったら、また逃げられちゃって、何とか公園に行ってしまったというふうに書いてあって、それを辿ってゆくと、それがそのままペテルブルグの地図、案内図みたいになってゆく。つまり十四日間という時間によって、ペテルブルグという都市をトポスとして書きあらわしている。つまり「時間」によって「場所」を「場所」によって「時間」を書いてゆくという書き方、方法に僕は非常に興味があるんですね。

菅野❖話の興味を支えているのが、やはりペテルブルグという都会のトポス的特質ですね。それが背景になっている強み。八等官というしがない身分の男が小説の人物として活躍できるのは、なくなった鼻の話のほかに、後ろからか、あるいは底からか、とにかくペテルブルグという町が支えているからです。その感じは僕も覚えています。あれはやはりペテルブルグがないと成り立たない小説ですね。

西欧の近代小説は、ゴーゴリは喜劇小説家として特別な存在だけれども、喜劇小説家であろうと、あるいはリアリズムの小説家だろうと、場所というものが小説を造形することにとっていかに大事かということに、非常にきちんとした意識を持っていた。トポスなくして近代小説は育たなかった。それがただ土地でなく、トポスが象徴になったり、主体の意識を支える場になったりして、小説は変革されてきたと言えそうですね。

後藤❖もちろん、そうですね。

菅野❖また話が少しずれるようですが、西洋の建築物は、設計図をまず確定しないと出来上がらないようなところがある。都市でも同じですね。ペテルブルグにしても、そういう都市計画、都市設計がまずあって町をつくった。そういうでき方だと思うんです。

日本の例えば、桂離宮は世界に誇るにたりる建築物ですが、付けくわえるようにしてできてゆく。つまり、成りものなんですね。小説におけるトポスのとらえかたにしても、そういう文化の差異は現われている気がします。

さっき太宰治の『津軽』の話が出たけれども、あれは津軽という土地を、まずこういうふうに把握して書いてゆくという方法では必ずしもないと思うんです。いずれにしろ、小説におけるトポスと一口にいっても、構成されたものと、自然にできたようなものと、差異を弁別する必要はありそうですね。もちろん、これは優劣の問題ではありませんが……。

後藤❖僕としては、それは西洋と日本の違いということとは別に、やはりその作家の方法の問題になると思いますね。さっき名所図会の話をちょっと出したんですけれども、日本の場合でも、例えば上田秋成の『雨月物語』がありますね。あれは立派なトポス小説だと思うんです。

菅野❖いろいろな場所へ行って出会いがあるわけですからね。

後藤❖出会うと同時に、あれは怪談集ですね。怪談集なんだけれども、その場所は、ほとんど名所旧跡なんですよ。それをいかに小説の舞台に使っていくか……。

菅野❖一種の絵巻物みたいに使っている。

後藤❖そうそう。『蛇性の婬』でいえば紀州ですね。新宮も出てきますし、牡丹寺で有名な長谷寺も出てくるし、いいところが全部出てくるわけです。

『雨月』の場合は「読本（よみほん）」ですから、つまり絵がない方の字の本ということで、江戸時代ではいわゆるインテリの読むものですね。しかし、その中に使われている場所は、あのころの善男善女が、例えばお伊勢参りとかなんとかという形で、一種のレジャーを楽しんでいく。そのレジャーを楽しんでいく歌枕みたいなものが、全部盛り込まれているわけです。

そういう意味では、例えばさっきペテルブルグの話をしましたけれども、パリもあるわけです。これは菅野さんの領域かもしれないけれども、ベンヤミンの『ボードレールにおける第二帝政期のパリ』というのがありますね。あれはベンヤミンの傑作だと思うんです。いわゆる近代都市というものがどういうものであるか。それをどういうふうに書いていくか。それはフランス文学の場合だけでなく、近代および現代文学の重要なテーマであり、同時に方法だということですね。

菅野❖小説、もっとひろく、文学のあり方を決定する要素ですね。

「遊民」のアイデンティティー

後藤❖パリをどういうふうに書いていくかというときに、ベンヤミンの場合「フラヌール」という言葉が出てきましたね。

菅野❖「遊民」と訳してるのかな。

後藤❖遊民というのは決してぜいたくな人という意味でなくて、逆に、よそから来た人ということですね。つまり、自分の故郷を失った人という形で書いていると思うのです。つまり、都市というものを、自分の故郷を失った者が寄り集まったところ、その集合場所であるという形でとらえているんじゃないかと思うんです。ヨソ者の集合場所ですね。

菅野❖ベンヤミンの話が出るとは思いませんでしたが、あのボードレールの時代は、オスマンという知事が新しい都市計画を大々的に実行して、広い通りをつくるとか、パリの近代化を推進したわけですね。十九世紀前半を通じて地方から人口がどんどん流入して、工業化も盛んになる。都市化も進む。そういう大変な変革期だったんですね。日本の高度成長の時代とちょっと似ているところがあったのかもしれませんね。

ベンヤミンのとらえ方は、パリが新しく近代都市化されてゆく中で、地方から出てきた人もいれば、都市の中で時流に遅れて疎外された人もいたし、余暇を消費できる群衆もたくさん出てきたけれど、それは住民の方から変っていったのではなくて、都市の方から変ったということなんでしょうね。つまり近代的都市の力学がフラヌール（遊民）を生み出した、そういう考えだと思います。都市というトポスの変容が、単にパリだけの問題ではなくて、近代文明の問題であり、近代文明というのは、そういう根のぐらぐらした人間をつくり出す力学を持っているということなんでしょうね。

現代日本の我々の問題は、それともちろん規模も違うし質も違うけれども、似ているところはあると思うのですね。

それでいま思い出したのは、安部公房さんの『燃えつきた地図』のことです。あれは戦後日本の社会的変容のある一面をあざやかに書いた傑作だと思います。ちょうど東京オリンピック前後、高度成長が波に乗った時期で、地方から流入した人口がふえる。そしてそれまで地方の地縁、血縁の共同体で、まあ流行語でいえば「存在の根拠」をたしかに持って生きていた人間が、その根から切り離されて、都市でどういうふうに生きるかという問題が浮上していたんですね。

あの小説の失踪した主人公はプロパンガスを売るサラリーマンですが、そこに時代が反映している。それと面白いのは、彼は免状気違いなんですね。無線の免許を取りたがるわ、熔接の免許はほしがるわで、いろんな免許に手を出すんです。

後藤❖資格。

菅野❖それがつまり、存在の根が失われた不安にとりつかれて、不安を解消する手段として免許狂になるんですね。地方出身者で、都市生活をする人間の不安がよくとらえられていたし、都市というトポスの変容のなかの、個人の不安の底にとどいていたと言えるのではないか。

話は一気に飛ぶけれど、近ごろ若い女性はしきりと資格を取りたがるんですね。英語の何級免状とか、保母さんとか、看護婦さんとか。看護婦は免許とは違うのかな。

後藤❖いや、あれは立派な免許ですよ。

菅野❖とにかく、いろんな資格を取りたがる。

後藤❖国家試験。

菅野❖それはやっぱり自分の存在に不安を持っている現われではないか、という気がする。

後藤❖アイデンティティー。

菅野❖アイデンティティー探しの現代的なあらわれ方だと思うんですね。

原因不明の世界を描く

菅野❖「内向の世代」といわれる人たちの小説は、いまからふりかえると、日本人の生活環境が激しく変わって、個人の意識と外部の世界のあいだに、大きなずれが出てきた時代に出発点をもっていたのですね。それから三十年、いや、もっとになるかな、そのずれを埋める仕事をそれぞれに続けるという形に、まあ大ざっぱにいえばなりそうな気がする。だからこそ、トポスが大きな役割をもつことにもなるんですね。

そこでこれからの問題としていえば環境世界、つまりトポスの変容と主体の関係をどう捉えるか、それが大事な問題になりそうな予感がしますが……。

後藤❖この間、僕が出したエッセイ集は、たまたま「群像」に書いた『小説は何処から来たか』というエッセイがタイトルになっているんですが……。

菅野❖どこへ行くかまでしゃべって下さい(笑)。

後藤❖僕の場合は、人間と場所との関係を、偶然性みたいな形で書いているわけです。偶然性ということは理由がないわけですから、自分が選んだ場所じゃない。ということは、原因がわからないというふうに結びついていくわけですね。つまり、原因不明の世界。いいかえれば幻想的な世界になるわけです。なぜこうなったのかということを書くのがリアリズムだとすれば、なぜこうなったのかわからないということを書くのが、幻想小説じゃないかと僕は思うんです。

ここでまたゴーゴリとかカフカが出てくるわけですけれども、結局、それが人間が生きているということについての興味の根源なんです。何で自分がいまここにいるんだろうとか、なぜ自分はいまこの人の隣にいるんだろうとか。

さっき菅野さんもおっしゃったけれども、隣人関係が地縁的、血縁的な形で伝統的につながっていて、自分が知らない生まれる前からの隣人、いわゆる故郷の隣人ですね。自分が生まれる前から自分を知っている人が隣人であるという故郷。そういう故郷を失ってしまって、いわば「偶然の隣人」たちの集合した空間が近代都市である。僕の小説はそもそも、なぜ自分がここにいるのかな、ということから始まっているんじゃないかと思うんです。

菅野❖そういう方法であることはよくわかりますが、その場合、なぜここにいるのかよくわからないという謎をかかえて、トポスとの関係のもとで生きている、そういう自分を動かしているというか、引きずり回しているものがあるらしいと、そんなことは考えられないですか。例えばカフカは、世界になにか悪意があって、どこまで行っても自分の立ちどまるところがないという奇怪な遍歴をする。

後藤❖『城』とかね。

菅野❖後藤さんの小説を読んでいて、そこがいまひとつ謎なんですね。謎のない作家は読んでもつまらないということもいえるけれど、もうすこしそのあたりが見えてくると、読者からいわせてもらえば、小説の奥行きが深まるんじゃないかという感じを持ちます。

後藤❖その辺が本当をいうと自分でもよくわからないところなんですよ（笑）。本当にわからない。ただ、僕は別にフォルマリストではないんですが、バフチンとかフォルマリズムみたいなものに、ある種の共通性を感じるのも、そこだと思うんです。

　つまり、まさに僕はいま菅野さんから弱点を急襲されちゃったみたいな形だけれども（笑）、僕の場合は、菅野さんのいわれた意味での「奥行き」ということよりも、興味が外側にあるんです。関係にあるわけです。

菅野❖それは『関係』という小説をはじめに書いた人なんだから。

後藤❖そして、この関係というのは何だろうと考えていくと、いまの言葉でいえば構造だと思うのです。それでは、構造とは何かというと、簡単にいえば、違ったものが集まっているということだと思うんです。全く違うものがいろいろ集まって、つくり上げられた一つの空間というか、要するに場所です。いわゆる現代思想としての構造主義に僕は特別の興味を持っているわけではないけれども、構造というものは、ばらばらな、全く異質なものの関係じゃないかなと思うんです。ですから僕の場合は、じゃ、おまえは何を考えているのかといわれると、本当に困るわけです（笑）。困るけれども、僕は人間の世界とか、人間の関係というものを、いまいったような意味での不思議な構造だと考えているんですね。

　ですから、カフカでいえば、僕が一番興味があるのは『万里の長城』です。万里の長城はいかにしてつくられたかということが書いてある。万里の長城は、秦の始皇帝が、匈奴（きょうど）、フン族との戦争の防壁としてつくったんだけれども、カフカはそういうことは全く無視して書いているわけです。分割工区制度という変な方法をつくり出して、そこでは二十人が一組になっている。これが五百メートルずつ壁をつくっていった。東班と西班があって、東班は東からつくっていく。西班は西からつくっていく。その二十人で一組になった人間が、五百メートルの壁をつくっていくのに五年かかるんです。そうすると五年後には、西から来た二十人の班と、東から来た二十人の班が、五百メートルずつつくってくるから、千メートルの壁ができる。できた瞬間にバッと分かれて、またバラバラになって、別のところでつくっていくというふうに書いてあるんです。

　司馬遷の『史記』を読むと、秦の始皇帝の命令を受けて万里の長城をつくったのは、蒙恬（もうてん）という人になっている。ところがカフカの『万里の長城』を見ると、蒙恬なんていう名前も全然出てこないし、秦の始皇帝も出てこない。

しかし僕がおもしろいと思うのは、さっき『鼻』のところでもいった時空間の問題で、五百メートルの壁を五年がかりでつくっていくというところに、非常に興味を持つんです。そこで誰が何を考えたのかということよりも、人間がやっているることとそのものが何か変だ、不思議なことをやっているなということを、いかに書くかという方法の方に、僕の興味は行ってしまうわけです。

心理小説というのがありますね。さっき菅野さんがおっしゃったことで、僕がおもしろいなと思ったのは、大岡さんのことをいいましたね。武蔵野のトポスをつくろうとしながら、恋愛事件みたいなものが出てきますね。スタンダールが入ってくるわけです。するど、心理小説みたいなものがそこに入ってくるから、トポス小説であろうとしながら、そこで崩れていく。つまり、トポス小説と心理小説は共存できないと思う。

菅野❖大岡さんの場合でいうと、外部と内部に照応関係があるという前提があるんですかね。

後藤❖スタンダールから来た……。

菅野❖現実世界の経験においてそういうものがあると感じていて、それを小説の世界でもっと強化して構成してみようという意識があると思うんですね。それはスタンダールから学んだものかどうかよくわからないけれど、象徴主義の影響もあるかもしれませんが、とにかくそういうふうにして書かれている。『武蔵野夫人』もそうだし『酸素』という戦争中の神戸を舞台にした小説もそうですね。そこでトポスと人間の心理を、隙間なく融合するのはやはり至難の業ですよね。

ともあれ、そういう小説の書き方と、後藤さんの方法は明らかに違っているし……。

後藤❖違います。

菅野❖それに対抗意識を持っているかどうかは知りませんが、とにかくトポス小説というなら、違うトポス小説を書こうとしているのが分るから、僕は読者になれるんです。

トポロジーというのは、数学の方でいうと位相幾何学ですね。位相がそれぞれ違って、Aという位相と、Bという位相と、どう関係づけられるかというようなことをやる学問らしい。「らしい」としかいえないのが残念だけれども、小説にしても、やはり場所をどうとらえるかという問題がまずありますが、あるほかの場所とどういう差異があるかということも、その場合、切りはなせないことであるはずですね。その上に、象徴としてのその場所とか、存在の場とか重なってくるのが、小説のトポロジーだと思うのです。

『しんとく問答』でも、大阪というトポスをいろいろな断片としてとらえるなかで、他にはない大阪の特性が、暗黙のうちに他の土地との比較のようにして出てくるんですね。その一つ一つの位相に対する外向的好奇心が、語り手を行動させているらしいですね。あなたはどうも内向派ではないと思うな（笑）。

後藤❖誰か、他の人からもそういわれたことがあります。

菅野❖外へ向いて行動し、トポスのいろいろな位相の特徴を探すことが、小説を書くことに結びつくようですね。そこで、おれをこういうふうに動かすのは何か、僕はそれを読ませてもらいたいです。

後藤❖例えば地霊的なものとか。

菅野❖あえて地霊とはいわないけれども「後藤明生の小説はどこへ行くか」という問題の中心として（笑）いつか「私」を動かす動力を見たいものですね。

混血＝分裂人間としての日本人

後藤❖僕には土着性に対する一種の否定というものがあって、いわば、さまよえる日本人であるという意識です。

菅野❖現代はみんなそうですから。

後藤❖それが基本になってるんじゃないかと思うんですね。

菅野❖僕は文句をつけたようだけれども、もう一回いい直すと、現代日本の変容とともに、その変容のなかで動いている小説家の中心に何があるのか、それを見とどけたいということですね。外部のトポスを幻想空間化してゆく現実が、どこに収斂されることになるのか、それが読者としての、僕の期待ですね。

後藤❖そういう意味でいえば、荷風の小説も歩き回っている小説ではないかと思うんです。

菅野❖荷風は歩き回るといっても……。

後藤❖『濹東綺譚』もそうですけれども『断腸亭日乗』はほとんど歩き回っていますよ。

菅野❖『日和下駄』はもちろんそうだけれども、とにかく小説家として、町の中を歩き回って、しじゅう好奇心を働かせているんですね。

後藤❖いきなり電車に乗る。

菅野❖けれど荷風の場合、歩き回るといっても、その観察した現象の向うに、何かを見ようとしていますね。東京の生活風景だけでなくて、現代の日本のどこが気に入らないか、どうして気に入らないかということを見とどけようとする。そういう背後の視線があると思う。トポスというのが単なるトポスで終わるのではなくて、もっと広い社会とか、あるいは時代に広がっていくところが大事だし、そこに荷風の現代性があると思うのです。

後藤さんの小説にしても、大阪のいろんな位相を駆け回ることが、それだけで終っているはずはない。さっき時代とともに動いてきた小説といいましたが、大阪なら大阪のトポスを通して、時代の変化の相、現代の人間の生き方の変化の相が出ている小説世界として僕は理解しています。

後藤❖ちょっと大げさないい方になるかもしれないけれども、

僕の場合、たまたまゴーゴリとかドストエフスキーから小説を学んで書いてきた。つまり、人生とか現実よりも、テキストの方に先に興味を持ってしまったというところに、僕の小説のある種の運命があったのかもしれないと思うんです。けれども、この対談における菅野さんの追及に対して答えるとすれば、極端にいえば、では日本人とは何かということになると思うんです。

菅野❖現代の日本人ですね。

後藤❖それを僕流にいえば、混血と分裂であって、明治維新というものがあって、江戸から明治への変化というものをどういうふうにとらえていくか、という問題ですね。

そのときに荷風の場合は、日本人とは何だろうと考えたと思うんですね。結局、西洋のニセ物であるという形で『つゆのあとさき』とか『ひかげの花』とか関東大震災以後の復興銀座のカフェーを書いていく。つまり、江戸、明治の芸者の時代から、カフェーの女給の時代に変っていくという形で、いわゆる「近代日本」を文明批評的にとらえている。

と同時に、一方では江戸にあこがれながら、あるいはフランスにあこがれながら、けれども、近代化されていく日本人としての自分があるわけですね。カフェーにも行くわけだし、実際ボストンバッグを下げているわけだし、めがねもかけている。そのような混血＝分裂人間としての日本人、そして自分とはいったい何だろうかというものを追求していると思うんです。

そして、おこがましいかもしれないけれども、荷風が書こうとした、混血＝分裂人間としての日本人、自分というものはいったい何だろうということを書くことが、究極のテーマだと思うんです。ただそれを、いわゆる内面から、心理主義的な形で追求していくんじゃなくて、逆に、空間、場所的な形で小説にする。

菅野❖むしろトポスから追求していく。

後藤❖つまり、日常の場所を歩きまわりながら、トポス化されたテキストを引用し、日常の場所とテキストのトポスを往復する。そういう形で歩きまわる。

菅野❖僕が「行動する小説家」といったのも、同じような意味です。

（一九九五年九月十六日）

現代日本文学の可能性
——小説の方法意識について

佐伯彰一

佐伯彰一——さえき・しょういち

アメリカ文学者、文芸評論家。一九二二年、富山県出身。旧制富山高校を経て、東京帝国大学英文学科、同大学院修了、東京都立大学助教授、トロント大学客員教授を経て、六八年に東京大学教養学部教授、同大学院比較文学比較文化研究室主任、中央大学教授を歴任。世田谷文学館館長、同名誉館長。五八年に雑誌「批評」を創刊し批評活動を行う。八〇年に『物語芸術論』で読売文学賞、八六年に『自伝の世紀』で芸術選奨文部大臣賞受賞。二〇一六年、逝去。

初出——「群像」一九九七年一月号

モダニズムの洗礼

佐伯❖後藤さんと対談させていただくのは全く初めてだけれども、たまたま調べたら後藤さんは僕とちょうど十歳違いですね。僕は一九二二年生まれで後藤さんは三二年でしょう。

後藤❖はい。

佐伯❖敗戦のとき僕は二十三歳。あなたは十三歳？

後藤❖私は、旧制中学一年に入ったところでした。

佐伯❖こっちは大学を出て、軍隊に丸二年ぐらいいまして、終わってほうり出されたというか、解放されたときだったから、その十年の違いは相当大きいなという気がします。

後藤❖そうですね。

佐伯❖いや、こちらは、戦前、戦中を振り返ってみても、まぎれもなく「文学青年」で一貫している。自慢になる話じゃないけれど「ブンガク、ブンガク」で明け暮れて、ひたすら憧れ渡っていたという気がするのね。一体この「文学青年」、日本だけの特産物じゃないにしても、どうやらかなり日本的で、しかも明治以後の「近代化」の産物という気がするんです。つまり一種の「文学カルト」が生じて、その憧れ、崇拝の対象は、どうも一貫して西洋の「近代文学」じゃないのかな。げんに僕の旧制高校時代でも、映画熱が結構盛んだったが、何よりも西洋のもので「モンタージュ」なんていう同人誌まで出ていたりした。もう一つは、あなたのゴーゴリにも関係があるけれども、高校演劇というのがなかなか盛んで、芝居も『検察官』をやるとか『どん底』の一部をやるとか、それから、僕も高校生になっていきなりオニールの『エンペラー・ジョーンズ』を見せられた。これはアフリカの王様か皇帝が気が狂って林の中を逃げ回るという話で、ストーリーの運びもとても前衛的なようなモダンなもので、こんなわけのわからない芝居を上級生はやっているのかと思ってショックを受けました。だからゴーゴリとかゴーリキーという名前、それから、ロシア映画、フランス映画、ドイツ映画はいいが、ハリウッドはつまらぬとかいうふうな話をしていました。

後藤❖そうすると、一応モダニズムの……。

佐伯❖名残みたいな。もう日中戦争の最中というのに、ね。

後藤❖ですから、佐伯さんの場合は、青少年時代に一応モダニズムの洗礼みたいなものは受けておられると思うのです。

佐伯❖それはありますね。

後藤❖僕らの場合は実はそれがありません。昭和一けた時代はまだ若干モダニズム的な雰囲気があったと思うけれども、いかんせん僕らはまだガキでしたから、それを知的あるいは感覚的に自覚することはできなかったわけです。

佐伯❖今振り返ると、もう嵐が日本に迫っていたけどちょっと不思議なくらいの小春日和、「インディアン・サマー」という言葉があるけど、そういう時期だったかもしれませんね。

後藤❖その時代に何歳だったかというのは、日本人としてとても重大な問題だと思いますね。

佐伯❖あのころは「教養」という言葉がやたらにはやったんですよ。河合栄治郎さんという東大の先生がいて『学生と教養』とか『学生叢書』というのがあって、僕なんかも少なくとも二、三冊は読んだし、河合さんの講演も高校で一度はうかがったと思う。でも「教養」というのは何よりもヨーロッパ志向で、いわばドイツ的「ビルドゥング」だから、やっぱり岩波文庫の赤帯ということになる。

後藤❖日本文学の伝統はフランス文学であり、ロシア文学だと横光利一は『純粋小説論』でいってますね。

佐伯❖あのころは、岩波文庫の赤帯で出ている作品は、変な悪い翻訳で何だかわけのわからないものでも、とにかく読みましょうみたいな感じで、実際あんなのは随分むだをしたと思うけど、やたらと読みまくって、例えばアンドレ・ジードなんて当時は本当に神様みたいな感じだった。小林秀雄さんなんかもジードっていうから『狭き門』ぐらいは恋愛小説だから一応判るんだけど、初期の『地の糧』とか、ああいうアフォリズムなんて読んだってよくわからない。それに『贋金つくり』なんて小説は妙にこりすぎて難しい。だけど、これを読まなくちゃと思ってた。そのうちにヴァレリー、アランなんていうのも文学青年は読まなきゃいけないみたいなね。

後藤❖そこのところが僕らの世代と佐伯さんの世代の違いで、そこに何か一本線が引かれるような気がするんです。つまり、佐伯さんの世代までは一応モダニズム、外国文学、あるいはリベラリズムでもいいですが、そういう近代の洗礼を受けた上で戦争を体験されている。ですから、戦争という闇に対してある程度否定的な考えというか批判的な考えを持てた。ところが、僕らの世代になりますと全くガキでありまして、戦争に対して批判する能力、知識が皆無だったわけです。

佐伯❖いきなり戦争がバシッと来たものね。

後藤❖とにかく生まれたときから戦争をやっているという形で、日本人は戦争をやるのがあたりまえだ。これについて批判するとか、どこか他の国や他の歴史と比較して考えるとか、そういう比較的な視野、視点が全然なかったんです。それが今度はいきなり敗戦になりまして、中学一年で敗戦になると、全くチンプンカンプンの状態ですね。

佐伯❖本当に気の毒なぐらいもみくちゃにされたわけですね。

後藤❖今度は民主主義ということで、軍国主義に対して全く無批判、無自覚であった旧制中学一年生が、いきなりアメリカ式のデモクラシーを教え込まれる。教科書もズバリ「民主主義」、民主主義という必修科目ができちゃったんですよ。

佐伯❖ヘェー、ほんと（笑）。

後藤❖これは昔でいう修身、道徳に匹敵する講義ですね。

佐伯❖一切のものが民主主義さまさまになっちゃったわけだ。

後藤❖今度はこれが絶対正しいということになってしまった。

佐伯❖それは僕らとは本当に違うな。

後藤❖同じ日本人でも、十代の経験として全く違うものだと思うのです。

戦中・戦後の文学体験

佐伯❖僕らはそんなに批判精神を持っていたわけじゃない。でも、あの時代に何となく英文科に入っちゃったわけです。考えてみると、あのころは英語廃止なんていう声が出たり、英語は敵性語だからけしからぬみたいな雰囲気があったことはあった。だから、英文科なんかに行ったら一体どういうことになるのか本当は考えなきゃいけないんだろうけど、こっちは文学にイカレた青年だから、西洋文学をやっていれば、矢でも鉄砲でも来いとはいかないけど、何か西洋文学が絶対みたいな、信仰に似た変なものがあったのだと思う。

だから、その後、日米戦争が始まっちゃって、アメリカ文学を読もうなんて思っていたら、にわかに敵国の文学になりかわったんだけど、さしてショックは受けないし、やめようとも思わない。それで一応、卒業論文を書いて、ぎりぎりのところで押し出されて、そのまま海軍に入ったわけです。負けたら、なまじ英語をやっていたから、今度はリエゾン・オフィサーというのでまた呼び出されて、九州で占領軍と折衝する係をやりました。向こうも学生上がりのオフィサーがいて、「おれはアメリカ文学を専攻して、メルヴィルで卒業論文を書いた」なんていうとびっくりするわけです。「戦争中に日本でアメリカの小説を読んでいて叱られなかったのか」「いや全然。叱られるどころか大威張りで卒業した」なんていった思い出もあります。だから戦争中といっても、随分いろいろなレベルがあるというか、等し並みにはいえない。

ただ、高校のときに僕らの先輩がつかまったんです。僕なんかも『唯物論教程』だったか『世界哲学史』だったか、そういう本を読書会で読まされた。しかも、そのころ会に入る人が余りいなかったから、先輩が個人教授、テューターで僕の下宿までやってきて、第何章まで読んでおけということで初めに何回かコーチを受けたんですよ。そういう人たちが一斉につかまったんだけど、たらい回しぐらいで、数ヵ月留置されて出てきておさまって、もう亡くなりましたけど、その一人は戦後社会党左派の代議士になりました。だから、左翼の本を一緒に読もうという程度で大した運動じゃなかったとは思うけど、そういう名残もまだあったし、ロシアは文学も政治もすごいというふうなこともあったわけです。

こちらは富山高校の時分、たしか文春の「銃後講演会」というので菊池寛と一緒に小林秀雄さんがいらした。残念ながら小林さんはしゃべらなかったので、それなら学校の「文芸部」というので小林さんのお宿に押しかけて行って「やはり駄目だ」とわかっても、二、三十分粘って何とかお話を伺ってきた。小林さんはそのとき「文学が好きなら誰か作家の全集をとにかく読んでみることだ。トルストイなんかいいよ」とおっしゃったんです。そのときまでトルストイは読んでいなかったんだけど、これは読まなきゃと思って、神田へ行って全集を買い込んできて、半年ぐらいかけて読みました。小説はすごくおもしろかったけど、論文や何かわからないところもある。しかし、トルストイ全集をとにかく通読したんです。小林さんの霊験あらたかで、僕はついに文学から足を洗えないで今は七十代になっちゃったという気がするんです。やはり「文学カルト」、小林教の信者みたいなもんですね。

後藤❖ 僕らの場合は、全くゼロの状態で敗戦になり、学校では民主教育になった。僕自身はそれまで文学的な体験は全く無ですから、野球やっていたんです。ちょうど全国中等野球と高校野球の端境期でした。

僕は北朝鮮の元山中学というところから福岡県立朝倉中学という旧制中学へ転校してきて、何をやっていいか全くわからない。おやじは民間の人間だったんですが、予備役の陸軍中尉でしたので、自分も陸軍に入るのがあたりまえだと思っていて、幼年学校か士官学校を受けるつもりだった。

ところが昭和二十年八月十五日、突然それがなくなってしまった。これは妙な比喩かも知れませんが、例えば劇場の前にずっと列をつくって並んでいたら「芝居はもうおしまい」といわれたような感じでした。今考えると、一種幻想的な感じだったような気がする。原因がわからないわけです。なぜ芝居はもうおしまいなのか、チンプンカンプンである。しかし、劇場そのものがおしまいという形なんですね。

佐伯❖ いろいろなところでチョン切られたような感じですね。

後藤❖ 途方に暮れるというより、幻想的ショックでした。日本に引き揚げてきたあと、僕は何となく野球部に入りました。ノックするとボールの糸が切れるわけですが、あのころはボールもなかったものですから、糸の切れたボールを家に持って帰って、夜なべに破れた硬球の革と革を縫い合わせる。それをまた翌日持っていって、糸が切れたら持って帰って縫う、そういう実に単純なことを繰り返していたわけです。

そのうち、中学の三年ぐらいだったと思うのですけれども、ある日、偶然に芥川龍之介の全集に出会ったわけです。僕の家は引き揚げてきたんですが、親戚に割合に本を集めている家がありまして、そこでたまたま芥川龍之介全集に出会いまして、全くゼロの状態、白紙の状態で読んだわけです。

佐伯❖これは大きいね。

後藤❖僕は、それまで小説というものを本当に知らなかった。少年文学しか知りませんでした。ところが、芥川を初めて読んで、何かおもしろくなってしまったんです。あれは厚い全集で、恐らく岩波から最初に出たものだと思います。

佐伯❖一番初めに出た全集は、僕もたまたま持っていますけど、随分大型の本ですよ。

後藤❖ええ、紺色の布張りの大型の本です。

佐伯❖息子さんが子供っぽい字で「芥川龍之介全集」と書いている。

後藤❖金釘流でおもしろい字ですね。あの本なんですよ。あれはたしか十巻か十一巻ぐらいでしょうか。

佐伯❖もっと少ないと思うけどね。

後藤❖九巻ぐらいでしたかね。あれを始めからしまいまで全部バーッと読んでしまいまして、小説というのはこんなにおもしろいものかと思いました。結局それが文学入門みたいな形になって、野球少年から突然、文学少年に変わった。

佐伯❖芥川による文学開眼だね。

後藤❖これは非常に単純といえば単純だし、明快といえば明快ですね。これが文学だとすれば、文学というものは何かおもしろい。後からいろいろ考えてみますと、芥川はいわゆるペダンチックなところがありますし、パラドックスがある。衒学的かつ逆説的であるということで、生意気盛りというか、中学三年とか四年生ぐらいだと、ちょうどピッタリ来る。

佐伯❖『侏儒の言葉』とか、アフォリズムもあるしね。

芥川による入門

後藤❖僕は小説は先行作品の模倣と批評だと考えていますから、その意味で芥川は実に原理的な文学入門だったんじゃないかと思っています。

佐伯❖芥川というのは実にいい入門ですよ。彼を通して、西洋、日本、色んな所へ道が通じているからね。あの人は、実に素直に西洋文学につながった。そして、それがそのまま日本の文学伝統にも通じていたからなぁ。

敗戦から五年後、僕はアメリカ文学だったりしたものですから、たまたまアメリカに留学することになりました。まだ二十代だし、まじめに文学研究というよりは、向こうの文学青年というのは、どんなやつでどういうことをやっているんだろうという興味の方が多かったのね。

ところが、アメリカの大学に行ってみると、アメリカ文学、英文学のコースとかいろいろあって、僕は大学院生のコースなんかにも出ていたんだけれども、いわゆる文学青年くさいやつが非常に少ないんです。教授にいわれたテキストを一生懸命読んできて参考書も読むという非常にまじめな勉強家が多い。日本の文学部というのは、学校をバカにして、手前勝手なものを読んで、わからなくても教師の悪口をいうみたいな気風だから、随分違うなと思ったわけ。

僕が最初に行ったのはウィスコンシン州の州立大学ですけど、同人雑誌みたいなものもあるだろうと思ったら『ジェネレーション』という詩とか短篇なんかのが一種類あるだけなんです。しかも、学校が幾らか補助を出したのかな。「三田文学」とか「早稲田文学」のように半分学校がスポンサーみたいなもので、いわゆる同人雑誌は全然ないんですよ。

幾らか物を書くやつと親しくなってみると「短篇を書いたので、どこかの編集部へ送ってみようと思う」というわけ。僕らだったら、そういう連中が集まってとにかく雑誌をつくって、お互いに批評したり、先輩に送ったりするけれども、そういうことが全くない。

後藤❖それは日本文学を研究している学生ですか。

佐伯❖いいや、全然そうじゃない。英文科の生徒です。そのころ日本文学研究は、ハーバードとコロンビアに少しいたぐらいで、日本は全然相手にされない。

僕が比較文学のコースに出たら、それはオルシーニというイタリーからやってきたクローチェの弟子だった比較文学の先生で、文芸批評史みたいなものをおやりになってなかなか立派な人ではあったんだけれども、日本文学で出てきたのは、俳句とお能だけですね。俳句とお能のときは「佐伯、おまえが説明しろ」といわれた。僕は俳句もお能も余り知らなくて、英語でどうやって説明したものかなんて思ったんだけど、それぐらいにほとんど全く知られていなかった。

それから十二年たって、ちょっと教えに来いというので、今度はミシガン大学に行きましたが、ちょうどそのころになると、一つは黒澤映画ですね。パーティーなんかで日本人と判ると「ラショウモン!」っていう人が何人もいましたよ。

後藤❖あれはグランプリになったんですね。

佐伯❖ええ、そうです。振り返ってみると、芥川は最初にアメリカに知られた日本の作家ですね。「ラショウモン」もあるけれど、それ以前に実は戦後間もなくの頃まだ兵隊版「タイム」が出ていて、僕らはそれをアメリカ兵からもらって読んだりしたんだけど、その一つに芥川の写真がのっていて驚いた。要するに芥川の『河童』の英訳が出たんです。日本人は軍国主義で凝り固まっていたとばかり思っていたが、これはまさしく「ジャパニーズ・スイフト」だ。日本は、こんなにソフィスティケーテッドで、しゃれた作家を持っていたんだというわけです。

後藤❖それは戦後訳されたものですか。

佐伯❖恐らく戦後間もなく出たと思う。「タイム」はニューズ雑誌ですから、文学をそんなに重視するということではなかった。書評は大概一、二冊ぐらいしか取り上げないわけだけれども、それに芥川が非常に大きく取り上げられて、こっちもちょっと肩身が広い思いをしました。

――語学将校の日本文学紹介――

後藤❖ドナルド・キーンさんなんかとの出会いはどのあたりですか。

佐伯❖彼は戦争中か一寸前ぐらいにですね……。

後藤❖佐伯さんが語学将校とおっしゃっているあれですね。

佐伯❖そう。ランゲージ・オフィサーです。その前から少しやっていらしたらしいけれど。キーンとかサイデンステッカー、ヒベットとか、僕が知り合った最初の世代の日本文学研究者は、基本的にはみんな僕らと同じ世代で、戦争の必要に応じて日本語をやらされたわけです。

　あのころアメリカはなかなかうまいことをやった。おまえ、日本語をやらないか、中国語をやらないかと、語学の才能のある人間をスカウトし、二十四時間教育に近いような猛烈な教育をやって、半年ぐらいで日本語をマスターさせたわけ。

後藤❖日本文学じゃなくて日本語を勉強させた。

佐伯❖ええ。おもしろいことに、語学の才能のある人ばかり選び出したんだけれども、日本語をやって途中で脱落したとか、日本語は一応マスターしたけれども、文学までやる気はないといって、アメリカ文学やフランス文学をやった人に後で会ったりして「おれも少しは日本語ができる。戦争中にやらされたんだ」と聞いて、へェーと思ったけど、要するに日本語に関する一種の精鋭部隊が戦争中にできちゃった。

　僕が敗戦でリエゾン・オフィサーをやらされた最初は九州の佐世保ですけれども、最初に会ったアメリカの語学将校がいきなりいった言葉を今も覚えています。「戦争中に神宮外苑がイモ畑になったなんて、うそだろう」っていきなりいわれたんで僕もぎょっとした。恐らく神宮球場もイモ畑になっていたとは思うけれども、こちらは戦争中は東京を離れていたからわからなかった。そういうことをアメリカ人が……。

後藤❖情報として知っている。

佐伯❖あるいは子供時代、日本にいたことがあるアメリカ人じゃないかとも思うんですけれども、それきりでその後、会わなかったから、彼の正体ははっきりしない。

　キーンさんはそのとき九州にいなかったけど、サイデンステッカーは明らかにいたんです。かけ違って会わなかったけれども、その語学将校たちはみんな、アメリカがリプリントした研究社の大和英や漢和辞典、国語辞典、それから大きなローマ字の日本の地名辞典を持っていました。これはかなわない。最初から勝つつもりで、占領後どうするかということでやってやがったなと思いましたね。

後藤❖語学将校的な形で日本語を勉強された方の中から、キーンさんとかサイデンステッカーさんとかヒベットさんとかが出てきた。それで、戦後日本の古典を訳したんですね。

佐伯❖ええ、そうです。『源氏』訳は、ご承知のように古いウェイレー訳が戦前から出て、かなり知られていたわけです。サイデンステッカーの訳はだいぶ後、七二年ぐらいになりますか。彼は最初はたしか『蜻蛉日記』だったし、ヒベット氏は江戸の浮世草子、洒落本かな。キーンさんは近松門左衛門が最初か、随分いろいろなものを訳されたから。

後藤❖近代文学の翻訳はどうなんですか。

佐伯❖僕が六〇年代に教えに行ったとき、既にキーンさんの二冊本の『日本文学選集』が出ていました。古代から江戸までの一冊と明治初めから川端康成、三島由紀夫まで来る近代版の二冊を丸一年かかってやりました。ほかのものも読ませましたけれども、それが講義の基本になりましたね。

後藤❖英訳されたものを使って教えられたわけですね。

佐伯❖ええ。日本語とは関係ない一種の教養コースだったんです。だから、ナースクールの人とか、サイコロジーの人とか、ソシオロジーの人とか、いろいろ来ていました。

その後、だんだん日本文学が専門化して、その入門のために来る人の比重がふえましたけれども、初めのうちは、日本文学という変わったエキゾチックな外国文学のコースで、何かおもしろいことがあるだろうと思って来ていたわけです。

だから最初のころは、学生からとんでもない質問というか意見が出るんで、おもしろかったですね。例えば『万葉集』だと枕詞がいろいろあるでしょう。枕詞をそのまま英訳すると、非常に変わった独特なイメージになる。「山鳥の尾の長々し夜」なんていっても、こっちは音調だけで山鳥の尾なんてそんなに思い浮かべないぐらいだけど、鳥の尾っぽと長さがこういうふうにつながっているなんていうのは、まあ前衛的に近いようなイマジストみたいな感じがあるじゃないか、と。

それから十七世紀の英国の詩で「メタフィジカル・ポエット」というのがあります。「メタフィジカル」ということはわけのわからないという悪口で、ジョン・ダンとかいろいろいたんだけど、変なメタファーをいろいろ使ったんです。そういうものを『万葉』は既に先取りしているなんていう英文科のやつがいて、こっちも得意になって「その通り」なんてやっていた(笑)。

英語による文体の平準化

後藤❖『万葉』から『源氏』『平家』、それから近代文学で川端とか谷崎潤一郎とか芥川を英語で教えられて、学生の方はそれを英語で読む、あるいは聞くという場合、例えば『源氏』の文体と芥川の文体、古文と近代文学の差が英語では余りない。ほとんど同じ文章で書かれているという形ですね。

佐伯❖ええ。ただ江戸の例えば井原西鶴とか近松はスタイルがかなり独特でちょっと毛色が違うから、相当苦心して訳されるらしいですけれども、しかし、英訳となるとある意味では驚くほど平準化されちゃって、それだけに、逆に日本文学に対する生な評価がストレートに出てくるところがある。

僕のそのときの発見の一つは、平安朝がいかに普遍的な時代かということですね。『源氏』は勿論、女流日記も『枕草子』もじつにストレートに、そのまま通じちゃうのね。これはえらいもんだと改めて感じさせられた。江戸時代の例えば近松の心中物なんて、こっちも割に乗って教えられるし、ロミオとジュリエットの悲劇みたいなものだから、向こうにも受け入れられやすいと思っていたんだけれども、キリスト教は自殺ということに非常に厳しかったから、これは後で変わってくるけど、六〇年代初めぐらいの学生はかなり抵抗を持ったな。しかもロミオとジュリエットがともに死んだのならまだいいけど、いわばプロスティチュートと商店のクラークか何かが心中するわけでしょう。それ自身はロマンティックとはいえない。しかし、それが大変叙情的に美化されて、全面肯定でうたい上げられている。彼らは最初それにには大いに抵抗したものです。僕の方は、封建時代はいろいろ抑制が強いから、恋愛して思い詰めたら、そこまで行くほかはないとか一生懸命弁護するようなこともありました。でも、六〇年代後半となると反ベトナム戦争、ヒッピーの世代で、「ラヴのために死ぬ」、大いに結構じゃないかと変わってきた。

共時的な文学史の意識

後藤❖佐伯さんもお書きになっておられますが、芥川の最晩年、谷崎との間で論争とはいえないのですが、かなりまとまったやりとりがございましたね。あそこには日本近代文学の重要問題がいろいろ出て来る。今日のテーマでいうと外国文学との関係も、芥川はいろいろと作家作品を挙げているけれども、嚙み合わない。そのズレがズレのまま、現在われわれの問題として引きずられて来ているという風にもいえると思いますが、とりあえず今のお話に継いでいえば、英語に翻訳された日本文学という形で考えると、逆に日本人の方が文体の壁を持っていて『源氏』とか『平家』をそのまま読めない。逆にアメリカの学生の方が、英訳されているから、平安だろうが、江戸だろうが、近代だろうが、英語としてスッと読んでしまう。そこのところがおもしろい。また同時に大問題だとも思うわけです。

佐伯❖逆に考えると日本は翻訳文学が実に豊富な国で、オーバーにいえば、ホメーロスだろうが、ダンテ、ドストエフスキー、トルストイだろうが、みんな現代日本語で読める。それは外国では類が少ないようなことで、特に五〇年代のアメリカなんて、やっと外国文学の翻訳を大学生に教室で読ませるわけです。

例えばトーマス・マンの『魔の山』の英訳も読ませるし、プルーストの英訳も読ませるというコースがあって、アメリカってなんて親切なんだろうと思いましたね。僕らはみんな手前勝手に、岩波文庫その他翻訳全集でわからないなりに一生懸命読んだのに、それを教室でちゃんと取り上げていろいろディスカスしたり、先生が解説してくれたりする。ちょっと親切過ぎるんじゃないかなんて冗談をいった覚えもあります。アメリカの大学は「世界文学」というコースをつくったりして、いろいろな外国文学を広く読ませようということを大学が主体的にやったけれども、僕らはある意味からいえば、高校生、早熟なのは中学上級生ぐらいから翻訳全集を読んでいた。日本の文学青年にはそれが必読書みたいなものだった。

だから、僕らが文学少年のころに、日本の文学青年はみんな日本の作家よりまず赤帯の方を愛読するということで「日本の純文学の敵は岩波文庫の赤帯だ」という川端康成さんの名言があった。僕らの気風からすると本当の文学はヨーロッパにある。こっちは翻訳で読んでいるけれども、横光利一さんよりはジードの方が本物だみたいな気持ちが戦争中の文学青年の僕らにまで牢固として生きていた。

明治以後、坪内逍遙さんが『当世書生気質』をお書きになったわけだけれども、あの人の『小説神髄』にしたって英語で読んで英文学を通して西洋文学に開眼して、日本の文学はこのままじゃいかぬという一種の啓蒙主義的衝動に駆られたわけです。坪内さん以来の西洋文学に対する憧れの念みたいなものが、脈々と続いてきたという気がするんです。

後藤❖僕の場合は、さっきもお話ししたように芥川がきっかけになって、円本をとにかく右から左まで、わかってもわからなくてもみんな読んでしまう。円本が終わると、新潮社から出ていた世界文学全集をまた右から左までダーッと読んでしまうという形をやったわけです。これは昭和二十年以後ですから、円本も世界文学全集も全部同時に来ちゃった。しかも、そこに戦後文学も来ている。これが僕の文学体験でありまして、みんな同時なんですよ。世界文学、円本、そのうち第一次戦後派の武田泰淳、椎名麟三、野間宏、梅崎春生とかが出てきて、三島の『仮面の告白』です。それから安岡章太郎、吉行淳之介、小島信夫そして島尾敏雄、その辺までをほとんど同時に体験した形になったんですね。

佐伯❖感受性の点で相当もみくちゃにされちゃうわけね。

後藤❖文学史が、ほとんど時間を無視した空間的な体験になってしまっているんです。

佐伯❖これは恐るべき同時性だね。

後藤❖ただその同時性が、逆に時間的というか通時的な教科書的な文学史ではない、いわば共時的な文学史の意識になったようです。つまり、さっきの佐伯さんのお話に継いでいいますと、実は逍遙の『小説神髄』を最近読み直したのですが、なかなか面白かった。特に「文体論」です。もちろん、あれだけを孤立させて考えると限界があるけれど、二葉亭の「言文一致」につないで行けば、漱石にもつながって来る。そういう読み直しが必要じゃないか。

例えばジードが本物で横光はモノマネじゃないか、という読み方ではなくて、問題は日本近代文学の文体だと思います。横光の「国語との不逞極まる血戦」は、その意味で重大です。また、僕がさっき大問題だといいましたのは、英語に訳された日本文学が、『源氏』『平家』から谷崎、芥川、川端、三島まで、同じ文章、平準化された英文であるとすれば、日本近代文学の最重要問題である「言文一致」の問題が見えなくなるのではないか。僕は日本近代小説は、西洋文学との混血＝分裂であり、模倣と批評であり、二葉亭四迷、漱石から芥川、宇野浩二、谷崎、荷風、横光、牧野信一、太宰など皆そうだと思います。更にいえば小説というジャンルそのものが、他ジャンルとの混血＝分裂、模倣と批評による「超ジャンル」だという風に考えております。

佐伯❖僕はあなたのご本を何冊か拝見して、とてもおもしろかった一つに、ゴーゴリのことで宇野浩二の『蔵の中』の話があります。『蔵の中』は僕も戦争中ぐらいに読んで、何だか浮世離れしたおもしろいロマネスクな世界だなと思ったんです。特に、戦争とは全然縁もゆかりもない話だから、うっとりするみたいな別世界に誘い込まれた覚えがあるけれども、あのもとは近松秋江の実生活上の挿話で、そういうのを宇野流の語りでやっているうちに、これはあなたの独創的発見だと思うけど、あれはどうやら田山花袋の『蒲団』のパロディじゃないかという説が出てくる。それはこっちも新発見というか、批評家も誰もそんなことをいっていないはずで、そういわれてみると非常におもしろい洞察だなと思いました。

後藤❖『芋粥』の芥川と『蔵の中』の宇野は同時代で、個人的にはよくつき合って仲もよかった。ところが、そういう文壇的なつき合いとか、伝記的な上での交流はよく語られるのですけれども、作品として『芋粥』と『蔵の中』を比較する読み方はぜんぜんされませんでしたね。

佐伯❖それはちょっとおかしいね。

後藤❖確かに『蔵の中』と『芋粥』は、直接はあまり共通性がない。しかし、ゴーゴリの『外套』を間に挟みますと、きちっと三角形ができるんですね。僕は、テキスト的関係といいますか、比較文学的な影響関係ということではなく、テキストとテキストを比較して読んでいくことが必要じゃないかと思います。

佐伯❖そういう点で、日本の近代文学はとてもおもしろい同時性がいろいろなところにあって、ある意味では、ロシアとイギリスが同居していたり、フランスとどこかが同居したりということがある。そういう西洋文学の日本的な摂取というか、田山花袋もまさに西洋文学にイカレて、彼の『蒲団』はハウプトマンか何かを自分で演じちゃうみたいなところがあったといわれているわけでしょう。そういうふうに、近代日本では西洋文学にイカレて、それを実生活で演じちゃうというような、突っ放していえば悲喜劇ですけれども、そういうものがいろいろなところで起こっていたと思うのです。

その一つの典型として森田草平の『煤煙』があると思います。実は今度、僕が関係している世田谷文学館で、明治の女性運動の正統派、平塚らいてうさんなんかの特別展示をやるんで『煤煙』を読み返してみると、小島信夫さんも森田草平と漱石の関係をとてもおもしろく論じてらしたけれども、あれは全くダヌンツィオの影響が強すぎるくらいにあった。あのころダヌンツィオの小説がはやっていて、森田草平はそれを英訳かで夢中になって読んで、恋人にも読ませる。二人でダヌンツィオの小説を地でいこうとして、身につかないようなことをいろいろやって、結局、何のために死ぬのだか全然わからないのに、塩原の雪山で心中の真似事までやらかす。そのもとの動力はどうもダヌンツィオにイカレたということだと思うんです。

後藤❖『死の勝利』ですね。

佐伯❖ええ。それにイカレて二人ともまるで『死の勝利』の作中人物になったような気持ちになってしまった。草平という人は、もともとちょっと素っ頓狂な、おもしろい人ではあるけれども、西洋文学を本当に自分の身で演じて見せたという感じでしょう。

翻案とパロディ

後藤❖今は余り使いませんが、昔は翻案というジャンルがあったんじゃないでしょうか。

佐伯❖尾崎紅葉あたりからいろいろありますね。

後藤❖近代文学研究者で『蒲団』を翻案小説に入れている人がいましたね。

佐伯❖これはアイデアとしてはおもしろいですね。

後藤❖しかし翻案小説というジャンルは、今まで一段低く見られてきたんじゃないでしょうか。

佐伯❖あなたのお得意でもあるから、あえて持ち出すけど、上田秋成の『雨月物語』なんかれっきとした翻案ですね。研究者がやってみると、驚くほど中国ダネそのままみたいなところがいろいろある。それでいて見事に日本文学にもなっている。紛れもなく日本のものになっていて、作品として生きていますね。

後藤❖秋成の方がすぐれている作品もあるんじゃないでしょうか。

佐伯❖江戸のほかの純国産の作品を、中国ダネの力をかりながら変に乗り越えちゃって、一気に近代に突入しちゃったようなところがある。

後藤❖秋成の場合、はっきりパロディといえると思います。

佐伯❖日本では明治以後、そういうおもしろい文学のドラマが甚だしくなって、ある意味ではこれが現代にまで及んでいると思うんだ。君が先ほど言及してくれた例の谷崎・芥川論争ね。あれは晩年弱気になった芥川が、谷崎に一気に寄り切られたみたいに受けとられてきたけれど、なかなかそんなもんじゃない。ということを、実は『物語芸術論』というので、わりと詳しくつついてみたんだが、あまり反響もなかった。でも、昭和の梶井基次郎、太宰治、またいわゆる第三の新人の世代につながる問題がほとんどみんな出ていますよ。

後藤❖芥川の場合『今昔』『宇治拾遺』『古今著聞集』などの古典を素材に使って、それを変形させるというか、近代小説につくり直す作業と、もう一つは西洋のもののパロディですね。これは佐伯さんもお書きになっておられたのですが、太宰もそうですね。彼ほど古今東西のテキストを縦横無尽に使った作家はいないんじゃないでしょうか。

佐伯❖「行くとして可ならざるはなし」の大翻案家みたいなところがありますよね。

後藤❖太宰と芥川は、聖書を非常にうまく使っていますね。

佐伯❖両方とも実にうまく使っている。テキストから別の新しいテキストを続々とつくり出すわけですね。

後藤❖日本近代文学とキリスト教の関係も非常に重大だと思いますが、芥川や太宰の方法に関して、佐伯さんは「再話」という言葉をお使いになっていたと思います。確かに再話といってもいいと思うし、あるいは「翻案」という言葉でいわれた場合もあったんだけど、僕は先行作品の模倣と批評すなわちパロディだと考えています。これは『ドン・キホーテ』以来の小説の基本であって、要するに「読んで書く」ということです。

もちろんこれは僕の発明発見でも何でもなくて、それこそエリオットの文芸批評論にも堂々と出てくる。要するに、テキストとか作品というものは、孤立してあるものではない。独創だけじゃなくて、必ず過去の作品、同時代の他の作品との関係の中で存在しているといっています。別にエリオットを持ち出す必要はないのですけれども、僕自身が実際小説を書いていまして、あくまでも読んで書くというのが原則じゃないかと思うわけです。早い話、いかなる天才作家であっても、小説を読まずに小説を書いた人は多分存在しないんじゃないか。これは別の場所でもいったことですが、ドストエフスキーが「我々は皆ゴーゴリの『外套』から出てきた」といったかいわないかよくわかりませんけれども、そう伝承されている名文句があるわけです。つまり自分はいきなり『貧しき人々』を書いたわけじゃない。その前にゴーゴリの『外套』があって、我々はそれをテキストにしてつくっている。

テキストによるテクスチャーといったものが基本的にあると思うのです。小説というのはそういうジャンルだと思います。

佐伯❖なるほどね。大筋は大賛成ですが、ただ日本の近代文学史を振り返ってみると、まるっきりの物真似、どうしようもないものもかなり目立って、プラスマイナスが微妙に絡み合っているところがある。つまり『煤煙』あるいは『蒲団』でもいいけれども、今から見ると、西洋文学にイカレた、何ともつき合い切れないというふうなところがある。これが喜劇として書かれていればいいけれども、当人があまりきまじめにやり過ぎて、こういっちゃ失礼だけど、第一次戦後派の中にもドストエフスキーの口真似とか、サルトルばりとか、カフカばりとか、いろいろな口真似が相当見つかる。

それはあなたがいわれたように、テクストをまた自分流につくり直すということだから、おかしなことじゃないかもしれないけど、離れてみると、かなりの喜劇も演じてきたと思うんです。批評家もまた、これをそのまま真に受けていて何とかイズムとか何とか運動なんて言いたがる。

後藤❖しかしそれは文学だけの問題ではなく日本の近代そのものの問題じゃないでしょうか。「和魂洋才」というと、いかにもうまく統一されているように見えますけど、要するにこれは「和魂」と「洋才」の混血＝分裂です。またドストエフスキーの話が出ましたが、近代ロシアそのものが「露魂」と「洋才」の混血＝分裂でありまして、ドストエフスキー自身「ヨーロッパの知識文明を身につけたためにロシアの大地から切り離された人間、それがロシアの知識人だ」といっています。ですから問題は、その「喜劇としての近代」をいかに書くかということになるのではないかと思うわけです。

佐伯❖ただし、そういう喜劇だけを強調するのは、批評家的な冷淡な第三者の見方になって、その悲喜劇がくんずほぐれつ行われてきたところに、日本の近代文学の熱気もあり、ややこしさもあり、可能性もあったと思うんです。

ただ、時には先行のテクストとの格闘だったり、時にはすっかりイカレちゃったり、あるいはただの物真似だったりするけれども、しかしそこに一種の妙な熱気をはらんだものがずっと続いてきたのが、最近に至ってそれが急激に冷却し、このまま消えていくのではないかという危惧も覚えますね。

後藤❖おっしゃる意味はよくわかります。ただ『蒲団』の場合は、さっきのパロディの問題があると思うんです。

佐伯❖だけど、こっちは大まじめで、それなりの熱気はあったんですよ。

後藤❖そうなんです。『蒲団』は中村光夫さんの『風俗小説論』のターゲットになったわけですけれども、しかし『寂しい人々』と比較して、きちんと読み直してみると、花袋が逆にハウプトマンをうまく使っているところもあります。

佐伯❖僕はハウプトマンは読んでいないけれど、そうですか。

後藤❖読み比べてみますと、中村さんが指摘するように、花袋がハウプトマンの作中人物に完全になり切ってしまっているとはいえない。ハウプトマンの主人公は、自分の家に入り込んできた若い哲学少女にイカレてしまう。それこそメタフィジックな対話を交わしているうちに、その世界の方へ入り込んでしまって、日常的な奥さんが嫌になる。それで三角関係になってもめるわけです。結局、親が出てきたり何かして、主人公はその少女を家から出さなきゃいけなくなっちゃう。そして彼女が家を出た直後に自分も湖にボートを漕ぎ出して行方不明になる。そういうロマン派的な自殺文学です。ところが花袋は、それをああいう形に書き変えたわけですね。

佐伯❖あれは何しろセンチメンタルすぎる、滑稽なものだと思っていたけれども、ハウプトマンのテキストを向こうに置いてみると、別のおもしろみも出てくる訳ね。

後藤❖そうなんです。僕はその点をいま読み直さなければいけないと思う。ところが、宇野浩二の『蔵の中』はその『蒲団』をもう一度パロディにしているわけです。おもしろいのは『蒲団』の場合、神戸女学院を出た庇髪（ひさしがみ）のハイカラでモダンな近代の最先端を行っているような若いお弟子さんにイカレて、ああいう形になる。

　ところが宇野浩二の場合は、逆になっているんですね。イプセンの『人形の家』のノライズムにイカレている女優志望の女性を逆に風刺しているわけです。フェミニストが聞いたら激怒するかも知れませんが、女性に人形の衣裳を脱がせるような思想なんて、おかしな思想を流行らせたもんですね、というふうにイプセンをからかっている。また『蒲団』では逃げてしまった若い女弟子の蒲団をかぶって中年作家が泣くわけですが、『蔵の中』では中年作家が質屋の蔵の中で質入れされた蒲団にもぐり込んで、出戻りのヒステリー美人と昔話をする。これもパロディですね。

佐伯❖宇野さんは本当にしたたかだったな。ゴーゴリを英訳を通じて自己流に発見して、これをまるで「翻案」して使ってるし、ね。

後藤❖ゴーゴリの『外套』は九等官が外套を奪われて死ぬ話ですが『蔵の中』の蒲団は奪われたのではなく質入れされる。どちらも主人公にとって重大なものが「失われる」というテーマですが、「失われ方」が変形されている。さっき佐伯さんがおっしゃった熱気というのは、この先行テキストに対して、おれはこれをこう書き変えるぞという、そういう熱気じゃないかと思うのです。

―読み直しの時代―

佐伯❖文学共和国というか、文学ゾーンというか、そういうものが何かあって、くんずほぐれつしていた。ところが、世界的に見て、その熱気が今や急激に冷え込んできているように僕は思う。これは日本に限らない、文学そのものの大きな危機だという気がする。批評の上では、インターテクスチュアリティーとか、テクストと戯れるとか、いろいろしゃれた理論があったんだけれども、それが最後の嘆きの歌みたいなものになりかねない。

あなたは今、文芸学部ですか、ある意味ではアメリカのクリエィティブ・ライティングのコースを兼ね合わせたようなところで実際に教えていらっしゃいますね。僕は近ごろの若い人と接触する機会が急激に減ってはいるんだけれども、チラチラ観察しているところでは、僕らはどうしようもない文学青年で喜劇的なこともいろいろやってきたけど、何かそういう熱気だけはお互いに持ち合っていた。それがここへ来て、日本に限らず世界的に急激に冷却してきたんじゃないか。南アメリカのボルヘスやマルケスあたりが最後じゃないかな。

後藤❖私自身は今たまたま文芸学部という現場にいるんですけれども、いまの学生は読む力も書く力も、潜在能力としては充分に持っているのですが、自分がなぜ文学を選択したかという意識が非常に薄いんですね。早い話が宇野浩二の『蔵の中』をテキストに選びますね。初めは宇野の「ウ」の字も知らない。この作家は「大阪の人だよ」といっても、そんなことは全然関係ないわけです。芥川は読んでいないとしても名前は知っていますが、もちろん牧野信一は全然知らない。

ところが、おもしろいのは、宇野浩二と芥川をゴーゴリを間に挟んで読ませる。また、牧野信一をテキストに選び宇野浩二と比較して読ませてレポートを書かせると、ちゃんとしたレポートを書くんです。問題は、自分はなぜ宇野を読んでいるのかということがわからない。自分が選択したという意識が非常に薄いわけです。

佐伯❖悪くいうと、文学作品そのものがスーパーマーケット化しちゃって、いろいろ提供されれば「これは結構おいしいね」ということはいうんだけどね。

後藤❖そういう風にもいえると思います。それで書かせると、例えば五十人いれば、そのうちの七、八人から十人は八十点ぐらいのちゃんとしたレポートを書くんです。ところが、では、なぜ宇野浩二か、となると、さて、どうだったかな、ということになる。

佐伯❖後藤先生が読めといったから、ということになるんだね（笑）。

後藤❖ま、それをいっちゃあおしまいなんですが、ただ問題は彼らが習ってきた中学、高校の現代国語では小説を入試の国語問題として扱っています。つまり作者は何をいわんとしているか式のメッセージ探しですから、テキストを要約する訓練ばかり受けている。ところが、その小説が、どんな文章、文体で書かれているかという文体意識がまったく欠落している。そこから解放するには、小説を一行一行、徹底的に読む、読ませることですね。

佐伯❖その時期、文学好きなら世界の誰でもが話題にするとか、問題にすることはずっと連綿として続いてきたんだけれども、八〇年代さらに九〇年代になってくると、それが急激に減って、共通の名前というか、世界的な文学賞があったにしても、それを誰がもらおうと余り知ったこっちゃないという雰囲気でしょう。

別に賞なんか問題じゃないけれども、例えばジードとかサルトルとか、またヘミングウェイが新作を書けば、とにかくみんながジードは次に何を書くんだろうとか思う。そういうふうな感じは、今やどの作家を見てもほとんどないですね。

後藤❖初めの方で佐伯さんがおっしゃったように、小林秀雄を訪ねていって「トルストイを読め」といわれたけれども、そのとき読んでいなくて、これは恥ずかしいとか、読んでないとまずいぞとか思う。そういうものがないんですね。

例えば僕らが昭和二十年代の後半に大学に入ったときは、サルトル、カミュ、カフカだった。これは読んでなくても、読んだふりはしていないと具合が悪い。そういう意識が今は全くないんですよ。例えば、ここ一年間で読んでおもしろいと思ったものを三つとか五つ挙げろというでしょう。みんな全くバラバラで、僕が聞いたこともないようなものも出て来ます。分母というか基本や基準が全くない。

佐伯❖あなたのおっしゃるように、読ませればちゃんと合格点のペーパーは書くけれども、何かちょっとというのは、それこそ年寄りの愚痴かもしれないけど、ある意味じゃ、文学の生き死ににかかわるような新状況が世界的に起こりつつあるという気がしてしようがないね。

後藤❖つまり、われわれみたいに濫読する時代がなくて、与えられたテキストしか読まなくなっている。例えば『群像』の何月号に誰だれがこういうエッセイ、評論、小説を書いているから、読みなさい」というと、みんなきちっと買ってきて読んでいるんですよ。僕らの時代は逆だった。文芸雑誌なんてこっそり読んでいた。「おまえそんなもの読む暇があったら講義に出なさい」と怒られたものです。

佐伯❖逆転しちゃったかな。

後藤❖文芸雑誌がテキストに使われること自体は決して悪くはないと思いますけどね。

佐伯❖つまり「文学青年」の消滅というのは、ファッションが変わったというのではなくて、何かもっと大きな本質的な底ゆれの現れじゃないのか。勿論、かつての文学青年にとっての、西欧文学とか近代文学とかいうのは、大きに一つの「イリュージョン」だったろうけれど、そういう中から、芥川や太宰も、さらには漱石も鷗外も出てきた。それが、今消えかけようとしている。もともと「近代文学」カルトというのは、そもそも大宗教の弱体化、衰退が呼びこみ、生み出した現象ではないかという気もして、そう思えば、今や世界的にカルト宗教の時代みたいな所があるでしょう。そこまで話を広げると、ここではもう論じ切れないけれど、芥川、宇野、太宰にとっての「文学」の意味を振り返ってみる必要がありはしないかな。

後藤❖そういう意味で、読み直しの時代だと思います。小林秀雄のドストエフスキー論も読み直しです。二葉亭や漱石がやろうとしたことは、本当は何だったのか。日本近代文学は、先行テキストとしての外国文学を、いかに模倣し、いかに批評して来たか。明治・大正・昭和文学をその視点から読み直すことが必要だと思います。いかに読み直し、いかに書くか、ではないかと思います。

（一九九六年十月十四日）

❖著者

後藤明生―ごとう・めいせい

一九三二年四月四日、朝鮮咸鏡南道永興郡永興邑生まれ。敗戦後、旧制福岡県立朝倉中学校に転入。早稲田大学第二文学部露文学科卒。在学中の五五年に「赤と黒の記憶」が全国学生小説コンクール入選、「文藝」に掲載。卒業後、博報堂を経て平凡出版に勤務。六二年に「関係」で文藝賞佳作。六七年に「人間の病気」で芥川賞候補。翌年、専業作家に。七七年に『夢かたり』で平林たい子文学賞、八一年に『吉野大夫』で谷崎潤一郎賞、九〇年に『首塚の上のアドバルーン』で芸術選奨文部大臣賞を受賞。八九年に近畿大学文芸学部の設立にあたり教授に就任。九三年より同学部長を務めた。九九年八月二日、逝去。

❖編者

アーリーバード・ブックス―

後藤明生の長女であり著作権継承者の松崎元子が主宰する電子書籍レーベル。すでに絶版となり入手困難となった後藤作品を、電子化によって復刊を進め、現在三〇タイトルを超す作品をリリースしている。公式ホームページ：http://www.gotoumeisei.jp

アミダクジ式ゴトウメイセイ【対談篇】

2017年5月10日　初版印刷
2017年5月25日　第1版第1刷発行

著者❖後藤明生
編者❖アーリーバード・ブックス

発行者❖塚田眞周博
発行所❖つかだま書房
〒176-0012 東京都練馬区豊玉北1-9-2-605（東京編集室）
TEL 090-9134-2145／FAX 03-3992-3892
E-MAIL tsukadama.shobo@gmail.com
HP http://www.tsukadama.net

印刷製本❖中央精版印刷株式会社

ISBN:978-4-908624-01-8 C0093